Александра Маринина

Читайте все романы Александры МАРИНИНОЙ:

Адрес официального сайта Александры Марининой
в Интернете http://www.marinina.ru

Александра Маринина

НЕ МЕШАЙТЕ ПАЛАЧУ

Москва 2006

УДК 882
ББК 84(2Рос-Рус)6-4
М 54

Серийное оформление художников
С. Курбатова и *А. Старикова* (РБ),
А. Рыбакова (А.М.Кд)

Маринина А. Б.
М 54   Не мешайте палачу: Повесть.— М.: Изд-во
Эксмо, 2006.— 448 с.

ISBN 5-699-06561-X
ISBN 5-699-05856-7

После отбытия наказания из колонии выходит человек,
которого хотят использовать в предвыборной гонке как козырную карту. Анастасии Каменской поручается обеспечить
безопасность этого человека на пути в Москву. Вернувшись
вместе с бывшими осужденными, она начинает расследовать
серию загадочных убийств. Жертвы этих преступлений —
люди, виновные в жестоких убийствах стариков, молодых
девушек и детей. Кто же этот таинственный палач, карающий
преступников?

УДК 882
ББК 84(2Рос-Рус)6-4

ISBN 5-699-06561-X
ISBN 5-699-05856-7

Часть I

ВОЗВРАЩЕНИЕ

Глава 1

— Ты знаешь об этом больше меня, и я не понимаю, почему ты обращаешься ко мне за помощью.

Высокий массивный человек в генеральской форме вышел из-за стола и принялся мерно, неторопливо расхаживать по своему просторному кабинету. Его собеседник сидел в кресле, закинув ногу на ногу, но его расслабленная поза и свободно лежащие на подлокотниках руки были лишь видимостью спокойствия и уверенности. Антон Андреевич Минаев внутри был как натянутая струна, хотя разговаривал в данный момент не с противником и не с собственным начальником, а с давним добрым приятелем еще с институтских времен. Правда, пришел он просить его об одолжении, о помощи, но ведь друзья... И по рангу равны, не только по погонам, но и по должности, хотя и в разных ведомствах.

— При чем тут мои знания, Саша? В данном случае информированность только мешает, — ответил Минаев. — Речь идет о том, что парень не доедет до Москвы, потому что его сожрут на первом же километре пути от зоны до вокзала. В моем подчинении сейчас нет оперативного состава, а выходить с просьбами к руководителям других подразделений — это все равно, что провалить всю затею. Я прошу тебя сделать только две вещи: запроси администрацию зоны, пусть дадут тебе оперативную информацию о нем, и помоги довезти его до Москвы. Обстоятельства, которые имели место два года назад, заставляют меня думать, что слишком многие проявят интерес к этому человеку, а я хочу встретиться с ним первым. Вот и все. Потом пусть сам выбирает, где и как ему жить и на кого работать, если вообще жить и работать, а не умереть и не валяться в морге.

— Какой у тебя к нему интерес? Учти, Антон, если ты собираешься ввязываться в политику — скатертью дорожка, но без меня. Я в эти игры не играю. Я могу сделать то, о чем ты просишь, хотя это и потребует определенных усилий, но я и пальцем не пошевелю, пока ты мне не объяснишь, зачем тебе этот злобный хулиган Саул́як.

— Причин много, Саша, — очень серьезно и даже немного грустно сказал Антон Андреевич. — Но одна из них — главная. Саул́як был агентом Булатникова и загремел в зону практически сразу же после его гибели. Ты же помнишь, как погиб Владимир Васильевич Булатников? И я хочу понять, кто упрятал парня и зачем. Хотели его сберечь? Или, наоборот, заставить молчать? И если так, то он должен дать мне выход на тех, кто знает, как и почему погиб Булатников. Пойми, Саша, Булатников был моим учителем, он возглавлял управление, когда я пришел туда работать старшим инспектором, и под его руководством и с его поддержкой я прошел весь путь от старшего инспектора до заместителя начальника управления. Мне нужен Саул́як, потому что только он знает, чем занимался Владимир Васильевич, когда вдруг так странно и нелепо погиб. И только сам Саул́як знает, как и почему он оказался за решеткой.

— Убедительно, — кивнул головой Александр Семенович, продолжая мерно расхаживать по просторному кабинету. — Когда заканчивается срок у твоего парня?

— Точно не знаю, где-то между 1-м и 15-м февраля.

— Что ж, время есть, как минимум дней десять. Я посмотрю, что можно сделать, Антон. Ничего не обещаю конкретного, сам должен понимать, такие вещи нужно планировать заранее, а за десять дней ничего толкового не родишь. Запрос в оперчасть зоны мы пошлем, правда, качество и полноту ответа я тебе гарантировать не могу. И насчет того, как его довезти до тебя, подумаем. Ты прости меня, Антон, давай встретимся не здесь, а дома. Сейчас уже пять минут четвертого, у меня на три часа назначено совещание, люди ждут.

Генерал Минаев тут же поднялся с низкого кресла, вскочил легко и без малейшего напряжения, из чего сразу стало понятно, что ни один его мускул ни на секунду не расслаблялся на всем протяжении разговора.

* * *

Заканчивая совещание, Александр Семенович Коновалов уже прикидывал, как наилучшим образом выполнить просьбу друга, чтобы при этом минимально нагружать дополнительной работой собственных подчиненных. Его должность вполне позволяла получить информацию об осужденном Сауляке, но вот с его доставкой из Самары могли возникнуть немалые сложности. Если Минаев сказал правду и Сауляк действительно был агентом самого Булатникова, то желающих заполучить его немедленно после освобождения найдется немалое количество. Владимир Васильевич Булатников был фигурой столь же влиятельной, сколь и никому не известной, кроме, разумеется, своих коллег. И только очень немногие знали, что почти за всеми перемещениями в высоких правительственных должностях, которые имели место в период между августом 1991 и октябрем 1993 года, за всеми скандальными разоблачениями этого периода, за всеми более или менее значительными событиями в то время стоял генерал-лейтенант Владимир Булатников. Никто не знал почему, никто не мог понять тех механизмов, которые он приводил в действие. Просто был узкий круг людей, которые знали: случись нужда — найди Булатникова. Этот человек может все.

Так по крайней мере представлял дело Антон Минаев, а уж верить ему или нет — это был вопрос второй. Александр Семенович меньше всего думал о том, как помочь другу, ибо проработал в органах внутренних дел столько лет, что привык в первую очередь думать о деле, во вторую — об интересах своего ведомства и о собственных интересах, а о дружбе — в третью, а то и в четвертую. Если Антон ничего не преувеличил и не передернул, то этого Сауляка могут или похитить, или шлепнуть сразу же после того, как он переступит порог колонии. Если убьют — черт с ним, Сауляк — не фигура, не депутат, не народный артист и не журналист, известный своими скандальными разоблачениями. Его убийства никто даже и не заметит. Но если похитят, то кто знает, с какой целью. И кто знает, как много известно этому парню. Два года, которые Сауляк провел в колонии, он молчал и сидел тихонечко, как мышка за печкой, стало быть, своими горестными знаниями не пытался купить себе свободу. Поэтому вряд ли он начнет по собственной воле болтать, оказавшись по другую сторону тюремных ворот. Мало ли какие причины у него есть для молчания, но совершенно очевидно, что они есть, и слава Богу. А вот если кто-то захочет эту информацию использовать, то парня нужно будет похитить и развязать ему язык. Последствия, с одной стороны, непредсказуемы, но с другой — просчитываются легко, ибо начинается предвыборная гонка. Президент обещал не позднее 15 февраля объявить, будет ли он баллотироваться на второй срок. Стало быть, до 15 февраля еще есть возможность повлиять на его решение. Уж не нашлись ли желающие сделать бывшего агента разменной картой?

Совещание закончилось около пяти часов, в половине седьмого в учреждение, находящееся в Самарской области и имеющее сложный буквенно-цифровой код, ушла шифротелеграмма, и генерал Коновалов решил подождать ответа, прежде чем действовать дальше.

* * *

Ответ на шифротелеграмму пришел через три дня и ничем Александра Семеновича не порадовал. Фразы были гладкие, казенные, привычные, ни глазу, ни уму зацепиться не за что. За время отбывания наказания Сауляк Павел Дмитриевич, 1951 года рож-

8

дения, осужденный в марте 1994 года по статье 206, часть 3 УК РСФСР и приговоренный к двум годам лишения свободы с отбыванием наказания в колонии общего режима, ничем особенным не выделялся. С «отрицаловкой» не якшался, но и с администрацией не сотрудничал. Добросовестно трудился в пошивочном цехе, где осужденные создавали непревзойденные творения портновского дела — брезентовые рукавицы и палатки. Нарушений режима не допускал, посылок и писем не получал, на свидания к нему никто не приезжал. Вопрос об условно-досрочном освобождении им не ставился, но никаких особых оснований к этому и не было. Да, дисциплину соблюдал, но признаков того, что он осознал свою вину, раскаялся и искупил ее трудом, не наблюдалось. Замкнут, нелюдим, в контакт ни с осужденными, ни с представителями администрации не вступал. Саулик был арестован 4 февраля 1994 года, соответственно срок лишения свободы исчислялся с момента заключения под стражу и 3 февраля 1996 года истекал.

Прочтя этот маловразумительный текст, генерал Коновалов пожал плечами. Он точно знал, что так, как написано, просто не бывает. Не может находящийся в колонии человек спокойно и мирно трудиться и ни с кем не конфликтовать и не контактировать. Либо его должна прикрывать администрация, либо он должен входить в группировку вокруг какого-нибудь лидера, в так называемую «семью». В любом другом случае конфликты и контакты неизбежны, и Саулик должен был как минимум два-три раза дать в морду кому-нибудь, причем не слегка, а как следует, чтобы от него отстали, и получить за это пятнадцать суток штрафного изолятора, а то и все тридцать. Однако в ответе, пришедшем из колонии, было черным по белому написано, что нарушений режима за осужденным Саулаком не числится, а конфликтных отношений с другими осужденными у него нет, и это наводило Александра Семеновича на грустную мысль о том, что либо сотрудник оперчасти, составлявший ответ, ничего не понимает в своей работе, либо тут что-то нечисто. Пожалуй, Антон Минаев прав, за этим Саулаком нужно присмотреть.

Еще день ушел у Александра Семеновича на то, чтобы решить, какими силами попытаться прикрыть загадочного агента-хулигана. До 3 февраля оставалось семь дней. Не так уж много, чтобы как следует подготовить комбинацию, а ведь ее еще надо было придумать... И генерал Коновалов позвонил человеку, которому, как он считал, он мог доверять полностью. Он позвонил в Управление уголовного розыска ГУВД Москвы, начальнику отдела по борьбе с тяжкими насильственными преступлениями полковнику Виктору Гордееву.

* * *

Настя Каменская давно уже не мерзла так отчаянно, как в эту зиму. В течение нескольких предыдущих лет температура в зимние месяцы крутилась вокруг нуля, под ногами постоянно было сыро и слякотно, сапоги протекали, а форточки в помещениях можно было держать открытыми круглые сутки. В этом году природа опомнилась и решила показать, что такое зима, чтобы народ не забывал.

По утрам Насте было холодно вылезать из-под одеяла, и это только добавляло ей страданий, потому что вообще утренний подъем был для нее мероприятием трагическим, особенно если за окном еще было темно. Вскочив с постели, она бежала на кухню, зажигала газ во всех четырех конфорках, после чего мчалась в ванную и становилась минут на десять-пятнадцать под горячий душ, ожидая, когда организм соизволит проснуться, а в кухне станет тепло. Каждый день, стоя под обжигающими струями воды, она думала об одном и том же: «За что мне это? Почему я должна так мучиться? Я так хочу лечь, у меня закрываются глаза, у меня подгибаются ноги, я ничего не соображаю, у меня кружится голова. Я не могу вставать в половине седьмого, я не могу, я не могу!» Но точно так же каждый день она выходила из ванной, наливала себе чашку крепкого кофе и стакан ледяного сока, и уже через четверть часа жизнь казалась ей вполне сносной, а недавние горестные причитания — глупыми и пустыми. Самыми тяжелыми были первые минуты после подъема, и нужна была недюжинная сила воли, чтобы их пережить и не сломаться. Почему Настя Каменская была так устроена, никто не знал, но все привыкли, в том числе и она сама.

Сегодня она стояла под душем и в соответствии с заведенным порядком отчаянно жалела сама себя, когда из-за двери послышался голос мужа:

— Тебе гренки жарить на завтрак?

— Не надо, — ответила она страдальческим голосом.

— А что хочешь? Яичницу?

— Ничего не хочу. Хочу умереть.

— Понятно, — усмехнулся за дверью Алексей. — Значит, гренки. Кончай придуриваться, на кухне уже тропическая жара.

Она выключила воду и сразу почувствовала, как хорошо прогретая ванная начала наполняться холодным воздухом, коварно вползающим из-под двери. Настя торопливо вытерлась, завернулась в длинный теплый халат и метнулась в сторону кухни, где ее ждало спасительное тепло.

— Везет же некоторым, — с шутливой завистью пробормотала она, вонзая зубы в сочный кусок поджаренного белого хлеба с расплавленным сыром. — И на работу с утра пораньше бежать не надо, и встают по утрам как на праздник, без слез и мучений.

— Ага, — подтвердил муж, — везет же некоторым с мужьями. Терпеливые, любящие, и встают по утрам, чтобы завтрак жене приготовить, и по магазинам ходят, и с тяжелым характером супруги мирятся. Почему у тебя есть такой муж, а у меня такой жены нет?

— Выбирать не умеешь, — пожала плечами Настя. — За те пятнадцать лет, что ты меня домогался, ты вполне мог бы подыскать себе что-нибудь получше. Кто ж виноват, что ты уперся рогом — и ни в какую, подавай тебе меня. Между прочим, а ты чего вскочил в такую рань? Ты же вроде бы собирался сегодня дома работать.

— Я и сейчас собираюсь. Тебя, лентяйку, пожалел, встал, чтобы тебе завтрак приготовить.

— Спасибо, солнышко, я ценю, — благодарно

улыбнулась Настя. — Когда вам обещали зарплату выплатить?

— Нам не обещают, нам ее молча не выплачивают, — хмыкнул Алексей. — Как в ноябре не заплатили, так и молчат по сей день. А что, у нас намечаются проблемы?

— Еще не знаю, но вполне возможно. Нам тоже за январь не заплатили, но по крайней мере обещают со дня на день. На вчерашний день у нас с тобой было триста тысяч в заначке, неделю мы проживем на них, а потом что будем делать?

— Асенька, не забивай ты себе этим голову, — поморщился Алексей. — На этой неделе у меня четыре платные лекции, а на следующей — три. Протянем.

— Лешик, но из-за того, что тебе не платят зарплату с ноября, мы с тобой прожили твой последний учебник, просто съели его с первой до последней страницы вместе с введением, заключением и обложкой. Мы с тобой как-то неправильно живем, у нас нет стратегии, как зарабатывать деньги и как их тратить. Ты ведь помнишь, мы планировали отложить гонорар за этот учебник на годовщину свадьбы, чтобы поехать куда-нибудь. Завтра мы проедим твои лекции, а что мы будем делать послезавтра, если ни тебе, ни мне денег не дадут? Начнем продавать подарки, которые ты мне дарил?

— Ася, этот разговор, тем более в спешке, не имеет смысла, если у тебя нет конкретных предложений. Ешь, пожалуйста, быстрее, иначе опоздаешь на работу.

— У меня есть вариант, и я хочу, чтобы ты о нем подумал. Ты говорил, что во время последней конференции тебе сделали интересное предложение...

— Ася!

Алексей резко встал и отошел к окну.

— Ты ведь все равно со мной не поедешь. Я понимаю, тебе совершенно безразлично, где я нахожусь, рядом с тобой или за тридевять земель, в Канаде, ты ничего не видишь, кроме своей работы, и тебе ничего не нужно, кроме этой работы. Но я не хочу от тебя уезжать, я без тебя скучаю, я по тебе тоскую, и мы с тобой обсуждали этот вопрос неоднократно.

— Лешенька, ну что ты сердишься! Что мы с тобой

должны делать? С голоду подыхать? Ни ты, ни я не виноваты в том, что бюджетникам не платят зарплату, и поправить мы здесь ничего не можем. Это не в наших силах. Значит, кто-то из нас двоих должен зарабатывать деньги, другого выхода все равно нет. И если бы ты поехал на три месяца в Канаду и прочитал там свой курс, мы могли бы по меньшей мере год не думать о том, выплатят нам с тобой зарплату или нет.

— Не поеду, — упрямо мотнул головой Алексей. — Я и здесь заработаю, не помрем с голоду.

Они не поссорились, нет, Настя и Алексей вообще не ссорились практически никогда, но неприятный осадок от разговора остался, и на работу Настя пришла не в самом лучшем расположении духа. В кабинете было холодно, и она даже не могла бы точно сказать, отчего злится больше — от холода и не оставляющего ее озноба или от утреннего разговора с мужем. Неприятно было признаваться себе в том, что Лешка отчасти был прав: она действительно совершенно спокойно отнеслась бы к тому, что его целых три месяца не будет рядом. Она так привыкла жить одна, ни в ком не нуждаясь, что восемь месяцев жизни в замужестве еще не успели привить ей страх перед разлукой с супругом.

В десять часов предстояло идти к начальнику отдела на утреннюю оперативку, но без десяти десять к ней заглянул Коля Селуянов и сообщил, что оперативного совещания не будет.

— С чего это? — удивилась Настя. — Что-то стряслось?

— Не в курсе, — мотнул головой Селуянов. — Колобка с самого утра не было, а пять минут назад он позвонил и сказал, что приедет не раньше двенадцати.

— Ну, слава Богу, не заболел, — с облегчением улыбнулась она. — Все остальные неприятности мы как-нибудь переживем.

Работы было, как обычно, непочатый край. Настя куда-то звонила, что-то выясняла, наводила справки, уточняла сведения, чертила схемы, делала записи, хмурилась, фыркала, пила кофе, беспрестанно курила, но к вечеру почувствовала, что в голове немного прояснилось. Дважды в течение дня ей приходилось прерывать свои увлекательные изыскания, потому что приходили свидетели, с которыми нужно было побеседовать. Эти поручения давал ей начальник отдела полковник Гордеев по прозвищу Колобок, поэтому, когда в восьмом часу вечера Настя снова услышала его голос по внутреннему телефону, она решила, что под конец дня подоспел еще один свидетель, которым ну совершенно некому заняться, кроме нее, дурочки.

— Зайди, — коротко бросил Гордеев, и Настя отметила, что голос у начальника не очень-то похож на благодушный. Интересно, когда же это она успела провиниться и в чем? Ведь не далее как два часа назад Виктор Алексеевич разговаривал с ней спокойно и дружелюбно, называл деточкой и хвалил за удачно найденное решение.

Вопреки ее ожиданиям, начальник вовсе не выглядел сердитым или расстроенным.

— Садись, — кивнул он, когда Настя вошла. — И постарайся ничему не удивляться. Скажи, пожалуйста, ты газеты читаешь хотя бы иногда?

— Хотя бы иногда, — с улыбкой подтвердила она. — Но это «иногда» случается крайне редко.

— И телевизор не смотришь?

— Смотрю, но тоже нечасто.

— Значит, политикой не интересуешься?

— Ни в малейшей степени, — твердо заверила она начальника.

— Это плохо. Придется проводить с тобой ликбез.

— Может, не надо, Виктор Алексеевич? — жалобно попросила Настя. — Не люблю я этого.

— Надо, деточка, иначе ты ничего не поймешь.

— Что, так сложно? — усмехнулась она недоверчиво.

— Для меня — нет, но я газеты читаю, в отличие от тебя. Значит, так, Стасенька. Жил-был когда-то генерал-лейтенант Булатников, начинал работать в КГБ, заканчивал там же, только название было другое. И был у него особо доверенный человек, агент. Сауляк Павел Дмитриевич. В девяносто третьем году, вскоре после октябрьских событий, генерал-лейтенант Булатников погиб при невыясненных обстоятельствах, а еще через некоторое, очень короткое, время Павел Сауляк оказался под судом и отправился прямым ходом в места лишения свободы.

— Несчастный случай? — спросила Настя. — Или сам подсел?

— Кто ж его знает, кроме самого Павла Дмитриевича, — развел руками Гордеев. — Но через неделю, 3 февраля, срок наказания у него заканчивается, и он выходит на свободу. С ним пока все. Вернемся к Булатникову. У Владимира Васильевича Булатникова были две вещи, которые одинаково важны нам с тобой на сегодняшний момент. Во-первых, у него была репутация человека, который очень многое может, очень многое делает, но еще больше — знает. И во-вторых, у него был ученик, человек, которого он пестовал много лет, поднимал по служебной лестнице, отшлифовывал его мастерство и в конце концов довел его до должности собственного заместителя. Фамилия этого человека — Минаев, Антон Андреевич Минаев. После гибели Булатникова на его место пришел другой человек, заместитель из числа людей Булатникова его не устроил, и Минаеву пришлось перейти в другую службу, но в рамках все того же ведомства. И поскольку генерал-майор Минаев — человек, помнящий добро очень хорошо, мысль о непонятной гибели своего покровителя и учителя все это время не давала ему покоя.

— И он хочет задать несколько вопросов Павлу Дмитриевичу?

— Совершенно верно, — кивнул Гордеев.

— Так в чем проблема? Он не умеет задавать вопросы? Или он не хочет светиться и встречаться с этим типом лично?

— Все он умеет и хочет. Но он, видишь ли, деточка, боится, что Сауляк до него просто не доедет.

— Почему же?

— Ну вот, конечно, я так и знал, что придется тебе все объяснять. Ты что, не понимаешь, кто такой Сауляк?

— Нет, не понимаю. Что я должна понимать, кроме того, что он — комитетский агент? То обстоятельство, что вскоре после смерти Булатникова он оказался за решеткой, говорит только о том, что он слишком много знает, причем независимо от того, по чьей воле он туда отправился, по своей или по чужой. Причина для этого была только одна, и она очевидна.

— Ну вот, а говоришь, что не понимаешь. Значит, ты должна отдавать себе отчет в том, что больше ста метров от ворот колонии Сауляк не пройдет. И если пройдя эти сто метров, он умолкнет навсегда, то это еще полбеды, как бы кощунственно это ни звучало. Второй вариант грозит нам большими неприятностями.

— Вы думаете, его захотят похитить, чтобы вытрясти из него все, что он знает?

— Мне приходится так думать. Видишь ли, деточка, ученик Булатникова генерал-майор Минаев располагает сведениями о том, что примерно три-четыре месяца назад кто-то стал проявлять активный интерес к осужденному за хулиганство Павлу Дмитриевичу. И у него есть все основания полагать, что к Сауляку начали подбираться, причем даже не с одной стороны, а с двух, а то и с трех. Сауляк работал на Булатникова и, во-первых, может знать, кто и почему убрал генерала, а во-вторых, может знать много такого, что очень пригодится в начинающейся предвыборной гонке. В этом деле, как ты понимаешь, все средства хороши, и каждый действует по мере собственного разумения. Кто-то начнет клеймить сволочей-руководителей и добиваться, чтобы были выплачены задолженности по зарплате и пенсиям, кто-то будет доказывать, что придумал самый эффективный способ прекращения чеченской кампании, а кто-то начнет землю рыть в поисках компры на соперника и его группировку.

— Ну и прекрасно. Так я все равно не понимаю, в чем проблема. Что, у генерала Минаева нет возможности обеспечить Сауляку охрану? Почему эта проблема вдруг стала вашей, а не его?

— Потому что Антон Андреевич Минаев не имеет в своем распоряжении оперативных аппаратов и не хочет огласки. Потому что Антон Андреевич Минаев обратился со своей проблемой к своему старому приятелю Александру Семеновичу Коновалову, а генерал Коновалов, в свою очередь, переложил ее на мои плечи. И потому что обеспечивать охрану Сауляка бессмысленно. Количество перейдет в качество, но суть результата от этого не изменится. Если Сауляка будет охранять один человек — убьют или похитят обоих. Если на его охрану выделить пять человек — для достижения цели к воротам колонии явятся человек десять бандитов. Если вокруг Сауляка выстроить роту — понадобится войсковая операция, чтобы его достать. Но его же все равно достанут, пойми это. Два года он молчал, два года от него не просочилось никакой информации, но это совершенно не означает, что он ею не располагает. И те, кто сейчас проявляет к нему такой интерес, хотят эту информацию из него вытрясти, чтобы использовать в политической игре.

— Ну и пусть используют, — пожала плечами Настя. — Нам-то с вами что за печаль? На то она и игра, пусть резвятся.

— Ничего-то ты не понимаешь, — покачал лысой головой Гордеев по прозвищу Колобок. — Во-первых, я получил приказ от генерала Коновалова, не выполнить который я не могу. У него есть оперативная информация о том, что готовится убийство или похищение человека, и он дал мне задание это преступление предотвратить. Все, деточка, разговор окончен, сколько бы я ни дергался. Во-вторых, это мы с тобой — майор да полковник, люди тихие и незаметные, а они — генералы, лица, приближенные к императору. Им этот Сауляк тоже нужен, потому что оба они наверняка в чьей-нибудь команде. И хорошо, если в одной. Потому что если в разных, то мы с тобой еще хлебнем дерьма от них же. И вот я спрашиваю тебя, деточка: знаешь ли ты, что нужно сделать, чтобы довезти Павла Дмитриевича Сауляка от колонии в Самарской области до столицы нашей родины живым и невредимым?

— Знаю, — сказала она. — Я знаю, что нужно сделать. Только я не очень себе представляю, как это сделать.

Он был спокоен и терпелив, как впавшая в анабиоз ящерица. До конца срока всего шесть дней, но его это оставляло равнодушным, потому что он никак не мог решить, хорошо это или плохо. Саулак ежедневно читал газеты с того самого дня, как оказался в этой зоне, чтобы понимать, миновала ли опасность, но так и не понял. То ему казалось, что можно выходить, что ничего плохого с ним уже случиться не может, то вдруг опять что-то происходило во внутренней политике, и он считал за благо отсидеться в тиши. Не имея за плечами ни одного нарушения режима, постоянно перевыполняя нормы выработки в цехе, он в любой момент мог подойти к начальнику отряда и сказать, что хочет похлопотать об условном или условно-досрочном освобождении. Причин для отказа не нашлось бы, и суд наверняка удовлетворил бы ходатайство. Но Павел Саулак так и не воспользовался этим. Не было у него уверенности, что там, снаружи, на воле, он будет в безопасности. И что его ждет через шесть дней? Может, выкинуть какой-нибудь фортель, пока не поздно, и намотать себе дополнительный срок? Или все-таки выйти?

Саулак имел собственные принципы работы, и одним из этих принципов был запрет на повтор одного и того же приема, если это может привести к расшифровке. В первый раз, два года назад, он намеренно совершил преступление и отправился за решетку, там ему было спокойно и безопасно. Но, если есть люди, которые за ним наблюдают и ждут, когда он выйдет, они сразу догадаются, что он их боится, если за несколько дней до освобождения он сделает все для того, чтобы не выйти из зоны. Трюк дешевый и всем известный. Пока можно делать вид, что ничего особенного не знаешь, что два года назад действительно напился и нахулиганил, с кем не бывает, и тебе даже в голову не приходит, что кто-то может за тобой охотиться, что ты для кого-то представляешь интерес. Почему не приходит? Да потому что в этой голове и нет ничего интересного, так, глупости одни. А вот если показать свой страх, это все равно что признаться: да, ребята, я много знаю, да такого, что у вас волосы на ушах сначала вырастут, потом зашевелятся, а потом все от ужаса повыпадают. Тогда точно кранты. Тогда в любой зоне достанут, ни за чем не постоят, никаких денег не пожалеют на взятки, а достанут.

Павел повернулся на койке, почувствовал, как заныл бок — давал себя знать холецистит, сел, спустив ноги на пол. Барак спал или делал вид, что спит. Сауляк знал, что в этой обманчивой тишине чего только не происходит...

Он натянул сапоги и пошел по проходу, не топая, но и не стараясь особо не шуметь. Походка у него была мягкая и легкая, и он без всяких дополнительных усилий передвигался почти бесшумно.

— Ты куда, Черенок? — послышался шепот сзади. — Гляди, нарвешься.

Павел даже головы не повернул. Он знал, что единственным человеком, который не хочет, чтобы Сауляк вышел из зоны, был молоденький первоходок Коля, осужденный за дурацкую кражу еще по малолетке и переведенный во взрослую колонию по достижении восемнадцати лет. Коля пришел в зону совсем недавно, месяца два назад, и его невысоким, ладно скроенным телом сразу же заинтересовались любители. Сауляк, который дал себе зарок ни с кем не контачить в колонии в целях собственной же безопасности, вынужден был отступить от данного себе слова, потому что пожалел мальчишку. Краем уха он ловил разговоры, ведущиеся вокруг того, «как бы Кольку опустить половчее», и терпеливо ждал, когда подонки приступят к осуществлению своего замысла. Ждать пришлось недолго, заводилы наконец договорились о порядке очередности. Сауляк глаз с мальчишки не спускал, и когда понял, что «вот, началось», тихо подошел к двери, за которой укрылись насильники. Возле двери, разумеется, стояли двое жлобов, которых поставили «на атас», пообещав дать попользоваться Колей после паханов, но они не являли собой препятствия для Павла. Давно еще, спустя только месяц после прихода Павла в зону, все знали, что связываться с ним нельзя. Себе дороже. Поэтому завидев бесшумно двигающуюся почти бесплотную фигуру Черенка, они только и думали о том, как бы не встретиться с ним взглядом.

Дверь оказалась запертой, Саулак не глядя протянул руку и с удовлетворением почувствовал, как в ладонь лег теплый металлический ключ, послушно положенный одним из жлобов. Он резко повернул ключ в замке и рванул дверь. Еще ничего не случилось, он успел. Коля стоял, согнувшись вперед, за руки и за ноги его держали четыре сукиных сына, а тот, чья очередь по жребию или по договору была первой, уже спустил штаны и с шуточками и прибауточками демонстрировал собравшимся свой прибор в полной боевой готовности. Зрелище было устрашающим, потому что под кожу полового члена, и без того имевшего от природы внушительные размеры, были вшиты шарики — предмет особой гордости этого придурочного пахана. Саулак лишь на мгновение представил себе, какую дикую боль испытает бедный мальчишка, когда это жуткое сооружение разорвет его анус, но этого мгновения было достаточно, чтобы все разом прекратилось. Гордо торчащий вперед и вверх толстый длинный член вдруг начал съеживаться у всех на глазах и обвисать, как воздушный шарик, из которого выпускали воздух. Все стояли молча, не произнеся ни слова, оцепенев, хотя, по сути, ничего сверхъестественного не произошло. Не покойник же к ним явился с того света, а Черенок, такой же зек, как они сами. Все они знали, что Черенок не продаст, не стукнет. За два года много чего происходило на его глазах, его даже прямо провоцировали на стукачество, ожидая, что он ссучится и потом можно будет с чистой совестью устроить ему судилище, да так и не дождались. Но все замерли, вперив глаза в пол. Саулак взял Колю за плечо и вывел наружу. Парнишка рыдал в голос, даже не пытаясь спрятать лицо, до того он был напуган.

— Не реви, — сухо сказал ему Павел. — Все уже кончилось. Больше не повторится.

— Откуда ты знаешь? — всхлипнул Коля. — Ты у них главный, что ли?

— Нет. Но я знаю.

— Можно мне в твою семью? — робко попросил паренек.

— У меня нет семьи. Я один.

— Возьми меня к себе. Вдвоем будем. Братва говорит, тебе посылки не шлют и на свиданки не ездят, а мне мама будет присылать и привозить, я с тобой буду делиться.

— Не нужно, мне хватает.

— Посмотри, ты худой какой, как же хватает! — возмутился Коля. — Не зря тебя Черенком зовут, ты же за черенком от лопаты можешь спрятаться.

— Я сказал — не нужно.

Тогда Павел встал и ушел, прервав разговор. Он не стал приближать Колю к себе, но постоянно чувствовал его взгляд, полный признательности и робкого восхищения. Поэтому сейчас, нахально двигаясь к выходу из барака и слыша доносящийся сзади шепот, Сауляк понимал: любой из его отряда может проявить заботу о том, чтобы он не «нарвался», потому что каждый из них хочет, чтобы ненавистный, непонятный и источающий неясную, но острую опасность Черенок убрался наконец отсюда. Никто из них не хочет, чтобы он нарвался на неприятность из-за нарушения режима всего за несколько дней до освобождения. Только, может быть, маленький Коля хотел бы, чтобы Черенок еще задержался здесь, потому что боялся оставаться без поддержки. Все остальные спят и видят, как бы побыстрее избавиться от него. Конечно, за нарушение режима его здесь не задержат, нет такого закона, чтобы назначенный судом срок самовольно продлевать, но если за несколько дней до освобождения Черенка разозлить, то эти несколько дней превратят жизнь обитателей барака в ад. Уж в этом-то никто не сомневался.

Сауляк открыл дверь в коридор и тихо прошел к умывальникам. Зажег свет, ничего не опасаясь, открыл кран, сполоснул лицо ледяной водой, поднял голову и посмотрел на свое отражение в щербатом мутном зеркале. Он почти не изменился за эти два года. Даже не похудел, потому что худеть уже было некуда, он всегда был тонким, как струна. Узкая кость, обтянутая гладкой шелковистой кожей. Сильно впавшие щеки, высокий лоб, маленькие глаза в обрамлении коротких незаметных ресниц, почти полностью отсутствующие брови, тонкий, но слишком длинный для такого лица нос с выраженной горбинкой. На голове — полтора волоса, и те уже почти седые. В этом году исполнится сорок пять. Только по шевелюре и виден возраст, он вообще начал лысеть рано, уже в тридцать лет его волосы заметно поредели. Если б не это — высокий стройный мальчик, под кожей ни грамма жира, даже мускулы как бы не накачаны. Впрочем, они действительно не были накачаны. У Сауляка были сильные сухие выносливые ноги бегуна, но руки и плечи были худыми и тонкими.

Из коридора донеслись шаги, в умывалку заглянул Костец, зарабатывающий себе досрочное освобождение участием в секции внутреннего порядка. Не поленился, поднялся среди ночи. Всем им Черенок поперек горла стоит, никто проглотить не может.

— Ты чего, заболел? — заботливо спросил Костец. — Может, Рыло позвать, чтоб врача привел?

Рылом обитатели зоны называли одного из дежурных помощников начальника колонии, сокращенно ДПНК, чья смена была как раз сегодня. Выходить из барака на улицу в неположенное время запрещалось, а даже если и выйдешь, то далеко не уйдешь, каждый барак огорожен, сеткой обнесен, а дверь в этой загородке на замок запирается. И без начальника отряда или ДПНК ты в эту дверь не пройдешь. Так что если понадобился врач, то без помощи ДПНК никак не обойтись.

Сауляк даже не повернулся, только молча смотрел на Костеца, отражавшегося в зеркале. Зеркало было не только мутным, но и кривым, и крепенький плотненький Костец казался в нем длинным и тощим.

— Не надо, — наконец процедил он сквозь зубы.

— Ты бы лег, Черенок, — робко попросил Костец. — ДПНК как раз в это время бараки обходит.

— Заткнись, — сказал Сауляк спокойно и почти ласково.

Костец ретировался. Павел прислушался к себе — бок побаливал, но терпеть вполне можно. Лишь бы температура не поднялась. Был бы он на свободе, он бы, конечно, сделал все, что нужно. Подсолнечное масло с лимоном или бутылку подогретой минералки «Ессентуки-17» с ксилитом принять внутрь — и лечь в постель, положив под правый бок горячую грелку. Самый лучший способ профилактики, да и приступ еще можно предотвратить, если вовремя спохватиться.

Он вернулся и улегся на койку. Осталось всего шесть дней. А что потом?

* * *

— Осталось всего шесть дней, — говорил представительный человек в сером костюме, и в голосе его звенел металл. — А что потом? Ведь он все знает и может в любой момент рассказать.

— Он не из болтливых. По крайней мере за те два года, что он провел в колонии, информация никуда не прошла. Значит, он держит язык за зубами и не собирается пользоваться сведениями, которыми располагает. Почему вы боитесь, что, выйдя на свободу, он начнет болтать? Откуда у вас эта уверенность?

— Потому что я слишком хорошо представляю себе, что такое свобода и чем она отличается от тюрьмы. Находясь в зоне, на что он мог бы рассчитывать, разгласив известные ему секреты? Только на славу. Разглашенная тайна перестает иметь цену, а шантажировать кого бы то ни было из колонии практически невозможно. Оттуда не позвонишь, а почта досматривается. Зато на свободе он может продать свою осведомленность очень и очень дорого. Я надеюсь, ты понимаешь, чего я добиваюсь. Саульяк должен умереть раньше, чем он раскроет свою набитую секретами пасть. Ты понял меня? Он должен умереть так, чтобы никому не пришло в голову искать за этим что-то пикантное. Самое милое дело — обоюдная пьяная драка где-нибудь на стройке или в поле. Бомжи перепились. Я точно знаю, этого Саульяка пасут, его ждут и за ним будут гоняться, чтобы узнать, что находится у него в голове. И не дай тебе Бог избавиться от него так, чтобы дать им повод кричать о том, что от него именно избавились.

— Хорошо, Григорий Валентинович, я все понял.

* * *

— Тридцать шесть инициативных групп выдвинули к сегодняшнему дню тридцать кандидатов, но кто из них согласится баллотироваться на президентских выборах — станет известно несколько позже, — говорила очаровательная черноволосая ведущая теленовостей.

На экране в это время стали появляться фотографии известных политиков, о которых шла речь. Вячеслав Егорович Соломатин нехорошо усмехнулся, глядя на знакомые лица. Вот они все где у него, подумал он, бросив взгляд на непроизвольно сжавшийся кулак. Все. До единого. Все они замараны, потому что нет среди них ни одного по-настоящему независимого человека. За каждым стоит криминальный капитал, потому что некриминальному, честно заработанному взяться неоткуда. Закон экономики. Честные деньги в большом количестве на одних руках — это песня далекого будущего, такого далекого, что нам не дожить.

Про этих, которые сейчас на экране, Володька Булатников много мог бы порассказать, да жаль, нет его, заткнули ему рот, побоялись. Но ничего, есть помощник его, Пашка Сауляк. Тот, конечно, поменьше знает, но тоже достаточно, чтобы этим президентам недоделанным шею свернуть. Есть только один Президент в этой стране, один раз народ его уже выбрал, и другого ему пока не нужно. И для того чтобы выбить из борьбы всех конкурентов, Соломатину нужен Паша Сауляк.

Вячеслав Егорович ни минуты не сомневался, что сумеет договориться с помощником покойного генерала Булатникова. Ведь любая договоренность — это в конечном итоге всего лишь вопрос денег и гарантий. Деньгами Соломатин располагал огромными и гарантии он мог бы дать любые.

Глава 2

3 февраля пришлось на субботу, и в восемь утра дорога от станции до колонии была абсолютно пустынной. Было уже светло, окрестности хорошо просматривались, и Настя подумала: наверное, даже лучше, что Сауляк освобождается в субботу. Если Колобок-Гордеев прав и за этим хулиганствующим агентом кто-то собирается охотиться, то по крайней мере субботним утром в поселке это будет не так-то просто сделать, оставшись незамеченным.

Дня два назад, приехав в Самару, она хотела было связаться с администрацией колонии и выяснить, в котором часу Сауляк выйдет за ворота. Но потом поразмыслила немного и передумала. Судя по словам генерала Минаева, Павлом Дмитриевичем начали интересоваться, и весьма активно. Следовательно, скорее всего действовали через администрацию колонии. А коль так, то незачем ей, майору милиции Анастасии Каменской, светиться лишний раз. Как знать, кто из сотрудников колонии подкуплен. Ведь по закону подлости, как раз на него и нарвешься.

Около половины девятого она подошла к зданию административного корпуса колонии и уселась на скамейку. Вход, откуда должен был появиться Сауляк, находился в пяти метрах от нее. Настя поставила рядом с собой легкую, но вместительную сумку, сунула руки в карманы и приготовилась к долгому ожиданию. Ноги у нее замерзли еще в электричке, и, сидя на скамейке, она вяло пыталась шевелить пальцами в сапогах, чтобы разогнать кровь и хоть немного согреться.

В девять пятнадцать к колонии подъехала серая «Волга». Водитель притормозил почти у самых ворот, но, повинуясь команде пассажира, оглянувшегося на Настю и недовольно скривившегося, снова тронулся и отъехал подальше, метров на пятьдесят в ту сторону, куда должен будет идти только что освободившийся бывший осужденный Сауляк.

«Первые подвалили, — с удовлетворением отметила Настя. — Интересно, они тоже заранее приехали, как и я, или им точно сообщили, когда Сауляк выйдет? Если сообщили, значит, у этих есть свои люди в зоне. Учтем».

Она не спеша поднялась со скамейки и подошла к самым воротам. Как бы там ни было, но она должна быть первой, кого увидит Сауляк. И самое главное, ее должны видеть те, кто тоже интересуется Павлом Дмитриевичем.

В девять двадцать пять с дороги, ведущей от станции, свернул и остановился метрах в двухстах от серой «Волги» молодой человек в куртке-пуховике и большой шапке из волчьего меха. Настя заметила, что пассажир и водитель «Волги» перекинулись несколькими словами, после чего автомобиль снова начал маневрировать, словно отыскивая наиболее удобное положение. Только непонятно, для чего именно это положение должно было быть удобным. Парень в волчьей шапке постоял минуты три, задумчиво глядя на выписываемые «Волгой» круги, и снова вернулся на тракт.

«Обложили со всех сторон, — подумала Настя. — Круто, ничего не скажешь. И против всей этой разношерстной банды — одна глупенькая маленькая я, даже без оружия и без служебного удостоверения. Ну, Сауляк, давай, выходи, я больше не могу стоять, я совсем окоченела».

В десять минут одиннадцатого Настя услышала металлический лязг по ту сторону ворот и поняла, что кто-то проходит последовательно все этапы заграждения. Так и есть, железная створка отъехала в сторону, и появился Павел Дмитриевич Сауляк собственной персоной. За последние шесть дней Настя столько раз смотрела на его фотографию, что узнала сразу. Высокий лоб с залысинами почти до темени, маленькие глазки, безбровое лицо с сильно запавшими щеками, тонкими губами и длинным носом с горбинкой. От взгляда на это лицо ей стало почему-то не по себе.

— Вам придется меня выслушать, — быстро сказала она, беря Сауляка под руку. — Серая «Волга» приехала по вашу душу, но я хочу попробовать вас защитить, хотя и не уверена, что у меня это получится. Давайте сядем на скамейку.

Сауляк молча повиновался. Настя вытащила из сумки термос с горячим кофе и два пластмассовых стакана.

— Хотите?

Сауляк отрицательно мотнул головой.

— Ну как хотите. А я выпью. Я очень замерзла, пока вас ждала. Так вот, Павел Дмитриевич, за вами идет охота. Я не знаю, кто и почему хочет вас достать, но моя задача — довезти вас до Москвы в целости и сохранности. Меня для этого наняли и мне за это заплатили. Я не знаю, что вы за птица и кому так приспичило вас заполучить, но свое задание я должна выполнить. Эта часть понятна?

Он кивнул.

— Слушайте, Павел Дмитриевич, вы разговаривать умеете? Или вы изображаете глухонемого?

— Я вас слушаю. Продолжайте, — наконец произнес он.

— Продолжаю. Я прошу вас сделать несколько вещей, причем не в виде большого одолжения лично мне, а потому что так действительно будет лучше. Во-первых, я прошу вас сразу мне ответить: хотите ли вы доехать до Москвы живым, или у вас на этот счет есть какие-то другие планы?

— Хотел бы, — скупо усмехнулся Сауляк.

— Тогда моя вторая просьба: верить мне и слушаться меня. У меня есть идея, как можно с минимальными потерями вас доставить на место, но я пока не буду вам рассказывать все детали моего замысла. Просто договоримся с вами так: один вы все равно не доедете, а с моей помощью у вас все-таки есть шанс, поэтому не мешайте мне этот шанс использовать. Договорились?

— Не уверен, но на некоторое время примем как аксиому.

— Хорошо, меня это устраивает, — легко согласилась Настя. — Пусть хотя бы на некоторое время, а там посмотрим. И наконец третье: давайте познакомимся по-человечески. Меня зовут Анастасия, можно просто Настя и в интересах нашего общего дела —

на «ты». Руку не протягиваю, на нас слишком внимательно смотрит пассажир из «Волги», а мне бы не хотелось, чтобы он понял, что мы только что познакомились и о чем-то договорились.

— Можете называть меня Павлом. И налейте мне кофе.

— Я же просила обращаться ко мне на «ты», — укоризненно сказала Настя, протягивая ему стаканчик, наполненный темным дымящимся напитком.

— Со временем. Я должен привыкнуть. Господи, как вы пьете эту гадость!

Он с отвращением сделал несколько глотков и поморщился.

— Это хороший кофе, — заметила Настя. — Странно, что вам не нравится.

— Я терпеть не могу кофе, я никогда его не пью.

— Но вы же сами попросили...

— Это для пассажира из «Волги». Если он действительно приехал за мной.

— Думаю, да. Но мы это легко проверим. Сейчас мы с вами сядем в электричку и поедем в Самару. До завтра посидим в гостинице, а завтра утром полетим в Екатеринбург.

— Зачем? Вы же собираетесь доставить меня в Москву. Разве нет?

— Именно. Поэтому мы полетим в Екатеринбург. Вам пассажир хорошо виден?

— Да, вполне.

— А водитель?

— Тоже.

— Сможете их узнать в другой обстановке?

— Безусловно.

— Тогда вперед, на станцию. И еще раз прошу вас: давайте переходить на «ты».

— Не обещаю. Не вижу необходимости.

— Ладно, — согласилась Настя. — Оставляем все как есть. Так даже лучше.

Она сунула термос обратно в сумку, закинула на плечо длинный ремень и поднялась.

В вагоне Саудяк сразу занял место в углу, устроился поудобнее и закрыл глаза.

— Вы спите? — спросила Настя осторожно.

— Нет, — ответил Павел, не открывая глаз.

— Не хотите ни о чем меня спросить?

— Нет.

— А на мои вопросы отвечать будете?

— Нет.

«Ну и черт с тобой, — беззлобно подумала Настя. — Ты ведь ни капли не удивился, когда я заговорила с тобой. Ты сразу же, с первого же слова понял, о чем идет речь. Значит, все правда. Ты действительно много знаешь, и у тебя есть все основания бояться за свою жизнь. Интересно, как долго мне удастся морочить голову и тебе, и твоим преследователям?»

Она открыла сумку, достала термос и с большим удовольствием выпила еще один стаканчик кофе. Ей очень хотелось закурить, но выходить в тамбур и оставлять Павла одного она боялась. Достав сигарету и зажигалку, она неуверенно крутила их в пальцах, прикидывая, как лучше поступить. Похоже, никто из находящихся в вагоне людей опасности не представляет, но она, Настя, совсем не знает эту дорогу и не может рассчитать, когда будет следующая остановка. На остановке в вагон может войти кто угодно, не говоря уже о том, что сам Саудяк может сбежать.

— Пошли, — услышала она.

Саудяк сидел по-прежнему с закрытыми глазами, скрестив руки на груди и положив ногу на ногу.

— Куда?

— В тамбур. Вы же собрались курить и не знаете, что со мной делать.

— Спасибо, — ответила Настя, изо всех сил стараясь скрыть удивление.

Он встал и первым пошел к раздвижным дверям. В холодном тамбуре он прислонился к стенке, сунул руки в карманы и снова закрыл глаза. Насте казалось, что он спит стоя.

— А вы не курите? — спросила она, с наслаждением делая глубокие затяжки.

— Нет.

— И никогда не курили?

— Нет.

— Послушайте, Павел, неужели вам совсем не интересно, как именно я собираюсь действовать, чтобы все-таки довезти вас до Москвы?

— Нет.

— Но вы по крайней мере обещаете, что будете меня слушаться?

— Да. По крайней мере.

Остаток пути до Самары они проехали молча. Сауляк по-прежнему сидел с закрытыми глазами, а Настя смотрела в окно и думала. Люди из серой «Волги» ее видели, это хорошо, теперь они понимают, что она наверняка запомнила и их самих, и номер автомобиля. Значит, что бы они ни задумывали в отношении Павла, они должны понимать, что она — опасный свидетель и ее надо убирать. Но прежде чем ее убирать, нужно по меньшей мере понять, кто она такая. А то вдруг окажется, что из-за нее всю милицию страны на ноги поставят. Вот это, собственно, и было то зерно, из которого Настя Каменская взрастила свой замысел. Сауляк в безопасности до тех пор, пока охотящиеся за ним люди не поймут, кто такая эта женщина, которая находится рядом с ним, и что вообще происходит.

От вокзала до гостиницы они пошли пешком, хотя Настя от холода уже ног не чуяла.

— Вы не забыли, что у меня нет паспорта? — подал наконец голос Сауляк, когда до входа в гостиницу оставалось несколько шагов.

— Не забыла.

Они вошли в уютный, уставленный кадками с цветами и пальмами холл и поднялись по лестнице на третий этаж. Дежурная вскинула голову и, увидев Настю, приветливо улыбнулась.

— Дождались? Проходите, проходите, — она сунула руку в ящик стола и достала ключ от номера. — Замерзли, наверное?

— Очень, — призналась Настя.

— Я самовар включу. Пока вы будете раздеваться, он как раз согреется, — захлопотала дежурная.

— Спасибо, — поблагодарила Настя и пошла вперед по коридору к своему номеру.

У нее был хороший двухкомнатный полулюкс с холодильником и телевизором. В большой комнате, претендовавшей на название «гостиная», стоял гарнитур мягкой мебели с диваном и двумя глубокими креслами. Маленькая комната была спальней, в ней не было ничего, кроме двух кроватей, двух тумбочек и встроенного шкафа с большим зеркалом, укрепленным на внутренней стороне дверцы.

— Что сначала — ванна или еда? — спросила она, снимая куртку и сапоги.

— Ванна, но мне не во что переодеться.

— Нет проблем.

Она подошла к телефону и позвонила дежурной. Через минуту та внесла в номер горячий самовар.

— Вот, только что закипел, — сообщила она. — Попейте горяченького, чтоб согреться.

— Елизавета Максимовна, Павлу нужна одежда. Это можно устроить?

— Конечно, — кивнула дежурная. — Давайте список, здесь рядом есть магазин, в нем все можно купить.

Настя быстро написала на листке из блокнота перечень самого необходимого и протянула Елизавете Максимовне вместе с деньгами. Та бросила на Павла любопытствующий взгляд, но Сауляк стоял в сторонке и молчал, словно речь вообще шла не о нем и одежда нужна была не ему.

Когда за дежурной закрылась дверь, он молча пересек комнату и скрылся в ванной. Настя услышала, как полилась вода, и все ждала, когда же щелкнет задвижка на внутренней стороне двери. Но так и не дождалась. Через некоторое время воду выключили, и Настя поняла, что Сауляк лег в ванну. Она осторожно подошла к двери и постучала.

— Павел, у вас все в порядке?

— Да, — послышалось в ответ.

— Вы закрылись?

— Нет.

— Почему?

— Потому. Вы же не войдете сюда.

— Не войду, — подтвердила она. — А впрочем, не знаю. Может быть, и войду. Вас это не пугает?

— Нет. Ничего нового или неожиданного вы здесь не увидите.

— Это верно, — усмехнулась Настя. — Все мужики устроены одинаково. Впрочем, все бабы — тоже. Знаете, Павел, я в детстве очень много болела, меня беспрестанно водили по врачам, и я совершенно перестала стесняться раздеваться перед незнакомыми мужчинами, потому что очень рано поняла, что ничего нового ни один мужчина во мне не увидит. Кстати, я не успела вам сказать, там, на полочке, два флакона, они с виду совершенно одинаковые, но в одном шампунь, а в другом — бальзам, не перепутайте.

— Я умею читать.

— Там написано не по-русски.

— Ничего, я прочту.

— Счастливый. А я ни одного языка иностранного не знаю. Выпить хотите?

— Нет.

— Ну как хотите.

Настя вернулась в комнату, сделала себе чашку кофе, налив воду из горячего самовара, и забралась с ногами на диван. Трудно с ним, с этим Сауляком, замкнутый, неразговорчивый, нелюбопытный. Это хуже всего. Вся комбинация построена на том, что у самого Сауляка и у его преследователей присутствует нормально развитое чувство интереса к непонятному и неизвестному. А Сауляк, похоже, совсем не такой.

Ладно, можно немного расслабиться. Пока Елизавета не принесет одежду, он из ванны не вылезет. Настя вытянулась на диване, поставив себе на грудь пепельницу и взяв сигарету. Великая сила — деньги! Сунула администратору сто долларов — получила двухкомнатный номер. Еще одна бумажка перекочевала в руки Елизаветы — и та с готовностью согласилась с тем, что у Насти в номере поживет ее знакомый без всякого оформления. Пожалуй, генералу Минаеву этот Сауляк влетит в копеечку. То ли еще будет... Траты-то предстоят немалые.

Она взглянула на часы — половина первого. Пора

звонить Короткову. Он должен сидеть в своем номере безвылазно и ждать ее звонка.

— Ну как ты? — обеспокоенно спросил Юра.

— Пока ничего. Встретила и привезла.

— Кто-нибудь им интересовался?

— Еще как. И, по-моему, даже двое. Парочка на машине и еще один любопытствующий пешком пришел. Провожали нас до самой гостиницы.

— Где он сейчас?

— В ванной. Отмокает.

— Что за тип?

— Сложный. Боюсь, не справлюсь я с ним.

— Но он понял, кто ты такая?

— Надеюсь, что нет. Самое странное, что он не проявляет к этому ни малейшего интереса. Похоже, ему все равно.

— Так не бывает.

— Сама знаю. Ладно, встречаемся в ресторане в два часа. Посмотришь на него.

Елизавета Максимовна принесла объемистый пакет с заказанной одеждой.

— Вот, все как вы просили, — сказала она. — И сдача.

— Не нужно, — улыбнулась Настя. — Оставьте себе.

— Спасибо, — сверкнула золотыми зубами дежурная, торопливо пряча деньги в карман. — Может, еще что-нибудь нужно?

— Пока нет.

Закрыв за ней дверь, Настя постучалась в ванную.

— Павел, принесли одежду. Я поставлю пакет возле ванной.

— Хорошо, — донеслось в ответ.

Она поставила пакет на пол и ушла в спальню. Ей тоже нужно переодеться. Настя открыла свою дорожную сумку, достала косметичку, туфли и красивый пушистый свитер, сняла с вешалки в шкафу строгие черные брюки и невольно скривилась. Лучше всего она чувствовала себя в джинсах и кроссовках, но дело есть дело, ничего не поделаешь. Она натянула брюки и свитер, сунула ноги в узкие модные туфли и занялась лицом. По доносящимся из гостиной звукам она поняла, что Павел наконец вышел из ванной. Интересно, преследователи уже добрались до Елизаветы или еще нет? Наверное, добрались, и теперь с недоумением пережевывают вытянутую из нее информацию: Павла встречает сумасшедшая миллионерша. Ничего, пусть пожуют, челюсти крепче будут.

Настя с удовлетворением оглядела себя в зеркале. Сейчас она лишь отдаленно напоминала ту замерзшую женщину с покрасневшим от мороза носом, которая ждала Павла у ворот колонии. Лицо от тепла и умело наложенных румян стало нежно-розовым, подведенные глаза — большими и выразительными. Она поправила волосы и решительно вышла из спальни.

— Как одежда? — спросила она. — Все подошло?

Сауляк тоже выглядел получше. После ванны он стал словно свежее, новые брюки отлично сидели на узких бедрах. Он стоял у окна спиной к Насте и даже не обернулся на ее голос.

— Да, спасибо.

— Через полчаса мы с вами пойдем обедать. Вы голодны?

— Нет.

— А я ужасно хочу есть. У вас по-прежнему нет ко мне вопросов?

— Нет.

— Зато у меня есть вопросы к вам. И мне придется вам их задавать, даже если вы не захотите отвечать на них.

— Пробуйте.

Он по-прежнему стоял спиной к ней, но Насте показалось, что в его голосе мелькнула насмешка.

— Павел, я хочу, чтобы вы понимали меня правильно. Эти вопросы я задаю не из праздного любопытства. Меня наняли для выполнения определенной работы, и меня не очень-то интересует подоплека всей этой ситуации, мое дело — выполнить задание и получить деньги. Но для того чтобы это задание выполнить, я должна кое-что знать. У вас в зоне были враги?

— Это не имеет значения, — спокойно ответил тот.

— Нет, имеет. И я прошу вас ответить.

— Хорошо. У меня не было врагов.

— Так не бывает. Вы говорите мне неправду, и я хотела бы понять, зачем вы это делаете.

Он повернулся к ней лицом, но глаза его были устремлены куда-то поверх ее головы.

— Так что вы хотите выяснить в конечном итоге? Были ли у меня враги в зоне или зачем я говорю неправду?

— И то, и другое. Я слишком хорошо знаю зону. И я знаю, что у осужденного не может не быть врагов.

— Откуда такая уверенность? Приходилось бывать?

— Приходилось. Поймите, Павел, ваша ложь мешает мне.

— И за что вы сидели, можно узнать?

— Можно. За мошенничество. Что, меня это не украшает? Хотите сказать, что настоящий мошенник не должен попадаться, на то он и мошенник?

— Я этого не говорил. Вы передергиваете.

— Хорошо, — вздохнула Настя. — Сойдемся на том, что я допустила ошибку. Но это было давно. Вы хотя бы приблизительно представляете себе, кто может за вами охотиться?

— Нет.

— Вы опять лжете, Павел.

— Конечно. Послушайте, ваша задача — довезти меня до Москвы, вот и везите меня. И ради Бога, не лезьте ко мне.

Он снова отвернулся и уставился в окно. Настю охватила злость, но она постаралась взять себя в руки. Села в кресло, закурила. Тронула ладонью самовар и с сожалением поняла, что вода уже остыла, а она с таким удовольствием выпила бы сейчас еще одну чашечку кофе.

* * *

Настя хорошо помнила и эту гостиницу, и этот ресторан, она бывала здесь несколько раз в середине восьмидесятых, когда Самара еще называлась Куйбышевом. За десять лет все здесь стало по-другому, у гостиницы появился хозяин, и в номерах стало чище и уютнее, а ресторан стал похож действительно на ресторан, а не на привокзальную забегаловку, как было раньше. Разумеется, с метрдотелем и официанткой Настя познакомилась еще позавчера, и за два дня, в течение которых она приходила сюда на завтрак, обед и ужин, она сумела создать себе соответствующую репутацию. Сумасшедшая миллионерша.

Едва они толкнули стеклянную дверь и ступили в обеденный зал, как мэтр — низенький, но исполненный достоинства Герман Валерьянович — буквально кинулся к ним.

— Добрый день, добрый день, — приговаривал он, семеня коротенькими ножками и ведя их к самому лучшему столику, — ваш столик вас ждет, все как вы просили.

Он подвинул Насте стул, подождал, пока они усядутся. На столе, кроме приборов, стояла ваза с огромным букетом розовых гвоздик. Больше ни на одном столе во всем ресторане цветов не было.

— Вы любите гвоздики? — спросила она Павла.

— Нет.

— Я тоже. Терпеть их не могу. Особенно розовые.

— Попросите, чтобы их убрали.

— Ни за что. Я специально просила вчера, чтобы на мой столик поставили розовые гвоздики.

— Зачем?

Настя с удовлетворением отметила, что в его голосе мелькнуло плохо скрытое изумление. Ну вот, не такой уж ты непробиваемый, Павел Дмитриевич Сауляк. Непохожий на других, это верно, особенный, даже, наверное, неповторимый в чем-то, но и тебя можно достать и расшевелить.

— Затем. Присутствие негативного раздражителя помогает держаться в форме. Что вы сидите сложа руки? Смотрите меню, выбирайте блюда.

— Я не голоден.

— Вы опять лжете? Как же вы можете быть не голодны?

— Повторяю вам...

— Хорошо, хорошо, — торопливо перебила его Настя. — Вы не голодны, я поняла. Мне не нужно повторять по три раза. Но, поскольку мы с вами договорились, что вы будете меня слушаться, я прошу вас что-нибудь заказать.

— Мне все равно, заказывайте сами.

— Что вы пьете?

— Ничего.

— Совсем ничего?

— Совсем.

— Хорошо, значит, кампари.

Она специально выбрала этот столик два дня назад. С ее места прекрасно просматривался весь зал и обе двери — в холл и в служебные помещения. Ровно в два часа появился Юра Коротков и сел там же, где сидел вчера и позавчера. Все это было частью спектакля. Коротков внимательно оглядел зал, нашел глазами Настю, привстал со своего места и поклонился ей. Настя демонстративно фыркнула и передернула плечами.

Официантка принесла закуски и бутылку кампари.

— Ешьте, — сказала Настя. — Следующее кормление будет не скоро. Попробуйте, это вкусно.

Сауляк лениво отрезал кусочек говяжьего языка и неторопливо отправил в рот. Лицо его было бесстрастным, и было вовсе не похоже, что он изо всех сил борется с голодом, не желая есть оплаченную незнакомой женщиной еду. Такое впечатление, что он действительно не хочет есть.

К их столику снова подлетел прыткий Герман Валерьянович, на этот раз у него в руках была бутылка шампанского «Ив Роше».

— Ваш поклонник уже пришел, — сообщил он, заговорщически улыбаясь. — И просил вам передать это шампанское.

— Да что ж он никак не уймется! — с досадой сказала Настя громко и отчетливо, так, чтобы слышно было на весь ресторан.

Сауляк сидел неподвижно, даже головы не повернул в ту сторону, куда смотрела Настя. Она встала и, взяв бутылку за горлышко, медленно отправилась через весь зал к столику, за которым сидел Коротков. В ресторане в это время было человек тридцать, и все они, как один, следили глазами за высокой худощавой женщиной в черных брюках и голубом пушистом свитере, которая плавно двигалась между столиками, неся в руках бутылку французского шампанского.

Подойдя к Короткову, Настя со всего размаху поставила бутылку на стол, так что посуда задребезжала.

— Я не пью шампанское, — громко сказала она. — И не присылайте мне его больше. Вам понятно?

— А что вы пьете? — так же громко спросил Коротков, не вставая с места. — Я бы хотел хоть чем-нибудь доставить вам удовольствие.

— Если хотите, можете меня поцеловать, прямо здесь и сейчас, но только один раз и с условием, что вы больше не будете мне надоедать.

— Ну и стерва же ты, — шепотом произнес Коротков, растягивая губы в улыбке.

Настя поняла, что он имел в виду. Он был немного ниже ее ростом, но туфли на каблуках сделали разницу между ними весьма существенной. Она усмехнулась, понимая, что на них смотрит весь ресторан, наклонилась, сняла туфли и сразу стала заметно ниже, почти сравнявшись с Коротковым, который был обут в зимние ботинки на толстой подошве. Юра шагнул к ней, обнял, положив одну руку на ее спину, а другую — на затылок. Его лицо медленно приближалось, и Насте захотелось зажмуриться и отступить. Но отступать было некуда. Губы его были твердыми и прохладными, и, несмотря на всю нелепую двусмысленность (или двусмысленную нелепость?) ситуации, она не могла не признать, что целуется Юрка хорошо. Боже мой, они были знакомы восемь лет, они работали в одном отделе, Коротков неоднократно бывал в гостях у Насти и Алексея, выплакивал на ее плече свои обиды по поводу любовных неудач. И вот теперь за много километров от Москвы в ресторане провинциальной гостиницы они целуются на глазах у изумленной публики только лишь потому, что кто-то охотится за освободившимся из мест лишения свободы Павлом Сауляком. Чудны дела твои, милицейская жизнь!

Коротков оторвался от ее губ, галантно поцеловал ее руку и спокойно сел на место. Настя не торопясь надела туфли на семисантиметровых каблуках, обворожительно улыбнулась и двинулась в обратный путь к своему столику.

Саулляк сидел неподвижно, вертя в руках маленькую вилку для десерта и не сводя с нее глаз. Настя кинула взгляд на его тарелку и отметила, что он почти ничего не съел, кроме того единственного кусочка языка.

— Послушайте, Павел, я понимаю, что у вас могут быть свои принципы и соображения, но вы должны поесть. В конце концов, то, что нам с вами предстоит, не является прогулкой по дачному участку, и совершенно неизвестно, где и когда мы с вами сможем поесть в следующий раз. Меньше всего мне хотелось бы, чтобы у нас с вами возникли проблемы из-за ваших неумных прихотей и выходок.

— Значит, вы уверены, что из-за ваших выходок у нас проблем не будет? — спросил он, не отрывая взгляда от серебряной блестящей вилочки.

Ух ты! Заметил, значит. А сидел как каменное изваяние, даже головы не повернул, когда она объяснялась с Коротковым.

— Из-за моих выходок проблемы будут лично у меня, вам понятно? К вам это никакого отношения не имеет. А вот если у вас начнутся проблемы со здоровьем, то я на своих плечах вас не вытяну. Между прочим, этот человек тоже вами интересуется, хотя изо всех сил делает вид, что интересуется исключительно мной. А я делаю вид, что верю ему. Так, может быть, вы все-таки соизволите отступить от своих принципов и разъяснить мне хотя бы в самых общих чертах, кто это так усердно пытается вас достать?

Саулляк поднял на нее глаза, и Настю внезапно окатила жаркая волна. Ей не хотелось шевелиться, ноги и руки словно налились свинцом, веки стали опускаться. В эту секунду ей стало совершенно все равно, ответит ли ей Саулляк, и если ответит, то что именно. Ей стало безразлично, сумеет ли она выполнить задание и довезти его до Москвы, до генерала Минаева. Больше всего на свете ей сейчас хотелось спать...

Она собрала все силы и стряхнула с себя оцепенение. Ей даже показалось, что все это ей привиделось.

Сауляк сидел напротив нее, крутя в пальцах серебряную вилочку, и глаза его по-прежнему были прикованы к блестящему кусочку металла.

— Пойдемте отсюда, — резко сказала она, поднимаясь.

Вытащив из вазы розовые гвоздики, она подошла к столу Короткова и швырнула цветы ему в лицо. Идя к выходу, она снова чувствовала на себе взгляды, одни — насмешливые, другие — осуждающие, третьи — восхищенные. Но она точно знала, что по меньшей мере одна пара глаз смотрит ей в спину с настороженным недоумением.

* * *

— Кто она такая? Откуда взялась? — нервно выкрикивал Григорий Валентинович Чинцов. — Вы хоть что-нибудь сумели о ней узнать?

— Очень многое, Григорий Валентинович, — докладывал помощник Чинцова, — но сведения такие противоречивые, что трудно понять, каким из них можно верить, а каким — нет. Ее фамилия — Сауляк, Анастасия Павловна Сауляк. Вероятно, это его жена или родственница. Паспортные данные я взял у администратора гостиницы в Самаре, но проверить еще не успел. Те, кто наблюдает ее в Самаре, утверждают, что у нее очень много денег и она ими разбрасывается не считая. По-видимому, с Сауляком у нее был какой-то конфликт, потому что они не кинулись друг к другу, когда он вышел из зоны. Она явно в чем-то оправдывалась, а он ее снисходительно слушал. Похоже, он не ждал, что она будет его встречать. Особа крайне неуравновешенная и экзальтированная, способная на эксцентричные выходки. В общем, женщина с очень нестандартным поведением. И я думаю...

— Ну-ну, — подбодрил помощника Чинцов, — выкладывай, какие у тебя есть идеи.

— Я думаю, что она может быть одной из тех...

— Да?

Чинцов нахмурился, задумчиво потер пальцем переносицу, потом налил в стакан из толстого стекла минеральной воды и сделал несколько больших глотков.

— А почему тебе пришла в голову такая мысль?

— Поведение какое-то необычное. И потом, если они родственники, то это тем более возможно. Вы же знаете, это передается на генетическом уровне. И я подумал, Григорий Валентинович, что если эта женщина ничего не знает, то ее можно было бы использовать. Булатников в свое время использовал Павла, а мы используем ее. Надо только выяснить, как много она знает и не опасно ли оставлять ее в живых.

— Ты не о том думаешь, — сердито откликнулся Чинцов. — Надо в первую очередь думать о том, не опасно ли от нее избавляться. Ты как ребенок, которого поманили конфеткой, и он уже забыл о том, что нужно делать уроки. Наша задача сегодня — заставить Павла замолчать навсегда. А эта красотка путается у нас под ногами, она засекла машину, и хотя номера на ней были съемные, но рожи-то у наших людей в этой машине были настоящие. Поэтому пренебрегать ею как свидетелем мы с тобой не можем. Мы должны решить, можно ли ее убирать вместе с Павлом или надо ждать, пока они наконец расстанутся. А ты вместо этого начал вынашивать какие-то дурацкие замыслы, как бы ее использовать. Не надо нам ее использовать, пойми ты это наконец своими куриными мозгами. Нам нужно Павла заткнуть. И все.

— Хорошо, Григорий Валентинович.

* * *

До ужина они просидели в номере, не обменявшись ни словом. Настя лежала на диване в гостиной, уставившись в потолок, а Павел ушел в спальню, и чем он там занимался, Настя не знала. В семь часов она поднялась с дивана и без стука вошла в спальню. Сауляк стоял возле окна и внимательно наблюдал за улицей, хотя уже стемнело. Интересно, что он там может видеть?

— Надо идти в ресторан, — холодно сказала Настя. — Пора ужинать.

— Вы удивительно прожорливы, — усмехнулся Павел.

— Вы что же, по-прежнему отказываетесь от еды?

— Я не голоден.

— Не морочьте мне голову, — устало откликнулась она. — Хотите строить из себя супермена, который может неделями обходиться без еды и питья — ради Бога, только не в ущерб тому делу, которое мы с вами вместе должны сделать. Дайте мне спокойно довезти вас до Москвы — и можете голодать хоть до второго пришествия.

— Кстати, о нашем общем деле. Как вы собираетесь посадить меня на самолет без паспорта?

— Со справкой полетите. Вам же дали справку об освобождении.

— Но лететь по справке — это все равно что плакат на грудь повесить: «Я — Сауляк». Вы же хотите довезти меня в целости и сохранности, или я что-то не так понимаю?

— Не ваше дело, чего я хочу, — грубо ответила Настя. — Полетите по справке. Мне надоели ваши выкрутасы, мне платят, в конце концов, за работу, которую я выполняю, а не за то, чтобы я терпела ваш характер. Между прочим, чтобы вас вытащить отсюда живым и невредимым, мне пришлось отказаться от роли, о которой я давно мечтала. Но вы, по-моему, не стоите такой жертвы.

— Вы отказались от роли? Вы актриса?

— Представьте себе. Мало того, что уголовница, так еще и актриса. Впрочем, актрисой я стала раньше, чем загремела на нары.

— Я думал, вы частный детектив или что-то в этом роде.

— Надо же, оказывается, голодание благотворно сказывается на умственной деятельности. Вы еще о чем-то думаете. А я, черт вас возьми, Павел Сауляк, думаю только о том, как бы замылить глаза вашим преследователям и не дать им поднять на вас руку. И было бы очень неплохо, если бы вы тоже думали именно об этом, а не о моей печальной биографии. Кстати, имейте в виду, что по документам я ношу вашу фамилию.

— Зачем? Для чего это нужно?

— А вы подумайте. Раз вы такой принципиальный и не хотите есть, так хоть подумайте. Ладно, выйдите из спальни, мне нужно переодеться.

Павел вышел. Настя быстро стянула брюки и свитер, достала из шкафа колготки, мини-юбку и трикотажную майку с глубоким вырезом. Вид у нее в этом наряде был дешево-потаскушечный, но с этим придется смириться. Она достала косметичку и добавила яркости спокойному дневному макияжу.

Сауляк ничего не сказал по поводу ее внешнего вида, и Настя оценила его сдержанность. Она была сама себе противна. Герман Валерьянович был тут как тут, только они переступили порог ресторана. Вечером публика здесь была другая. Наряду с обитателями гостиницы, спустившимися просто поужинать, можно было увидеть и «крутых», и «деловых», и местных проституток — полный ресторанный набор среднего пошиба. В зале стоял ровный гул, но Настя знала, что в восемь часов начнут работать музыканты, и тогда от шума и грохота будет уже не спастись. Но ей придется это выдержать, как приходилось выдерживать два дня перед этим.

Она взяла у официантки меню и не открывая протянула Павлу.

— Сделайте заказ, будьте любезны.

— Но я не знаю ваших вкусов, — возразил он, пытаясь вернуть ей меню.

— А я не знаю ваших. Не спорьте, пожалуйста. Мне казалось, мы с вами договорились.

Официантка стояла рядом, держа наготове карандаш и блокнот, и Настя злорадно подумала, что в ее присутствии Сауляк выпендриваться не будет. Какой бы ни был у него неуступчивый и тяжелый характер, но раз он был агентом генерала-комитетчика, то должен четко представлять себе ту черту, до которой еще можно любоваться собственной сложностью и неординарностью, а после которой — уже нельзя, иначе получится во вред делу. Присутствие постороннего человека — официантки — и было этой чертой. Павел сделал заказ, почти не раздумывая, закрыл меню и отдал его официантке.

— Теперь не обессудьте, если что не так, — произнес он, когда девушка отошла. — Вам придется есть то, что принесут.

— Съем, — Настя пожала плечами. — В отличие от вас я всеядна и неприхотлива. Просто удивительно, что за два года в зоне вы сохранили равнодушие к еде. Ну-ка посмотрите, где там мой Ромео? Не пришел еще?

— Нет, — ответил Сауляк сразу же.

«Попался, — подумала Настя. — Ты бы хоть ради приличия зал оглядел. Теперь понятно, что ты искал глазами Короткова с той самой секунды, как мы только вошли в ресторан».

На этот раз Сауляк съел все, что было заказано, но делал он это с таким видом, словно отбывал каторгу. Или он действительно не испытывал голода, или притворялся, но зачем нужна эта игра, Настя не могла понять.

Ровно в восемь часов на эстраду вышли музыканты. Певица, одетая в какое-то немыслимое платье черного цвета с металлическими заклепками, поднесла к губам микрофон и начала петь на русском языке известную французскую песню. Голосок у певицы был хиленький, и владела она им плоховато, но популярность мелодии сделала свое дело, и на пятачке перед эстрадой сразу же начали переминаться с ноги на ногу танцующие пары. Настя задумчиво курила, глядя на них, и вполголоса напевала ту же самую песню, только на языке оригинала.

— Вы же говорили, что не знаете ни одного иностранного языка, — не удержался Сауляк.

«Второй раз попался, — сосчитала Настя. — Прогресс налицо».

— Я сказала неправду, — ответила она, безмятежно улыбаясь и глядя в лицо Павлу. Ей хотелось поймать его глаза, но они все время куда-то ускользали.

— Зачем же? Какой смысл в этой лжи?

— Меня это развлекает. А вы имеете что-нибудь против?

— А все остальное — тоже ложь? И срок за мошенничество, и новая роль?

— А вот этого я вам не скажу. Во всяком случае,

пока. Судя по всему, вы еще не научились отличать правду от лжи.

— А вы? Научились?

— Давно, — рассмеялась Настя. — Если вам интересно, я как-нибудь расскажу вам, как это делается. А сейчас я попрошу вас пойти со мной танцевать.

— Я не танцую, — быстро ответил Сауляк.

— А меня это не интересует. Это вы можете рассказывать девушке, которая вам не нравится, но хочет, чтобы вы с ней потанцевали. А когда я прошу, вы должны вставать и идти со мной. Более того, я попрошу вас быть ласковым со мной до такой степени, чтобы это бросалось в глаза окружающим. Вам понятно?

— Это исключено. И не просите.

— Вы что-то путаете, Павел Дмитриевич, — сказала она ледяным тоном. — Опасность угрожает вам, а не мне. И слушаться должны вы меня, а никак не наоборот. Я вам скажу, что мы с вами сейчас будем делать. Мы будем танцевать, потом вы обнимете меня и поцелуете, а я дам вам за это по морде, после чего мы спокойно вернемся за столик, возле столика вы поцелуете меня еще раз, чтобы все видели. И только потом мы сядем. Вы все запомнили?

— Я не буду этого делать, — глухо сказал Сауляк, откинулся на спинку стула, скрестил на груди руки и закрыл глаза.

— Вы будете это делать, потому что так нужно. И если вы не понимаете, зачем это нужно, мне придется вам объяснять, хотя это не очень-то прилично — объяснять такие примитивные вещи человеку с вашей биографией и вашим опытом.

— Что вы хотите сказать? — спросил он, не открывая глаз. — О каком опыте вы говорите?

— Об опыте работы с Булатниковым.

— Я не намерен это обсуждать. Тем более с вами.

— Прекрасно. Я тоже не хотела бы затрагивать эту тему, но вы меня вынудили. Поэтому как только закончится перерыв, мы с вами пойдем танцевать и разыгрывать спектакль.

— Я не буду вас целовать.

«Отлично. Значит, танцевать ты уже согласен. Еще один шаг на пути прогресса».

— Вам придется.

— Нет.

Настя протянула руку и ласково погладила его пальцы. Веки его дрогнули, но глаза остались закрытыми.

— Пашенька, — сказала она тихим и необычно мягким голосом. — Пожалуйста, милый, сделай это. Ради меня. Я очень тебя прошу.

Веки приподнялись, между редкими ресницами мелькнули ослепительные полоски белков, щеки, казалось, ввалились еще глубже, но губы чуть заметно шевельнулись в слабом подобии улыбки.

— Хорошо. Пойдемте.

Музыканты заиграли новую песню, перед эстрадой уже толпилось довольно много народу, и танцевать можно было только тесно прижимаясь друг к другу. Настя закинула руки на плечи Павлу, тогда как он довольно грубо положил ладони на ее ягодицы, обтянутые короткой юбкой.

— Э, полегче, — тихонько попросила она. — Это уже слишком серьезно.

— А я не шучу. Вы сами этого хотели.

— Я хотела вовсе не этого, вы прекрасно это понимаете. Должны понимать.

— Посмотри на меня, — потребовал он, и Настя с каким-то неприятным чувством отметила, что он наконец обратился к ней на «ты».

Она подняла голову и наткнулась глазами на его взгляд.

— Ты хотела этого, — тихо и медленно говорил Павел, крепче и крепче сжимая ее ягодицы. — Ведь ты же хотела именно этого, не так ли? Ты хотела этого с того самого момента, когда целовалась со своим поклонником днем в этом ресторане. Ты целовалась с ним, а хотела, чтобы на его месте был я. Ты и сейчас этого хочешь. Ну, признайся же, признайся, и тебе сразу станет легче. Скажи, что ты хочешь меня.

Она впала в оцепенение, подобное тому, которое охватило ее за обедом. Руки вмиг стали горячими и какими-то слабыми, ей казалось, что она даже шариковую ручку в пальцах не удержит. Слова уже бились в горле, рвались на язык, и она была уверена, что произнесет сейчас: «Да, я хочу тебя», и ей сразу станет легче, и все будет хорошо, ну просто отлично. Его тихий монотонный голос завораживал, увлекал ее в какую-то темную страшную пучину безволия, его холодные пальцы уже сжимали ее бедра под юбкой...

Она сделала последнее усилие, вырвалась из его рук и залепила ему пощечину. Никто не обратил на них внимания, музыка звучала оглушающе громко, пары были заняты самими собой. Павел легко перехватил ее руку и сжал кисть с такой силой, что у нее выступили слезы. Он сделал еще одно легкое, почти незаметное движение, нажав на болевую точку, и Настя опустилась на колени, не удержав равновесия. Теперь уже внимание к ним было привлечено, танцующие расступились, в дверях показались головы вышибал, готовых по первому знаку кинуться наводить порядок. Павел подал ей руку и помог встать. Они дошли до своего столика, провожаемые удивленными взглядами, и молча уселись. Краем глаза Настя заметила Короткова. Она подняла руку, подзывая официантку.

— Позови Германа, — бросила она, не глядя на девушку.

Через несколько минут к ним подбежал услужливый метрдотель. Настя открыла сумочку и вынула из нее три купюры по пятьдесят тысяч.

— Пошлите кого-нибудь, пусть купят цветы. Розовые гвоздики для меня и желтые — вон на тот столик, где мой поклонник сидит. И побыстрее.

Герман схватил деньги и умчался.

— Я вас не понимаю, — произнес Саулlike.

«Ну вот, наконец-то, — с облегчением подумала Настя. — Наконец-то ты заговорил со мной первым, а не просто отвечаешь на мои назойливые вопросы. Наконец-то ты чего-то не понимаешь. Дело сдвинулось, но видит Бог, это стоило мне... И синяк теперь на руке будет».

— Чего вы не понимаете? — устало спросила она, машинально поглаживая болезненно ноющее место на запястье.

— Зачем вы покупаете цветы, которые вам не нравятся?

— Затем, что я никогда не покупаю цветы, которые мне нравятся. Цветы, которые мне нравятся, мне дарят люди, которые хотят сделать мне что-нибудь приятное.

— Это не ответ.

— Другого не будет.

— А желтые гвоздики вам нравятся?

— Нет. Я вообще гвоздики не люблю, никакие.

— Значит, они нравятся вашему Ромео?

— Откуда я знаю, что ему нравится, — она равнодушно передернула плечами.

— Тогда зачем...

— Не знаю, — оборвала она Павла. — Низачем. Я же не спрашиваю, зачем вы это сделали там, возле эстрады. Сделали, потому что захотели или посчитали нужным сделать, вот и весь ответ. И я не считаю себя вправе требовать от вас отчета, почему это вы решили поступить так или иначе. Решили — значит, решили. Как решили — так и поступили.

— Вы весьма демократичная особа, должен вам заметить.

— Увы, нет. Я анархистка, сторонница абсолютной свободы. Главным образом я имею в виду свободу принятия решения. Поэтому не пристаю к вам с вопросами и не собираюсь отчитываться перед вами по поводу цветов. Если вы наелись, мы можем возвращаться в номер.

— А как же цветы? Их ведь еще не принесли.

— Принесут в номер.

Настя расплатилась по счету, и они снова поднялись на третий этаж. За стодолларовую бумажку Елизавета Максимовна записала в журнал, что в полулюксе живут двое, и новая дежурная, сидящая на посту на третьем этаже, ничего у Насти не спросила, только проводила ее недоброжелательным взглядом.

— Вы будете спать в спальне, — сказала она Павлу не терпящим возражений тоном.

Он ничего не ответил, только молча кивнул. Настя быстро прошла в спальню, взяла свою одежду и скрылась в ванной, чтобы переодеться. Она с остервением намыливала лицо, смывая слишком яркую косметику, потом встала под душ. После горячего душа она снова влезла в свои любимые джинсы, натянула майку и свитер и почувствовала себя гораздо лучше.

Войдя в комнату, она сразу увидела огромный букет, валяющийся на журнальном столике. Павел сидел в кресле, и Настя ничуть не удивилась, что он снова сидит с закрытыми глазами, скрестив руки на груди и закинув ногу на ногу. Похоже, это была его любимая поза, и только так он чувствовал себя комфортно и удобно.

— Давайте ложиться спать, — сказала она. — Вы, наверное, устали.

— Нет.

— А я устала. И хочу лечь.

Сауляк поднялся и не говоря ни слова вышел в спальню. Настя пошла следом за ним, сняла постельное белье с одной из кроватей и, вернувшись в гостиную, постелила себе на диване. Погасив свет, она сняла обувь и свитер и нырнула под одеяло, оставшись в джинсах и майке. Мало ли как жизнь повернется, вдруг придется вскакивать и нестись куда-нибудь сломя голову.

Она знала, что вряд ли сможет заснуть, когда совсем рядом, в нескольких метрах от нее, находится человек, источающий непонятную, но весьма ощутимую опасность. Но хотя бы просто полежать, спокойно полежать и подумать. Она знала, что должна последовательно перебрать в памяти все, что произошло за сегодняшний день, шаг за шагом, слово за словом, чтобы составить хоть какое-нибудь представление о том, что такое Павел Сауляк.

В спальне было тихо, похоже, Павел даже не вертелся с боку на бок. Внезапно она улышала, как скрипнула кровать, потом раздались едва слышные шаги и открылась дверь, ведущая из спальни в гостиную.

— В чем дело? — спросила Настя вполголоса.

— Хочу задать вам один вопрос. Можно?

— Можно.

— Вы очень испугались там, в ресторане?

«Ах ты подонок! — подумала Настя почти что с

умилением. — Ты что же, сукин сын, эксперименты на мне ставил? И теперь умираешь от любопытства, потому что не понимаешь, получилось у тебя или нет. И до такой степени тебя любопытство разбирает, что ты даже поступаешься своими долбаными принципами и первым задаешь мне вопросы. Ты даже уснуть не можешь, так тебя разбирает».

— Не столько испугалась, сколько удивилась, — ответила она вполне дружелюбно. — Вы вдруг стали обращаться ко мне на «ты», хотя не далее как сегодня утром категорически от этого отказывались. Впрочем, чего-то подобного я от вас ожидала, все-таки два года вы провели в зоне, поэтому вполне естественно, что в какой-то момент вы могли повести себя по отношению ко мне не вполне адекватно. Но это простительно.

— Значит, вы совсем не испугались?

— Нет, конечно. Чего я, по-вашему, должна бояться? Вы что же, думаете, я с мужчинами никогда не спала?

— Простите. Спокойной ночи.

Дверь снова скрипнула, Павел скрылся в спальне. «Конечно, я испугалась, — думала Настя, свернувшись в клубочек под тонким гостиничным одеялом. — Я в первый раз испугалась еще тогда, за обедом. Ты страшный человек, Павел Саулик. Господи, как же мне довезти тебя до Москвы и больше никогда не видеть?!»

Глава 3

Заснуть ей так и не удалось. В спальне было тихо, оттуда не доносилось ни звука, но Настя была уверена, что и Саулик не спит. Ровно в шесть часов она поднялась и постучалась к нему.

— Павел, пора вставать.

Он появился на пороге спальни почти мгновенно, будто не только не спал, но и не раздевался на ночь.

— Завтракать будем в аэропорту, здесь еще все закрыто в такую рань, — сказала она, быстро укладывая вещи в сумку.

50

Сауляк молча прошел в ванную, не сказав ни слова.

В аэропорт они добирались городским автобусом. Настя преодолела искушение взять такси, потому что автобус казался ей более безопасным. Остановить на безлюдном утреннем шоссе машину и попортить шкуру двоим невооруженным пассажирам — фокус не большой, а с автобусом такие штучки не пройдут. Она даже не стала смотреть в окно, пытаясь увидеть своих преследователей. Какая разница, есть они или нет? План от этого не меняется. Павел всю дорогу молчал, и ей на некоторое время даже удавалось забыть о его присутствии. Только когда она достала из сумки билеты, он метнул на нее вопросительный взгляд, но сдержался и по обыкновению ничего не спросил.

Они зарегистрировались и прошли на посадку. В накопителе народу было много, сесть было негде, и им пришлось стоять добрых сорок минут, пока стюардесса наконец не открыла двери и не пригласила пассажиров в автобус. Все эти сорок минут Сауляк простоял с закрытыми глазами, прислонившись к стене и скрестив на груди руки, а Настя незаметно разглядывала людей. У противоположной стены она заметила Короткова, а совсем рядом, всего в нескольких метрах от себя, увидела знакомое лицо парня в волчьей шапке. Пассажиры из серой «Волги» пока не появлялись, но она была уверена, что они где-то здесь.

К самолету они поехали последним автобусом и встали в самый конец очереди у трапа. Поднявшись в салон, Настя с удовлетворением убедилась, что почти все пассажиры уже сидят на своих местах. Таким образом, пробираясь к своему креслу, она имела возможность посмотреть в лицо каждому. Еще покупая билеты, она позаботилась о том, чтобы их места оказались в конце салона. Конечно, вот они, сидят в разных рядах, никуда не делись. И «волчья шапка» на месте. И Коротков. И автомобилисты. Полный сбор. Можно лететь.

— Они здесь? — спросил Сауляк, когда Настя уселась поудобнее и застегнула ремень.

— Здесь, — кивнула она. — Разве вы не видели? Я же просила вас запомнить лица.

— Я запомнил.

— Что, внимания не обратили, пока шли по салону?

— Обратил.

— Тогда почему спросили?

— Вас проверял.

— Понятно. Что, Павел Дмитриевич, страшно доверять свою судьбу актрисе-мошеннице?

— Страшно, когда не понимаешь, что и почему делает человек, которому доверился.

— А вы спрашивайте, не стесняйтесь, — весело посоветовала Настя.

Все-таки она его дожала! Как ни пыжился, как ни крепился, пытаясь выглядеть умным и прозорливым, не нуждающимся ни в каких разъяснениях, а сломался. Ее логика оказалась ему не по зубам.

— Зачем мы летим в Свердловск?

— В Екатеринбург, — поправила она. — Чтобы оторваться от них. В Самаре мы с вами как на ладони, они отследили нас от ворот вашей колонии до самолета. В Екатеринбург мы прилетим около полудня, и в течение ближайшего часа оттуда уйдут четыре рейса — в Волгоград, в Петербург, в Иркутск и в Красноярск. Мы получим новые документы и улетим, а они пусть думают, куда именно.

— Но почему именно в Екатеринбург? Что, в других городах расписание по-другому составлено?

— Расписание такое же, аэропорт другой. В аэропорту Кольцово много интересных ходов и выходов, и я их все знаю. Еще вопросы есть?

— Я хотел бы знать, кто вас нанял.

— А вот тут придется поторговаться.

— То есть?

— Я скажу вам, кто меня нанял, но и вы должны будете мне сказать, почему меня наняли.

— Разве вы этого не знаете?

— Я об этом не спрашиваю. Именно поэтому меня и нанимают. Согласитесь, очень удобно, когда можно дать задание и ничего не объяснять. Если я буду проявлять излишнее любопытство, то останусь без работы.

— Вот и не проявляйте.

— Хорошо, — легко согласилась Настя, — не буду. Будем считать, что торговля не состоялась.

— Куда мы полетим из Екатеринбурга?

— Не знаю, — она беззаботно пожала плечами. — Куда будут билеты, туда и полетим.

— А если на те четыре рейса билетов не будет?

— Будут, куда денутся, — усмехнулась она. — Экий вы, право слово, тревожный, Павел Дмитриевич.

Самолет набрал высоту и теперь летел ровно, только слегка подрагивая. Бессонная ночь дала о себе знать, и Настю стало неумолимо клонить ко сну. Веки сделались тяжелыми, но она изо всех сил боролась с соблазном закрыть глаза и подремать. И не то чтобы она боялась оставить Павла без присмотра, тем и хорош самолет, что из него никуда не денешься, да и Юра Коротков здесь, глаз с них не спускает. Но Сауляк ее беспокоил, и чем дальше — тем больше. От него исходила неведомая опасность, и заснуть рядом с ним было для Насти равносильно тому, чтобы сложить руки и отдаться на милость врага.

Она снова и снова перебирала в уме все этапы предстоящей операции по «сбрасыванию хвоста» в аэропорту Кольцово, когда над головами пассажиров пронесся мелодичный голос стюардессы.

— Уважаемые пассажиры! По метеоусловиям аэропорта Кольцово наш самолет не может совершить посадку в Екатеринбурге. Посадка будет осуществлена в аэропорту города Уральска. Экипаж самолета приносит вам свои извинения.

Вот это номер! Сон как рукой сняло. Интересно, что она будет делать в Уральске? Рядом — никого, кроме Короткова, но толку-то от него... Документы для нее и Павла дожидаются их в Екатеринбурге. А пытаться уехать из Уральска, имея документы на фамилию Сауляк, бессмысленно. То есть уехать, конечно, можно, но это пустая трата времени, сил и денег. Все равно за ними будет тащиться «хвост». Без помощи сотрудников аэропорта они не смогут сесть ни на один самолет, не засветившись.

Она повернула голову и взглянула на Павла. Тот сидел по-прежнему с закрытыми глазами, но было видно, как под тонкой кожей век быстро двигаются глазные яблоки.

— Вы слышали? — спросила она.

— Слышал.

— У нас с вами начинаются проблемы.

— Я понял.

— Наше путешествие затягивается и перестает быть приятным.

— Я понял.

— Я рада, что вы такой понятливый, — сказала она с неожиданной злостью. — И в интересах нашей с вами безопасности было бы лучше, если бы я знала о ситуации несколько больше, чем знаю сейчас.

— Что именно вы хотите узнать?

— Я хочу хотя бы представлять себе, насколько могущественны те люди, которые за нами тащатся от самой колонии, и каких действий от них можно ожидать.

— Они могут все. Весь вопрос только в том, как далеко они захотят пойти, — ответил он очень тихо, но глаз так и не открыл.

— И что может повлиять на их желания?

— Боязнь раскрыть себя. Боязнь огласки, расшифровки. Вы выбрали правильную линию. Пока они не поймут, кто вы такая, они нас не тронут. Почему вы сделали себе паспорт с моей фамилией?

— Пусть думают, что мы родственники. Это их запутает хотя бы на какое-то время.

— Вы играете с огнем. Это была ваша ошибка.

— А что, быть вашей родственницей опасно?

— Более чем. Вы даже не догадываетесь, до какой степени это может быть опасным.

— Ну так просветите меня. Собственно, я добиваюсь этого уже вторые сутки.

— Вам не нужно этого знать. Просто помните, что вы совершили большую ошибку.

Тоже приятно, с раздражением подумала Настя. Знать, что сделала что-то не так, но не понимать, в чем ошиблась. Хуже не придумаешь. Мстительный сукин сын.

— С кем вы связаны, с милицией или с крими-

нальными структурами? — спросил неожиданно Сауляк.

— А почему только с ними? Вы считаете, что человек, который меня нанял, должен быть непременно
либо милиционером, либо преступником?

— У вас липовый паспорт. Это могут сделать только милиционеры и преступники.

— Не только, — улыбнулась она. — За два года вы
отстали от жизни. Липовый паспорт можно купить на
любом рынке, за большие деньги, конечно, но зато
без проблем. Находишь человека, платишь бабки, говоришь фамилию и отдаешь фотографию. На другой
день получаешь заказ.

— И вы сделали именно так?

— Именно так.

— То есть идея взять мою фамилию принадлежала
лично вам? Вы сами ее выбрали и сами заказали паспорт?

— Совершенно точно.

— И ваш наниматель об этом не знает?

— Я перед ним не отчитываюсь в деталях, ему
важен результат, а как его добиться — я придумываю
сама.

— Вы плохо придумали.

— Что поделать. Не ошибается только тот, кто ничего не делает. Вы уверены, что мой наниматель не
сделал бы такой ошибки?

— Я не знаю, кто ваш наниматель. Может быть, и
не сделал бы. А мог и сделать, если он недостаточно
информирован.

Насте стало не по себе. Генерал Минаев был по-
священ в план операции, он знал, что Настя взяла
себе паспорт с фамилией Сауляк. Но не остановил ее.
Значит, он недостаточно информирован? Это плохо.
Тогда впереди ее могут ждать разнообразные неожиданности, одна неприятнее другой. А если он знал,
что этого делать нельзя? Почему промолчал? Какую
игру он затеял, этот чертов генерал Минаев? Час от
часу не легче.

Самолет пошел на посадку, заложило уши и разболелась голова. Настя из-за слабых сосудов плохо
переносила и взлет, и снижение, а сейчас из-за одоле-

вавших ее дурных предчувствий ей стало совсем тошно.

Шасси самолета коснулись земли, и самые нетерпеливые из пассажиров тут же вскочили и начали одеваться. Настя увидела мелькнувшую впереди голову Короткова. Юра встал и, натягивая куртку, повернулся к ней лицом. Она едва заметно пожала плечами, что должно было означать: никаких специальных указаний нет, в голове пусто, новые идеи не появились, действуй на свой страх и риск.

— Сколько их? — раздался едва слышный голос Павла.

— Четверо. Двое по отдельности и двое вместе.

— Поклонник и двое из машины. Кто четвертый?

— В середине салона — парень в мохнатой шапке из волка. Он подходил вчера утром к колонии, но увидел «Волгу» и смылся. Не знаю, может быть, он с ними вместе.

— Кто из них кажется вам наиболее опасным?

— Все. Я не экстрасенс, мысли на расстоянии не читаю.

Сауляк резко повернулся к ней, и Настю снова окатило жаркой волной.

— Вы что, гипнотизер? — спросила она, улыбаясь через силу.

— Нет. С чего вы взяли?

— Взгляд у вас...

— Какой?

— Нехороший. Вставайте, будем одеваться.

— Вы слишком нервная. Впрочем, я слышал, все актрисы истерички в большей или меньшей степени.

— Аш-игрековый компонент, — пробормотала она, вытаскивая из-под сиденья свою сумку.

— Как вы сказали?

— Про таких, как я, психиатры говорят, что у нас сильно выражен аш-игрековый компонент. «Аш» и «игрек» — две первые буквы латинского написания слова «истерия».

— Так вы еще и психиатр? — усмехнулся Сауляк.

— Нет, но курс психодиагностики я прослушала.

— По-моему, вы такая же актриса, как я — чемпион по кикбоксингу.

— По-моему, тоже. Пошли к выходу. И давайте не ссориться, ладно?

Аэропорт в Уральске был маленьким, тесным, грязным и бестолковым. Пробравшись сквозь толпу пассажиров, стоящих в очереди на регистрацию и посадку, они вышли на улицу. Здесь было намного холоднее, чем в Самаре, дул пронизывающий ветер, забивая глаза мелкой колючей снежной крупой. Пассажирам их рейса было предложено устроиться в гостиницу аэропорта, так как, судя по сводкам синоптиков, рейсы в Екатеринбург возобновятся не раньше завтрашнего дня. Этим любезным приглашением воспользовались немногие, так как до Екатеринбурга можно было за десять часов доехать поездом. Но Настя точно знала, что никаким поездом она Сауляка не повезет. Даже если рядом все время будет Коротков, они не смогут ничего сделать, пожелай их навязчивые друзья сотворить какую-нибудь гадость. В поезде человек защищен минимально. Лучше уж торчать здесь, в Уральске, и терпеливо ждать самолета. Кроме того, скрыться от преследователей Настя могла только в аэропорту Кольцово, там ее ждали, там ей дадут новые документы. Значит, во что бы то ни стало нужно попасть именно туда, и не с улицы, а из зоны прилета.

В гостинице им предложили два койко-места в разных шестиместных номерах — мужском и женском. Этот вариант Настю не устраивал категорически, пришлось доставать еще одну стодолларовую купюру, после чего администратор, лучезарно улыбаясь, протянула ей ключ от стандартного двухместного номера с телефоном и санузлом. Вероятно, в аэропортовской гостинице это был номер самой высшей категории.

В номере она швырнула сумку на пол, скинула куртку и плюхнулась на кровать. Сауляк аккуратно повесил свою одежду в шкаф и уселся в кресло. Со своего места Насте не было его видно, но она могла бы голову дать на отсечение, что он опять сидит, скрестив руки и закрыв глаза.

— Вы будете продолжать голодовку? — с сарказмом спросила она Павла.

— А вы уже успели проголодаться? — отпарировал он. — Вас прокормить — никаких денег не хватит.

— У меня нормальный аппетит здорового человека, не отягощенного муками совести, — весело ответила Настя. — А глядя на вас, можно подумать, что вам кусок в горло не лезет. От страха, что ли?

— Завидую вашему оптимизму. Впрочем, не зря же говорят, что многия горести — от многих знаний.

— Так поделитесь со мной вашими горестными знаниями, может, и у меня аппетит пропадет. Сэкономим на еде.

Он не ответил, но Настя с удовлетворением подумала, что произносимые им фразы стали длиннее, чем вчера. Ничего, со временем она его разговорит, нужно только терпение и немного выдумки. Одну особенность Павла Сауляка она уже высчитала: он не может мгновенно перестраиваться. Вчера в ресторане, когда она неожиданно назвала его Пашенькой и заговорила с ним ласково-просительно, он отступил от избранной жесткой линии поведения. Не потому, что поддался на ее мягкость, а потому что растерялся. И именно этим можно объяснить тот фортель, который он выкинул, танцуя с ней. Этот человек теряется, когда чего-то не понимает. Что ж, будем исходить из этого.

Некоторое время она лежала молча, подняв кверху руки и придирчиво рассматривая маникюр. Потом перевернулась на живот, оперлась подбородком на руки и в упор стала разглядывать Павла. Тот никак не реагировал, даже не пошевелился, словно окаменел.

— Как вы думаете, они сидят внизу или караулят нас на улице? — спросила она.

— Скорее всего кто-то из них сидит внизу, а кто-то — в холле на нашем этаже. Они же друг от друга тоже прячутся.

— Здесь не Москва, надолго их не хватит. Надо их всех куда-нибудь увести, пусть потолкутся на одном пятачке.

— Хотите поэкспериментировать? — Он приоткрыл глаза, но голову не повернул.

— А что? Не вам же одному. Я люблю развлечения, скука меня угнетает и лишает работоспособности.

Собеседник из вас никакой, а если нельзя развлекаться с единомышленниками, то можно попробовать использовать для этого врагов. Как вы считаете?

— Тот, кто вас нанял, по-видимому, полный идиот, — процедил Саулак. — И где только он вас откопал?

— Не грубите, Павел Дмитриевич. Если бы я не встретила вас вчера возле ворот вашего богоугодного заведения, вы бы уже стыли в придорожной канаве, и легкий февральский снежок тихо падал бы на ваше бездыханное тело. Может быть, вы и правы, я не настолько опытна, чтобы довезти вас до места назначения целым и невредимым, но по крайней мере лишние сутки жизни я вам подарила. Хоть бы за это спасибо сказали.

— Сутки жизни, как и деньги, лишними не бывают.

— О, да вы еще и философствуете? Вашему самообладанию можно позавидовать. Вы знаете, что за вами идет охота, вы вверили свою жизнь неопытной и глупой истеричке, стало быть, шансов уцелеть у вас — минус ноль целых семь десятых. А вы мелко склочничаете, считаете копейки, которые я трачу на еду, между прочим, не из вашего кармана, да в придачу рассуждаете о бренности жизни. Браво! Значит так, Павел Дмитриевич. Или вы прекращаете играть в гордость и самодостаточность и мы наконец начнем с вами нормально общаться, или я ухожу в город обедать. Оставайтесь здесь в высокомерном одиночестве, и я посмотрю, сколько вы протянете, когда к вам в номер начнут ломиться ваши доброжелатели. Их по меньшей мере четверо, не исключено, что они уже познакомились и договорились о совместных действиях. А у вас даже оружия нет.

— А что, у вас оно есть?

— У меня тоже нет. Но у меня есть тайна, которую я вокруг себя создала. И пока они эту тайну не разгадают, они не тронут вас у меня на глазах, потому что иначе им придется причинить мне вред, а они пока не знают, можно ли это делать. Как только мы с вами расстаемся, ситуация в корне меняется. Без меня вы совершенно беззащитны.

— Послушайте, чего вы добиваетесь? Чего вы от меня хотите?

— Я хочу выполнить свое задание. И для этого мне нужно хоть что-то знать. Согласитесь, вслепую работать очень сложно. И если вы, Павел Дмитриевич, отказываетесь со мной разговаривать на интересующие меня темы, то мне придется совершать одну ошибку за другой, подвергая вас и себя ненужному риску. Я ведь могу сейчас пойти в милицию и заявить, что у меня пропал паспорт. Я скажу им свое настоящее имя, они пошлют запрос в Москву, получат подтверждение и выдадут мне справку, в которой будет стоять уже моя настоящая фамилия, а не Сауляк. Я готова сделать это, если вы мне объясните, почему я не должна носить вашу фамилию. Но вы же молчите, замкнутый и неприступный. Вы относитесь ко мне как к идиотке, которая неизвестно почему болтается у вас под ногами и мешает спокойно вернуться в Москву или куда там вы собирались ехать после освобождения. Да, согласна, я не гигант мысли и опыта у меня маловато, но тот план, который я пытаюсь осуществить, уже позволил нам спокойно прожить целые сутки, даже больше, значит, он не так уж глуп. Почему бы вам не признать хотя бы это?

— Я уже сказал вам в самолете: вы выбрали правильную тактику. Вам нужно, чтобы вас хвалили через каждые пять минут?

— А как же! — рассмеялась она. — Я — женщина, этим все сказано, если вы, конечно, не забыли за два года, что такое женщина. Женщины воспринимают окружающий мир через вербальную коммуникацию, а на поступки внимания не обращают. Можно приносить зарплату, делать подарки, не пить и не изменять жене, но если мужчина не будет ей трижды в день говорить, как он ее любит, она будет считать, что он плохо к ней относится. И наоборот, можно вести себя безобразно, изменять направо и налево и даже бить жену, но если говорить ей постоянно, что она самая красивая и самая любимая, то женщина будет пребывать в полной уверенности, что муж ее обожает, и все ему прощать за это.

— Слава Богу, я не ваш муж, так что не ждите от меня комплиментов.

— А чему вы радуетесь? Между прочим, быть моим мужем не так уж плохо. Я ведь прилично зарабатываю, ввязываясь в аферы вроде нынешней. У меня нет недостатка в клиентах. Кстати, если хотите, можете меня нанять.

— Зачем вы мне нужны? По-моему, за безопасную доставку моей персоны вам уже заплатили. Хотите два урожая собрать, мошенница?

— Ну зачем же. Я могу, например, выяснить для вас, кто это так жаждет на вас покуситься. Мой нынешний наниматель, по-видимому, хорошо об этом осведомлен. А вы?

— Я обойдусь без ваших услуг.

— Как хотите. В последний раз спрашиваю: идете со мной в город?

— Я бы предпочел другой вариант.

— Предлагайте.

— Мы можем выйти купить продукты, а поедим здесь, в номере.

— Годится.

«Конечно, годится, — подумала Настя. — Наконец-то я тебя расшевелила. Даже если бы ты предложил мне пойти купить газеты и заняться обклеиванием стен в этом номере, я бы тоже согласилась. Самое главное — заставить тебя включиться в процесс обсуждения, высказывать свое мнение, развязать язык. Ты предложил компромиссное решение — я демонстрирую готовность пойти тебе навстречу. Павел Дмитриевич, мы с тобой должны подружиться, иначе ничего у нас не получится. Ты должен снизойти до меня, глупенькой и недалекой, но нахальной и пронырливой. Только почувствовав свое превосходство надо мной, ты перестанешь от меня закрываться. Если ты будешь видеть во мне сильного противника, мы ни до чего не договоримся. Самолюбия у тебя на десятерых хватит, а высокомерия — на дюжину. А вот азарта в тебе нет, иначе сильный противник тебя раздразнил бы, а тебя он раздражает. Или пугает? Может, тебе не хватает уверенности в себе? Любопытно. Но как бы там ни было, кое-что про тебя я начинаю понимать. Уже хорошо».

* * *

Григорий Валентинович Чинцов больше всего на свете любил интриговать. Он дышать не мог без этого, без интриг, даже без малюсенькой такой, глупенькой интрижки ему было скучно жить. На сегодняшний день перспективы перед ним сияли самые радужные, потому что начиналась кампания по выборам нового Президента России. Уж здесь-то он развернется, здесь он себя покажет, потешит душеньку.

Чинцов не был борцом за идею, он был борцом за обогащение собственного кармана и ради этого с легкостью ввязывался в любые авантюры, если они сулили прибыль. Сегодня он плел интригу в интересах группировки, выдвигающей своего кандидата на президентские выборы. За спиной у этой группировки стоял мощный криминальный капитал, а выдвигаемый ею кандидат в случае избрания заблокирует по крайней мере на четыре ближайших года принятие неудобных для этого капитала законов и указов. Уж по крайней мере налоговые и таможенные льготы при этом человеке будут предоставляться в первую очередь тем субъектам, которые этим капиталом контролируются.

У кандидата была и своя команда наготове: силовые министры, министр экономики и финансов, председатель Центробанка. Если он придет к власти и расставит этих людей на нужные посты, то за четыре года они смогут прибрать к рукам все, что захотят. Но вот одна маленькая деталь мешала: и группировка, выдвигающая и поддерживающая кандидата, и сам кандидат вместе со своей командой в недалеком прошлом активно пользовались связями с генерал-лейтенантом Булатниковым. На территории России и были выбраны регионы, которые они превратили в свой оплот в порицаемом Уголовным кодексом деле незаконного оборота оружия и наркотиков. Для этого в выбранных регионах нужно было поставить своих губернаторов, начальников военных гарнизонов, руководителей органов внутренних дел и прокуратуры. Но прежде чем поставить новых, нужно было снять старых. И вот в этом скользком деле генерал-лейтенант Булатников был просто незаменим.

Все смещения и замены прошли, что называется, в плановом порядке, свои люди были расставлены по ключевым постам, после чего Булатников стал лишним и опасным. Его, разумеется, убрали. Но ближайший помощник генерала сумел от них ускользнуть. Они в то время не особенно обеспокоились, ибо понимали: раз спрятался в зоне, значит, боится. А коль боится, то сам никого не тронет, если его не задевать. На том и успокоились.

Однако некоторое время назад Григорий Валентинович узнал, что помощником покойного генерала вдруг заинтересовались сторонники нынешнего Президента. Это уж было совсем ни к чему. При помощи показаний Павла Сауляка можно в полном смысле слова удавить подавляющее большинство кандидатов, в том числе, естественно, и того, на команду которого в данный момент работал сам Чинцов. Понятно, что помощника этого надо убрать с глаз долой. Чинцов, по привычке понадеявшись на свои связи с МВД, был сильно разочарован, обратившись к двум-трем старым знакомцам. После июньских событий в Буденновске министра внутренних дел сняли, а новый министр привел новую команду, к которой ходов у Чинцова не оказалось. Новый министр оказался не милиционером, а войсковиком, и компрометирующих его материалов для решения своих вопросов у Григория Валентиновича не было. Единственное, что он смог сделать — это узнать, в какой колонии находится Сауляк и когда будет освобождаться. Он послал людей встретить Павла Дмитриевича, но все вдруг обернулось неожиданными осложнениями. Во-первых, Павла встречать явились не только они. Был какой-то парень, который крутился возле колонии. Был еще один тип, который крутился возле Павла в гостинице. И самое главное — появилась женщина, вероятно, родственница генеральского помощника. А может, жена. Эта женщина спутала Чинцову все карты, и теперь он вынужден был ждать, пока ситуация не прояснится.

Так картинка выглядела еще вчера вечером. Однако после некоторых сообщений Чинцов стал пересматривать свой стратегический план. Президент объявил, что в течение ближайшего времени предпримет все меры для того, чтобы погасить задолженности по социальным выплатам. Понятное дело, у него всего три рычага, которыми он может оперировать в предвыборной борьбе: играть в демократию, решить чеченский вопрос и обеспечить выплаты зарплат и пенсий. Погасить задолженности можно только путем включения печатного станка, это очевидно всем. Видные экономисты возражают против этого категорически. Но разве Президент их послушает? То есть послушает, конечно, послушает, пока ему не надоест, а потом все равно сделает по-своему. Простому народу, который живет только на зарплату да пенсию, эти резоны ни к чему, они ему непонятны, все эти слова насчет инфляции и будущей экономической катастрофы для него пустой звук, потому как детей кормить нечем уже сегодня, а инфляция и катастрофа когда еще будут. Погасит Президент задолженность — завоюет любовь народа. Значит, нужно сделать так, чтобы он ее не погасил. Какие тут силы расставлены? Независимые экономисты, которые против включения станка. И зависимые советники, в том числе по финансовым вопросам, на которых можно нажать. Чинцов хорошо знал, что помощью генерал-лейтенанта Булатникова пользовались не только его нынешние друзья. Вся страна пользовалась. Так неужели же среди советников Президента не найдется человека, которого можно придушить руками Павла Сауляка? Наверняка найдется, и не один. И что из этого следует? А то, что генеральского помощника нужно прибрать к рукам. Не ликвидировать сразу, как это планировалось вначале, а потрясти как следует, заставить сотрудничать, выложить все, что знает. А дальше видно будет.

Вот только женщина эта мешается... И кто она такая? Может, и она в этой игре сгодится? Нет, нельзя их трогать, нельзя, пока ясности не будет.

64

Вячеслав Егорович Соломатин в отличие от Чинцова радел за идею. Его личная преданность Президенту поистине не знала границ. И он готов был на все, чтобы его поддержать и помочь.

Рассуждал он в принципе точно так же, как и Григорий Валентинович. И про три рычага, и про невозможность упустить хотя бы один из этих рычагов. Но задача перед ним стояла несколько иная.

Нашлась же сволочь, которая внушает Президенту опасную идею создать две разные комиссии по выработке решения чеченского вопроса! Пока он эту идею еще не принял, но по всему видно — склоняется. В одной комиссии будут работать члены Президентского совета, в другой — министры-силовики. С чьими бы выводами он ни согласился, все равно настроит против себя огромную часть населения. Сделает, как предлагают советники, — это не понравится сторонникам жесткой руки, а их, как показали недавние выборы в Госдуму, ох как много в России. Последует советам министров — демократы в позу встанут. И будут правы, положа руку на сердце. Единственное, что может спасти престиж Президента в этой патовой ситуации, это его личное решение, не совпадающее с предложениями ни одной из комиссий. А где это решение взять?

В комиссиях этих не дураки заседать будут, перед ними задача будет стоять: проанализировать все имеющиеся варианты выхода из чеченского кризиса и предложить самый оптимальный. Понятное дело, члены комиссий землю рыть начнут, привлекут всех имеющихся в наличии аналитиков и стратегов, задействуют научные институты, разыщут самых толковых экспертов. Вся страна будет мозги напрягать. И не может такого быть, чтобы нашлось решение, до которого никто не додумается. А такое решение должно найтись. Обязательно. Иначе Президенту лица не сохранить и гонку не выиграть.

В толстой стене, которую будут складывать эти две комиссии из кирпичиков различных вариантов, должна остаться щелочка. Маленькая такая щелочка. Не будет хватать только одного кирпичика. И с этим кирпичиком в руках нынешний Президент достойно подойдет к предстоящим выборам. Задача, как ее видел Вячеслав Егорович Соломатин, состояла в том, чтобы обеспечить Президенту этот кирпич, это единственное решение, которое позволит ему не согласиться ни с одной из комиссий и показать себя как самостоятельно мыслящего политика. И для этого ему позарез нужен был Павел Дмитриевич Сауляк.

Несмотря на схожесть рассуждений и избираемой тактики, между Григорием Валентиновичем Чинцовым и Вячеславом Егоровичем Соломатиным разница все-таки была. Соломатин знал о Павле Сауляке намного больше. Поэтому он не собирался его похищать и вообще применять к нему какое-либо насилие. Он знал, что делать этого нельзя ни в коем случае. Соломатин хотел попробовать договориться с бывшим помощником генерал-лейтенанта Булатникова. Поэтому сейчас его люди просто наблюдали за Павлом, отслеживали его передвижения, а заодно и пытались установить, кто та женщина, которая встретила его у ворот колонии. Странная парочка! Живут в одном номере, носят одну фамилию, а на людях разговаривают на «вы». Хотят скрыть близкое знакомство или даже родственные отношения? Что же они, считают окружающих полными идиотами? Кто поверит, что мужчина и женщина, носящие одну фамилию и снимающие в гостинице один номер на двоих, едва знакомы! Или они никого не пытаются обмануть, а просто очень сильно конфликтуют. Ведь в ресторане она даже его ударила, а он ей руку вывернул так, что она на пол упала. Видно, крутая разборка какая-то между ними. Впрочем, это вполне может быть ревность. Люди Соломатина донесли, что женщина открыто флиртовала с каким-то постояльцем гостиницы и даже целовалась с ним на глазах у Сауляка. Немудрено, что тот взбесился. Но зачем она это делала? Одни загадки кругом.

Одним из завоеваний экономической реформы стало стирание границ между центром и провинцией во всем, что касается обеспечения населения товарами и услугами. Продуктов в магазинах города Уральска было много, и ассортимент их был вполне достаточным для того, чтобы Настя могла устроить в гостиничных условиях очень даже приличный обед. Итальянские салаты в пластиковых коробочках, супы в стаканчиках, которые нужно было только залить горячей водой и дать постоять три минуты, разнообразные йогурты и сладкие десерты и даже упакованный отдельными тоненькими кусочками французский сыр. Денег, полученных от генерала Минаева, было много, и Настя не стесняясь накладывала продукты в пластмассовую инвентарную корзинку.

— У вас барские замашки, — заметил Павел, с неодобрением глядя на очередной яркий пакетик с орехами, перекочевавший с полки в корзинку.

— Ничего подобного, — возразила она. — Просто я ленива от природы и поэтому предусмотрительна. Кто знает, сколько времени мы проторчим в этом городе, пока не улетим в Екатеринбург. Не ходить же в магазин каждый раз, когда мы захотим есть. Вы какой сыр предпочитаете, сливочный, с креветками или с ветчиной?

— Все равно.

— Но у них же совсем разный вкус. Неужели вам безразлично?

— Абсолютно. Я вообще сыр не люблю, так что ориентируйтесь на свой вкус.

— Ладно. А что вы любите? Не стесняйтесь, Павел, мой клиент от этого не обеднеет.

— Ничего. Мне все равно.

— Да ну вас, ей-Богу, никакого удовольствия ходить с вами по магазинам, — фыркнула Настя. — Нельзя быть таким занудой. Надо получать удовольствие от жизни, а вы лишаете себя маленьких земных радостей в виде вкусной еды. У вас всегда такое похоронное настроение?

— Оставьте в покое мое настроение, сделайте одолжение.

— Ладно. Тогда по крайней мере посмотрите, где там наши любезные друзья. Должна же от вас быть хоть какая-то польза.

Они уже стояли в очереди к кассе, и Настя видела впереди, у входа, Юру Короткова. Волчья шапка попалась ей на глаза только при выходе из гостиницы, а парочку из «Волги» она вообще не заметила. Куда они делись, интересно?

— Все на месте, — сообщил ей Сауляк. — Берут с вас дурной пример, тоже едой запасаются.

— А поклонник?

— Уже отоварился и ждет на улице.

— Может, пригласим его пообедать с нами? Все-таки развлечение.

— Послушайте, перестаньте меня истязать вашим стремлением к веселью. Вы на работе — вот и работайте. Я лично ничего забавного не вижу.

— Значит, вы еще не боялись как следует.

— Что вы имеете в виду? — нахмурился Сауляк.

В этот момент стоящая впереди них женщина забрала у кассира сдачу и отошла. Настала их очередь платить, и Настя решила не отвечать. Если ему действительно интересно, что она имела в виду, то он обязательно об этом спросит. Наступит на горло своим идиотским принципам, а заведет разговор первым. Ничего, она его дожмет.

Содержимое зеленой пластмассовой корзинки потянуло на изрядную сумму, и она с усмешкой подумала, что на свою зарплату никогда не позволяла себе покупать такие дорогие продукты, которых, в сущности, хватило бы только на обед и ужин. На такую сумму, которую она выложила сейчас, они с Лешей жили неделю.

По дороге из магазина обратно в гостиницу им попался газетный киоск. Павел слегка замедлил шаг, и Настя сообразила, что он хочет купить газеты, но не может заставить себя попросить у нее денег. Сам-то он без гроша. На принятие решения у нее были буквально доли секунды. Проявить благородство и не заставлять его унижаться? Или сделать вид, что не заметила, чтобы он почувствовал свою зависимость от нее? Как правильно поступить, чтобы не сдать одним махом с таким трудом завоеванные позиции?

— Что, Павел Дмитриевич, в вас проснулась тяга к печатному слову? — насмешливо спросила она, перекладывая сумку из одной руки в другую. — Я куплю вам газеты просто из принципа. Может быть, в них найдется рубрика «Как себя вести», и из нее вы с удивлением узнаете, что сумку с продуктами у дамы полагается забирать и нести ее самостоятельно. Вас этому никогда не учили?

Павел молча забрал у нее сумку, при этом губы его сжались еще крепче и превратились в узкую полоску. Настя купила несколько газет, как центральных, так и местных, и тоненькую книжечку с кроссвордами.

— Если вы будете продолжать строить из себя вселенскую скорбь и великого молчальника, я по крайней мере кроссворды поразгадываю. Вы кто по образованию? — спросила она, запихивая газеты в сумку.

— Технарь, — коротко ответил он.

— Прелестно. Будете помогать отгадывать слова, которых я не знаю.

— А у вас какое образование?

— Университет, физмат.

— Да что вы? Там открыли актерское отделение?

— По-моему, пока нет. Откуда такой вопрос?

— Вы же говорили, что вы актриса.

— Да что вы? — передразнила его Настя, весело улыбаясь. — А мне кажется, что ничего подобного я не говорила. Вам показалось.

Его лицо вмиг застыло, глаза на секунду закрылись, словно он пытался стряхнуть с себя наваждение, справиться с собой. «Разозлился, — подумала она. — Это хорошо. Пусть считает меня дурой, самое главное, чтобы он не понимал меня. Если он будет считать меня дурой, то обязательно захочет понять, что у меня в голове. Почему вчера я говорила одно, а сегодня — совсем другое? Просто вру и не запоминаю, вопреки старой истине о том, что у лжеца должна быть хорошая память? Или плету какую-то каверзу? Он должен хотя бы заинтересоваться мной. Нормальное человеческое любопытство, не ограниченное страхом перед возможными препятствиями. Страх перед неудачей может заставить его забыть о любознательности. Ведь он азарта начисто лишен. Если страха не будет, если я в его глазах ничего сложного не представляю, ему обязательно захочется разобрать механизм, чтобы посмотреть, как он устроен. Вот на этом любопытстве я тебя и зацеплю, «и никуды ты, милок, не денисси», как говорилось в одном известном телесериале. Кажется, это был «Вечный зов»...»

Придя в номер, Настя сразу включила кипятильник, чтобы сделать кофе, и занялась обедом. На этот раз Саулях не говорил, что не голоден, и от еды не отказывался, но она видела, что ему кусок в горло не лезет. Неужели у него совсем нет аппетита? Странно как-то. Может, у него болит что-нибудь, желудок, например, или печень?

— Павел Дмитриевич, у вас проблемы со здоровьем? — спросила она, с удовольствием поедая салат с креветками и грибами. — Вы что-то совсем плохо едите.

— У меня все в порядке.

«Как же, все у тебя в порядке, — мысленно прокомментировала Настя. За последние сутки она уже привыкла вести с Павлом такие молчаливые беседы. — То-то ты вчера дверь не запер, когда ванну принимал. Типичное поведение сердечника, который боится, что в горячей воде ему может стать плохо. Я и сама никогда не запираюсь в ванной, мало ли что — крикну, Лешка прибежит. А то пока он дверь ломать будет, глядишь, и опоздает. Может, конечно, ты и не сердечник, но какая-то хворь у тебя точно есть. Не хочешь говорить? Супермена из себя строишь? Ну строй, строй».

После обеда она улеглась на кровать, подложила под спину подушку и занялась разгадыванием кроссвордов. В комнате повисла тишина, нарушаемая только шелестом газетных страниц — Павел изучал прессу.

— Если у вас тяга к политическим новостям, можете включить телевизор, — сказала Настя, не отрываясь от кроссворда. — Вы мне не помешаете.

— Вы очень любезны, — ответил Саулях спокойно, но в его голосе она уловила едва заметный сарказм. Хорошо, значит, он просыпается от своей спячки, уже появились эмоции.

Телевизор он включил спустя минут пятнадцать, когда началась информационная программа по каналу ОРТ. Ничего интересного там не сказали, было воскресенье — день не особо богатый на сенсации и политические скандалы. Павел пощелкал переключателем и нашел местный канал, по которому шла какая-то публицистическая передача. Ведущий пытался разжечь дискуссию между двумя приглашенными чиновниками, один из которых был представителем мэрии, а другой — из городской Думы. Но дискуссии не получалось, оба говорили об одном и том же и во всем друг с другом соглашались. Речь шла о том, в какой мере городские власти должны отвечать за деятельность органов управления и их руководителей. Ведущий лез из кожи вон, вероятно, ему покоя не давали лавры известного тележурналиста, на передаче у которого два крупных политика чуть не подрались. Отчаявшись расшевелить гостей собственными усилиями, ведущий достал козырную карту, решив, по-видимому, что в положении обороняющихся они поведут себя более агрессивно.

— Как вам известно, — начал он, обращаясь к зрителям, — в нашем городе уже два года существует объединение родителей, чьи дети стали жертвой кровавого маньяка, который до сих пор не разоблачен и не привлечен к ответственности за свои злодеяния. Объединение охватывает матерей и отцов не только из нашего города, но и из некоторых соседних городов, где орудовал преступник. И у этих людей существует совершенно определенная точка зрения на меру ответственности муниципальных властей за состояние борьбы с преступностью. Давайте посмотрим запись.

На экране появилась панорама какого-то конференц-зала, камера приблизилась к сидящим и стала по очереди показывать участников собрания. Все лица были молодыми, не старше сорока лет, и на каждом из них лежала печать одержимости.

— Сегодня эти люди собрались вместе не для того, чтобы заклеймить бездействие правоохранительных органов, — говорил голос за кадром. — Они больше не надеются на органы внутренних дел и прокуратуру и хотят сделать все возможное для того, чтобы постигшая их трагедия больше не повторилась, чтобы предотвратить новые жертвы, сберечь жизни наших маленьких сограждан. Сегодня здесь идет обсуждение вопроса о сборе средств на подготовку и издание брошюры «Как помочь ребенку не стать жертвой преступления». Инициативная группа заключила договор с известным специалистом в области преступлений против детей, и он готов поделиться своими знаниями и дать полезные советы и рекомендации как родителям, так и самим детям...

Теперь на экране возникло лицо женщины с яростно сверкающими глазами.

— Мы хотим сделать все возможное, чтобы подобное не повторилось. Не дай Бог кому-нибудь пережить то, что пережили мы три с лишним года назад. Наша ассоциация существует всего два года, потому что сначала мы ждали, что милиция сделает хоть что-нибудь, чтобы поймать это чудовище. И только спустя год, когда мы поняли, что ничего не дождемся, а маньяк продолжает разгуливать на свободе, мы решили объединиться, чтобы защитить хотя бы чужих детей, потому что нашим детям уже ничто не поможет...

Она запнулась, глаза ее налились слезами, и камера деликатно перешла на группу, что-то оживленно обсуждающую возле самой трибуны. Сюжет закончился, на экране телевизора снова появились ведущий и приглашенные им чиновники. Настя оторвалась от кроссвордов. Она знала, о каких преступлениях идет речь. Три с лишним года назад в этом регионе было совершено одиннадцать убийств мальчиков в возрасте от семи до девяти лет. Их тела находили без малейших признаков сексуального насилия, но на груди у каждого был вырезан православный крест. Преступления действительно до сих пор не были раскрыты, дело находилось на контроле в министерстве, но поимке жестокого маньяка это мало помогло.

Внезапно экран потух, Павел выключил телевизор

и снова уселся в кресло, зашелестев газетными страницами.

— Вам не интересно послушать про маньяка? — спросила Настя с досадой.

— Про маньяка я уже послушал. А теперь они будут говорить про меру ответственности и спихивать ее друг на друга. Это мне не интересно. Но если хотите послушать, я могу включить.

— Не надо, — сухо ответила она.

На самом деле ей очень хотелось послушать, но показывать это было нельзя. Про маньяка интересно всем, это понятно и подозрений не вызывает. А вот про власть, руководство борьбой с преступностью и ответственность за организацию работы может быть интересно майору милиции Анастасии Каменской, но должно быть совершенно не интересно глуповатой, но нахальной и удачливой авантюристке. Поэтому она скорчила непроницаемую мину и снова занялась вписыванием слов в клеточки кроссворда. Через некоторое время она обратила внимание, что не слышит шелеста газет. Она повернулась туда, где стояло кресло. Павел сидел неподвижно, с закрытыми глазами. Лицо его было пепельно-серым, на лбу выступила испарина. Сейчас он выглядел старым и очень больным.

— Что с вами? — испугалась Настя. — Вы плохо себя чувствуете?

— Я в порядке, — процедил Саул́як, почти не разжимая губ.

— Точно? Вид у вас совсем больной.

— Я же сказал, я в порядке. Вы, кажется, хотели развлечься? Пойдемте погуляем по городу.

Она с нескрываемым изумлением взглянула на Павла и слезла с кровати.

— Пойдемте. Вы хотите доставить мне удовольствие? Я это ценю.

— Я просто хочу пройтись, — ответил он, вставая с кресла.

Глава 4

Короткову койка досталась в четырехместном номере, где вместе с ним оказались трое беспробудно пьющих мужиков из Воркуты, которым тоже не удалось долететь до Екатеринбурга. Юру это обстоятельство порадовало. Проведя полчаса в комнате, пропахшей перегаром, луком, чесноком и куревом, он с виноватой улыбкой подошел к сидящей в холле за столиком дежурной по этажу.

— Вы не будете возражать, если я посижу в кресле, посмотрю телевизор? — спросил он.

Женщина сочувственно кивнула.

— Вы из триста второго?

— Да. Понимаете...

— Понимаю, понимаю. Там даже тараканы дохнут. Что сделаешь, рейсы на Екатеринбург уже третий день отменяются, вот они и резвятся. Им уже намекали, что поездом быстрее и проще добраться, но у них на все один ответ: мы, мол, билеты на самолет купили, самолетом и полетим. А деньги, за которые можно купить три билета на поезд, лучше прогуляем. Вот и прогуляют. Сладу с ними никакого нет.

Юра устроился в кресле и уставился в телевизор, не забывая время от времени поглядывать на широкую лестницу. Номер, в котором поселилась Настя, находился этажом выше, и пожелай она выйти из гостиницы, ей придется обязательно пройти по этой лестнице мимо него, потому что лифта здесь не было.

Он сходил в магазин следом за Настей и Сауляком, но купил только конфеты и печенье, потому что заручился добрым отношением дежурной и получил от нее приглашение пить чай сколько его душе будет угодно, а сидеть в вонючем шумном номере он и не собирался. Около восьми часов Настя и Сауляк снова прошли мимо него вниз. Юра словно нехотя поднялся, натянул теплую куртку с капюшоном, которую предусмотрительно не стал оставлять в номере, и не спеша отправился следом за ними, сказав дежурной, что хочет попробовать найти в городе симпатичный ресторанчик и поужинать.

К вечеру сильно похолодало, поднялся ветер, и

Юра с тоской подумал о том, что если в Екатеринбурге аэропорт откроют для посадки, то в Уральске его вполне могут закрыть для вылета. Вот влипли они с этим Сауляком! Но попасть в Кольцово было необходимо. В последнее время организация оперативных мероприятий спустилась с уровня управленческих решений и приказов на уровень личных контактов. И немалую роль сыграло в такой перемене осознание печального факта коррупции и недобросовестности в милицейских рядах. Если понимаешь, что доверять безоглядно никому нельзя, то и каждую операцию строишь преимущественно с расчетом на приятелей и хороших знакомых. Такие знакомые в аэропорту Кольцово у Юры были. А в Уральске их не было. Поэтому приходилось ждать милости от погоды.

Он догнал Настю и Сауляка на остановке автобуса. Народу на остановке было много, этот маршрут заканчивался у городского железнодорожного вокзала, и пассажиры с екатеринбургских рейсов в большинстве своем старались уехать из Уральска поездом. Но Коротков решил не рисковать попусту. Мало ли что Анастасия наплела этому Сауляку. Лучше не попадаться им на глаза лишний раз. Коротков быстро нашел лихого водилу-частника и пропел ему банальный романс о неверной возлюбленной и коварном сопернике. Парень сразу согласился с тем, что морду бить, конечно, не стоит, но проследить и посмотреть, что да как, никогда не помешает. На том и порешили.

— Что же она, сюда к своему хахалю прикатила? — поинтересовался сердобольный автовладелец.

— Нет, она с ним в Екатеринбург летела. Она вроде как в командировку, а он с ней за компанию. Теперь вот застряли у вас неизвестно на сколько. Я-то следующим рейсом летел, чтобы на глаза им не попадаться. Я же знал, в какую организацию ее командировали, так что нашел бы ее быстро. А мой самолет тоже здесь посадили, вот и толчемся на одном пятачке, в гостинице.

— Но ты точно мне обещаешь, что мордобоя и разборок не будет? — на всякий случай уточнил водитель, которого звали Виктором.

— Точно, точно, не сомневайся. Морду ему набить я и дома успею, если надо будет. Но я вообще-то не сторонник резких движений, — успокоил его Коротков. — Я ведь тоже себе позволяю, не без этого. Сам понимаешь, у нас теперь равноправие. Но знать хочу.

— Это конечно, — согласился Виктор. — Это правильно. Знание — сила. О, вот и автобус подвалил.

Они убедились, что Настя и Саулик сели в автобус, и поехали следом. Минут через пятнадцать они оказались почти в центре города, и здесь им пришлось притормаживать у каждой остановки, чтобы не пропустить парочку. Наконец в толпе выходящих из автобуса пассажиров Коротков увидел Настю. Саулик вышел из автобуса первым, но руки ей не подал. Юра не обратил на это внимания, но глазастый Виктор углядел несостыковочку.

— Чего ж твоя красавица такого охламона себе выбрала, — неодобрительно покачал он головой. — Даже со ступенек спуститься не помог. А страшон-то, Господи! Прям смертный грех. Нет, нам баб никогда не понять. У него денег много, что ли?

— Не знаю, еще не выяснил. Потому и хочу посмотреть повнимательнее, что в нем есть такого, чего во мне нет. Как думаешь, куда они могут пойти?

— Здесь-то? — Виктор огляделся по сторонам. — Магазины все закрыты уже, разве что в ресторан какой-нибудь или в бар. Гляди, они двинулись в сторону бульвара, там вообще ничего нет, только киоски стоят.

— А дальше?

— Если они пойдут по бульвару до пересечения с проспектом Мира, то там два ресторана и баров несколько штук.

— Давай туда подъедем, — решил Коротков. — Там и покараулим, раз ты говоришь, что больше им деваться некуда.

— Как скажешь, командир, — пожал плечами Виктор, трогаясь.

Они обогнали Настю, медленно шагающую рядом с Сауляком, и проехали метров пятьсот вперед до перекрестка. Через некоторое время Настя и Саулик поравнялись с машиной, замедлили шаг, оглядываясь и что-то обсуждая, потом свернули направо, как раз туда, где, по словам Виктора, находились рестораны и бары. Проспект был ярко освещен, и Короткову было хорошо видно, как они прошли оба ресторана и скрылись за невзрачной дверью.

— Что у вас там? — спросил он Виктора.

— Пивной бар. Твоя красотка пиво любит, что ли?

— Терпеть не может.

— Значит, ради него старается. Ну так что, командир, будем ждать или как?

— Будем, — решительно сказал Коротков. — Я все оплачу, ты не сомневайся. Минут через несколько зайди туда, погляди, договорились?

— А тебя одного в машине оставить? — хмыкнул Виктор.

— Ключи забери, если сомневаешься. А хочешь, возьми с собой мой паспорт. Куда я без него денусь-то?

— И то сказать, — согласился тот.

* * *

Коротков сказал правду, Настя действительно терпеть не могла пиво. Но идея зайти в пивной бар принадлежала Павлу, и она сочла разумным не спорить с ним. Пусть знает, что она не строптива в мелочах и с ней запросто можно договориться, если вести себя дружелюбно.

В баре этом было шумно, многолюдно и не особенно чисто. Они с трудом нашли два места за столиком, где уже расположились два сомнительного вида типа, разговаривавших на каком-то неизвестном Насте языке. Прислушавшись, она поняла, что речь их очень напоминает венгерскую, стало быть, скорее всего это были удмурты.

Пиво здесь продавали нескольких сортов, а к нему — горячие копченые сосиски, солянку из квашеной капусты и огромных розовых креветок. Настя заметила, что Павел немного оживился, и готова была ради этого даже пить ненавистное пиво, заедая его сильно перченными сосисками, обильно политыми шашлычным соусом. Павел ел креветки, ловко управляясь с их нежными сочными тельцами.

— Никогда не могла этому научиться, — призналась Настя, глядя, как легко и быстро он отделяет мясо от чешуи. — У меня всегда половина мяса пропадает.

— Это потому, что у вас ногти длинные, они мешают.

— Это точно, — вздохнула Настя. — Из-за маникюра приходится приносить жертвы.

— Ну так не приносите, кто вас заставляет? Сами выдумываете себе сложности, а потом с упоением их преодолеваете и хотите при этом, чтобы вам сочувствовали.

— Ага, — улыбнулась она. — Хотим. Мы же ради вас стараемся, ради мужчин. Это вы хотите, чтобы мы были красивыми и холеными, а нам самим это сто лет не нужно. Что вы все время оглядываетесь? Ищете кого-то?

— Наших наблюдателей. Вы так увлеклись едой, что забыли о своих обязанностях, и мне приходится выполнять их вместо вас.

Настя промолчала, делая вид, что увлеченно борется с копченой сосиской при помощи тупого ножа и кривозубой вилки. Она давно уже «сфотографировала» всех, кроме Короткова, который в пивнухе не появился. И могла бы дать голову на отсечение, что Павел солгал. Он не их высматривал. Парень в волчьей шапке появился всего на мгновение, убедился, что они мирно потягивают пиво, и вышел на улицу, теперь, наверное, мерзнет там, ожидая, когда они выйдут. Парочка из серой «Волги» сидела далеко от них, у Насти за спиной, и для того, чтобы их видеть, Павлу не нужно было вертеть головой, достаточно было просто поднять глаза. Так кого же он тут высматривал? Очень интересно.

— Между прочим, вы мне обещали рассказать, как вы отличаете правду от лжи, — внезапно сказал Сауляк.

Еще интереснее. Что это с ним? Откуда такая резкая перемена? К вечеру второго дня он вдруг решил стать милым и разговорчивым? «Осторожней, Настасья, — сказала она себе. — Павел Дмитриевич что-то затевает. Или, наоборот, до сего момента он чувствовал какую-то опасность и напрягался, а теперь она миновала, и он расслабился. Что произошло? Что? Думай, дорогая моя, думай, соображай быстрее, а то нарвешься на очередной сюрприз».

— Расскажу, — пообещала она. — А что мне за это будет?

— А что вы хотите?

— Чтобы вы мне тоже что-нибудь рассказали.

— Слушайте, вы корыстны до неприличия.

— Не-а, — она весело помотала головой. — Просто люблю поторговаться. Но в виде исключения поделюсь с вами опытом бесплатно. Вы мне симпатичны, Павел Дмитриевич, хотя вообще-то вы ужасная бука. Но сначала я попрошу вас принести мне еще одну сосиску. Как вы правильно заметили, я не только корыстна, но еще и прожорлива. Возьмите деньги.

Павел молча поднялся и стал пробираться к стойке. Настя с ужасом думала о еще одной порции не в меру острой еды. Но ей хотелось непременно отправить Павла через весь зал, чтобы проверить свои подозрения. Ей нужно было понаблюдать за ним со стороны. Так и есть, он кого-то искал, причем не среди посетителей, а из числа обслуги. Подойдя к стойке, он несколько раз кидал взгляд на служебный вход, откуда то и дело появлялись разного возраста мужчины в не первой свежести белых куртках, обходили столики, собирая пустые кружки и грязные тарелки, приносили и ставили на стойку огромные подносы с чистой посудой, выносили заказанные посетителями горячие блюда. Зачем он привел ее сюда? У него здесь есть сообщники, при помощи которых он рассчитывает от нее отделаться? Маловероятно. Они оказались в этом городе совершенно случайно. Но каких только случайностей не бывает... Может, как раз именно в этом городе у Сауляка и есть дружки. Ведь это он предложил пойти на прогулку. И сойти на этой остановке предложил тоже он. И идея заглянуть в этот бар принадлежала ему. Что ж, Настасья, готовься к неприятностям. Остается надеяться только на то, что Коротков где-то поблизости, поможет если что.

Павел вернулся и поставил перед ней тарелку с очередной вызывающей отвращение сосиской.

— Ваш аппетит сослужит вам плохую службу, — заметил он. — Вы запихиваете в себя все без разбора. Не боитесь за свою печень?

Так, значит, у него печень не в порядке. Спроецировался, как сказали бы психологи. Если бы у него был гастрит или язва, он бы спросил про желудок. У кого что болит, тот о том и говорит.

— Боюсь, — кивнула Настя, ничуть при этом не покривив душой. Острое копченое мясо с острым же соусом действительно внушало ей страх. — Но ничего не могу с собой поделать, люблю острое.

Тут уж она солгала. Острое она не любила. Именно потому, что боялась приступов гастрита. Но в этой забегаловке диетпродукты в меню предусмотрены не были, а послать Павла через весь зал к стойке нужно было обязательно.

— Я честно отслужил, теперь рассказывайте.

«О, у него и юмор прорезался! Семимильными шагами двигаемся по пути прогресса. Ох, не к добру это», — подумала Настя.

— Понимаете, Павел Дмитриевич, ошибка большинства людей состоит в том, что они пытаются оценивать суть сказанного. Человеку скажешь что-нибудь, а он начинает прикидывать, правда это или нет. Это неправильно.

— Да ну? А как правильно?

— Сейчас объясню. Оценивать нужно не слова, а факты. Человек сказал вполне конкретную фразу, и правда состоит в том, что он счел нужным ее сказать. Понимаете разницу?

— Не совсем.

— Тогда покажу на примере. Вы общаетесь с женщиной, ухаживаете за ней, или она за вами ухаживает, и вот она вам говорит, что любит вас. Вы, как и подавляющее большинство мужчин, пытаетесь понять, правду она говорит или лжет. Занятие пустое и бесперспективное. Посмотрите на это с другой стороны. В данной конкретной ситуации эта женщина сочла нужным и правильным сказать вам, что любит вас. Постарайтесь додуматься, почему она это сказала. Мотивы, лежащие в основе ее поступка, и будут правдой. Правда в данном случае состоит в том, что ей нужно, чтобы вы думали, будто она вас любит. Зачем ей это нужно? Чтобы расположить вас к себе и чего-то от вас добиться. Разжалобить вас. Вынудить вас уложить ее в постель. Заставить вас совершить какое-то действие в ее пользу. Или, наоборот, не совершать чего-то. Спектр мотивов, которые могут лежать в основе ее поступка, очень богатый, и ваша задача — правильно этот мотив определить. Еще раз подчеркиваю, совершенно неважно, любит ли она вас на самом деле. Важно только то, что она считает нужным при определенных обстоятельствах вам об этом сказать. Теперь понятно?

— Оказывается, вы не только прожорливы, но и циничны, — усмехнулся Сауляк. — Впечатляющий набор душевных качеств.

— Я не циничная, а просто трезвомыслящая, — возразила Настя. — Давайте рассмотрим другой пример. Мы с вами знакомы уже два дня. За эти два дня вы не баловали меня пространными беседами, задали мне минимальное количество вопросов, а на мои вопросы отвечали скупо и односложно. Вы думаете, я из этого сделаю вывод, что вы вообще человек неразговорчивый, неконтактный и необщительный? Да ничего подобного. Дура бы я была, если бы так подумала.

— А какой вывод вы сделали?

— Я решила, что вы хотите произвести на меня впечатление замкнутого и неразговорчивого человека. И теперь моя задача — понять, зачем вам это нужно. Если я это пойму, значит, я узнаю правду.

— И у вас есть варианты?

На лице Павла проступила заинтересованность. Не напускная, а самая настоящая.

— Масса. Вариант первый. Я вам категорически не нравлюсь, я чем-то вас очень сильно раздражаю, и вы просто хотите поменьше со мной общаться. Хотите, чтобы я не приставала к вам с разговорами и с дурацкими вопросами. Вариант второй. Вы не имеете ничего против меня лично, но вы плохо себя чувствуете и вам трудно разговаривать. Вы не хотите жаловаться на нездоровье, поскольку я вам человек совершенно посторонний, а ваше хорошее воспитание плюс мужская гордость не позволяют вам жаловаться посторонней женщине на недомогание. Вариант третий. Вы хотите меня спровоцировать, раздразнить меня своей сухостью, уклончивостью и загадочностью и заставить вспылить и потерять над собой контроль. Этот вариант может быть верен в том случае, если вы мне не доверяете и считаете, что я вас обманываю, что я не та, за кого себя выдаю, и от меня исходит какая-то опасность. Вариант четвертый. Вы действительно молчаливая бука. Есть еще пятый, шестой и седьмой варианты. Но я полагаю, что изложенного вполне достаточно, чтобы вы поняли основную мысль. Важны не слова, а стоящие за ними мотивы и побуждения.

— И в каком же варианте, по-вашему, кроется правда?

Лицо его как-то неуловимо изменилось, но Настя никак не могла понять, что с ним произошло. То ли его действительно заинтересовал разговор, и маска холодного безразличия незаметно сползла, уступив место обычному любопытству. То ли он умело притворяется, чтобы она не заметила ту, другую происшедшую с ним перемену. А может быть, один из названных вариантов оказался слишком близко к правде, которую он хотел бы скрыть, и его это испугало?

— Еще не знаю, — как можно беззаботнее ответила она. — Для того чтобы это выяснить, надо или достаточно долго наблюдать за вами, или проводить какие-то специальные проверочные действия. Я этим заниматься не буду. Мое дело — доставить вас по назначению. А копаться в вашей душе мне неинтересно.

— Если следовать вашему методу, то я должен именно так подходить к вопросу о вашем образовании? То вы мне заявляете, что вы — актриса, то утверждаете, что закончили физмат. Следует ли из этого вывод, что вы меня дезинформируете специально, чтобы заставить поломать голову?

— Это только один вариант. У вас что, других нет?

— Вы глупы и неопытны и не запоминаете собственную ложь.

— Браво! Что еще?

— Вы действительно актриса, но когда-то учились на физико-математическом факультете.

— Вы способный ученик, Павел Дмитриевич. Примите мои комплименты. И где же правда?

— По крайней мере у меня есть возможность это выяснить без больших трудозатрат. У вас есть карандаш или ручка?

Настя открыла сумку и протянула ему шариковую ручку. Павел вытащил из пластмассового стакана салфетку и написал на ней длинное уравнение.

— Пожалуйста, продемонстрируйте свое знание математики, — сказал он, протягивая салфетку Насте.

Она быстро просмотрела длинный ряд символов и цифр, потом взяла ручку, зачеркнула один символ и написала над ним другой.

— Насколько я понимаю, ваш пример должен выглядеть вот так. Это же задачка из книги Пойа «Математика и правдоподобные рассуждения», верно? Я ее сто раз решала. Так что, записывать ход рассуждений или на слово поверите?

— Поверю. — Саулян взял салфетку, скомкал ее и сунул в пепельницу. — Теперь осталось проверить, действительно ли вы актриса.

— Ну, это уже сложнее, — рассмеялась Настя. — Поскольку вы по образованию технарь, то вопрос с математикой решился просто. А как вы намерены проверять мое актерское мастерство?

— Я подумаю. Если вы наелись, может быть, пойдем?

Понятно. Здесь нет того, кого он ищет. Сейчас он поведет ее еще куда-нибудь.

— Куда? — невинно спросила она. — На улице тридцать градусов мороза. Вы что же думаете, я силой своего актерского таланта могу заставить себя умирать от жары в такой холод? Мне даже система Станиславского не поможет.

— Пойдем еще куда-нибудь. Мне здесь надоело. Найдем другое заведение.

Они поднялись, застегнули куртки и стали пробираться к выходу. Двое из «Волги» тоже засобирались. У них оставалось еще по полкружки пива, и Настя краем глаза видела, как они допивали янтарную жидкость огромными торопливыми глотками. А что, не пропадать же добру, коль уплачено.

После жаркой душной пивнухи стоящий на улице мороз показался Насте приятной свежей прохладой. Они прошли буквально несколько метров, она даже не успела начать мерзнуть в полное удовольствие, когда Павел шагнул в сторону и толкнул дверь еще одного заведения. Это тоже оказался бар, но уже не пивной. Здесь обстановка была куда более цивилизованная, и потише, и почище, и даже было где куртку повесить. Народу, правда, тоже было немало, но им удалось найти свободный столик.

— Зачем мы сюда пришли? — с недоумением спросила Настя, когда они уселись. — Вы же не пьете ни кофе, ни спиртное. А здесь, кроме алкоголя и кофе, ничего нет.

— Можно взять сок. А вы кофе любите, вот и пейте на здоровье. И кампари здесь есть.

— Вы что, решили сделать мне приятное?

— Не хочу пользоваться вашими бескорыстными одолжениями. Вы честно рассказали мне про то, как отличить правду от лжи, и я должен с вами расплатиться, если уж не деньгами, то хотя бы тем, что буду потакать вашим желаниям.

— Пашенька, вы — прелесть, — расхохоталась Настя.

На его лице впервые за два дня мелькнуло какое-то слабое подобие улыбки.

— Я оценил ваши самоотверженные усилия по моему спасению и раскаялся. Не хочу, чтобы вы считали меня неблагодарным. Я действительно признателен вам за то, что вы приехали меня встретить, хотя, может быть, это не очень заметно. Что вам принести?

— Кофе, пирожное и мартини. Если мартини нет, тогда кампари.

Она протянула ему несколько купюр.

— И не забывайте о себе. Я понимаю, вас коробит от того, что я каждый раз даю вам деньги, но вам придется с этим смириться. Просто помните, что это не мои деньги, а моего нанимателя. И платит он их не мне за красивые глаза, а фактически вам. Вы ему нужны, и он готов на это потратить неограниченные суммы. Так что вы имеете на эти деньги такие же права, как и я.

Он слегка кивнул и отошел. Настя не спускала с него глаз. Так и есть, он снова начал оглядываться, при этом смотрел не столько на вход, сколько на дверь служебного входа. Совершенно точно, он кого-то ищет. Кого-то, кто, по его представлениям, должен работать в районе этой улицы в недорогом заведении. Бармен? Мойщик посуды? Кулинар? Швейцар? Официант? Грузчик? Или кто-то из хозяев? Любопытно, много ли на этом проспекте подобных заведений. Так и придется ходить из одного в другое? Черт знает что. Ничего не попишешь, надо делать вид, что она верит в его благородные порывы. Нельзя быть слишком умной и не в меру наблюдательной. То, что она ему демонстрирует, пока вполне укладывается в особенности мышления человека с математическим образованием. Вот в этих рамках и надо держаться.

Павел вернулся, и Настя сразу поняла: что-то случилось. Лоб его снова был в испарине, губы сжаты в узкую полоску, глаза полузакрыты. Нашел, что ли?

Ей он принес чашку кофе, эклер и стакан с мартини, себе — бутылку пепси-колы. Принимая у него из рук чашку, она случайно коснулась его пальцев. Они были ледяными.

— Пашенька, мне начинает нравиться ситуация, когда вы демонстрируете мне свою благодарность, — произнесла она как ни в чем не бывало. — Что еще я должна сделать, чтобы вы продолжали оставаться таким же милым?

Он не ответил. Теперь Сауляк снова сидел, скрестив руки на груди и закрыв глаза. Лицо опять стало сероватым и болезненным, как недавно в гостинице.

— Павел Дмитриевич, вы меня слышите? Вам нехорошо?

Он медленно поднял веки и отрицательно покачал головой.

— Я в порядке.

— Вид у вас совсем больной. Что с вами?

— Я же сказал, я в порядке.

Опять-снова-сначала! Только что был вполне нормальным собеседником, даже шутить начал, еще немного — и улыбаться бы стал. И вдруг такая перемена. Руки его сжались в кулаки с такой силой, что костяшки побелели и, казалось, вот-вот должны были прорвать тонкую кожу.

— Ну как хотите, — пожала плечами Настя, надкусывая эклер. — Будете продолжать строить из себя принца в изгнании?

Сауляк маленькими глоточками отпивал из стакана пепси-колу, уставившись невидящими глазами куда-то в угол зала. Настя обернулась, но ничего интересного не увидела. Она поймала себя на мысли, что даже забыла поинтересоваться преследователями. Два дня показали, что Сауляк был прав: тактику она избрала правильную. Кардинальных мер к ним применять не будут, по крайней мере пока. Но что их ждет в Москве — неизвестно. Поэтому расслабляться нельзя, нужно играть в затеянную ею игру до победного конца, до того момента, пока она не сдаст Павла с рук на руки генералу Минаеву.

— Вы правы, — внезапно он поставил стакан на стол и поднялся. — Мне действительно нехорошо. Мне нужно выйти.

— На воздух?

— В туалет. Вы можете быть спокойны, я никуда не сбегу. Если меня не будет слишком долго — не волнуйтесь, это со мной бывает.

— Я не могу отпустить вас одного.

— Я же сказал — я никуда не денусь.

— А ваши доброжелатели? Или вы о них забыли?

— Возьмите их на себя. Вы же считаете себя великой актрисой.

Настя видела, что ему действительно плохо. И понимала, что, как только они расстанутся, он может стать очень уязвимым. Что же делать? Конечно, можно встать возле входа в туалет, но, если эти парни захотят туда войти, она не сможет их остановить.

— Идите, — кивнула она, вставая.

Они вместе дошли до выхода из зала. Павел вышел в холл и пошел по направлению к туалету, а Настя повернулась и подошла к столику, за которым сидели двое из серой «Волги».

— Ребята, дайте выиграть тысячу долларов, — заявила она, плюхнувшись на свободный стул и без разрешения вытаскивая сигарету из лежащей на столе пачки.

— Простите? — вздернул брови мужчина постарше, который вчера возле колонии сидел в машине на пассажирском месте.

Второй, помоложе, щелкнул зажигалкой и дал ей прикурить. Глаза его при этом были прикованы к двери, из которой только что вышел Сауляк.

— Пашка утверждает, что видел вас вчера в Самаре, причем несколько раз, и что вы летели в одном самолете с нами. А я говорю, что у него мания преследования. Понимаете, — она понизила голос и глупо хихикнула, — он немножко не в себе, ему всюду крысы мерещатся. В общем, мы поспорили на тысячу долларов, что он вас там не видел.

— Конечно, не видел, — быстро произнес мужчина постарше. — Мы в Самаре не были, ему показалось.

— Ага, мы местные, — подтвердил второй.

— Ну вот и я о том же. Говорю ему, чтоб лечился, а он ни в какую. Думает, я хочу его в дурдом запихнуть. Думает, мне его деньги нужны. А зачем мне? У меня своих миллионов выше крыши, не знаю, куда их девать. Кстати, дружочек, — она полезла в сумку, вытащила кошелек и протянула младшему купюру, — пойди-ка принеси мне выпить. Сдачу можешь оставить себе за хлопоты. Возьми мартини, только смотри, не сухой, а «бьянко». Не перепутай, детка.

— Пашка — это ваш муж? — осторожно полюбопытствовал старший.

— Объелся груш, — фыркнула Настя.

Ответ был пошлым, но в данной ситуации единственно правильным. Ни да, ни нет — понимай как хочешь.

— И давно он у вас такой подозрительный?

— А черт его знает, — она сделала выразительный жест рукой. — Я его два года не видела, он срок мотал. Только вчера освободился. Слушай, отец, а птенчик у тебя миленький. Воспитанный такой, вежливый. Я б ему отдалась, пожалуй. Сколько ему лет?

— Двадцать шесть.

— У-у-у, — разочарованно протянула она, — для меня староват. Я думала, ему лет девятнадцать-двадцать. Старше двадцати мне уже не годится.

— А вам самой-то сколько? — не сдержал усмешку ее собеседник.

— Много, отец. Почти столько же, сколько тебе. Тебе ведь под сорок, верно? Вот и мне столько же.

«Птенчик» вернулся и поставил перед ней стакан с напитком. Настя отхлебнула и скорчила удовлетворенную мину.

— То, что надо. Спасибо, детка. Короче, ребята, я на вас полагаюсь. Если он опять начнет зудеть, я вместе с ним к вам подойду, вы уж подтвердите, что ему привиделось, лады? А то он мне своей манией преследования всю плешь проел.

— Конечно, — закивали оба. — Подтвердим, не сомневайтесь.

Павел все не возвращался, и Настя начала нервничать. У нее больше не было повода задерживаться за их столиком, но, пока они с ней разговаривали, она по крайней мере могла быть уверена, что они не кинутся его искать.

— Слушай, дружочек, — обратилась она к «птенчику», — а тебе сколько лет? Правда, что ли, двадцать шесть?

Он в изумлении уставился на нее, потом перевел взгляд на старшего компаньона.

— Наша гостья сказала, что ты ей очень нравишься, только вот возраст твой ее смущает.

— Между прочим, гостью зовут Анастасия, — вставила Настя. — А тебя, детка? Давай уж познакомимся ради такого случая.

— Ради какого случая? — тупо переспросил тот.

— Ради выигрыша в тысячу долларов. Так как тебя зовут-то?

— Сережа, — растерянно произнес он, запинаясь. — А его — Коля.

— А про него я не спрашивала, — ласково сказала она. — Куда ж ты, птенчик, поперед старших-то лезешь, а? Он уже большой, сам свое имя скажет, если захочет или если я спрошу.

Она все-таки втянула их в разговор, изображала

вульгарную, не особенно трезвую и слегка сумасшедшую бабу, гладила Сережу по руке и похабно подмигивала Николаю, таскала сигареты из их пачки и внутренним метрономом отсчитывала минуты. Где Павел? Почему его нет так долго?

Она почувствовала, что ее собеседники, преодолев первую оторопь, сумели перестроиться и теперь пытаются получить ответ на вопрос: кто она такая? Она подбрасывала им информацию, не имеющую ничего общего с действительностью, старалась изо всех сил окончательно заморочить им голову, не давая прервать разговор и ощутить нарочитость ее присутствия за их столиком. Наконец в проеме двери появился Павел.

— О! — Она тут же отдернула пальцы от ладони «птенчика» Сережи. — Пашка явился. Все, ребята, счастливо. Приятно было познакомиться.

На Павла было страшно смотреть. Казалось, он даже двигался с неимоверным трудом.

— Что, совсем плохо? — обеспокоенно спросила она.

Он кивнул.

— Уходим?

— Да, наверное, так будет лучше.

Они даже не стали возвращаться к своему столику, где стояла чашка с недопитым кофе и стакан с остатками мартини. Подошли к вешалке, взяли куртки и вышли на улицу.

— Мы можем взять машину? — спросил Сауляк каким-то сдавленным голосом.

— Конечно. Они за нами гнаться не будут. Они вообще постараются теперь держаться от нас подальше и близко не подходить.

Настя подошла к краю тротуара и подняла руку. Через пару минут возле них притормозила машина.

— В аэропорт, — сказала она, наклоняясь к опустившемуся стеклу.

— Сколько?

— Сколько скажешь. Я не местная, тарифов не знаю.

— Пятьдесят «зеленых».

— Хорошо.

Она села впереди, рядом с водителем, Сауляк устроился сзади. Всю дорогу они ехали молча. Так же молча вышли из машины, подошли к гостинице и поднялись на свой этаж. И, только оказавшись в номере, Настя дала себе волю.

— Может быть, пора заканчивать эти детские игры? — зло спросила она, глядя, как Павел негнущимися пальцами пытается справиться с застежкой на своей куртке. — Что с вами происходит, Павел Дмитриевич? Я должна довезти вас до Москвы, а вы того и гляди концы отдадите прямо у меня на руках. Почему вы не хотите мне сказать, чем вы больны и как вам помочь, если вам станет хуже?

Его взгляд снова убегал от нее. Он так и не начал смотреть ей в глаза, даже в те минуты, когда разговаривал вполне дружелюбно. Наконец ему удалось справиться с застежкой, он разделся и не говоря ни слова лег на кровать.

— Или вы немедленно скажете мне, в чем дело, или я вызываю «неотложку». Мне вовсе не улыбается перспектива привезти в Москву ваш хладный труп.

— Не беспокойтесь, — тихо сказал он, не открывая глаз, — со мной ничего не случится. Скоро все пройдет. У меня уже ничего не болит.

— А что болело?

— Ничего. Я же сказал: не беспокойтесь. Все будет нормально, я вам обещаю.

— Что-то слабо верится, — откликнулась она уже спокойнее. — Вам правда уже лучше? Не обманываете?

— Нет.

Было уже совсем поздно, пора было ложиться спать, но Насте почему-то казалось, что, как только она погасит свет, с Павлом непременно что-нибудь случится. Она сняла сапоги и свитер и забралась под одеяло в джинсах и в майке.

— Почему вы не выключили свет? — спросил он.

— Чтобы видеть вас. По крайней мере, я не пропущу момент, когда вам станет хуже.

— Не станет, я же вам сказал. Выключайте свет и спите. Вам надо отдохнуть.

— Ах ты Боже мой, какая забота, — буркнула она, закутываясь в одеяло.

— Выключите свет. Пожалуйста, — попросил он.

Было в его тоне что-то такое, что заставило Настю послушно встать и щелкнуть выключателем. Теперь комната освещалась только светом фонарей и прожекторов, горящих на улице и аэродроме. Заснешь тут, пожалуй, с раздражением подумала она. Самолеты ревут прямо над головой, а на соседней кровати — тяжело больной человек. Обстановочка для здорового отдыха самая что ни на есть подходящая.

Павел лежал так тихо, что Настя постепенно стала успокаиваться. Когда у человека что-то болит, он обычно не может лежать неподвижно, крутится с боку на бок, пытаясь найти положение, в котором боль будет не так ощущаться. Ей удалось немного расслабиться, и поскольку она понимала, что заснуть в таком грохоте все равно не сможет, то попыталась хотя бы мысли привести в порядок. Она методично, минуту за минутой мысленно проживала минувший день, вспоминая каждое слово Павла, каждый его жест, каждый взгляд. Что нового и ценного она сумела узнать о нем сегодня?

— Настя, — донеслось до нее с соседней кровати.

Она подпрыгнула как ужаленная. За двое суток он впервые назвал ее по имени. Видно, совсем его припекло. Знать бы только, что именно.

— Да, я здесь, — откликнулась она так же тихо.

— Ты не спишь?

— Нет.

— Посиди со мной.

Уже и на «ты»! Эк вас разобрало, Павел Дмитриевич. Что же с тобой происходит, хотелось бы знать.

Настя торопливо откинула одеяло и села на край его кровати. Ледяные пальцы коснулись ее ладони.

— Тебе холодно? — заботливо спросила она. — Почему ты не укроешься одеялом?

— Не надо, все нормально. Просто посиди со мной.

— Хорошо, конечно.

Она легко сжала его пальцы, но уже через секунду Павел высвободил их из ее руки. Минуты шли, Настя начала мерзнуть, но не смела пошевелиться. Она совершенно не понимала, что происходит, но знала точно, что нельзя нарушать то хрупкое равновесие доверия-отчуждения, которое вдруг воцарилось между ними.

— Будь я проклят, если я когда-нибудь обижу тебя, — внезапно произнес Павел громко и отчетливо.

Настя с трудом сдержалась, чтобы ничего не сказать в ответ. Только нашла в темноте его руку и легко погладила холодные пальцы.

— Ложись, — сказал он уже тише. — Не обращай на меня внимания, я несу всякий бред. Ложись.

Она молча встала и перешла на свою кровать. До самого утра он больше не произнес ни слова.

* * *

Около восьми утра ожил и захрипел стоящий на шкафу радиоприемник, подключенный к трансляционной сети аэропорта.

— Внимание! Пассажиров рейса 726, следующего по маршруту Самара — Екатеринбург, просят пройти в здание аэропорта на регистрацию. Повторяю. Начинается регистрация билетов и оформление багажа пассажиров, следующих рейсом 726 Самара—Екатеринбург. Вылет рейса в десять часов пятьдесят минут.

Они быстро вскочили и начали собираться.

— Как вы думаете, у меня есть время принять душ? — спросил Павел.

Ого, опять на «вы». Застеснялся собственной слабости, проявленной вчера вечером? Это бывает. Что ж, решила Настя, не будем упираться, пойдем у него на поводу.

— Вполне, — разрешила она. — Минут двадцать в вашем распоряжении.

Он прошел в ванную, но дверь опять не запер. Вышел он минут через пятнадцать, чисто выбритый, и выглядел более чем удовлетворительно. Во всяком случае, глядя на него, никто не сказал бы, что накануне этот человек перенес сильный приступ какой-то болезни.

Дальше все пошло на удивление гладко. Самолет действительно вылетел из Уральска в одиннадцать часов, а около половины второго они уже получили новые паспорта и билеты на рейс Екатеринбург —

Волгоград. Поздно вечером, поднявшись на борт самолета, который должен был доставить их из Волгограда в Москву, Настя немного перевела дыхание: кажется, все идет без сбоев. Вокруг не было ни одного знакомого лица, даже Короткова не видно. Это правильно, Саупяк не должен сомневаться в том, что им удалось оторваться, а ведь Юру она выдавала за одного из преследователей.

— Ну вот, Павел Дмитриевич, — сказала она, когда стюардесса объявила, что самолет пошел на посадку, — осталось последнее усилие — и все закончится.

— Нас будут встречать в аэропорту?

— Боюсь, что нет. Мне придется довезти вас до места самой.

— Уже ночь, транспорт не ходит. Или за два года вы в Москве эту проблему решили?

— В аэропорту должна быть машина на стоянке.

— Может быть, вы хотя бы теперь скажете мне, к кому вы меня везете?

— Не могу, — она покачала головой. — А вдруг вам это не понравится? Сбежите еще. Обидно же, когда после стольких мытарств я вас потеряю на последних метрах дистанции. Доедем — сами увидите. По крайней мере, вы можете быть уверены в том, что этот человек не вынашивает гнусный замысел избавиться от вас, иначе он не стал бы пытаться помешать тем, кто хочет это сделать. Так что на ближайшую перспективу жизнь вам гарантирована.

— Очень обнадеживающе, — усмехнулся он. — Дайте руку.

— Зачем? — удивилась она. — Гадать будете?

— Помогу вам. Вы же плохо переносите снижение.

— Откуда вы знаете?

— Это очень заметно. Мы же не в первый раз летим с вами в самолете. Давайте руку, не бойтесь.

Настя послушно протянула ему руку. Пальцы у Павла оказались на этот раз теплыми. Он двумя руками ощупал ее кисть, нашел какую-то точку и сильно нажал. В первый момент Настя вздрогнула от боли, но уже в следующую секунду почувствовала, что дурнота стала отступать. Сауляк не выпускал ее руку из своих ладоней, и она с удивлением поняла, что его странные манипуляции дают хороший эффект. Даже тяжесть, давящая на уши, прошла. Она прикрыла глаза и расслабленно откинулась на спинку кресла. Руки и ноги налились тяжестью, она не спала уже третью ночь подряд и теперь ощутила это в полную силу. Дремота сковала ее, стало тепло и спокойно, и Насте захотелось, чтобы это никогда не кончалось. Так и сидела бы в кресле, согревшаяся, спокойная и расслабленная, и не беспокоилась ни о чем...

— Подъем, — услышала она голос Павла у себя над ухом.— Мы прилетели.

— Господи! — испугалась она. — Я что, уснула?

— Еще как. Даже стонали во сне.

— Но хотя бы не разговаривала?

— Разговаривали. И выболтали мне все свои секреты.

Настя понимала, что он шутит, но лицо его при этом было на удивление серьезным и даже каким-то сердитым. Черт возьми, она ухитрилась уснуть, находясь в нескольких сантиметрах от источника повышенной опасности, которым не без оснований считала своего попутчика! Ничего себе! Непростительно.

Пассажиры уже выходили на трап, а у нее не было сил подняться. Павел тоже не вставал, по-прежнему держа ее за руку. Она заставила себя встряхнуться.

— Пошли, — решительно сказала Настя, вставая с кресла.

На стоянке возле здания аэропорта она нашла машину, которую сама же поставила сюда несколько дней назад. Слава Богу, в эти дни в столице стояла мягкая погода без сильных морозов, и автомобиль удалось открыть и завести без особых мучений.

Ехали молча. Настю грызло неприятное чувство, что ее использовали как пешку в чьей-то игре. Ведь она так и не смогла выяснить, что представляет собой этот Павел Сауляк и кто и зачем за ним гонялся. Правда, такое задание перед ней и не ставили. Генерал Минаев прекрасно знал это и без нее, а ее, Анастасию

Каменскую, просто использовал втемную, как дармовую рабочую силу, воспользовавшись личной дружбой с одним из руководителей МВД и попросив его организовать вывоз Сауляка из Самары и доставку его в Москву.

В три часа ночи шоссе, соединяющее аэропорт с городом, было пустынным. После поста ГАИ ей нужно было проехать мимо автобусной остановки, и через триста метров их должна ждать машина. Так и есть, вот она, «Мерседес», стоит с включенными огнями. Настя притормозила и тихонько подкатилась вплотную к «Мерседесу». Из темноты ей навстречу шагнул человек и открыл дверь с той стороны, где сидел Павел.

— Выходите, Павел Дмитриевич, — сказал он.

Тот не пошевелился, даже голову не повернул.

— Настя, — произнес Сауляк негромко.

Это был второй раз, когда он назвал ее по имени.

— Да?

— Спасибо вам.

— Не за что. Я старалась.

— Не забывайте то, что я вам говорил. До свидания.

— До свидания, Павел.

Он вышел, аккуратно закрыв дверь, и пошел к «Мерседесу», но, сделав несколько шагов, внезапно остановился. Насте показалось, что он хочет сказать что-то еще. Она быстро открыла дверь и выскочила из машины. Их разделяло каких-нибудь три метра. В темноте ей плохо было видно выражение его лица, но одно она знала точно — он смотрел ей в глаза. И снова ее окатило жаркой волной, она почувствовала себя мягкой и податливой, как плавящийся воск.

Сауляк слегка кивнул ей, потом резко повернулся и сел в машину. Хлопнули дверцы, заурчал двигатель, «Мерседес» быстро набрал скорость и скрылся из виду.

Настя села за руль, но никак не могла заставить себя начать движение. Она чувствовала себя совершенно обессиленной.

Часть II

ОПЕРАЦИЯ «СТЕЛЛА»

Глава 5

Антон Андреевич Минаев привез Павла к себе на дачу. Дом у него был теплым, любовно обустроенным и удобным, сам Антон Андреевич с удовольствием жил бы в нем круглый год, если бы не жена и дочка, которым больше нравилась городская квартира и которые были в общем-то равнодушны к прелестям загородной жизни.

— Вы, наверное, устали и хотите отдохнуть, — сказал Минаев гостю, отперев дом и включив отопление. — Располагайтесь, не смотрите, что здесь холодно, через час станет жарко. А разговоры отложим на потом.

— Я предпочел бы поговорить прямо сейчас, — сухо ответил Сауляк. — Лучше сразу прояснить ситуацию. Не исключено, что вам не захочется предлагать мне свое гостеприимство.

— Что ж, если вы настаиваете... — развел руками Минаев, в глубине души обрадовавшись. Действительно, лучше объясниться сразу и снять груз с плеч. — Тогда я поставлю чай, разговор нам с вами предстоит долгий.

Он заварил свежий крепкий чай, поставил на стол сахар, варенье и вазочку с конфетами, нарезал сыр и хлеб, которые предусмотрительно привез с собой: гость с дороги наверняка голоден.

— Вы меня знаете? — спросил он Павла, когда с приготовлениями было покончено.

— Вы — полковник Минаев, если не ошибаюсь. Или уже генерал?

— Генерал, — подтвердил Антон Андреевич. — И вы, наверное, знаете, что я много лет работал с Булатниковым, дослужился до его заместителя.

— Да, — кивнул Сауляк. — Я знаю.

— Тогда вы должны понимать две вещи. Первое: я знаю, кто вы и чем занимались. И второе: мне небезразличны обстоятельства гибели Булатникова, и я хочу в них разобраться. Для этого мне нужны вы, Павел Дмитриевич. Скажу больше: я подозреваю, что те, кто убрал Владимира Васильевича, приложили руку и к тому, чтобы лишить вас свободы, упрятать в зону, навесив вам срок.

— Тут вы ошибаетесь, — едва заметно усмехнулся Павел. — В зоне я оказался вполне самостоятельно, по собственной вине и по собственному желанию.

— И чего же было больше, вины или желания?

— Одно вытекало из другого.

— Понятно, — задумчиво протянул Минаев. — Это несколько меняет дело. Но, впрочем, не кардинально.

Тут генерал покривил душой. Он очень рассчитывал на то, что сможет пробудить в Павле жажду отомстить тем, кто его засадил. Но коль об этом речь не идет, то все меняется, и очень сильно. Захочет ли Сауляк разбираться с теми, кто убил Булатникова? Вряд ли. Если бы у него такое желание было, он не стал бы прятаться в зону, а вместо этого выкопал бы из земли топор войны и разобрался бы с противником. Но он этого не сделал, и очень, очень маловероятно, что спустя два года ему, Минаеву, удастся разжечь огонь мщения. Эмоции, даже самые праведные, имеют неприятное свойство остывать.

— Какое задание Булатникова вы выполняли перед тем, как он погиб?

— Вы же прекрасно знаете, что я вам этого не скажу, — спокойно ответил Сауляк.

— Но вы не можете не понимать, что его убийц надо искать среди тех, с кем был связан Владимир Васильевич в последнее время перед смертью. Вы отказываетесь помогать мне?

— Считайте, что так. Булатников был связан с великим множеством сильных и влиятельных людей, и любой из них мог организовать его смерть. Ваша затея бессмысленна и бесперспективна.

— Я так не считаю, — горячо возразил генерал. —

Я много лет работал с Булатниковым, и я просто обязан узнать правду о его смерти и восстановить справедливость. Это мой долг, понимаете? Долг ученика, сотрудника, помощника.

Павел молчал, не спеша прихлебывая ароматный горячий чай. Он не притронулся к еде, только положил в чашку немного варенья. Генерал подумал, что если нельзя зацепить его на жажде отомстить, то можно попытаться сыграть на страхе. А если и это не получится, то в запасе остается еще чувство благодарности. Но Минаев должен во что бы то ни стало заставить Сауляка сотрудничать с ним. Для того чтобы осуществить то, что он задумал, ему нужен Павел и никто другой. Никто, кроме Павла, этого сделать не сможет.

— Вы знаете, почему я организовал вашу охрану? — спросил он.

— Догадываюсь. Кроме женщины, которую вы прислали, около меня крутились еще четверо. Кстати, кто они?

— Вы ставите меня в сложное положение, Павел Дмитриевич, — тонко улыбнулся Минаев. — Я, безусловно, раскрою вам все карты, если мы с вами будем сотрудничать. Но если вы безразличны к судьбе Булатникова и не хотите мне помогать, то я просто не имею права рассказывать вам все. У меня ведь тоже есть свои профессиональные секреты.

— Вашим секретам цена невелика. И без того понятно, что люди, которым Булатников оказывал услуги, теперь боятся огласки. У Владимира Васильевича была обширная агентура, но определенного рода задания он поручал только мне. Вот я им и понадобился, чтобы не болтал лишнего. Даже странно, что их оказалось так немного. У ворот колонии, которую я покинул, могло собраться пол-России, я бы не удивился. Если вы не хотите сказать мне, кто конкретно заинтересовался моей персоной, — не надо, не говорите. Для меня от этого мало что меняется. Все равно я буду знать, что кто-то меня преследует, а кто именно — не суть важно, потому что меры безопасности будут одними и теми же.

— Значит, вы совсем не боитесь?

— Почему, боюсь. Но это не означает, что я от страха кинусь рассказывать вам о делах Владимира Васильевича. Вы были его заместителем и учеником, и вы должны и без моих рассказов знать достаточно много. А если вы чего-то не знаете — значит, этого хотел Булатников. Вы знаете ровно столько, сколько он позволил вам знать, и нарушать его волю я не хочу.

— Я мог бы предоставить вам безопасное убежище, — заметил Минаев.

— Спасибо. Чем я должен буду за это заплатить?

— Помогите мне найти убийц Булатникова. Павел Дмитриевич, поверьте, для меня это важно, очень важно. Здесь нет никакой политики, это чисто человеческое. И потом, я не хотел вам говорить, но... Видите ли, кое-что я действительно знаю. Вероятно, Владимир Васильевич скрывал от меня какие-то факты и обстоятельства, но уверяю вас, очень немногие. Я знаю, чем занимались конкретно вы и ваша группа, которую вы курировали. Может быть, повторяю, я знаю не обо всех ваших заданиях, но даже того, что мне известно, вполне достаточно, чтобы доставить вам кучу неприятностей. Я не собираюсь этого делать, я не хочу умышленно причинять вам зло, но, если вы откажетесь помогать мне, боюсь, я буду вынужден предать огласке кое-какие факты. Повторяю, не для того, чтобы навредить лично вам, а для того только, чтобы уничтожить тех, на чьей совести жизнь Булатникова.

— Элегантный шантаж? Это не делает вам чести, генерал.

— А мне наплевать на мою честь, майор. Да-да, я знаю, кем вы были до того, как стали агентом Булатникова. И знаю, что в те времена, когда вы носили майорские погоны, у вас была другая фамилия. И знаю, при каких обстоятельствах вы лишились звания и должности. Так вот, майор, мне наплевать на мою честь, если я вынужден буду жить с сознанием того, что убийцы моего учителя, друга и командира ходят на свободе. Вам понятно? Само это обстоятельство уже не делает мне чести. Я офицер и мужчина, если эти слова вообще что-то вам говорят.

— Тогда я вынужден констатировать, что вы лжете, Антон Андреевич. Если вы знаете обо мне так много, то вы непременно должны знать, кто убил Булатникова. Я не верю в то, что вы этого не знаете.

Минаев умолк, сосредоточенно размешивая ложечкой сахар в чашке. Потом поднял на Сауляка глаза, которые стали почему-то темными и бездонными.

— Да, Павел Дмитриевич, я лгал. Я знаю, кто это сделал. И я хочу, чтобы вы помогли мне уничтожить этих людей. Видите, я раскрыл перед вами все карты. Я хочу не просто стереть этих людей с лица земли, я хочу, чтобы имя их было покрыто несмываемым позором.

— Я понял вас, — кивнул Павел. — Но я не разделяю ваших чувств. Антон Андреевич, давайте будем говорить правду хотя бы сами себе, если мы не можем сказать ее другим. То, что делал генерал Булатников, то, что делали я и мои люди по его указаниям, преступно, и это еще мягко сказано. Нас всех нужно было расстрелять за то, что мы делали. И вас заодно, потому что вы знали об этом и молчали. А теперь вы хотите покарать людей за то деяние, которое сам Булатников совершал неоднократно. Ему, выходит, можно, а им — нет? Двойной счет, двойная мораль? Для вас Владимир Васильевич — командир, друг и учитель. Но для огромного числа людей он — обыкновенный убийца и подонок. Поэтому если вы хотите мстить за его смерть, то это должно остаться вашим сугубо личным делом. Вы не имеете права привлекать к этому делу кого бы то ни было и не имеете права ни от кого требовать помощи.

— Даже от вас?

— Даже от меня.

— Неужели у вас не осталось ни капли теплого чувства к нему? Никогда не поверю.

— Мне не нужно, чтобы вы мне верили. Я вам благодарен за то, что вы прислали человека, который не дал мне сдохнуть в первые же часы пребывания на свободе и довез меня живым до Москвы. Я знаю, что вы потратили на это немалые деньги. Еще раз повторяю, я вам благодарен. Но не требуйте от меня большего.

— Что вы за упрямец! — в сердцах воскликнул Минаев.

Этот Саулак прямо из рук выскальзывал. А генерал так на него надеялся! Если Павел не поможет, то не поможет никто. И уговорить его нужно во что бы то ни стало.

— Поймите же, — горячо продолжал генерал, — все разговоры про чистые руки — это сказочки для пионеров. Вы сами были кадровым офицером, вы служили в нашем ведомстве, и вы должны отдавать себе отчет, что существует множество целей и задач, решение которых подразумевает различные нарушения морали и этики. Оперативная работа вся с ног до головы вымазана дерьмом, так было, есть и будет. Вы не имеете права упрекать Владимира Васильевича, меня и себя самого в том, что нашими действиями нарушались какие-то нормы и кому-то причинялся вред. Это неизбежно, потому что цель этого требовала. Что толку от того, что вы сейчас начнете рвать на себе волосы и каяться в совершенных грехах? Жизнь этим не изменить. Генерал Булатников совершал все эти поступки во имя социально-одобряемой цели, а те, кто его убил, сделали это из своих собственных шкурных интересов. Неужели вы не видите разницу?

— Значит, так, Антон Андреевич, — сказал Саулак, не глядя на генерала. — Давайте соображения морали и этики оставим для другого случая. У нас с вами отношения товарно-денежные, и я готов сделать то, что от меня требуется в рамках нашей сделки. Вы обеспечили мою безопасность на пути от колонии до Москвы, вы вложили в это большие деньги, и независимо от того, зачем вы кинулись меня спасать, я должен отплатить вам за это. Далее. Вы еще какое-то время обеспечиваете мою безопасность, снабжаете меня новыми документами и жильем. Желательно и легендой, чтобы я продержался хотя бы первое время. Иными словами, вы поддерживаете меня на протяжении периода моей адаптации к новым условиям моего существования. За это я делаю для вас то, что вы хотите. Вы хотите поквитаться с убийцами Булатникова? Я готов оказать вам посильное содействие. Еще раз подчеркиваю: я не собираюсь мстить за жизнь

Владимира Васильевича, я хочу лишь расплатиться с вами за ту помощь, которую вы мне уже оказали и окажете в будущем. Мы договорились?

Минаев с трудом сдержал вздох облегчения. Ну наконец-то! Он уже начал опасаться, что не сможет найти с этим человеком общего языка.

— Разумеется, Павел Дмитриевич. Мы договорились. И я очень рад этому обстоятельству. В конце концов, я готов признать, что был не прав, когда пытался заставить вас разделить мои убеждения. Мое отношение к Булатникову и его гибели — это действительно мое личное дело, и никто не обязан меня в нем поддерживать. Что ж, предлагаю отдохнуть хотя бы несколько часов, ночь уже на исходе. А завтра начнем, если не возражаете.

Павел молча встал, и по его замкнутому холодному лицу Антон Андреевич понял, что Сауляк не собирается ему отвечать. Для него разговор был окончен.

* * *

Для генерала Минаева было очевидным, что гибель Владимира Васильевича Булатникова — дело рук тех деятелей, в интересах которых он осуществил свою самую грязную и кровавую комбинацию. Минаев знал этих людей поименно, он потратил почти два года на то, чтобы составить их полный список. И теперь, когда имя и фотография одного из них замелькали на экранах телевидения и на страницах газет, Антону Андреевичу стало понятно, что сколоченному этой группировкой криминальному капиталу стало тесно. Они хотят размаха, им масштаб подавай. А для этого нужен «свой» президент, который обеспечит прохождение нужных указов, подписание нужных бумаг и принятие нужных решений «своими» же министрами. Конечно, кроме президента, есть еще Дума, но туда они уже постарались напихать «карманных» депутатов, которые костьми лягут, но не допустят принятия неудобных этому капиталу законов. Удачно вышло для этих деятелей, что выборы в Думу и президентские выборы попали на одно полугодие, так им легче реализовывать свой план.

Павел попросил у Минаева три дня на то, чтобы восстановиться.

— Мне нужно купировать обострение холецистита, — объяснил Сауляк, — иначе меня может прихватить приступ в самый неподходящий момент. Кроме того, мне нужно выспаться и немного набраться сил.

Антон Андреевич был готов на все, он с радостью выполнял все условия Павла, только бы тот не сорвался с крючка. Но Павел, похоже, не был склонен к колебаниям после того, как принимал решение.

Через три дня Сауляк сказал:

— Я готов начать работать.

Он выглядел намного лучше, чем тогда, три дня назад, когда впервые оказался на даче Минаева. Цвет лица стал здоровым, правда, слегка бледноватым, но тем не менее телесно-розовым, а не грязно-серым. Он уже не сидел часами в кресле, закрыв глаза и скрестив на груди руки, а расхаживал по дому, гулял по участку, делал гимнастику. Однажды Минаев случайно увидел Павла, когда тот занимался физическими упражнениями, спрятавшись за домом, и поразился, что тот смог отжаться всего пять раз, зато прыгал через скакалку минут двадцать без перерыва и с такой скоростью, что резинового шнура было просто не видно, как ни напрягал глаза Антон Андреевич. Потом он сообразил, что Павел при каждом прыжке прокручивает скакалку дважды, но для того, чтобы проделывать это на протяжении двадцати минут, нужно обладать огромной способностью к концентрации и сильными тренированными кистями рук.

За эти три дня генерал нашел Павлу новую квартиру и раздобыл документы на имя Александра Владимировича Кустова, а также загранпаспорт, в соответствии с которым Кустов только что вернулся в Москву из Бельгии, где прожил два года в браке с очаровательной бельгийкой, но в конце концов несходство характеров пересилило стремление к достатку и комфорту, и Александр Владимирович, мирно расставшись с супругой, возвратился на родину. Двухлетним отсутствием вполне объяснялась некоторая, мягко говоря, неинформированность господина Кустова о том, например, сколько стоит жетон в метро и где теперь продаются талоны для проезда в наземном городском транспорте. Ну и вполне естественно, что после двухлетнего пребывания за границей у человека нет собственного бизнеса и даже места в государственной организации. Правда, деньги у него пока есть, так что какое-то время господин Кустов может себе позволить не работать.

В списке, который заготовил для Саулика генерал Минаев, было семь фамилий, и имя нынешнего кандидата в президенты стояло в нем первым номером, зато фамилии Чинцова там не было вовсе. Антон Андреевич отбирал только тех, кто был непосредственно завязан на организацию транспортировки оружия и наркотиков, кто лично участвовал в принятии решений, разработке конкретных операций и дележе прибылей. Чинцов в те времена был не более чем мелким прихвостнем, шестеркой на побегушках, которого использовали исключительно по прямому назначению — сплести интригу и реализовать ее. Тогда, три-четыре года назад, с Булатниковым контактировали двое главарей этой шайки, а место Чинцова было в их иерархии, как сказали бы в зоне, «возле параши». Зато теперь, и Антон Андреевич это знал, Чинцов прорвался в команду кандидата в президенты и стал чуть ли не его правой рукой. Более того, Антон Андреевич знал, что это именно Чинцов интересовался Павлом и пытался навести о нем справки через МВД.

— Не хочу ничего от вас скрывать, — сказал Минаев, держа перед собой список кандидатов на уничтожение. — У меня в руках список людей, которые были самым кровным образом заинтересованы в смерти Владимира Васильевича и которые заставили его умолкнуть навсегда. Но мне стало известно, что эти люди проявили интерес и к вам, Павел Дмитриевич. Они наводили о вас справки в Министерстве внутренних дел, и я не исключаю, что они посылали своих людей в Самару, чтобы вас убить. Вы должны начинать операцию с открытыми глазами, и я не собираюсь заставлять вас играть втемную и попусту рисковать. Для того чтобы выполнить условия нашего с вами договора, вам придется самому сунуться в логово врага, который спит и видит, как бы вас побыстрее заполучить, и от которого я вас с таким трудом спас по дороге в Москву.

Минаеву очень хотелось продолжить фразу и сказать: «Павел Дмитриевич, вам нельзя самому соваться к ним, но ведь у вас была группа, которой вы руководили. Найдите своих людей и подключите их к работе. Люди Чинцова знают вас в лицо, но их-то они не знают. Их вообще не знает никто, кроме вас». Но Антон Андреевич сдержался и ничего такого не сказал. Он боялся провалить с таким трудом начатую операцию, для которой он сам придумал простенькое и ничего никому не говорящее название «Стелла». Латинское слово, в переводе означающее «звезда», не было связано с сутью операции никаким потаенным смыслом. Просто когда-то в молодости Минаев видел на закрытом просмотре один итальянский фильм из жизни городских нищих, мелких воришек и хулиганов, сутенеров и проституток, и там была только одна приличная девушка по имени Стелла. Она была такая невинная, такая искренняя и простодушная на фоне всех этих отщепенцев, подонков и негодяев, что Минаев, тогда еще совсем молодой старший лейтенант, чуть не прослезился от умиления, а потом буквально задыхался от ярости, когда экранный герой заставлял бедную Стеллу идти на панель, чтобы заработать ему на выпивку. С тех пор слово «Стелла» стало для Антона Андреевича синонимом чего-то чистого, правильного и праведного.

Саулик взял протянутый генералом список и быстро просмотрел его. Там были не только фамилии, адреса и телефоны, но и краткие характеристики рода занятий, а также сведения о семейном положении.

— У вас есть пожелания, с кого я должен начать, или я могу решать по своему усмотрению? — спросил Павел.

— На ваше усмотрение. Для меня это не имеет значения. Сколько денег вам нужно на первое время?

— Не знаю, я отстал от масштаба цен. Дайте мне тысячу долларов, я посмотрю, на сколько мне хватит этих денег, а там видно будет. Или я прошу слишком много?

— Нет-нет, — торопливо ответил генерал, вытаскивая бумажник, — это совсем не много. Впрочем, вы сами увидите.

За те три дня, что Павел отсиживался у него на даче, генерал Минаев подписал у него все необходимые бумаги и через подставных лиц продал машину Сауляка, которая все эти два года спокойно стояла в его охраняемом гараже. Добавив несколько тысяч долларов, он приобрел для Павла новую машину, которая более соответствовала бы образу человека, побывавшего «замужем» за границей и имеющего возможность не работать. Что и говорить, прежняя машина Сауляка была куда лучше, за ее невзрачным, даже порой вызывающим сочувствие внешним видом крылась невероятная мощь и выносливость, ибо нутро ее было все полностью переделано и переоснащено с помощью хороших специалистов. Разумеется, эти достоинства автомобиля были учтены при продаже, потому и цена за него была достаточно высокой. Теперь вместо сверхскоростных и сверхпроходимых «Жигулей» у Павла был черный «Сааб», но за два минувших года количество иномарок на столичных улицах увеличилось столь многократно, что степень незаметности и даже невзрачности нового автомобиля была вполне сравнима с незаметностью и невзрачностью старого.

Павел уехал в Москву. Минаев проводил его до калитки, долго стоял неподвижно, глядя ему вслед, пока тонкая и прямая, как натянутая струна, фигура его не скрылась за поворотом дороги, ведущей к железнодорожной платформе. Потом Антон Андреевич медленно вернулся в дом, запер изнутри дверь и принялся готовить себе ужин. Он знал, что теперь по меньшей мере неделю ему придется преодолевать приступы внезапной раздражительности и злости, и лучше всего в этот период поменьше общаться с людьми, которых не хотел бы обижать. Так бывало всегда, когда операция от этапа длительной предварительной проработки и тщательных приготовлений переходила к этапу реализации. На этапе подготовки еще можно было что-то переиграть, переосмыслить, перекомбинировать. Еще можно было отказаться от одной цели и вместо нее поставить другую, можно было отказаться от одних исполнителей и задействовать других. Можно было оттянуть начало операции, если почувствуешь, что не все готовы, что где-то не все стыкуется так, как надо. Пока не наступал этап реализации, еще все можно было поправить. Как только начиналась реализация, у генерала появлялось чувство, что он полностью утрачивает контроль над ситуацией. Люди начинали действовать в соответствии с предписаниями, подключались давно приведенные в готовность механизмы, схема начинала работать и раскручиваться, и в любой момент могло произойти что-нибудь неожиданное, грозящее крупными неприятностями и даже катастрофой. Можно построить самый совершенный аппарат, но когда его запустишь, то понимаешь, что повлиять на погоду ты не можешь и при определенных погодных условиях твой механизм пойдет вразнос. Как бы тщательно ни готовилась операция, все равно всех случайностей не предусмотришь. От невозможности повлиять на эти случайности и на их последствия и возникало у генерала Минаева отвратительное чувство неуверенности в себе и утраты контроля. Оно мешало ему спать, лишало аппетита и отравляло жизнь. Потом, спустя примерно неделю, это проходило.

* * *

Начало февраля радовало ясной погодой, правда, умеренно морозной, но зато солнечной и безветренной. Однако Евгения Шабанова солнечная погода раздражала. В его рабочем кабинете компьютер был установлен таким образом, что в солнечные дни становилось невозможно работать: экран отсвечивал. Он много раз прикидывал, как бы переставить мебель в кабинете, чтобы компьютер стоял более удобно, но так ничего и не смог придумать. Комната была длинной и узкой, и если повернуть стол, то он занимал практически всю ширину кабинета, а его владельцу пришлось бы сидеть спиной к двери. Шабанов не считал себя особенно нервным, но наличие двери за спиной его раздражало и мешало нормально работать.

Ровно неделя оставалась до 15 февраля — дня, когда Президент обещал приехать в свой родной город и там принародно объявить, будет ли он баллотироваться на следующий срок. И задачей Евгения Шабанова было довести до полного совершенства текст президентского выступления. Впрочем, представление о том, какой должна быть речь, отличалось у Шабанова некоторой спецификой. Он кормился из рук президентского конкурента.

«Я много думал...» На этом месте Шабанов остановился. Очень выигрышное место, из него нужно выжать все, что возможно. Всем известна манера речи Президента — рубленые фразы с большими многозначительными паузами и полное отсутствие мягких доверительных интонаций, которыми так славился первый президент СССР, умевший говорить без бумажки и глядя в глаза. Нынешнему этого не дано, не умеет. И учиться не хочет. Стало быть, что? Правильно, побольше интимности в эту фразу добавить. «Я много думал, — застучал пальцами по клавиатуре Шабанов, — не спал ночами, спорил сам с собой...» Отлично! Шабанов представил себе, как рослый широкоплечий Президент, возвышаясь на трибуне, будет произносить этот текст, глядя в бумажку, своим металлическим, лишенным теплых интонаций голосом. Трудно придумать что-нибудь более нелепое. На этой фразе выступающий потеряет пару очков, уж это точно.

В целом текст был уже готов и несколько раз отредактирован разными советниками. Шабанов — последний, потому что он — имиджмейкер Президента. Он должен расставить акценты, паузы, одним словом, превратить литературный сценарий в режиссерский. Евгений еще раз пробежал глазами строки, дошел до слов: «с марта месяца проблем с заработной платой не будет», и поставил пометку, означающую, что последнее слово надо произнести громко, четко, желательно по слогам. Задержки с выплатой зарплаты уже стали притчей во языцех, даже дураку понятно, что с марта снять проблему невозможно. Какой умник, интересно, придумал вставить это невыполнимое обещание в текст речи? Но как бы там ни было —

вставил. Вот и пусть Президент погромче произнесет свою клятву. Март не за горами, и позор невыполненного обещания ляжет на него несмываемым пятном. Вся страна услышит это «не бу-дет», попробуй потом отопрись.

Конечно, советнички у нынешнего Президента — один другого умней. Заклятый враг так не навредит, как бестолковый советник. Шабанов даже не очень стыдился того, что на своем месте занимается исключительно тем, что заставляет Президента терять очки. Будь на его месте любой другой, даже безусловно преданный лидеру человек, к тому же хороший профессионал, он вряд ли смог бы противостоять тому вреду, который приносят эти неизвестно откуда взявшиеся советники. Вот, к примеру, расписание первого дня пребывания в родном городе Президента. На улице февраль, мороз, ветер, а ему напланировали несколько встреч с населением и трудящимися, во время которых Президент должен будет выступать не в помещении, а на улице. Кому такое в голову пришло? Ведь охрипнет, как пить дать. Или замерзнет и захочет погреться, как любой русский мужик. Известное дело, чем в России греются испокон веку. Так что или выйдет на трибуну произносить ответственнейшую речь с больным горлом, или... Что так, что эдак — все одно нехорошо. То есть ему-то, Евгению Шабанову, как раз хорошо. Даже очень.

Он закончил работу в десятом часу вечера, выключил компьютер и с хрустом потянулся. Можно и домой. Он уже застегивал пальто, когда запищал телефон сотовой связи, лежащий на столе.

— Да, слушаю, — нетерпеливо произнес в трубку Шабанов, которому хотелось побыстрее сесть в машину и уехать.

— Если вас интересует человек, приехавший из Самары, — раздался в трубке незнакомый женский голос, — вы можете получить о нем информацию через час на углу Профсоюзной и улицы Бутлерова.

— Кто это? — растерянно спросил Шабанов, но женщина уже повесила трубку.

Интересует ли его человек, приехавший из Самары! Еще как интересует. Во-первых, потому, что им интересуются его, Шабанова, покровители. И во-вторых, потому, что его хочет заполучить Соломатин, один из ярых сторонников и приверженцев Президента. Шабанов не знал, зачем его кормильцам этот человек из Самары, но знал точно, что нужен позарез. А про то, что его и Соломатин ищет, имиджмейкер прознал совершенно случайно, подслушав не предназначавшийся для его ушей разговор. Но кто же ему звонил?

* * *

Рита была самой спокойной и дисциплинированной из всей группы. Может быть, оттого, что от природы не была такой одаренной, как остальные. Но для определенных поручений ее способностей вполне хватало, даже с избытком, а сам Павел больше всего любил давать поручения именно ей. Рита не была строптивой и капризной, не задавала лишних вопросов и всегда в точности следовала инструкциям. Самое главное — чтобы инструкции были детальными, потому что экспромтами эта симпатичная тридцатилетняя женщина владела слабо.

Она была первой, с кем встретился Павел, вернувшись в Москву после восстановительного периода на даче у генерала Минаева. Войдя в ее квартиру, Сауляк сразу понял, что два года она сидела фактически без работы. То есть какая-то государственная служба у нее была, как и раньше, но зарплаты хватало только на самое необходимое. Ни одной новой вещи не заметил его цепкий взгляд, и телевизор был все тот же, и мебель, и палас на полу. Тогда, два года назад, после смерти Булатникова, когда Павел решил, что нужно спрятаться и отсидеться, он строго-настрого запретил членам своей группы подрабатывать и подхалтуривать.

— Вам должно хватить того, что вы заработали. Потерпите, пока я не вернусь, иначе сгорите, — предупреждал он, в глубине души будучи уверенным, что ни один из них не выдержит. Ведь спрос-то на их услуги по нынешним временам огромный!

Пожалуй, только в Рите он был уверен. И не ошибся, не подвела девочка, не ослушалась.

Она открыла ему дверь и долго стояла молча, вглядываясь в его постаревшее за два года лицо. Павел по обыкновению не глядел ей в глаза, чтобы не сбивать с настроя. Наконец он почувствовал, как рухнула невидимая стена, которую Рита моментально возвела между ними, едва увидев его.

— Ты вернулся, — тихо сказала она и заплакала. — Господи, наконец-то ты вернулся.

— Я же обещал, — скупо улыбнулся Павел. — Ну не надо, детка, не плачь, все хорошо. Я вернулся, мы снова начнем работать. Ты же, наверное, без денег сидишь.

— Да не в этом дело, Паша. Черт с ними, с деньгами. Страшно мне было, очень страшно. Я же цель потеряла, смысл. Раньше я знала, для чего живу. Было дело, была работа, и я должна была ее хорошо выполнять. А потом ты исчез — и все рухнуло. Я могла бы чем-нибудь заняться, но ты запретил...

— Вот и умница, — ласково сказал Сауляк. — Умница, что послушалась меня. Зато теперь все окупится. Поверь мне, все наладится. Ты сегодня же начнешь работать. Готова?

— Не знаю, — с сомнением покачала она головой. — Я так давно не работала. Может, у меня уже и не получится ничего.

— Получится, — заверил ее Павел. — Ты только верь в себя и настройся, и все получится. Нужно позвонить вот этому человеку и назначить ему встречу.

Он протянул ей бумажку, на которой был записан телефон Шабанова.

— Назначай встречу через час на углу Профсоюзной и улицы Бутлерова. Потом поедем с тобой вместе, ты с ним поговоришь, а я со стороны понаблюдаю.

Рита послушно потянулась к телефону.

— А если он не согласится встречаться со мной? — спросила она, нажимая кнопки. — Я должна его уговаривать?

— Ни в коем случае. Назначай встречу и вешай трубку. Если я ему нужен, он обязательно приедет. Если нет — то и нет. Значит, я ошибся.

Через двадцать минут они ехали в сторону Юго-Запада. Павел не отвлекал Риту разговорами, давая ей возможность сосредоточиться и сконцентрироваться. Только у станции метро «Калужская» он наконец прервал молчание.

— Ты все запомнила? Он должен тебе сказать, кто конкретно меня разыскивает и зачем. А ты ему — что я согласен на них работать, если они обеспечат мою безопасность. Отсюда пойдешь пешком. После встречи переходи на противоположную сторону Профсоюзной и иди до пересечения с улицей Генерала Антонова. Они не смогут за тобой ехать вплотную, потому что ты будешь двигаться в сторону, противоположную движению. Понятно?

— Да, Паша, — ответила она.

Голос ее был лишен всяких интонаций, и Павел понял, что она готовится к работе. Он высадил ее возле метро, проехал немного вперед, нашел удобное место для парковки, запер машину и двинулся к месту встречи с Шабановым.

Сауляк не случайно велел назначить встречу в этом месте. Здесь были удобные подходы и укромные места, из которых все отлично просматривалось. Вот подошла Рита и встала у киоска, вроде товар в витрине разглядывает. Оговоренный час истек, и Шабанов должен появиться с минуты на минуту, если вообще появится. Павел прислонился к дереву и привычно скрестил руки на груди. Нельзя расслабляться, нужно быть готовым прийти на помощь Рите, если понадобится. Хотя вряд ли. Задание для нее самое обычное, она с такими справлялась сотни раз, и только дважды у нее произошел сбой. Первый раз это случилось лет десять назад, когда она только-только начинала работать с Павлом. В момент беседы, которую она проводила вот так же на улице, какая-то машина сбила девочку. Рита отвлеклась, испугалась и уже не смогла собраться. Во второй раз это произошло спустя года три. Тогда Рита отправилась выполнять задание с высокой температурой: она подхватила тяжелый грипп. Павел знал, что нельзя работать, когда болеешь, и если бы Рита сказала ему о том, что нездорова, он ни за что не отправил бы ее выполнять это задание. Но она скрыла от него свою болезнь, за что потом Павел сурово ей выговаривал. Но сегодня Рита была здорова, и оставалось надеяться, что ничего непредвиденного на улице не произойдет.

Со своего места ему была видна машина, остановившаяся напротив киоска, возле которого стояла Рита. Павел напряг глаза, вглядываясь в мужчину, сидящего за рулем. Так и есть, старший партнер из преследовавшей его парочки. Как его зовут? Настя говорила, Николай. А молоденький — Сережа. Что-то его не видно.

Из машины вышел представительный мужчина, в темноте Павлу показалось, что ему лет сорок. Рита сделала едва заметный жест, приглашая мужчину отойти от витрины. Мужчина последовал за ней. Рита отвела его всего на несколько метров в сторону, но это место уже не просматривалось из машины — мешали стоящие вплотную друг к другу киоски. Сауляк вставил в ухо миниатюрный наушник.

— Это вы мне звонили? — послышался голос мужчины.

— Нет. Но на встречу с вами послали меня. Так вас интересует человек, приехавший из Самары?

Возникла пауза, и Павел понял, что Рита начала работать. Раньше она никогда не начинала так сразу, обычно она минут десять вела самую обычную беседу, настраиваясь на собеседника, подводя его к порогу признания, и только потом включала свои необычные способности. Сегодня она нервничала, и это было объяснимо: она два года не работала, она отвыкла, и ей хотелось закончить все побыстрее. Наверное, она даже боялась, чего раньше не было.

Пауза затягивалась. Наконец из наушника донесся голос мужчины, внезапно ставший вялым и равнодушным:

— Да, нас очень интересует Сауляк.

— Зачем он вам?

— Сначала планировалось от него избавиться.

— А потом?

— Потом было решено его использовать. С ним хотят договориться.

— Как именно его хотят использовать?

— Хотят, чтобы он повлиял на некоторых людей. Запугал их и заставил переменить решение. Он много знает про этих людей.

— То есть вы хотите использовать его для шантажа?

— Да.

— Только для шантажа? Или еще для чего-то?

— Нет, только для этого.

— Передайте своим друзьям, что он согласен, но только при том условии, что вы обеспечите ему свободу передвижения. Не пытайтесь найти его сами, скажите мне телефон, он позвонит.

— Да, да... Три семь пять ноль три ноль шесть.

— Как фамилия?

— Чинцов.

— Зовут?

— Григорий Валентинович.

— Что еще?

Снова возникла пауза. Потом послышался голос Риты.

— Вы ведь не все мне сказали. Говорите.

— Да... Еще женщина...

— Какая женщина?

— Женщина, которая была с ним. Его родственница. Они ею тоже интересуются.

— Передайте им, чтобы забыли о ней. Она ни при чем. Запомнили? Пусть забудут о ней.

— Хорошо.

— Кто еще ищет Павла?

— Н-не знаю...

— Неправда. Подумайте и скажите, кто еще им интересуется.

— Соломатин.

— Кто это?

— Человек из окружения Президента.

— Как зовут Соломатина?

— Вячеслав Егорович.

— И зачем ему Павел?

— Не знаю. Правда, я не знаю.

— Вы меня видите?

— Да... Вижу.

— Какая я?

— Среднего роста. Волосы русые. Короткая шуба, светлая.

— Сколько мне лет?

— Примерно тридцать.

— Неправильно. Я высокая брюнетка, возраст — около сорока. В длинной шубе из нутрии. На нижней губе маленький шрамик, заметный, но меня не портит. При разговоре слегка заикаюсь. Совсем немного. Понятно?

— Да, хорошо...

— Кто с вами в машине?

— Помощник.

— Имя?

— Николай.

— Его будут спрашивать про меня?

— Не знаю. Наверное, будут.

— Скажете ему, что невысокая женщина в светлой короткой шубке — это случайная прохожая, которую я попросила встретить вас возле киоска. А разговаривали вы со мной, эта женщина сразу ушла, она меня не знает. Вы все поняли?

— Да.

— Я ухожу, а вы побудете здесь еще несколько минут. Медленно досчитаете до трехсот и можете возвращаться в машину. Передайте Чинцову наши условия. Павел позвонит ему завтра в десять утра. И запомните: он согласен сотрудничать, но, если вы попытаетесь его обмануть, вам придется пожалеть об этом. Павел не из болтливых, но мстительный.

— Да, я все передам.

— Я ухожу. Начинайте считать.

Рита прошла почти вплотную к Павлу. Она строго следовала инструкциям и не пошла по тротуару мимо автомобиля, в котором дожидался Николай, а срезала угол и прошла позади киосков. Шабанов послушно продолжал стоять в темноте, и Сауляк с удовлетворением отметил, что Рита квалификацию не потеряла. У нее все получилось.

Павел смотрел ей вслед, пока не зажегся зеленый сигнал светофора и она не перешла на противоположную сторону Профсоюзной улицы, потом, мягко и неслышно ступая, дошел до своего «Сааба» и поехал вперед, чтобы развернуться и подъехать к улице Генерала Антонова, куда должна подойти Рита.

* * *

— Устала? — заботливо спросил он, когда Рита уселась в машину.

— Немного. — Она слабо улыбнулась. — Отвыкла, наверное.

— Ничего, детка, ты молодец, у тебя все получилось. Ты напрасно боялась. Сейчас я отвезу тебя домой, отдохнешь.

— А завтра?

В ее голосе Павел явственно услышал страх.

— Что — завтра?

— Завтра нужно будет работать?

— А что, не хочется? Боишься?

— Нет, что ты... Я боюсь, что ты опять исчезнешь. Я без тебя совсем...

— Что, детка?

— Я не знаю, что делать. Чувствую себя никчемной.

— Ты работаешь все там же, в сберкассе?

— Теперь это называется сбербанком. Да, все там же.

— Скучно?

— Конечно. Но я привыкла.

Внезапно Саулак понял, как одинока эта молодая женщина. Он взял ее в свою группу десять лет назад и очень боялся тогда, что Рита вот-вот взбрыкнет и начнет требовать свободы, захочет завести нормальную семью, рожать детей. И радовался, что ничего этого не происходит. Рита была послушной и исполнительной и не выдвигала никаких требований. Тогда он ничего в ней не понял и самонадеянно считал, что она работает с ним исключительно из чувства благодарности за то, что он вовремя сумел забрать ее из больницы, куда она попала по инициативе сволочных соседей по коммунальной квартире. Он сам мог спокойно обходиться без постоянных женщин, он не нуждался в эмоциональных связях и душевной близости, был отгороженным и холодным. И считал само собой разумеющимся, что и Рита может быть в точности такой же, потому и не требует свободы, не заводит постоянного мужчину, не рвется замуж. Павел вспомнил ее глаза, когда она увидела его на пороге своей квартиры, вспомнил, как она расплакалась. И понял, что все эти годы был полным идиотом. Он действительно ничего в ней не понял. Она же любит его.

Он еще тогда, десять лет назад, сумел внушить ей, что она должна гордиться теми качествами, которыми ее одарила непредсказуемая природа. В этом — ее ценность, ее отличие от других людей, она должна беречь этот дар и совершенствовать его. Ибо только благодаря ему ее жизнь может наполниться смыслом, интересной и нужной работой. И она поверила ему. А ведь он все эти годы был в ее глазах единственным, кто мог оценить ее и похвалить. Рита не знала Булатникова и никогда его не видела, для нее руководителем был только он, Сауляк. Более того, Рита не была знакома и с остальными членами группы и даже не знала об их существовании. Павлу казалось, что, подчеркивая ее исключительность и уникальность, он сможет поддерживать в ней интерес к работе, поэтому никогда не говорил о том, что у него, кроме Риты, есть еще три человека, причем даже более сильных и одаренных. Опасно будить в женщинах ревность, даже если это касается не любимого мужчины, а работы. Павел стал для нее единственным, с кем она могла говорить о себе открыто и ничего не скрывая, кому могла пожаловаться на страх или усталость, от которого слышала слова одобрения и восхищения. И когда он исчез на два долгих года, она почувствовала себя одинокой, преданной, брошенной и никому не нужной. Бедная девочка! Конечно, она боится, что он снова исчезнет, и снова у нее не будет той работы, благодаря которой она может чувствовать свою нужность и полезность. У нее снова не будет ничего, кроме скучной работы в сбербанке, пустой квартиры и оглушающего одиночества.

Они доехали до ее дома и вместе поднялись в квартиру. Рита робко предложила ему поужинать, и лицо ее радостно вспыхнуло, когда он согласился.

— Правда, у меня нет ничего особенного, — стала она оправдываться, — ты появился так неожиданно.

— Ничего, детка, ты же знаешь, я неприхотлив в еде.

— Хочешь, я картошку поджарю?

— Хочу, — кивнул Павел. — Тебе помочь?

— Нет-нет, сиди, пожалуйста, я сама.

Они поужинали, выпили чаю со сладкими булочками. Время перевалило за полночь, а Павел все не уходил. Он никак не мог решить, уезжать ему или остаться. Он очень хотел уехать домой, близость с Ритой не была ему нужна ни раньше, ни теперь. Но он боялся, что по прошествии двух лет многое изменилось, и Рита может оказаться единственной, кто его не подведет. Значит, надо привязать ее покрепче.

— Я давно хотел тебе сказать, — начал он нерешительно.

— Что, Паша?

— Вернее, я хотел спросить тебя... Нет, не то, не так. Скажи, детка, ты считаешь меня только своим руководителем? Или я для тебя значу что-то еще?

Робкая улыбка осветила ее милое лицо.

— Конечно, Паша. Ты значишь для меня очень много. Я думала, ты догадался об этом гораздо раньше. Неужели нет?

— Нет. Представь себе, не догадался. Мне понадобилось прожить вдали от тебя два года, чтобы это понять. Знаешь, я очень по тебе скучал. Очень. А ты?

— Я умирала без тебя, — просто сказала она. — Где ты был целых два года?

— Далеко. Теперь уже не имеет значения, где я был. Главное — я вернулся. Больше я тебя не оставлю.

— Даже сегодня?

— Даже сегодня. Пойдем спать, детка.

Глава 6

Чинцов с нетерпением ждал десяти утра. Ну надо же, как все обернулось! Зверь выскочил прямо на ловца. Понятное дело, кому охота в нищете прозябать, вот Сауляк и решил денег подзаработать. Что ж, похвальное намерение. Конечно, живой соратник лучше мертвого врага, от живого хоть польза есть. Раз предлагает услуги, значит, вредить не собирается. А там видно будет. Надо использовать его на полную катушку, а потом посмотрим. Может быть, удастся завербовать его в свою команду.

Шабанов позвонил ему накануне поздно вечером и сказал, что немедленно приедет. Чинцов тогда понял: что-то случилось, но и предполагать не мог, какую новость привезет Евгений. Больше всего его заинтересовала женщина. Уж не та ли это родственница, которая встречала Сауляка в Самаре?

— Такая худая блондинка, да? — спрашивал он Шабанова.

— Нет, — покачал тот головой, — яркая брюнетка, немного заикается. На нижней губе шрамик такой, маленький.

— Не та, — разочарованно вздохнул Чинцов. — Хорошо бы ее найти, родственницу эту. Глядишь, и польза бы от нее была. А ты чего такой заторможенный, Женя? Выпил, что ли, со страху?

— Не пил я, — поморщился Шабанов. — Просто плохо себя чувствую. Слабость какая-то, сам не пойму.

— Может, заболеваешь?

— Может, — Шабанов неопределенно махнул рукой. — Голова чумная, будто три ночи не спал.

— Ладно, как бы там ни было, завтра Сауляк мне позвонит. Умный мужик, правильно себя ведет. Николай сказал, что Сауляк их с Серегой засек. Стало быть, правильно этот деятель решил: чем от нас спасаться, лучше с нами дружить. Толку больше будет и для него, и для нас.

Шабанов уехал, а Григорий Валентинович провел бессонную ночь, прикидывая, как лучше построить разговор с неуловимым Сауляком. Понятное дело, парень будет требовать денег за свои услуги. Так, может быть, припугнуть его, чтобы гонорар поменьше запрашивал? Или сделать вид, что ничего такого про него не знаешь, чтобы не настораживать? Лучше уж заплатить побольше, зато потом можно будет захватить его врасплох.

Вскочил Чинцов с постели ни свет ни заря и кинулся на кухню готовить завтрак для жены и дочери. И не потому вовсе, что был хорошим семьянином и любящим мужем. Просто хотел, чтобы они не тратили время, побыстрей позавтракали и отвалили из дома. А то вечно они копаются, собираются по два часа, одну несчастную яичницу минут сорок готовят. Дочь — студентка, но сейчас ведь не старые времена, когда обучение в вузах было бесплатным, зато за прогулы шею мылили регулярно, а то и стипендии лишали. Теперь в бесплатные вузы хрен поступишь, а в платных на дисциплину никто внимания не обращает. Заплатил за семестр — и делай что хочешь, хоть вообще на занятия не ходи, кого волнует чужое горе, лишь бы сессию сдал. Дочка рано вставать не любила и ходила в свой коммерческий институт только ко второй паре, если не к третьей. Жена тоже не особо надрывалась вовремя на работу приходить. А Григорию Валентиновичу очень не хотелось, чтобы во время разговора с Сауляком в квартире были лишние уши. Ни к чему это.

— Ой, Гриша, — изумленно пропела жена, выползая на кухню в халате, из-под которого выглядывала байковая ночная сорочка. — Что у нас сегодня, праздник?

— Да так, — с деланной беззаботностью ответил Чинцов, — не спалось что-то, вот и встал пораньше. Иди умывайся, все уже горячее.

Жена скрылась в ванной, а он пошел будить дочь. Дело это было непростым и требовало изрядной выдержки. Лена была девицей балованной и капризной, а о том, что нужно соблюдать вежливость по отношению пусть не ко всем старшим, но хотя бы к родителям, речь вообще не шла.

— Уйди, — зло пробормотала она, отворачиваясь лицом к стене.

— Лена, вставай. Уже восемь часов.

— Сказала же — уйди. Отвали отсюда.

— Я кому сказал — вставай! — повысил голос Чинцов.

— Да пошел ты...

Она резко повернулась, откинула одеяло, бесстыдно обнажив голое тело, и заорала во все горло:

— Кому сказала — уйди отсюда на фиг! Не трогай меня! Когда захочу, тогда и встану.

— Мерзавка! — завопил Григорий Валентинович, хватая одеяло и зашвыривая его в дальний угол комнаты. — Вставай немедленно! И срам прикрой, с отцом разговариваешь, а не с трахальщиком своим! Вырастил на свою голову! Я деньги плачу за твою учебу, вот и будь любезна учиться, а то в дворники пойдешь. Дура!

Лена молча натянула через голову длинную майку, доходящую до середины бедер, прошла мимо отца нарочито вихляющей походкой и вышла из комнаты.

Такие скандалы не были редкостью в семье Чинцовых, наглая и не особенно умная дочь регулярно давала поводы для разборок на повышенных тонах. Мать в таких случаях занимала сторону мужа, она понимала, что ребеночек у них — не подарок, считала претензии Григория Валентиновича вполне обоснованными и не оставляла надежды еще как-то повлиять на разболтанное и вконец охамевшее дитя.

За завтраком дочь сидела надутая, что, впрочем, отнюдь не сказалось на ее хорошем аппетите. Чинцов, напротив, есть совсем не мог, зато чаю выпил целых три чашки. Он даже включил утюг и погладил жене юбку, только чтобы она ушла поскорее. Ему казалось, что минуты летят с неимоверной скоростью, а женщины все копаются, все что-то ищут, по десять раз меняют то блузку, то украшения. Как будто на прием в американское посольство собираются, ей-Богу! Наконец без двадцати десять дверь за ними закрылась, и Чинцов вздохнул с облегчением. Теперь можно и разговаривать.

* * *

Вячеслав Егорович Соломатин никак не мог понять, что с ним происходит. Ноги и руки стали почему-то свинцовыми, по всему телу разлилась теплая тяжесть, а слова доносились до него как сквозь вату.

— Зачем вам нужен Павел? — спрашивала его невысокая русоволосая женщина в короткой светлой шубке.

— Чтобы помочь, — отвечал он, с трудом шевеля губами.

— Кому нужна его помощь?

— Президенту.

— А Президент знает о том, что ему нужна помощь?

— Нет. Я знаю. Я хочу ему помочь.

— Почему вы думаете, что Павел сможет это сделать?

— Я не знаю... Я надеюсь. Больше не на кого надеяться. Все куплены, все продажные кругом...

— Павел знает о вас что-нибудь порочащее?

— Нет. Нечего знать. Я ничего не сделал.

— Павел для вас опасен?

— Нет. Я надеюсь... Я не сделал ему ничего плохого. И не собираюсь. Я хочу только, чтобы он мне помог.

— Вы меня видите, Вячеслав Егорович?

— Вижу.

— Какая я?

— В шубке... Маленькая такая, светленькая. Худенькая. Темно, глаз не видно...

— Вы ошибаетесь, — сказала женщина. — Я рослая и полная. Крашеная блондинка, волосы короткие, стриженые. Пальто-пуховик зеленого цвета. Лицо ярко накрашено. В ушах бриллианты. Верно?

— Верно, — послушно подтвердил Соломатин.

И в самом деле, с чего он взял, что она маленькая и худенькая? Вон здоровенная какая бабища, и пальто зеленое, точно. В этом пальто она кажется еще крупнее. И серьги в ушах, правда, в темноте не видно, с каким камнем, но он уверен, что это бриллианты. Со зрением у него что-то...

— Павел позвонит вам завтра утром, и вы сможете обо всем договориться. Сейчас я уйду, а вы постойте здесь несколько минут, потом уходите домой. И вы ничего не вспомните, кроме того, что я разговаривала

122

с вами и обещала, что Павел позвонит. Правда, Вячеслав Егорович?

— Правда, — почти прошептал он немеющими губами.

Женщина отступила в темноту и исчезла, словно растворилась в вечерней мгле. Соломатин послушно ждал, скованный непонятным оцепенением. Постепенно самочувствие его улучшилось, свинцовая тяжесть ушла, руки и ноги снова стали послушными. Что это с ним? Что он здесь делает? Ах да, он разговаривал с женщиной, полной крашеной блондинкой в зеленом пальто. О Павле разговаривал. Она пообещала, что завтра он позвонит. «Господи! — спохватился внезапно Соломатин. — Откуда он узнал, что я его ищу? Неужели Василий прокололся? Я же велел ему только издали следить за Сауляком, близко не подходить, в контакт не вступать. Васька клялся, что Сауляк его не заметил, а то, что исчез в аэропорту Екатеринбурга, объясняется попыткой скрыться от тех, других, которые к колонии на «Волге» приезжали. Неужели Васька врет? Или это опять штучки Сауляка? Булатников говорил, Пашка правду из любого вытянет?

Вячеслав Егорович встряхнулся и посмотрел на часы. Половина одиннадцатого, давно пора быть дома, а он стоит здесь, в Кунцеве, на какой-то улице Гришина... Черт его сюда принес!

Он медленно, осторожно ступая, дошел до своей машины, убедился, что ноги держат крепко, и решительно сел за руль.

* * *

Сегодня Рита отработала лучше, к ней снова вернулась уверенность, и дар ее проявился в полную силу. Павел не стал уходить сразу, велел Рите садиться в машину, а сам стоял в темноте, скрытый деревьями, и наблюдал за Соломатиным. В этот раз Рита не давала указания считать до трехсот, просто велела подождать немного, а Вячеслав Егорович очнулся только через двадцать три минуты, Сауляк специально время засекал. Молодец, девочка! Павел побаивался, что после проведенной вместе ночи она ослабеет или не сможет сосредоточиться, но оказалось все наоборот. Она стала работать лучше. Может быть, в этом и была загвоздка? Рита была самой слабой в его группе, на сложные задания ее не посылали, но, может быть, все дело в том, что ей не хватало положительных эмоций? Если все так, то есть надежда, что ее талант раскроется во всю мощь, а если она будет привязана к Павлу, тогда ему вообще никто не будет нужен. Надо посмотреть, что стало с остальными, и если они нарушили запрет и засветились, то и черт с ними. Слава Богу, никто из них Риту не знает, к ней ниточка не потянется, даже если с ними что-то окажется не в порядке.

Вид у нее был совсем измученный, виски влажные от испарины. И Павел со странной нежностью подумал о том, что она, наверное, очень старалась отработать хорошо, вся выложилась в разговоре с Соломатиным, потому что хотела, чтобы он, Павел, в ней не разочаровался. В его жизни никогда до сих пор не было женщины, которая бы дорожила им и боялась разочаровать. Внезапно он вспомнил, как увидел ее в первый раз, маленькую, худенькую, с синевато-бледным лицом, в длинном отвратительном больничном халате, шатающуюся от слабости после вколотых сильных лекарств. Ей было всего девятнадцать лет, и она была похожа на несчастного цыпленка. Сначала ее забрали в милицию, потому что ее соседка по коммунальной квартире заявила, что Рита систематически крадет и выливает в раковину водку, которую столь же систематически покупает соседкин муж-алкаш. Участковый хотел решить дело миром, но соседка, это Павел знал точно, сунула ему в карман приличную сумму за то, чтобы Риту упрятали за хулиганство, после чего соседка и ее пьяница-супружник могли бы претендовать на расширение своей жилплощади за счет освободившейся комнаты. Риту увезли в отделение, материалы, соответствующим образом приукрашенные, направили следователю для решения вопроса о возбуждении уголовного дела, а Рита, святая простота, возьми и скажи ему:

— Они сами эту водку выливали, я ее вообще не трогала.

— Да вы понимаете, девушка, что говорите? — изумился следователь. — Как это они сами водку выливали? Так не бывает.

— Бывает, — упрямо твердила Рита. — Я очень хотела, чтобы они ее вылили, и они это делали.

Больше никаких вразумительных объяснений от нее добиться не могли и приняли мудрое решение: направить ее на судебно-психиатрическую экспертизу. Поскольку Рита и там настойчиво заявляла, что соседские бутылки не трогала, а соседи только выполняли ее волю, врачи с легким сердцем признали ее невменяемой, и девушку упекли в психбольницу. Хорошо еще, что Булатников вовремя отследил, и Павел успел вызволить ее оттуда раньше, чем лошадиные дозы лекарств сделали свое страшное дело. Конечно, все рычаги ее освобождения держал в руках Булатников, Павел в то время уже был уволен из КГБ и никакими возможностями не обладал, но приезжал за Ритой в больницу именно он. У Владимира Васильевича было твердое правило: иметь дело только с Павлом. Людей в группу Саулика находил он сам, но ни один из них не должен был знать о его связи с Павлом и о том, что настоящим руководителем является именно он. Эти люди должны быть связаны только со своим куратором — Саулаком.

В свою коммуналку Рита больше не вернулась, Булатников велел поселить ее в маленькой однокомнатной квартирке, подлечить и провести весь комплекс мероприятий по ее вербовке. Для начала Павел затратил некоторое время на то, чтобы внушить ей: только сотрудничая с ним, она может оставаться на свободе и жить спокойно. В случае отказа он не станет больше ее опекать, ей придется вернуться в свою коммунальную квартиру к замечательным добрым соседям, и повторение эпопеи с милицией и психбольницей ждать себя не заставит. Рита была до такой степени напугана всем случившимся, что повторения не хотела. Кроме того, она была так благодарна Павлу, которого считала своим избавителем и благодетелем, что впала в довольно распространенную ошибку девической влюбленности в прекрасного принца-спасителя. Но это Павел понял только сейчас. И не переставал удивляться тому, что Рита словно не видела его лица, весьма далекого от эталона мужской привлекательности.

Сегодня, высадив Риту у подъезда ее дома, Сауляк не стал заходить к ней. Ему нужно было вернуться в свою новую квартиру, чтобы выспаться, собраться с силами и подумать. У него есть дело, которое он должен сделать во что бы то ни стало, и работа одновременно на трех хозяев — на генерала Минаева, на команду кандидата в президенты и на Соломатина, защищающего Президента нынешнего, — нужна только для того, чтобы отвести от себя опасность и обеспечить себе свободу действий, чтобы довести до конца это единственно важное для него сейчас дело.

* * *

Перед квартирой, в которой жил Михаил, стояла очередь. Самая настоящая, хотя и маленькая — всего четыре человека. Павел сразу сообразил что к чему и мысленно выругался. Все-таки сорвался Миша, не смог совладать со скукой и привычкой к хорошим деньгам. Занялся частной практикой, ублюдок.

— Кто последний? — спросил Сауляк, окидывая взглядом четырех женщин.

Все они были разного возраста, но почему-то с одинаковым выражением на лицах.

— А вам на сколько назначено? — спросила самая старшая из них.

— На пятнадцать тридцать, — с ходу соврал Павел.

— Не может быть, — уверенно заявила старшая. — На пятнадцать тридцать я записана. Я еще две недели назад записалась.

— Значит, я пойду после вас, — миролюбиво предложил Павел.

— Нет, после нее я иду, — включилась в разговор другая женщина, помоложе. — Мне назначено на шестнадцать.

— Девушки, какие проблемы? Сначала все вы, потом — я.

Дамы неодобрительно поглядели на него, но ничего не сказали.

— Честно сказать, я не записывался, — признался он. — Но у меня такое дело... В общем, очень надо. Сами понимаете. Но вы не волнуйтесь, я без очереди не полезу, сначала всех вас пропущу. Только вы уж меня не выдавайте, если кто еще придет, ладно?

Дама, которой было назначено на четыре часа, сочувственно поглядела на него.

— Видно, беда у вас серьезная, — сказала она. — Вон вы какой измученный. Да вы не бойтесь, после вас уже никто не придет, Михаил Давидович принимает только до пяти, а позже, чем на шестнадцать часов, никого не записывает.

Павел ничего не ответил, спустился на один пролет и присел на подоконник. Значит, Миша принимает по одному клиенту в полчаса. Халтурщик несчастный. Разве можно за тридцать минут дать хороший гипноз и убедить человека, что у него все будет в порядке? Для этого нужно работать не меньше двух часов. Впрочем, может быть, он и не с гипнозом работает, Миша — универсал, уникальное явление природы. Жаден только не в меру. Погубит его это когда-нибудь.

Он терпеливо ждал, отмечая, что Михаил работает, может, и халтурно, но четко: каждые полчаса одна женщина выходила из квартиры, другая заходила туда. Впрочем, среди вышедших после сеанса оказался один мужчина. Наконец в половине пятого на пороге появилась та женщина, которой было назначено на шестнадцать часов, и Павел решительно поднялся по ступенькам и шагнул в темную прихожую.

— Михаил Давидович! — громко позвал он. — Можно к вам без записи?

— Проходите, — послышался из глубины квартиры знакомый голос.

Павел вошел в маленькую комнату и с облегчением убедился, что Михаил, хоть и нарушил запрет, но по крайней мере не стал изображать из себя колдуна. Никаких свечей, крестов, талисманов и прочей атрибутики, призванной внушить клиентам мысль о связи экстрасенса с высшими силами и потусторонними духами. Михаил сидел за обыкновенным письменным столом, одетый в самый обыкновенный костюм со светлой рубашкой и при галстуке. Правда, вид у него все равно был не деловым, а скорее богемным: курчавые волосы доставали до плеч, на носу красовались очки с тонированными стеклами, а брюшко стало еще более заметным и пухленьким.

— Павел Дмитриевич! — охнул Михаил.

— Не ждал? — зло сказал Павел. — Думал, я не узнаю про твои художества? Небось вся Москва про тебя говорит, вон очередь под дверью какая выстраивается.

— Да что вы, Павел Дмитриевич, — залепетал Михаил, — ничего такого особенного... Обыкновенный психотерапевт, без глупостей. Никто не знает, я вам клянусь.

— И чем же ты тут занимаешься по предварительной записи, а? Порчу снимаешь? Неверных любовников привораживаешь, сукин ты сын?

— Ой, что вы, нет, нет, — замахал тот руками. — Просто беседую с людьми, стресс снимаю. Объясняю, что не надо обращать внимания на то, что отравляет жизнь. Знаете правило? Если не можешь изменить ситуацию, измени отношение к ней. Вот я и учу их менять отношение к той ситуации, которая их тревожит. Конечно, внушаю помимо их воли, но они же не замечают ничего, клянусь вам. Никто не знает. Павел Дмитриевич, ну войдите в положение! Вы уехали, на сколько — не сказали, а жить-то надо. Что ж мне было, до самой могилы прозябать без дела?

— Ладно, кончай ныть. Я вернулся, работать надо.

— Конечно, конечно, Павел Дмитриевич, — радостно забормотал Михаил, понимая, что его простили. — Я готов, форму поддерживал постоянно, для этого и кабинет свой открыл, чтобы навык не терять...

— Ты не навык, а жизнь потерять мог, — сердито бросил Сауляк. — Голова-то у тебя есть хоть какая-нибудь? Ведь специально предупреждал.

Но злость уже ушла, и Павел теперь думал только о том, как наиболее эффективно использовать Михаила.

Юля Третьякова была начинающей журналисткой. Разумеется, она мечтала о славе, о сногсшибательных скандальных публикациях и разоблачительных интервью, которые она будет брать у самых известных людей страны, а может, и всего мира, но пока что ей доверяли только собирать материал для рубрики «Срочно в номер».

Сегодня в одном из окружных управлений внутренних дел дежурил ее знакомый, и Юля собиралась покрутиться около него до обеда, чтобы к пяти часам принести в редакцию заметки о грабежах и разбоях, а если повезет — то и о кровавых убийствах. После «летучки» она вышла из редакции и направилась было к метро, когда к ней подошел импозантный полноватый мужчина в затемненных очках и с длинными кудрявыми волосами.

— Девушка, — обратился к ней незнакомец приятным голосом, — вы можете уделить мне несколько минут?

Юля нервно огляделась, потом сообразила, что здание редакции совсем рядом и в случае опасности всегда можно туда вернуться. Зато этот мужчина может оказаться кем-нибудь... Ну, одним словом, нельзя отказываться от таких бесед. А вдруг ее ожидает сенсация?

— Я вас слушаю, — сказала она, приветливо улыбаясь.

— У меня есть к вам предложение. Но сам его характер таков, что мне бы не хотелось попадаться на глаза вашим сотрудникам. Может быть, отойдем чуть в сторону?

Ее это заинтриговало, хотя в глубине души и шевельнулся непонятный страх. Да журналистка она или нет, в конце-то концов! Она не имеет права бояться, если есть возможность накопать «горячий» материал.

Мужчина двинулся в сторону проходного двора, Юля послушно пошла за ним следом. Во дворе они сели на скамеечку, слишком низкую для взрослых людей.

— Давайте познакомимся, — начал мужчина. — Меня зовут Григорий, а вас?

— Юля. Так я слушаю вас, Григорий.

— Видите ли, Юленька, я наблюдаю за вами уже давно. Я увидел вас впервые несколько месяцев назад и, представьте себе, влюбился. Да-да, не смейтесь, даже в наше циничное торгово-денежное время это еще иногда случается. С тех пор я часто прихожу сюда, к редакции, и жду, когда вы появитесь. Вы не должны пугаться, я не собираюсь предлагать вам ничего плохого. Вы — изумительная девушка, и я мог бы просто смотреть на вас издалека и считать себя счастливым. Но сейчас у меня появилась возможность оказать вам услугу. Собственно, именно поэтому я и решил познакомиться с вами.

— Какую услугу?

— Я могу сделать так, что о вас заговорят в журналистских кругах.

— У вас есть сенсационный материал? — сразу же загорелась Юля.

— Пока нет. Но он может появиться, если вы этого захотите.

— Я вас не понимаю, — нахмурилась девушка.

— А я объясню. У меня есть возможность взять интервью у Ратникова.

— Да что вы! — ахнула журналистка. — Нет, я вам не верю. Уже два года Ратников близко не подпускает к себе журналистов. Никому не удалось взять у него интервью с тех пор, как он перешел в команду Президента.

— Вот именно, — обаятельно улыбнулся Григорий. — Никому. Ни одного интервью за два года. Зато в прессе и по телевидению регулярно мелькает информация о том, что Ратников отказался беседовать с журналистами. Представляете, какой поднимется шум вокруг вашего имени, если вы станете единственной, ради кого недоступный Ратников сделает исключение?

— Но он же его не сделает, — неуверенно возразила она.

— Сделает. Если вы согласны, через три дня в вашей газете будет опубликовано это интервью. Хотите?

— Но я не понимаю... Нет, я вам не верю.

— Юленька, я не спрашиваю вас, верите вы мне или нет. Я спрашиваю пока только о том, хотите ли вы этого.

— Господи, конечно же, хочу. И спрашивать нечего. Но как вы это сделаете?

— Я сам возьму у него это интервью. Вы правы, вас он к себе не подпустит, как не подпустит вообще никого из журналистской братии. А я смогу это сделать. И передам вам кассету с записью нашей беседы. Вы подготовите материал к публикации, и там будет стоять ваше имя.

— Но это же обман! — возмутилась Юля. — И он раскроется моментально. Ратников прочтет газету и во всеуслышанье заявит, что интервью у него брала не Юлия Третьякова, а мужчина по имени Григорий.

— А вот это уже моя забота. И даю вам слово, что ничего такого не произойдет. Так как, Юленька? Решайтесь.

— А вам зачем это? — подозрительно спросила она, борясь с искушением согласиться немедленно и безоговорочно.

— Хочу сделать для вас что-нибудь хорошее, — обезоруживающе улыбнулся ее новый знакомый. — Вы ведь мне очень нравитесь. Я не набиваюсь на близкое знакомство, потому что понимаю: у такой красивой и талантливой девушки наверняка есть человек, которого она любит, который ей дорог и которого она вовсе не собирается бросать ради такого нелепого романтического чудака, как я. Я вовсе не витаю в облаках, как вам могло бы показаться, хотя и способен на сильные чувства и настоящую преданность. И мне доставило бы огромную радость, если бы я мог сделать для вас что-то нужное. Вот и все мои резоны.

— А гарантии? Как я смогу быть уверена, что на пленке будет голос именно Ратникова? Вдруг вы меня обманете?

— Если вы боитесь, я могу сделать видеозапись. Пусть вы не знаете его голос, но лицо-то...

В голове у Юли был полный сумбур. Слов нет, она хотела сделать этот материал. Это будет первым шагом на пути к славе, и шагом таким огромным! О ней начнут говорить как о журналистке, для которой нет закрытых дверей. Уж сколько маститых зубров об Ратникова зубы пообломали, всем им давали от ворот поворот, а она сумела! Но все равно как-то странно все это... Неожиданно.

Внезапно в голове у нее прояснилось, стало легко и просто. О чем тут раздумывать? Такой шанс бывает раз в жизни, и надо быть полной идиоткой, чтобы его упустить.

— Хорошо, — решительно сказала она. — Я согласна.

— Вот и славно. Послезавтра в это же время я буду ждать вас в этом же дворике. Вы получите видеокассету с интервью Ратникова.

— Что я вам буду должна за это?

— Господь с вами, Юленька! — возмущенно воскликнул Григорий. — Неужели вы и в бескорыстие не верите?

— Что ж, спасибо вам заранее, — сказала она, вставая. — Я очень надеюсь, что вы меня не подведете и не обманете.

Они вместе вышли из-под арки на тротуар. Юля свернула к метро, а ее новый знакомый перешел на противоположную сторону и сел в вишневый «Вольво».

* * *

Давно уже Михаил не выполнял таких трудных заданий. Хоть он и уверял Павла, что постоянно поддерживал форму, но разве можно сравнить внушение истеричным и готовым всему поверить женщинам, издерганным постоянными неурядицами и несчастьями, с тем, что ему предстояло в этот раз? Сегодня он должен был работать с сильными здоровыми мужчинами, которые никому не верят и в каждом видят врага. Но Михаил понимал, что должен это сделать, должен выполнить задание любой ценой, иначе Павел ему башку отвинтит. И денег, между прочим, не даст.

Заперев машину и поудобнее пристроив на плече объемистую сумку с видеокамерой, Михаил глубоко вздохнул, на несколько секунд закрыл глаза, концентрируясь, и решительно вошел в подъезд многоэтажного кирпичного дома на Староконюшенном. Кодового замка на внутренней двери не было, да кому он нужен, если за этой дверью стоял плечистый накачанный охранник, на бедре которого красовалась расстегнутая кобура.

— Вы к кому? — строго спросил он, преграждая путь Михаилу.

Михаил молча посмотрел ему в глаза и вытащил из кармана пластиковую журналистскую карточку, на которой было написано: «Юлия Третьякова, корреспондент». Охранник был волевым парнем, и Михаилу пришлось посылать сильные импульсы один за другим, чтобы сломить сопротивление. Наконец тот взял протянутую карточку.

— Я должен вас записать, — сказал он вялым голосом.

— Конечно, — согласился Михаил.

Все правильно, на то и был расчет. Случись проверка, в журнале будет запись о том, что сюда приходила Юлия Третьякова. Охранник сделал запись в журнале и вернул карточку. Михаил сунул ее в карман и бодро зашагал к лифтам. Первый рубеж пройден. Теперь нужно прорваться в квартиру и заставить Ратникова говорить перед камерой то, что нужно. Хватит ли сил? Нет, должно хватить, нельзя расслабляться, а трусливые мысли надо гнать из головы.

В лифте Михаил снова закрыл глаза и постарался внутренне собраться. Автоматические двери плавно разъехались в разные стороны, и перед ним возник очередной телохранитель, оберегающий уже не всех жильцов дома, а только живущего на этом этаже советника Президента. На этот раз усилие потребовалось более мощное, охранник стоял как вкопанный и не отступал ни на шаг от лифта, хотя и силу не применял, что было хорошим признаком. «Отойди, — мысленно приказывал Михаил. — Сделай три шага назад, повернись, подойди к квартире Ратникова и позвони. Если спросят: «Кто?», пусть услышат в ответ твой голос. Отойди, повернись, позвони. Отойди».

Телохранитель послушно сделал три шага назад и позвонил в квартиру. Через минуту Михаил уже разговаривал с женой советника, которая оказалась легкой добычей, потому что совершенно не была готова к сопротивлению. Мило улыбаясь, она провела его по длинному коридору в глубь квартиры.

— Саша, к тебе гости, — сказала она, открывая перед Михаилом дверь в кабинет мужа.

Михаила окатила волна гнева, исходящая от Ратникова. Никаких гостей тот не ждал, тем более журналистов, которым вход в его квартиру вообще был категорически запрещен.

— Кто вы такой? Почему вас пропустили сюда? — раздраженно спросил Ратников.

— Александр Иванович, — мягким голосом начал Михаил...

Он был весь мокрый от напряжения, капли пота стекали по спине, длинные кудрявые волосы прилипли к влажной шее. Во время сложной работы нельзя было носить очки, чтобы стекла не рассеивали и не задерживали импульсы, и Михаил не очень четко видел предметы, находящиеся от него на удалении больше трех метров. Это его нервировало, но он старался не отвлекаться, полностью сосредоточившись на подавлении воли советника Президента. Все-таки заметно, что он два года с лишком находился в профессиональном простое. Он уже и забыл, как невероятно тяжела настоящая работа.

Но минут через двадцать он почувствовал, что владеет ситуацией полностью. Ратников в расслабленной позе сидел в кресле за своим рабочим столом и, глядя прямо в камеру, рассказывал о разногласиях в среде президентской команды. Периодически Михаил задавал ему вопросы, и голос его тоже попадал в запись. Но это не беда, звук в этих местах можно стереть и наложить голос Юли Третьяковой, если понадобится, конечно. Самое главное — Михаил не попадал в кадр, потому что стоял перед Ратниковым с камерой на плече.

Интервью закончилось. Михаил выключил камеру, спрятал ее в сумку и подошел к советнику совсем близко.

— Мы с вами хорошо поработали, — произнес он тихим, почти лишенным интонаций голосом. —

И если вас кто-нибудь спросит, кому вы давали это интервью, вы будете говорить, что к вам приходила девушка, симпатичная молодая девушка по имени Юлия Третьякова. Вот, я вам оставляю визитку, чтобы вы не забыли, как ее зовут и из какой она газеты. А меня вы никогда не видели. Ведь не видели, правда же?

— Да, — затравленно кивнул Ратников.

Глаза его были устремлены в одну точку — в ту, где еще недавно горел красный огонек видеокамеры. Он находился под воздействием сильного гипноза, и сейчас ему можно было внушить все что угодно и заблокировать любые воспоминания.

— До свидания, Александр Иванович, — сказал Михаил. — Не надо меня провожать, я найду выход. Как только вы услышите, что хлопнула входная дверь, вы придете в себя. И все будет хорошо. Все будет хорошо. Все будет хорошо. Вы меня поняли?

— Да, — снова кивнул советник.

— Тогда попрощайтесь со мной.

— До свидания... Юля.

Михаил осторожно вышел из кабинета и на цыпочках двинулся к двери. Ему без труда удалось справиться с несколькими замками, которыми изнутри была увешана входная дверь. Выйдя на лестничную площадку, он постарался хлопнуть дверью как можно громче, чтобы Ратников наверняка услышал сигнал, по которому, в соответствии с программой, должен выйти из транса. А то еще, не приведи Господь, жена зайдет к нему, а он сидит с вытаращенными глазами и полудурочным лицом...

***

Михаил Давидович Ларкин хорошо понимал, кому и чему обязан своим благосостоянием, и не строил на сей счет никаких иллюзий. Его необыкновенный дар проявился в период полового созревания, и Миша, ничуть не испугавшись, быстро приспособил его к получению хороших отметок в школе. Точно так же лихо он прорвался в технический вуз, потому что тихим еврейским мальчикам в начале семидесятых вход в престижные гуманитарные вузы был закрыт. В физике и математике он тянул слабо, но отметки на экзаменах получал вполне приличные, без стипендии, во всяком случае, не сидел. Самое главное было — идти на экзамен последним в группе, чтобы никто из студентов не слышал, какую чушь он нес. Однако наличие диплома знаний ему не прибавило, и после распределения в КБ жизнь стала совсем тусклой. Начальники его ругали, коллеги недоуменно пожимали плечами, видя его безграмотные проекты, и при любой возможности его переводили с места на место, чтобы избавиться от балласта и освободить должность для более толкового инженера. И здесь даже его необыкновенные способности были бессильны, потому что никаким гипнотическим воздействием нельзя было заставить работать прибор, выполненный по его чертежам.

Но Мише повезло, потому что мама его работала костюмером в театре, который частенько выезжал на зарубежные гастроли. Маму на эти гастроли, натурально, не брали, в театре были и другие костюмеры, у которых анкетка была получше. Но зато Ираида Исааковна была душой театральных кулис, ее обожала вся труппа, с ней делились радостями и проблемами, на ее плече выплакивали обиды, ей шепотом передавали все сплетни и слухи. Миша с самого детства любил бывать у матери на работе, и его, кудрявого пухлощекого ангелочка, баловали, сажали на колени, угощали конфетами и апельсинами, а в восемь лет он даже играл крошечную роль в спектакле. И, став взрослым, Миша Ларкин не перестал наведываться в театр, где ему всегда были рады, потому что по-прежнему обожали Ираиду Исааковну и переносили свою любовь и доверие на ее сына, при котором не стеснялись обсуждать свои дела.

Однажды, когда Миша сменил уже пять или шесть мест работы, его вызвал к себе заведующий сектором, в кабинете которого находился какой-то незнакомый человек.

— А вот и наш Михаил Давидович, — почему-то радостно сообщил завсектором, поднимаясь со своего места. — Вы тут поговорите, я вас оставлю, мешать не буду.

Гость оказался сотрудником КГБ и вежливо так, интеллигентно предложил Ларкину повнимательнее прислушиваться к разговорам, которые ведут актеры и прочие работники театра, особенно накануне выезда на гастроли. Не собирается ли кто-нибудь из них вывезти контрабандой ценности? Не приобретают ли они валюту для покупок в западных магазинах? Не высказывает ли кто из них страшного намерения стать невозвращенцем?

— Вы же понимаете, Михаил Давидович, — мягко говорил человек из КГБ, — вы такой плохой инженер, что перед вами маячит реальная опасность потерять место и остаться без работы. Вас футболят из одного учреждения в другое, переводят из сектора в сектор и просто не знают, что с вами делать. В конце концов найдется принципиальный руководитель, который просто уволит вас за профнепригодность, а с такой записью в трудовой книжке вас больше никуда не возьмут. Только если сторожем. Но вы ведь не хотите работать сторожем, правда?

— Правда, — честно ответил Миша. — Сторожем не хочу.

— Ну вот видите. Если вы будете нам помогать, отдел кадров получит указание, и вас больше никто никогда не тронет. Даже на работу сможете ходить не каждый день. Будете брать чертежи на дом, вам разрешат, а уж о том, чтобы ваши проекты выглядели прилично, наша организация позаботится. Кстати, поделитесь секретом, как вам удалось закончить институт и получить диплом инженера при таких чудовищно слабых знаниях? Взятки давали преподавателям?

— Что вы, какие взятки! — от души рассмеялся Михаил, и внезапно, подчиняясь какому-то неясному побуждению, взял да и рассказал этому комитетчику, каким образом ухитрялся получать отметки на экзаменах.

В глубине души он подозревал, что комитетчик ему не поверит и сочтет его рассказ остроумной выдумкой, но тот отнесся к Мишиному признанию неожиданно серьезно.

— Это очень интересно, — задумчиво произнес он. — А вы могли бы подъехать ко мне на работу, чтобы мы поговорили об этом более предметно?

В чем должен заключаться смысл «предметности», Миша не уловил, но согласился без колебаний. Он считал, что связь с такой могущественной организацией, как КГБ, может стать существенным подспорьем для тихого еврейского мальчика, не обладающего способностями к точным наукам и, по сути, не имеющего в руках никакой профессии, вообще ничего, кроме не отоваренного знаниями диплома.

Комитетчик назначил ему приехать для дальнейших переговоров и оставил бумажку с адресом. Миша удивился, что адрес этот был вовсе не на Лубянке, но ничего не спросил. Если он решил, что с комитетом нужно дружить, то негоже с первого же момента проявлять подозрительность и задавать лишние вопросы.

На следующий день Ларкин отправился по указанному адресу. Это оказался обыкновенный жилой дом. Найдя нужную квартиру, он позвонил, но дверь ему открыл не вчерашний знакомец, а совсем другой человек, назвавшийся Павлом Дмитриевичем. И говорил с ним этот человек не о театре и гастролях, не о стукачестве и доносах, а о его необыкновенном даре. В первый день все ограничилось беседой, но Павел Дмитриевич сказал, что нужно провести серию испытаний, и попросил прийти завтра.

Назавтра в этой квартире, кроме Павла Дмитриевича, Ларкин увидел еще двоих — мужчину и женщину. Ему предложили продемонстрировать на них то, что он умеет. Для чистоты эксперимента Миша должен был сначала написать на листке бумаги то, что он собирался им внушить, а потом уже начинать действовать. По окончании эксперимента листок вынимался из запечатанного конверта, и написанное сличалось с реальным результатом. Павел Дмитриевич остался очень доволен. Он проводил мужчину и женщину, а Мишу попросил задержаться.

— Михаил, — сказал он Ларкину, — я предлагаю вам забыть все, что с вами происходило до сегодняшнего дня, и начать новую жизнь. Никаких проектов и чертежей, никаких выволочек от начальства и переводов с места на место. Оставьте все это в прошлом. Я предлагаю вам настоящую мужскую жизнь, при которой над вами больше не будет висеть дамоклов меч вашего убогого образования и вашей национальности. Согласитесь, в нашем обществе это немаловажно.

— Что я должен буду делать? — с готовностью спросил Миша.

— Вы будете работать на тихой незаметной должности, потому что даже мы не можем спасти вас от статьи за тунеядство. Но я обещаю вам, что работа будет легкой и необременительной, а главное — не требующей специальных знаний. У вас будет достаточно свободного времени, и это свободное время вы иногда, подчеркиваю — только иногда, будете тратить на выполнение моих заданий, связанных с использованием ваших необыкновенных способностей. О нашем сотрудничестве будем знать только мы с вами, так что если вы опасаетесь за свою репутацию, то могу вас заверить: с этим все будет в порядке. А выполнение наших заданий будет оплачиваться очень хорошо. Очень, — со значением повторил он.

— А... какого рода будут задания? — робко спросил Миша, чувствуя, что от страха пол уходит из-под ног.

Он никогда не стремился к настоящей мужской жизни, вестерны про ковбоев и боевики про шпионов его не привлекали, он хотел быть сытым, респектабельным и богатым, вот и все. А в этой непонятной мужской жизни нужно, наверное, бегать, стрелять, устраивать гонки на автомобилях... По физкультуре у него всегда была «тройка», которую он получал не за удовлетворительные результаты в беге и прыжках, а единственно за добросовестное посещение занятий в спортзале и на стадионе.

— Я же вам объяснил, задания будут связаны только с использованием вашего природного дара.

— И никаких засад и погонь? — недоверчиво переспросил Ларкин.

— А вам очень хочется пострелять? — тонко улыбнулся Павел Дмитриевич. — Это можно устроить.

— Нет-нет, — испугался Миша. — Совсем не хочется. Наоборот.

— Ну вот и отлично. Я прошу вас принять решение прямо сейчас. Вы подумайте и скажите мне, соглашаетесь вы или отказываетесь. Но при принятии решения я прошу вас иметь в виду следующие обстоятельства. Первое: отказавшись, вы обрекаете себя на многолетнее прозябание в разных КБ, откуда вас будут все время выживать. Второе: согласившись, вы сможете обеспечить себе спокойное существование в достатке и комфорте. И третье: если вы откажетесь, то всю жизнь будете сами себя презирать за то, что получили диплом фактически незаконно, вам придется стыдиться того, как вы использовали свой дар. Тогда как сотрудничая с нами, вы будете чувствовать себя нужным, полезным, вас будут уважать и ценить, потому что вы являетесь уникальным человеком. И эта уникальность позволит вам не только жить в роскоши, но и гордиться собой. А теперь подумайте, а я пока сварю кофе.

Павел Дмитриевич вышел на кухню, оставив Мишу в комнате одного. Голова у него кружилась от свалившихся в такой короткий срок неожиданностей. С одной стороны, какие-то хитрые задания... Но с другой — не видеть больше этого кульмана, не ходить в ненавистное КБ. И деньги... Короче, размышлял Миша Ларкин недолго, минут десять, наверное. И уже через две недели навсегда распрощался с инженерно-конструкторской деятельностью. Теперь он работал в бюро пропусков какого-то хитрого закрытого учреждения. Образования никакого для этого не требовалось. Принимай заявки от сотрудников, а когда ожидаемый посетитель является — выписывай ему пропуск, предварительно проверив паспорт, вот и вся забота. И никакой головной боли. Зарплата, правда, девяносто рублей, но ведь Павел Дмитриевич обещал, что за выполнение заданий оплата будет совсем другой.

Обещание Павел Дмитриевич сдержал, и очень скоро. Мише показали человека, назвали его имя и велели «поработать» с ним. Миша все сделал как надо, завел этого человека в ресторан, заставил его открыть «дипломат» и дать прочесть все находящиеся в нем документы, потом внести в эти документы кое-

140

какие поправки. А потом к ним за столик подсели двое незнакомых мужчин. У одного из них был фотоаппарат, и Миша сфотографировал всех троих за дружеской беседой с бокалами вина в руках. Через два дня крупное уголовное дело по многомиллионным хищениям и взяткам развалилось, доказательства оказались слабоватыми, и все арестованные вышли на свободу. Миша понимал, что следователя, с которым он «работал», как следует припугнули фотографиями, на которых он весело распивал спиртное в дорогом ресторане в обществе воротил теневого бизнеса. А еще через день Павел Дмитриевич передал Михаилу конверт с такой суммой, которая ему даже не снилась, хотя помечтать Ларкин любил, особенно перед сном.

Убедившись, что природный дар можно выгодно эксплуатировать, Михаил занялся экспериментами, так как подозревал в себе наличие невыявленных резервов. Отдавался он этому занятию вдохновенно, не жалел ни времени, ни труда, и через некоторое время выяснилось, что резервы действительно есть. И какие! Например, после получасового облучения под лампой для искусственного загара он мог безошибочно обнаруживать в незнакомом помещении тщательно спрятанный предмет, если рядом находился человек, который к этому предмету хоть когда-нибудь прикасался. Эффект от воздействия лампы держался двое суток, потом проходил. А если в течение двух дней принимать антибиотики, то появлялась способность мысленного внушения. Он мог ничего не говорить вслух, а человек все делал, как ему внушалось. Беспрерывные эксперименты с различными лекарствами привели к появлению аллергических прыщей на спине, но зато Михаил точно установил, какие таблетки и в каких количествах нужно пить, чтобы объекту воздействия чудились голоса и еще Бог знает что. Ларкин не уставал самосовершенствоваться и уже через два года стал экстрасенсом-гипнотизером высочайшего класса.

А задания становились все сложнее и сложнее, правда, и плата за их выполнение делалась все выше. В восемьдесят шестом по его воле пролилась первая кровь... Но он уже вошел в азарт. Ему больше не было страшно.

Глава 7

Григорий Валентинович Чинцов аж подпрыгивал от удовольствия, сидя перед телевизором и слушая комментарии тележурналистов по поводу опубликованного в сегодняшней газете интервью Александра Ратникова, советника Президента. Интервью было просто замечательным, в нем было сказано все, что должно было быть сказано по заказу Чинцова. Нет, что ни говори, а этот Сауляк — кадр поистине бесценный. И как ему удалось все устроить?

— По словам Ратникова, Президент дал ему твердое обещание не допускать дополнительной денежной эмиссии, — говорил с экрана популярный комментатор. — Но поскольку никаким иным путем решить вопрос с задолженностями по зарплате не представляется возможным, то задолженность эта скорее всего в ближайшее время погашена не будет. Любопытно отметить, что сам советник Президента заверил журналистку Юлию Третьякову в полном единодушии по этому вопросу среди всех членов ближайшего окружения Президента. Иными словами, все, включая самого Президента, прекрасно знают, что задолженность в течение ближайших месяцев погасить не удастся. Цитирую: «Если из уст Президента или кого-либо из его окружения вы услышите твердые обещания погасить в марте—апреле все долги и выплатить заработную плату, которую многие жители России не получают с сентября прошлого года, то вы должны знать: это ложь. Включать печатный станок Президент не собирается. Задолженности погашены не будут». Конец цитаты. И эти слова произнес человек, который уже два года не давал интервью никому из журналистов. Что же заставило его нарушить обет молчания? Позволю себе высказать предположение, что в рядах президентской рати начались разногласия, связанные с содержанием его предвыборных обещаний. Одна группа советников настаивает на том, чтобы в предвыборной программе Президента были даны только реальные обещания, и к этой группе, несомненно, относится Александр Ратников, другая же, по-видимому, считает, что в борьбе за электорат все средства хороши, даже откровенная ложь. И тот факт, что недосягаемый для журналистов советник все-таки решил высказаться публично, говорит о кризисе политики Президента и о том, что его окружение совершенно не готово к тому, чтобы провести предвыборную кампанию и в случае победы поддерживать Президента в течение следующих четырех лет. Если советники Президента единодушны в оценке истинного положения вещей, но расходятся в вопросе о том, лгать населению или говорить правду, то вряд ли можно считать это нормальным проявлением плюрализма мнений. Речь скорее должна идти лишь о степени их беспринципности. Остается только ждать, к советам какой из этих двух групп примкнет сам глава государства.

Ах, какой текст! Григорий Валентинович даже руки потер от радости. Теперь один из трех козырей из рук Президента выбит навсегда. Какие бы обещания по выплате зарплаты он ни давал, никто ему не поверит. А если он не захочет прослыть лжецом, ему придется эту сладкую конфетку народу не показывать. Отлично, просто отлично!

Григорий Валентинович добросовестно досмотрел информационную программу до конца, включая новости спорта и прогноз погоды, и только потом позвонил своему кормильцу, кандидату в новые президенты Малькову.

— Слыхал? — довольным голосом спросил Чинцов.

— Молодец, — похвалил Мальков, и по его тону Чинцов понял, что босс очень доволен. — Отлично сработано. Премия тебе за это.

— Может, еще что нужно? — осведомился Григорий Валентинович. — Сам видишь, парень работает — высший класс. Надо его использовать.

— Погоди пока, пусть отдохнет. А то еще подумает, что мы ему на шею сесть хотим. Чем больше он для нас будет делать, тем больше мы будем от него зависеть, сам понимаешь. А он и без того много знает, так что злить его нельзя. Выплати ему гонорар, сколько обещал, и пусть развлекается. Договорись, чтобы через недельку появился, но не нажимай на него. Ты понял, Гриша? Не нажимай.

— Да понял я, понял.

— Боюсь я его, — задумчиво произнес Мальков. — Опасный он, Гриша.

— Да перестань ты, — поморщился Чинцов. — Ничего в нем нет опасного. Нормальный мужик, свою выгоду понимает правильно. Был бы опасным, затаился бы, а на соглашение с нами не пошел. Он же понимает, что не только он для нас опасен, но и мы для него, недаром же сбежал от наших ребят в Екатеринбурге. И сотрудничество сам первый предложил, потому что соображает: у него — знания, у нас — сила, и еще неизвестно, что страшнее.

— Думаешь? — с сомнением переспросил Мальков.

— Точно тебе говорю. Я за свои слова ручаюсь.

— Ну гляди, Гриша. Если ошибешься — сам знаешь, что с тобой будет.

— Не ошибусь, не бойся, — самонадеянно заверил его Григорий Валентинович.

Ну что ж, дело сделано, подумал он удовлетворенно. Женька Шабанов с визитом Президента на родину все сделает как надо, постарается. Удачно получилось, что смогли его впихнуть в президентскую команду. С такими помощничками, как у нынешнего лидера, никакие враги не нужны.

* * *

В списке, который генерал Минаев передал Павлу, значилось семь человек. Первым стоял Мальков, Евгений Шабанов, нынешний имиджмейкер Президента, шел четвертым номером, а последним был генеральный директор фирмы, находящейся в одном из черноморских регионов нашей страны. Звали его Олег Иванович Юрцев. Именно через тот участок морского побережья, который контролировал Юрцев, шел транзит оружия и наркотиков между Россией, Грузией, Абхазией и Турцией.

Олег Иванович был человеком респектабельным и светским, щедро оказывал спонсорскую помощь различным фестивалям и презентациям, а посему имел широкие связи с московскими деловыми и творческими кругами. Павлу с помощью Минаева не составило большого труда узнать, что для встречи с Юрцевым совсем не обязательно отправляться на юг, ибо он частенько наведывается в столицу. В частности, на днях он прибудет в Москву как гость очередного пышного мероприятия, на проведение которого Олег Иванович выделил совершенно безвозмездно довольно приличную сумму.

Работать с Юрцевым Павел поручил Михаилу. В отличие от Риты Ларкин был в его группе самым одаренным, а главное — самым беспринципным. Пока Михаил Давидович будет разбираться с южанином, решил Сауляк, нужно посмотреть, что стало с оставшимися двумя членами группы.

Визит к Асатуряну Павла порадовал. Гарик крутился как белка в колесе, что-то без конца покупая и перепродавая. Это было его любимым занятием с тех самых пор, как он вылез из пеленок. К Павлу он попал в начале восьмидесятых годов, когда с неукротимой резвостью спекулировал иконами, антиквариатом и бриллиантами. По оперативным данным, объем купли-продажи был у него совсем крошечным, а прибыли — фантастическими, и его очень долго не арестовывали, все ходили за ним по пятам, пытаясь понять, как ему это удается. Оперативники резонно полагали, что толкнуть, например, бриллиантовые серьги можно с наваром максимум процентов в пятьдесят от той цены, за которую они были куплены, но при таких расчетах Асатурян никак не мог заработать столько денег, сколько он зарабатывал. Поэтому выходило, что количество совершаемых им сделок должно быть намного больше, чем то, которое было зафиксировано при его разработке. Занимались Гариком не милиционеры, а КГБ, потому что сделки свои он совершал преимущественно с иностранцами либо с советскими гражданами, выезжающими за рубеж.

Выяснить, откуда у ловкого Асатуряна такие огромные прибыли, так и не удалось, и его в конце концов арестовали, правда, сокамерника ему подобрали соответствующего, надеялись на то, что Гарик всетаки расколется. Специально мариновали его несколько суток без допросов, ожидая, что внутрикамерный агент подбросит какую-никакую информацию для следователя, чтобы было с чего раскрутку начинать. Но ждали напрасно. Гарик с агентом быстро подружился, в молчанку не играл, делился опытом, но никакие дополнительные сделки в этих задушевных беседах не проклюнулись. Следователь уже начал было терять терпение, когда поступило сообщение от начальника оперчасти следственного изолятора: контролер, заглянув в камеру, где сидел Асатурян, застал там странную картину. Агент-внутрикамерник лежит на койке (в тюрьме КГБ всегда было комфортнее, чем в Бутырках, там, во всяком случае, стояли койки, а не нары), а подследственный Асатурян стоит над ним и производит какие-то загадочные телодвижения. Прибежавший по сигналу контролера начальник оперчасти ворвался в камеру, а поскольку был он человеком более образованным и начитанным, чем контролер, то сразу понял: Асатурян гипнотизирует своего соседа по камере.

— Ты что творишь?! — заорал начальник оперчасти. — Прекращай немедленно!

— Не могу, — хладнокровно ответил Гарик. — Я не могу его так оставить. Его нужно вывести из гипноза.

— А ну выйди, — шепнул начальник контролеру. Прикрыв за ним дверь, он жестом подозвал к себе Асатуряна.

— Ты чего, вправду можешь?

— Ну я ж показываю, — обиделся Гарик. — Смотрите, если не верите.

— А что он должен сделать под гипнозом?

— Я велел ему рассказать, как он впервые с девочкой целовался.

— Зачем тебе это? — удивился начальник. — Неужели интересно?

— Нет, конечно. Но он мне не верит, что я это могу, и мы договорились, что я его загипнотизирую и велю ему рассказать мне то, чего я не знаю. А потом он проснется, я ему перескажу все, что он мне под гипнозом наговорил, и он убедится. Ведь я же ни от кого не мог узнать про эту девочку, только от него самого.

— Погоди-ка, — загорелся оперативник, — а ты можешь его спросить...

— Э нет, начальник, — сразу же перебил его Гарик, хитро улыбаясь, — вы меня на суку не подписывайте. Эксперимент — пожалуйста, а работать на вас я не буду.

На другой день Гарика вызвали на допрос. Своего следователя он видел впервые и, конечно, не мог знать, что никакой это не следователь, а сам генерал Булатников. Асатуряну популярно разъяснили, что выбор у него примитивно простой: или зона на солидный срок, или свобода с солидными деньгами. Тут и колебаться было нечего. Разумеется, Гарик выбрал свободу. А в качестве благодарности за ликвидацию материалов уголовного дела рассказал своему избавителю, каким образом ухитрялся получать такие высокие доходы. Оказалось, он просто внушал нужные ему цены как продавцам, у которых скупал ценности, так и покупателям, которым их сбывал. Люди долго потом не могли прийти в себя от изумления и все пытались понять, почему бриллиантовое колье стоимостью пятьдесят тысяч рублей они с нежной улыбкой на устах продали этому симпатяге всего за тысячу. Покупатели же, выложившие за это же самое колье шестьдесят тысяч, считали, что совершили хорошую сделку. Сам же Гарик путем несложных подсчетов приходил к утешительному выводу, что колье он просто-напросто положил себе в карман, обогатившись на сумму, равную его полной стоимости, наварил на сделке плюс девять тысяч, никого при этом не обокрав в прямом смысле слова и не обидев.

С Гариком работать было проще всех, потому что материалы его дела были ликвидированы только, как говорится, де-юре, а де-факто они спокойненько лежали в сейфе у благодетеля и в любой момент могли быть оттуда извлечены, а уголовное дело — реанимировано. Если Миша Ларкин, сотрудничая с комитетом, устраивал себе сытую и не связанную с ненавистной профессией жизнь, от чего в принципе мог бы и отказаться при определенных обстоятельствах, то Гарик Асатурян боролся за свою свободу, отказываться от которой он не стал бы ни при каких условиях. Поэтому и задания он выполнял любые и с удовольствием, не нуждаясь ни в каких оправданиях даже самых грязных дел. Главным его оправданием было нежелание оказаться за решеткой, да к тому же на долгий срок.

— Пал-Дмич! — радостно закричал Гарик, увидев Сауляка. — Ну наконец-то вы появились.

Павел внимательно глянул на него и усмехнулся. Не мудрено, что мужик обрадовался. В его ситуации постоянный контакт с куратором и систематическое выполнение его заданий было гарантией того, что проклятый сейф не откроют. Исчезновение Павла, правда, не внезапное, а заранее оговоренное и подаваемое как отъезд, заставило Гарика ощутить некоторое неудобство, со временем перешедшее в патологический страх, что в любую секунду «все начнется». Где Павел? Где материалы? Где стоит этот страшный сейф, в чьем кабинете? А вдруг в конторе случились передряги, сейф вскрыли, материалы достали и уже разыскивают Гарика? Павла нет, никто не прикроет. Можно попробовать разыскать того типа, который его первым вербовал, да разве знаешь, кто он такой да как зовут...

— А ты, можно подумать, соскучился, — хмыкнул Павел, окидывая его цепким взглядом.

Асатурян был все таким же стройным и миниатюрным, за последние два года не раздался, как Михаил, да это и не удивительно: Миша вел жизнь спокойную и в основном сидячую, а Гарик крутился как механический веник, занимаясь тем, чем занимался и до вербовки, и после нее, правда, уже с разрешения куратора. Единственным условием, которое всегда ставил ему Павел, был запрет использовать при совершении сделок свои необычные способности. «Никто не должен знать, что ты это умеешь», — не уставал повторять ему Сауляк.

— У тебя, я помню, бабы какие-то были знакомые в «Метрополе». Ты с ними еще не рассорился? — спросил он Гарика.

— Как можно, Пал-Дмич, — заулыбался Асатурян. — Женщина — это святое, с женщинами ссориться нельзя. Их беречь нужно.

— Вот это правильно, — кивнул Павел. — Послезавтра в «Метрополе» мероприятие, будешь работать.

— Всегда готов! — радостно откликнулся Гарик и вскинул руку в дурашливом жесте пионерского приветствия.

* * *

Последним, кого навестил Сауляк, был Карл Фридрихович Рифиниус, мужчина в годах, с молодых лет игравший роль мрачного красавца. Карл был посильнее Риты, но далеко не таким, как Миша Ларкин. Он был одарен примерно так же, как Гарик Асатурян, но, как сказали бы актеры, фактура у него была другая. Рослый, импозантный, с рано поседевшей густой шевелюрой и черными сверкающими глазами, он сводил женщин с ума, причем без всякого применения способностей к внушению. У него был имидж трагического героя, который он себе состряпал лет в двадцать, и к пятидесяти четырем годам так из него и не вышел.

Карл Фридрихович был профессионалом, работал врачом-психотерапевтом и при лечении своих пациентов широко применял гипноз. Но был у него один недостаток, даже не недостаток, пожалуй, а так, черта характера. Он очень хотел, чтобы его любили. Причем потребности любить кого-то самому он не испытывал абсолютно. Недостатка во влюбленных женщинах у него никогда не было, с некоторыми он сближался, большинство же держал на расстоянии, но постоянно подавал им надежды и делал авансы, чтобы не сорвались с крючка. Не мог он удержаться и от флирта с пациентками, причем со всеми подряд, а не только с хорошенькими. Каждая влюбленная в него женщина словно давала ему новый заряд энергии, подпитывала силы, придавала вкус его жизни.

На женщинах он и сгорел. Одна влюбленная по уши пациентка, прождав несколько месяцев, когда же наконец красавец доктор перейдет от комплиментов к делу, и так и не дождавшись, написала заявление в прокуратуру, из которого явствовало, что доктор Рифиниус, погрузив ее в гипнотический сон и воспользовавшись ее беспомощным состоянием, изнасиловал несчастную. И все бы ничего, если бы не оплошность Карла Фридриховича: он работал без ассистента, хотя это и не полагается. Свидетелей печального события не было, но не нашлось и тех, кто мог бы подтвердить, что Рифиниус к своей пациентке и пальцем не прикоснулся. А потерпевшая утверждает, что очень даже прикоснулся, и не только пальцем... А муж у этой пациентки оказался большим-пребольшим начальником из партийно-государственной элиты, и доктор Рифиниус понял, что заниматься ему врачебной практикой больше не дадут. Не судьба.

Можно было, конечно, бороться, доказывать, давать интервью, обвинять клеветницу... Можно было бы, случись эта история хотя бы на три-четыре года позднее, когда уже и о демократии заговорили, и о плюрализме, и о свободе печати. Но случилось это в восемьдесят пятом году, и никаких шансов победить в этой борьбе у Карла Фридриховича не было. Более того, ему ясно и недвусмысленно дали понять, чтобы он подобру-поздорову убрался из столицы нашей родины куда-нибудь в глушь, ибо таким негодяям-извращенцам не место там, где живут и работают лучшие люди страны, ее честь, ум и совесть. Карл вздохнул и начал заниматься обменом московской квартиры на хороший большой дом где-нибудь в Центральной России. Был он одиноким, как и все, кого вербовали в группу Павла Саулляка. Многосемейные там были не нужны.

И вдруг появился человек, который сказал, что при определенных условиях Рифиниус может остаться в Москве. Условий было три: прекратить врачебную практику окончательно в любом ее виде, сменить имя и место жительства, оказывать услуги этому человеку и выполнять его задания. Карл не был наивным и глупым, по одному только стилю решения проблемы он сообразил, что имеет дело с могущественной организацией, и быстро догадался, какого рода могут быть эти услуги и задания. Деньги ему не были нужны, он уже заработал достаточно, чтобы жить так, как ему нравится. Поскольку в пациентах у него ходили самые избранные, то в виде благодарности за лечение он за время работы врачом получил все, о чем мечтал, по мизерным ценам, доступным даже обыкновенному инженеру. Бояться ему было нечего, криминала за ним никакого не числилось, а то, чего он не совершал, ему уже и без того навесили. Но его жгла ненависть. Ненависть к этой раскормленной обожравшейся дуре, которая посмела отомстить ему за то, что ее не трахнул. Ненависть к ее высокомерному импотенту-мужу, которого он, кстати, тоже лечил пару лет назад. Ненависть ко всему, что олицетворялось умом, честью и совестью, в одном городе с которыми ему было заказано жить.

Павел дал ему новые документы, в которых была вклеена его фотография, но стояло совершенно другое имя. Теперь он был Константином Федоровичем Ревенко. Саула́к пояснил ему, что имя выбирал, стараясь сохранить инициалы, в противном случае Рифиниусу пришлось бы вырабатывать совсем другую подпись, а так можно только чуть-чуть изменить старую, привычную. Да и носовые платки, на которых влюбленные дамы старательно вышивали его инициалы, пришлось бы выбрасывать, а жаль, все-таки натуральный батист, не какая-нибудь там китайская синтетика. Новоявленный Ревенко поменял место жительства и растворился в многомиллионной Москве.

Работал он не из любви и благодарности, как Рита, не из жадности, как Миша Ларкин, и не из страха перед тюрьмой, как Асатурян. Он сотрудничал с Павлом из идейных соображений, ибо ненавидел весь свет, а особенно — тех, против кого, собственно, и работал чаще всего. Павел не обольщался насчет мотивов, которыми руководствовался бывший доктор, поэтому и задания давал ему соответствующие. Партийные деятели, работники правоохранительных органов, крупные руководители. Саула́к старался, чтобы каждый раз, выполняя задание, Карл чувствовал жгучую сладость мести.

Крючок, на котором сидел Рифиниус, был эмоциональным, а не материальным. Рита боялась психушки, Ларкин — нищеты, Гарик — тюрьмы, а Карл не боялся ничего, и эту неувязочку нужно было быстренько исправить. Одно из первых заданий, которое выполнял Рифиниус-Ревенко, состояло в доведении до самоубийства молодой девушки, студентки-первокурсницы. Некие очень богатые, но не очень законо-послушные люди были заинтересованы в ее отце, но тот, за год до этого потеряв жену, упорно отказывался от выгодных предложений и твердил: «Я готов рискнуть, но, если что-то не получится и меня посадят, что будет с моей девочкой? Как она будет жить, зная, что ее отец — вор?» Одним словом, девочка мешала, а папеньку очень нужно было прибрать к рукам, потому что никто, кроме него, не имел права подписывать необходимые этим людям документы. Поэтому после того, как дочь ни с того ни с сего прыгнула с балкона двенадцатого этажа, отца смогли уломать, взяли его в долю и сделали на этом колоссальные деньги. А в руках у Павла оказались веские доказательства причастности Карла к смерти девушки. Вот этими доказательствами он его и держал.

Два года, которые Сауляк провел за решеткой, Карл-Константин вел жизнь тихую и спокойную. Пенсионного возраста он еще не достиг, но денег за время работы на Павла заработал столько, что мог о доходах не беспокоиться. Жил в своей просторной квартире, холил двух собак — ирландских сеттеров, ездил на охоту. Иногда приводил женщин, но никогда не допускал, чтобы они оставались у него жить. Через полчаса беседы с ним Павел с огорчением убедился, что ненависть Рифиниуса насытилась и угасла и единственным стимулом остался страх перед имеющимися у Павла доказательствами причастности к смерти той несчастной девочки. Стимул был, конечно, сильный, никто не спорит. Под воздействием такого стимула Гарик прекрасно работает и будет работать еще много лет, пока срок давности не истечет. Но Гарик — молодой, ему еще и сорока нет, а стало быть, спокойствия и мудрости тоже пока маловато. Рифиниус много старше, и как знать, не махнул ли он рукой на печальную перспективу попасть под суд. Тем паче материалы на Гарика были куда как весомее достаточно спорных улик, которые имелись на Карла.

— Я рад нашей встрече, — говорил Карл Фридрихович, попыхивая сигаретой, но Сауляк видел, что это неправда. Не рад он. Жил себе спокойно целых два года и хотел бы, наверное, жить так и дальше. Незачем ему искать на свою голову приключений.

— Карл Фридрихович, мне понадобится ваша помощь, но я обещаю, что это в последний раз. Я понимаю, что вам хочется покоя, вы устали от меня. Я ценю все то, что вы для меня когда-то сделали, а сделали вы немало. Это была трудная работа, и вы имеете полное право спокойно отдыхать от нее. И я прошу вас просто о личном одолжении, — мягко говорил Сауляк, стараясь не встречаться глазами с бывшим психотерапевтом. — Помогите мне в последний раз, и больше никаких заданий. Разумеется, ваша работа будет должным образом оплачена.

— Хорошо, — со вздохом согласился Рифиниус. — Я сделаю все, что нужно.

«С тобой надо заканчивать, — мелькнуло в голове у Павла. — Отработаешь в этот раз — и все. Конец».

* * *

Банкетный зал гостиницы «Россия» сверкал и переливался огнями, причем с первого взгляда трудно было точно определить, что сверкало больше: хрустальные люстры или бриллианты, которыми были обвешаны с ног до головы присутствующие дамы. Происходящее здесь событие было связано с нефтяным бизнесом, который, как известно, влечет за собой много крови и смерти, но зато тем, кто остается в живых, приносит огромные доходы.

Олег Иванович Юрцев был на этом мероприятии почетным гостем, ибо многие из собравшихся здесь когда-то одалживали у него деньги на то, чтобы начать собственное дело. Более того, он по своей инициативе предложил устроителям презентации оплатить проезд и трехдневное пребывание в Москве некоторым зарубежным бизнесменам, не чуждым страсти к халяве. Сами они не стали бы тратить деньги на то, чтобы здесь поприсутствовать, а для многих их приезд был бы весьма полезен как с точки зрения престижа, так и для закрепления деловых и дружеских отношений.

Публика в зале была вся проверенная, поэтому телохранители сюда не допускались, и без них не протолкнуться. Юрцев, стоя перед богато накрытым столом, с удовольствием поедал изысканные закуски, то и дело отпивая дорогое белое вино из узкого высокого бокала. Организаторы презентации, следуя моде, устроили фуршет, чтобы дать присутствующим полную свободу общения. Справа от него стоял смуглый плотный человек с четко очерченными выпуклыми губами — бизнесмен из Арабских Эмиратов, прикативший сюда на деньги Юрцева, а слева — красивая дама лет тридцати пяти, судя по выражению лица — деловая женщина, вероятно, референт какой-нибудь крупной фирмы. Разумеется, в Москву Олег Иванович привез свою любовницу, но на банкете ее не было: за час до выхода из гостиницы они в очередной раз поссорились, после чего Юрцев ушел, хлопнув дверью. Теперь было самое время присмотреть себе объект для ухаживаний, чтобы не выглядеть белой вороной, поскольку все приглашенные мужчины были с дамами. Красивая соседка Юрцева не привлекала, он вообще не любил деловых женщин, считал их хорошими партнерами по бизнесу, аккуратными, обязательными и лишенными страсти к глупому риску, но полагал, что для флирта, даже самого невинного, они не годятся. Очень уж мужской у них характер, легкости нет, порочности и избалованности, а Юрцев больше всего любил именно таких молоденьких птичек-куколок, легкомысленных и капризных.

Юрцев поставил свою тарелку и с бокалом в руке стал не спеша прохаживаться по залу, то и дело улыбаясь и раскланиваясь со знакомыми. Был у него и деловой интерес, но с этим Олег Иванович решил не спешить. Пусть нужный ему человек расслабится, поест досыта и выпьет побольше, а уж потом Юрцев обсудит с ним кое-что важное. То и дело взгляд его останавливался на длинных точеных ножках или стройной оголенной спине какой-нибудь куколки, и он лениво прикидывал, не увести ли ее в сторонку, чтобы развлечься пустой и ни к чему не обязывающей болтовней, но потом решал, что, пожалуй, поищет еще. В какой-то момент ему вдруг стало не по себе, даже холодок по спине пробежал. Он быстро огляделся по сторонам, но ничего такого не заметил и успокоился.

Через некоторое время его втянул в беседу старый знакомый, работающий в московском представительстве американской нефтяной компании, но спустя минут десять Юрцев неожиданно подумал: «Что за идиот! И чего я на него время трачу...» Он поймал себя на том, что даже не слушает, о чем ему говорят. Вежливо извинившись, он сделал вид, что ему срочно нужно подойти к кому-то в другом конце зала, и отошел.

Внезапно его бросило в жар, подмышки моментально вспотели, и Юрцев машинально потянулся к галстуку, чтобы слегка ослабить тугой узел. Однако уже через минуту его стал бить озноб. «Что это со мной? — испуганно подумал он. — Заболел, что ли?» Но озноб прошел так же резко, как и начался, и Олег Иванович снова почувствовал себя нормально. Как почти каждый мужчина, он панически боялся любого нездоровья и совершенно не умел терпеть, когда у него что-то болело. «Нужно найти, где посидеть», — решил он, подходя к выходу из зала. В холле стояли мягкие диванчики и кресла, но все они были заняты, и Юрцев прошел дальше, в сторону туалетов, в надежде найти местечко посвободнее и поспокойнее. Ему повезло. Свернув по длинному коридору направо, он увидел еще один диван с креслами и низким столиком между ними, и сидел там только один человек — полноватый мужчина с длинными кудрявыми волосами и в затемненных очках.

Юрцев сел в кресло, вытянул ноги и с облегчением откинулся на мягкую спинку. Его больше не лихорадило, но зато голова стала наливаться болезненной тяжестью, в затылке запульсировала боль. «Точно, я заболел, — подумал он. — Ну надо же, как некстати. Как же я завтра домой полечу?»

— Голова болит? — сочувственно спросил кудрявый мужчина в очках.

— Да, знаете ли... А что, заметно?

— Конечно. Вы очень бледны. Это от духоты. Вероятно, у вас проблемы с сосудами.

— И что теперь делать? — спросил Юрцев, поморщившись: каждое слово будто отдавалось в черепной коробке.

— Ничего страшного, — улыбнулся мужчина. — После тридцати пяти этим страдает каждый третий, только многие внимания не обращают, а напрасно. Потом удивляются, откуда инсульты. Я и сам сюда вышел по той же причине. Таблеточку принял — и через пять минут полный порядок. Кстати, если хотите — могу поделиться. У меня всегда с собой большой запас.

Головная боль нарастала, Юрцеву даже показалось, что у него в глазах темнеет.

— Но здесь даже запить нечем, а возвращаться в зал я не могу. Сил нет.

— Ее не нужно запивать. Положите под язык, она моментально растворится. Зато эффект практически мгновенный.

Мужчина протянул Олегу Ивановичу флакончик темного стекла, до половины наполненный маленькими белыми таблетками.

— Примите, сразу станет легче, вот увидите. Чего ж вам так мучиться.

«И в самом деле, зачем я должен так мучиться? Бог мой, какая невыносимая боль! А вдруг у меня будет инсульт?» — испуганно подумал Юрцев, вытряхивая на ладонь маленькую таблетку.

Мужчина забрал флакон и снова улыбнулся.

— Не успеете и до ста сосчитать, как вам станет лучше. Это очень хорошее лекарство, мне его жена из Канады привозит.

Юрцев прикрыл глаза и, сам не зная зачем, начал считать до ста. Боль отступала так быстро, что он сам удивился. На счете «восемьдесят шесть» он почувствовал себя просто отлично. Недомогания как не бывало.

— Вы волшебник, — благодарно произнес он. — Я бы хотел записать, как называется это лекарство.

— А черт его знает, — весело махнул рукой кудрявый собеседник. — Его жена покупает, надо у нее спросить.

— Разве на флаконе не написано?

— Это не родной флакон, лекарство продается в

огромных таких банках, которые просто невозможно таскать с собой. Знаете, специальная расфасовка не для розничной продажи в аптеках, а для больниц. Я отсыпаю понемногу в маленькие флакончики, чтобы в карман умещались. Хотите, поделюсь с вами?

— Мне неловко вас грабить, — смущенно улыбнулся Юрцев.

— Что вы, пустяки. У меня много, а жена скоро снова летит в Канаду, привезет еще. Куда бы вам отсыпать? У вас листок бумаги найдется?

Юрцев полез в карман, вытащил записную книжку и вырвал из нее листок.

— Отлично, — одобрительно кивнул мужчина. — Сверните из него кулечек.

Он снова извлек на свет Божий маленький темный флакон, открыл пластмассовую крышечку и насыпал в миниатюрный кулечек таблетки.

— Вот так. И мой вам совет: не ждите, пока приступ разыграется вовсю. Как только почувствуете, что голова начинает болеть, сразу таблетку под язык. У вас как приступ начинается? В жар бросает?

— Да, — удивленно подтвердил Юрцев.

— А потом сразу в холод, верно?

— Верно.

— Типичная картина, у меня происходит в точности так же. Поверьте опытному больному, не надо ждать, пока голова разболится. Как только вас начнет лихорадить — сразу принимайте лекарство. Давно это у вас?

— Сегодня впервые случилось. Раньше такого никогда не было.

— А я уже четыре года маюсь, — вздохнул мужчина.

— Скажите... А как часто такое бывает?

— По ситуации. В духоте и при большом скоплении людей у меня это случается каждые минут тридцать-сорок. А при нормальном образе жизни — примерно раз в месяц, бывает и реже. От погоды зависит, от нервных перегрузок, от интенсивности работы. Но вы не должны пугаться. Сразу таблетку под язык — и все, никаких проблем.

— Спасибо, — тепло произнес Юрцев, вставая с кресла. — Вы очень меня выручили.

— Пустяки, — небрежно махнул рукой мужчина. — Рад был помочь.

Юрцев вернулся в зал, чувствуя себя бодрым, веселым и полным сил. Просто-таки чудодейственные таблетки у этого лохматого очкарика. Впрочем, почему лохматого очкарика? Никакой он не лохматый, короткая аккуратная стрижка, и очков не носит. «Это я перепутал, — сказал себе Олег Иванович. — Лохматого очкарика я видел вчера в гостинице, он тоже сидел в холле на таком же диванчике, с умопомрачительной длинноногой брюнеткой. А этот, с таблетками, совсем другой. Надо же, так сильно голова разболелась, что один образ на другой наложился».

В зале Юрцев сразу принялся искать того человека, беседу с которым откладывал, ожидая, пока тот насытится и напьется. Найти его в такой толпе было непросто, и Олег Иванович медленно обходил зал, снова кивая и улыбаясь, перебрасываясь короткими фразами со знакомыми. Наконец он нашел того, кого искал, и легко завязал с ним беседу. Речь шла о предоставлении кредита на льготных условиях. Банкир оказался на редкость несговорчивым, и Олег Иванович пустил в ход все свое обаяние и красноречие, с досадой думая про себя, что, по-видимому, поторопился с разговором. Его собеседник еще недостаточно много выпил. Внезапно его снова бросило в жар, ему показалось, что в зале невыносимо душно. «Надо снова принять лекарство, — пронеслось в голове. — И побыстрее, пока опять не нахлынула эта ужасная боль...»

Он извинился перед банкиром, отошел чуть в сторону и вынул из кармана кулечек с таблетками. Скорее, скорее сунуть таблетку под язык, пока не начался приступ...

Он хотел спрятать пакетик обратно, но пальцы почему-то все время промахивались и никак не хотели попадать в карман. Юрцев почувствовал удушье, сильно закружилась голова, он разжал пальцы, выпустив пакетик из рук, и судорожно схватился за узел галстука. Перед глазами все поплыло, Юрцев неловко взмахнул руками и выбил из рук стоящей рядом женщины бокал с шампанским. Перед тем как погрузиться в полную темноту, он успел краешком угасающего сознания отметить, что отчего-то не слышит звона разбившегося стекла, и даже удивиться этому.

* * *

Человек, стоявший в списке генерала Минаева под номером шесть, ужинал в «Метрополе» со своей женой, отмечая двадцатую годовщину свадьбы. Гарик Асатурян, заручившись помощью знакомой официантки, терпеливо ждал, когда в поле его зрения появится объект — депутат Государственной думы Изотов. Официантка должна будет дать знать, когда Изотов выйдет из зала в туалет, или в холл позвонить, или еще за какой-нибудь надобностью. Появляться в зале Гарик не хотел, но и маячить возле входа в зал, мозоля глаза окружающим, в его планы не входило. Он показал Изотова своей знакомой и теперь сидел в уголке, откуда вход в зал не просматривался, но зато и его самого никто не видел. На крайний случай он договорился со своей подружкой, что та попросит депутата выйти под каким-нибудь надуманным предлогом.

Но предлог не понадобился, Изотов вышел в туалет. Как только он встал из-за стола и двинулся к выходу, официантка через служебный ход добежала до сидящего тихо, как мышка, Асатуряна.

— Пошел, — бросила она на ходу и снова умчалась.

Гарик вскочил и быстрыми шагами двинулся навстречу Изотову. Тот зашел в туалет, Асатурян последовал за ним, дождался, когда тот выйдет из кабинки, и осторожно тронул за плечо.

— Леонид Михайлович, можно вас на два слова?

— Что, прямо здесь? — высокомерно вскинул брови депутат.

— Нет, зачем же. Давайте выйдем.

Они вышли, и Асатурян жестом показал на то место, где только что провел три мучительно долгих часа. Он знал, что здесь им почти наверняка никто не помешает.

— Ну? Что вам угодно? — нетерпеливо спросил Изотов, бросая взгляд на часы.

Гарик сосредоточился. Он наблюдал за Изотовым почти полдня до того, как тот пришел в ресторан с женой, и успел заметить, что Леонид Михайлович относится к категории так называемых кинестетиков — людей, воспринимающих окружающий мир, в том числе и своих собеседников, через восприятие жестов. Для работы с кинестетиками существовала своя методика, отличная от работы с другими категориями — аудиальщиками и визуальщиками, воздействие на которых нужно было осуществлять соответственно вербальным путем либо через зрительный ряд. Асатурян уже понял, какие жесты и позы Изотова соответствуют состоянию доверия и подчиненности, и умело их копировал, произнося при этом заранее подготовленный текст, из которого можно было сделать вывод, что он договаривается с депутатом о развернутом интервью, но в который были искусно вкраплены слова-сигналы, направленные на подавление его воли. Через несколько минут Гарик почувствовал, что Изотов «готов».

— А теперь, с этого самого момента, — заговорил он медленно, но не меняя интонации, — вы будете слушать только меня. У вас больше не будет собственных мыслей и побуждений, вы будете слышать только мой голос и делать только то, что он прикажет.

В отличие от Михаила, более щедро наделенного природой, Гарику для работы нужно было произносить формулу целиком, чтобы ввести Изотова в гипнотический транс, и на это ушло некоторое время. Наконец он подошел к главному.

— Вы сейчас вернетесь к жене и будете вести себя, как будто ничего не произошло. Если она спросит, почему вы задержались, вы ей скажете, что встретили знакомого, коллегу по старой работе. Вы посидите в ресторане еще полчаса, потом пойдете домой. Если жена предложит вам поймать такси, не соглашайтесь. Вы много выпили, в зале накурено, у вас разболится голова и вы захотите пройтись пешком до метро «Тверская». Пойдете по Тверской, не спеша. Нервничать не надо, все будет хорошо. Когда дойдете до «Пицца-хат», скажете жене, что передумали и хотите поймать машину. Выйдете вместе с ней на проезжую часть и толкнете ее под быстро мчащийся автомобиль... После этого вы выйдете из транса, но про меня и про наш разговор никогда не вспомните. Не вспомните и никому не скажете.

Теперь оставалось ждать. Изотов вернулся в зал, а Гарик зашел в комнатушку, где переодевались официантки, забрал свое пальто и вышел на улицу. После интенсивной работы голова становилась немного тяжелой, и он с удовольствием прогуливался по тротуару, вдыхая сухой морозный воздух. Супруги вышли через тридцать пять минут, и Асатурян с удовлетворением отметил, что пока все идет по плану, формула была произнесена правильно.

— Давай возьмем машину, — донесся до него голос жены депутата.

— Пойдем лучше пешочком, пройдемся по Тверской, — ответил Изотов. — Мы с тобой так редко гуляем. И голова гудит от выпитого.

— Пойдем, — охотно согласилась женщина, подхватывая мужа под руку.

Они медленно шли по направлению к станции метро «Тверская», а Гарик Асатурян следовал за ними на почтительном расстоянии. Поравнявшись со зданием, на котором горело название «Пицца-хат», пара неожиданно остановилась. Теперь Изотов стоял лицом к Гарику, и Асатурян не стал подходить ближе, отступил в тень и затаился. Отсюда ему не было слышно, о чем они разговаривают, но было видно по их лицам, что спорят. Изотов настаивал, его жена стояла к Гарику спиной, но по тому, каким резким жестом она перевесила сумочку с одного плеча на другое, он понял, что женщина недовольна внезапным решением мужа. Наконец они вместе вышли на проезжую часть, обогнув припаркованные у края тротуара автомобили. До перекрестка было далеко, и движение на этом участке было интенсивным. «Ну же, — мысленно подталкивал его Гарик. — Ну, давай, толкай ее, чего ты медлишь! Толкай!»

Ему казалось, что время остановилось, хотя на самом деле с того момента, как Изотов и его жена сошли с тротуара, прошло всего три-четыре секунды. Гарик понимал, что депутат, следуя программе, ждет наиболее удобную машину, которая проедет совсем близко от него. Асатурян отвернулся и зажмурился, такое напряженное ожидание всегда причиняло ему почти физическую боль.

И в этот момент раздался глухой стук, визг тормозов и истошные вопли прохожих.

* * *

Самое легкое задание Павел поручил Рите. Он предварительно посмотрел на всех, перечисленных в списке Минаева, и выбрал человека, для работы с которым требовалось минимальное усилие. Просто удивительно, думал Сауляк, что этот тип до сих пор жив. По нему могла давным-давно плачет.

Для этого человека не существовало правил, даже самых элементарных, соблюдение которых подсказывает не законопослушание, а здоровый инстинкт самосохранения. Он постоянно садился за руль пьяным и гнал машину с невероятной скоростью, курил на бензозаправках и делал множество других столь же глупых и опасных вещей. Кроме того, он был невероятно внушаем и неустойчив, легко поддавался на любые провокации, позволял втягивать себя в авантюры, обожал заключать пари и не умел отстаивать собственную точку зрения, при малейшем нажиме переходя на сторону оппонента и во всем с ним соглашаясь. Это был человек, для которого проще было сказать «да» в ответ на самое невероятное предложение, чем говорить «нет» и объяснять причину отказа. Он просто боялся любого интеллектуального усилия. Напряжение мозгов казалось ему делом столь же трудным и невероятным, как подъем груза весом в тонну голыми руками.

— Пусть в интервале от шести до семи вечера на полной скорости свернет с Садового кольца на Сретенку и проедет пятьсот метров, — говорил Павел Рите. — Потом остановится, выйдет из машины и ждет, когда к нему подойдут.

Рита, как обычно, никаких вопросов не задавала. Раз надо, чтобы вышел и стоял, — значит, надо. Павлу виднее.

— Память блокировать?

— Обязательно. Ты будешь разговаривать с ним днем, не нужно, чтобы он рассказывал кому-нибудь о вашей встрече. Его появление на Сретенке должно выглядеть для заинтересованных людей как его собственная инициатива, а не выполнение чьей-то просьбы.

Рита послушно кивнула.

Человека, числившегося в списке Минаева под номером пять, она подловила, когда тот выходил из дома, где жила его любовница. Это было лучше всего, потому что возле офиса их могли видеть вместе его знакомые и сотрудники. Павел сидел в машине неподалеку с миниатюрным передатчиком, контролируя работу Риты.

— Мне нужно с вами поговорить, — слышал он ее приветливый голос. — Мы можем сесть к вам в машину?

— Пожалуйста, — голос мужчины был сытым, ленивым и радушным.

«Видно, визит к любовнице прошел более чем успешно», — с усмешкой подумал Сауляк.

— Чем могу быть полезен прелестной незнакомке?

— О, многим, — засмеялась Рита. — Во-первых, я хочу, чтобы вы на меня внимательно посмотрели.

— А что, я должен вас узнать? Мы где-то встречались?

— Вы сначала посмотрите как следует, а потом я вам все объясню.

Возникла пауза. Рита работала, пристально глядя в глаза мужчине. Она легко погружала собеседника в транс, умело используя глаза и мимику, и в этом не уступала даже Мише Ларкину. Слабость ее способностей заключалась в том, что она не могла заставить человека переступить через некоторые барьеры. Есть поступки, для совершения которых нужно переступить определенную черту, и далеко не каждый может сделать это по собственной воле. Для того чтобы заставить объект воздействия эту черту переступить, нужна очень высокая степень подавления воли и полное блокирование самоконтроля. Человека очень трудно заставить кого-то убить и еще труднее — заставить убить самого себя. Миша Ларкин это мог, и Гарик мог, и Карл. А Рита не могла. Силенок не хватало.

— Вам не нужно возвращаться в офис, — раздавался в наушнике ее голос. — Я сейчас уйду, а вы отъедете куда-нибудь в тихое место, остановите машину и будете сидеть в ней до без десяти шесть. До без десяти шесть. После этого вы должны выехать на Садовое кольцо, доехать до Сухаревской площади и на полной скорости свернуть на Сретенку. Проедете по Сретенке пятьсот метров, остановитесь и выйдете из машины. К вам подойдут и скажут, что нужно делать дальше...

Через несколько минут Рита села в машину к Павлу. Вид у нее был совсем не уставший, объект действительно не представлял для нее никакой сложности.

— Поедем домой, детка, — ласково сказал Сауляк. — Я отвезу тебя.

— А ты?

— У меня еще есть дела. Ты отдыхай, а вечером я приеду.

К шести часам он занял пост у выхода из метро «Сухаревская». В четверть седьмого с Садового кольца на Сретенку на полной скорости свернул новенький сверкающий «БМВ», и все потонуло в грохоте и скрежете металла.

Движение по Сретенке было односторонним, только в направлении Садового, а никак не наоборот. Авария была неизбежна. Но Рите совсем не обязательно было это знать.

Глава 8

Все-таки Президент создал две комиссии по разработке вариантов выхода из чеченского кризиса, и Вячеслав Егорович Соломатин порадовался своей предусмотрительности: работа над поисками «личного решения Президента» была начата загодя. Сауляк обещал сделать все возможное. Сам Соломатин так и не встретился с ним, Павел избегал показываться на глаза, но по телефону сказал:

— Мне понятны ваша озабоченность и ваши мотивы. Я мало разбираюсь в политике, тем более после того, как два года был фактически оторван от всего. Но я — сторонник стабильности и человек привычек. Меня устраивает нынешний президент, я не гонюсь за сменой политического курса и не жажду социальных перемен. Поэтому я готов вам помочь ради того, чтобы все осталось как есть.

Соломатин остался удовлетворен обещанием и не стал разъяснять Сауляку свои истинные мотивы и показывать настоящую глубину своей озабоченности.

Трагедия Вячеслава Егоровича была в том, что, являясь по своему статусу чем-то вроде дворника, он имел душу холопа и честолюбие серого кардинала. Когда-то, много лет назад, комсомольский вожак-старшеклассник во время субботника подошел к ребятам из шестого класса, добросовестно драившим стекла в школьном коридоре, окинул придирчивым взглядом фронт работ и скривился:

— Ну и работнички! Как будто не для себя моете, а для чужого дяди. Вам же жить в этом здании, учиться в нем, вам самим должно быть приятно, когда стекла чистые и прозрачные. А вы? Только грязь разводите. Вон посмотрите, как у мальчика чистенько получается. Он по-настоящему старается, по-пионерски, а вы ленитесь. Лучше бы с него пример брали.

Слава Соломатин зарделся. Его всегда дразнили маменькиным сынком, потому что отца у них не было, мама работала на двух работах, а сестренка была совсем еще крохой, и Славик постоянно то ходил в магазины, то отводил сестру в садик или забирал ее оттуда, то мыл полы и окна в квартире. Он ужасно стеснялся этого, и когда ребята звали его поиграть в футбол или сбегать в кино, отказывался, ссылаясь на то, что «мама не разрешила». На самом деле мама всегда была на работе, но Славик не мог заставить себя произнести:

— Я не могу идти, мне нужно почистить картошку, прокрутить мясо через мясорубку, а потом сестру из садика забрать.

Пусть лучше ребята думают, что у него мама такая строгая. Из-за этого и прилепился к нему ярлык «маменькиного сынка». И вдруг его похвалили, да не тихонько, когда никто не слышит, а публично, во всеуслышанье, похвалили как раз за те навыки, которых он так стеснялся. Славик ловил на себе осторожные взгляды одноклассников и продолжал с утроенным рвением тереть стекла, а внутри у него все пело и радостно плясало. Первой не выдержала девочка, которая нравилась ему со второго класса, но с которой он даже за одну парту сесть боялся: она была отличницей и дочерью директора машиностроительного завода.

— Слава, а покажи, пожалуйста, как ты делаешь, — вежливо попросила она. — Я мою, мою, а у меня все равно разводы остаются.

— Возьми газету, — шепотом поделился он своим домашним секретом. — Газетой лучше всего протирать, когда основную грязь уже смоешь. Вот смотри, берешь лист, комкаешь посильнее и трешь. Никаких разводов не будет.

— А где ты взял газету? — спросила девочка, тоже переходя на шепот.

— Из дома принес. Нас же еще вчера предупредили, что наш участок — окна на втором этаже.

— А ты со мной не поделишься?

Разумеется, он поделился с ней не только знаниями, но и принесенными из дома старыми газетами.

А в понедельник на утренней линейке подводили итоги субботника, и тот самый комсомолец из десятого класса вспомнил Славика Соломатина и громко, при всей школе, привел в пример его старательность и добросовестность. Он был таким красивым, этот комсомольский вожак! Высоченный, плечистый, высоко поднятые разлетающиеся к вискам брови, густые прямые волосы, откинутые со лба назад. Славик смотрел на него влюбленными глазами, понимая, что вовек не расплатится с комсомольцем за то, что тот для него сделал, сам того не подозревая. Его больше не дразнили маменькиным сынком. Его совершенно неожиданно выбрали в совет отряда. Его похвалили на родительском собрании. Мамы на этом собрании, правда, не было, она, как всегда, была на работе, но были соседи по дому и двору, дети которых учились в одном классе со Славиком. Через два дня после родительского собрания мама утром, готовя ему завтрак, вдруг сказала:

— Спасибо тебе, сынок.

— За что? — удивился Славик, подумав, что, кажется, еще ничего с утра натворить не успел.

— Мне тетя Люба с пятого этажа сказала, что тебя на собрании очень хвалили, всем ребятам в пример ставили. Знаешь, как мне приятно было? Ведь когда тебя хвалят, это и мне похвала и награда. Значит, правильно тебя воспитываю, значит, ты у меня растешь хорошим человеком, добрым, достойным. И я могу тобой гордиться.

— Правда? — не поверил Славик. — Ты правда мной гордишься?

— Конечно, сынок. Теперь держи марку, не подведи семью.

Им гордится мама. Его признали одноклассники. Славик был на вершине счастья. А уж когда к этому добавилась дружба с той самой девочкой, которая ему давно нравилась, Славик Соломатин сказал себе: «Если за него нужно будет отдать жизнь — я это сделаю. Потому что это самый лучший человек на свете». Под «ним», естественно, подразумевался комсомолец-десятиклассник, который в мгновение ока стал для двенадцатилетнего Славика светом в окошке, идеалом, лидером. Вот именно, Лидером. И именно с большой буквы.

Спустя два года Славик встретил свое божество в райкоме комсомола. Тогда весь его класс вызвали для собеседования, прежде чем позволить им надеть комсомольские значки. Божество Славика узнало и даже соизволило по этому поводу пошутить:

— Вот тут я вижу среди вас паренька, который умеет не только над книжками сидеть, но и руками работать. Помню, я советовал вам всем брать с него пример. Ну-ка признавайтесь честно, кто научился мыть стекла так же хорошо, как он?

Все поняли, что инструктор шутит, и подобострастно заулыбались. Однако уже через неделю после приема в комсомол Славика пригласили и предложили ему возглавить бюро ВЛКСМ в его школе.

— Тебя знают в райкоме, — сказали ему тоном, не

терпящим возражений, — и тебе будет легче решать вопросы.

Он и не думал отказываться. С характеристикой, в которой будет написано, что он руководил комсомольской организацией школы, ему будет открыт путь в любой вуз. И армия не страшна. Мама сможет гордиться тем, что ее сын — студент. А он подыщет себе какую-нибудь работу, которую можно будет делать в свободное от института время, чтобы поддерживать семейный бюджет. Сестренка уже большая, в школу пошла, ей теперь то форму нужно покупать каждый год, потому что растет быстро, то ранец, то тетрадки и ручки, то носочки и бантики. Да и у него самого уже усы начинают расти. Еще два года, пока он в школе учится, они как-нибудь протянут, а когда он закончит школу, с деньгами совсем плохо станет. В школьной форме не походишь, нужно будет все покупать. И сестренка станет старше... Одним словом, в армию Славику идти будет нельзя, а потому нужно сделать все, чтобы поступить в институт. И на своей комсомольской работе Соломатин землю рыл вплоть до выпускных экзаменов.

Иногда он встречался в райкоме с Лидером, но в разговоры с ним не вступал. Лидер пробегал мимо, отмахивая стремительные шаги своими длинными мускулистыми ногами спортсмена, и лишь слегка кивал Славику на ходу. Но ему и этого было достаточно, чтобы чувствовать себя счастливым.

Накануне выпускных экзаменов Соломатина вызвали в райком. Он ничуть не обеспокоился, ибо полагал, что окончание учебы в школе автоматически прерывает его деятельность в школьном бюро ВЛКСМ, и его попросят отчитаться о проделанной работе и передать документы тому, кто будет его преемником на этом посту. Однако речь зашла вовсе не об этом.

— Какие у тебя планы? — спросил его знакомый инструктор райкома. — Что собираешься делать после школы? Работать, наверное, пойдешь?

— Хочу попробовать в институт, — смущенно признался Слава.

— Да? — явно оживился инструктор. — А в какой?

— В автодорожный.

— В автодорожный? — разочарованно протянул комсомольский работник. — А почему именно туда? Кто-то посоветовал?

— Нет, я сам выбрал. Мне это интересно.

— Послушай, Соломатин, — голос инструктора стал вкрадчивым и многозначительным. — Мы все знаем тебя как человека ответственного, с развитым чувством долга. Ты всегда протягиваешь руку помощи товарищам, ведь верно?

Слава пожал плечами, не совсем понимая, к чему дело клонится. Инструктор, путаясь в словах, чтобы не сказать лишнего и в то же время донести суть, объяснил, что Лидер уходит на повышение, в горком комсомола, где ему поручено наладить комсомольскую работу в вузах города. И теперь Лидеру нужны в каждом вузе такие люди, на которых он может положиться. Люди, которые станут костяком обновленных комсомольских организаций институтов и высших училищ. В автодорожном институте такие люди есть. А вот в строительном... Поэтому было бы очень желательно, чтобы комсомолец Вячеслав Соломатин стал студентом строительного института, а не автодорожного. В конце концов, велика ли разница? Все равно технический вуз. А помощь их общему комсомольскому делу огромная.

«Я нужен ему! — радостно пело сердце семнадцатилетнего Соломатина. — Я нужен ему и его делу. Он позвал меня, и я должен сделать все, что он от меня ждет. Он на меня надеется. Он на меня полагается. Он мне доверяет. И я не подведу своего Лидера!»

Откуда было ему знать, что Лидер даже не помнит его имени. Он действительно уходил на повышение в горком и действительно курировал теперь городские высшие учебные заведения и нуждался в единомышленниках, которые будут поднимать и активизировать там комсомольскую работу. Но собирать эту команду единомышленников он поручил своему прихвостню, ибо сам был занят более важными делами. Прихвостень, не раздумывая особо долго, кинулся в райком, где до этого работал Лидер, и стал собирать сведения о людях. Ему назвали Славу Соломатина:

дисциплинирован, исполнителен, организован, спокоен, выдержан. А главное — Лидер знает его лично, сколько раз видели, как они здоровались.

Слава успешно сдал экзамены в строительный. Тут же из горкома комсомола поступил звоночек с рекомендацией: у вас там на первом курсе есть студент, Соломатин Вячеслав, очень было бы желательно сделать его сразу же комсоргом курса и ввести в бюро ВЛКСМ института. Звонок из горкома расценивался как закон, и Слава сразу же включился в работу в соответствии с указаниями, которые давал Лидер, собирая в огромном конференц-зале всех активистов городских вузов.

Вся дальнейшая жизнь Вячеслава Егоровича Соломатина проходила по той же самой схеме. Лидер двигался вперед и вверх, и каждый раз ему нужна была команда преданных и надежных, на которых можно положиться. Но далеко не каждый мог двигаться следом за Лидером. Тот менял должности и области, в которых руководил, и те, кого он привел с собой, заняв предыдущую должность, не хотели менять сферу деятельности и место жительства, следуя за Лидером, получившим новое назначение. Не все, конечно, отказывались, некоторые соглашались идти дальше и начинать все сначала. Но после двух-трех переездов или перемен работы останавливались. И только Соломатин следовал за своим лидером как привязанный. Еще с момента поступления в институт о нем знали: он из команды Лидера. Естественно, при новом перемещении прихвостень, правда, уже совсем другой, снова нашел Соломатина. И потом его тоже всегда находили, потому что знали: он пришел с командой Лидера на ТУ должность, потом на ЭТУ, стало быть, это человек Лидера.

А Лидер по-прежнему не помнил его фамилию и даже перестал узнавать в лицо. Приказы о назначении людей на должности готовили прихвостни-помощники, и Лидер, полностью доверяя им, ставил свою подпись не глядя и не вникая в суть.

Всю свою жизнь Вячеслав Егорович Соломатин

посвятил служению своему Лидеру, служению беззаветному и преданному. После сорока пяти лет в нем вдруг проснулось честолюбие. Он с горечью понял, что Лидер не замечает его заслуг, потому что вперед лезут более наглые, более зубастые, а он, Соломатин, всегда считал своим долгом честно делать порученное дело и не кричать на каждом углу о своих достижениях. Он все ждал, что вот-вот Лидер обратит на него внимание и скажет: «Ах, Славка, Славка, всю жизнь мы с тобой рядом прошли, плечом к плечу, и всегда ты был мне надежной опорой. Если бы не ты, я бы ничего не достиг». При условии, разумеется, что услышит эти слова вся страна, а не один только Вячеслав Егорович. Этого было бы достаточно, чтобы Соломатин не считал свою жизнь прожитой зря. Но Лидер почему-то молчал.

Теперь у Вячеслава Егоровича была небольшая должность в Администрации Президента. И он по-прежнему больше всего на свете хотел, чтобы ставший Президентом Лидер его заметил и оценил. Столько жертв принесено, столько обжитых уютных квартир брошено, столько скандалов с женой пережито из-за постоянных переездов или смены мест работы. И все это имеет смысл только в том случае, если под занавес он хотя бы какое-то время побудет человеком, приближенным к Президенту. Человеком, чье имя и лицо будет знать вся страна. Тогда, значит, все было не зря.

Но за время первого срока президентства Соломатин пробиться к своему Лидеру не успел. Ему не хватило совсем немного. И теперь вся надежда была на то, что Президента переизберут на второй срок. А для этого следовало постараться. Вячеслав Егорович всю жизнь все делал для себя сам, не ожидая, когда это сделают для него другие. И потом, он действительно был предан своему Лидеру и готов ради него на все.

* * *

После того как впервые Слава Соломатин попал в команду Лидера в качестве студента, ему почти всегда поручались участки, связанные с наукой и образованием. Случайность ли это была или чья-то воля — сказать трудно, но, куда бы ни последовал за своим Лидером Соломатин, ему приходилось заниматься высшими учебными заведениями и научно-исследовательскими учреждениями, либо работая в них на должностях начальника отдела кадров или освобожденного секретаря парторганизации, либо курируя их по линии партийных органов. Поэтому взвешивая свои небогатые возможности оказать Президенту помощь в предвыборной борьбе, Соломатин остановился именно на чеченских проблемах, а не на вопросах экономики. Дело в том, что в столичных научных учреждениях у него были хорошие связи и обширные знакомства. А в том, что делать всю работу будут именно научные учреждения, а не сами комиссии, созданные Президентом, Вячеслав Егорович не сомневался ни одной минуты. Такова была практика еще в застойные времена, такой она осталась и сейчас.

Дальше ему пришлось делать выбор между институтами, которые будут работать на комиссию Президентского совета, и теми, откуда будут черпать гениальные идеи министры во главе с премьером. Члены Президентского совета в большинстве своем люди не служивые — ученые, специалисты, эксперты. Академики и профессора. Демократы и либералы. Борцы за права человека и строители правового государства. Соломатин отдавал себе отчет в том, что управы на них он не найдет.

А вот с министрами дело обстоит по-другому. Вячеслав Егорович, работавший много лет назад в аппарате столичного горкома партии как раз в отделе, который руководил наукой, неплохо знал московские научно-исследовательские учреждения и представлял себе довольно четко, где может вестись работа над интересующими его проблемами. И основная масса этих институтов оказалась по вполне понятным причинам подчиненной министрам-силовикам. Понятное дело, где же в первую очередь изучать чеченскую войну, как не в институтах, работающих на Министерство обороны, МВД, ФСБ и Министерство по чрезвычайным ситуациям.

В этих ведомствах, как бы они ни назывались раньше, влияние партийного контроля всегда было особенно сильным, и найти там знакомых не представляло для Соломатина ни малейшего труда. Сауляк еще из колонии не вышел, еще последние дни досиживал на нарах, а Соломатин уже весь расклад знал. Наиболее перспективными для его целей представлялись ему два института, один из которых был подчинен МВД, другой — Министерству по чрезвычайным ситуациям. В обоих работали специалисты-конфликтологи, а проблемы, подобные чеченскому кризису, разрабатывались в рамках отдельных больших тем, в авторские коллективы которых входили политологи, социологи, юристы, войсковики, экономисты и даже психологи и психиатры. Одним словом, в этих двух институтах проблема изучалась комплексно, широко и тщательно, чего нельзя было сказать о других научных учреждениях, интеллектуальный потенциал которых находился в распоряжении членов правительства.

Далее следовало определить, в каком из двух институтов есть больше шансов на успех. Тут Вячеслав Егорович знал, куда смотреть и из чего делать выводы. Руководители одного из институтов — люди старой закалки, то есть те, кто сформировался в шестидесятые-семидесятые годы, когда царствовали принципы: кто первый доложил — тот расторопнее, кто более приятные новости доложил — тот выбивается в любимчики. Но был и третий принцип, который вообще-то был на самом деле первым: кто доложил — тот и прав.

В другом же институте начальник (именно начальник, а не директор, поскольку оба учреждения подчинялись военизированным ведомствам и их сотрудники носили на плечах погоны), так вот, начальник там был из пожилых, зато заместители у него все были не старше сорока двух — сорока трех лет и в одобрении своего министра и всего правительства в целом совершенно не нуждались. У них была интересная научная работа, ученые степени докторов наук и звания профессоров, двадцать лет выслуги за плечами, что позволяло получать пенсию, и в случае взаимного недовольства, которое могло бы возникнуть между ними и руководством министерства, они с легкостью снимали погоны и начинали, свободно вздохнув, зарабатывать деньги чтением платных лекций и написанием разоблачительных публицистических статей в газетах и журналах. Эти молодые заместители-ученые ни за что не станут вырывать друг у друга итоговый документ, чтобы именно за своей подписью направить в комиссию, которой руководит премьер.

Поэтому Вячеслав Егорович остановил свой пристальный взор на том научном учреждении, где средний возраст руководящего состава был куда выше. Начальник там, правда, успел ухватить зубами докторскую степень, когда начала распространяться практика защиты по докладу и совокупности работ. Нормальную полновесную диссертацию ему бы никогда в жизни не написать, это знали все, поэтому тихо посмеивались, когда начальник вышел на защиту, а когда через неделю после защиты он не таясь стал искать знакомства, чтобы выбить себе звание академика любой академии, все уже ржали в голос и передавали новость друг другу как похабный анекдот. Это было время, когда стали появляться во множестве всякие разные академии, раздававшие звания академиков направо и налево. Звания эти никого ни к чему не обязывали, прибавки к зарплате не давали и ценность научного руководства аспирантами не повышали. Но есть же люди, которым приятно под документом или иным каким письмом поставить короткое «Академик Холуйкин». Ну и пусть себе ставят на доброе здоровье, пусть тешатся. Пользы нет, но и вреда, однако, тоже никакого.

У пожилого начальника-академика было четыре заместителя, то есть на самом деле их было больше, но занимавшихся наукой — четверо, потому как они возглавляли каждый свое подразделение, состоявшее из отделов, лабораторий и секторов и имевшее собственную научную проблематику. Замов по кадрам, по тылу и прочих Соломатин не считал. И на момент первой половины февраля 1996 года ситуация выглядела следующим образом.

Начальник-академик решил догулять солидный

кусочек отпуска, оставшийся у него с прошлого года, и уехал в Приморье в ведомственный санаторий. Исполнять обязанности вместо себя он оставил одного из четырех заместителей, руководивших научно-исследовательскими подразделениями. А именно — шестидесятидвухлетнего кандидата наук Прибылова, который уже лет двадцать, как считалось в народе, дописывал докторскую. Когда поступила команда из министерства срочно готовить развернутый аналитический материал с перечислением вариантов выхода из чеченского кризиса, исполняющий обязанности начальника института Прибылов передал поручение руководства другому заместителю начальника, в подчинении которого как раз и находилась группа политологов-конфликтологов, разрабатывающая соответствующую тематику. Этот второй заместитель по фамилии Сергун был чуть моложе, всего пятидесяти семи лет от роду, тоже имел кандидатскую степень тысячелетней давности и упорно распространял слухи о докторской, которую он вот-вот представит к защите, но руководил наукой он уже так давно, что руководить научился просто классно, зато напрочь забыл, что такое наука.

И, как правильно рассудил многоопытный Вячеслав Егорович Соломатин, вопрос на уровне руководства упирался только в одно: кто подпишет итоговый документ. Заместитель начальника института, под чьим непосредственным руководством он подготовлен? Заместитель начальника института, официально исполняющий обязанности начальника? Или сам начальник, которого в Москве нет и в ближайшее время не ожидается, но ведь ради такого дела...

Из своего опыта Соломатин вынес твердое убеждение: чем больше народу вовлечено в конфликт, тем проще манипулировать конфликтующими, не давая им достичь соглашения и компромисса. В этой связи первое, что нужно было сделать, — известить мирно отдыхающего в Приморье начальника о срочном и очень ответственном задании, свалившемся на институт. Разумеется, Вячеслав Егорович не стал делать это лично, зачем же демонстрировать всему миру свою заинтересованность. Но так или иначе, начальник-академик про задание узнал и тут же кинулся звонить Прибылову, исполняющему начальственные обязанности.

— Игорь Николаевич, я сегодня же вылетаю в Москву, — деловым тоном заявил он. — Соберите на завтра, на шестнадцать часов всех заместителей, пригласите... — тут он назвал несколько фамилий главных научных сотрудников. — Создадим рабочую группу по подготовке документа, я сам ее возглавлю.

Прибылов чуть не поперхнулся от ярости. Откуда шеф узнал? А он-то так рассчитывал, пока начальник отдыхает, отправить документ за своей подписью. Конечно, он, Прибылов, не дурак, насчет рабочей группы он тоже сразу допер. Ведь в чем смысл-то? Непосвященный и не поймет с ходу. А смысл в том, что научные работники, хорошо разбирающиеся в проблеме, документ, конечно, напишут, сделают его как конфеточку, подготовят сопроводительное письмо на бланке института, мол, направляю вам аналитический материал по проблеме, с уважением, и.о. начальника Прибылов. И человек, который этот документ получит, что подумает? Правильно. Он подумает: толковые ребята в этом институте работают, молодцы. Вот! Ребята, сукины дети, молодцы, а он, Прибылов? То-то же. Поэтому нужно обязательно создавать рабочую группу и самому ее возглавить. То есть нужно собрать всех руководителей и ведущих ученых института и объявить, дескать, получили мы сложное и ответственное задание от нашего родного министерства, а оно, в свою очередь, от нашего же родного премьера. Посему приказываю (хорошо все-таки, что ведомство военизированное!) создать рабочую группу в составе: я, любимый, а дальше перечислить сотрудников того отдела или сектора, который вышеозначенной проблемой занимается, и еще пару-тройку маститых профессоров туда включить. Технология подготовки документа будет той же самой: научные сотрудники — от младшего до главного — будут сидеть день и ночь и тереть мозги, потом сделают документ и принесут любимому. Любимый прочитает и даже сделает вид, что поправит документ. Поправлять Прибылов умел, впрочем, начальник-академик тоже. Поправка заключалась в том, что на некоторых страницах абзацы менялись местами, слово «такой» менялось в ряде случаев на слово «столь» (например, «такой резкий перелом» превращался в «столь резкий»), а выражение «по сути» заменялось словосочетанием «по существу». Потом документ перепечатают с учетом сделанных поправок, но самое главное даже не это. Самое главное — в сопроводительном письме будет написано: направляю вам аналитический материал, подготовленный рабочей группой под руководством кандидата наук Прибылова. Вот оно, зерно золотое. И большой босс, получивший этот документ, посмотрит на него и скажет: «Умный человек этот Прибылов. И команду толковую собрал, и на работу их сумел мобилизовать, и сам, видно, в проблеме разбирается». Что, собственно, и требовалось доказать. То есть устроить.

* * *

Рабочую группу создали, и возглавил ее, разумеется, сам начальник-академик. Прибылов с таким положением вещей смиряться не желал. Он слишком долго сидел в замах и хотел уже наконец хоть немного пожить в начальниках. И Прибылов отправился в министерство к своему знакомому, имеющему доступ в самые «верхние» кабинеты.

Поговорили о посторонних вещах — племянник Прибылова в этом году заканчивал школу и хотел поступать в ведомственный вуз, посему заботливый дядюшка интересовался у своего высокопоставленного знакомого, началось ли уже оформление личных дел абитуриентов и можно ли начинать проходить медкомиссию. Под конец он тяжко вздохнул и покачал головой.

— Ведь завалит наш шеф всю работу, вот ведь что обидно! Такие ребята толковые и грамотные в нашем институте работают, но разве под его руководством может что-нибудь получиться?

— Погоди-ка, — обеспокоился министерский чиновник, — ты о чем?

— Да о начальнике нашем. Понимаешь, он давно

чуял, что такое задание могут нам спустить, поэтому быстренько оформил отпуск и уехал подальше. Он же знал, что не справится. Он ничего в этом вообще не понимает, а показать боится. Каждый раз, когда ему документ на отправку приносят, он его неделями держит, а знаешь почему? Потому что ни слова не понимает в том, что написано, и ужасно боится, что там что-нибудь не так. Так вот, он и в Приморье уехал именно сейчас, чтобы документ по Чечне не готовить. И нашелся идиот, который ему сообщил, что задание пришло. Представляешь, каково ему? Он-то рассчитывал, что якобы ничего и знать не будет, а когда вернется, ему доложат, что, мол, было указание, подготовили документ. А ежели в документе что не так, так это без него делали, он не виноват, а с подчиненных взыщет. Удобно, правда? Ну вот, а теперь-то ему что делать? Раз сообщили, уже не прикроешься, что не знал. Сел в самолет, прилетел лично руководить, задание все-таки первостепенной важности для нашей страны, никуда не денешься. Рабочую группу создал под своим руководством. А сам валидол сосет и с ужасом следующего утра ждет. Жалко человека, ведь не хотел он ввязываться в эту работу, честно признается сам себе, что не тянет. И кто, интересно, так его подставил?

— Почему подставил? — возразил чиновник. — Никто твоего начальника не подставлял. Вполне естественно доложить руководителю о том, что его подразделение получило задание. Что ты видишь в этом закулисного?

— Да в том-то и дело, что на время его отпуска начальник — я. Я, понимаешь? И я как руководитель вполне в курсе того, что происходит в моем институте. И я, а не кто-то в министерстве, должен решать, о чем сообщать находящемуся в отпуске начальнику, а о чем — нет. Мы же с ним договорились еще месяц назад, что, как только возникнет вероятность получения такого задания, он тут же оформляет отпуск и уезжает, а документ будет готовить рабочая группа под моим руководством, потому что я в этой проблематике все-таки разбираюсь в отличие от него. Если он будет в Москве, то никто не поймет, почему не он сам возглавляет группу по подготовке такого важного для всей страны документа. А так — никаких вопросов. Ну и зачем его поставили в известность, можешь ты мне объяснить? Его же в угол этим звонком загнали. Он не может после такого сообщения оставаться в санатории, он обязан отреагировать, немедленно приехать и возглавить рабочую группу. Что он и сделал. И кому от этого лучше?

— Не понимаю, чего ты так переполошился, — пожал плечами чиновник. — Если ему по статусу положено группу возглавить — пусть официально возглавляет, а все материалы будешь готовить ты, если ты в этом разбираешься. Все так делают, не вижу проблемы. Всю жизнь имя руководителя стояло только номинально, никогда начальники сами ничего не делали.

— А вот это фиг вам, — спокойно ответил Прибылов. — У меня докторская на выходе, мне внедрения нужны, да и репутация тоже. Если я группу возглавляю, то об этом есть приказ, и этот факт всегда можно подтвердить. А если официально группой руководит шеф, то мне с этого никакой пользы нет. Я, милый мой, уже не в том возрасте, чтобы на дядю пахать. Так что имей в виду, задание наш институт провалит. Опозоримся мы перед всем министерством, а министерство — перед правительством.

— Странно ты рассуждаешь, — заметил чиновник. — Ведь институтом сейчас руководишь ты, ты — исполняющий обязанности начальника. И ты так спокойно говоришь мне, что твой институт не выполнит задание министерства и правительства? Иными словами, что ты плохой начальник и с руководством институтом не справляешься?

— Если начальник я, то и группу должен возглавлять я, — твердо сказал Прибылов. — И в этом случае я лично отвечаю за качество итогового документа и могу тебе гарантировать, что он будет четким и толковым. А если группу возглавляет наш академик, то вы как люди порядочные должны подготовить приказ об отзыве его из отпуска. И тогда документ будет провален не под моим руководством, а под его. Вы поймите, вы же не только его подставляете, но и меня тоже. Вы не даете мне возглавить группу и организовать работу по подготовке документа, и ответственность за неудачу собираетесь возложить на меня же. Милый мой, у вас ничего не треснет от таких роскошных управленческих решений?

— Вообще-то ты прав, — задумчиво протянул чиновник.

На следующий день начальник-академик окольными путями узнал, что в связи с подготовкой документа по чеченскому кризису кто-то в министерстве очень активно интригует против института. Академик начал нервничать, информация приходила к нему разрозненная и противоречивая, а сроки подготовки документа были достаточно сжатыми... По лицу Прибылова он видел, что помощи и поддержки от него не дождется. Вся надежда была на Сергуна, другого заместителя, в подчинении которого работали политологи и конфликтологи, готовящие документ.

* * *

Петр Павлович Сергун тоже хотел поучаствовать в дележке пирога. Правда, интерес у него был не такой грубошкурный, как у Прибылова, но все-таки был. Петр Павлович хотел возглавить собственное научное направление и встать во главе группы специалистов, которые будут заниматься только проблемами в рамках этого направления. Никакие другие проблемы не были ему интересны и заниматься ими он не хотел ни за деньги, ни за должности. Он жаждал славы ученого, и слава эта виделась ему только как результат создания и утверждения самостоятельного научного направления, разрабатывающего проблемы социальных конфликтов в полиэтнических социумах. Разумеется, ему тоже очень хотелось, чтобы в сопроводительном письме было написано, что документ подготовлен рабочей группой под руководством кандидата наук Сергуна. Потому что потом, когда он начнет пробивать создание собственной лаборатории или даже института, все будут говорить: это тот самый Сергун, который подготовил документ для Президента; это тот Сергун, который давал консультации по вопросам прекращения войны в Чечне; это те ребята, которые с Сергуном работали, это его школа. Тогда и институт будет свой собственный, и финансирование, и кадры.

Но как сделать, чтобы имя Сергуна попало в сопроводительное письмо, он не знал. И придумать ничего не мог.

В тот день он возвращался домой на метро, на дорогах была гололедица, и он не рискнул утром брать машину. Было уже довольно поздно, четверть одиннадцатого, но, отойдя от здания института несколько метров, он обернулся и поднял глаза на окна пятого этажа — они светились, значит, сотрудники еще работают. Конечно, это было не в диковинку, примерно раз в месяц на них сваливалось из министерства что-нибудь «пожарное», и все работали, не считаясь со временем, потому что у всех на плечах были погоны и всем им можно было сказать: пока работа не будет сделана, домой не уйдете. Они и не уходили, старались, пахали.

Институт находился в центре Москвы, в гуще кривых, плохо замощенных переулков, где то и дело не горели фонари и перспектива попасть в яму и сломать ногу была более чем реальной. От института можно было попасть к трем разным станциям метро, но путь до них был одинаково длинен и неудобен.

Петр Павлович полностью сосредоточился на том, что было у него под ногами, внимательно вглядываясь в тротуар и стараясь не поскользнуться и не споткнуться, поэтому не заметил, откуда взялся этот мужчина. Не то навстречу шел, не то обогнал, не то сбоку появился.

— Петр Павлович? — спросил мужчина густым, хорошо поставленным голосом.

— Да, — машинально ответил Сергун, недоуменно поднимая глаза на незнакомца.

Перед ним стоял высокий хорошо одетый мужчина одного с ним возраста, без головного убора, с густыми седыми волосами и темными яркими глазами.

— Уделите мне, пожалуйста, несколько минут. Я не

задержу вас надолго, если вы, конечно, сами этого не захотите.

— Простите, — решительно сказал Сергун, который в служебной обстановке носил форму с погонами полковника. — Сейчас уже поздно, и я спешу. Кроме того, мы незнакомы. Если у вас ко мне дело — разыщите меня на службе.

— Но как же я разыщу вас на службе, — миролюбиво возразил седовласый незнакомец, — если в ваше учреждение меня не пускают без специальных документов. У меня есть только паспорт, а его совершенно недостаточно для того, чтобы проникнуть в вашу обитель. И позвонить вам я не могу, у меня нет вашего телефона.

«Лучше уж его выслушать здесь и уйти, чем оставлять свой телефон и потом не знать, как от него отделаться», — подумал Сергун.

— Хорошо, излагайте ваше дело по дороге к метро, — разрешил он.

— Я прошу прощения, но меня, вероятно, неправильно воспитали, — сухо заметил седовласый. — Я могу разговаривать с человеком только глядя ему в лицо, как и подобает мужчине. А разговаривать с человеком, который смотрит себе под ноги и думает только о том, как бы не поскользнуться и не упасть, я не умею.

Сергун почувствовал неожиданную симпатию к этому человеку, так не похожему на торопливых суетливых просителей, норовящих подсунуть бумажку на подпись на бегу, когда ты спешишь и заведомо не станешь читать то, что подписываешь. Он огляделся и увидел неподалеку детскую площадку со скамеечками. Сегодня фонари горели исправно, на улице было достаточно светло, вовсю ездили машины, и Сергун не усмотрел ничего опасного и предосудительного в том, чтобы посидеть на скамейке несколько минут и выслушать этого человека, прямо-таки излучающего достоинство.

— Давайте присядем, — предложил он, делая жест в сторону детской площадки.

Они подошли к скамейке и сели, Петр Павлович уместил на коленях свой «дипломат» и повернулся к незнакомцу, который с каждой секундой делался ему все более симпатичен, хотя ничего такого особенного не делал и не говорил.

— Я слушаю вас, — сказал Сергун, вернее, хотел сказать, потому что язык вдруг отчего-то стал плохо слушаться его.

Он собрался было удивиться, но передумал. Теплые пальцы седовласого мужчины мягко легли поверх его ладони, и Сергуну стало спокойно и хорошо, будто он уже принял ванну и улегся в постель, закутавшись в теплое пуховое одеяло. И ничего удивительного в этом не было. И совершенно естественно, что именно голос этого мужчины теперь будет указывать, как ему, Петру Павловичу, поступать. Конечно, он будет слушаться, как же иначе.

— Когда вы должны сдать документ руководителю рабочей группы? — спрашивал мужчина.

— Девятнадцатого, в понедельник.

— Когда документ в окончательном виде должен уйти из института министру?

— В среду, двадцать первого.

— Какова степень готовности документа на сегодняшний день?

— Все материалы есть, но разрозненные, нужно написать связный текст из всего этого.

— Сколько времени на это нужно?

— Много.

— Как много?

— Очень много. Но мы умеем делать такую работу быстро, у нас большой опыт.

— Слушайте меня внимательно, Петр Павлович. Вы должны сделать документ еще быстрее, чем вы умеете. Понимаете? Ровно на два дня быстрее, чем вы умеете. И принести его мне. Можете принести на дискете, распечатывать не обязательно. И после этого еще два дня никому материал не показывать и никому не говорить, что он готов. Вы можете это устроить?

— Я не знаю. Это трудно. Их много. Тот, кто будет печатать наш последний вариант, будет знать, что он готов. Никто не поймет, почему я его не докладываю руководству.

— Скажите, что вы его взяли домой и внимательно читаете. Документ очень ответственный, и это не должно их удивить. Вы должны это сделать, Петр Павлович. Вы должны. Вы обязательно это сделаете. Вы дадите мне материал в пятницу, шестнадцатого февраля. Шестнадцатого февраля вы возьмете дискету с готовым текстом и пойдете домой. По дороге я к вам подойду и заберу ее. До шестнадцатого февраля осталось три дня. Эти три дня вы будете находиться в трансе, в который я вас погрузил. Вы будете ходить на работу, выполнять свои обязанности, принимать решения, но при этом помните, что я — это часть вас, часть вашего сознания, и я строго слежу за тем, чтобы вы сделали то, что я вам приказываю. Вы никому не скажете о нашей встрече, но все время будете помнить о том, что должны сделать. И вы будете очень стараться сделать все наилучшим образом и к назначенному сроку. Вы меня поняли?

— Да, — тупо произнес Сергун.

* * *

В пятницу, шестнадцатого февраля, по дороге домой Петр Павлович Сергун снова встретил того мужчину с седыми волосами и яркими темными глазами и отдал ему дискету, на которой был записан шестидесятистраничный аналитический материал. На этот раз незнакомец был с большой сумкой, из которой он вытащил портативный компьютер, открыл его, включил и проверил дискету. Сергун принес то, что и должен был принести. Вообще-то Рифиниус не сомневался, ему и в голову не могло прийти, что человек, погруженный им в гипнотический транс, может ослушаться приказа, но проверить на всякий случай все равно следовало. Вдруг у дискеты какая-нибудь хитрая защита и с нее нельзя списывать и даже считывать? Вдруг Сергун перепутал и по ошибке взял со стола не ту дискету? Да мало ли что... Он возьмет дискету, выведет Сергуна из транса, а что потом делать, если обнаружится накладка?

Но все оказалось в порядке.

— Вы никогда не вспомните, как я выгляжу, — говорил Карл Рифиниус, глядя на Сергуна и держа его за руку. — Но вы будете помнить все, что между нами произошло. Вы будете помнить, что отдавали мне дискету с материалом за два дня до того, как представили материал руководству. И вы никогда не будете удивляться и возмущаться, если услышите, как кто-то использует этот материал. Вы будете говорить, что произошло обычное совпадение. Ведь если мысль может прийти в голову одному человеку, то она может посетить и голову другого. Просто кто-то додумался до этого раньше вас, это нормально, в науке это часто случается. Никакого возмущения. Никакого удивления. Никаких комментариев. Я хочу, чтобы вы понимали все, что я делаю, только тогда вы сможете доверять мне. Я мог бы заблокировать вашу память, и вы никогда не вспомнили бы о том, что мы с вами встречались и что вы отдавали мне дискету. Но завтра вы придете на работу и снова будете работать с этим материалом, а через несколько дней вы услышите через средства массовой информации, как кто-то выдает идеи из вашего документа за свои собственные. Конечно же, вы начнете возмущаться, махать кулаками и искать в рядах сотрудников изменника, предателя, одним словом — того, кто допустил утечку информации. А таких людей не окажется. Вы обидите невиновных, настроите против себя своих подчиненных, а в конце концов обязательно выяснится, что это сделали вы сами. И с вами будет покончено и как с ученым, и как с руководителем, и как с офицером. Поэтому вы должны помнить все, что случилось, и не делать глупостей. Если вы будете вести себя правильно, никто ничего не узнает. Если вы ослушаетесь меня, то хуже будет только вам. Потому что моего лица вы не вспомните и никогда меня не узнаете. А в итоге просто окажетесь в психиатрической лечебнице. Вы мне верите?

— Да, — прошелестел голос Сергуна, — я вам верю.

— Вы сделаете так, как я сказал?

— Да, я все сделаю.

— Повторите, что вы должны сделать.

— Я не знаю вас, я не помню, как вы выглядите. Мы никогда не встречались. Я кому-то отдавал дискету, но совершенно не помню, кому и зачем. И я должен об этом молчать.

— Правильно, Петр Павлович. Сейчас я буду выводить вас из транса, идите за мной, медленно, не спешите, я проведу вас, я знаю дорогу, доверьтесь мне...

Глава 9

Григорий Валентинович Чинцов пребывал в состоянии, близком к панике. Один за другим сходили с дистанции самые крепкие и надежные помощники Малькова, его опора, как финансовая, так и идеологическая. Ни с того ни с сего покончил с собой Юрцев, прямо на нефтяном банкете взял и выпил какую-то отраву. Правда, очевидцы говорят, что он вообще был будто не в себе, выглядел плохо, за голову то и дело держался. Потом подошел к одному банкиру о кредите договариваться, банкир отказал. Юрцев отошел буквально на два шага, достал из кармана отраву и сунул в рот. Впрочем, может, и не сам он отравился, может, конкуренты его убрали. Крут был Олег Иванович покойный, ох крут, пощады от него никто не видел, вот и поквитались.

В тот же вечер Леня Изотов, депутат карманный, учудил, не иначе как с перепоя. Собственную родную жену под колеса пихнул! Бес, что ли, его попутал? Или ревность загрызла? Сидит теперь в камере, наплевать всем на его депутатскую неприкосновенность, когда он жену на глазах у сотни человек фактически убил. Ну дурак-то, Господи прости, вот дурак!

И Семенов, ублюдок безмозглый, на машине разбился. Смолоду он таким был, ничто его не могло уже переделать. Для всех правила писаны, только не для него. Нажраться — и за руль, вот и все, что он умеет.

Но это призошло три дня назад. А вчера, после того, как на всю страну показали выступление Президента на родине, повесился Женька Шабанов. Да кто ж поверит, что сам повесился! Помогли ему, нет сомнений. Переборщил Шабанов, он тоже меры не знает. Ведь сколько раз говорили ему: аккуратненько надо действовать, осторожненько, чтобы один шаг вперед сделать, надо предварительно два шага назад отступить. А он? Дорвался до простора, забыл обо всем, сделал из президентского визита на родину цирковое представление. Только дурак не догадается, что это все одних рук дело. Кто расписание составлял? Шабанов. Кто посоветовал Президенту с утра на кладбище поехать, родительским могилам поклониться? Тот, кто знал, что мороз в этих широтах часов до одиннадцати утра не слабеет, так что если на день обещают минус двадцать, то, значит, до полудня будет минус тридцать, а потом чуть потеплеет. Кто следит за тем, какие костюмы и обувь носит Президент, кто оценивает его внешний вид с точки зрения поддержания имиджа? Опять же Шабанов. Он и не посоветовал Президенту надевать ботинки на толстой подошве. И ходил Президент целый час по кладбищу в тридцатиградусный мороз в тонких кожаных туфлях. А кто текст выступления шлифовал? Все тот же Шабанов. Веселья ему мало, идиоту, решил клоунаду из президентского выступления устроить. Купил бы билет да в цирк сходил, если поржать любит и чувство юмора из ушей прет.

У Президента ведь не только враги, сторонники тоже есть, и немало их, ох немало. Вычислили они Женьку Шабанова. Жаль, что и говорить. Все-таки своя рука была прямо, можно сказать, у Президента за пазухой. Без Женьки трудно будет. Но, с другой стороны, поделом ему. Сам виноват.

Так рассуждал Григорий Валентинович еще сегодня ночью после того, как вчера поздно вечером узнал о смерти Шабанова. Но уже к обеду мысли его приобрели совсем другое направление. Потому что днем, часов около двух, его настигла страшная весть: человек из команды Малькова, которого сам Мальков прочил в случае своей победы на выборах на должность министра внутренних дел, стал жертвой сумасшедшего маньяка, напавшего на будущего министра прямо возле подъезда и выстрелившего в него несколько раз. Маньяк, разумеется, был тут же задержан, дело происходило в десять утра, и народу на улице было полно. Но от того, что маньяка схватили, легче не стало, потому что будущий министр внутренних дел скончался еще до приезда милиции и «Скорой помощи».

И тут Григорий Валентинович сообразил, что один за другим выбывают из игры все те, кто так боялся выхода из колонии Павла Сауляка. Те, в интересах кого несколько лет назад была проведена «чистка» руководства ряда регионов страны. Те, кто больше всех нагрел руки, сделав из этих регионов перевалочные пункты, через которые шел транзит оружия и наркотиков. Неужели кто-то узнал и начал планомерно убирать конкурентов?

Да нет же, оборвал себя Чинцов. Не может этого быть. Юрцев отравился сам, все это видели. Изотов тоже свою супружницу сам под колеса толкнул. Если уж посчитаться хотели, то с ней, а не с ним. Семенов сам в аварию попал, с ним в машине никого не было. Шабанов? Да, Шабанов вряд ли сам повесился, но тут скорее всего поработали люди из команды противника. Отомстили за то, что Президента подставил. А этот, последний, в которого маньяк стрелял? Маньяк — он и есть маньяк. Гнать нужно глупые мысли из головы, решительно сказал себе Григорий Валентинович. Ничего не происходит. Просто совпадение.

Но не так-то просто было отделаться от подозрений. И первое подозрение, конечно, пало на Сауляка. Но уже через пару минут Чинцов опомнился и рассмеялся. При чем тут Павел? Зачем ему это? Понятно было бы, если бы Сауляк начал деньги вымогать за свое молчание. А убирая этих людей, какую выгоду он получает? Да никакой. Они лично ему ничего плохого не сделали, так что счеты сводить с ними ему незачем. А сам факт, что Павел вышел на связь и предложил небезвозмездную помощь, говорит только о том, что он — человек трезвомыслящий, практичный и лишенный глупых сантиментов. Нет, уж кто-кто, а Павел Сауляк ко всему этому ни малейшего отношения не имеет.

Однако следовало подумать о том, что в команде Малькова стало на пять человек меньше. И выбыли именно те пятеро, кто давал на предвыборную кампанию самые большие суммы. За спиной Малькова стоит криминальный капитал, нажитый торговлей оружием, наркотиками и живым товаром. Почти за каждым кандидатом какой-то капитал стоит, и разница заключается только в степени его криминальности. За одними кандидатами в президенты — нефть и газ, за другими — тяжелая промышленность, за третьими — оборонка, за четвертыми — банки. Каждая группировка преследует свои интересы, каждой нужен свой президент, тут все понятно.

Давно, еще во времена советской власти, существовала группа людей, организовавшая «окна» на границах и таможнях и бравшая за предоставление возможности попользоваться этими «окнами» солидную мзду. В условиях тотального дефицита товаров процветала спекуляция, а через эти «окошечки» энтузиасты спекулятивного дела сновали туда-сюда в страны бывшего соцлагеря и ввозили в Россию всяческий ширпотреб — косметику, тряпочки, бытовую технику и прочее по мелочи, но приличными партиями. Были и такие, кому удавалось прорваться в вожделенный капиталистический мир. Потом, в начале девяностых, проблема товаров как-то сама собой отпала, но «окна» сохранились, и встал вопрос о том, чтобы использовать их как можно более эффективно. За Мальковым как раз и стояли люди, имеющие прочные и хорошо оплачиваемые связи на таможнях и границах.

С другой стороны, вышедший из подполья теневой бизнес стал лихорадочно искать, куда бы с пользой для общего дела вложить нажитый за много лет капитал. Так и нашли друг друга держатели «окон» и люди, сделавшие деньги на изготовлении и продаже левых трикотажных изделий. Раз есть деньги, заработанные на изготовлении левого трикотажа, и дыры на границах и таможнях, подготовленные еще в те времена, когда находились энтузиасты нелегальных поездок в Польшу и Болгарию за ширпотребом, то почему бы не соединить эти возможности? Две группировки сошлись на переговорах, выпили хорошего коньячку, попарились в баньке и договорились. У нас, дескать, есть прекрасные возможности нелегального пересечения границ и провоза через них любого товара. Но у нас нет денег на то, чтобы приобрести действительно стоящий товар, чтобы использовать свои погранично-таможенные возможности не по мелочи, о которой даже и говорить стыдно, а с размахом. Чтобы, значит, не стыдно было оглядываться на бесцельно прожитые годы. С другой стороны, у вас, господа хорошие, денег — куры не клюют, но нет у вас возможности вложить их в такое дело, чтобы наварить много, сразу и, опять же, с размахом. То есть не на одну операцию заложиться, пусть и прибыльную, а наладить систематическое извлечение дохода и с уверенностью смотреть в светлое, обеспеченное сверх меры будущее.

Рассуждения показались приглашенной стороне логичными, а доводы — вескими. Короче, договорились они. И стали готовить плацдармы в регионах неподалеку от заготовленных «окон» в пограничном и таможенном контроле. Груз через «окно» пройдет, в «своем» регионе остановится, отлежится на тщательно законспирированном и хорошо охраняемом складе, пока бумажки на него соответствующие подготовят, тару поменяют, дальнейший маршрут проработают. Через «окно» груз прошел одним большим контейнером, а из региона будет уходить маленькими партиями, имеющими конкретного адресата-покупателя. В процессе первоначальных переговоров «трикотажники» настаивали на том, что не нужно светиться со всеми этими плацдармами и складами, чем быстрее товар сбывать с рук — тем спокойнее. Принять груз через «окно», тут же толкнуть — и с плеч долой. «Пограничники», однако, придерживались другой точки зрения, помня о том, что оптом продавать, конечно, безопаснее, но и дешевле, а в розницу — опаснее, зато прибыльнее.

— Поймите, — убеждали они «трикотажников», — когда отдаешь такую большую партию, то всегда понимаешь, что твой покупатель — не последняя инстанция. Он часть товара возьмет себе, а остальное начнет сбывать не в своей сети, а всем подряд. Разве мы можем проверить, куда попал наш груз? А полагаться на то, что наш покупатель будет тщательно проверять тех, кому перепродает наш товар, тоже нельзя. Мы сгорим быстрее, чем заработаем на этом. Лучше вложить деньги в систему безопасности, укрепить свои регионы правильными руководителями и спокойно работать. И потом, если мы начинаем новое дело, я имею в виду живой товар, то нам все равно нужны накопители. Мы же не будем переправлять их по одному. Значит, нужно где-то их держать, пока не соберется вся партия. И желательно, чтобы это было не очень далеко от «окна».

«Трикотажники» подумали и согласились. Во главе всего мероприятия стояли семеро: четверо «пограничников» и трое «трикотажников». Именно они и вышли в свое время на связь с Владимиром Васильевичем Булатниковым, попросив расчистить для них нужные регионы. А когда дело было сделано, капитал заработал, система отладилась, они убрали генерал-лейтенанта Булатникова. Зачем им человек, который знает об их делах так много? Совершенно ни к чему. Люди, отягощенные лишними и опасными знаниями, не нужны никому. Всем они почему-то мешают.

И вот теперь из всей этой семерки остались в живых только двое. Кандидат в президенты Сергей Георгиевич Мальков и некто Глеб Арменакович Мхитаров, которому в случае победы Малькова на выборах был обещан пост министра финансов.

***

Работать с Мхитаровым Павел поручил Гарику и Рифиниусу. Вообще-то Сауляк не был сторонником групповых действий и долгое время не знакомил членов своей группы друг с другом, справедливо полагая, что так безопаснее для всех. И дело не только в лишних знаниях, которые в данном случае пользы не приносят, но и в опасности разбудить ревность, азарт, дух конкуренции. Не нужно это, ни к чему, мешает.

Но для выполнения одного задания в девяносто первом году Павлу понадобились два человека. Как ни крутил он, как ни прикидывал, а одним исполнителем было не обойтись. Тогда и пришлось ему познакомить Гарика Асатуряна с Карлом Рифиниусом, он же Константин Ревенко. Однако этим знакомством нарушение принципов и ограничилось: они по-прежнему не знали о существовании Риты и Миши

Ларкина, так же как Рита и Михаил Давидович не знали ни о них, ни друг о друге.

Мхитаров жил в Петербурге, держа под своим крылом Калининградский порт и район Выборга, где проходила граница с Финляндией. Гарик и Карл отправились туда на «Красной стреле», купив билеты в двухместное купе спального вагона. Психофизиологические особенности у них были совсем разные: Гарик перед работой много ел, но только определенную пищу, тогда как Рифиниус, напротив, старался есть как можно меньше, но пил много минеральной воды. Как только поезд тронулся и стал отходить от перрона Ленинградского вокзала в Москве, Асатурян тут же открыл сумку и стал выкладывать на стол огромные ярко-красные сладкие перцы, толстые пучки укропа, петрушки, кинзы, рейхана, длинные зеленые огурцы и сваренные вкрутую яйца. Он аккуратно, тренированным движением «вперед-назад» извлек из перцев плодоножку вместе с сердцевиной, почистил яйца и засунул каждое яйцо целиком в пустой перец. Потом собрал пышные букеты из четырех разновидностей зелени и запихал в перцы следом за крутыми яйцами. Взяв один из готовых к употреблению перцев в руку, он с наслаждением откусил огромный кусок и блаженно прикрыл глаза. Рифиниус равнодушно взирал на это кулинарное действо, отпивая маленькими глоточками минеральную воду из собственного стакана.

В купе заглянула проводница — симпатичная толстушка с веселыми глазами и аппетитными ямочками на щеках.

— Что господа желают? Чай, кофе, бутерброды, печенье, вафли?

— Мне чаю, пожалуйста, — попросил Карл.

— Мне тоже, хозяюшка, — подмигнул ей Гарик. — А лимончика у вас не найдется?

— Для хорошего человека у нас все найдется, — смешливо фыркнула толстушка.

Гарик краем глаза заметил, как чуть изменилось лицо напарника, и понял, что тот решил попробовать, как им работается вдвоем. Все-таки для этого навык нужен, а их единственный «парный» выход был так давно...

— Вы уж сделайте одолжение, запишите и меня в хорошие люди, — произнес Карл, и Гарик отметил, как изменился ритм его речи, интонация и даже ритм дыхания. Он сумел быстро настроиться на эту пышечку.

Интересно, подумал Гарик, на что она среагировала, пообещав мне лимон к чаю? На слово «хозяюшка» или на подмигивание? Если на «хозяюшку», то она аудиальщица, а если на подмигивание — то визуальщица. Карл начал работать с ней через речь и дыхание, значит, уже разобрался, что к чему. Быстрый какой.

— А вас я запишу в солидные, — отшутилась проводница.

— Что, для солидных у вас другой ассортимент? — подхватил Гарик, стараясь говорить в том же ритме, что и она. — Тогда я подумаю, может, мне имеет смысла из хороших в солидные перейти. Вы мне что посоветуете? Вы посмотрите на моего коллегу опытным женским взглядом и скажите: почему мне всегда так не везет?

Проводница послушно перевела взгляд на Рифиниуса, и тут они взяли ее в тиски. Карл работал глазами и лицом, движениями бровей, рук, жестами и позами, а Гарик без умолку болтал, стараясь не выбиваться из ритма, заданного ее дыханием и манерой речи.

— Столько лет я езжу вместе с ним по командировкам, и каждый раз одно и то же. Ему предлагают все самое лучшее, а меня вообще не замечают. Скажу вам больше, все мои женщины рано или поздно уходили от меня к нему...

Карл сделал едва заметный жест, и Гарик умолк. Проводница продолжала стоять, прислонившись спиной к двери, и смотреть на Карла. Казалось, она даже не заметила, что Гарик перестал с ней разговаривать.

Пауза была совсем короткой, заметить ее мог бы только очень опытный человек, понимающий, что здесь происходит. И Гарик уже снова продолжал:

— Вы сейчас вернетесь в свое купе, нальете нам два стакана чаю с лимоном и напишете две записки. В одной будут строчки из вашей любимой песни, в другой — строчки из вашего любимого стихотворения. Записки принесете сюда вместе с чаем и отдадите мне. Идите.

Проводница повернулась, с трудом открыла дверь купе и вышла в коридор. Через несколько минут она вернулась, неся в руках поднос с двумя стаканами чая и двумя сложенными пополам листками бумаги. Гарик и Карл взяли стаканы и записки. Любимой песней проводницы оказалась песенка про голубой вагон из известного мультфильма, а любимым стихотворением — «Я так долго напрасно молил о любви» Надсона. Гарик спрятал записки, вывел толстушку из транса и закрыл за ней дверь.

— Интересная смесь у нее в голове, правда? — задумчиво сказал Карл. — Простенькая детская песенка — и вдруг малоизвестное стихотворение поэта, которого в школе не проходят, да и вообще мало кто уже помнит. Наверное, у нее был роман с человеком, который пытался приучить ее к изысканной поэзии, а в песенном творчестве он был не силен и повлиять на ее примитивные вкусы не смог. Может быть, это было его любимое стихотворение, а наша проводница его выучила наизусть, оно ведь коротенькое совсем. Вот и носит его в памяти, потому что этого мужчину забыть не может.

Гарик не ответил, с хрустом надкусывая очередной фаршированный перец и интенсивно работая челюстями. Всего перцев было три, и когда он их прикончил, Карл уже допил чай и теперь меланхолично посасывал извлеченный из стакана лимон.

— Вы не знаете, почему мы работаем вместе? — спросил Асатурян, приступая к остывшему чаю. — Что там за сложности?

— Никаких сложностей, насколько я знаю, — пожал плечами Рифиниус. — Просто надо помнить о единстве психо-лингвистического пространства.

— Чего? — вылупился Гарик. — Вы о чем?

— Мхитаров — обрусевший армянин, и вы, Гарри, легко сможете подыскать слова-символы и слова-сигналы, которые проникнут в его подсознание. Мне это может оказаться не под силу. В некоторых случаях очень эффективным бывает использование родного языка объекта, особенно если он давно на нем не говорит. Употребление слов и понятий, неразрывно связанных с ранним детством, возвращает человека в то состояние зависимости, подчиненности и беспрекословного послушания, которое царило в его взаимоотношениях с родителями в те годы. Вы этот язык знаете, а я — нет. Поэтому Павел Дмитриевич поручил это задание вам. С другой стороны, господин Мхитаров несколько раз обращался к врачам, жалуясь на бессонницу и повышенную раздражительность. Я не исключаю, что это может быть следствием каких-то аномалий психики, и если это так, то методика работы с ним должна быть особой. Поэтому для выполнения данного задания Павел Дмитриевич пригласил и меня тоже, чтобы я мог глазами специалиста посмотреть на Мхитарова и скорректировать, если надо, применяемую методику.

— Теперь понял, — кивнул Асатурян. — Хотите огурчика? Очень хорошо промывает организм. Я смотрю, вы все воду пьете, тоже, наверное, промываетесь?

— Да нет, — снисходительно улыбнулся Рифиниус, — просто привычка. Без всяких лечебных целей.

Гарик догрыз свой огурец, Карл допил воду из высокой бутылки. Больше разговаривать было не о чем, и около половины второго они улеглись спать. А утром ровно в 8 часов 29 минут «Красная стрела» вползла под своды Московского вокзала в Санкт-Петербурге.

* * *

Сергей Георгиевич Мальков был губернатором большой области. Разумеется, в этом регионе плацдармов не было. Есть железное правило — не гадить там, где живешь. В Москву он наведывался довольно часто по делам как служебным, так и личным, но Миша Ларкин решил, что лучше все-таки работать с ним в домашних условиях. Да и Павел с этим согласился. У московской милиции и без Малькова хлопот хватает, с них Юрцева и маньяка достаточно. Именно поэтому Ларкин съездил следом за Президентом на родину вождя и разобрался с Шабановым там, подальше от Москвы. Вернулся, поспал денечек, набрался сил и отправился в вотчину Малькова.

Сам Сергей Георгиевич был толстым, потеющим и плешивым, на лунообразном лице холодно поблескивали голубые глазки, которые могли становиться при желании теплыми и дружелюбными, а могли метать молнии и искры. И дети у него были удивительно похожи на папеньку: раскормленные не в меру, рыхлые, малоподвижные. Характеры, правда, у них были совсем разные. Сын заканчивал одиннадцатый класс, был неоднократным победителем республиканских олимпиад по литературе, иностранному языку и истории и собирался летом поступать в университет. С ним проблем у родителей не было. Дочь же губернатора Малькова была совсем иной, и от нее папа с мамой не видели ничего, кроме беспрерывной головной боли.

Родилась она в те годы, когда по советским экранам с триумфом гуляли фильмы об Анжелике и ее многочисленных любовниках. Не удивительно, что назвали девочку Анжеликой, это имя тогда было в моде. Но вместо сексуальной блондинки с нежными губами и точеной фигуркой Анжелика выросла в толстую, уродливую и невероятно распущенную девицу. Она рано поняла, что весьма далека от эталона женской красоты, но решила компенсировать сей недостаток имитацией собственной сексуальной привлекательности. «Какая разница, красивая я или нет, — говорила она подружкам. — Важно то, что парни с удовольствием со мной трахаются». Подружки верили, ибо своими глазами видели, как на вечеринках и гулянках мальчики и юноши уединялись с Анжеликой, тогда как более привлекательные девицы оставались без внимания. Откуда им было знать, что у Анжелики был широкий ассортимент приманок-обманок, на которые она ловила доверчивых простаков. Как правило, это была легенда о пари.

— Я знаю двух людей, — говорила Анжелика заговорщическим шепотом, — они поспорили на тебя и на меня.

— Как это? — удивлялся юноша.

— Очень просто. Один из них говорит, что ты сможешь со мной переспать, а другой считает, что не сможешь.

— Почему это не смогу? — возмущался молодой человек.

— Потому что я толстая и некрасивая. Он думает, что у тебя не встанет. А деньги очень большие. Если мне удастся тебя в постель затащить, мне от выигрыша отстегнут. Я вот что предлагаю. Пойдем сейчас в соседнюю комнату, ты не бойся, я тебе помогу, я умею. И опасности никакой, я всегда предохраняюсь сама, тебе даже думать ни о чем не нужно будет. Здесь в дверь все время кто-нибудь заглядывает, так что этому человеку обязательно донесут, что все у тебя получилось. А деньги, которые мне отстегнут, поделим. Соглашайся, деньги хорошие.

Вы видели мужчину, который не согласился бы при таком наборе условий? Женщина сама предлагает себя, обещает помочь, если что не так, стало быть, не будет смеяться и издеваться, если возникнут проблемы. Сама предохраняется, так что никаких претензий. Да еще и заплатит за это.

Так она начинала в пятнадцать лет, тратя на свои сексуальные затеи все деньги, которые умудрялась вытягивать из обеспеченных родителей. В семнадцать она все-таки забеременела, и маменька, надавав ей по физиономии, поволокла ее к врачу за направлением на аборт. В двадцать Анжелика развелась уже со вторым мужем и пристрастилась к наркотикам. А к двадцати пяти ее стало опасно выпускать из дома. Она превратилась в сумасшедшую, у которой на уме были только три вещи: обильная вкусная еда, секс любого вида и качества и героин. Последний был, пожалуй, самым опасным, ибо стоил очень дорого, а распущенная Анжелика не признавала никаких преград, стоящих на пути осуществления ее желаний. Она сметала эти преграды с безоглядностью абсолютного цинизма и с мощью танкового дивизиона.

Миша Ларкин появился на пороге особняка, в котором жил губернатор, с огромным букетом роз в руках. Его ждали, ибо предварительно он позвонил по телефону и долго разговаривал с матерью Анжелики.

— Меня зовут Аркадий Гринберг, — вежливо говорил Ларкин приятным голосом. — Знаете ли, я был знаком с Анжеликой несколько лет назад, когда был в вашем городе на гастролях.

— Вы артист?

— Не совсем, — признался он. — Я музыкант, играю в симфоническом оркестре. Так вот, мои знакомые сказали мне, что Анжелика сильно изменилась. Не знаю, понимаете ли вы меня...

— Очень хорошо понимаю, — усмехнулась губернаторша. — Теперь я вынуждена сидеть дома и караулить ее. И все равно, стоит мне отлучиться — она убегает, и каждый раз никто не знает, чем кончатся ее похождения. Видите, Аркадий, я ничего от вас не скрываю, все равно весь город знает о нашем несчастье. Мы ничего не можем с этим поделать.

— Мне трудно поверить. — Он добавил в голос побольше ужаса и ошеломленности. — Знаете, у нас был роман, и мне кажется, Анжелика по-настоящему любила меня. Я почти уверен, что смог бы разбудить в ней то хорошее, что в ней есть и всегда было. Оно же не могло исчезнуть. Просто не каждому дано это увидеть.

— Боюсь, что вы заблуждаетесь, — грустно вздохнула жена Малькова. — Ничего хорошего в моей дочери не осталось. Иногда я молю Бога о том, чтобы она умерла, как ни чудовищно это звучит.

— Вы не должны так говорить! — горячо возразил Ларкин. — Нельзя опускать руки. В каждом человеке есть что-то хорошее. Я уверен, стоит мне поговорить с Анжеликой, напомнить ей о нашей любви, и она переменится. Такие сильные чувства не могут проходить бесследно.

— Хорошо, давайте попробуем, — согласилась она, даже не пытаясь скрыть недоверие и безразличие.

И Миша явился «пробовать». Он не зря назвался Аркадием Гринбергом, он знал, как сильна в нашей стране магия имен и национальностей. Молодой человек с таким именем должен быть добропорядочным еврейским мужчиной. Разумеется, музыкантом. И ни в коем случае не наркоманом.

Вручив цветы хозяйке дома — статной, но вовсе

не полной женщине с приятным увядающим лицом, Ларкин был препровожден на второй этаж, где в своей комнате отсиживалась Анжелика в ожидании, когда же можно будет улизнуть из дома. В прошлый раз ей удалось украсть массивную золотую цепь отца, которую тот забыл надеть после утреннего массажа. За эту цепь ей дали столько героина, что можно было дня два-три не дергаться.

Миша вошел к ней в комнату и брезгливо поморщился. Анжелика весила килограммов сто двадцать, при этом внешний вид ее опрятностью не отличался. Он сразу понял, что она «в кайфе», но в легком и уже на исходе. Это хорошо, подумал Михаил, если успеть влезть в систему наркотического мировосприятия, пока она не прочухалась, то можно все сделать уже сегодня.

— Салют, — сказала губернаторская дочка противным визгливым голосом. — Ты кто?

Ларкин обернулся, убедился, что дверь за ним плотно закрыта, и на цыпочках подошел к широкой постели, на которой возлежала пышнотелая особа.

— Я твой принц, красавица, — тихонько сказал он. — Ты же столько лет спала, ожидая меня. Вот я и пришел. Сейчас я буду тебя будить, ты проснешься и начнешь жить такой жизнью, какая бывает только в сказках. А до этого ты много лет спала и тебя мучили кошмары, поэтому тебе было так плохо и тяжело. Понимаешь?

— А то, — откликнулась Анжелика. — А ты как, сначала трахать меня будешь, потом будить или наоборот?

— Одновременно, — обаятельно улыбнулся Ларкин. — Сейчас ты разденешься, и я начну тебя будить. Тебе понравится, вот увидишь.

— Ладно, — покладисто согласилась она. — А правда, ты кто? Я тебя знаю?

— Конечно.

Миша сел на краешек кровати и взял ее за руку. Пальцы Анжелики были пухлыми и почему-то липкими. Другой рукой он провел несколько раз перед ее глазами, потом подсунул ладонь под ее затылок.

— Конечно, ты меня знаешь, — заговорил он, стараясь имитировать ритм ее речи и дыхания. — Я — музыкант, меня зовут Аркадий. Аркадий Гринберг. Несколько лет назад я был здесь на гастролях со своим оркестром, у нас с тобой был роман. Ты очень сильно меня любила. И я тебя тоже. Я даже приезжал потом несколько раз специально, чтобы встретиться с тобой. Потом ты меня прогнала. Именно так: не я тебя бросил, а ты меня прогнала...

Через два часа он вышел из комнаты Анжелики, осторожно прикрыл за собой дверь и спустился на первый этаж, где сидела мать молодой женщины.

— Это ужасно, правда? — с тоской сказала она, поднимая глаза на Ларкина. — Вы, наверное, не ожидали, что все так плохо. Думаю, у вас ничего не получилось.

— Вы правы, — грустно кивнул он. — Она даже с трудом меня вспомнила. Боже мой, Боже мой, что она с собой сделала!

Он трагическим жестом схватился за голову.

— Но вы знаете, все-таки, мне кажется, надежда есть, — заговорил он, решив, что трагизма и безысходности, пожалуй, достаточно. — Мне удалось пробиться к тому хорошему, что еще не погибло в ней. И мне кажется, что ей даже стало стыдно за все то, что она делает. Совсем немного, конечно, мне жаль вам это говорить, у наркоманов чувство стыда и совестливости полностью отсутствует, но у нее еще отчасти сохранилось... Ах, если бы я мог остаться здесь и приходить к ней каждый день! Я уверен, что мог бы вылечить ее. Я чувствую, что могу.

— Так что же вам мешает?

— Я должен уезжать.

— Когда?

— Через неделю.

— И вы не можете задержаться?

В голосе жены губернатора затрепетала слабая надежда. А вдруг этот славный еврейский музыкант спасет ее дочь, спасет их всех?

— Нет, увы. Через десять дней я должен лететь с оркестром на гастроли в Австралию. Но может быть, когда я вернусь... Я постараюсь устроить так, чтобы пробыть здесь как можно дольше. Я очень хочу сделать для Анжелики все, что в моих силах.

В это время на лестнице послышались тяжелые шаги. Они одновременно подняли головы и увидели Анжелику, которая спускалась к ним, вполне прилично одетая, умытая и даже причесанная.

— Вы не возражаете, если я приготовлю чай? — спросила она светским тоном.

Губернаторша ошеломленно поглядела на гостя, она отродясь не слышала, чтобы ее девочка так разговаривала.

— Благодарю вас, Анжелика Сергеевна, — в тон ей ответил Ларкин, — вы очень любезны, но мне нужно уходить. Надеюсь, ваша матушка с удовольствием присоединится к вам.

— Жаль, что вы так быстро уходите, — сказала Анжелика по-прежнему неторопливо и вежливо. — Позвольте, я вас провожу. Мама, ты простишься с нашим гостем здесь?

— Нет-нет, — вскочила она, — я тоже провожу вас.

Они вдвоем вышли на крыльцо и стояли плечом к плечу, пока Ларкин под бдительным взором охраны не вышел за ворота, окружавшие особняк.

* * *

Мать не могла прийти в себя от удивления. Анжелика не только не стремилась уединиться в своей комнате, оставшись после ухода гостя на первом этаже вместе с матерью, но и предложила помочь сделать что-нибудь по дому. Мать, осторожно выбирая слова, от предложенной помощи отказалась. Анжелика никогда ничего не делала, и были все основания подозревать, что она ничего не умеет и не справится даже с простейшей работой.

— Мне так стыдно, мама, — сказала она. — Я вела себя просто безобразно. И жила безобразно. Я как будто спала и видела кошмарные сны. А теперь я проснулась. Теперь все будет по-другому, я обещаю тебе.

Голос ее был тих и невыразителен, но матери это

не показалось странным. Анжелика ходила за ней по пятам как привязанная и постоянно спрашивала:

— А где папа? Когда он вернется? Я хочу перед ним извиниться за все, что сделала. Мне так тяжело, я хочу извиниться и снять с себя эту тяжесть.

В четыре часа пришел из школы младший сын, быстро поел и поднялся в свою комнату. Теперь он не спустится часов до девяти, до ужина, будет упорно сидеть над книжками, заниматься. Около восьми раздался шум мотора, хлопнули дверцы.

— Вот и отец приехал, — с улыбкой сообщила мать Анжелике.

В следующую секунду пуля, выпущенная из пистолета, разнесла ей затылок. Несчастная женщина так и не узнала, что ее толстая неповоротливая дочь метнулась в прихожую, и как только дверь распахнулась и на пороге показался Мальков, снова нажала спусковой крючок и выстрелила еще несколько раз.

* * *

Сидя в гостинице, Ларкин ждал вечернего выпуска местных новостей. Он решил не уезжать из города, не убедившись в том, что результат достигнут. Не исключено, что что-то не сладится сегодня, тогда придется завтра возвращаться в особняк «добавлять». Именно на этот нежелательный, но вполне возможный случай и была рассчитана трогательная сцена коллективного прощания: мать и дочь бок о бок стоят и машут рукой вслед музыканту Гринбергу. Тогда завтра охрана его легко пропустит, можно будет даже не предупреждать хозяев о визите.

Но все получилось уже сегодня. Диктор телевидения, с трудом сдерживая возбуждение, комментировал кадры, снятые тележурналистами в особняке губернатора и около него. Жена губернатора лежит лицом вниз на кухне с простреленным затылком. Сам губернатор — бесформенная туша, загромоздившая всю прихожую. Толстая Анжелика, с олимпийским спокойствием восседающая в кресле в гостиной в окружении врачей и работников милиции. На низком журнальном столике перед ней — пистолет.

— Откуда у вас пистолет? — спрашивает ее высокий мужчина в штатском, вероятно, следователь из прокуратуры.

— Это папин, — отвечает она неожиданно детским голоском. — У папы дома много оружия, я его нашла и спрятала.

— Зачем вы его взяли? У вас была цель?

— Не знаю. Я не помню. Сегодня вспомнила и решила их убить.

— За что? Анжелика, за что вы убили своих родителей?

— А чтобы жить не мешали. А то вечно: то нельзя, это нельзя, денег не давали... Надоело.

Видеозапись закончилась, теперь на экране снова возникло лицо диктора.

— Эта страшная трагедия еще и еще раз напоминает всем нам: нет ничего важнее борьбы с таким злом, каким является распространение наркомании. Наркотики не щадят никого, ни тех, кто их принимает, ни их близких, ни даже посторонних людей. Завтра жертвой наркомана может стать любой из нас.

«Ну и ладушки, — подумал Михаил Давидович, разбирая постель и укладываясь спать. — Завтра — домой».

* * *

Не успели исчезнуть с газетных полос ехидные комментарии по поводу депутатов Государственной думы, швыряющих своих жен под колеса проносящихся мимо автомобилей, как появились леденящие кровь сообщения о трагической гибели кандидата в президенты, застреленного собственной дочерью-наркоманкой. Прочитав об этом в газете, Вячеслав Егорович Соломатин вздохнул свободнее. Шабанов сошел с беговой дорожки, а теперь и одним соперником меньше стало. Хранит судьба Лидера, помогает ему в нелегкой праведной борьбе. Спасибо ей.

В тот же день Президент публично заявил, что к концу недели созданные им комиссии по проработке чеченского вопроса доложат свои соображения. Насколько ему известно, будут предложены семь вариантов выхода из кризиса, но у него, Президента, уже есть и восьмой, его личный вариант. Соломатин торжествовал. Он сумел-таки пробиться к Лидеру с этим решением, и Лидер его заметил. И не просто заметил — поблагодарил. Вячеслав Егорович, разумеется, своего не упустил, напомнил Президенту о давнем знакомстве. Тот, конечно, улыбался дружески и делал вид, что помнит, да и не забывал никогда, но по всему было видно — не припоминает. Да и не важно это, главное, чтобы сейчас заметил и уж больше не забыл.

И еще Вячеслав Егорович подумал, что не зря, выходит, Володька Булатников так нахваливал своего помощника Сауляка. Умеет парень работать, что и говорить. И как ему удалось раздобыть документы без шума и пыли? Черт его знает. Жаль, что Булатникова больше нет. Раньше, бывало, с любым вопросом обратись — поможет, для него невозможного не было, только деньги плати. Если б можно было Павла себе на службу поставить! Но Соломатин понимал, что ему это не удастся. Не дается Павел в руки, ускользает, даже лица своего не показывает. Только по телефону звонит, а деньги за работу через тайник получил.

...С Булатниковым Соломатин жил в одном доме. Они одновременно въехали в новые квартиры, когда дом только-только построили и заселяли руководящими работниками и партийными деятелями, поэтому ничего удивительного не было в том, что большой начальник из КГБ и функционер из горкома партии оказались соседями по лестничной площадке. Они быстро сдружились на почве обмена инструментами для врезки новых замков, забивания дюбелей и крепления светильников. Ходили друг к другу в гости и поодиночке, и с супругами, одно время сын Соломатина даже очень нежно ухаживал за дочерью комитетчика, и друзья-соседи, посмеиваясь, обсуждали перспективы породниться.

А потом Вячеславу Егоровичу не повезло. При выборе очередной подруги сердца и тела он допустил непростительную промашку. Дамочка оказалась зубастой и цепкой и вопрос о разводе партийного любовника поставила более чем категорически. При этом изображала страстную любовь, абсолютную невозможность жить отдельно от любимого и стойкое намерение добровольно уйти из этого мира в случае невозможности воссоединиться с единственным мужчиной в своей жизни. И ненавязчиво так, но весьма прозрачно намекала, что в предсмертной записке, которая обязательно попадет в руки компетентных органов, расскажет о том, почему не хочет больше жить. Перспектива Соломатина не обрадовала. Что так, что эдак выходило: о его супружеской неверности станет известно всем. То есть с партийной карьерой придется распроститься.

Приняв как-то вечером водочки изрядную порцию, Вячеслав Егорович поделился своей бедой с задушевным другом-соседушкой. Дескать, всю жизнь он с женщинами был предельно аккуратен, а теперь вот лопухнулся. На что Владимир Васильевич хмыкнул, пожевал губами и сказал, что безвыходных положений не бывает, и ежели партийный деятель Соломатин готов посодействовать Московскому управлению КГБ в деле исключения из рядов КПСС некоторых товарищей, то он, Булатников, поможет ему в решении дамской проблемы.

Через некоторое время дама вдруг перестала звонить Вячеславу Егоровичу, а на его звонки напряженным и виноватым голоском отвечала, что осознала свою неправоту и больше не будет ничего от него требовать. И вообще им, наверное, лучше расстаться, дабы не рушить прочную советскую семью. Что ж, Соломатин был с этим полностью согласен. Действительно, лучше.

Но его мучило любопытство. Вячеславу Егоровичу страшно хотелось узнать, каким образом Булатникову удалось сделать все так быстро и совершенно безболезненно. Он приставал к соседу с расспросами, но тот только хитро улыбался и отмалчивался.

Однажды Соломатин, возвращаясь с супругой из театра, увидел в двух кварталах от дома своего соседа, который, стоя возле незнакомой машины, разговаривал с высоким худым мужчиной. Булатников заметил его, но виду не подал и разговор не прервал. На другой день, зайдя к Владимиру Васильевичу и выпив с ним по случаю очередного государственного праздника — Дня пограничника, Соломатин заметил:

— Интересно, у таких страхолюдных мужиков, как твой давешний знакомец, тоже с бабами все нормально? На него ж смотреть без содрогания нельзя.

— Это ты брось, — строго сказал Булатников. — Он — моя правая рука. Судьба у парня — не позавидуешь, но не сломался, стойко все вынес. Теперь снова со мной работает, правда, уже нелегально. Между прочим, это именно ему ты обязан счастливым избавлением от своей красавицы.

Тут уж Соломатин не выдержал, клещами вцепился в соседа, мол, расскажи, как дело было, а то умру от любопытства прямо здесь, на этом самом стуле. То ли выпито было многовато, то ли задели Булатникова пренебрежительные слова о его ближайшем помощнике, но он поведал, что молодой женщине были предъявлены фотографии, на которых дама с упоением занималась любовью с совершенно посторонним мужчиной. В смысле, не с Соломатиным. И фотографии эти сильно подрывали выдвигаемый ею тезис о неземной любви, всепоглощающей страсти и полной невозможности жить без своего единственного мужчины Вячеслава Егоровича. Таким образом, навязчивая особа была лишена основного своего козыря: возможности давления на совесть Соломатина и его лучшие чувства.

— Вот сучка! — в сердцах воскликнул Вячеслав Егорович. — А я-то поверил, что она действительно любит только меня, купился на это, как дурак, жалел ее, думал, что жизнь ей испортил.

— Ну-ну, — попытался остудить его гнев Булатников. — Не надо так. Дело сделано, и это главное. Не ругай ее.

Соломатин тогда больше ничего не спросил, но, будучи человеком весьма неглупым и сметливым, догадался, что женщина все-таки была ему верна, а фотографии — какой-то хитрый фокус, который проделал худой некрасивый помощник Булатникова по имени Павел.

С годами дружба между соседями крепла, Булатников делался все менее сдержанным, особенно под влиянием выпитого, и Соломатин сумел уяснить, что Павел Сауляк может очень многое и по поручениям Булатникова проворачивает просто фантастические дела. Правда, какого именно характера были эти поручения, Булатников все-таки не рассказывал, язык за зубами держал, но Павла очень нахваливал.

Когда генерал-лейтенант погиб, первым, о ком подумал Соломатин, был именно Павел. Такой помощник был ему самому позарез нужен. Вячеслав Егорович воспользовался связями и отыскал координаты Сауляка, однако еще до того, как подъехал к нему со своим предложением, Павла арестовали за особо злостное хулиганство, а вскорости и посадили. Но Соломатин был терпелив. Он умел ждать и твердо верил в свою звезду.

* * *

Антон Андреевич Минаев жирной чертой зачеркнул последнюю, самую верхнюю фамилию в своем списке. Некоторое время задумчиво смотрел на листок бумаги, который лежал ним на столе, потом решительно разорвал его на мелкие клочки и сжег в пепельнице. Первая часть операции «Стелла» была завершена. Плохо только, что Павел куда-то исчез...

Часть III

НЕ МЕШАЙТЕ ПАЛАЧУ

Глава 10

Уральские холода не прошли для Насти Каменской безнаказанно. В Москве у нее сразу разболелось горло и заложило нос, но это вовсе не означало, что она будет лежать дома и не ходить на службу. Текущей работы было по-прежнему много, и отсиживание дома на больничном было непозволительной роскошью не только для нее, но и для любого сотрудника отдела по борьбе с тяжкими насильственными преступлениями.

Поездка в Самару за Павлом Сауляком оставила у нее тягостное впечатление, хотя ничего плохого не случилось и задание она выполнила вполне успешно: вывезла Павла, увела его из-под носа преследователей и с рук на руки сдала генералу Минаеву. Но что-то ее постоянно тревожило, лишало сна и покоя.

Через несколько дней после ее возвращения на очередной оперативке начальник отдела полковник Гордеев уныло сказал:

— Все, дети мои, предвыборная гонка началась. Посыпались сиятельные трупы. На нашей территории скончался крутой мафиози из южных краев. Есть все основания полагать, что ему помогли уйти в мир иной. Настасья, останешься после совещания, с тобой будет отдельный разговор.

Когда после оперативки сотрудники разбежались по своим сыщицким делам, Настя осталась в кабинете Гордеева, съежившись в уголке и зажав в руке скомканный носовой платок. Виктор Алексеевич сочувственно посмотрел на нее и покачал головой.

— Ты хоть лечишься чем-нибудь?

— Не-а. Я никогда не лечусь.

— Принципиально, что ли?

— Конечно. Пусть организм знает, что от меня помощи не дождется. А то он, видно, рассчитывает, что я его буду дома под одеялом держать и таблетками кормить, чтобы ему легче было с болезнью справляться. Нечего, пусть сам. Баловать его...

— Ну ты даешь, — усмехнулся Гордеев. — Откуда эти бредовые теории в твоей голове появляются?

— Не знаю, — она рассмеялась. — Вы же всегда говорили, что у меня мозги набекрень.

— Это точно. Послушай, деточка, тебе фамилия Юрцев говорит что-нибудь?

— Это тот мафиози, который якобы отравился?

— Он самый.

— Мне лично — нет. Но с ним Стасов сталкивался. Он мне рассказывал.

— А ты мне сейчас будешь говорить, что сплетничать не любишь... — поддел ее Гордеев.

— Не люблю, — кивнула Настя. — Но говорить этого не буду. Спрашивайте — отвечаем. Но вообще-то лучше поспрашивать у руоповцев или даже у Заточного. Это их епархия.

— У них я еще успею спросить. А ты пока выкладывай, что знаешь.

— Да немного на самом деле. Летом Стасов отдыхал на юге с дочерью, а его бывшая жена работала на кинофестивале, который проходил в это же время в этом же городе. Юрцев был одним из спонсоров этого фестиваля, давал на него деньги и наживался на рекламе. Тем паче вокруг фестиваля крутилась масса людей, которым хотелось поразвлечься, а рестораны и казино в этом городе принадлежали Юрцеву. Когда Стасов стал ему мешать, Олег Иванович организовал квалифицированную травлю...

Рассказ об обстоятельствах знакомства частного детектива Стасова, в те времена еще подполковника милиции, с крутым мафиози Юрцевым занял у Насти примерно полчаса. Виктор Алексеевич слушал ее внимательно, почти не перебивая, только иногда задавая уточняющие вопросы.

— Иными словами, покойник был на том участке побережья полновластным хозяином, — подытожил Гордеев, выслушав Настю. — Дело, конечно, не наше, пусть управление по организованной преступности им занимается. Но чует мое сердце, они будут создавать бригаду и попросят кого-нибудь от нас. Пойдешь?

— Да ну, Виктор Алексеевич.

Настя наморщила нос и стала усиленно тереть переносицу. Старинный метод не помог, она зажмурилась, прижала к носу платок и чихнула.

— Чего «да ну»? И почему ты так не любишь в бригадах работать, Настасья?

— Наверное, у меня отсутствуют коллективистские устремления. Я не колхозница, а крестьянка-единоличница. Не отдавайте меня в бригаду, пожалуйста, — жалобно попросила она.

— Сам не хочу, — усмехнулся полковник. — А кого, если не тебя?

— Колю Селуянова, например.

— Ладно, подумаю. Послушай-ка, а твой Стасов...

— Он не мой, он наш общий. Не передергивайте.

— Ну хорошо, пусть будет наш Стасов. Как ты думаешь, он расскажет нам в деталях свою эпопею с Юрцевым?

— А почему нет? Ему скрывать нечего.

— Тогда попроси его приехать сюда, договорились?

Насте было понятно, чего хочет ее начальник. Кто бы ни оказался прикомандирован к бригаде, если ее, конечно, создадут, будет лучше, если этот человек будет знать чуть больше, чем его коллеги из РУОПа. Между отделами и службами всегда замечался некий дух соревнования, который в зависимости от личности руководителей то становился здоровым и деловым, то превращался в почти болезненную ревность, утолить которую могло только успешное раскрытие «чужого» преступления в обход коллег. Гордеев никогда не стремился тянуть одеяло на себя, но порой успехи собственных подчиненных в пику руководителям и сотрудникам других отделов становились козырями в аппаратных играх, не играть в которые Виктор Алексеевич не мог просто в силу занимаемой им должности. Хотя, видит Бог, он с удовольствием отстранился бы от этих игр, если бы была хоть малейшая возможность.

Стасов согласился приехать на Петровку, но предупредил, что сможет сделать это только после обеда. Он, выйдя на пенсию в тридцать восемь лет, работал теперь руководителем службы безопасности кинообъединения «Сириус», получил лицензию на право заниматься частной детективной и охранной деятельностью и был вполне доволен жизнью. Около пяти часов он ввалился в кабинет к Насте, огромный, под два метра ростом, зеленоглазый и веселый, принеся в ее прокуренную комнату запах солнечного морозного дня и несокрушимого здоровья.

— Так что стряслось с дражайшим Олегом Ивановичем? — спросил он, принимая из ее рук чашку горячего кофе. — Допрыгался, сердешный?

— Угу, — кивнула она. — Отравился. Якобы.

— Это мне нравится, — хмыкнул Владислав.

— Что тебе нравится? Что он отравился?

— Нет, мне нравится это твое многозначительное «якобы». Ты хочешь сказать, что такие богатые и благополучные дельцы ни за что сами с жизнью не расстаются?

— Примерно. А у тебя другое мнение на этот счет?

— Всякое бывает, Настюша. Но насчет Юрцева ты, пожалуй, права, он произвел на меня впечатление человека жизнелюбивого и не склонного к депрессиям. Хотя я общался-то с ним часа два, наверное. А обстоятельства каковы?

— Юрцев прилетел в Москву, чтобы поучаствовать в очередной нефтяной презентации. И даже оплатил проезд и пребывание в России нескольким почетным гостям из-за рубежа. Мероприятие проходило в гостинице «Россия». Юрцев был мил, общался со знакомыми, потом, видимо, почувствовал себя нехорошо, потому что резко побледнел, отер пот и вышел из зала. Через некоторое время вернулся, и вид у него был вполне бодрый и свежий. Снова начал ходить по залу, разговаривал со знакомыми. Внезапно прервал беседу, отошел в сторонку и стал вытаскивать из кармана таблетки, и вид при этом у него был очень неважный. Сунул одну таблетку под язык и практически сразу же упал. Скончался минут через десять. Вот, собственно, и все обстоятельства.

— Какие таблетки он принимал?

— Ядовитые, конечно, какие же еще. У него целый пакетик этой отравы с собой был, там же и валялся, рядом с телом на полу. Производство не фабричное. Если уж у нас целые подпольные лаборатории наркотики изготовляют, то с ядом проблем нет. Его можно точно так же делать. Вопрос в том, зачем он носил их с собой, да еще в таком количестве. Собирался всех участников презентации потравить, как крыс в подвале?

— А что с пакетиком, в котором лежали таблетки?

— Ничего, Влад. Пакетик сделан из листочка бумажки, вырванного из записной книжки самого же Юрцева. Приятно, правда?

— Куда уж приятнее, — покачал головой Стасов. — И что твой шеф от меня хочет в этой ситуации?

— Подозреваю, он хочет поиграть в догонялки с руоповцами. Рассказываю дальше. Вскрытие трупа показало, что никакими серьезными заболеваниями Юрцев не страдал, сердце, сосуды и прочее были во вполне удовлетворительном для его возраста состоянии, так что вопрос о том, отчего ему стало плохо и что у него заболело так внезапно, остался открытым. Примерно за полчаса до смерти он принял какое-то лекарство из группы бензодиазепинов — нозепам, тазепам, диазепам или что-то в этом роде. Эти препараты никаких болей не снимают и при хронических заболеваниях не применяются. Вопрос: зачем он пил это лекарство?

— А зачем его вообще пьют? — спросил Стасов. — Оно же, кажется, успокоительное, тревогу снимает. Разнервничался, наверное.

— Может быть, — согласилась Настя. — Только непонятно, отчего. Те участники мероприятия, которых удалось опросить, ничего внятного на этот счет не сказали. Юрцев ни с кем там не ссорился, отношений не выяснял, и вообще все было очень мирно. Но возникает другой вопрос: откуда у него появился этот бензодиазепин? Ни флакона, ни упаковки при нем не обнаружено. Что же выходит, он носил в кармане одну-единственную таблетку? Стасов, поверь мне, так не бывает. Если человек знает, что здоровье может подвести и могут понадобиться лекарства, он носит их с собой в достаточном количестве. Просто кладет в сумку или в портфель упаковку, чтобы все время были под рукой. Не могу поверить, чтобы человек каждый раз перед выходом из дома брал с собой одну таблеточку.

— Тоже верно. Тогда получается, что кто-то ему это лекарство дал.

— Вот именно. Ему стало нехорошо, он вышел в холл, чтобы отсидеться в тишине и прохладе, пожаловался кому-то на нездоровье, и этот доброжелательный Кто-то дал ему лекарство. Но никто из участников презентации об этом не рассказывает. Почему?

— Потому, что лекарство дал человек, не имеющий к ней никакого отношения. Случайный человек.

— Стасов, возьми себя в руки, — возмутилась Настя. — Умерь полет фантазии. Ты что, всерьез веришь в возможности появления случайного человека там, куда с каждым присутствующим приехал по меньшей мере один охранник? Там, куда вход был только по специальным пригласительным билетам? Да туда мышь не проскочила бы. Там же нефтяные короли собрались, магнаты, мафиози.

— Допустим. Как тогда ты все это объяснишь?

— Не знаю, — вздохнула она. — Думать буду. Может, ты мне подскажешь, ты же умный.

— Не подлизывайся, — рассмеялся Стасов. — Сколько человек было на этой презентации?

— Около ста. Я знаю, на что ты намекаешь, Стасов. Но ты должен понимать, что это нереально. Так работать умеет только Доценко, но он один, а их — сто. Да еще охрана. Это же два месяца работы.

Стасов промолчал, только подмигнул озорно. Логика была очевидной. Пусть сотрудники подразделения по борьбе с организованной преступностью разрабатывают криминальные связи Юрцева, его конкурентов и партнеров по бизнесу. А сотрудники Гордеева будут вести тихую кропотливую традиционную работу, опрашивая людей и пытаясь выяснить, не видел ли кто-нибудь постороннего человека. Хотя на таких мероприятиях очень многие друг с другом незнакомы, но на то и существуют сыщики. Особенно такие, как Миша Доценко, который славится своим умением работать со свидетелями.

* * *

Прошло еще два дня, и Настя Каменская вполне успешно справилась с простудой. Настроение сразу стало лучше, и она с головой ушла в анализ сведений, добываемых по делу о странной смерти Олега Ивановича Юрцева. Бригаду все-таки создали, но Гордеев сдержал слово и включил в нее Селуянова, оставив Настю в покое. Однако состояние этого мифического покоя продлилось недолго.

— Принимай второй сиятельный труп, — заявил Виктор Алексеевич, входя к ней в кабинет и усаживаясь за свободный стол.

— Кто еще?

— Крупный чиновник из Генеральной прокуратуры. И не далее как сегодня утром. Не надейся, лентяйка, в главк его не заберут. Преступник пойман на месте.

— Тогда зачем я вам? — удивилась Настя. — Вас что-то смущает?

— Абсолютно ничего. Там миллион очевидцев. Убийца расстрелял жертву в упор у подъезда дома. Белым днем и на глазах у изумленной публики. Но он не может объяснить, почему это сделал.

— Сумасшедший, что ли? Или прикидывается?

— Это пусть врачи разбираются. А я хочу, чтобы ты «примерила» его на другие нераскрытые убийства. И выяснила, откуда у него оружие.

— А он что говорит? Что нашел или по почте в посылке получил?

— Так в том-то и дело, деточка, что он ничего умного не говорит. Несет такой бред, что слушать тошно.

— Да ну? Например?

— Например, он говорит, что украл этот пистолет у своего соседа по дому.

— А кто сосед?

— Работник милиции, представь себе. И никакой пистолет у него никто не крал.

— Точно не крали? Может, врет?

— Может, и врет. Короткова я послал разбираться с соседом, а ты займись личностью этого стрелка-психопата. У нас по Москве десятки таких убийств. Посмотри, может, что проклюнется. Если он действительно маньяк, то не исключено, что это у него далеко не первый заход на подвиги. Тогда понятно, почему преступления оставались нераскрытыми. Маньяков же труднее всего искать, сама знаешь.

Конечно, Настя это знала. Раскрытие любого убийства еще с древнейших времен начинается поиском ответа на вопрос: Qui prodest? Кому выгодно? Кто шляпку спер, тот и тетку пришил, как утверждала незабываемая Элиза Дулитл. При этом под выгодой понимается не только материальное обогащение, но и психологический комфорт. В конечном итоге убийства из мести или ревности тоже несут определенную выгоду убийце: для него с лица земли исчезает негативный раздражитель. Найди мотив — найдешь убийцу, все просто. А вот если не удавалось понять, кому выгодна смерть потерпевшего, тогда все сильно осложнялось. Убийца и потерпевший друг с другом незнакомы, жертва выбрана случайно, и поди найди этого психа...

Ближе к вечеру Настя вытащила из сейфа и разложила на столе копии собственных аналитических справок о нераскрытых преступлениях. Для начала она решила ограничиться тремя последними годами. Потом, если будет нужно, можно и предыдущие годы посмотреть.

Нераскрытые убийства были сгруппированы в ее записях по сериям. Настя обычно выбирала разные основания классификации, и по каждому отдельному основанию разбивала преступления на группы. Были группы, в которых преступника видели и в которых его не видел никто. Были группы, собранные в зависимости от способа убийства. Были варианты классификации в зависимости от личности потерпевшего, от места совершения убийства, от времени года, дня недели, времени суток и так далее. Были в отдельную группу собраны убийства, совершенные с так называемым «чрезмерным насилием», когда в жертву производили множество выстрелов или наносили ей явно избыточное количество ножевых ран, и убийства самые обыкновенные.

Убийство чиновника из Генеральной прокуратуры было совершено утром в людном месте в будний день. И выстрелов было достаточно, чтобы расстрелять человека четыре. И преступником оказался мужчина двадцати четырех лет, среднего роста, с нездоровым одутловатым лицом. Итак, спросила себя Настя, что мы с этого имеем?

Случаев, когда кто-то видел убийцу и описывал его как молодого мужчину среднего роста с одутловатым лицом, оказалось в ее списках два. Первый имел место весной девяносто третьего года. Точно так же из пистолета был расстрелян в упор ничем на первый взгляд не примечательный человек, который при ближайшем рассмотрении оказался ловким шантажистом. Тогда вся работа была сосредоточена вокруг тех, кого он мог шантажировать, но преступника среди этих людей обнаружить не удалось. Пистолет, из которого застрелили шантажиста, вскоре был найден, но никаких следов рук на нем не обнаружили: он был тщательно протерт.

Второй случай произошел позднее, уже в конце девяносто четвертого года. Там тоже фигурировали показания о человеке с одутловатым лицом, но орудием преступления на этот раз был нож. Этот случай Настя оставила про запас и решила вплотную заняться убийством шантажиста. Интересно, где был и чем занимался задержанный сегодня утром убийца весной девяносто третьего года? С точностью до дня, конечно, этого не установить, и мечтать нечего. Но может оказаться, например, что этот человек в тот день просто не мог совершить преступление в Москве, и тогда его с чистой совестью можно будет оставить в покое.

Настя вздрогнула, когда прямо у нее над ухом зазвенел телефон.

— Эй, подруга, ты домой собираешься или как? — спросил муж.

— Или как, — ответила она, не отрывая глаз от разложенных на столе листков. — А что, уже пора?

— Вообще-то я не настаиваю, но хотелось бы, чтобы ты уже пришла.

— А что, я тебе нужна? — глупо спросила Настя.

— Да нет, конечно, — рассмеялся Алексей. — Зачем ты мне? От тебя одни хлопоты. Но между прочим, Асенька, мы пригласили в гости твоего брата, и через полчаса он будет здесь. Ты как к этому относишься?

— Ой, Леш, прости! — охнула она. — Я тут про все забыла. Все, уже бегу. Погоди, а почему ты сказал, что Саша будет через полчаса? Он что, один придет, без Дашки?

— А Дашунчик уже давно здесь. И пока ты и твой брат делаете вид, что вы страшно деловые и занятые, твой муж и его жена вам изменяют.

— Что, оба сразу?

— Нет, только я один, — фыркнул Алексей. — Я тебе изменяю, а Дашуня хранит верность своему супругу. Ты едешь или нет?

— Еду, Лешик, уже одеваюсь. Попроси Саню встретить меня у метро, ладно?

Она быстро сложила бумаги в сейф и стала одеваться. В самом деле, неудобно как получилось! В кои веки пригласили брата с женой в гости, а она опаздывает. Конечно, никто на нее обижаться не будет, но все-таки...

Выйдя из метро на станции «Щелковская», она сразу увидела машину брата.

— Привет, Санечка, — сказала она, усаживаясь рядом с ним. — Прости меня, глупую.

— Да ладно, — засмеялся Александр Каменский. — Чего еще от тебя ждать!

Он поцеловал сестру, потом отстранился и посмотрел на нее более внимательно.

— Ты какая-то... — он запнулся, подыскивая подходящее слово.

— Что? Тебе что-то не нравится?

— Да нет... Какая-то ты перевернутая. Не знаю даже, как сказать. На себя не похожа. Неприятности?

— Вроде нет, — она пожала плечами.

— И настроение нормальное?

— Даже хорошее.

— Не врешь?

— Не вру. Да что ты, Саня, ей-Богу! У меня все в порядке.

— Нет, все-таки что-то не так, — сказал он, заводя двигатель. — Я чувствую.

Они проехали уже половину пути от метро до ее дома, когда Настя вдруг произнесла:

— Ты прав, Саня. Со мной что-то не то.

— Заболела? — встревоженно спросил брат.

— Нет, тут другое. Я недавно в командировку ездила...

— Да, помню. Лешка говорил. И что в командировке?

— Познакомилась с очень странным человеком. И это меня почему-то все время беспокоит.

— Батюшки! — ахнул Александр. — Да ты никак влюбилась?!

Настя не выдержала и расхохоталась, настолько чудовищным показалось ей такое предположение.

— Чего ты хохочешь? Не смей меня пугать.

— Да не бойся ты, не влюбилась. Даже в мыслях не было.

— А что было в твоих мыслях?

— Вот этого я и не могу понять. Именно поэтому и беспокоюсь. Знаешь, неприятное такое чувство, что я что-то видела, что-то очень важное, но не придала значения. И меня это мучает.

— Сыщицкие тревоги? Это можно, — великодушно разрешил Каменский. — Лишь бы Лешка не пострадал.

— Конечно, — поддела его Настя, — тебе его страдания важнее моих.

— Мужская солидарность, — улыбнулся брат. — Все, приехали. Пойдем быстрее, очень есть хочется. Когда я приехал, твой муж сооружал что-то невероятно вкусное. На кухню посмотреть меня не пустили, но запах стоял просто душераздирающий.

Запах действительно был соблазнительным и чувствовался даже на лестничной площадке. Даша вылетела им навстречу и повисла у Насти на шее.

— Настюшечка, я так соскучилась!

«Неужели правда? — подумала Настя, обнимая ее. — Ведь мы виделись две недели назад. Маленькому Санечке исполнилось восемь месяцев, и я заезжала их поздравить». Но в Дашиной искренности она не сомневалась. Молодая женщина просто органически не способна была кривить душой. Именно поэтому Настя так любила ее.

— С кем ты оставила моего единственного племянника? — спросила она, стаскивая куртку и пристраивая ее на вешалку.

— С бабушкой.

— С которой?

Даша кивком указала на мужа.

— Со свекровью.

— А что, наш общий папенька в деле воспитания внука не участвует?

— Ну что ты, Настя, — укоризненно сказала Даша. — Павел Иванович очень заботливый дед, он нам все время помогает. Ты обижаешься, что он твоей маме не помогал тебя растить?

— Ну, положим, он и моей маме не очень-то помогал меня растить, — заметил Александр. — Все время был в командировках. Но не зря же говорят, что первый ребенок — это последняя кукла, а первый внук — первый ребенок. Наверное, так и есть. Вот увидишь, Аська, что будет, когда ты кого-нибудь родишь. Дед рядом с твоим ребенком дневать и ночевать станет.

— Вряд ли, — миролюбиво улыбнулась Настя, чувствуя, что разговор заходит явно не туда. — Если я кого-нибудь рожу, то для Павла Ивановича это будет уже второй внук. Совсем другое дело.

— Ну и что, — послышался из кухни сердитый голос Алексея, — вы так и будете, стоя в прихожей, копаться в семейных драмах рода Каменских? Мы за стол сядем когда-нибудь или нет?

Готовил Алексей превосходно, напитки к столу были поданы хорошие, и уже минут через двадцать все расслабились и развеселились. Однако Настя заметила, что сидящая рядом Даша ест очень аккуратно, словно каждый раз прикидывая, можно ей положить это на тарелку или нельзя. А к спиртному вообще не притронулась, хотя и поднимала свой бокал вместе со всеми.

— Дарья! — строго сказала Настя. — Ты что это удумала? На диету села?

— Нет, — смущенно пробормотала Даша, почему-то отводя глаза в сторону.

— Тогда почему так плохо ешь? Я тебе тысячу раз говорила, чтобы ты не смела худеть, пока кормишь грудью.

— Я не кормлю, — еще тише сказала Даша. — Два месяца уже.

— Что?! Ты хочешь сказать...

Та кивнула и залилась румянцем.

— Ты с ума сошла! — прошептала Настя яростно. — Санечке еще только восемь месяцев. Ты же не справишься с двумя. О чем ты только думаешь, хотела бы я знать.

— Справлюсь, — радостно улыбнулась Даша. —

Ты не сомневайся. Я еще и твоего выращу, если родишь. Ты же с работы ни за что не уйдешь, а я все равно дома сижу. Не ругайся, пожалуйста. Мне очень хочется маленькую Настеньку.

— Ты же на этом не остановишься. Потом тебе захочется маленького Алешеньку, это ты мне уже обещала. А потом еще кого-нибудь. Санька-то знает?

— А как же! Он первый узнал.

— То есть? — не поняла Настя. — Как это — первый? Раньше тебя, что ли?

— Раньше. Ты представляешь? Проснулся как-то утром, посмотрел на меня и говорит: «Даня, кажется, у нас будет маленькая Настенька». Я ему сначала не поверила, думала — шутит. А через несколько дней поняла, что он не ошибся. Правда, здорово?

— Здорово, — согласилась Настя. — Ты молодец, Дашуня. Я тебя поздравляю и Саню тоже.

Они тихонько продолжали говорить о своем, пользуясь тем, что мужья громко и увлеченно обсуждали шансы различных кандидатов на победу в президентских выборах. В присутствии Даши на Настю обычно находило умиротворение, состояние тихого светлого покоя. Но сегодня этого не произошло. Тревога, зародившаяся во время поездки с Павлом Сауляком, продолжала точить ее, и Настя ничего не могла с этим поделать.

* * *

Всю жизнь ее преследовали три сна. Первый — когда ей снилось, что она умирает — приходил, если во сне что-то не ладилось с сердцем или сосудами. Второй сон был о том, что она оказывается на узкой и скользкой вершине утеса и понимает, что сейчас разобьется, потому что спуститься с него невозможно. Потом приходит спасительная мысль о том, что каким-то образом она ведь сюда забралась, значит, этим же путем можно и спуститься. Вариантом этого неприятного сна было обнаружение себя на улице совершенно голой. И снова спасала мысль о том, что раз она сумела дойти сюда без одежды и ничего не случилось, то, может быть, удастся и вернуться без приключений. Но ужас, охватывавший ее во сне, был при обоих вариантах одинаково сильным, и таким же сильным было облегчение, когда приходило понимание того, что выход из ситуации все-таки есть.

Третий сон был не страшным, но тягостным. Ей снилось, что она заканчивает школу и ей предстоят выпускные экзамены, часть которых она ни за что не сдаст, потому что не учила предмет. Самое смешное, что ей, закончившей вместе с Алексеем физико-математическую школу, снилось, что она не сможет сдать именно физику и математику. Почему-то получалось, что начиная с шестого (в каждом сне — обязательно с шестого) класса она вообще не занималась, даже учебник не открывала, и не знает по этим предметам абсолютно ничего. Ни единого слова. Ни буквы. И как сдать эти экзамены — она просто не представляет. Во сне ее начинали грызть идеи самообвинения: вот, допрыгалась, доленилась, надо было с самого начала учить, а ты дурака валяла столько лет, теперь придется за это расплачиваться. Она мучительно ищет выход (то ли начать заниматься с репетитором, то ли попробовать получить освобождение от экзаменов по состоянию здоровья, то ли еще что), не находит его и горько сожалеет о том, что вела себя неправильно. Горечь эта бывала такой острой и непереносимой, что Настя делала над собой усилие и просыпалась.

Этот третий сон опять приснился сегодня. Она проснулась, тихонько вылезла из-под одеяла и на цыпочках прокралась на кухню, стараясь не разбудить Алексея. Было начало пятого, суббота. Ей бы спать и спать! Но сна не было.

На кухне было холодно, пришлось зажечь газ на плите, чтобы не замерзнуть. Настя сделала себе кофе, понимая, что возвращаться в постель бессмысленно: все равно она не сможет уснуть, только Лешку разбудит, если начнет ворочаться с боку на бок. Отчего-то вдруг захотелось есть. Она полезла в холодильник, вытащила тарелку с холодными телячьими отбивными — фирменным блюдом мужа, отрезала толстый ломоть хлеба и принялась задумчиво жевать, запивая бутерброд горячим кофе. И почему Сауляк из головы у нее не идет? Что в нем такого? А если точнее спросить: что с ним не так?

Обладает способностями к гипнозу? Таких тысячи. Любой приличный психиатр владеет методикой гипноза в лечебных целях. Скрытный? Можно подумать, она сама — душа нараспашку. Непонятный? А кто сказал, что она, Анастасия Каменская, самая умная и проницательная и обязательно должна все и всех понимать? Мало ли на свете явлений и людей, которых она не понимает. И никогда ее это так остро не тревожило. Так что же не так? Что?

— Попалась, обжора, — послышался у нее за спиной голос Алексея. — Ночной голод — плохой признак, подруга. Ты не заболела ли у меня?

— Сон тяжелый приснился, — виновато улыбнулась она. — Я тебя разбудила? Прости, солнышко.

— Ничего, впереди выходные, высплюсь. А что же тебе приснилось такое страшное?

— Леш, ты только не смейся, мне приснилось, что я в десятом классе и мне нужно сдавать физику и математику, а я ничего не знаю.

— Чего?! — Он расхохотался так оглушительно, что Настя невольно втянула голову в плечи и съежилась. — Ты — физику не знаешь? Да ты в школе ее лучше меня знала, а я, слава Богу, до профессора дослужился. Откуда у тебя в голове такой бред появляется?

— Ну вот, пожалуйста, не прошло и года, — философски заметила она. — Два дня назад меня Гордеев точно такими же словами обзывал. Вы что, сговорились? Или у меня действительно крыша поехала?

— Асенька, тебе просто изменяет выдержка, — сказал он, отсмеявшись. — Я же тебя знаю, спишь ты плохо, тревожно, чутко. И если тебя какой-то сон не устраивает, ты делаешь гигантское усилие, чтобы проснуться. Верно? А ты, вместо того, чтобы просыпаться, должна начать соображать. Если бы ты не запаниковала от ужаса, ты бы подумала о простой вещи. Не может быть, чтобы в течение нескольких лет тебя ни разу не спросили, не вызвали к доске. И потом, мы же регулярно писали контрольные. И письменные работы все время на проверку сдавали. Поэтому если бы ты совсем-совсем ничего не знала, ну ничегошеньки, тебя бы давно уже выгнали из школы. А ты вон до десятого класса доучилась. Какой из этого вывод? Ты должна заставить себя во сне до этого вывода додуматься, и все будет в порядке. А ты убегаешь, как последний глупенький трусишка.

— Да ладно, Лешик, черт с ним, со сном этим. Не это важно, — вздохнула Настя.

— А что важно, по-твоему?

— Важно, почему он приснился.

— Так, очень интересно.

Алексей подвинул себе стул и уселся напротив нее за столом. Протянул руку, взял Настину чашку с кофе, отпил глоток и поставил на место.

— И почему он тебе приснился, этот физико-математический бред?

— Это означает, что где-то в подсознании засела мысль о том, что я совершила ошибку. Я сделала что-то неправильно. И сейчас начинаю за это расплачиваться. А я никак не пойму, где я ошиблась, в чем!

От досады она стукнула кулаком по столу и сморщилась от боли в руке.

— А в чем смысл расплаты, ты хотя бы понимаешь?

— Тоже нет.

— Так, может, тебе мерещится, Асенька? Ошибку ты не видишь, последствий тоже не видишь.

— Может, и мерещится, — согласилась она. — Но оно же не может мерещиться на пустом месте, Леша! Что-то все-таки было. И есть. А я никак не уловлю, что именно. И от этого бешусь, как климактерическая истеричка.

— Хорошо, хорошо, истеричка, я все понял. Мы спать еще будем, или объявляется подъем?

— А который час?

— Половина шестого.

— Господи, рань какая! Вся суббота псу под хвост. Ну почему, когда надо идти на работу, так я глаза продрать не могу, а когда можно дрыхнуть до обеда, я вскакиваю посреди ночи?

— Пойдем попробуем поспать. Хотя ты кофе уже выпила... Тогда пойдем гулять.

— Ты что? — Настя в изумлении уставилась на

мужа. — В половине шестого, в субботу, в феврале? Я, конечно, сумасшедшая, но не настолько.

— А почему нет? — спокойно возразил Леша. — Холодно, свежий воздух, пустые улицы, все спят, даже собачников еще нет. Романтика. Погуляем часок, вернемся, позавтракаем с хорошим здоровым аппетитом — и за работу. У меня, например, доклад. А у тебя?

— Ой, Лешенька, ну что у меня может быть? Трупы, конечно, в изобилии и ассортименте, на любой вкус.

— Тебе компьютер понадобится?

— Сегодня — нет. Если только завтра. А сегодня я думать буду, бумажки перебирать, мысли по извилинам гонять.

— Ну вот видишь. Значит, погулять обязательно надо. Голова свежее будет. Пойдем, Асенька, пойдем, тут и думать нечего.

«Наверное, он прав, — подумала Настя, неохотно вставая и начиная одеваться. — Пройтись по свежему воздуху, когда еще темно, тихо и пустынно, ничто не отвлекает и не раздражает. Лешенька, солнышко, как хорошо, что ты все-таки на мне женился».

Через час они вернулись домой. Настроение у Насти стало заметно лучше, она с удовольствием съела на завтрак то, что осталось после вчерашнего приема гостей, и с негодованием поняла, что ее клонит в сон. Чтобы не расслабляться, она быстро убрала со стола и разложила на нем свои многочисленные бумажки, которые принесла с работы.

Часов до десяти утра в квартире царила тишина, нарушаемая только мягким щелканьем клавиш — Алексей писал свой доклад. Насте удалось сосредоточиться и с головой уйти в сопоставление фактов, деталей, показаний свидетелей. Но около десяти часов эта благодатная обстановка была нарушена телефонным звонком.

— Настасья, ты, конечно, новости по-прежнему не слушаешь, — заявил полковник Гордеев.

— Конечно, нет, — подтвердила Настя.

— И напрасно. В Питере застрелился один деятель. Полагаю, тебе это должно быть интересно.

— Кто такой?

— Некто Мхитаров, Глеб Арменакович.

— Это кто ж такой будет?

— Настасья, твоя политическая неосведомленность уже граничит с наглой безграмотностью. Так нельзя, ей-Богу! Я понимаю, у тебя свои принципы, но не до такой же степени. Короче, этот Мхитаров входит в команду кандидата в президенты Малькова. Слышала такую фамилию?

— Слышала.

— А тот деятель из прокуратуры, которого псих на улице застрелил, тоже член этой команды. Усекаешь?

— Ничего себе! — присвистнула она. — Начался отстрел конкурентов?

— Похоже, что так. Но там не все гладко. Мхитаров, судя по всему, действительно застрелился. Завтра будет известно точнее, но пока что никаких признаков криминала не обнаружено. Значит так, дорогая моя. Через час у меня на столе будет список самых близких сторонников Малькова. Тебе должно хватить этого часа, чтобы доехать до работы. Все поняла?

— Поняла.

Она положила трубку и кинулась одеваться.

* * *

В вагоне было тепло и свободно. Настя уселась в уголке, и тут на нее навалилась тяжелая дремота. Все-таки бессонная ночь сказывается, вяло подумала она, с трудом борясь с опускающимися веками и изо всех сил стараясь не уснуть. Выйдя из метро на станции «Чеховская», она почувствовала такую слабость, что зашла в ближайший кафетерий и выпила очередную чашку кофе. Стало легче. Подходя к зданию ГУВД на Петровке, она была уже совсем бодрой.

Кабинет Гордеева оказался заперт, по-видимому, Виктор Алексеевич куда-то вышел. Настя открыла свой кабинет, разделась и тут поймала себя на том, что с удовольствием думает о предстоящей работе.

Прав все-таки был Юра Коротков, когда утверждал, что для нее нерешенная задачка слаще самой вкусной конфеты.

Стоило ей подумать о Короткове, как тот немедленно возник. Он тоже, как и Настя, любил поработать в субботу, правда, причины для этого были несколько иные. Он просто уходил из дома.

— Тебя Колобок вызвонил? — спросил он. — Ты ему зачем-то позарез нужна. Он к генералу пошел, а меня оставил тебя стеречь, чтобы не убежала куда-нибудь, ткнувшись носом в его запертую дверь. Аська, у меня есть идея, готов продать.

— Чего попросишь взамен?

— Любви и дружбы, как обычно. Чего с тебя еще взять.

— Говори идею.

— Ты не забыла, на ком женился наш друг Стасов?

— На Татьяне. А что?

— Тупая ты, Ася. А Татьяна у нас кто?

— Точно. Коротков, ты умница!

Жена Стасова Татьяна жила в Петербурге и работала следователем. Настя быстро набрала номер Стасова. К счастью, у него был сотовый телефон, поэтому дозвониться до него можно было в любое время дня и ночи, независимо от того, где Владислав находился.

— Влад, ты можешь позвонить своей жене? — начала Настя с места в карьер.

— Могу. А зачем?

— В Питере застрелился один деятель по фамилии Мхитаров. Как ты думаешь, удобно попросить твою Татьяну кое о чем подумать в этой связи?

— Не знаю, — честно признался Стасов. — Она вообще-то не любит, когда кто-то суется в ее дела. Жутко принципиальная и свято блюдет свою следовательскую независимость.

— Тогда объясняю в двух словах. На днях в Москве убит чиновник из Генеральной прокуратуры России. Убийца задержан, косит под невменяемого. По некоторым данным, этот чиновник и питерский Мхитаров — члены одной политической группировки, возглавляемой неким Мальковым. Было бы неплохо попристальнее вглядеться в обстоятельства гибели Мхитарова. Может, он все-таки не сам в себя выстрелил. Вот, собственно, и вся суть.

— Понял, не дурак, — усмехнулся Стасов. — Ты сама где?

— На работе.

— Я перезвоню, — коротко сказал он и положил трубку.

Но еще до того, как Стасов перезвонил, появился Гордеев. Лицо его было сердитым и даже словно обиженным.

— Ты на месте? Хорошо. Сядь, деточка, и слушай меня внимательно. Только что поступило сообщение, что Мальков тоже убит. Не в Москве, правда, а у себя в городе.

— Елки-палки! — не сдержался Коротков. — Кто его?

— Представь себе, его собственная дочь. Застрелила отца и мать. Свихнувшаяся наркоманка. Вот тебе список самых активных деятелей той группировки, которая выдвинула Малькова кандидатом на выборы. Через час жду ваши соображения. Юрий, тебя тоже касается.

Он повернулся и вышел из кабинета, не сказав больше ни слова.

Глава 11

Список активных членов группировки, выдвигавшей и поддерживавшей Сергея Георгиевича Малькова, оказался довольно длинным. Настя и Коротков поделили его пополам и сели на телефоны. Минут через сорок картина начала проясняться. Депутат Государственной думы Леонид Михайлович Изотов находится под стражей за покушение на убийство жены. Выбыл, стало быть, из игры. Бизнесмен по фамилии Семенов попал в аварию и скончался на месте. Тоже выбыл. Плюс ко всему застрелившийся Мхитаров и убитый непонятным психом прокурорский работник Лученков. И во главе всего — застреленный собственной дочерью губернатор Мальков.

— Я бы сюда и Юрцева прилепила, — задумчиво сказала Настя. — Семенов занимался нефтяными делами, а Юрцев каким-то боком связан с нефтяниками, не зря же его на сходняк в «Россию» пригласили.

— Но Юрцева в этом списке нет, — возразил Коротков.

— Еще бы ему там быть! На него досье весом килограммов в пять наверняка имеется. Зачем же кандидату в президенты афишировать свою связь с человеком, под которого милиция подкапывается? Только я никак не пойму, по какому принципу можно этих шестерых объединить. Двоих — Лученкова и Малькова — убили. А остальные? Может, случайные совпадения? Я не понимаю, как можно заставить человека толкнуть под колеса собственную жену. Или ехать во встречном направлении по улице с односторонним движением. Убей меня, не понимаю. Человека можно заставить застрелиться, отравиться, словом, покончить с собой, история криминалистики знает такие случаи. Точнее, не заставить, а вынудить. Но что могло произойти с Изотовым и Семеновым?

— В итоге мы с тобой имеем два убийства, два самоубийства и два непонятных случая, — констатировал Коротков. — А Стасов еще не звонил?

— Пока нет. Будем ждать, может, его Татьяна нам что-нибудь интересное скажет. Ладно, Юрик, хватит сопли развешивать, пошли к Колобку. Час в аккурат миновал.

— Не густо, — скептически покачал головой полковник Гордеев, выслушав их. — Какие есть предложения?

— Взять под контроль тех людей из списка, которые живут в Москве, — быстро сказал Коротков.

— Не смеши меня! — фыркнул Гордеев. — Их сколько в этом списке? А нас сколько? Вот то-то. Я жду от вас не организационных решений, а идей. В списке сотня человек. Не всех же их будут выводить из игры. В выборе жертв есть какой-то принцип. И вы должны его выявить, а не предлагать мне очевидные и невыполнимые вещи. Ну?

— Я не могу заниматься принципом, — упрямо произнесла Настя, — пока не пойму, какой конкретно круг людей им охвачен. Что случилось с Изотовым и Семеновым? Попадают они в этот круг или нет?

— И как ты собираешься это выяснять? Я бы посоветовал тебе сделать наоборот. Возьми тех четверых, кто не вызывает у тебя сомнений, поищи объединяющий их принцип, а потом примерь к этому принципу тех, чей случай тебе непонятен.

— Они от этого понятней не станут. Виктор Алексеевич, в этих делах вообще нет ничего бесспорного. Почему псих расстрелял Лученкова? Почему дочка губернатора решила убить родителей? Что общего между этими двумя убийцами?

— А действительно, что между ними общего? — повторил Гордеев. — Ну-ка отвечай быстро.

— У них с головой не все в порядке.

— Ну вот ты и ответила.

— Нет, неубедительно, — упиралась Настя. — Двое сдвинутых, в разных городах страны... Нет.

— Неправда, деточка, — сказал Виктор Алексеевич неожиданно мягким голосом. — Ты почему-то боишься говорить мне правду. А напрасно. Разве я когда-нибудь ругал тебя за идеи? Разве говорил когда-нибудь, что они глупые и неправдоподобные? Чего ты испугалась?

Настя улыбнулась. Начальник видел ее насквозь. Ничего от него не скроешь. Конечно, она боялась. Тот факт, что в течение короткого времени и Гордеев, и ее собственный муж заявили, что в ее голове появляются бредовые идеи, произвел на нее сильное впечатление. Даже слишком сильное. Она начала опасаться и прислушиваться к себе.

— Ведь это ты мне всегда повторяла, что нет ничего невозможного, — продолжал Гордеев. — И если что-то вдруг покажется невероятным, нужно просто придумать этому объяснение. Вот и придумывай. Для этого тебя и держу, а не для того, чтобы всякими глупостями заниматься типа повальной охраны всех сторонников Малькова. Значит так, дети мои. Вызывайте Мишу Доценко и подключайте его к делу. Официально мы занимаемся Юрцевым и Лученковым. Пусть Михаил начнет работать с участниками презентации в «России» и индивидуально с задержанным убийцей.

Нам, ребятки, крупно повезло, оба дела передали Косте Ольшанскому. Правда, их не объединяли, но это и правильно. Никакой связи между Юрцевым и Лученковым на поверхности нет. Я поговорю с Костей сам, предупрежу его, что нельзя ни в коем случае допустить, чтобы хоть одно из этих дел ушло к другому следователю. Вы же знаете эту манеру: начинает дело один следователь, потом его сто раз передают, пока с горем пополам не закончат. Эти два убийства должны находиться в одних руках. Но это я беру на себя, у вас об этом голова болеть не должна. Все поняли? Тогда вперед. И нос не вешать.

— Как же, не вешать, — уныло передразнила Настя, вернувшись вместе с Коротковым к себе. — Легко ему говорить. Так и свихнуться недолго. Хоть бы Стасов уже наконец позвонил.

Но Стасов объявился только к вечеру.

— Ты домой собираешься? — спросил он с ходу.

— Здрасте-пожалуйста! Твоя фамилия Чистяков?

— При чем тут твой муж?

— А при том, что ровно сутки назад, вчера вечером, он позвонил мне на работу и спросил то же самое и теми же самыми словами.

— Что, гоняет тебя Чистяков? — рассмеялся Владислав. — В ежовые рукавицы забирает?

— Нет, он нормальный. Но домой я, конечно, собираюсь.

— Тогда я заеду за тобой. Я тут неподалеку.

— Влад, ты Татьяне дозвонился?

— Я же сказал: заеду.

Стасов приехал через полчаса. Настя села в его машину и увидела на заднем сиденье его дочь Лилю. Конечно, подумала она, сегодня суббота, у разведенных отцов — родительский день.

— Привет, — кивнула она девочке.

— Здравствуйте, тетя Настя, — вежливо ответила Лиля, которой через месяц должно было исполниться девять лет.

— Где были? — поинтересовалась Настя. — В каком-нибудь интересном месте?

— Угу, — отозвался Стасов, заводя машину. — Я показывал ребенку, как кино снимают.

— Ну и как? Интересно?

— Не очень, — спокойно ответила Лиля. — В книжках про это интереснее пишут. А в жизни скучновато.

— В каких же это детских книжках про киносъемки написано? — удивилась Настя.

— Да не в детских, а во взрослых, — пояснил Стасов. — Лиля у нас детские книжки уже давно не читает.

— А что же она читает? Лиля, кто твой любимый писатель?

— Моя мачеха.

— Чего?! — от изумления Настя выронила сигарету, которую достала из пачки и собиралась закурить.

— Моя мачеха. Тетя Таня. Она лучше всех пишет.

Настя недоуменно повернулась к Стасову.

— Разве твоя Татьяна пишет книги? Она же следователь.

— Ага, по совместительству. Днем — следователь, вечером — книжки пишет. Детективы. Лиля их обожает.

— Ну и семейка у вас! — вздохнула Настя. — Нарочно не придумаешь.

Они отвезли Лилю в Сокольники, где жила ее мать — бывшая жена Стасова, и двинулись в направлении Щелковского шоссе, где жила Настя.

— Стасов, не терзай меня, — взмолилась она. — Что сказала Татьяна?

— Много интересного, но не для печати. Личность Мхитарова ей хорошо известна, его давно уже разрабатывают на предмет контрабанды через северо-западные участки границы, но доказать пока ничего не могут. Все на уровне оперативных данных, за руку никого не схватили. Застрелился Мхитаров из собственного оружия у себя дома. Причем в квартире он находился не один, дома были жена и взрослый сын. И никого из посторонних. Жена и сын говорят, что накануне Глеб Арменакович встречался с какими-то дельцами из Хабаровска и после разговора с ними был смурной и на себя не похожий. Какой-то заторможенный и немного странный. А сутки спустя застрелился. Вот такая песня, Настасья Павловна.

— Похоже на шантаж? Угроза крупным разоблачением?

— Похоже, — согласился Стасов.

— А что за дельцы? Личность установили?

— Вот тут и начинается самое интересное. После самоубийства Мхитарова прочесали все гостиницы в поисках этих деятелей. И представь себе, не нашли. Но это пока, времени-то совсем мало еще прошло. Денька через два-три будет ясность. Они ведь могли и не в гостинице жить. Аэропорт, естественно, проверят, но тоже не факт, что найдут. Они могли не лететь прямым рейсом из Хабаровска, а приехать, например, из Москвы поездом или на машине. Или еще из какого-нибудь города.

— Неужели никто не знает их фамилий? — удивилась Настя. — Жена, например. Она же узнала откуда-то, что они из Хабаровска.

— Со слов Мхитарова. Больше он ей ничего не сказал.

— Но она хотя бы видела их?

— А тут, Настасья Павловна, еще интересней. Жена Мхитарова возвращалась домой, было это часов около восьми вечера. Вышла она из лифта на своем этаже, а там стоят двое. Сели в лифт и поехали вниз. Жена входит в квартиру и видит мужа, который из гостиной на кухню чашки носит. «У тебя, — спрашивает, — гости были?» Мхитаров отвечает, что да, были, бизнесмены из Хабаровска. «Это не их я сейчас возле лифта встретила? Один высокий такой, седой, представительный, в годах, а другой маленький, на кавказца похож». Нет, отвечает ей Глеб Арменакович, совсем не такие были мои гости. Они оба молодые и оба русские, ничего кавказского во внешности. На том и остановились. А сегодня утром, когда стали соседей опрашивать, выяснилось, что люди, которых видела жена Мхитарова, ни к кому из них не приходили. По крайней мере, никто не признался, что знает их.

— Может быть, они искали какую-то квартиру и по ошибке оказались на том этаже? — предположила Настя.

— Может быть, — кивнул Стасов. — Но питерские оперативники проявили чудеса расторопности и нашли подростка, игравшего с собакой возле подъезда. Этот пацан видел их, когда они входили в подъезд. И было это не около восьми часов вечера, а гораздо раньше, потому что пацан этот, хотя часов на руке не имеет, но помнит, что, поиграв с собакой, вернулся домой и смотрел фильм «Элен и ребята», а начинается он в семнадцать с чем-то.

— Спрашивается в задачке, — подхватила Настя, — что они делали в этом доме почти три часа, если ни к кому не приходили. Или почему тот, к кому они приходили, упорно это скрывает. Есть, правда, и третий вариант. Это были воры, и посещали они пустую квартиру. Но я что-то не видела воров, которые не торопясь чистят хату в течение трех часов. И потом, у них же в руках, насколько я понимаю, чемоданов не было. Если только деньги и бриллианты в карманах.

— О краже никто не заявлял. Правда, в доме есть такие квартиры, хозяева которых в настоящее время в отъезде.

— И последний вопрос. Если эти двое приходили все-таки к Мхитарову, то почему он обманул жену?

— Ну и отвечай теперь на свой вопрос сама.

— И отвечу. Они угрожали ему такой тайной, разоблачение которой могло разрушить жизнь всей его семьи — и жены, и детей. После разговора с ними он принял решение покончить с собой, но ему ни в коем случае нельзя было допускать, чтобы этих людей нашли и тщательно скрываемая тайна выплыла бы наружу. Он даже свою связь с ними не мог обнародовать. Между прочим, Влад, ведь с твоим знакомым Юрцевым могли проделать то же самое. Подловили его на презентации и выдвинули ультиматум: или травись добровольно, или тайну разгласим.

— Да, Настасья, с фантазией у тебя все отлично, — рассмеялся Стасов. — Да ты понимаешь, кто такой Юрцев? Чем его вообще можно испугать? Все побережье знает, что он — крутой мафиози, его за это уважают, его боятся. И с этим он прекрасно живет, ничуть не опасаясь за честь и благополучие своей семьи. И около него, и около Мхитарова оперативники уж который год крутятся, а ухватить не могут. Что такое про них можно разгласить? Что они вампиры и у них по ночам клыки во рту вырастают? Этого, по-твоему, они испугались? Все остальные секреты про них и так всем известны.

— Вот, между прочим, Стасов, ты умную мысль сказал. Значит, ты считаешь, что по степени засвеченности в правоохранительных органах Юрцев и Мхитаров ничем друг от друга не отличаются?

— Ну да.

— Тогда почему один из них попал в официальные списки команды Малькова, а второй — нет?

— Любопытно. А кто не попал?

— Юрцев. А Мхитаров там есть. Я, честно признаться, думала, что причастность Юрцева к избирательной кампании Малькова скрывают, потому что всем известно, кто он такой. Но раз Мхитаров такой же... Тогда я уже ничего не понимаю. Выходит, я ошиблась, и Юрцев к этой истории отношения не имеет. Просто случайно совпало.

— Настя, ты знаешь мое отношение к совпадениям. Я их не люблю и в них не верю. Особенно когда речь идет о том, что два крупных прохиндея-жизнелюба кончают с собой почти одновременно и без видимых причин.

— Тогда ответ один. Их объединяет не кандидатство Малькова, а что-то другое. Если, конечно, их вообще что-то объединяет.

Стасов затормозил возле Настиного дома.

— Зайдешь? — предложила она. — Лешка будет рад.

— Нет, Настюша, спасибо. В другой раз. Чистякову привет.

— Передам.

Она улыбнулась и помахала ему рукой.

* * *

Воскресенье прошло для Насти относительно спокойно. На работу она не ездила, просидела целый день на кухне, задумчиво вычерчивая на бумаге какие-то схемы со стрелочками и непонятными закорючками. Ответы на множество своих вопросов она, конечно, не придумала, зато составила план сбора информации, при помощи которой эти ответы можно было попробовать получить.

А вот понедельник начался для нее бурно. Придя на работу пораньше, она заглянула в дежурную часть и взяла сводку происшествий за два предыдущих дня. И сразу же наткнулась глазами на сведения о трупе мужчины, обнаруженном без документов. На вид около пятидесяти пяти лет, рост 183 см, волосы седые, глаза темные. Описание трупа ей совсем не понравилось. Мужчина в возрасте, высокий, представительный, седой. Очень похож на того, кого описывала жена Мхитарова.

Она помчалась к Гордееву, а сразу после обычной утренней оперативки отправилась вместе с Коротковым в Крылатское, в то отделение милиции, где находились в данный момент все материалы по этому трупу.

Мужчина был обнаружен в лесополосе неподалеку от Рублевского шоссе. Застрелен из пистолета, который оказался брошен неподалеку. Забавная примета времени, усмехнулась про себя Настя. В те времена, лет десять назад, когда оружие было доступно лишь очень ограниченному кругу лиц, над каждым стволом тряслись. Преступники даже милиционеров убивали, чтобы забрать пистолет. А теперь, когда оружие любой марки можно без проблем приобрести, потому что по стране гуляет огромное количество краденых и контрабандных стволов, оружие после совершения преступления бросают, дабы не иметь при себе улик.

Взяв фотографию убитого, Настя и Коротков вернулись на Петровку. Первым делом нужно было найти Стасова.

— Влад, как предъявить в Питере для опознания одну фотографию, чтобы не подставить твою жену? — спросила Настя.

— Смотря чья фотография.

— Высокого мужчины в годах, седого, с темными глазами.

— Господи, Настасья Павловна, да где ж ты его нашла, родимого? Он что, единственный во всем СНГ с такими приметами?

— Нет, Владик, таких тысячи. А мертвых — пока один.

— Так. Уже успели. Теперь труп маленького кавказца будешь ждать?

— Подожду, я терпеливая. Так как насчет Питера?

— Я должен Тане позвонить.

— Ладно, звони. Я подожду.

— Терпеливая ты моя! — весело хмыкнул Стасов в трубку.

* * *

Поздним вечером Настя приехала на Ленинградский вокзал. Стасов перезвонил ей и сказал, что Татьяна берется все устроить без лишнего шума, потому что хорошо знает оперативников, которые занимаются делом Мхитарова. Легенда будет такая: личность мужчины не установлена, но, по оперативным данным, он недавно был в Петербурге, его видели в районе улицы Жуковского. То есть как раз там, где жил Мхитаров. Фотографию следовало передать с лейтенантом Веселковым, который как раз сегодня должен уезжать из Москвы в Питер поездом №4, отправляющимся в 23.59, вагон 7. Веселков, конечно, не в милицейской форме, но зато известно, в каком купе он будет ехать.

Настя медленно шла по перрону, вглядываясь в номера вагонов. Преимущество «Красной стрелы» состояло в том, что этот состав подают задолго до отправления, и можно все сделать без спешки — найти свое место, уместить багаж, раздеться, залезть в заботливо постеленную проводницей постель и даже уснуть, не дожидаясь отхода поезда. Настя тоже пришла пораньше.

Вот и вагон №7. Коридор ярко освещен, и ей видно, что в нужном ей купе кто-то есть. Неужто лейтенант Веселков уже на месте?

Она показала проводнице служебное удостоверение, вошла в вагон, постучалась в дверь четвертого купе.

— Минуту! — послышался мужской голос.

Через несколько секунд дверь открылась, выглянул молодой мужчина, но глаза у него были совсем не лейтенантские. Настя с сожалением подумала, что, видимо, ошиблась, это не Веселков.

— Простите, — вежливо начала она, — мне нужен Геннадий Петрович. Это не вы?

— Нет, это не я. А вы кто, позвольте спросить?

— Не позволю, — мило улыбнулась Настя. — Я женщина. Разве этого недостаточно? Мне сказали, что Геннадий Петрович будет ехать в этом купе, но я, к сожалению, не знаю, как он выглядит.

— Вот что, девушка, — решительно сказал мужчина с нелейтенантскими глазами. — Давайте-ка выйдем на перрон.

Настя пожала плечами и молча пошла к выходу из вагона. Мужчина последовал за ней, и под его взглядом ей стало отчего-то неуютно. На перроне он вытащил сигареты, закурил и, прищурившись, посмотрел на нее более внимательно.

— Зачем вам нужен Геннадий Петрович?

— У меня к нему дело.

— Какое дело?

— Слушайте, — возмутилась она, — с чего это вы меня допрашиваете? Вы с ним вместе едете?

— Допустим.

— Нет, молодой человек, допускать мы с вами ничего не будем. Судя по вашим вопросам, Геннадий Петрович сидит в купе. Так вот пойдите и скажите ему, что Татьяна Григорьевна Образцова просила его взять у меня пакет.

— Давайте пакет, я передам.

— Послушайте, у вас со слухом проблемы?

— Геннадий не может выйти. Дайте пакет мне.

— Раз он не может выйти, значит, я могу туда войти. Мы что, так и будем с вами препираться?

— Войти туда вы тоже не можете.

Тьфу ты, обругала себя Настя. Они же задержанного этапируют! Как я сразу-то не сообразила. Не мудрено, что мне туда нельзя. Сидит небось голубчик, к Веселкову наручниками прикованный. Потом, когда проводник билеты соберет, его пристегнут к штанге столика, а пока они сидят рядышком и изображают друзей «не разлей вода». Она достала из сумки удостоверение и раскрыла его перед глазами собеседника.

— Послушайте, — попросила она почти ласково, — все ваши секреты я сто раз видела. Ну мне правда очень нужно сказать Веселкову пару слов. Пожалуйста, будьте так любезны.

Он улыбнулся весело и с явным облегчением. Видно, задержанный у них был тот еще фрукт, и они опасались всяких приключений. Но профессиональная выучка взяла свое.

— Позвольте вашу сумочку, — попросил он, немного смутившись, но довольно твердо.

Настя послушно раскрыла все «молнии» на сумке и протянула ему. Она понимала, что в неверном свете ночного перрона невозможно отличить настоящее удостоверение от поддельного, и парень должен проверить, нет ли у нее оружия. А вдруг она никакой не майор милиции, а преступница, сообщница и явилась освобождать задержанного дружка? И такое бывает.

— Теперь карманы, пожалуйста, — сказал он, вернув ей сумку.

Она подняла вверх руки, дав ему возможность ощупать себя. Проходящие мимо пассажиры с недоумением косились в их сторону и спешили отойти подальше.

— Пойдемте, — наконец разрешил он.

Они снова вошли в вагон. Оперативник зашел в купе, и через некоторое время вышел Веселков.

— Вы ко мне?

— Если вы Геннадий Петрович Веселков.

— Я вас слушаю...

Но теперь разговаривать, стоя в узком коридоре, стало неудобно. В вагон входили все новые и новые пассажиры, и Настя с Веселковым всем мешали. Пришлось снова выходить на перрон. Проводница глянула на них с явным подозрением. Сначала вошла, потом с одним вышла, тот ее обыскал, теперь с другим на перрон пошла... Черт знает что!

— Татьяна Григорьевна Образцова просила меня передать вам вот этот конверт. Завтра она его заберет.

— Что в конверте?

— Это имеет значение? — удивилась Настя. — Видно же, что не бомба.

— Я должен знать. Вскройте, пожалуйста.

«Все правильно, — подумала Настя. — Молодец, лейтенант Веселков. Хорошо тебя выучили. Никогда не бери никаких конвертов у незнакомых людей, если не знаешь, что внутри. Одна из сыщицких заповедей».

Она вскрыла конверт и вытащила фотографию неизвестного мужчины.

— Только вот это. Больше ничего.

— Татьяна Григорьевна знает, что с этим делать?

— Да.

— На словах ничего передавать не надо?

— Нет. Только мое огромное спасибо.

Он шагнул к окну соседнего вагона, чтобы взглянуть на фотографию при свете. Проводница шестого вагона, симпатичная толстушка, до этого о чем-то шептавшаяся с проводницей из седьмого, недовольно покосилась на них, потом вдруг ойкнула и схватила Веселкова за локоть.

— Это кто это у вас на карточке?

Веселков бросил на Настю быстрый взгляд и отдернул руку.

— А в чем дело?

— Мне показалось, он у меня ехал недавно. Представительный такой мужчина, вежливый. Можно посмотреть?

Настя слегка кивнула, и Веселков протянул снимок женщине.

— Батюшки! — всплеснула она руками, вглядевшись в изображенное на фотографии лицо. — Да он неживой!

— Неживой, — подтвердила Настя. — Ну как, узнали вы его? Он у вас ехал, или просто похожий кто-то?

— Он. Их двое было. С ним еще такой симпатичный армянин был. Вдвоем и ехали, в двухместном купе. У меня же «СВ», спальный вагон.

Настя запаниковала. До отхода поезда оставалось всего несколько минут, сейчас эта женщина уедет, эта бесценная свидетельница уплывет прямо из рук, и теперь придется ждать, когда она снова окажется в Москве. «Красная стрела» — поезд не московский, а питерский, проводник делает ездку из Петербурга в

Москву и обратно, потом отдыхает. Если бы было наоборот, это пухленькая проводница уже послезавтра утром была бы в Москве, а так...

За оставшиеся несколько минут Настя сделала невозможное, вытащив из оторопевшей проводницы массу информации, и заручилась ее твердым обещанием позвонить, как только та окажется снова в Москве. Поезд тронулся, проводница стояла в тамбуре и захлебываясь продолжала рассказывать о запомнившихся ей пассажирах, а Настя сначала быстро шла, потом уже бежала рядом, боясь пропустить хоть слово. Она и не подозревала, что может так быстро бегать.

— Позвоните! — крикнула она вслед, когда перрон кончился и бежать рядом с вагоном больше было нельзя. — Обязательно позвоните! Это очень важно!

— Позвоню... — донеслось до нее из удаляющегося вагона.

Настя с трудом восстановила дыхание и поплелась обратно. Сердце колотилось где-то в горле, во рту пересохло, ноги подгибались. Она шла по перрону и счастливо улыбалась. Похоже, что-то начинает склеиваться.

* * *

Текучку обычно не любят, на нее жалуются, говорят, что она засасывает, не дает нормально работать, заставляет заниматься скучными мелочами, вместо того, чтобы делать нужные и важные дела. Но Настя Каменская знала, что у текучки есть одно замечательное свойство: она помогала легко переносить напряженное ожидание. Если бы не множество мелких, а также не очень мелких дел, она бы, наверное, умерла от напряжения, ожидая результатов из Петербурга.

— Стасов, — предупредила она Владислава, — я не уйду с работы, пока ты мне не позвонишь. До ночи буду ждать, если нужно.

— А дома ты ждать не можешь? — съехидничал Стасов.

— Не могу. На работе легче, дела всякие отвлекают.

Дел было действительно много, потому что на каждом оперативнике висело по нескольку убийств одновременно, и в каждом деле у Насти был свой кусочек, который она должна была отработать. Один отпечаток с посмертной фотографии неизвестного мужчины она дала Мише Доценко, чтобы показывать его участникам «нефтяной» презентации, и тоже с нетерпением ждала, а вдруг кто-нибудь что-нибудь вспомнит. Дисциплинированный Михаил звонил ей каждые два часа, но сообщения его были неутешительными. Этого мужчину никто из опрошенных не видел. Правда, опрошены были пока еще далеко не все.

Стасов позвонил в начале одиннадцатого.

— Настасья Павловна, раскрой секрет, — весело закричал он в трубку, — как тебе удается по таким вялым приметам безошибочно находить людей? Да еще в такие сроки.

— Убийце скажи спасибо, не мне. А что, Влад? Неужели получилось?

— А как же. У тебя, Настюха, всегда все получается. Жена Мхитарова опознала его с первого взгляда. Даже не сомневалась ни секунды. Выбрала его из восьми предъявленных для опознания снимков. Моя Танюшка шлет тебе привет и поздравления. А Веселков ей сказал, что ты превосходная спортсменка. Он в окно видел, как ты наперегонки с поездом бежала. Ты произвела на несчастного ребенка неизгладимое впечатление. Танюшка после его восторженных рассказов думает, что ты эдакая милицейская супермен-ша, и страшно комплексует.

— Ты ей объясни, что я трех метров не могу пробежать из-за одышки. А за поездом бежала исключительно от ужаса: такой свидетель нашелся — и прямо на глазах исчезает. Тут и черепаха рысью побежит. Так что пусть твоя красавица не комплексует. И потом, она следователь, ей вообще эти глупости не нужны. Честно признаться, они и мне не нужны. Десять лет в розыске работаю, а бегала вчера в первый раз. До этого как-то сидя справлялась.

— Ладно, я понял, что ты терпеливая и малоподвижная. У меня такое ощущение, что придется сегодня опять везти тебя домой. Время-то — половина одиннадцатого. Поздновато для одинокой женщины.

А я чувствую себя виноватым, ты же из-за меня домой не уходила, звонка ждала. Ты прости, Настюша, я правда не мог раньше позвонить.

— Ничего, — великодушно сказала она. — Отвезешь домой — прощу.

***

Прошло еще несколько дней, пока не объявилась проводница Вера. За это время дело с места почти не сдвинулось. Ни с кем из команды Малькова, правда, теперь уже бывшей, никаких несчастий больше не случалось. Личность мужчины, убитого в Крылатском, тоже установить не удалось.

Вера приехала к Насте на Петровку, хотя сама Настя на этом совершенно не настаивала. Она готова была встречаться с проводницей где угодно, хоть у черта на куличках, лишь бы подробно ее обо всем выспросить и все записать. Но Вера, запинаясь и путаясь в словах, объяснила, что сама очень хочет побывать в легендарном МУРе. Настя не возражала, ей самой так было даже лучше. Она договорилась с ребятами, что после беседы с Верой они попробуют сделать композиционный портрет второго попутчика, как выразилась сама проводница — маленького армянина.

— Кстати, Верочка, а почему вы так уверены, что он был именно армянином, а не грузином, например, или не азербайджанцем?

— Да что вы, — удивилась Вера, — они же все разные. Как их можно спутать?

Настя вытащила из сейфа пачку фотографий, выбрала полтора десятка снимков, на которых были сняты лица кавказского происхождения, и предложила Вере попытаться определить национальность каждого. Вера выполнила задание легко и допустила только одну ошибку, но вполне простительную, определив как азербайджанца мужчину, который считался армянином, но имел бабку — уроженку Баку. Внук был очень на нее похож.

— Где вы этому научились? — с восхищением спросила Настя.

— А нигде, — обезоруживающе улыбнулась проводница. — Само собой получилось. У проводников на такие вещи глаз наметанный.

Настя взглянула на часы — половина пятого, она беседует с Верой уже битых два часа.

— У меня к вам просьба, — сказала она. — Давайте мы сейчас с вами чайку выпьем, мы же обе без обеда сегодня, а потом пройдем в лабораторию и попробуем сделать что-то типа фоторобота этого армянина.

Вера тут же полезла в свою огромную сумку.

— А у меня хлеб есть и баночки с паштетом. Может, покушаем? — робко предложила она.

Они с аппетитом съели по два толстых ломтя свежего черного хлеба, щедро намазанных финским паштетом, запили чаем и уже собрались идти в лабораторию, когда в комнату буквально ворвался Коротков.

— Вот! — сказал он, кладя перед Настей на стол какую-то фотографию. — Извольте полюбоваться.

На фотографии был запечатлен мертвый мужчина с ярко выраженным кавказским типом лица.

— Кто это? — спросила она, недоуменно поднимая глаза на Юру. — Тоже без документов?

— Нет, этот как раз полном параде. И паспорт, и визитные карточки, и записная книжка. Но ты на всякий случай покажи своей гостье.

— Посмотрите, Вера, — Настя протянула проводнице снимок.

Та взяла фотографию и сразу же кивнула.

— Он это. Господи, его что, тоже?.. Как же это?

— Сами не знаем, — зло откликнулся Коротков. — Эх вы, дамочки, сами едите, а голодного мужика покормить?

— Юра, имей совесть, — с упреком сказала Настя.

— Ой, что вы, что вы, — захлопотала Вера, снова открывая свою бездонную сумку и доставая из нее хлеб и новую баночку с паштетом. — Кушайте, пожалуйста, у меня много этих банок.

— Спасибо, Вера Михайловна, — подмигнул ей Коротков. — Покажите Анастасии Павловне пример добросердечия и бескорыстия, а то я у нее иной раз чашки кофе допроситься не могу. Жадная она — спасу нет. Прямо Гобсек в юбке.

Вера сообразила, что он шутит, и рассмеялась одновременно смущенно и озорно.

Коротков ловко вскрыл банку, потянув за колечко, отрезал кусок хлеба и принялся есть паштет ложкой прямо из банки.

— Какой же вы голодный, — покачала головой проводница, глядя на Юру с сочувствием и жалостью и в то же время с какой-то почти материнской нежностью. Так матери порой смотрят на своих взрослых сыновей, вернувшихся после тяжелой работы и с жадностью поедающих заботливо приготовленный обед. Настя сделала ему кофе.

— Пей, вымогатель, — улыбнулась она. — Позоришь меня перед свидетелем.

— Вера Михайловна — не свидетель, — пробормотал он с набитым ртом. — Она — добровольный помощник, стало быть — одна из нас. А какие счеты могут быть между своими?

«Ах, хитрец! — подумала Настя. — Умеет с людьми ладить, этого у него не отнимешь. Сейчас с просьбами приставать начнет».

И как в воду глядела.

— Вера Михайловна, раз уж нам так повезло, что мы вас нашли и вы нам помогаете... — начал он.

— ... то, может быть, вы поспрашиваете у проводников с других составов, не видел ли кто этих людей на обратном пути? — подхватила Настя. — Они скорее всего возвращались в Москву тоже «Стрелой» и тоже в «СВ».

— Спрошу, — охотно согласилась Вера. — А вы мне карточки их дадите, чтобы показывать?

— Нет, Верочка, карточки показывать не нужно. Не все же такие смелые, как вы, — польстил Коротков. — Увидят трупы и испугаются. Вы никому не говорите, что их убили, а описывайте на словах. Ладно? И если кто-то их видел и запомнил, пусть обязательно нам позвонят. Или Анастасии, или мне. Я вам свой телефон тоже оставлю.

Вера ушла, и Коротков тут же уселся на ее место перед Настиным столом.

— Значит так, Ася. Покойник наш — Асатурян Гарри Робертович, купи-продай мелкого пошиба, но высокой интенсивности. Холост. Проживает на улице Подбельского. Труп обнаружен сегодня в районе Химок. Время наступления смерти ориентировочно — вчера поздно вечером.

— Причина смерти?

— Ну догадайся. Ты же у нас самая догадливая.

Настя задумалась. Проще всего было бы сказать — огнестрельная рана. Если два убийства между собой не связаны, то скорее всего так и было. Но если тут поработала одна рука, и рука квалифицированная, то способ убийства должен быть другим, чтобы никаким ушлым ментам не пришло в голову их связывать. Холодное оружие? Возможно, но что-то слабо верится. Профессионалы этого не любят: на одежде и руках остается кровь, а ведь с места убийства надо уйти, и тебя обязательно кто-нибудь увидит в этой окровавленной одежде. Чем-нибудь тяжелым по черепу? Может быть, вполне может быть. Но тоже на профессионала не похоже.

— У Асатуряна есть машина? — спросила она внезапно.

— Ну ты даешь!

У Короткова чуть челюсть не отвисла от изумления.

— Как ты догадалась?

— О чем?

— Насчет машины.

— Я пока не догадалась, а только спросила. Так где его машина?

— Там, рядом с трупом.

— Ясно. Сколько раз его переехали?

— Похоже, два. Туда и обратно. Нет, правда, Аська, как ты догадалась?

— Не знаю, — она пожала плечами. — Случайно, наверное. Интересно, как же это Асатурян дал себя задавить своей же собственной машиной? В беспамятстве был, что ли?

— Вскрытие покажет, — хмыкнул Юра. — Хорошо, что я вовремя подсуетился, вместе с трупом судебным медикам бутылку привез, чтобы без очереди пропустили. Они, бедные, совсем зашиваются, ничего не успевают. Ты подумай, как времена меняются! Раньше живые в очереди за финскими сапогами и сырокопченой колбасой стояли, а теперь мертвые ждут в очереди на вскрытие. Аська, тебе никогда страшно не бывает? Мне порой кажется, что наша действительность как-то плавно переходит в непрерывный кошмар. И вроде переход такой мягкий, незаметный, что успеваешь адаптироваться и уже ничего странного в происходящем не замечаешь. А потом вдруг вспомнишь, как жил совсем еще недавно, всего несколько лет назад — и оторопь берет. Во что мы свою жизнь превратили? Ты же статистикой все время занимаешься, тебе должно быть заметно.

— Заметно, — кивнула Настя. — В те времена, о которых ты говоришь, в Москве совершалось в среднем три-четыре убийства в неделю. А сейчас — семь-восемь в день. Я вообще не понимаю, как мы успеваем хоть что-то раскрывать. По-моему, это просто чудо. Но, если мы с тобой будем сидеть и охать, чудес больше не будет.

— Конечно, — проворчал Коротков, — так я и знал. Никогда не дашь пофилософствовать, о жизни поговорить. Небось опять бежать куда-нибудь заставишь?

— Обязательно. Во-первых, нужно пообщаться со следователем. Ты, кстати, Гордееву доложил про этого Асатуряна?

— Не волнуйся, сам сообразил. Дело Ольшанский заберет.

— Во-вторых, открываем записную книжку Гарри Робертовича и планомерно начинаем опрашивать всех его знакомых.

— Которые, как ты надеешься, знают его убийцу? — скептически подхватил Юра.

— Которые, как я надеюсь, могут знать другого убитого, чья личность до сих пор не установлена. Вера, между прочим, сказала, что они вели себя как добрые старые знакомые. Якобы часто вместе ездят по делам. И Асатурян даже изволил пошутить, что, дескать, все его женщины рано или поздно отдают предпочтение высокому представительному седому мужчине. Конечно, это мог быть дурацкий треп, но насчет малознакомых людей и случайных попутчиков так обычно не шутят. Ты согласен?

— Не во всем.

— Тогда поправь меня.

— Так действительно обычно не шутят. Но во всей этой истории вообще нет ничего обычного. Ладно, я пошел сливаться в экстазе с записной книжкой Асатуряна.

Они вместе вышли из кабинета. Насте нужно было добежать до фотолаборатории, чтобы сделать еще один отпечаток с фотографии Асатуряна. Пусть Миша Доценко попробует показать его тем, кто находился в банкетном зале гостиницы «Россия», когда там отравился Олег Иванович Юрцев.

Глава 12

Посещение Института судебной психиатрии всегда оставляло у Насти неприятный осадок. Жалость к несчастным больным людям, не виноватым в своей болезни, боролась с ужасом при мысли о том, какие жестокие и кровавые преступления они совершили. Конечно, это относилось далеко не ко всем обитателям института. Многие вообще не были серьезно больны, а только находились здесь на экспертизе. Некоторые симулировали, «косили». Часть действительно тяжелых больных не совершили ничего жуткого и злодейского, а попались на дурацкой краже или хулиганстве. Но, как бы Настя ни убеждала себя, какие бы резоны ни приводила, все равно каждый раз, пройдя проходную и оказавшись во внутреннем дворе, она начинала чувствовать, как сердце ее разрывается от противоположных, разнонаправленных чувств — жалости и отвращения.

Кирилл Базанов, расстрелявший работника Генпрокуратуры и задержанный на месте преступления, находился здесь. Тщательная проверка его показаний в части, касающейся приобретения оружия, ничего толкового не дала. Сосед у этого Базанова действительно работал в милиции и имел табельное оружие, но оно находилось на месте и никуда не пропадало. У соседа был еще один ствол, официально зарегистрированный, и его тоже никто не крал. Конечно, всегда следовало помнить о том, что у милицейского соседа оружия могло быть сколько угодно, и если на нем официально числится два ствола, то это вовсе не означает, что их действительно только два. Их могло быть и пять, и десять. Но дело все в том, что, сколько бы этих стволов ни было у соседа на самом деле, украсть пистолет Базанов у него вряд ли смог бы. Сосед-милиционер был человеком опытным и предусмотрительным, растил двух пацанов и твердо знал, как нужно хранить огнестрельное оружие, особенно если в доме есть дети. Во встроенном стенном шкафу был спрятан высокий оружейный сейф, ружья и боеприпасы. И даже охотничьи ножи он от греха подальше прятал здесь же. Сейф имел номерной замок и хитрый ключ, так что украсть из него что-нибудь без взлома и автогена было просто невозможно.

Врач встретила Настю приветливо, они были хорошо знакомы и общались не один раз.

— От диагноза пока воздержусь, но могу сказать почти с полной уверенностью: о так называемой большой психиатрии здесь речи нет. Базанов прекрасно ориентируется в происходящих событиях, он вполне адекватен. Судя по медицинским документам из его поликлиники, имеет место олигофрения в степени легкой дебильности. Я не понимаю, что с ним могло произойти в тот день, — сказала она, листая карту Базанова.

— А сам он что говорит?

— Говорит, слышал голос, и голос ему приказал. Вот, записано с его слов: «Голос мне сказал, что я должен пойти и убить его».

Врач протянула Насте запись.

В о п р о с: Кого — его? Голос вам назвал фамилию и сказал адрес?

О т в е т: Он сказал, что я должен убить того человека.

В о п р о с: Какого — того? Почему вы были уверены, что голос приказал вам выстрелить именно в того, в кого вы выстрелили, а не в кого-то другого?

О т в е т: Накануне я проходил по этой улице и увидел, как подъехала машина и из нее вышел человек. Мужчина. И голос мне сказал: «Это очень плохой человек, он хочет причинить вред сначала тебе, потом твоим близким, а потом всему человечеству. Его нужно остановить. Смотри, у него волосы черные, а на виске родинка — это знак греха, знак сатаны. Ты возьмешь пистолет и застрелишь его, как только представится возможность. Ты должен сделать это ради себя, ради своих близких и ради всего человечества». Поэтому я его выследил.

В о п р о с: Вам было известно его имя?

О т в е т: Нет.

В о п р о с: Вы знали, где этот человек работает, чем занимается?

О т в е т: Нет, тогда не знал. Это мне потом уже в милиции сказали.

В о п р о с: До этого случая вы когда-нибудь слышали голоса, которые вам приказывали бы что-то сделать?

О т в е т: Нет... Я такого не помню. Не было.

В о п р о с: А после этого случая? Голос ничего вам не говорил?

О т в е т: Нет.

В о п р о с: Как вы сами считаете, что же такое с вами произошло? Вы можете как-то объяснить случившееся?

О т в е т: Нет, не могу. Я не понимаю, как это случилось. Я не понимаю, почему. Наверное, я сошел с ума. У меня помутился рассудок.

— Вот видишь, — сказала врач, забирая у Насти записи и вкладывая их в папку. — У него нет логичного объяснения событий, он не считает их обычными и нормальными. Более того, и это самое главное, он готов допустить, что психически нездоров. А это один из первых признаков здоровья. По-настоящему больной человек не считает себя больным, как раз от этого все проблемы. Если бы нашему больному можно было сказать: «Ты, дружочек, нездоров, тебе чудятся голоса, поэтому когда в следующий раз услышишь, как голос тебе велит зарезать доктора, знай, что это проявление болезни, ложись в постель, накрывайся одеялом и не подчиняйся этому плохому голосу», так у мировой психиатрии проблем бы не было. В том и беда, что они уверены в своей полноценности и считают, что с ними все в порядке. Потому они и опасны. Мало ли чего им голоса прикажут, это ведь не спрогнозируешь.

— Значит, ты считаешь, что Базанов не такой?

— Абсолютно, — уверенно ответила врач. — Я сама не понимаю, что с ним могло случиться. То есть на самом деле я допускаю, что он просто врет, симулирует бредовое состояние. Его наняли для убийства и посоветовали ему выдать легенду про голос, если попадется. Одно дело — убийство, совершенное сумасшедшим, и совсем другое — киллерство. Но я, Настя, в это не верю. Дураков теперь нет. За заказное убийство у него все-таки есть шанс остаться живым. Сколько бы ни дали, но когда-нибудь он выйдет на свободу. Учитывая то, что у него олигофрения, вышку ему не дадут. За убийство в состоянии психопатического бреда он автоматически попадает в спецбольницу, и это уже навсегда. Оттуда не выходят, и это всем прекрасно известно. А если и выходят, то с отшибленными мозгами и атрофированными мышцами. Я не знаю человека, который пошел бы на это добровольно. Пусть в зоне страшно и тяжело, но это — жизнь. А в тех больницах, где держат невменяемых преступников, жизни нет. Один сплошной ужас, боль и страдание. А потом, когда лекарства свое дело сделают, — полное безразличие и растительное существование.

Кирилл Базанов, двадцати четырех лет от роду, был разнорабочим на обувной фабрике. Закончил в свое время спецшколу для детей с дефектами умственного развития. Ни о каком институте, разумеется, и речи быть не могло, а вот в армию его с большим удовольствием взяли, хотя и не полагалось бы. Добродушный, покладистый, дисциплинированный — ну как такого упустить. И военком не упустил. Правда, внезапные вспышки неконтролируемой ярости... Но зато отходчив, успокаивался так же быстро, как и вспыхивал. Чрезвычайно податлив и внушаем, как почти все, страдающие олигофренией. После армии устроился на фабрику разнорабочим, ни к чему более серьезному способностей у Базанова не хватало. Разумеется, ни о каком киллерстве и речи быть не могло. Наемный убийца — олигофрен, пусть и в степени легкой дебильности? Конечно, наша страна славится своим умением быть во всем первой и не похожей на других. Космос, балет, идея разбавлять бензин, рукоприкладство в парламенте — во многом мы неповторимы и оригинальны. Но не до такой же степени...

Из Института судебной психиатрии Настя Каменская уходила в полном смятении. Гибель работника Генеральной прокуратуры Лученкова с каждой минутой выглядела все более и более случайной. Но принцип, как твердо считала Настя, должен быть единым. Если списать убийство Лученкова на несчастный случай, то точно так же следует поступить с убийством Малькова, которого ни с того ни с сего застрелила его собственная дочь-наркоманка. Но тогда что же получается? Юрцев и Мхитаров покончили с собой, депутат Изотов попытался убить жену, бизнесмен Семенов погиб в автокатастрофе, грубейшим образом нарушив правила дорожного движения. И не получается ничего. Ровным счетом ничего. Никакой связи, каждый сам по себе, у каждого свой грех и своя беда, у каждого своя судьба и своя кончина.

Правда, тут есть и другое. Двое мужчин, приходивших в дом, где живет Мхитаров. К кому они приходили, пока точно установить не удалось, но вполне возможно, что и к Глебу Арменаковичу. Мхитаров покончил с собой, а через некоторое, причем весьма короткое, время убиты эти мужчины. И пусть тот, кто считает, что и здесь нет никакой связи, бросит в нее, Анастасию Каменскую, увесистый булыжник.

* * *

Рита снова осталась одна, но на этот раз ей не было так страшно и тоскливо, как раньше. На этот раз все было по-другому.

Павел сказал, что какое-то время они не будут видеться. Но, во-первых, эта разлука уже не будет такой долгой, как та, двухлетняя. Он обещал появиться примерно через месяц. А во-вторых, он вернется к ней, он не может не вернуться, потому что они любят друг друга.

— Ты снова уезжаешь? — грустно спросила Рита.

— Нет, детка, я буду здесь, поблизости. Просто нам нельзя будет встречаться. Я должен сделать одно важное дело, и пока я не закончу его, я не приду. Зато потом мы с тобой больше не будем расставаться. Договорились?

Павел весело улыбался, но Рита чувствовала, как он напряжен и собран. Она всегда очень точно его чувствовала, любую перемену настроения угадывала моментально. То ли оттого, что любила сильно, то ли от природы была наделена этим умением.

Прошло четыре дня, и Рита снова окунулась в привычное будничное существование. Работа в сбербанке была сменная, день с утра — день с обеда, раз в две недели рабочая суббота. Ей почему-то казалось, что Павел вернется непременно во второй половине дня, поэтому в те дни, когда ее смена была с обеда, она места себе не находила, представляя, как в ее пустой квартире надрывается телефон, а в дни, когда работала с утра, Рита в два часа пулей выскакивала на улицу и мчалась домой ждать. Она была похожа на преданную собаку, брошенную хозяином на вокзале и терпеливо встречающую каждый поезд на протяжении долгих недель и месяцев.

В этот день она как раз работала с утра. По дороге с работы заскочила в магазин за продуктами, быстренько схватила первое, что под руку попалось, и почти бегом направилась к дому. Она постоянно думала о Павле, она просто не могла о нем не думать, поэтому перестала на многое обращать внимание, чтобы не отвлекаться от воспоминаний о том, как нежно и пылко они любили друг друга целых две недели. Вот и сейчас она не обратила внимания на то, что ключ в дверном замке провернулся не с первого раза, а когда все-таки провернулся, то издал какой-то противный болезненный скрежет. Для человека опытного и осторожного это было бы явным признаком того, что дверь открывали «неродным» ключом или отмычкой и повредили замок. Но Рита, хотя и знала об этом теоретически, была не в том душевном состоянии, чтобы обратить на это внимание и принять меры предосторожности. Она распахнула дверь и вошла в свою квартиру. Тут же откуда-то сбоку метнулась тень, что-то впилось ей в шею, стало трудно дышать. Рита разжала пальцы, сумки с продуктами упали на пол, послышался влажный глуховатый хлопок — разбились три десятка яиц в полиэтиленовом пакете. Лишенный кислорода мозг отключился быстро.

Мужчина аккуратно положил замершее тело молодой женщины на пол, открыл ее сумочку, достал маленький флакон духов и, зажав его в руке, обтянутой перчаткой, осторожно приоткрыл дверь на лестницу. Время было удачное, все, кто работает, еще на работе, а те, кто не работает, уже сходили в магазины и теперь стоят у плиты, с обедом возятся. Он повернулся, встав на пороге, снял крышку с флакончика и резкими движениями стал выплескивать содержимое на пол в прихожей, туда, где только недавно стоял. Ему, к счастью, удалось преодолеть вполне естественное любопытство и не заходить ни в комнату, ни в кухню. Нигде, кроме прихожей, нет его следов и запаха. А теперь и там не будет.

Опустошив флакон, он запер дверь, стараясь не щелкнуть замком, спустился по лестнице вниз и исчез.

* * *

Настя и Юра Коротков с ног сбились, разыскивая знакомых Гарри Робертовича Асатуряна и расспрашивая о высоком седом мужчине лет примерно пятидесяти пяти с яркими черными глазами. Никто никогда этого мужчину не видел и не помнит, чтобы Гарик о нем рассказывал. Разумеется, среди тех, чьи координаты были указаны в записной книжке Асатуряна, его тоже не оказалось.

— Чудеса какие-то! — разводил руками Коротков. — Проводница Верочка уверяет нас, что из беседы этих деятелей можно было сделать вывод, будто они систематически и уже много лет ездят вместе в деловые поездки. Как же может быть, чтобы никто из окружения Асатуряна его не знал?

— Да врали они, — вяло отмахивалась Настя. — Проводнице зубы заговаривали.

— Но зачем? — удивлялся Коротков. — Я логики

не вижу, Ася. Когда хорошо знакомые люди скрывают близкое знакомство — это я могу понять. Это часто встречается в нашей с тобой практике. Но наоборот? Такого никогда не было. Раз незнакомы, раз нет близких отношений, то и подозрений никаких нет, потому что нет сговора. Ведь ты вспомни, сколько преступлений мы раскрыли, когда оказывалось, что какие-то фигуранты скрывают от нас факт своего знакомства друг с другом, чужими прикидываются.

— А тут все с точностью до наоборот, — терпеливо объясняла Настя. — Они разыгрывают из себя давних приятелей, к тому же вместе работающих, потому что если их по этим признакам будут искать, то никогда не найдут. На самом же деле они, может быть, вообще друг друга в первый раз в этом вагоне увидели. Или во втором.

Юра хотел было что-то возразить, но не успел. Они с Настей шли по длинному коридору в здании на Петровке, 38, возвращаясь после очередного безрезультатного «захода» по знакомым Асатуряна, когда прямо на них налетел Коля Селуянов.

— О, вот и вы, а я уж с ног сбился вас по всем закоулкам отыскивать. Давайте в темпе к Колобку, они сильно гневаются. Велели вас срочно разыскать.

Коля собрался уже было промчаться мимо, но Юра крепко ухватил его за рукав.

— Их светлость одни изволят быть? Или там высокие гости?

— Какие гости! Мишаня там, несчастный, за вас отдувается.

Юра и Настя прибавили шагу и через несколько секунд уже стояли перед своим начальником, сверкающим пунцовой от злости лысиной. Миша Доценко, высокий черноглазый симпатичный парень, сидел за столом для совещаний, и лицо у него было совершенно растерянное.

— Садитесь, — буркнул Виктор Алексеевич, кивнув вошедшим. — Михаила я уже поздравил, теперь ваша очередь. Неприятность у нас, дети мои. Не напрягайтесь, не напрягайтесь, не провинились. Влипли мы с вами в очередное дерьмо, не при даме будь сказано. Только что звонил Костя Ольшанский, он получил заключение судебно-химической экспертизы таблеток, которыми отравился Юрцев. Короче, история эта длинная, времени у нас с вами нет ее обсуждать, скажу только итог: этот препарат мгновенного отравляющего действия разрабатывался в специальной лаборатории ГРУ еще в начале восьмидесятых. Сами понимаете, не маленькие, для шпионских дел быстродействующие яды всегда были нужны. Формула у препарата именно та, которая была разработана в лаборатории. А вот технология изготовления несколько иная. Не принципиально другая, а только чуть-чуть иная. Причем с убойными качествами таблетки изменение технологии никак не связано. Просто, видимо, там, где делали эту партию, стоит другая аппаратура. Все, я устал, я уже полчаса рот не закрываю. Давай, Стасенька, теперь твоя очередь.

— Стало быть, таблетки, которыми отравился Юрцев, не были в свое время изготовлены именно в ГРУ, — продолжила Настя. — Там была разработана формула и технология, а потом кто-то это использовал. Либо украл большую партию препарата и подверг ее тщательному анализу, провел множество экспериментов, либо свистнул документацию. Второе кажется мне более вероятным. Это и проще, и безопаснее. Документацию ведь даже красть не нужно, нужно только найти человека, которому можно заплатить, чтобы он ее скопировал, не отходя от рабочего места. И потом, для восстановления формулы и технологии опытным путем нужно действительно огромное количество препарата, а та ГРУшная лаборатория наверняка столько не производила. Зачем ей яд мгновенного действия в таком количестве, которым можно отравить всю Москву? Это штучное производство, для конкретных людей, в целях подстраховки «своих» или ликвидации «чужих». И потом, если бы была возможность украсть большую партию препарата, так ее бы и использовали по назначению, людей бы травили, а не переводили бы на эксперименты. И тогда сейчас нам эксперты сказали бы, что Юрцев отравился именно теми таблетками, которые разработало и изготовляло для своих шпионских дел ГРУ. Так вот, документацию стащили так или иначе и нашли место, где эти таблеточки можно успешно изготавливать. Может быть, это какая-нибудь подпольная лаборатория по изготовлению наркотиков. Там фармацевты работают и химики, им яд изготовить — тьфу, даже говорить не о чем, если документация есть. Теперь у меня вопрос, Виктор Алексеевич. А откуда, собственно говоря, наши любимые судебные химики так хорошо осведомлены о ГРУшных шпионских проделках? Ведь для того чтобы сказать: «Да, это то самое по сути, только сделано немножко по-другому», нужно очень хорошо знать и саму суть, и технологию.

— Правильно говоришь, — одобрительно кивнул Гордеев. — Один из специалистов, работавших в этой лаборатории, был в свое время вежливо «попрошен» на пенсию в связи с достижением шестидесятилетнего возраста. Как уж они его проглядели — ума не приложу, нельзя таких специалистов на пенсию выпроваживать, их полагается удерживать всеми силами, чтобы, не дай Бог, ничего никуда не просочилось, чтобы мозги в стан врага не утекли. Но там, видно, игрища какие-то затеяли вокруг кадровых перестановок, кому-то его должность понадобилась, то ли пристраивали кого-то, то ли счеты сводили, короче, выкинули мужика. А наш экспертно-криминалистический центр его подобрал. Мы ведь не гордые, нам и древний старик сгодится, если у него знания есть, а уж шестидесятилетнего просто молодым считали. И когда в девяностом году одна уважаемая дамочка ручки на себя наложила, у нее нашли таблетки, которые отправили, естественно, на экспертизу. Вот тогда этот специалист их и опознал. Наша, говорит, идея, а выполнение не наше, но тоже очень хорошее. И формулу по памяти всю восстановил, и технологию. Я ж говорю — клад, а не эксперт.

— И таблетки Юрцева тоже он смотрел? — с надеждой спросила Настя.

— Нет, Стасенька, тут нам с тобой не повезло, — развел руками Гордеев. — Помер старик. Хотя какой он старик? В восемьдесят восьмом, когда он к нам пришел, ему было шестьдесят, а умер в прошлом году. Вот и посчитай, сколько ему было. Но записи все, конечно, остались. Вот и возникает вопрос, как эти таблетки попали к Юрцеву.

— А к той даме в девяностом году как они попали? Удалось выяснить?

— Если бы, — вздохнул Гордеев. — То дело так и висит мертвым грузом. Сошлись на том, что выпила яд она все-таки сама. Но это, дети мои, еще не самое плохое. Сегодня выплыла информация, которую некоторое время тщательно скрывали. Покончил с собой человек из окружения Президента. И вот это наводит меня на совсем уж грустные мысли.

— Вы хотите сказать, что, разобравшись с группой Малькова, кто-то начал прореживать ряды президентской команды?

— А ты сама не хочешь этого сказать? — ехидно переспросил полковник. — Тебе самой так не кажется?

— Не знаю пока. Когда это случилось?

— Шестнадцатого февраля, на следующий день после исторического выступления нашего Президента.

— Тогда не получается, — возразила Настя. — Сегодня уже двадцать шестое. Если и там и там действует одна рука, то за десять дней они бы уже человек пять-шесть убрали. Ведь команду Малькова они фактически за неделю вычистили. Виктор Алексеевич, я все равно не понимаю. Если эти ядовитые таблетки производят в достаточном количестве, то для чего их используют? Получается, что людей ими отравили всего два раза. Столько усилий, добывали документацию, рисковали, старались, а все для чего? За столько лет — и всего два применения? Не верю.

— А я все жду, когда ж ты наконец спросишь, — усмехнулся Гордеев. — Правильно делаешь, что не веришь. Два случая — только в Москве. А по всей стране? И по СНГ? Информация теперь на местах застревает, связи все разрушились. Я вот наугад позвонил двум своим приятелям в две разные области России. И у каждого были случаи самоубийства при помощи неизвестного таблетированного ядовитого вещества. Поскольку обстоятельства самоубийства были бесспорными, они и не стали копаться глубже и выяснять, откуда у человека эти таблетки. Они даже не стали выяснять, что это за таблетки. Эксперты сказали, что это быстродействующий яд, и все остались довольны. Никому ничего не нужно, черт бы их всех взял! Никому ничего не интересно! Даже если все они, включая Юрцева, покончили с собой добровольно, то ведь сидит же где-то сволочь, которая этот яд производит и снабжает им всех желающих. И никому дела нет. Никто даже не почешется.

Он снова разнервничался, и Настя поняла, отчего он был так рассержен, когда она только зашла к нему в кабинет. Наверное, говорил Мише Доценко то же самое.

Михаил тоже ничем ее не порадовал. Никто из участников нефтяной презентации не видел ни высокого седого мужчину с яркими черными глазами, ни маленького симпатичного армянина. Правда, наметилась фигура человека, которого кое-кто видел, но никто не знал. Среднего роста, полноватый, длинные кудрявые волосы, очки с тонированными стеклами. Но это пока еще было так расплывчато...

* * *

Было уже около семи часов вечера, когда они вышли из кабинета Гордеева. Коротков зашел вместе с Настей к ней в кабинет.

— Чего твои медики молчат? — спросила она, включая кипятильник, чтобы сделать кофе. — Ты ж клялся, что проведут вскрытие Асатуряна вне очереди.

— Ну, Асенька, ты как с Луны свалилась, — возмутился Юра. — Я ж им всего-навсего бутылку принес. За бутылку «вне очереди» означает «в следующей десятке». Если б его вскрывали в полном смысле слова без очереди, то это стоило бы бутылок пять. У меня таких денег нет.

— Ладно, займемся пока Шабановым. Хотя никто нам никаких сведений на него не даст. Все-таки лицо, приближенное к императору. Слушай, по-моему, мы с тобой давно уже в такие тиски не попадали, да? Трупы сыплются нам на голову один за другим, мы ничего не успеваем, а то, что успеваем, не дает никаких результатов. Личность седого до сих пор не установили. Обстоятельства гибели Асатуряна не установили. Обстоятельства смерти Юрцева — то же самое. Зачем и почему Базанов расстрелял Лученкова — непонятно. А теперь еще Шабанов этот...

Ее тираду прервал звонок внутреннего телефона.

— Анастасия Павловна, — послышался голос Миши Доценко. — Тут Юре по городскому звонят.

— Пусть сюда перезвонят, — быстро откликнулся Коротков.

Через полминуты тренькнул другой аппарат, Юра схватил трубку и, услышав абонента, подмигнул Насте. По его скупым репликам невозможно было понять, о чем идет речь. Наконец он положил трубку и широко улыбнулся.

— Ну вот, а ты хныкала, что медики не звонят. Теперь все понятно. В легких и в крови Асатуряна обнаружен газ нервно-паралитического действия.

— Точно, — Настя чуть не подпрыгнула на своем стуле. — Я так и чувствовала. В него выстрелили из газового пистолета, направили струю прямо в лицо. После чего убийца сел за руль и спокойно переехал несчастного. Вернее, в первый раз он его просто сбил, потом развернулся, включил фары, чтобы лучше видно было, и аккуратненько проехал по телу так, чтобы уж наверняка. Вышел из машины и ушел. Гениально и просто. Ни криков, ни погони, ни драки, ни брызжущей на одежду крови. Чисто и красиво. Господи, ну и мразь нам с тобой попалась! Хотела бы я на рожу его посмотреть.

— Ты лучше на кипятильник свой посмотри, — посоветовал Коротков. — У тебя уже вся вода на полу.

Настя всплеснула руками. Действительно, вода уже давно закипела и теперь булькала в высокой керамической кружке так отчаянно, что выплескивалась на пол. Она лихорадочно выдернула штепсель из розетки, но все равно воды в кружке осталось маловато.

— Ладно, это тебе, — горестно сказала она Короткову. — Сейчас еще вскипячу водички. Ну и растяпа же я.

— Пей-пей, — усмехнулся Юра. — Помрешь еще без кофе-то. А я уж потерплю.

Они были очень дружны, хотя и совсем не похожи друг на друга, а может быть, именно благодаря этому и сблизились. Юра был влюбчивым и ветреным, Настя — спокойной и холодноватой. Коротков легко впадал в отчаяние и так же мгновенно умел перестраиваться, встряхиваться и, засучив рукава, хвататься за работу. Настя легко мирилась с неудачами, тщательно анализировала их, выискивая собственные ошибки и выковыривая зерна полезного опыта. Для того чтобы заставить ее впасть в отчаяние, нужно было много всего и одновременно. Но если уж она давала волю слабости и поддавалась депрессии, то это бывало всерьез и надолго, и вывести ее из этого состояния не могли ни радостные неожиданности и приятные сюрпризы, ни уговоры и утешения, ни веселые и по-настоящему остроумные анекдоты. Она ходила тихая и подавленная, из-за каждой мелочи на ее глаза наворачивались слезы, а разговаривать она начинала медленно и так ровно, словно читала вслух заготовленный текст. Вывести из депрессии ее могло только одно: Настя должна была понять, что ее состояние мешает работать в первую очередь ей самой, а также окружающим. Как только она видела, что начинает страдать дело, она встряхивалась и говорила сама себе: «Все, Каменская, хватит, надо брать себя в руки и нормально работать». Она делала некоторое внутреннее усилие, глубоко вдыхала, задерживая воздух в легких, после чего слезы волшебным образом высыхали, речь становилась обычной, живой и образной, а то, что еще недавно вызывало приступы тоски, начинало казаться забавным и не стоящим внимания. Конечно, это только на словах борьба с депрессией занимает несколько секунд. У Насти на это уходило порой несколько часов, но все равно вернуться к нормальному состоянию она могла только собственным усилием. Никакие внешние воздействия ей не помогали.

Иногда Настя и Юра Коротков даже думали одновременно об одном и том же. Вот и сейчас они молча пили кофе, погруженные каждый в свои мысли, но как только Юра произнес, прервав молчание, первое слово, Настя тут же договорила фразу до конца, словно ход его мыслей был ей совершенно очевиден.

— У Асатуряна даже записная книжка... — начал Коротков.

— А у того, второго, который на самом деле первый, потому что его раньше убили, так вот, у него почему-то вообще ничего. Пустые карманы. Портмоне и деньги оставили, а все остальное забрали. Юр, ты же мужик, скажи мне, может так быть, чтобы в карманах не было ничего, кроме денег? У женщины, я знаю, так может быть только в том случае, если она схватила кошелек и пластиковый пакет и побежала в ближайший магазин за хлебом. Если же она берет с собой сумочку, то в ней чего только нет. И то, кстати, в кошельке всегда есть что-нибудь еще, кроме денег. Проездной, квитанция какая-нибудь, визитные карточки, записанный на клочке бумажки телефон или адрес, расписание пригородных электричек. Некоторые даже паспорт в портмоне носят. А как мужчины?

— Да точно так же, — усмехнулся Коротков. — У них тоже в портмоне почти городской архив. И в карманах кое-что залеживается: носовой платок, расческа, сигареты, зажигалка, презервативы. В последнее время, в соответствии с духом времени, в этих карманах можно и дискету найти, и электронную записную книжку.

— Выходит, Юрик, тот, кто убил Асатуряна, ничего не имел против того, что милиция сразу же установит его личность. То есть убийце это было как бы безразлично. Если седого убил он же, то почему сделал все возможное, чтобы затруднить его опознание?

— То есть ты хочешь сказать, что их убили разные люди и по разным причинам?

— Нет, Юрочка. Я хочу сказать, что с седым что-то не так. Он чем-то отличается от Асатуряна, причем принципиально. И, отрабатывая связи Гарри Робертовича, мы с тобой впустую тратим время. Нас заставили это делать, нас с тобой спровоцировали, а мы поддались и пошли на поводу у преступника, как два маленьких дурачка. Нам подбросили обширнейший круг знакомых энергичного делового человека, совершенно точно зная, что этот круг никогда, ни при каких обстоятельствах не выведет нас к убийце. А с седым ситуация почему-то иная. Или он слишком тесно связан с убийцей, и, установив личность жертвы, мы моментально выйдем на преступника, или тут что-то еще. Но что-то есть, Юрка, это точно. Я чувствую.

— Хорошо тебе, — завистливо вздохнул Коротков, — ты еще что-то чувствуешь применительно к работе. А я вот чувствую, что у меня в голове совершенно сырая перловая каша, которая никак не сварится, а когда сварится, то окажется абсолютно несъедобной. Ну что, по домам?

— Пошли, — согласилась Настя. — Все равно ничего уже не высидим.

Они оделись, вместе вышли на улицу и не торопясь пошли к метро. Насте нужно было на «Тверскую», но она не любила ходить по лужам и грязи и предпочитала спускаться под землю на «Чеховской», которая была поближе к Петровке, и уже оттуда переходить на нужную станцию. Однако Юра повел ее совсем в другую сторону.

— Пошли до «Театральной», — сказал он голосом, не терпящим возражений. — Воздухом подышим.

Настя покорно поплелась рядом. Собственно, она открыла уже рот, чтобы категорически отказаться от прогулки, но вдруг вспомнила, что у Юриной подруги скоро день рождения. Наверняка он собирается покупать ей подарок и хочет затащить Настю в магазин в качестве советчицы.

Так и оказалось. Коротков повел ее сначала в «Галантерею», потом в «Березку», и так подряд во все магазины вдоль Тверской. В конце концов они выбрали для Людмилы красивый гарнитур из малахита в «капельном» серебре, а Настя заодно купила себе несколько пар колготок. Если уж идти пешком, так хоть какая-то польза должна быть, думала она, покупая в придачу еще и мыло, зубную пасту и шампунь. Запас месяца на два, чтобы по крайней мере уж об этом какое-то время не беспокоиться.

* * *

Павел чувствовал себя совсем плохо, но знал, что это скоро пройдет, нужно только немного потерпеть. Он тоже был наделен даром, как и все члены его группы, но его способности были куда слабее. Он мог заставить человека оцепенеть, расслабиться, не сопротивляться, но это требовало от него колоссального напряжения, такого изматывающего, что после этого ему нужно было долго приходить в себя. Даже Рита могла делать это без всякого усилия. А уж заставить человека сделать что-то, подавив его волю и навязав собственную идею, Павел Саульяк не мог ни при каких обстоятельствах. Что уж говорить о Мише Ларкине, который вообще мог все.

Павел родился в Венгрии, в семье военного атташе, и детство его прошло в тесном мирке советской посольской колонии. Отец, кадровый офицер, с младенчества приучил сына к дисциплине и сумел внушить ему мысль о том, что раз и навсегда заведенный порядок — это просто здорово, это рационально и удобно всем. Мальчик поверил. Поверил искренне, с каждым днем убеждаясь в правоте отцовских слов.

В те годы он носил имя Владимир, да и фамилия у него была совсем другая. Он был способным, веселым, общительным пареньком, говорить начал сразу на двух языках — русском и венгерском, поэтому родители отдали его не в посольскую русскую школу, а в городскую, венгерскую, правда, самую престижную, где учились дети партийно-государственной элиты. Володя приобрел множество друзей, постоянно ходил в гости к одноклассникам, и это послужило хорошим и вполне благопристойным поводом для того, чтобы его родители начали знакомиться поближе с родителями друзей своего сына.

В те времена послом СССР в Венгерской республике был человек, который в недалеком будущем возглавит КГБ и сломает жизнь славному общительному пареньку, сыну военного атташе. Но кто ж тогда мог это предвидеть...

После Венгрии была Чехословакия, откуда Володина семья уже окончательно вернулась в Москву после «Пражской весны» 1968 года. Ему было семнадцать, он как раз закончил школу, свободно говорил по-венгерски и по-чешски. Ему была прямая дорога в Высшую школу КГБ. Правда, для того чтобы быть в нее принятым, нужно было отслужить армию.

Володю это не пугало, он был хорошо развит физически, здоров и приучен к дисциплине.

Армия действительно не показалась ему чем-то ужасным. Он служил хорошо, более того, служил с удовольствием. Его абсолютно не раздражало то, что выводило из себя других солдат. Подъем и отбой по часам, физзарядка, изматывающие спортивные упражнения и тренировки, зубрежка уставов и инструкций, мытье полов — все это давалось ему легко, не принося ни малейшего дискомфорта. Именно так он и жил всю жизнь с самого рождения, именно к этому его с колыбели приучил отец. Беспрекословное подчинение старшему, жесткая дисциплина и следование установленному распорядку. Не надо ни о чем думать, не надо принимать никаких решений, за тебя уже все продумали и решили, твое дело — выполнять. Володю это устраивало. У него было яркое и богатое воображение, его душа была тем самым «мрачным каменным домом с наглухо заколоченными ставнями, в сумрачных покоях которого справляются пиры», как писал Кречмер о людях, подобных ему. И он радовался, что необходимость принятия мелких повседневных решений на нем не лежит, не отнимая, таким образом, время, внимание и силы, которые нужны ему для жизни в своем сверкающем внутреннем мире.

После армии была Высшая школа, где проблем ни с дисциплиной, ни с обучением также не возникало. Володя был способным, обладал хорошей памятью и реакцией, склонностью к иностранным языкам. Бывший посол СССР в Венгерской народной республике уже с 1967 был председателем КГБ, и поскольку с отцом Володи его связывала личная дружба, после окончания вуза молодой офицер был оставлен на работе в центральном аппарате ведомства. Председатель активно использовал знание Володей редких языков, частенько приглашая его участвовать в важных беседах в качестве переводчика.

Совершенно случайно Володя узнал о том, что в его ведомстве существует сверхсекретная лаборатория, в которой разрабатываются проблемы применения гипноза и прочих нетрадиционных воздействий в специальных целях. Его одолело любопытство, и он нашел ходы в эту лабораторию, просто чтобы посмотреть, чем же они там занимаются.

— Вот, — сказали ему, — специальный энцефалограф, наша последняя разработка. Позволяет сразу же определить, есть ли у человека потенциал и имеет ли смысл с ним работать. Хочешь попробовать?

— Конечно, — сразу же загорелся Володя.

На него надели шлем, подключили датчики. Что-то зажужжало, забибикало, потом все прекратилось, шлем сняли.

— У тебя есть задатки, правда, небольшие, — сказали ему в лаборатории. — Но ты, видимо, о них не знал и совершенно этим не занимался, не развивал их. Биотоки мозга довольно мощные, но ты не умеешь направлять их в нужную для тебя сторону.

— Конечно, не умею, — растерялся Володя. — А как это?

— Можно научиться, мы разрабатываем здесь специальные методики, как раз для этого. Понимаешь, мало иметь какой-то дар от природы. Нужно обязательно уметь им управлять, использовать его, иначе он будет лежать в твоем организме мертвым грузом, никому не нужный и не востребованный. Нужно тренироваться, совершенствоваться. Я скажу тебе то, чего ты, может быть, не слышал, — продолжал приятель. — Природа довольно щедро наделяет людей биоэнергетическим потенциалом и всякими такими способностями. Для природы на самом деле это норма, а не исключительный случай. Но людям никто никогда раньше этого не объяснял, и если вдруг у кого-то обнаруживался дар, это считали необычным. В одних случаях человека признавали святым и канонизировали, в других — считали колдуном или ведьмой и сжигали на костре, в третьих — этот человек становился целителем, шаманом, знахарем, табибом — у всех по-разному. Но факт именно в том, что эти способности считались исключительными, нерядовыми, необычными. А многие вообще в них не верили и считали шарлатанством. А все почему? Да потому, что дар проявлялся случайно, а значит — редко, и еще более случайным и редким было, когда его обладатель умел им управлять и использовать его.

С развитием техники, уже в наше время стало возможным определять биоэнергетический потенциал каждого человека, вот и выяснилось, что он не только у этих выдающихся личностей такой высокий, а почти у каждого седьмого-восьмого человека. А у каждого четвертого-пятого он достаточно высокий, чтобы считаться выше среднего. И из всех людей, которые природой так одарены, только один на десять тысяч умеет что-то с этим делать. Остальные и знать не знают, что у них это есть, только все кругом удивляются, что у этих людей в руках посуда постоянно бьется, что в их присутствии у других голова начинает сильно болеть или, наоборот, боль проходит. В общем, я тут много могу рассказывать. А если короче — мы разработали специальную систему тренировок, которая позволяет выжимать максимум из имеющихся способностей. Так что если желаешь — милости прошу, приходи, пройдешь курс.

И он стал ходить в эту секретную лабораторию. Он был личным переводчиком председателя, приближенным к нему лицом, сыном его близкого друга. И в этой лаборатории для него секретов не было. Главным достижением разработчиков методики было соединение использования биоэнергетики с традиционной, веками существовавшей техникой гипноза. Результаты были очень хорошими. И Володя не только научился использовать на двести пятьдесят процентов то небогатое дарование, которым наделила его поскупившаяся природа, но и овладел всеми методиками. Он понимал, что иметь природный дар — это даже не полдела, а только четверть. Тут уж как при рождении повезет. А вот знать, как тренироваться, как совершенствоваться — вот это истинная ценность. Ибо, как сказал приятель, у каждого четвертого-пятого потенциал выше среднего, а у каждого седьмого-восьмого — очень высокий. Зато тренироваться и самосовершенствоваться умеют только избранные.

О его увлечении, конечно, знал председатель, ведь это он разрешил ему посещать лабораторию. Видя, как много времени Владимир тратит на свое новое увлечение, председатель с тонкой усмешкой спросил:

— И зачем тебе это, мальчик мой? Чего ты хочешь добиться?

— Ничего, — с открытой улыбкой ответил тот. — А вдруг пригодится? Например, ключ от сейфа потеряю. Тогда можно будет его автогеном не взрезать и мастеров не вызывать, я его взглядом открою.

И они оба дружно и весело расхохотались над простенькой шуткой. Председатель был человеком изысканным и большим интеллектуалом, даже писал стихи, но юмор предпочитал простой, бесхитростный и без двусмысленностей. Володина шутка была как раз в его вкусе.

А потом председатель создал управление для оперативной работы в странах социалистического лагеря. И одним из первых, кого он решил назначить на работу в это управление, был, разумеется, Володя.

— Выбирай, в какой группе ты хотел бы работать, в венгерской или в чешской. — Председатель широким жестом предложил новоиспеченному майору выбор, демонстрируя свое великодушие и дружеское расположение. — Ты оба языка знаешь как родные.

Владимир попробовал отшутиться. Предложение было неожиданным и по своей сути очень ему не нравилось. Но председатель проявил настойчивость и даже резкость.

— Но поймите же, — начал горячиться Владимир, — я не могу этого делать. Я не могу работать против людей, на коленях у которых я вырос. Это же родители моих школьных друзей, они меня знают чуть ли не с пеленок, я ходил к их детям на дни рождения! В конце концов, это же друзья моего отца!

— Твой отец, царствие ему небесное, тоже работал, а не дружил с этими людьми. Пришло время тебе это понять, сынок. Они — католики, а это значит, у них другое мышление, и они вполне могут в любую минуту стать нашими врагами. Твой отец никогда об этом не забывал. Именно для этого он отдал тебя не в посольскую школу, а в венгерскую, в городскую, чтобы через тебя завязать с ними знакомства, войти в их среду и ввести туда других наших сотрудников. Ты должен продолжить дело своего отца.

— Почему же другие работники посольства не отдавали своих детей в городские школы? — недоверчиво спросил Владимир. — Почему они так не делали, если это так важно для общего дела?

Председатель усмехнулся, но совсем незаметно, краешками губ.

— Потому что их дети тупы, ленивы и нелюбопытны. Их дети не имели способностей к языкам и не выучили венгерский, поэтому они могли учиться только в русской школе при посольстве. А ты от природы был способным, ты всегда легко учил иностранные языки. Когда мы с твоим отцом это заметили, мы решили это использовать. Надеюсь, ты на нас не в обиде, сынок? Ты же был благодаря этому единственным посольским ребенком, который мог разгуливать и разъезжать по городу и окрестностям без всяких ограничений, ты ходил в гости к своим многочисленным друзьям и подружкам, тогда как все остальные могли выезжать или выходить только с родителями и на машине, а подавляющее большинство времени просто сидели за забором, окружавшим посольство. Ты, в отличие от них, действительно прожил детство и юность на Западе, в полном смысле этого слова. Не пора ли расплатиться за этот подарок, дружок?

— Пожалуйста, прошу вас... Не заставляйте меня. Назначьте меня в любую другую группу, я готов работать по любой стране. Только не Венгрия и не Чехословакия.

— Или Венгрия, или Чехословакия, — холодно ответил председатель. — Выбирай.

Все сжалось у него внутри от горечи и ненависти. Они сделали его заложником своих игрищ, когда он еще на горшке сидел. И хотят теперь выжать из этого все, до последней капли. Ненависть жгла изнутри глаза, ладони, лоб, она рвалась наружу, она проедала кожу и изливалась через поры. И он поднял глаза и посмотрел на председателя. Всего несколько секунд. Но этого оказалось достаточно.

— Я не буду работать ни по Венгрии, ни по Чехословакии, — негромко, медленно и очень четко произнес Владимир и вышел из кабинета председателя, аккуратно прикрыв за собой дверь.

Ничего не случилось, земля не разверзлась, гром

не грянул. Его даже не уволили. Председатель больше его не вызывал и ничего не предлагал.

Спустя три месяца Владимир дежурил по управлению, когда позвонили из госпиталя КГБ и попросили прислать офицера, знающего иностранные языки. Оказалось, «Скорая» привезла мужчину, которому стало плохо на улице, похоже, его сильно избили, но документов у него нет, по-русски он не говорит, а по виду и одежде понятно, что с Запада, а не с окраин великого, могучего и многонационального СССР. Ответственный дежурный послал Владимира съездить и разобраться.

В госпитале его провели в приемный покой и попросили подождать. Буквально через минуту ворвались трое здоровенных бугаев, заломили ему руки за спину, стянули брюки и, обнажив ягодицы, вкололи лошадиную дозу аминазина. С этого в те времена принято было начинать работу с больными, находящимися в состоянии психопатического бреда, общественно опасными и буйными.

Через несколько дней врач счел, что вколото уже достаточно и с больным можно и поговорить.

— Почему я здесь? — в ужасе спрашивал Владимир. — Произошла какая-то ошибка, ужасная ошибка, уверяю вас. Вы меня приняли за кого-то другого.

— Ну как же за другого, — приторно-ласковым голосом говорил врач. — Ведь вы...

И он, заглядывая в карту, назвал фамилию, имя, отчество, год рождения Владимира, его домашний адрес и телефон, его звание и должность в КГБ.

— Да, это я, — растерянно признавался тот. — Но почему, за что? Что случилось?

— Голубчик, вы сидели на работе, смотрели на сейф и говорили, что пытаетесь открыть его взглядом. Согласитесь, это не может считаться нормальным поведением. Разумеется, вы больны, и мы будем вас лечить.

Больше Володя уже не спрашивал, что случилось и почему он здесь. Председатель легко и непринужденно расправился с ним за неподчинение, за детскую попытку морализаторства. И за тот последний взгляд, от которого многоопытного председателя кинуло в жар, и ноги и руки налились свинцовой тяжестью, и вдруг захотелось сказать:

— Конечно, сынок, работай по Китаю. Хорошая страна. А на Венгрию и Чехословакию мы найдем специалистов. Ты прав, не надо тебе против них работать.

В ту секунду председатель был уверен, что, если он произнесет эти слова, все сразу станет легко и просто. И так хорошо...

Это длилось действительно всего три секунды. Но председатель их не простил.

Владимир остался в госпитале. Ему было предназначено председателем выйти оттуда через несколько лет полным инвалидом, слабым и полубезумным, ничего не знающим и не помнящим. И это предназначение сбылось бы, если бы не Владимир Васильевич Булатников, который забрал Владимира из госпиталя еще до того, как его успели искалечить. Разумеется, забрал он его совершенно легально, не украл, не вывез под покровом ночи. Он просто добился, чтобы Володю выписали. Конечно же, его комиссовали по состоянию здоровья. Он перешагнул порог этого госпиталя недалеко от метро «Октябрьское поле» полным сил, здоровым преуспевающим майором КГБ, а вышел спустя три месяца никем. И ноги еле несли его, то и дело норовя подогнуться. Глаза почти не видели, из-за лекарств, которые ему кололи, у него началось отслоение сетчатки. Он был слабым и немощным. Но голова пока была в порядке, соображал он по-прежнему нормально. Правда, память стала подводить, ведь эти лекарства прежде всего по памяти бьют...

Булатников выхаживал его в буквальном смысле слова. Кормил витаминами, натуральными продуктами с рынка, водил гулять, медленно прохаживаясь рядом с ним по парку и поддерживая под локоть. Приводил на дом врача-офтальмолога, который занимался сетчаткой.

О своем плане он рассказал Владимиру сразу же. Неудачливый больной, бывший майор КГБ должен будет исчезнуть, на его месте появится человек с другим именем и другой биографией. Этот человек возглавит группу из людей, щедро одаренных природой, научит их пользоваться своим даром и будет ими руководить. Булатникову нужен именно он, потому что только в нем счастливо сошлись такие необходимые для реализации замысла черты и качества. Он владеет методиками тренировок и вообще разбирается в проблеме. Он кое-что понимает в оперативной работе, имеет специальное образование и практические навыки. Он ничего не умеет, кроме этой работы, у него нет никакой другой профессии, а этой работы его лишили. Более того, лишили незаслуженно, подло, нанеся удар в спину, коварно. И главное — особо цинично, выдвинув в качестве основного оружия невинную шутку, произнесенную в доверительной беседе. Кроме того, Владимир одинок, отец его скончался несколько лет назад, мать — совсем недавно, братьев и сестер нет, жены и детей тоже нет. Стало быть, его исчезновение никому боли и горя не причинит.

Так появился Павел Сауляк. А потом и группа — Рита Дугенец, молоденькая и наивная, безобидный прохиндей Миша Ларкин, аферист-спекулянт Гарик Асатурян и погоревший на бабах психиатр Карл Фридрихович Рифиниус. Всех их находил и вытаскивал из беды сам Булатников, но работал с ними только Павел. Даже имя Владимира Васильевича упоминать было запрещено. Павел занимался с каждым из них индивидуально, строго следуя той методике, которую разработали в секретной лаборатории. И убеждался, что методика действительно хорошая, грамотная. Даже Рита, которая не могла вообще ничего, кроме как заставить соседа вылить водку в раковину, научилась просто поразительным вещам. Единственным препятствием была ее доброта и наивность. Она не могла внушать людям ничего такого, что грозило опасностью их жизни, если сама знала, что это опасно. При мысли, что она своим внушением ставит под угрозу чью-то жизнь, она мгновенно слабела и теряла способность работать.

— Я не могу причинять смерть, — говорила она виновато. — Прости меня, Паша. У меня не получается. Все-таки это очень большой грех.

Павел не настаивал. Зачем ломать психику девушки? Поэтому он старался использовать Риту на менее сложных заданиях, а также в тех случаях, когда содержание внушения никак не свидетельствовало о намерении причинить смерть. Например, тот случай с Семеновым. Рите и в голову не могло прийти, на что она толкает водителя. У нее никогда не было машины, она никогда ее не водила и вообще плохо разбиралась в правилах дорожного движения. Она была абсолютно уверена, что внушает ему обыкновенное передвижение определенным маршрутом по определенному временному графику. Такое задание она выполняла десятки раз и не видела в нем ничего опасного и предосудительного.

Рита, которая не чувствовала себя ни в чем виноватой, девятнадцатилетняя, наивная и влюбленная, сразу стала говорить Павлу «ты». Она была в этом смысле единственной во всей группе. Трое мужчин, более четко представлявших степень своей замаранности и зависимости от Павла, называли его по имени-отчеству и на «вы». Они-то хорошо понимали, что он — руководитель и работодатель, а они — подчиненные. И только Рита считала Павла прекрасным принцем, который так добр, что поселил ее в отдельной квартире, дал возможность закончить финансовый техникум, да еще и деньги платит за пустяковые услуги. Господи, да она так его любит, так ему благодарна, что готова и бесплатно ему помогать!

К сожалению, Павел многого не понял тогда. И только сейчас, вернувшись после двухлетней отсидки, у него глаза раскрылись.

Неделю назад он предупредил Риту, что появится примерно через месяц. Он так и планировал — закончить в течение месяца свое дело и вернуться к ней. Но прошла неделя, и он неожиданно для себя затосковал. Нет, не в том дело, что он любил Риту. Он не любил никогда и никого. Для души ему достаточно самого себя, а для тела существовало множество женщин, которых можно было использовать в случае надобности, за деньги или бесплатно, но без слов и обязательств. Павел впервые оказался в ситуации, когда никто за него ничего не решал и не придумывал. Вылетев из КГБ, он приобрел руководителя в лице Булатникова. И снова привычная дисциплина, и снова все нацелено только на то, как наилучшим образом выполнить приказ, то бишь задание. Заказчиков искал сам Булатников, отдавал Павлу приказ и потом платил деньги. После гибели Булатникова Павел спрятался в зону, а там все та же привычная, расписанная по часам и минутам дисциплина, порядок, иерархия, законы. Выйдя из зоны, он сразу попал в руки Минаева, который дал задание. И снова все привычно: получил задание — организовал исполнение — получил деньги.

А теперь? Теперь у Павла нет хозяина, им никто не руководит, никто не решает за него, какие задания надо выполнять, а от каких отказываться, сколько денег запрашивать за одно задание и сколько — за другое. Он чувствует себя неуютно, он растерян, он не может так жить. Он не умеет. Его никогда не учили принимать решения, распоряжаясь собственной жизнью. Чужой — пожалуйста, сколько угодно. А своей — нет. Сначала были строгие и требовательные родители, потом армия, потом вуз с казармой, потом офицерская должность, потом за него все решал Булатников, а после Булатникова решал суд и начальник колонии.

И он невольно тянется к Рите, которая еще более беззащитна и растерянна. Ему кажется, что рядом с ней он обретет уверенность. Раз он несет ответственность за нее, значит, эта ответственность и станет для него тем командиром, тем руководителем, который и подскажет, какое решение надо принять. Рита нуждается в нем, и, может быть, хотя бы это вразумит его и научит, как жить дальше.

Он неожиданно скучает по ней. Он звонил ей вчера и сегодня, звонил раз двадцать, и утром, и вечером, и ночью, но она не подходит к телефону. У Павла был ее служебный телефон, но он боялся звонить в сбербанк. Это противоречило его принципам и могло быть опасным. Дома трубку снимает только Рита. В сбербанке полно народу, и ему совсем не нужно, чтобы хоть кто-то слышал, как Рите звонит мужчина. Рита, конечно, человек дисциплинированный и никогда в жизни никому на работе не произнесет его имя, но, если он позвонит ей, да еще неожиданно, она может от радости потерять над собой контроль и радостно крикнуть что-нибудь, назвав его по имени. А этого Сауляку совсем не хочется.

Почему же Рита не подходит к телефону? Случись это еще два года назад, Павел и не думал бы беспокоиться. Рита — женщина свободная, у нее, без сомнения, есть мужчины, и она вполне может у них ночевать. Ничего странного. Но сейчас, после двух недель, проведенных вместе, Рита просто не могла пойти ночевать к другому мужчине, Павел был в этом уверен. Так где же она?

Он с трудом поднялся с дивана, на котором лежал, и вышел на улицу. Телефон-автомат находился неподалеку, рядом со зданием почты, прямо перед входом. Павел бросил жетон в прорезь и снова набрал номер Риты. На этот раз трубку сняли, но голос был мужской.

— Алло! — говорил мужчина. — Я вас слушаю! Алло!

— Здравствуйте, — спокойно произнес Павел, хотя внутри у него все оборвалось. — Я могу попросить Светлану Евгеньевну?

— Светлану Евгеньевну? — повторил мужчина, и Павлу показалось, что он замялся. — Вы знаете, она вышла буквально на пять минут. Вы не могли бы перезвонить? Или ей передать что-нибудь?

— Благодарю вас, — все так же спокойно ответил Павел. — Передайте ей, пожалуйста, что звонил Мартыненко. Я, с вашего позволения, перезвоню попозже.

Он повесил трубку и прислонился спиной к стене телефонной кабины. Вот так. Риты дома нет, а в ее квартире посторонний мужчина. Не любовник, не друг. Не человек, который имеет право там находиться и прекрасно знает, кто живет в этой квартире. Это кто-то совершенно посторонний, кто-то, кто не знает, что никакой Светланы Евгеньевны по этому номеру нет и быть не может, иначе он бы сказал, что Павел ошибся, здесь таких нет. А он не знает, есть такие или нет.

С Ритой случилась беда.

И в этот момент Павел совершенно неожиданно для себя самого вспомнил о другой женщине, которую он уже успел вычеркнуть из своей памяти. Он вспомнил о той, которая его спасла. Он вспомнил о Насте.

Глава 13

Генерал Минаев не верил своим ушам, услышав в трубке голос Павла. Ну надо же, какая удача! Он-то решил, что Павел скрывается от него, и уже начал продумывать, не начать ли его разыскивать, а он сам звонит, голубчик. Нет, поистине Антону Андреевичу черт люльку качал. Он мог вызвать Павла к себе в любой момент, даже не зная, где тот находится, для этого существовал обговоренный способ связи. Но вызов насторожил бы его, а этого Минаеву совсем не хотелось. То, что Павел позвонил по собственной инициативе, было куда как лучше.

— Куда же вы пропали, Павел? — спросил генерал как можно дружелюбнее, стараясь не выдать радостного возбуждения и заинтересованности. — Я уже беспокоиться начал, не случилось ли с вами чего.

— Я отдыхаю. Я выполнил все ваши условия и считаю, что имею право сделать перерыв. Или у вас другое мнение на этот счет?

— Нет-нет, — торопливо заверил его Минаев, — разумеется, отдыхайте. Наша договоренность остается в силе. Вы выполнили мое задание и можете пользоваться квартирой, машиной и документами.

— Антон Андреевич, мне нужна та женщина, которая вывезла меня из Самары.

— Что значит — нужна? — насторожился Минаев. — Зачем? У вас какие-то проблемы, Павел?

— Просто она мне понравилась. Хочу встретиться с ней, познакомиться поближе. Сейчас у меня есть время для этого. Дайте мне ее телефон.

— Но... — Минаев растерялся. Такой просьбы он никак не ожидал, не был к ней готов и не мог сообразить, как правильно поступить. — Видите ли, это не совсем удобно.

— Почему? Мы же с ней знакомы, я для нее не посторонний.

— Если бы она хотела, чтобы вы ей позвонили, она оставила бы вам свой телефон. Раз она этого не сделала...

— Послушайте, Антон Андреевич, — сухо произнес Павел,— я ведь могу начать ее разыскивать по той фамилии, которая была у нее в липовом паспорте. Я, кстати, очень удивился, что вы ее не предостерегли от этого опрометчивого шага. Вы что, хотите, чтобы у нее начались неприятности?

Минаев поежился. Разумеется, Сауляк прав, во всем прав. Но не говорить же ему об этом! А если он начнет наводить справки и разыскивать Анастасию Павловну Сауляк, да еще через милицию, то у девчонки действительно будут неприятности.

— Ну хорошо, — сдался он неохотно, — записывайте.

Он продиктовал Павлу ее домашний номер.

— Между прочим, кто она такая на самом деле? — поинтересовался Сауляк.

— Ну... — Минаев многозначительно усмехнулся. — Это ее собственная профессиональная тайна, пусть она сама вам ее и раскроет, если захочет.

Он уже принял решение и успокоился. В конце концов, Павел выполнил задание, и теперь уже не имеет ровно никакого значения, если он узнает, что из Самары его вывозили при помощи милиции. Это раньше он мог испугаться, рассердиться и сорваться с крючка. А теперь уже все равно. Кроме того, Павла нужно найти. И по крайней мере понятно, что он должен появиться возле этой девчонки.

* * *

День начался суматошно и хлопотно. Мало того, около полудня Гордеев вызвал Настю и велел ей немедленно отправляться в министерство.

— У них появилась кое-какая любопытная информация по серийным убийствам, поезжай, посмотри, что там такое.

— Да кто же мне ее покажет! — безнадежно махнула она рукой. — Они ж сидят на своей информации, как цепные псы. И сами использовать не умеют, и другим не дают.

— Коновалов все устроит. Он же вроде как наш с тобой должник за то, что ты этого деятеля, Саудяка, из Самары привезла. Я с ним договорился, он тебе все материалы покажет.

Но поймать генерала Коновалова оказалось не так-то просто. Гордеев договорился с ним о том, что Настя сможет посмотреть материалы, а вовсе не о том, что Александр Семенович будет безвылазно сидеть в своем кабинете и приехавшую сотрудницу с Петровки примет вне очереди. Настя терпеливо сидела в приемной, Коновалов то уходил куда-то, то возвращался и просил секретаря срочно кого-то разыскать и вызвать к нему, то снова уходил и возвращался не один, и Насте приходилось ждать, когда очередной посетитель выйдет из кабинета. Наконец часам к пяти ей удалось прорваться к генералу. К этому времени ей уже не хотелось ничего, ей не нужны были никакие серийные убийства, потому что безумно жалко было впустую потраченного времени, проведенного в приемной.

— Садитесь, — резким и не очень-то вежливым тоном приказал генерал, указывая Насте на стул. — Посмотрите вот это, быстренько, по диагонали. Мы создаем группу по этим делам. Если хотите, можете поучаствовать.

Он небрежно бросил перед ней папку с материалами, а сам углубился в какие-то бумаги. Настя стала просматривать документы. Ничего нового в них она не увидела. Нераскрытые серийные убийства 1992 — 1993 годов. Все это она уже читала раньше. Были здесь и убийства детей в Уральске. Зачем ей это дали? И почему только сейчас решили создать группу? Дела находятся на контроле в министерстве уже давно, они что же, только сейчас проснулись?

А, вот оно! Теперь понятно, почему главк задергался. В одной из областей, где в 1992 году были найдены убитыми шесть молодых девушек, обнаружен труп мужчины. Очень любопытный труп. Убийства девушек были в свое время объединены в одну серию, потому что у каждой из них убийца вынимал из уха сережку и засовывал жертве в рот. У убитого мужчины во рту тоже обнаружена серьга. Сначала решили, что тот же самый маньяк снова вышел на свой опасный промысел. Убитого дактилоскопировали, взяли у него всевозможные образцы для сравнительного исследования и вдруг с изумлением обнаружили, что его следы в той или иной форме присутствовали возле каждой из погибших девушек. Получалось, что это и был убийца-маньяк. Тогда кто же его убил? Кто бы он ни был, но этот убийца точно знал, кого и за что он убивает. Серьга во рту убитого мужчины не была случайностью. Она была весьма и весьма красноречива.

Настя перевернула страницу. Сообщение из Уральска гласило о том, что обнаружен труп мужчины, на груди которого ножом вырезан православный крест. Точно такой же, как был вырезан на телах одиннадцати мальчиков, убитых три года назад. И отпечатки пальцев этого мужчины были в свое время обнаружены на сумках и портфельчиках убитых детей. Ничего себе! И здесь народный мститель постарался! Однако его осведомленности можно позавидовать. Милиция убийцу-маньяка три года ищет, а он нашел. Да не одного, а двоих сразу.

Больше в папке ничего не было. Настя закрыла ее и стала молча ждать, пока генерал Коновалов соизволит обратить на нее внимание.

— Прочитали? — спросил он, не отрываясь от своих бумаг.

— Да.

— Интересно?

— Любопытно, — сдержанно ответила Настя.

— И что скажете? Идеи есть?

— Есть, — она слегка усмехнулась. — Но для этого кабинета они не годятся.

— Да ну?

Александр Семенович поднял наконец голову от своих бумаг, снял очки и удостоил Настю взглядом.

— А для чего же годятся ваши идеи, позвольте спросить? Для кабинета Гордеева?

— Нет, там они тоже не пройдут. За такие идеи меня Гордеев уволит без выходного пособия.

— Ладно, перестаньте кокетничать и говорите, — потребовал начальник главка.

— Не мешайте палачу, — спокойно сказала Настя. — По-видимому, он лучше нас знает, кого следует покарать. Весь вопрос только в том, кто опустит на голову приговоренного карающий меч.

— Понятно, — кивнул генерал. — И вас от этого не коробит?

— Коробит. Но только в том случае, если меч, как я уже сказала, будет опускать на головы приговоренных самозваный палач. Если же это будет делать государство, то мое правосознание будет чувствовать себя вполне прилично. Позвольте палачу показать нам дорогу к дому жертвы, не мешайте ему искать их. А уж казнить будем мы сами. Правда, кое-чем поступиться придется, но вы ведь, как я понимаю, умирать за принципы не собираетесь.

— Смотря за какие.

— Если нам удастся вычислить палача, мы не будем его задерживать до тех пор, пока он не покажет нам все жертвы. Преступник будет гулять на свободе, и нам придется сознательно пойти на это. Более того, нам придется придумать, как сделать так, чтобы не спугнуть его. Ведь если он, образно выражаясь, показывает нам дорогу к дому жертвы, а назавтра выясняется, что жертву арестовали, наш палач забеспокоится и, вполне возможно, к следующей жертве нас уже не поведет. Вообще-то я на вашем месте начала бы не с этого.

— А с чего?

— С кадров. С личного состава органов внутренних дел этих регионов. Откуда палач может знать, кто именно совершил эти серии убийств? Ответ, по-моему, сам напрашивается. Он — наш сотрудник. По делам было множество оперативной информации, которая была либо разрознена, либо показалась следователю малоубедительной, либо не могла использоваться в качестве доказательства, так как была добыта внепроцессуальными или незаконными методами. Ну, Александр Семенович, будто вы сами не знаете, как это бывает. На человека целое досье собрано, вся страна знает, что он преступник, а арестовать и посадить не могут. Доказательств не хватает. И этот сотрудник милиции ждал-ждал, терпел-терпел, надеялся-надеялся, а потом решил взять дело отправления правосудия в собственные руки. Возможно, в какой-то из этих серий погиб его близкий. Или, может быть, он был уволен из органов в связи с проступком, совершенным как раз во время работы по этим делам.

— Например?

— Например, он задержал убийцу и, будучи человеком несдержанным и эмоциональным, жестоко избил его. А прокурор признал задержание незаконным и велел убийцу освободить. Этот наш сотрудник, может быть, с пеной у рта доказывал, что это и есть тот маньяк, который девушек или детишек порешил, а прокурор бумажки посмотрел, со следователем посоветовался, да и выпустил душегуба за недостаточностью улик. А сотрудника нашего из органов долой за рукоприкладство и заведомо незаконное задержание. Может такое быть?

— Вполне, — согласился Коновалов. — Я понимаю Гордеева.

— В каком смысле? — оторопела Настя.

— Действительно, кроме вас, никто не смог бы вывезти человека из Самары. Я имею в виду, никто не смог бы придумать, как это сделать. Не хотите подумать о перемене места службы?

Настя поскучнела. Она и не предполагала, что разговор может закончиться так банально. Вытянуть из нее идею, заодно посмотреть, на что она годится, потом предложить бросить свою команду. Как будто толковые работники нужны только в главке, а на Петровке и середнячок сгодится. Она с неожиданной теплотой подумала о другом генерале, по рангу равном Коновалову, но руководившем другим главком в министерстве. Иван Алексеевич Заточный знал ее гораздо дольше и намного лучше Коновалова, и Настя ни секунды не сомневалась в том, что он с огромным удовольствием взял бы ее к себе на работу, посадил бы в штаб и поручил заниматься информационно-аналитическими делами — тем, что она лучше всего умела делать и больше всего любила. Но Иван Алексеевич никогда не считал возможным предлагать ей бросить свою команду, бросить полковника Гордеева, а также верного друга, такого теплого и родного Юру Короткова, смешливого любителя хохм и розыгрышей, но при этом абсолютно надежного Кольку Селуянова, трогательного и старательного Мишу Доценко и всех остальных. И только один раз, несколько месяцев назад, когда в отношении Насти началось служебное расследование по поводу ее связи с мафиозными структурами, Заточный сказал: «Не переживайте, Анастасия. Даже если у вашего руководства окажется маловато мозгов и вам предложат уйти, без работы вы не останетесь. Это я вам обещаю». Мозгов у руководства оказалось, к счастью, достаточно, и со служебным расследованием все обошлось.

Генерал Коновалов продолжал смотреть на нее вопросительно и чуть насмешливо.

— Не хотите у меня поработать? — повторил он свой вопрос, но уже в более конкретной форме.

— Прошу прощения, — ответила Настя ровным невыразительным тоном.

— Отчего же, не извиняйтесь, — неожиданно развеселился генерал. — Я вашего начальника Гордеева знаю много лет. И знаю, что по собственной инициативе от него никто не уходит. Уходят, бывает, если в другой службе квартира светит или существенное повышение в должности. Но если есть хоть малейшая возможность не уходить — остаются. Ваш начальник, майор Каменская, человек уникальный, и я рад, что вы это понимаете. Ну а в группу по раскрытию преступлений, о которых мы с вами говорили, пойдете?

— Смотря что делать заставите.

— А что бы вы хотели?

— Александр Семенович, ваша доброта меня пугает, — пошутила Настя. — Когда очень большой начальник спрашивает очень маленького подчиненного: «А чего бы вы хотели?», это к дождю. Или к холодному лету.

— Перестаньте, — поморщился генерал. — Вы уже давно не маленькая девочка, таланты которой нужно рекламировать на каждом углу и при каждом удобном случае доказывать, что вы умная и грамотная. Вас знает все министерство, я имею в виду — ваше имя и некоторые ваши успехи. О вас сплетничают, между прочим. О вас рассказывают легенды и омерзительные гадости. И если вы этого не знаете, то знать должны. Вы давно уже переросли ту должность, на которой сидите у Гордеева, и если вам нравится у него работать, то это не означает, что все остальные должны относиться к вам как к рядовому старшему оперу. Ваша должность — это ваше личное дело, ваш собственный выбор. А вот ваша репутация — это уже нечто иное. Поэтому не надо ерничать, говоря обо мне как об очень большом начальнике, а о себе — как об очень маленьком подчиненном. Ваш начальник Гордеев говорил, что вас невозможно заставить делать то, чего вы делать не хотите. И никакие приказы не помогают. Это, конечно, не по-офицерски, и вряд ли я должен вас хвалить за это. Но это вопрос дисциплины, и пусть голова на этот счет болит у Гордеева. Однако я не хотел бы заставлять вас делать что-то через силу. Поэтому я и спрашиваю: какой участок работы вы хотели бы взять?

Настя тихонько улыбнулась, изо всех сил сдерживаясь, чтобы не рассмеяться, потом не справилась с собой, прыснула и расхохоталась.

— Ловко вы меня сделали, Александр Семенович. Сначала показали вкусное пирожное в виде загадочных преступлений, потом наговорили кучу комплиментов моей якобы гениальности, попутно всячески демонстрируя, что не собираетесь на меня давить и посягать на мою независимость. И вот она я, вся в вашей власти.

— Значит, согласны?

— Ну куда ж я денусь, Александр Семенович! Конечно, согласна. Дайте мне все материалы по личному составу во всех областях, где произошли серийные убийства. Пусть это будет мой кусок.

— Побойтесь Бога, Анастасия Павловна, это же такая скука. Составьте перечень вопросов и дайте мне, я поручу какому-нибудь клерку заняться этими списками. А вы делайте что-нибудь более творческое.

— Вы не поняли, Александр Семенович, — вздохнула Настя. — Вы ничего не поняли. Никакой клерк не сделает с этими материалами то, что нужно.

— Вы заранее уверены в их недобросовестности? — вздернул брови Коновалов, и впервые за все время беседы в его голосе зазвучало раздражение.

— Да пусть они будут хоть тысячу раз добросовестны, все равно от их работы толку не будет. Любая самая нудная и скучная работа превращается в праздник, если у тебя в голове есть идея, которую ты сам придумал и сейчас проверяешь. И в процессе этой нудной работы у тебя появляются все новые и новые идеи. Это и есть самое что ни на есть творческое в оперативной работе. А клерки, которых вы посадите работать со списками, никогда ничего не придумают, глядя на фамилии, названия должностей и номера приказов. Потому что за всем этим нет их собственной идеи, нет частицы их фантазии, а есть глупое распоряжение глупого начальника по просьбе какой-то глупой Каменской.

— Хорошо. Меня предупреждали, что вы бываете резки и грубы. Но вы по крайней мере убедительны. Какие сведения вам нужны?

Настя быстро перечислила информацию по личному составу, которая может ей понадобиться.

— И еще номера телефонов тех сотрудников в каждом регионе, кому я могу в любое время дня и ночи позвонить и задать любые вопросы.

— Вы все получите в ближайшие дни, — пообещал Коновалов, прощаясь с ней. — Гордееву поклон от меня.

Настя все-таки решила вернуться на работу, хотя время было уже позднее. Гордеев был у себя, из-за двери кабинета раздавался его громкий раздраженный голос — он с кем-то ругался по телефону. Настя осторожно приоткрыла дверь и заглянула в кабинет. Кроме начальника, там, к ее удивлению, оказался и Коротков.

— Заходи, — шепотом сказал Юра. — У нас новости. А у тебя?

— Тоже, но не по нашим делам. Колобок меня продал в рабство.

— Кому?

— В родной главк, Коновалову.

— Надолго?

— Как пойдет. Но это не означает, что я не буду здесь работать. Ты же знаешь психологию нашего руководства: то, что самое главное, вы должны делать в рабочее время, а то, что не очень главное, но тоже важное, — в свободное от работы время. А всю остальную работу делайте когда хотите, но чтобы было сделано. Так что новое задание не отменяет старых. А что в нашей лавке?

— Седого опознали.

— Да ты что?! Правда?

— Кажется, правда. Слышишь, как Колобок с округом ругается. У них же есть четкая инструкция, что делать в случае обнаружения трупов без документов. И мы с тобой как порядочные сидим на Петровке и ждем, когда выполнение этой инструкции принесет свои долгожданные плоды. А сегодня выяснилось, что они и не думали ничего делать. Труп в морг отправили и ждут, когда к ним придет ориентировка на лицо, объявленное в розыск. Ты видишь, какие оболтусы? То есть они решили подождать, когда этого седого дядьку кто-нибудь хватится и прибежит в милицию заявлять о том, что он пропал. Милиция, как ты сама знаешь, страсть как не любит такие заявы принимать, она все старается заявителя уговорить, что человек погулять вышел и через недельку вернется. Короче, недели через две после заявления об исчезновении розыскное дело, может, и заведут, но тоже не факт. Потом, через какое-то время пойдет ориентировка с фотографией и описанием одежды. Вот этого сладостного момента наши друзья в Крылатском и решили подождать. Ты представляешь, в какой ярости Колобок?

— И кто нашего седого хватился? Родственники?

— Представь себе, соседи. У него, оказывается, две собаки, ирландские сеттеры. Они же писать хотят, какать и кушать. А никто их не кормит и не выводит. Они и начали выть и лаять. А потом уже скулили от ужаса. Соседи забеспокоились, все-таки одинокий человек, раз собаки так себя ведут — значит, беда. Так и оказалось.

В этот момент Виктор Алексеевич наконец закончил объяснять окружному управлению все, что он о нем думает, швырнул трубку на рычаг и отер лысину огромным носовым платком.

— Явилась, — пробурчал он, но вовсе не сердито. — А я уж думал, ты там навсегда осталась. Ну что, сманил тебя Семеныч?

— Пытался. Но я стойкая. Не далась.

— А что насчет группы? Неужели отказалась?

— Согласилась. Интересно же. А что, не надо было?

— Надо, надо, — как-то рассеянно покивал лысой головой Виктор Алексеевич, словно вопрос о работе Каменской в составе министерской бригады интересовал его меньше всего на свете.

Судя по первоначальным данным, убитый в Крылатском мужчина оказался Константином Федоровичем Ревенко, не работающим, холостым. По отзывам соседей, Ревенко был человеком тихим, спокойным, шумных компаний в его квартире не бывало. Судя по обстановке в квартире, человек он вполне состоятельный, но без шика, свойственного «нуворишам». Дорогие и тщательно ухоженные ружья говорили о его любви к охоте, как, впрочем, и две собаки охотничьей породы. Женских вещей в квартире не было, из чего можно было сделать вывод, что дамы если и появлялись там, то не задерживались. Ревенко действительно незадолго до гибели уезжал из Москвы на три дня, потому что оставлял соседу ключ и просил присмотреть за собаками.

— Ничего не понимаю, — удрученно сказала Настя. — Что может быть общего у этого Ревенко с шустрым Асатуряном? Кто он хотя бы по профессии?

— Размечталась, — Коротков шутливо развел в ответ руками. — Скажи спасибо, хоть имя и адрес есть. А подробности — дня через два, не раньше. Но знаешь, мать, ты была права. С этим Ревенко что-то не так. Ребята, которые вскрывали его квартиру, обнаружили весьма скудный набор документов. Квитанционные книжки для оплаты квартиры, электроэнергии и телефона и две сберкнижки — рублевый депозит и валютный счет. И больше ничего. Ну, допустим, паспорт у него был с собой и преступник заботливо его украл. Но все остальное-то! Ни диплома об образовании, ни трудовой книжки, ни свидетельства о рождении — ничего. Или он все это где-то прятал, или все это украли.

— Или этого не было вообще.

— Как это?

— Вот так. Не было — и все. Юрка, не нравится мне эта история. Надо как можно быстрее раскапывать биографию Ревенко. Чует мое сердце, увязнем мы в этом трупе на долгие недели.

Перед уходом Настя зашла в дежурную часть за сводками. Сегодня с утра она не успела их посмотреть и собиралась сделать это дома. Алексей уехал в Жуковский к родителям, старики затеяли ремонт, и нужно было помочь им двигать мебель из комнаты в комнату, освобождая место для рабочих. Сидя в вагоне метро, она предвкушала тихий одинокий вечер и уже мечтала, как выпьет кофе с парой бутербродов и усядется за компьютер обрабатывать сводки. В вагоне было совсем свободно, места рядом с ней были пустыми, и Настя не смогла удержаться от соблазна. Во всем, что касалось работы, она была по-детски любопытна и нетерпелива. Вороватo оглянувшись по сторонам, словно собиралась сделать что-то неприличное, она достала из сумки сколотые скрепкой листы с отпечатанным текстом. Кражи, разбойные нападения, грабежи, трупы, заявления об исчезновении людей... Она не вчитывалась, глаз привычно скользил по строчкам, останавливаясь только на некоторых ключевых словах. Но это не означало, что Настя читала сводку невнимательно. Все прочитанное сразу же откладывалось в памяти и в нужный момент могло легко быть извлечено и использовано.

Ей повезло с автобусом, ждать не пришлось, и она даже не успела замерзнуть на остановке. Дома она сразу же поставила чайник на огонь, сделала себе бутерброды и уселась на кухне, положив ноги на табуретку и держа в одной руке хлеб с сыром, а в другой — сводки. Эти сухие строчки, состоящие из стандартных оборотов и привычных слов, она могла читать часами как самый увлекательный приключенческий роман. От этого занятия ее оторвал телефонный звонок.

— Анастасия Павловна? — услышала она незнакомый мужской голос.

— Да, я вас слушаю.

— Это Сауляк.

— Павел? — изумилась она. Вот уж кого она меньше всего ожидала услышать. — Какими судьбами?

— Ваш телефон дал мне Минаев. Надеюсь, вы не в претензии.

— Еще не знаю, — сухо ответила она. — А в чем дело?

— У меня к вам просьба... Даже скорее не просьба, а предложение. Я хотел бы нанять вас, если это возможно.

— Это довольно проблематично, — осторожно сказала Настя, лихорадочно пытаясь сообразить, как себя вести. — А что, собственно, у вас случилось?

— Пока не знаю, возможно, и ничего. Видите ли, моя девушка... Одним словом, я не могу ее разыскать.

— Простите, Павел, это не моя специальность. Хотя, конечно, мне лестно ваше доверие. Но слежкой за неверными супругами я не занимаюсь. Обратитесь в частное сыскное агентство, там вам помогут.

— Вы не понимаете, — в его голосе явственно зазвучало нетерпение. — Я ни в чем ее не подозреваю. Но я боюсь, что с ней что-то случилось.

— Какие у вас основания так думать?

— Она не подходит к телефону. Даже ночью. Послушайте, Настя, только не надо мне говорить, что она ночует у другого мужчины. Я слишком хорошо ее знаю.

— Может быть, телефон не исправен. Вы в дверь-то ей звонили?

— Я... Видите ли, меня нет в Москве. Я уехал по делам.

— Так вы что, хотите, чтобы я поехала по ее адресу и позвонила ей в дверь?

— Да, я этого хочу. Вы можете это сделать? Я заплачу вам за беспокойство, сколько скажете.

— Бред какой-то! Она работает?

— Да. Но у меня нет ее рабочего телефона. Поймите же, она ждала меня два года, и после возвращения я все время был у нее. Мне и в голову не пришло спрашивать ее рабочий телефон.

— Ну хорошо, допустим, я приеду, позвоню в дверь, она мне откроет. Дальше что? Что я должна ей говорить?

— Если она дома, просто узнайте, все ли в порядке и почему она не подходит к телефону. Настя...

В трубке повисла пауза. Настя терпеливо ждала, когда Павел скажет что-нибудь еще.

— Пожалуйста, — наконец сказал он. — Сделайте это. Я заплачу.

Она хотела отказаться, но вдруг на нее снова нахлынуло мучительное беспокойство, терзавшее ее все время после возвращения из Самары. Что ее так тревожит? Может быть, эта девушка, подружка Павла поможет разобраться?

— Ну хорошо, — со вздохом сказала она, — диктуйте адрес, телефон и имя.

— Дугенец Маргарита Сергеевна, Севастопольский бульвар, дом 44...

— Как вы сказали? — перебила Настя. — Дугенец Маргарита Сергеевна?

Эту фамилию она видела в сводке. Только что видела, буквально десять минут назад. Она быстро перелистала лежащие на столе бумаги. Да, вот она, Дугенец М.С., Севастопольский бульвар, 44.

— Павел, — быстро сказала она, — будет лучше, если вы вернетесь в Москву.

— Почему?

— Поверьте мне, так будет лучше. Все равно вас уже завтра начнут разыскивать.

— Но почему?

— С вашей девушкой действительно беда. Она убита. Павел, послушайте...

Но в трубке раздался только сдавленный не то хрип, не то стон, а в следующую секунду загудели сигналы отбоя. Он бросил трубку.

Хорошенькое дело! Первое, что приходит в голову — Павел убил свою Маргариту Дугенец и теперь пытается выяснить, обнаружила ли милиция тело. Так случается очень часто. Но... Неужели Павел Сауляк может вести себя так стандартно и глупо? Что-то мало верится.

Телефон зазвонил снова.

— Простите, — послышался голос Павла, — я... С собой не справился. Как это случилось?

— А вас что, не удивляет, откуда я вообще об этом знаю?

— Да... Я плохо соображаю. Рита... В самом деле, откуда вы знаете?

— Разве ваш друг Минаев не сказал вам, что я работаю в уголовном розыске?

— Нет. Он просто дал мне ваш телефон. Что случилось с Ритой?

— Ее задушили. Павел, поверьте мне, вам нужно вернуться. Вы — первый, на кого падет подозрение, потому что вы судимый. Вы вернулись после отбытия наказания, и через две недели вашу девушку находят убитой, а сами вы неизвестно где находитесь. Вся милиция будет поставлена на ноги, вас все равно найдут и привезут в Москву в наручниках. Вы этого хотите? Возвращайтесь как можно быстрее и приходите сами. По крайней мере у вас не будет лишних неприятностей.

— Да, вы правы, — голос его стал более спокойным, видимо, первый шок от сообщения начал проходить. — Я вернусь. Завтра же. Так действительно будет лучше. Настя...

— Да?

— Вы в самом деле работаете в милиции?

— В самом деле.

— Я могу с вами встретиться, когда приеду?

— Конечно. Телефон у вас есть, звоните.

— Я имею в виду — могу я встретиться с вами до того, как явлюсь в милицию?

— Да. Когда вы будете в Москве?

— Завтра, часов в одиннадцать утра.

— Тогда звоните мне на работу. Запишите номер. Я могу вам пообещать, что завтра до полудня я никому не скажу про вас. Но, если вы не объявитесь, мне придется это сделать. И машина будет запущена. Я хочу, чтобы вы это понимали.

— Я понимаю. Я приеду, даже не сомневайтесь. До завтра.

Она осторожно положила трубку на аппарат. Вот

так, Настасья. Мало тебе хлопот, вечно ты ищешь приключений на свою голову. А если он не приедет? Если использует время, которое она ему дала, на то, чтобы скрыться, уйти в тину, залечь на дно? Если она ничего в нем не поняла, и выяснится, что у него банальное мышление недалекого уголовника? Нет, не может быть. Павел может оказаться подонком любой степени, но то, что он не дурак, — это совершенно точно. Он не станет вести себя так глупо.

«Будь я проклят, если когда-нибудь обижу тебя».

«Помни, о чем я тебе говорил».

* * *

Очарование тихого одинокого вечера исчезло. Настя начала нервничать, снова и снова прокручивая в памяти разговор с Павлом и пытаясь понять, все ли сделала правильно, не допустила ли ошибку. Спала она плохо, ворочалась в постели и злилась на себя и на весь свет. То и дело пыталась вспомнить лицо Сауляка, но перед глазами вставали только отдельные детали — маленькие глазки в обрамлении бесцветных ресниц, высокий лоб, впалые щеки, узкий рот, тонкий длинный нос. А вместе все почему-то никак не складывалось.

Утром она встала разбитая и хмурая, и даже горячий кофе и ледяной сок не доставили радости. Придя на работу, она заперлась в своем кабинете с твердым намерением заняться делом, но все из рук валилось. «Пусть уж скорее настанет полдень, — думала она, — все равно Павел не приедет. Я напрасно ему поверила. Он меня обманет, никаких сомнений. Но я дала слово, и должна его сдержать. Пусть скорее настанет полдень, и я с чистой совестью позвоню в управление, которое занимается убийством Маргариты Дугенец. Пусть начинают его искать. Может, еще не поздно, может быть, он не успеет спрятаться очень уж далеко».

Но Павел позвонил в четверть двенадцатого.

— Я в аэропорту, — сказал он. — Куда мне приехать?

— Вся беда в том, что у меня нет алиби, — сказал Павел.

Они сидели в кафе, на втором этаже городского аэровокзала. Насте показалось, что вид у Павла еще более измученный и болезненный, чем тогда, когда он вышел из ворот колонии.

— Почему же его нет? Вы говорите, что уехали из Москвы неделю назад. Маргарита в это время была жива и здорова. По заключению экспертов, ее убили три дня назад. Где вы были всю эту неделю?

— Вы не понимаете. Я могу представить доказательства, но у меня другие документы. Да, я был в разных городах, у меня на руках остались билеты на самолет, я регистрировался в гостиницах, но не под своей фамилией.

— Да, конечно, — усмехнулась Настя. — Если вас так усиленно пасли, когда вы вышли из зоны, то смешно было бы думать, что вы будете жить по своим настоящим документам. Это Минаев вам удружил?

Павел кивнул.

— И вы должны понимать, что обнародовать этот факт я не могу, чтобы не подвести его. Я, собственно, и уехал только потому, что они продолжают меня искать. Две недели я пробыл в Москве, у Риты, я не мог не побывать у нее. А потом уехал, когда понял, что это становится опасным. Мне не нужно было вообще появляться у нее. Но я так скучал...

Настя недоверчиво взглянула на него, но ничего не сказала. Павел Сауляк не производил на нее впечатления человека, который может так сильно скучать по женщине, что забудет о собственной безопасности. Но как знать... В конце концов, она ведь совсем его не знает. Иногда внешне холодные и равнодушные мужчины оказываются способными на страстную и самозабвенную любовь.

— И как же мы будем доказывать ваше алиби? — спросила она. — Если вы не хотите подвести Минаева, у вас только один выход — сказать, что вы украли паспорт и переклеили на него свою фотографию. Или купили его у неустановленного мужчины на рынке.

Возьмите грех на душу, признайтесь в том, чего не совершали.

— Это вы мне советуете как аферистка-актриса или как работник милиции?

— Я вам советую, как дура, — в сердцах сказала Настя. — Как последняя дура, которая неизвестно зачем пытается вытащить вас из беды. А вдруг вы сами убили свою девушку? А я тут с вами кофе распиваю и разговоры разговариваю.

— Не надо так, — тихо произнес Сауляк. — Вы же прекрасно знаете, что я ее не убивал.

— Откуда мне знать? Почему я должна вам верить?

— Вы знаете. И вы мне верите.

— Вот только не надо меня гипнотизировать этими вашими заклинаниями, — сердито откликнулась Настя. — И не надо меня уговаривать. У меня тоже есть свой профессиональный гонор. Не для того я вас с такими мучениями вытаскивала из Самары, чтобы меньше чем через месяц отдать на растерзание следователю и новому суду. Давайте-ка пройдемся по последней неделе, желательно по часам. Когда вы уехали из Москвы? Только точно. Часы, минуты, номер рейса — все подробно.

Павел снова сидел с прикрытыми глазами и старательно перечислял все свои передвижения за минувшую неделю, а Настя, отодвинув чашку с остывшим кофе и хилым бутербродом, записывала на клочке бумаги.

— В Белгороде я устроился в гостиницу «Юность», два дня подряд ездил за город, гулял. Потом, в понедельник вечером, приболел и весь вторник пролежал у себя в номере. В среду мне стало лучше, и я снова поехал за город...

— Кто-нибудь может подтвердить, что весь вторник вы провели в гостинице? — перебила его Настя.

Это было важно. Маргарита Дугенец была убита именно во вторник.

— Дежурная по этажу, горничная. Горничная в первый раз пришла убирать номер часов в одиннадцать, увидела меня, извинилась и сказала, что придет попозже, чтобы меня не беспокоить. Потом она пришла спустя часа два. Я сказал ей, чтобы она не стеснялась и убирала. Я лежал на кровати, и она заволновалась, спросила, не нужно ли врача пригласить. Я отказался. Она включила пылесос, а у меня очень болела голова, поэтому я вышел в холл, где сидит дежурная. Она оказалась очень милой женщиной, угостила меня чаем, пока горничная убирала номер...

— Как вы думаете, они хорошо вас помнят?

— Думаю, да. Горничная, во всяком случае, точно помнит. Вчера я столкнулся с ней в коридоре, и она спросила, как я себя чувствую.

— Они смогут вас опознать по фотографии?

— Надеюсь.

— Ладно. — Настя решительно поднялась из-за стола. — Посидите здесь, никуда не уходите. Мне нужно позвонить. Но я предупреждаю вас, Павел, моя доверчивость не безгранична. Если окажется, что вы меня обманываете...

Она остановилась, подыскивая подходящие слова. Ей очень хотелось сказать что-то вроде «я вас в тюрьме сгною» или «я вам никогда этого не прощу», но от этих слов за версту разило дешевой мелодрамой.

— То что? — спросил Павел очень серьезно.

— Ничего, — резко ответила она. — Но лучше бы вам меня не обманывать.

— Вы все забыли, — сказал он все так же серьезно.

— Что я должна помнить?

— То, что я вам говорил. Я никогда вас не обижу.

Он снова прикрыл глаза, скрестил на груди руки и откинулся на спинку стула. На какое-то мгновение Насте показалось, что они еще не вернулись в Москву, что путешествие из Самары в столицу продолжается и неизвестно, когда и чем оно закончится. Все было так же: его поза, его непроницаемое лицо-маска с закрытыми глазами, стена недоверия и отчуждения, стоявшая между ними.

Она встряхнулась, вышла из кафе и пошла искать телефон. Вернувшись минут через двадцать, она застала Павла все в той же позе.

— У вас в Москве есть жилье? — спросила она, усаживаясь за столик.

Он молча кивнул, не открывая глаз.

— Вы должны будете находиться в своей квартире и никуда не уходить. Я договорилась, ваши липовые документы фигурировать нигде не будут. Сейчас мы с вами поедем в одно место, вас сфотографируют, и вы отправитесь к себе домой. Наш сотрудник сегодня же вылетит в Белгород и предъявит вашу фотографию работникам гостиницы, где вы останавливались. Если они вас опознают и подтвердят все, что вы мне рассказали, считайте, что вам повезло. Вас только допросят, вы должны будете рассказать о своей девушке, о ее образе жизни, о ее знакомых. И все, больше вас не тронут.

— После этого я смогу снова уехать?

— А что, очень надо?

— Я не могу пока оставаться в Москве.

— Боитесь, что ли? — насмешливо спросила Настя.

— Жалею ваш труд и ценю его, — отпарировал он так же насмешливо. — Не для того вы меня тащили через пол-России с четырьмя пересадками, чтобы меня в первый же месяц шлепнули.

Они вышли из здания аэровокзала и поехали на Нахимовский проспект, где их ждали сотрудники милиции, занимавшиеся убийством Маргариты Дугенец.

* * *

Григорий Валентинович Чинцов с огорчением констатировал, что остался как бы без работы. Столько усилий было приложено к тому, чтобы сплести интригу в интересах команды Малькова, а команда распалась. Видно, без конкурентов не обошлось, на вкусный кусок криминального пирога всегда охотники найдутся. А жаль, Мальков платил хорошо. Можно, конечно, предложить свои услуги кому-нибудь еще, надо только выбрать надежного и денежного хозяина. На днях ему предложили приехать для переговоров к одному крупному деятелю, который тоже хотел бы попробовать свои силы в борьбе за президентское кресло.

Сидя в машине, он мысленно прикидывал, какими возможностями располагает на сегодняшний день и что может пообещать новому хозяину. Жаль, конечно, что Саулик сорвался с крючка. Выполнил задание и сказал, что хочет уехать отдохнуть. Обещал, правда, появиться через некоторое время, но когда оно, это время, настанет? Мальков тогда не велел его прижимать, сказал, мол, пусть отдыхает, не надо его сердить. А теперь вот Григорий Валентинович сожалеет об этом поспешном решении. Дали бы Павлу еще какое-нибудь задание, поманили бы хорошими деньгами — никуда бы он не уехал, остался бы в Москве и на связь регулярно выходил бы. А нынче где его найдешь? Упустили, дураки, с досадой думал Чинцов. А все Мальков, перестраховщик. Лучше бы за дочкой своей, идиоткой, присматривал. Вот где надо было перестраховываться-то, а не с Павлом. Да чего уж теперь... Ничего не поправишь.

За рулем серебристой «Ауди» сидел Сережа, один из тех двоих, что ездили за Павлом в Самару. Чинцов не любил сам водить машину, он предпочитал во время поездок подремывать на заднем сиденье. Внезапно машина резко затормозила, заставив Григория Валентиновича недовольно поморщиться.

— В чем дело? — сердито спросил он.

— Это она, — сказал Сережа, показывая рукой куда-то вправо.

— Кто — она?

— Та женщина, которая Саулика встречала.

— Где?! — встрепенулся Чинцов.

— Вон та, в черной куртке, без шапки. Сейчас в магазин заходит.

— Ну-ка отъезжай в сторонку, — скомандовал Чинцов.

Они проехали чуть вперед и остановились. Стекла в машине были тонированными, и Григорий Валентинович мог спокойно оглядывать улицу, не боясь, что его увидят снаружи. Он повернулся поудобнее и стал через заднее стекло наблюдать за входом в магазин. Родственница Павла! Очень хорошо. Если сесть ей на «хвост», можно и до Павла добраться. А нет, так и с ней самой поговорить. А вдруг она тоже?.. Чинцов плохо представлял себе, как именно работает Саулик, но одно знал точно: он умеет как-то воздействовать на людей. Григорий Валентинович был большим поклонником разного рода чудес, с восторгом и замиранием сердца читал о Джуне, о болгарской прорицательнице Ванге, об экстрасенсах, которые умеют, взглянув на фотографию, точно определять, жив человек или умер, где он сейчас находится и даже как его зовут. Чинцов во все это искренне верил и был убежден, что Павел Сауляк — именно такой. Чудотворец, маг и волшебник. А коль такой дар дается природой, то, как знать, может, и родственница его все это умеет. Гены все-таки.

Григорий Валентинович был человеком азартным, и рулетка казалась ему миниатюрной моделью всей жизни. К чему долгий кропотливый труд, скучные упорные занятия, если нужно всего-навсего правильно «поставить» и сорвать миллион одним махом и не прилагая никаких усилий. Надо ждать своего чуда, и оно обязательно случится. Такой исполнитель, как Сауляк или кто-то ему подобный, и есть то самое чудо, которое позволит обогатиться, участвуя в игре ополоумевших политиков, рвущихся к власти. То самое чудо, которое сравнимо с выигрышем, выпавшим на «зеро».

Женщина в черной куртке вышла из магазина, и Чинцов окинул ее оценивающим взглядом. Что-то не больно она похожа на миллионершу, как ее характеризовали Николай и Сережа. И ходит пешком, вместо того, чтобы на машине раскатывать. Впрочем, это, конечно, может быть и случайностью. В ремонте машина, например. Или живет эта дамочка где-то поблизости. Или на машине сам Павел ездит. Чинцов тронул водителя за плечо.

— Я такси поймаю, мне на встречу нельзя опаздывать, а ты посмотри за ней. Вечером доложишь.

Григорий Валентинович вышел из машины, не спуская глаз с идущей впереди женщины. Как бишь ее зовут-то? Кажется, Анастасия Павловна Сауляк. Ну оч-чень любопытная особа!

Глава 14

Работы навалилось столько, что Настя с ужасом думала: «Еще пять минут — и я сломаюсь». Каждые полчаса что-то происходило, ее вызывал Гордеев и давал все новые и новые поручения, к ней заходили коллеги, принося свежую информацию по делам, которые находились у них в работе, и вдобавок почему-то именно в эти дни беспрерывно звонил телефон. Голова у Насти шла кругом, и ей с трудом удалось вспомнить, когда она в последний раз хоть что-нибудь ела. В довершение всего, ближе к концу дня явился гонец из министерства и свалил на ее стол необъятные папки с материалами, которые она просила у генерала Коновалова. А она-то в этой кутерьме и забыла про таинственного палача.

Отследить путь яда, которым отравился Юрцев, до сих пор не удавалось. Зато исследование жизненного пути седого мужчины, убитого в Крылатском, Константина Федоровича Ревенко, привело к очень странным, но отчасти вполне ожидаемым результатам. Ревенко был прописан в Москве всего около десяти лет, а до этого, судя по имеющимся сведениям, жил в Эстонии. Попытки установить, чем он занимался до переезда в Москву и есть ли у него в Эстонии родственники, наткнулись на глухую стену. Независимое прибалтийское государство не желало выполнять просьбы Москвы и вообще в телефонных разговорах русскую речь понимать отказывалось. Тщательный же обыск, проведенный в его квартире (и тут начиналась неожиданная часть), не дал ничего, кроме маленького пакетика с таблетками. С теми самыми. Вернее, с точно такими же. По крайней мере, эксперты утверждали, что таблетированные препараты, направленные для исследования по делу Юрцева и по делу Ревенко, совершенно идентичны и без сомнения изготовлены одновременно и в одинаковых технологических условиях. «Ну ладно, — вздохнула облегченно Настя, — хоть какая-то ясность. Самоубийства Юрцева и Мхитарова можно складывать в одну кучку, добавив туда трупы Ревенко и Асатуряна. Лихая компания!»

Сотрудник уголовного розыска, вернувшийся из Белгорода, с унылым видом сообщил, что работники гостиницы «Юность» без колебаний опознали человека на фотографии и подтвердили, что во вторник, когда была убита Маргарита Дугенец, этот человек весь день провел в своем номере.

— Обидно, — хмуро буркнул оперативник, — такая версия была хорошая. Ранее судимый возвращается из мест лишения свободы и сводит счеты с подружкой, которая его не очень верно ждала. Сейчас бы уже убийство раскрыли.

— Да ладно тебе, — ободряюще сказала Настя. — У вас других версий нет, что ли?

— Есть, да по ним работы выше головы. Ограбление, например. Кто, кроме самой потерпевшей, может знать, пропало ли что-нибудь из квартиры? Жила одиноко, подружек в гости не водила, предпочитала сама их навещать. На Сауляка твоего надежда слабая, если его два года не было, то откуда ему знать точно, какие ценности появились у Дугенец за эти два года. Есть еще одна версия, прямо на поверхности лежит. Дугенец работала в сбербанке старшим контролером, оформляла операции по вкладам и вполне могла приторговывать разглашением тайны вклада. В этой связи ее и порешили. Или те, на кого она отказалась работать, или те, чьи тайны она продала. Но, судя по обстановке в квартире и вещам, у нее не было больших дополнительных заработков. Эх, черт, обидно, что Сауляк сорвался!

Настя его понимала. И в то же время с трудом скрывала радость. Ей очень не хотелось, чтобы оказалось, что Павел ее обманул. И не потому, что он был ей симпатичен и она хотела уберечь его от следствия и суда, вовсе нет. Совсем напротив, он был ей неприятен, она постоянно чувствовала исходящую от него опасность. Он был ей до такой степени чужим, что порой казался существом с другой планеты. Но ей очень не хотелось оказаться обманутой, причем обманутой именно им. Может быть, оттого, что ей не хотелось ему верить и она сама не понимала, почему верит.

— Вас просят побыть в Москве еще два-три дня, вдруг что-то понадобится у вас выяснить, — сказала она Павлу.

— Но потом я могу уехать?

— Видимо, да, если ничего не случится.

Они встретились на Ленинском проспекте. Насте

нужно было заехать в министерство, на Житную, ей позвонили и сказали, что в приемной Коновалова для нее лежит пакет. Пакет она забрала, но вскрывать не стала, она и так уже опаздывала на встречу с Сауляком.

— Вас отвезти куда-нибудь? — спросил он, кивая на свой сверкающий «Сааб».

— Не надо, я на метро доеду, — покачала она головой. Мысль о том, чтобы оказаться наедине с ним в небольшом замкнутом пространстве, в салоне автомобиля, вызывала в ней неясный ужас. «Господи, неужели я его до такой степени боюсь? Этого еще не хватало», — недовольно подумала Настя.

Внезапно Павел схватил ее за руку и сильно сжал кисть.

— Быстро в машину, — пробормотал он еле слышно.

Настя хотела было оглянуться, но по его лицу поняла, что лучше не терять времени. Она нырнула в теплое нутро комфортабельного «Сааба», все еще пахнущее так, как пахнут совсем новые автомобили. Павел молниеносно оказался за рулем и рванул с места так резко, что шины взвизгнули. Был разгар «часа пик», и Настя совершенно не понимала, каким образом он собирается от кого-то удрать, двигаясь по забитым машинами трассам. Но Сауляк, видно, знал Москву отлично. Он въезжал в какие-то переулки, нырял в проезды между домами и сквозные дворы. Настя терпеть не могла быструю езду, всю жизнь она панически боялась попасть в аварию, и сейчас сидела, сжавшись в комочек, втянув голову в плечи и зажмурившись. Наконец ход машины стал более плавным, Павел сбросил скорость, и она поняла, что можно открывать глаза и приходить в себя.

— В чем дело? — спросила она, оглядываясь и пытаясь понять, куда он ее завез. Место было незнакомым, но, судя по дымящим многочисленным трубам — какой-то промышленный район на окраине, возле Кольцевой дороги.

— А вы разве не заметили? Наши друзья из Самары. Кажется, вы говорили, что их зовут Николай и Сергей. Не знаю, как вы, а в мои планы не входит встреча с ними. Хотя, впрочем, — он нехорошо усмехнулся, — я не исключаю, что это вы их навели на меня.

— Зачем? — Она равнодушно пожала плечами. Только что пережитый страх от головокружительной гонки еще не прошел полностью, поэтому она даже не сообразила, что на такие слова можно и обидеться. — Я же знаю ваш адрес. К чему такие сложности?

— Тоже верно. Но у вас весьма своеобразная логика, так что от вас можно ожидать чего угодно. Может быть, вы до сих пор скрываете от них, что работаете в милиции, и продолжаете прикидываться аферисткой. Тогда у вас не может быть моего адреса, я ведь достаточно успешно скрываюсь от всех.

— Вы забыли, что аферистка носит вашу фамилию и от нее вы вряд ли скрываетесь с таким же упорством, как от всех прочих. Не придумывайте, Павел.

— Они не могли меня выследить, — упрямо повторил он.

— И что дальше?

— Значит, они выследили вас. А я ведь предупреждал, что носить мою фамилию опасно. Или вы такая храбрая, что ничего не боитесь?

Настя удивленно взглянула на него, потом расхохоталась.

— Чему вы радуетесь? — недовольно спросил Павел. — Не вижу ничего смешного.

— Это потому, что вы еще не боялись по-настоящему...

* * *

— Это потому, что вы еще не боялись по-настоящему, — ответила она.

Сауляк вздрогнул. Во второй раз она произносит эту загадочную фразу. Впервые она сказала это в Уральске, когда они покупали продукты в магазине. Павел тогда еще хотел спросить, что она имеет в виду, но в это время подошла их очередь платить в кассу, и разговор прервался. И вот опять... А ведь он в последнее время часто вспоминал ее слова и жалел, что не спросил.

— Что вы хотите этим сказать?

— Человек, которому довелось испытать настоящий страх за свою жизнь, обретает способность ежеминутно радоваться тому, что пока не умер. Вот удалось нам с вами выскочить из этой погони и не разбиться — я и радуюсь.

— Что, сильно испугались?

— Очень, — честно сказала Анастасия.

Она полезла в сумку за сигаретами, а Павел молча смотрел в темное пространство перед собой. Неужели она права? Неужели он действительно ни разу не испытывал настоящего, оглушающего, парализующего страха за свою жизнь?

Наверное, так и есть. Долгое время он жил с ощущением, что ничего плохого с ним случиться не может. Его товарищи по детским играм то и дело падали, расшибались, ломали ноги или руки, с ним же ничего такого не происходило. Мама говорила, что его ангел хранит. Вернее, первой это сказала даже не его мама, а мать его школьного друга Эрне, ревностная католичка, а его мама потом повторяла. И даже когда он попал в госпиталь, ангел-хранитель не дал ему сойти с ума и превратиться в развалину, он послал ему Булатникова, который его и спас. А эта женщина, сидящая рядом с ним в машине, похоже, совсем не такая. Молчит, курит, и ему видно, как дрожат ее пальцы.

Неужели эти изверги за ней охотятся? Ему очень хотелось уговорить себя, заставить поверить в то, что она сама виновата, допустила ошибку, взяв для фальшивого паспорта его фамилию. Но ведь на самом-то деле это не ее вина. Она же не знала... Минаев должен был ее предупредить, но почему-то не сделал этого. Забыл? Не подумал? Не предусмотрел? Но в конечном итоге виноват он сам, Павел Саул як. Если бы он не делал все эти годы того, что делал, никому бы и в голову не пришло охотиться за женщиной, носящей его фамилию. Он должен что-нибудь сделать для нее. Однажды она его спасла, теперь его очередь. А Риту он не уберег... Неужели и в ее смерти виноват тоже он? Да нет, одернул себя Павел, не может этого быть. Нелепая случайность. Возможно, попытка ограбления или изнасилования. Нет, только не из-за него. Раз не выследили его, Павла, то и Риту не могли выследить. И потом, кто мог бы ее убить из-за ее связи с Павлом? Никто. Она всегда заботилась о том, чтобы люди, с которыми она контактировала по его заданиям, не могли вспомнить ее внешность. Павел постоянно ездил с ней вместе и внимательно следил за тем, чтобы в момент контакта не было заинтересованных наблюдателей.

— Что вы собираетесь делать? — спросил он Настю.

— Добираться домой.

Голос ее был ровным и спокойным, но Павел уловил в нем легкое напряжение.

— Не боитесь?

— Боюсь, но что от этого меняется? Я же не могу сидеть здесь вечно. Все равно я так или иначе должна ехать домой, а завтра идти на работу.

— Я отвезу вас.

— Да уж, сделайте одолжение. Я вообще не представляю, где мы и как отсюда выбираться.

— Вы живете одна?

— Сейчас — одна.

— Значит, дома вас никто не ждет?

— Нет. Вы хотите спросить, сможет ли мне кто-нибудь помочь в случае осложнений?

— Ну... Примерно.

— Нет. Муж приедет только через несколько дней. Он сейчас у родителей.

— Давайте я отвезу вас в другое место. К вашим друзьям, например.

— У меня нет друзей, к которым можно приехать на ночь.

— Тогда к родителям. У вас есть родители?

— Есть, но я не хочу их волновать. Они сразу поймут, что у меня что-то случилось.

— Хотите, я отвезу вас к себе? На ту квартиру, о которой никто не знает.

— А завтра утром вы повезете меня на работу? Павел, вы предлагаете мне совершенно невозможные вещи.

— Почему невозможные?

— Потому что я предпочитаю спать в собственной постели, отвечать на телефонные звонки и не объясняться с мужем по поводу сомнительных ночевок у неизвестных мужчин.

— У вас что, муж ревнивый?

— Муж у меня нормальный, но даже нормальный характер имеет свои границы, и нарушать их я не собираюсь. Если я скажу ему правду и объясню, почему ночую не дома, он с ума сойдет от волнения и тревоги.

— Тогда у вас только один выход, — сказал Павел. — Я отвезу вас к вам домой и останусь с вами. Полагаю, вас не должно это смущать, мы с вами уже ночевали вместе.

Анастасия повернулась и внимательно посмотрела на него.

— Вы серьезно?

— Более чем. Вы же разумный человек, вы должны понять, что это единственный выход. Вам нельзя оставаться одной.

Она снова замолчала, закурила вторую сигарету.

— Знаете, в чем разница между нами? — внезапно спросила она. — Кроме того, разумеется, что вы мужчина, а я женщина.

— В чем же?

— Вы — практик с тактическим мышлением, а я — стратег и аналитик. Зачем вы убегали с Ленинского проспекта? Это было глупо и неосторожно. И теперь в итоге мы с вами сидим здесь и пытаемся придумать, как выкрутиться. Перед вами стояла задача скрыться от наблюдения, и на данный момент вы ее блестяще выполнили. Но у меня-то совсем другие задачи.

— Какие же?

— Я не стала бы убегать. Побег в этой ситуации неизбежно влечет за собой массу сложностей. Ну убежали мы с вами. А дальше? Дальше-то что? Вы обрекаете меня на то, чтобы постоянно прятаться, опасаться, убегать. У вас нет конструктивного мышления. Вы не ставите стратегические задачи.

— А вы, стало быть, ставите, — усмехнулся он.

— Конечно. Если бы вы просто сказали мне, что видите наших знакомых, я бы придумала, как их обмануть. Я бы вывела на них своих коллег, этих двоих задержали бы и душу из них вынули. Я спровоцировала бы их на такие действия, после которых их встреча с милицией оказалась бы неизбежной. Но предварительно мы бы проследили за ними и выяснили, на кого они работают. А что теперь? Мы с вами здесь, они — неизвестно где. Страху я натерпелась, а ни одного ответа на свои вопросы не получила. Сплошные потери, и ни одного очка в плюсе.

— Извините, — сухо сказал он. — Я больше думал о вашей безопасности, чем о ваших стратегических задачах. И все-таки я настаиваю на том, чтобы вы не оставались одна по крайней мере сегодня.

Она ничего не ответила, и он принял ее молчание как знак согласия.

— Где вы живете?

— На Щелковском шоссе.

Он довез ее довольно быстро, на Кольцевой дороге заторов не было. До самого ее дома они не произнесли ни слова.

* * *

— Проходите, — устало сказала Настя, распахивая перед Павлом дверь своей квартиры. — Хотя я и не уверена, что поступаю правильно. Вероятно, вам лучше уехать к себе. Вы меня доставили, спасибо вам за это. Теперь со мной уже ничего случиться не может.

Павел, не отвечая, критически оглядел входную дверь.

— Она даже не укреплена штырями, — заметил он. — И замочек у вас хилый. Легкомысленная вы дама, должен вам заметить.

— А у меня красть нечего.

— Ну как же, а вы сами? За свою безопасность не боитесь?

— Боюсь, но жалко деньги тратить на дверь. Бессмысленно. Меня можно и на улице взять живьем, если, конечно, кому-то понадобится. Раздевайтесь, раз пришли.

Каждая минута, проведенная наедине с Павлом, отзывалась в ней почти физической болью. Как плохо, что Лешки нет в Москве! Впрочем, нет, она не права, хорошо, что он у родителей. Алексей видел ее насквозь и сразу понял бы, что она чем-то встревожена.

Павел, раздевшись, сразу же прошел в комнату и стал изучать вид из окна, а Настя занялась ужином. Что бы такое приготовить на скорую руку? Она достала из морозильника куриные окорочка и засунула их в микроволновую печь размораживаться. Из двух огурцов и трех помидоров получится вполне пристойный салат, а если в кастрюлю к окорочкам бросить крупно нарезанный картофель и пачку сметаны, то через пятнадцать минут будет готово нечто вроде жаркого. Правда, выяснилось, что в хлебнице, которая была пустой еще три дня назад, почему-то ничего не появилось. Ладно, решила она, без хлеба обойдемся.

— Эй, — позвала она громко, — вы там уснули?

— Отнюдь, — отозвался Павел. — Я любуюсь роскошным автомобилем марки «Ауди», который только что подъехал к вашему дому.

— Питаете слабость к иномаркам? — поддела она.

— Нет, к пассажирам.

Настя бросила резать зелень для салата и подскочила к окну в кухне. С высоты девятого этажа, да еще в темноте она ничего существенного не разглядела.

— Что вы там можете видеть? Темно же.

— А они имели неосторожность сначала остановиться под фонарем и даже вышли на минутку. Потом спохватились и переставили машину. Так что поздравляю вас, они уже и адрес ваш знают.

— Не факт, — возразила она, но не очень уверенно. — Они могли клюнуть на вашу машину.

Она по-прежнему стояла у окна спиной к двери и вздрогнула, когда голос Павла раздался совсем рядом. Он умел ходить совершенно бесшумно.

— Не стройте иллюзий, — усмехнулся он. — За два часа разыскать в огромной Москве машину без помощи милиции невозможно. Да и с ее помощью не всегда удается.

Настя отвернулась от окна и снова принялась за зелень для салата. Павел стоял, прислонившись спиной к стене, и наблюдал за ней.

— Вы не очень-то ловко управляетесь, — наконец заметил он. — Нервничаете?

— Навыка нет, — коротко бросила она, ссыпая мелко порезанные петрушку и укроп с разделочной доски в миску с помидорами и огурцами.

— Что, долго жили с заботливой мамой?

— Наоборот, долго жила одна, привыкла обходиться блюдами попроще.

— А муж что же? Не кормите его?

— Он сам меня кормит. Послушайте, у нас с вами что-то не вяжется. Если они знают мой адрес, значит, выследили меня не сегодня, а раньше. А коль так, то должны были бы проследить меня до работы и сообразить, что я не преступница и не авантюристка. То есть для них никакого интереса не представляю. Стало быть, не я им нужна, а вы. Они ходят за мной только потому, что ждут, когда я встречусь с вами. Вам так не кажется?

— Возможно.

— Тогда вам незачем меня охранять.

— Вы хотите, чтобы я ушел?

Настя подняла голову и посмотрела ему в лицо, но глаза Павла по-прежнему убегали от нее.

— Хочу, — сказала она спокойно. — Это, конечно, не означает, что я выставляю вас за дверь. Мы поужинаем, а потом вы поедете домой.

Он сделал шаг от стены и сел на табуретку, скрестив на груди руки.

— Вы непоследовательны. То вы говорите мне, что вам жаль своих трудов по вызволению меня из Самары, то отдаете меня на съедение этой парочке. Выйдя из вашего дома, я попаду прямо в их объятия. Вас это не смущает?

— Вы очень ловко умеете удирать. Вы мне сегодня это продемонстрировали.

— А вы не боитесь, что ошиблись? Вдруг так выйдет, что я уеду, а они останутся здесь? Вспомните Уральск. Вы мне тогда пригрозили, что уйдете гулять, а я останусь в номере один и без оружия. Меня тогда защищало одно только ваше присутствие. Пока я здесь, они сюда не сунутся. А как только я уеду, они начнут звонить в вашу дверь. И что вы будете делать?

Настя закончила заправлять салат и тоже села за стол напротив Павла. «Он прав, — думала она. — Я не до конца понимаю, что происходит, но чувствую, что он прав. Почему они не сунутся сюда, пока он здесь? Я этого не знаю, но Павел, судя по всему, в этом уверен. Над этим надо подумать. И если им нужен он, а не я, то бессовестно выгонять его на улицу. Выгонять зверя прямо на ловца... Он прав, я непоследовательна. Но, Боже мой, как мне не хочется оставаться с ним! Его присутствие раздражает меня, как скрип металла по стеклу. Надо же, я провела вместе с ним трое суток, пока мы добирались до Москвы, и ничего такого не чувствовала. Наверное, это оттого, что у меня было задание, которое нужно было выполнить независимо от собственных желаний, эмоций и субъективных ощущений. Надо — и все. Нравится не нравится — спи, моя красавица. А теперь никто меня не заставляет терпеть его присутствие, я сама поддалась на его доводы, позволила себя убедить и мучительно пытаюсь сообразить, не совершила ли ошибку. Отсюда и эмоции».

— Хорошо, — холодно сказала она, — можете остаться. Только спать вам придется на полу, раскладушки у меня нет.

— Не беспокойтесь, я посижу на кухне.

— И спать не будете?

— Могу не спать. Это не принципиально. В конце концов, я могу спать, сидя в кресле или на стуле. Вас это не должно волновать.

Раздался мелодичный звон — микроволновая печь деликатно сообщила о том, что жаркое готово. Настя нехотя поднялась и стала доставать из шкафчика тарелки, вилки и ножи. Аппетит у нее пропал, запах тушенной в сметане курицы вызывал отвращение, но она понимала, что должна поесть, иначе скоро свалится в обморок от слабости. Через силу запихивая в себя еду, она старалась отвлечься и думать о работе, о муже, о чем угодно, только не о сидящем напротив нее за столом человеке. Есть люди, и к ним в первую очередь относился ее муж Алексей, в обществе которых ей легко было молчать и чувствовать себя при этом уютно и комфортно. В присутствии Павла ей было неуютно и неудобно, она не могла расслабиться, как неудобно бывает в слишком узкой одежде на людях, когда не можешь расстегнуться, ослабить ремень и развалиться в кресле, вытянув ноги.

Сауляк тоже ел без особого аппетита, угрюмо уставившись в свою тарелку. Но вежливость все-таки проявил.

— Спасибо, было очень вкусно.

Настя молча собрала тарелки, поставила их в раковину и налила чай. Павел подошел к окну.

— Ну что там? — спросила она без интереса.

— Машина стоит.

— А пассажиры?

— Не видно. Может, внутри сидят, а может, гуляют вокруг дома или в подъезде дожидаются. Но это хороший признак.

— Почему? — удивилась Настя.

— Если они до сих пор здесь, значит, пока еще ничего не подложили в мой «Сааб». Если бы они уехали, я был бы уверен, что меня дожидается симпатичная бомбочка.

Все так же молча они выпили чай, напряжение нарастало, и Настя с трудом удерживалась от того, чтобы не начать бить посуду. Разговаривать с Павлом ей не хотелось, и она подумывала о том, как бы сделать так, чтобы разойтись по разным помещениям. Пусть бы он сидел в комнате, пусть даже телевизор включит, а она устроится на кухне и займется чем-нибудь, поработает или просто почитает.

— Я пойду, — внезапно сказал Сауляк, вставая. — Зачем же вам так мучиться? Вы просто места себе не находите.

Настя вздрогнула и подняла голову.

— Куда вы пойдете?

— Все равно. Домой или еще куда-нибудь. Вы правы, мне не нужно с вами оставаться.

— Почему вы передумали?

— Потому что вы с трудом терпите мое присутствие. С таким трудом, что даже не можете это скрыть. Простите. Напрасно я все это затеял.

Настя испытала огромное облегчение, но уже в следующую секунду устыдилась. Что это она, в самом деле? Мало ли неприятных людей было в ее жизни, но ей всегда удавалось четко отделять вкусовое от принципиального, эмоции от интересов дела. Меньше месяца прошло с тех пор, как она спасла Павла от этих самых людей, прилагая всю свою фантазию и изобретательность, и это казалось ей нужным и правильным. А сейчас? Он точно в таком же положении, но она отказывает ему в помощи? Почему же? Неужели только потому, что ей никто не приказал помогать ему сейчас?

— Оставайтесь, — сказала она как можно приветливее и мягче. — И не сердитесь на меня. Я вообще не очень-то разговорчива, а тогда, во время нашей первой встречи, просто корчила из себя болтушку. Так что не относите мою молчаливость на свой счет. Скажу вам откровенно, мне было бы куда легче, если бы вы снизошли до хотя бы каких-нибудь объяснений. Кто эти люди, которые крутились возле нас в Самаре и которых вы видели сегодня? Я не верю в то, что вы их не знаете. Почему они появились возле нас? Что им нужно? Я уверена, вы прекрасно знаете ответы на мои вопросы, но вы молчите, и меня это настораживает.

Настя сделала ровно полшага — именно столько она отмерила себе для этой фразы. Следующие полшага она сделает мысленно. Не может человек, имеющий такой опыт работы в качестве агента-профессионала, вести себя так, как повел себя сегодня Павел Сауляк. Он не должен был просто убегать, не сделав ни малейшей попытки выяснить, кто такие его преследователи. Любой опытный человек постарался бы придумать хоть какую-нибудь комбинацию, которая заставила бы преследователей раскрыться. Но Павел этого не сделал. Стало быть, для него в этой ситуации секретов нет, а есть только необходимость избежать контакта. Это первое, и это и были те полшага, которые Настя Каменская сделала, что называется, «вслух». А вот второе нравилось Насте куда меньше. Павел не просто знает, кто такие эти люди и откуда они взялись. И Павел совсем не дурачок, неопытный и импульсивный, который, увидев подозрительных личностей, хватает ноги в руки и изо всех сил кидается удирать. Кроме того, он целых три дня провел в обществе Анастасии по пути из Самары в Москву, он встречался с ней после загадочной гибели Риты, он сам обратился к ней за помощью, иными словами, он знает о Насте вполне достаточно, чтобы сообразить, что она никогда не будет сломя голову удирать от неясной ситуации, она сунет голову в пекло и начнет с любопытством оглядываться по сторонам, при этом стараясь сделать так, чтобы само пекло работало в режиме рефрижератора. Ведь все три дня пути она вела себя именно так, то и дело провоцируя преследователей и с интересом глядя, как они отреагируют, чтобы по этой реакции делать какие-то выводы. И когда Павлу нужно было выйти там, в баре, она не стала придумывать ничего хитроумного, а просто подошла к двоим преследователям и нагло завела с ними разговор, да не о чем-нибудь, а именно о том, что они тащатся за Павлом от самой колонии. И то, как Павел повел себя сегодня, буквально запихнув Настю в машину и увозя ее от Николая и его молодого напарника, говорило само за себя весьма и весьма красноречиво: он не только прекрасно знал, кто такие эти люди, он не хотел, чтобы это узнала Настя. Он не хотел, чтобы она проделывала все те действия, которые потом так детально описала ему, когда упрекала его в том, что он недальновиден и не дал ей решить свою стратегическую задачу. Настя поняла это еще тогда, в машине, когда с досадой говорила Павлу о том, что он поступил поспешно и необдуманно. Говорила и внимательно наблюдала за его реакцией. Не такой Павел Сауляк человек, чтобы молча проглотить упреки со стороны женщины, если это упреки не по поводу невымытой посуды, а связаны с его профессией. И тот факт, что он молча выслушал ее и ничего не возразил, не привел никаких аргументов в пользу своего образа действий, более того — извинился, говорит только об одном: он готов все стерпеть, только бы Настя никогда не узнала, кто эти люди, их преследователи. Он готов делать вид, что оберегает ее, Настю Каменскую, от контакта с ними. На самом же деле, и теперь Настя была в этом абсолютно убеждена, он оберегает ИХ, Николая и Сергея, от контакта с ней.

И теперь она ждала, как же Сауляк отреагирует на ее высказывание. В том, что он не станет рассказывать правду, она и не сомневалась, но ей было интересно, как он будет выкручиваться. Ведь, в конце концов, она оказывает ему услугу, позволяя остаться в своей квартире до утра, и не может он в ответ на это проявить грубость и сказать что-нибудь типа «не ваше дело». То, что в ответ она услышит уклончивую ложь, было понятно заранее, зато по содержанию этой лжи можно будет составить некоторое представление о личности самого Павла. Ведь она сама говорила ему: не старайся понять, правду ли тебе сказали, попытайся понять, почему этот человек в этой ситуации счел необходимым и правильным сказать тебе именно эти слова, и тогда ты узнаешь правду.

— Видите ли, мне не хотелось бы вдаваться в подробности моей деятельности под руководством Булатникова, — ответил Павел, по-прежнему не глядя на Настю. — Вы не можете не понимать, что генерал-лейтенант, руководитель управления в таком могущественном ведомстве, имел дело с очень деликатными и щепетильными ситуациями, и даже сейчас, когда после его смерти прошло больше двух лет, я не считаю себя вправе разглашать то, что знаю. Это чужие секреты, чужие тайны, и я полагаю, что вы меня поймете правильно.

«Так, — мысленно прокомментировала Настя, — уклончивость уже имеем. Теперь будем ждать, когда появится ложь».

— Разумеется, — кивнула она, — я и не посягаю на все ваши профессиональные секреты. Но меня интересуют только эти двое, которые с завидным упорством ищут встречи с вами. И знаете, что меня особенно интересует? То, что от наших преследователей осталась ровно половина. «Волчья шапка» от вас отстала, мой поклонник тоже. Им вы больше не нужны. А вот эта парочка проявляет достойную похвалы настойчивость. И я не верю, что у вас нет объяснения этому. Если же объяснение у вас есть, но вы не хотите сказать об этом мне, то я вынуждена констатировать, что вы пытаетесь меня обмануть, вы неискренни со мной. Вы обратились ко мне, когда вам нужна была помощь, когда вы разыскивали свою девушку, и потом, когда нужно было как-то доказать ваше алиби, не разгласив при этом пикантные детали вашего сотрудничества с генералом Минаевым. Я была вам нужна, я и сейчас вам нужна, и вы просто пользуетесь мной, как вещью, которой не нужно ничего объяснять, потому что вещь — она и есть вещь, она должна исправно функционировать, а не задавать вопросы.

— Я полагаю, что это чистая случайность, — ответил Павел. — В Екатеринбурге все четверо нас потеряли, а найти нас в Москве удалось только этим двоим. Дело, как мне кажется, совсем не в том, что у двоих надобность во мне отпала, а у Николая и его приятеля Сережи интерес к моей скромной особе оказался более стойким. Интерес есть у всех, просто этим двоим повезло больше. Я ведь уже говорил, я достаточно успешно скрывался, именно потому и уехал из Москвы. Если бы я не вернулся сейчас из-за Риты, они бы не нашли меня.

— Вы забыли, — мягко напомнила ему Настя, — что они нашли не вас, а меня. А только потом — вас. Сам факт того, что им известен мой адрес, говорит о том, что они выследили меня раньше, чем мы с вами сегодня встретились. И мне очень хотелось бы знать, как развивались бы события, если бы вас не было в Москве сейчас.

В его лице что-то дрогнуло, и Настя поняла, что подобралась к неприятной для Павла истине слишком близко. «Хватит на первый раз, — решила она. — Отступим чуть-чуть назад, пусть передохнет. Настасья, тебя ничто и никогда не исправит. Полчаса назад ты готова была визжать от раздражения и отдать все ценное, что у тебя есть, только бы Сауляк убрался из твоей квартиры. А сейчас ты затеяла игру, ты начала работать, и раздражения как не бывало. Твоя любовь к решению задачек до добра тебя не доведет».

— Впрочем, справедливо говорят, что история не знает сослагательного наклонения. Поэтому нет смысла рассуждать о том, что было бы, если бы... Хотите еще чаю?

— Нет, благодарю вас. Я хотел сказать...

— Да?

— Вам не обязательно развлекать меня разговорами. Занимайтесь тем, чем занимались бы, не будь меня здесь. Не обращайте на меня внимания.

«Ах ты Боже мой, какие мы деликатные, — ответила Настя мысленно. — Не хочешь со мной разговаривать, стало быть. Боишься, что ли? Не понравилось тебе, Павел Дмитриевич, куда наш разговор зашел? Ладно, помолчим».

Она быстро вымыла посуду и ушла в комнату, оставив Павла на кухне. Наконец-то она осталась одна, и можно вскрыть конверт, оставленный для нее генералом Коноваловым. В конверте оказалось всего несколько листов — ксерокопии документов, из которых весьма недвусмысленно следовало, что таинственный палач привел в исполнение приговор еще одному преступнику, убившему в конце 1992 года всю семью депутата, известного своими демократическими взглядами. Жертв было пять — сам депутат, его жена, двое детишек трех и восьми лет и пожилая мать депутата, приехавшая погостить в семье сына. Все жертвы были застрелены из пистолета, а сам пистолет лежал на груди у депутата, и конец ствола касался подбородка убитого мужчины. Палач, расправившийся со своей очередной жертвой, позаботился о том, чтобы пистолет был положен на тело убитого в точном соответствии с тем, что сделала сама жертва три с лишним года назад.

Произошло это совсем не в тех областях, где имели место два предыдущих случая, стало быть, необходимо запрашивать документы по кадровым перестановкам еще и оттуда. Теперь Насте выдвинутая ею же версия казалась не очень-то правдоподобной. Можно было допустить, что нашелся сотрудник милиции, который в период расследования кровавых преступлений в двух регионах успел поработать и там, и там. Но в трех? Это уже слишком. Скорее всего идет утечка оперативной информации из органов внутренних дел всех трех регионов, и «утекает» эта информация к одному человеку, который решил взять на себя функции правосудия. Может быть, в УВД этих регионов работают друзья палача. А может быть, он просто покупает нужную ему информацию. Сегодня для того, чтобы купить милиционера, много ума не надо. Проведенный недавно в Москве эксперимент показал, что из семи патрульных групп только одна какое-то время своего дежурства занималась предписанным ей делом, а остальные шесть сразу же отправились к местам частной торговли собирать дань и свозили вещи на квартиру, которую специально для этих целей и держали.

Настя сидела на диване, поджав под себя ноги и разложив вокруг бумаги, и погрузилась в такую глубокую задумчивость, что забыла о времени. В квартире было тихо, так тихо, словно она находилась здесь одна, ничто не мешало ей думать, и когда она спохватилась, шел уже первый час ночи. Быстро сложив бумаги в конверт, она соскочила с дивана и вышла на кухню. Павел сидел в своей любимой позе — откинувшись назад и прислонившись к стене, скрестив руки на груди и закрыв глаза. Лицо его было неподвижно, глазные яблоки под тонкой кожей век не двигались, и Насте показалось, что он спит.

— Я могу постелить вам на полу, — сказала она.

Сауляк тут же открыл глаза.

— Не надо, я уже говорил, что могу спать сидя.

— Вам нравится демонстративно приносить жертвы? — насмешливо спросила Настя. — Или вы продолжаете корчить из себя супермена, который может не есть, не пить и не спать? Тоже мне, киборг.

— Делайте как вам удобнее, — спокойно ответил Павел. — Если вам лучше и удобнее, чтобы я лежал на полу рядом с вашим диваном, — пожалуйста. Если вас нервирует мое присутствие — я посижу на кухне. Поймите же, я ценю вашу помощь и хотел бы причинить вам минимум неудобств.

«Ишь ты, — подумала Настя, — ну как после такой тирады оставить тебя на кухне! Ведь это означало бы признание, что твое присутствие меня действительно нервирует. Черт с тобой, придется терпеть тебя рядом с диваном, но это и лучше, во всяком случае, я в любой момент смогу видеть тебя, а не прислушиваться к звукам на кухне и не гадать судорожно, чем ты там занимаешься и не точишь ли огромный острый нож с нехорошим намерением воткнуть его мне в глотку».

Она вытащила с антресолей матрас, бросила его на пол посреди комнаты, достала из шкафа подушку, шерстяное одеяло, комплект постельного белья и отправилась в душ. Когда она вернулась в комнату, Павел лежал на матрасе, укрывшись одеялом. На подушку была надета наволочка, однако простыня и пододеяльник лежали аккуратно сложенными на кресле. Настя заметила, что там же, на кресле, лежал джемпер Павла, но никакой другой одежды она не увидела и поняла, что он лег не раздеваясь, точно так же, как ложилась под одеяло она сама, когда ночевала вместе с ним в гостиницах.

Настя погасила свет и забралась в постель. О том, чтобы уснуть, не могло быть и речи, и она, свернувшись в уютный клубочек, продолжала размышлять то о палаче и о том, как его вычислить, то о Павле и двоих преследователях. Сауляк лежал очень тихо, но она никак не могла забыть о его присутствии. Иногда ей удавалось ненадолго задремать, но сон был неглубоким и тревожным, и она вскоре просыпалась, вздрагивая и чувствуя себя все хуже и хуже. В конце концов она оставила бесплодные попытки отдохнуть и стала просто ждать, когда в половине седьмого зазвенит будильник.

Как только электронный звоночек бибикнул в первый раз, Настя тут же прихлопнула кнопку ладонью, встала и ушла в ванную. Когда через пятнадцать минут она вышла оттуда, Павла в квартире уже не было. Настя подошла к окну и посмотрела вниз. Ни черного «Сааба» Сауляка, ни серебристой «Ауди» на улице не видно. Она недоуменно пожала плечами и стала варить кофе. После бессонной ночи голова была чумная и вялая, и мысли в ней шевелились медленно и неохотно.

Она допивала вторую чашку кофе, когда звякнул дверной звонок. Настя вздрогнула и, прежде чем идти открывать, выглянула в окно. «Сааб» Павла стоял прямо под окнами.

— Прошу извинить, — холодно сказал Павел, входя в квартиру, — мне нужно было кое-что проверить. Я хотел убедиться, что мне не подсунули ничего взрывающегося в машину. Заодно и увел их подальше от вашего дома, чтобы вы могли спокойно отправляться на работу.

— А зачем же вы вернулись? — удивилась Настя.

— Хотел попрощаться. Завтра я снова уеду, а может быть, и сегодня. Вряд ли мы с вами увидимся в ближайшее время, если, конечно, опять что-нибудь не случится. Вы оказали мне гостеприимство, и я не хочу быть невежливым. Кроме того, я обещал, что утром отвезу вас на работу.

«Ну, хитрец! Ты же вскочил ни свет ни заря с одной-единственной целью — увести эту парочку подальше от меня. Почему же ты так не хочешь, чтобы я с ними пообщалась, а? Почему ты так боишься, что я узнаю, кто они такие?»

— Это не обязательно, — улыбнулась она. — Я прекрасно доеду до работы на метро. Позавтракаете со мной?

Он отрицательно покачал головой.

— Если вы не хотите, чтобы я вас отвез, тогда я пойду.

— Идите, — кивнула она, зябко кутаясь в халат: в прихожей было намного холоднее, чем в кухне, где уже почти час были включены конфорки.

— До свидания.

— Всего доброго, Павел.

— Берегите себя.

— Постараюсь. И вы тоже.

— Будьте осторожны.

— И вы тоже, — усмехнулась Настя, отметив про себя, что он снова не называет ее по имени. Странные все-таки манеры у этого господина Павла Сауляка!

Закрыв за ним дверь, она подошла к окну и стояла там до тех пор, пока не увидела, как Павел сел в машину и уехал. И только после этого она почти физически ощутила, как напряжение, вызванное его присутствием, стало отпускать ее.

Часть IV

ЧЕРНАЯ КОШКА В ТЕМНОЙ КОМНАТЕ

Глава 15

Настя вплотную занялась деятельностью таинственного палача и тут же начала делать маленькие открытия. Во-первых, убийство депутата, хотя и находилось на контроле в министерстве, но не входило в число тех преступлений, для раскрытия которых была создана группа, ибо не относилось к категории серийных. Во-вторых, количество приказов по личному составу в некоторых областях было на порядок выше, чем в других, где тоже имели место серийные убийства. И в-третьих, все три жертвы палача были казнены как раз в тех регионах, где наблюдалось чрезмерно большое количество приказов по кадрам.

Работа была невероятно трудоемкая, требовавшая внимания, тщательности, скрупулезности и хорошей памяти. Все вечера, не говоря уж о выходных днях, Настя проводила за компьютером, составляя списки, схемы, таблицы и программы обработки данных. В конце концов ей стало казаться, что она знает наизусть поименно весь личный состав органов внутренних дел в десятке областей России. Она постоянно требовала у Коновалова все новые и новые данные и получала от него толстые папки и длинные рулоны распечаток. Прошло почти две недели, пока она не сделала свое четвертое маленькое открытие, которое оказалось самым важным.

Настя пришла в министерство к Коновалову, неся в сумке дискету: она помнила, что в кабинете у генерала стоит компьютер, правда, ни разу не видела, чтобы Александр Семенович им пользовался. На этот раз долго ждать ей не пришлось, генерал принял ее почти сразу.

— Вот смотрите, — говорила Настя, включив компьютер и вставляя в него принесенную с собой дискету, — это карта России. Синими кружочками обозначены области, в которых есть нераскрытые серийные преступления. Красными кружочками — области, в которых в 1993 году шла интенсивная смена кадров органов внутренних дел.

— А черными кружочками что обозначено? — поинтересовался Александр Семенович.

— Подождите, до них я еще дойду. Давайте все по порядку. В той папке, с которой, собственно, все и началось, лежали материалы по двенадцати сериям убийств, верно?

— Верно, — подтвердил начальник главка.

— Вот они, двенадцать синих кружочков. Из этих двенадцати синих кружочков пять имеют рядом с собой кружочки красного цвета. Вам это ничего не напоминает?

— Пока нет. А что должно напоминать?

— Всемирную историю, — пошутила Настя. — Поджог рейхстага, например, или отдельные эпизоды борьбы против зарождающегося христианства.

— Нельзя ли попроще? — поморщился Коновалов.

— Можно и попроще, — покладисто согласилась она. — В пяти регионах происходит серия жестоких убийств, после чего начинаются интенсивные кадровые перестановки в системе органов внутренних дел. Еще в семи регионах, где происходят такие же жестокие убийства, бурных кадровых перемен нет. Вы как руководитель можете дать этому объяснение?

— Тут не нужны никакие объяснения, — пожал плечами Коновалов. — Одно с другим не связано.

— Да ну? Прямо так и не связано? Вы уже забыли, как ровно год тому назад в связи с убийством известного тележурналиста в Москве ни с того ни с сего сменили начальника ГУВД и прокурора, а нашему министру даже недоверие высказали в парламенте? Забыли?

— Ну хорошо, допустим, одно с другим связано. Я хочу выслушать ваши объяснения и предположения.

— Пожалуйста, только наберитесь терпения, Александр Семенович. Значит, мы с вами установили, что в пяти регионах, где имели место преступления, совершенные маньяками, поменяли руководство УВД, а следом за этим примерно семьдесят процентов личного состава. Далее, обратите внимание на красные кружочки. Из десяти регионов, где шла интенсивная смена кадров, в пяти, как мы только что установили, были совершены серийные убийства. А еще в пяти? Там-то что произошло, из-за чего милицейские кадры поменялись? И выяснилось, что из оставшихся пяти регионов в двух тоже есть нераскрытые преступления, которые в серии не попали, но которые вызвали в свое время большой общественный резонанс. И только в трех регионах в период, предшествовавший смене кадров, ничего эдакого не происходило. Вот эти регионы и обозначены черными кружочками. Теперь смотрите, что получается. Есть два различных фактора: смена милицейских кадров и наличие тяжких нераскрытых преступлений, о которых известно всему населению области. И есть семь регионов страны, где наличествуют оба фактора. В пяти областях — серийные убийства, в двух — не серийные, но тоже очень громкие, и во всех семи — почти полная смена кадров на ключевых постах в нашей системе. Я понятно рассказываю?

— Вполне, — усмехнулся Коновалов.

— Пойдем дальше. В трех из этих семи регионов уже отметился некто, кого мы условно называем «палач». И вопрос состоит в том, чтобы понять: связана ли деятельность палача с теми двумя факторами, о которых я только что вам сказала. Если связана, то следующие жертвы будут в оставшихся четырех регионах, стало быть, искать и отлавливать палача надо именно там. Понимаете? В следующий раз он должен появиться не в любом из регионов, где есть нераскрытое тяжкое преступление, а только в одном из вот этих четырех, — Настя несколько раз дотронулась концом карандаша до экрана компьютера. — И если мы сумеем поднять все оперативные материалы и взять под наблюдение всех, кто так или иначе подозревался в этих преступлениях, но чья вина не нашла подтверждения, то мы таким нехитрым образом обязательно найдем палача, потому что он, следуя своей логике, должен объявиться возле хотя бы одного из этих людей.

— Разумно, — согласился Коновалов. — А по персоналиям у вас есть соображения? Удалось вам очертить круг людей из числа наших сотрудников, кто мог бы оказаться этим палачом?

— Кое-что удалось сделать, — сказала Настя, нажимая кнопки на клавиатуре компьютера, — но очень приблизительно. Вот список номер один, здесь перечень сотрудников, работавших начиная с 1992 года и по настоящее время во всех трех регионах, где уже объявлялся палач. Перечень, как видите, очень маленький, всего три человека, но это и понятно. За четыре года можно сменить пять-шесть мест работы, это случается, но чтобы при этом переезжать из области в область? Для этого нужен совсем особый характер и совсем особые обстоятельства. Далее, список номер два. Сотрудники по каждому из трех регионов, уволенные в интересующий нас период за различные нарушения законности, в основном за рукоприкладство в отношении задержанных и арестованных, за заведомо незаконный арест и так далее. Эти списки очень большие, но вы должны иметь в виду, что по таким основаниям очень часто увольняют в период массовых чисток, что, собственно, и имело место во время интенсивных кадровых перестановок. Поэтому я сделала два дополнительных списка уже с соблюдением хронологии. Список номер три — это те, кто был уволен в период после совершения первого из серийных преступлений и до назначения нового начальника УВД. Список номер четыре — уволенные после назначения нового руководства, то есть уже непосредственно в период чистки.

— И какому из списков следует уделить больше внимания? — спросил Александр Семенович.

— Если твердо следовать нашей с вами логике, то первому и третьему. Но я ни в чем не уверена, Александр Семенович. Это же я сижу здесь, в вашем теплом кабинете, придумала, что палач — наш сотрудник, бывший или действующий, располагающий оперативной информацией по этим преступлениям. Ему, дескать, дали по рукам, когда он уже почти схватил маньяка. И он, видя беспомощность официальной правоохранительной системы, решил расправиться с убийцами. Откуда он черпает информацию по другим преступлениям? От своих друзей, которые работают в милиции в других областях России. Может, он раньше учился с ними вместе или работал. Но поймите, Александр Семенович, это только одна версия. Есть и вторая, но она по сути близка к первой. Палач не является нашим сотрудником, ни бывшим, ни действующим, но тем не менее друзья в милиции у него есть, и их много. Во всех трех регионах. Так может быть, если они вместе где-то учились, заканчивали один и тот же вуз. Вот вам список номер пять, где сотрудники всех регионов сгруппированы в зависимости от вуза, который они заканчивали. Но толку от этого списка не очень много, я его на всякий случай сделала. И вот, наконец, список номер шесть. Это перечень сотрудников, имеющих одновременно несколько из интересующих нас признаков. Например, уволен еще до наступления кадровых чисток и имеет однокашников в других УВД. Или до сих пор работает, имеет товарищей по институту в других УВД и непосредственно занимается интересующими нас преступлениями. И так далее. Список не крошечный, но вполне доступный для отработки.

— Итак, подведем итог, — кивнул Коновалов. — Вы предлагаете взять под наблюдение две группы людей: всех фигурантов, проходивших по делам о нераскрытых тяжких преступлениях, и всех лиц из вашего шестого списка. Я правильно вас понял?

— Правильно. Поняли вы меня правильно.

— А почему так уныло? — удивился генерал. — Устали?

— Нет, не в этом дело. Поняли вы меня правильно, только я не уверена, что придумала все правильно.

— Не волнуйтесь, ваша версия не единственная, мы и другие отрабатываем.

— Тогда нужно сделать еще одну вещь: посмотреть, попадали ли жертвы палача в сферу внимания сотрудников милиции, занимавшихся раскрытием этих преступлений. У меня нет этих данных, а без них невозможно понять, в правильном ли направлении я двигаюсь.

— Хорошо, я дам указание, завтра вам сообщат.

Из министерства Настя поехала домой. В метро

она попыталась почитать книгу, но в голове непрерывно крутились фамилии, фамилии, фамилии... Как навязчивая песенка. Она старалась выбросить их из головы и думать о других делах, но ничего не получалось. Вместо этого то и дело возникали все новые идеи о том, что еще нужно проверить, что сопоставить, что выяснить. Она никак не могла отключиться от деятельности таинственного «палача», очень уж необычной была ситуация.

Дома ее ждал Алексей, и это вселяло надежду на то, что отвлечься все-таки удастся.

— Что-то ты рано сегодня, — удивился Леша. — На дворе еще не ночь, а ты уже дома. Забастовку объявила? Работать отказываешься?

Она с удовольствием съела приготовленный им ужин и даже не стала возникать по поводу включенного в комнате телевизора — Алексей любил слушать новости, находясь на кухне и раскладывая пасьянс, потому и включал телевизор на полную громкость. Настя терпеть не могла громких звуков, но сегодня пребывала в благодушном настроении и смирилась.

Она уже вымыла посуду и с удовольствием подумывала о горячем душе и мягкой постели, когда раздался звонок в дверь. На пороге возник Михаил Доценко, и при всем его обаянии и внешней привлекательности нельзя было сказать, что синяк под глазом и царапина на щеке его сильно украшают.

— Ничего себе! — присвистнула Настя, оглядывая Мишу с головы до ног. — Где это вы так, Мишенька? Впрочем, погодите, сначала вам надо умыться и привести лицо в порядок, потом расскажете.

Миша долго возился в ванной, смывая с лица грязь и засохшую кровь и прижигая царапины перекисью водорода, но зато когда вышел, то вид у него был куда лучше. Настя тут же поставила перед ним тарелку с едой и чашку с дымящимся чаем.

— Поешьте, Миша, потом будете рассказывать. Вы по-прежнему возитесь с этим автомобилем?

— Уже не вожусь, — сообщил Доценко, жадно поглощая отбивные с цветной капустой. — Я его номер выяснил. Только что.

— И за это вас побили?

— Как посмотреть, — улыбнулся Миша. — Били-то, конечно, меня, а вот с места драки удирали они, а не я. Господи, Анастасия Павловна, сколько же дураков в преступном мире развелось! Я иногда даже удивляюсь: почему же мы их всех повыловить не можем, если среди них столько идиотов?

— Объясняю, Мишенька, — усмехнулась Настя. — Потому что среди нас дураков тоже много. Вы когда-нибудь задумывались над тем, чем преступники отличаются от всех остальных?

— Ну... — Доценко даже поперхнулся. — Это же очевидно.

— Нет, Миша, не очевидно. И мне очень жаль, что вы все забыли. Работа вас испортила.

— Вы о чем?

Он положил вилку и удивленно уставился на Настю.

— Вы помните, при каких обстоятельствах мы с вами познакомились?

— Вы были в командировке в Омске и пришли в нашу высшую школу милиции. А наша группа как раз экзамен сдавала.

— Верно. И когда подошла ваша очередь отвечать, вы стали рассказывать экзаменатору свой вопрос «Личность преступника». Хорошо отвечали, гладко, по учебнику и разным монографиям. Экзаменатор вас слушал, слушал, а потом и спрашивает: «Так все-таки чем отличается личность преступника от личности непреступника, если в двух словах?» Я поняла, что он вас провоцирует на то, чтобы вы снова начали рассказывать ему про дефекты воспитания, отсутствие моральных ориентиров, узость интересов, корыстную направленность и так далее. А вы, Мишенька, улыбнулись, плечами пожали и просто так ему отвечаете: «Ну если в двух словах, то разница только в том, что один совершил преступление, а другой — нет». И тогда я поняла, что вы должны работать в нашей команде. Потому что мыслите четко и не даете сбить себя с толку даже крупным авторитетам. А сейчас вы меня разочаровываете.

— Почему?

— Потому что удивляетесь тому, чему удивляться не следует. Преступники — часть населения, причем не худшая его часть, а просто ЧАСТЬ. А милиция — не лучшая часть населения, не элита. И если в населении выросло количество малообразованных и не особо умных людей, то эти люди с равной частотой проникают как в ряды преступников, так и в ряды милиции. Что же касается людей одаренных, способных и имеющих высококачественную профессиональную подготовку, то они, совершенно естественно, стремятся прилагать свои знания и силы там, где за это больше заплатят, то есть в коммерческой деятельности, в бизнесе, а отнюдь не в наших низкооплачиваемых органах. Вот и получается, что среди преступников людей недалеких и глуповатых столько же, сколько и среди нас, милиционеров, то есть интеллектуального преимущества мы перед ними не имеем. А людей умных и способных среди них больше, и в связи с этим интеллектуальное преимущество неуклонно сползает на их сторону. Вот вам и вся арифметика. Ладно, проехали. Так что с автомобилем?

— Вы велели мне поискать людей, которые могли видеть под вашими окнами серебристую «Ауди». Таких людей я нашел множество, но номер никто не запомнил, а вам же номер нужен был. Ну вот, я и подумал, что надо мне поискать свидетеля среди автомобильных воров. В районе, где много иномарок, у группы автомобильных воров обязательно должен быть наводчик из местных, который присматривался бы к машинам, к хозяевам, к сигнализации, к гаражам и так далее. Вы же сами меня учили, помните?

Настя улыбнулась и кивнула. Она действительно как-то говорила Михаилу, что статистика — великая вещь, потому что помогает за общими огромными цифрами видеть маленькие смешные частности, и в пример приводила именно кражи автомобилей. «Смотрите, — говорила она, раскрывая перед Мишей статистические таблицы, — вот в этих частях города автомобильные кражи раскрываются и похищенные автомобили находят примерно в шестидесяти процентах случаев, и это для автомобильных дел очень хороший процент, высокий. А вот в этих частях города удается раскрыть только каждую десятую кражу машины, то есть раскрываемость составляет десять процентов. Откуда такое различие? Вы должны сразу выдвинуть как минимум две версии. Первая: там, где раскрываемость выше, милиция взяла на вооружение какую-то очень эффективную технологию реагирования на эти преступления. Вторая: там, где раскрываемость ниже, преступники действуют более продуманно и организованно, не лезут в машины, поставленные на хорошую сигнализацию, не пытаются вскрыть гаражи, находящиеся под охраной, не угоняют машины, если хозяин еще бодрствует и периодически поглядывает в окно. Иными словами, в этих группах есть наводчик из числа жителей района, который предварительно обнюхает и осмотрит каждую машину и изучит привычки ее владельца».

— И вы, конечно, поинтересовались положением дел с кражами автомобилей в районе Щелковского шоссе, — предположила Настя.

— Конечно. И поскольку машины у вас тут угоняют довольно часто, а находят их довольно редко, я и рискнул заявиться в ваше отделение и с ясными глазами попросить устроить мне встречу с этим наводчиком. Сначала они, конечно, сопротивлялись, делали вид, что не понимают, о чем речь, но это нормально, это в порядке вещей. Потом я их все-таки уговорил. Свели меня с этим парнем, только умоляли не говорить ему, что в местной милиции знают о его подвигах. Они его, оказывается, как раз в разработку взяли, хотят потихоньку через него всю группу выявить, а тут я со своими глупостями.

Михаил улыбнулся так обаятельно и светло, что сразу стало понятно, каким образом ему удалось уговорить работников милиции устроить ему встречу с наводчиком.

— В общем, прогибался я перед ним в три погибели, дескать, вы такой важный свидетель, а те дядьки в машине серебристого цвета марки «Ауди» — такие страшные преступники, что просто совершенно необходимо их немедленно разыскать и запереть в камеру, а иначе мир перевернется. Он ломался, как свинья на веревке, ни в какую не хотел признаваться, что присматривался и к этой «Ауди», и к черному «Саабу», который рядом стоял. «Сааб», кстати, ему понравился больше, он более новый, но главное — пустой. А в «Ауди» пассажиры всю ночь сидели, да и выпуска она 1991 года. Так что если бы не люди из «Ауди», они «Сааб» вашего знакомого в ту же ночь оприходовали бы.

— А номер? Миша, не вынимайте из меня душу, — взмолилась Настя.

— Номер он запомнил. Вернее, сделал вид, что запомнил. Ой, Анастасия Павловна, — Миша не выдержал и расхохотался, правда, тут же болезненно поморщился: свежая царапина на щеке давала себя знать при каждом движении лицевых мышц. — Вы бы видели эту сцену! Детский сад, ни больше — ни меньше. Номер, спрашиваю, запомнил? Он мнется, жмется, по сторонам глядит и блеет что-то невнятное, вроде того, что запомнил, но не уверен, в общем, для освежения памяти ему бы в кусты отойти на минуточку, малую нужду справить. Ну иди, говорю, справляй. Он отошел в сторонку, спиной ко мне повернулся, а я смотрю внимательно на него и понимаю, что не нужду он справляет, а блокнот из кармана вытащил и листает его. Вы понимаете? Он каждую машину вносит в реестр, записывает номер, марку, цвет, адрес хозяина и все остальные данные, необходимые его группе. Но он же не может этот блокнот при мне доставать. Без блокнота он просто удачно найденный свидетель, который запомнил номер припаркованной машины. А с блокнотом он сразу превращается в сообщника, наводчика. Я, конечно, сделал вид, что ничего не заметил, номер с его слов записал, попрощался с ним и пошел звонить в ГАИ. А тут какие-то придурки на меня налетели. Видно, его дружки, только я не понял, по автомобильным делам или по каким другим. Наводчик этот еще ста метров от меня отойти не успел. Они — в драку, он бежит обратно и орет, чтобы не трогали меня. Короче, все быстро кончилось, но некоторый ущерб все-таки они успели мне нанести.

Настя забрала у него пустую тарелку и подвинула поближе к Михаилу корзиночку с печеньем и нарезанным кексом.

— Ешьте, Мишенька, не стесняйтесь. Вы молодец. Так вы успели в ГАИ позвонить?

— Нет. Куда я с битой физиономией могу сунуться? В отделение? Засмеют. Хотел, правда, из автомата позвонить, но у меня жетона не оказалось, а ваш дом совсем рядом был. Ничего, что я к вам ввалился?

— Правильно сделали. Давайте номер и пейте чай, я сама позвоню.

Через полчаса Доценко ушел. Как только дверь за ним закрылась, с лица Алексея тут же сползла гостеприимная улыбка радушного хозяина.

— Как это понимать? — спросил он Настю. — Что это за машина, которая всю ночь стояла под твоими окнами?

— Ну ты же слышал, — попыталась вывернуться она. — «Ауди» 1991 года выпуска, серебристого цвета.

— Ася, прекрати, — сердито сказал Алексей. — Ты что, опять вляпалась в какую-то историю? Что происходит?

— Да ничего не происходит, успокойся ты, ради Бога, — ответила она, с трудом скрывая досаду. — Это было почти две недели назад, и за эти две недели ничего со мной не случилось. Значит, все обошлось.

— Тогда зачем ты пытаешься их разыскать?

— Ну а как же? — искренне удивилась Настя. — Мне же интересно, что это за люди и почему они целую ночь провели под моими окнами.

— Ася, ты опять врешь, — устало махнул рукой муж. — Каждый вечер какая-нибудь машина паркуется под твоими окнами, но ты никогда не проявляла к ним интерес. Они что, следят за тобой?

— Сейчас уже нет. Во всяком случае, я их не вижу.

— А раньше?

— Раньше следили. Но не очень навязчиво. И потом, я вообще не уверена, что они следили именно мной.

— Тогда за кем же?

— За человеком, вместе с которым я возвращалась из командировки в начале февраля.

Алексей замолчал, сосредоточенно тасуя колоду карт. Он готовился раскладывать пасьянс, потому что любил это занятие, оно помогало ему думать и в то же время отвлекало от неприятных мыслей. При помощи пасьянса Чистяков снимал раздражение и стресс, поэтому хватался за карты каждый раз, как только начинал нервничать, точно так же, как его жена хваталась за сигарету. Настя внимательно наблюдала, как он отложил четыре кучки по одиннадцать карт в каждой и положил их «колодцем», то есть перпендикулярно друг другу. Затем открыл верхние карты в каждой кучке и положил их рядом, открыл следующую карту и оставил на месте, никуда не перекладывая. Как-то он объяснял ей, что кучки называются «стенами», а лежащие рядом карты — «пристенными». На «пристенные» карты можно собирать масть в восходящем порядке, а на «стены» ничего собирать нельзя, карты со «стены» можно только снимать и перекладывать. На углы между «стенами» можно класть только королей и собирать на них масть в нисходящем порядке... Настя не понимала, как во всем этом можно не запутаться, но Алексей предавался раскладыванию пасьянсов с увлечением и даже покупал специальные книги в надежде найти какой-нибудь очень сложный и очень долгий пасьянс, который бы к тому же крайне редко сходился.

— Правильно ли я понял, что тот человек, с которым ты возвращалась из командировки, ночевал здесь две недели назад? — внезапно спросил он.

Настя вздрогнула. Откуда он узнал? Впрочем, он мог и догадаться. Ведь она только что сказала, что пассажиры из «Ауди» следили не столько за ней, сколько за Павлом. И если они проторчали рядом с ее домом всю ночь, стало быть, тот, за кем они следили, всю ночь здесь и находился. Интеллект у Лешки мощный, недаром же доктор наук, профессор. Настя вдруг подумала о том, что у нее никогда не возникало соблазна обмануть Лешку. Они были знакомы с девятого класса, и с первого же дня она твердо решила, что Алеша Чистяков намного умнее и способнее нее. С тех пор прошло двадцать лет, ей уже тридцать пять, Лешке недавно исполнилось тридцать шесть, и ей ни разу не пришло в голову усомниться в его интеллектуальном превосходстве. А стало быть, и попытки обмануть его не возникали. Любой обман строится изначально на допущении, что тот, кого ты хочешь обмануть, глупее тебя самого.

— Да, — ответила она ровным голосом, не отрывая глаз от его длинных сильных пальцев, перекладывающих карты на столе. — Ты понял правильно. Он здесь ночевал.

— И если бы сегодня к нам случайно не зашел Миша и не завел разговор о машине, которая стояла всю ночь под твоими окнами, ты бы ничего мне не сказала?

— Скорее всего нет. Это мои служебные дела, и незачем забивать ими твою голову.

— Ты хочешь сказать, что посторонний мужчина в твоей квартире ночью — это твои служебные дела?

— Да, именно так я и хочу сказать.

— Он твой коллега?

— Почти. Но не совсем.

— Нельзя ли поточнее?

— Он два года отсидел за хулиганство. И в этом смысле он, конечно, никак не может считаться моим коллегой. Но до этого он много лет занимался чем-то вроде оперативной работы.

— Ася, я не спрашиваю, почему он провел ночь у тебя дома. Ты взрослая разумная женщина, и если ты что-то делаешь, то, видимо, считаешь это правильным. И если ты вдруг захочешь мне изменить, то ты сделаешь это, и никакие сцены, уговоры и угрозы тут не помогут. Один раз мы с тобой через это уже прошли, так что некоторый опыт у меня имеется. Ты привела этого человека сюда на ночь, значит, так было нужно. Но я не понимаю, почему я должен узнавать об этом случайно и от совершенно постороннего человека, от Миши Доценко. Тот факт, что ты пыталась от меня это скрыть, заставляет меня думать, что здесь наличествует нечто большее, чем просто твои служебные дела.

— Леша...

— Подожди, дай мне сказать. Мне этот разговор так же неприятен, как и тебе, поэтому давай закончим его как можно быстрее. Я прошу тебя, Ася, не заставляй меня сомневаться. Я не знаю, понимаешь ли ты, что такое муки ревности. Думаю, что не понимаешь. А я знаю это очень хорошо. И если я молчу и не говорю тебе ничего, то это не означает, что я ничего не замечаю и ничего не чувствую. Я прекрасно видел, что за два месяца до нашей свадьбы с тобой что-то произошло. И точно так же я видел, что примерно через месяц это прошло бесследно. Но что я пережил за этот месяц, ты и не догадываешься. Поэтому я прошу тебя, пожалуйста, не заставляй меня переживать все это вновь, особенно если для этого нет никаких оснований. Я верю, что тот человек, о котором идет речь, не является твоим любовником. Просто верю, и все. Потому что ты так сказала. Но я видел, какая перевернутая ты была после этой поездки, и я хорошо помню разговоры, которые мы с тобой вели на этой самой кухне. Не совершила ли ты ошибку, не расплачиваешься ли ты за последствия этой ошибки? А ведь ты так и не сказала мне, в чем суть, заставляя меня догадываться, о какой ошибке идет речь. Он здесь ночевал, и если бы ты сказала мне об этом сама, мне бы и в голову не пришло волноваться по этому поводу. А ты хотела от меня это скрыть, и мне это неприятно. Пойми, Ася, я не требую от тебя никаких объяснений. Я просто прошу, чтобы ты так не делала. Не скрывай от меня ничего, что можно не скрывать. Не заставляй меня сходить с ума от подозрений и ревности, если для этого нет реальных оснований.

— Хорошо, не буду, — покорно сказала Настя, понимая, что муж прав. И возразить тут нечего.

* * *

На следующее утро, едва Настя переступила порог своего кабинета, ее вызвал Гордеев. Она скинула куртку, бросив ее прямо на письменный стол, быстро пригладила щеткой волосы, растрепавшиеся на сквозняке в метро, и пошла к начальнику.

— У меня для тебя четыре новости, — сказал Виктор Алексеевич. — Одна плохая, одна очень плохая, но с оттенком приятности, одна нейтральная, а четвертая — просто отличная. Выбирай, в каком порядке блюда подавать.

— Давайте сначала очень плохую, — вздохнула Настя. — Пока с утра силы есть, постараюсь выдержать ее с мужеством и достоинством.

— Звонил Семеныч с утра пораньше. Палач опять отметился.

— Черт! — вырвалось у Насти. — Не успели подстроиться. Где на этот раз?

— А там, где ты и предсказывала. В этом, собственно, и состоит оттенок приятности. Семеныч сказал, что ты наметила еще четыре области, где, по твоим предположениям, должен действовать палач. Так что после обеда он тебя ждет, покажет тебе новые данные.

— Понятно. Теперь давайте плохую новость без приятности.

— Все тот же Семеныч, который теперь жить без тебя не может, — не удержался Гордеев, чтобы не поддеть ее, — просил сказать тебе, что ни одна из жертв палача по оперативным данным не проходила. По делам отрабатывались десятки людей, но ни один из трех потерпевших — ни тот, что с серьгой во рту, ни с крестом на груди, ни с пистолетом — в круг этих людей никогда не попадал. Поняла, деточка? Никогда.

— Значит, я ошиблась, — спокойно подытожила Настя. — Что ж, отрицательный результат — тоже результат, потому что из него тоже можно делать полезные выводы. Стало быть, наш палач скорее всего не из милицейских. Столько работы псу под хвост! Обидно! Дура я, дура. Надо было сразу же это проверить, а я только вчера додумалась.

От злости на саму себя у нее запылали щеки и даже голос задрожал. Но полковник Гордеев сделал вид, что ничего не заметил, и не стал ее утешать. Он слишком хорошо знал Анастасию.

— Дальше что подавать прикажете? — весело спросил он.

— Нейтральное что-нибудь. Зажуем хлебушком вашу горькую еду.

— Машина, которая ночевала под твоим балконом, принадлежит господину Чинцову Григорию Валентиновичу, сотруднику аппарата Думы. Мелкая сошка, большой властью не располагает, а подробности характера и личной жизни будут попозже. Ну что, Стасенька, готова к хорошим новостям? Или, может, еще какого-нибудь дерьмеца подкинуть для контраста?

— Не надо, хватит, — засмеялась она, уже вполне справившись с собой после приступа злости на собственную недогадливость.

— Фотографию Кирилла Базанова, находящегося в данный момент в Институте судебной психиатрии, предъявили свидетелям по давнему убийству шантажиста. Поздравляю тебя, деточка, тут ты попала в центр мишени.

— Опознали? — ахнула Настя. — Не может быть, вы меня разыгрываете. Не бывает такого везенья.

— Здрасте! — развел руками Виктор Алексеевич. — Как это не бывает, когда вот оно, потрогать можно. И потом, насчет везенья я бы не стал утверждать категорически. Ты откуда это убийство шантажиста выкопала?

— Из архивов своих. Вы же знаете, у меня собственный архив на все нераскрытые убийства и изнасилования за десять лет.

— И что ты с ним делаешь, с архивом этим?

— Работаю, — она пожала плечами. — Анализирую данные, которые удалось собрать по делу, группирую все преступления в таблицы в зависимости от разных признаков и характеристик. Да будто вы сами не знаете? После убийства Лученкова и задержания Кирилла Базанова я проверила свои архивы на предмет неустановленного убийцы с внешними данными, похожими на Базанова. Вот у меня и получился шантажист. Тоже убийство на улице, средь бела дня и из пистолета.

— То есть ты хочешь сказать, что работаешь со своим архивом постоянно? — зачем-то уточнил Гордеев.

— Ну да, конечно. Вношу туда данные о каждом новом нераскрытом преступлении, группировки новые придумываю... Знаете, — она засмеялась, — я иногда становлюсь похожа на сумасшедшего филателиста, который каждый вечер открывает свои кляссеры и альбомы, достает лупу и пинцет и начинает любоваться своими сокровищами, перекладывать их, перегруппировывать. Так и я с этими убийствами вожусь каждую свободную минуту. Скупой рыцарь от криминалистики.

— Значит, я прав, и ни о каком везенье речи быть не может, — решительно произнес полковник. — Закономерный результат упорного кропотливого многолетнего труда. Заслужила ты, деточка, свою удачу, и в качестве награды я сообщу тебе самую потрясающую новость на сегодняшнее утро.

— Пятую? — удивилась Настя. — Вы же говорили, их всего четыре.

— А это продолжение четвертой. Так что приготовься и в обморок не падай. У нашего Кирилла Базанова, как ты догадываешься, есть родители, которые до сих пор пребывают в полном изумлении от того, что натворило их дитя. Как говорится, ничто не предвещало. Тихий послушный молодой человек, дурных компаний не водил, спиртное потреблял весьма умеренно. А то, что взрывной был и раздражительный, так это, во-первых, не каждый день, а во-вторых, быстро проходило. Родителей Базанова попросили припомнить то время, когда было совершено убийство шантажиста, то есть апрель девяносто третьего года. Почти три года прошло, конечно, многовато, но вдруг... Не появились ли у Кирилла в то время новые знакомые, не завелись ли у него деньги — короче, стандартный набор вопросов. Базанов у нас семьдесят второго года рождения, стало быть, в осенний призыв девяностого года он в аккурат служить отправился, в ноябре девяносто второго вернулся, весной девяносто третьего находился в Москве. И вот тут, Стасенька, начинаются всякие непонятные невероятности, или невероятные непонятности, не знаю, как лучше выразиться. Матушка нашего Базанова припоминает, что двенадцатого апреля девяносто третьего года Кирилл дома разбил стакан, да так неудачно, что порезал всю ладонь на правой руке. Вроде бы нес стакан с чаем из кухни к себе в комнату, споткнулся и растянулся прямо в прихожей, со всей силой собственного веса вдавив ладонь в осколки. Мать точно помнит, что это было двенадцатого апреля, потому что раньше в этот день вся страна праздновала День космонавтики, а Кирюша, когда совсем маленький был, очень трепетно относился ко всему, что связано с космосом. Ну, впрочем, как и все мальчишки. Только почти у всех это с возрастом проходит, а он задержался в развитии. И когда мать ему руку-то йодом поливала, он чуть не визжал от боли, а она приговаривала: «Что ж ты, Кирочка, боль-то терпеть не умеешь. Не по-мужски это. Вон космонавты твои ничего небось не боятся, видишь, храбрые какие, а ты потерпеть немножко не можешь. Ну ты уж потерпи в честь праздника, это же твой любимый праздник». При этой сцене присутствовали отец Базанова, его младшая сестра и соседка, которую попросили прийти посмотреть порезы, не осталось ли в них стекла. Соседка у них медсестрой работает. Приходит твой друг Юра Коротков в институт психиатрии, просит Базанова показать ладони, видит следы порезов, заметные такие следы, потому что порезы были глубокие. И спрашивает, мол, как же ты так, братец? Догадайся, что ему Базанов отвечает.

— И что?

— А ничего, Стасенька. Не помнит он.

— То есть как это не помнит? — нахмурилась Настя. — Как можно этого не помнить?

— А вот так и не помнит. Коротков ему: а как из армии пришел — помнишь? Помнит, рассказывает, как до Москвы добирались, как родители его встретили, даже помнит, в каком его мать была платье и какая прическа у сестры. Как Новый 1993 год встречали — помнит. Как 8 Марта в том году праздновали — помнит. Как руку порезал в середине апреля — не помнит. А что на Майские праздники делали — снова помнит. Как у Винокура: здесь играем, здесь не играем, здесь рыбу заворачивали, а тут опять играем. Между прочим, мне кто-то из специалистов говорил, что у олигофренов зачастую бывает великолепная память, они книжки могут целыми страницами наизусть заучивать без всякого труда, и это им иногда помогает и школу нормально закончить, и даже институт. У Базанова, похоже, с памятью все хорошо. А в середине апреля — провал. Когда шантажиста-то прикончили, помнишь?

— Да, — вмиг онемевшими губами произнесла

Настя. — Его убили двенадцатого апреля. Утром, около одиннадцати часов. Что же получается? Вспышка острого психоза, убийство человека — и потом амнезия?

— А что, не может быть?

— Может. Но не получается. Если это болезнь, то и после убийства Лученкова у него должна развиться амнезия, Базанов должен забыть все события, связанные с убийством. А он все помнит. Все в деталях. Причем помнит настолько ясно и отчетливо, что совершенно не путается в показаниях.

— Ладно, погоди делать выводы, послушай меня. Я тебе еще не все рассказал. Если бы ты не так увлеченно работала в бригаде у Семеныча, ты бы все это и раньше узнала. Коротков, между прочим, пить-есть забыл, не говоря уже о поспать, носится по всему городу, добывает информацию, а ты не проявляешь к ней никакого интереса и вообще как будто забыла, что, кроме твоего палача, и другие преступления есть. И их тоже раскрывать надо. Так вот, недели примерно три назад или чуть больше матушка нашего Кирочки Базанова видела сына в обществе мужчины приятной наружности. Мужчина этот был ей незнаком, в том смысле, что их не знакомили и имени его она не знала. Но лицо показалось ей знакомым. Она напрягла память и припомнила, что видела этого товарища однажды, и тоже вместе с Кирочкой. Точнее, не столько вместе, сколько в одном и том же месте. И было это довольно давно, незадолго до того, как Кирочка руку поранил.

— Незадолго — это как? — уточнила Настя.

— Ну совсем незадолго. Накануне. Так вот мама Кирюше и говорит, дескать, кто это твой знакомый? Симпатичный такой. А он не понимает, о ком идет речь. Мама ему напоминает, мол, тот, с которым ты шел от магазина в сторону парка, да ты его давно знаешь, я вас почти три года назад вместе видела. А у сына любимого в глазах пустота и одно сплошное непонимание. Так ничего она от него не добилась, но, надо сказать, не сильно и старалась, потому как, во-первых, никакого принципиального значения это для нее не имело, а во-вторых, она все время помнит, что сын у нее олигофрен, хоть и в степени легкой дебильности, но все-таки не нормально развитый, и требовать у него точных и четких объяснений глупо. Наш Коротков, конечно, и об этом Базанова спросил. Ну, у него принципиальности-то и терпения побольше будет, чем у Кирочкиной мамы, и он насел на беднягу со всем своим оперативным мастерством и энтузиазмом. Да, вспомнил Кирочка этого приятного во всех отношениях дядечку. Но с трудом. Подошел, говорит, попросил стотысячную купюру разменять. Базанов в это время как раз с работы шел, а на улице человек этот к нему подходит. Кирилл в карманах порылся, денег наскреб, пересчитал их, купюры, как назло, были мелкие, он все время со счета сбивался. В конце концов выяснилось, что до ста тысяч ему не хватает около пятнадцати тысяч рублей, дяденька извинился, стотысячную купюру спрятал. Какое-то время они шли рядом, им было по пути. Вот и все. Видел его Кирилл в первый раз в жизни, никогда раньше с ним не общался и почему мама говорит, что это его старый знакомый, он не понимает. Но это, деточка, еще цветочки. Самая ягодка-то знаешь в чем? Вот в этом.

Гордеев протянул Насте листок.

— На, прочти. Заодно и свою память проверь. Считай, я тебе экзамен устроил на внимательность.

— Что это? — спросила она, беря протянутый листок.

— Выписка из протокола допроса матери Базанова. Читай, читай.

Настя быстро пробежала глазами по строчкам. Она сразу узнала почерк Короткова — крупный, некрасивый, но очень разборчивый. «Мужчина лет около сорока, смугловатый, волосы длинные, кудрявые, как у певца, который из «Машины времени». Да, правильно, Макаревич его фамилия, спасибо, что подсказали. Только залысины большие. И в очках с затемненными стеклами. Роста невысокого, ниже Кирочки, а у Кирюши рост метр семьдесят три. Одет хорошо, дорого, но не броско. Кавказец? Нет, не похоже, что он с Кавказа. Кавказцы — они, знаете, вычурные такие, все пиджаки бордовые носят или зеленые, пальто у них длинные, как из журнала мод. В общем... нет, у них очень особенная манера одеваться, а этот мужчина, хоть и смуглый и темноволосый, но не кавказец».

— Вот это номер, — тихо выдохнула она, опуская лист бумаги на колени. — Вы меня наповал сразили. Это же тот самый мужчина, которого видели в «России» во время смерти Юрцева.

— Ну, не надо так уж категорически судить, — осторожно заметил Гордеев. — Тот самый или не тот — нам пока неизвестно, но описания их очень похожи. Сегодня после обеда сюда придут мать Базанова и некоторые участники нефтяной презентации, попробуем сделать комбинационный портрет, потом покажем его Базанову вместе с несколькими другими и попросим указать нам мужчину, который у него деньги пытался разменять. Это пока не твоя забота, этим занимается Доценко. А ты, деточка, подумай вот над чем: Базанов, конечно, не гигант мысли, совсем даже напротив, но какая-то элементарная логика в его поступках и словах быть должна. Ну самая элементарная, на уровне здравого смысла. Прикинь-ка, в чем он может лгать, а в чем говорить правду, и подумай, что из этого вытекает и как проверять. К трем часам тебя вызывает Семеныч, значит, до ухода зайдешь ко мне и доложишь.

Настя вернулась к себе в комнату, повесила небрежно брошенную на стол куртку в шкаф, включила кипятильник, чтобы сделать кофе, и стала задумчиво вытаскивать из своей необъятной сумки те бумаги, которые вчера брала с собой, когда ездила в министерство к генералу Коновалову, которого Виктор Алексеевич Гордеев за глаза именовал не иначе как просто Семенычем. Внезапная вспышка ярости ослепила ее, и Настя принялась с ожесточением рвать и выбрасывать в корзину длинные листы распечаток с разными списками и таблицами, которые она так старательно и любовно составляла дома на компьютере. «Дура! Безмозглая идиотка! — шептала она исступленно, раздирая пополам очередной свернутый в рулон длинный лист. — Почему ты об этом подумала только вчера? Ты должна была догадаться, что это нужно проверить в первую очередь. В первую очередь ты должна была убедиться, что жертвы палача — из числа фигурантов, которых отрабатывали по делу, но что-то не срослось, не связалось. А ты сочла, что это наверняка так и есть, и уже на этом выстроила свою версию о работнике милиции, который решил сам вершить свой суд. Самонадеянная кретинка! Две недели ушли впустую, две недели выкинуты на помойку. За это время можно было сделать массу полезной работы, а ты потратила две недели черт знает на что. Гнать тебя надо с этой работы поганой метлой!»

Гневные слова закончились одновременно с подлежащими уничтожению бумагами. К этому времени закипела вода в высокой керамической кружке, Настя сделала себе крепкий кофе, закурила и стала успокаиваться. Руки, правда, еще сильно дрожали и сердце колотилось как бешеное, но злость на саму себя прошла, уступив место поискам рационального. В конце концов, сказала себе Настя Каменская, если бы я не занялась списками личного состава, я бы никогда не узнала, что в ряде областей шла интенсивная смена кадров, которая началась примерно через три-четыре месяца после тех преступлений, виновных в которых сейчас методично уничтожает палач. И если бы я этого не узнала, я не смогла бы определить те области, в которых скорее всего будет действовать этот палач в ближайшем будущем. Новая жертва палача говорит о том, что закономерность я выявила правильно. Но, с другой стороны, это означает, что впереди как минимум еще три жертвы. Их надо защитить. Палача надо найти. И каждый из них должен быть наказан по заслугам. Жаль, конечно, что жертва не из числа фигурантов, потому что это сильно затрудняет ее поиск и охрану. И жаль, что палач может оказаться кем угодно, не обязательно нашим сотрудником, потому что «кого угодно» намного труднее отследить. Но по крайней мере понятно, на какой территории он будет действовать. Конечно, не наверняка, но с большой степенью вероятности...

Глава 16

В начале марта за городом было удивительно хорошо. Морозы ослабели, ртуть в уличных термометрах ночью не опускалась ниже минус восьми градусов, а днем поднималась до нуля, но снег, в городе превращавшийся в коричневую грязь, в Подмосковье еще радовал если и не девственностью, то, во всяком случае, чистотой. Сегодня Григорию Валентиновичу Чинцову предстояла очередная встреча с новыми хозяевами. В тот раз, когда Сергей увидел на улице женщину — родственницу Павла и Чинцов из-за этого вынужден был добираться до места встречи на такси, были оговорены лишь общие намерения и условия сотрудничества. Услуги Голубцова требовались на этот раз не для того, чтобы выбить из игры соперников, а для того, чтобы привлечь на свою сторону отдельные политические группировки и, соответственно, поддерживающий их электорат. Таким образом, лозунг, под которым Григорий Валентинович должен был отныне плести свои любимые интриги, звучал так: «Иди под наши знамена, а то хуже будет».

Информация о том, что «убойное» интервью Александра Ратникова было организовано именно Чинцовым, просочилась к его новым хозяевам, и Григорий Валентинович понимал, что его считают человеком достаточно могущественным и изворотливым. На него очень рассчитывают. А что он может реально предложить? Увы, ничего. То есть ничего такого, чего не могут и другие опытные в подобных делах люди.

Сережа и Николай выследили родственницу Павла сначала только до ее дома. Когда на другой день она куда-то отправилась, они ее потеряли в метро. Идиоты! Привыкли в последние годы только на машинах разъезжать, забыли уже, что такое московское метро в «часы пик». А близко к ней подходить нельзя было, она же их в лицо знает, в Уральске чуть не полчаса за их столиком просидела, разговоры пьяные разговаривала. Потом-то они ее, конечно, достали, от дома до здания ГУВД на Петровке довели и в тот же день выяснилось, что она встречается с Павлом. Но Саулляк, прохвост эдакий, их заметил и попытался сбежать. Ночь провел у Анастасии, или как там ее зовут на самом деле, а утром все-таки оторвался от наблюдения. И скрылся неизвестно куда. Почти две недели Сережа и Коля за женщиной ходили, но к Павлу она их так и не привела. Теперь Чинцову понятно, что Саулях спрятался далеко и надолго. Не найти его. И надежду на эту женщину пришлось оставить. Судя по тому, куда она каждое утро отправляется, она работает в Главном управлении внутренних дел Москвы. Что общего у нее с Павлом? Впрочем, родственница — она и есть родственница, и никакого значения не имеет, где она работает. Все равно понятно, почему она с ним встречается. Плохо только, что задействовать ее нельзя, даже если она такая же, как и сам Саулях.

Но раз в распоряжении Чинцова нет ни Павла, ни этой женщины, то что же он может предложить своим новым нанимателям? Как ни грустно это признавать, ничего экстраординарного. Самый обычный набор услуг. А они-то рассчитывают на то, что он умеет и может гораздо больше. В этом его ценность. Интервью Ратникова — его визитная карточка. Ах ты черт возьми, какая незадача!

Машина свернула с шоссе на проселочную дорогу и вскоре остановилась у высокого глухого забора. Сидевший за рулем Сережа коротко просигналил, и почти сразу же из калитки вышел здоровенный парень в пятнистой униформе. Взяв протянутый Чинцовым документ, удостоверяющий его принадлежность к Думе, он отошел на несколько шагов и что-то проговорил в переговорное устройство, после чего широкие ворота распахнулись, позволяя автомобилю проехать на территорию охраняемого участка.

На крыльце Григорий Валентинович увидел еще одного охранника, такого же накачанного и в такой же униформе. Судя по стоявшим возле дома машинам, он приехал не первым. Этот охранник тоже посмотрел его документы, прежде чем впустить в дом. Наконец Чинцов смог войти. Он торопливо разделся, чувствуя неприятное посасывание где-то в желудке. В первый-то раз он держался с новым хозяином куда более уверенно, потому что Сережа в этот момент отслеживал женщину, которая могла вывести на Павла, а то и сама стала бы работать на них. А сегодня что он будет говорить? Какие обещания сможет дать? За какие поручения сможет взяться? Отступить бы, да некуда. Деньги обещаны хорошие, от них отказываться жаль. Да и чем оправдываться? Рассказывать про Павла? Нельзя. Павел — ниточка к другим преступлениям и грязным делишкам, о которые Григорий Валентинович ручки замарал. И потом, признайся он, что главный его козырь — Павел Саульяк, так им проще Павла разыскать и себе на службу поставить, а Григорий Валентинович им и нужен не будет. Нет, про Павла и заикаться нельзя. А если не заикаться, то как объяснить, что еще недавно он мог организовать невозможное, а сегодня не может?

Приглашенных было немного, всего трое, вместе с Чинцовым — четверо. Хозяин представил Григория Валентиновича, познакомил его с остальными гостями. По выражению их лиц Чинцов понял, что они тоже знают про Ратникова, и ему стало совсем кисло.

— Нам известно, что все попытки Президента разрешить чеченский конфликт блокируются теми силами, которые заинтересованы в продолжении войны. Таких сил много, у каждой группировки свой интерес. Основных — три. Первая группа извлекает доходы из торговли оружием. Вторая обращает в свою пользу деньги, выделяемые из бюджета России на восстановление Чечни. Третья контролирует нефтеперерабатывающие заводы на территории Чечни и гонит нефтепродукты за рубеж. Все эти силы консолидировались и делают все для того, чтобы война продолжалась. Сегодня нам стало известно, что Дудаев в ближайшие дни собирается штурмовать Грозный. В это время там будет находиться крупный военачальник. Если штурм Грозного произойдет в присутствии этого военачальника, у него не будет другого выхода, кроме как принять на себя командование и показать, на что он способен как стратег и полководец. Разумеется, ничего толкового он сделать не сможет, и его репутация будет погублена. За ним — армия, и это очень важно. Если нам удастся спасти его репутацию, он будет нам обязан. Для этого, совершенно очевидно, нужно только одно: сделать так, чтобы он уехал из Грозного хотя бы за несколько часов до начала штурма. При этом мы не должны ни в коем случае ссылаться на то, что у нас есть точная информация о времени начала штурма. Военачальник — человек непредсказуемый, он может начать разбираться, откуда у нас эта информация.

— А у нас она действительно есть? — подал голос полный человек в несколько мятом костюме.

— Будет, — тонко улыбнулся Хозяин. — Но афишировать это мы не должны. Нужен другой предлог. А после того, как все случится, военачальник узнает, кому он обязан счастливым избавлением от позора. Как знать, может быть, и от смерти, если штурм затянется и станет серьезным. Это очень тонкая интрига, господа. В ней, пожалуй, больше психологии, нежели всего остального. Военачальники — люди гордые, они никому не прощают подозрений в собственной профессиональной несостоятельности. У него даже и мыслей таких быть не должно.

— Я предложил бы другой вариант, — вступил в разговор стройный красивый мужчина лет пятидесяти. Представляя его Чинцову, Хозяин назвал его имя — Антон Андреевич. — Принадлежность этого военачальника к команде Президента известна всем. Если нам удастся раздуть конфликт между ним и другими руководителями Министерства обороны, обиженные на него военные отвернутся от Президента. И, естественно, примкнут к нам, ибо именно мы олицетворяем тот режим, при котором армия в чести и почете. Но я согласен, что для этого конфликта очень продуктивно было бы использовать ситуацию вокруг штурма Грозного.

— У вас уже есть готовая комбинация? — осведомился Хозяин.

— В целом есть задумки, — кивнул Антон Андреевич. — Но для этого нужен человек из штаба войск Дудаева. Есть у нас такой?

— Найдем. Излагайте свой вариант, Антон Андреевич.

— Спецслужбы российской стороны получили, как вам известно, информацию о том, что штурм

Грозного планируется на 23 февраля. Войска были приведены в готовность, но штурм не состоялся. Из стана Дудаева просочилась информация о том, что штурм перенесен на 10 марта. Эту информацию спецслужбы и доложили руководству армии. Нужно договориться с Дудаевым о том, чтобы начать штурм раньше. Мы должны будем точно знать о времени его начала. И это должен быть день, когда наш военачальник будет в Чечне. За несколько часов до начала штурма он оттуда уедет, и это надо будет устроить очень тонко. Я полагаю, здесь неоценимую помощь нам окажет господин Чинцов. Вторым этапом комбинации будет публичное высказывание кого-нибудь из крупных руководителей о том, что спецслужбы в этой ситуации не сработали. Тут надо будет понагнетать немножко, заявить, что в Министерстве обороны разведработа в провале. А после этого намекнуть через прессу, что спецслужбы, напротив, сработали на совесть и точно установили время начала штурма. Дескать, именно поэтому наш военачальник и удрал из Грозного, чтобы не принимать на себя командование и не демонстрировать всему миру свою профессиональную несостоятельность. После этого ему ничего не останется, кроме как сдать ГРУ на съедение общественности со всеми потрохами. У него ведь будет только два выхода: либо признаться в своей трусости, либо подтвердить, что разведка работает плохо. Первое, как вы правильно заметили, исключается. Остается второе. Он обрушится с критикой на разведку, и свою, и нашу, то есть ФСБ. Будет добиваться снятия руководителей и коренной перестройки работы спецслужб. Он начнет сдавать своих друзей и соратников. И после этого они отвернутся от него и примкнут к нам.

— Заманчиво, — покачал головой Хозяин. — Но почему вы исключаете третий вариант? Он может признать, что спецслужбы сработали так, как нужно, но он обязательно должен был уехать из Грозного. И причину приведет очень вескую. Вполне уважительную. Ведь на самом-то деле без такой причины он оттуда и не уедет в спешном порядке. И никакого конфликта не получится. И разведка хорошая, и военачальник не трус. Тогда как?

— А вот тут мы и должны постараться сделать так, чтобы причины спешного отъезда из Грозного не могли быть оглашены. Впрочем, насколько я знаю, наш друг Григорий Валентинович в этих делах большой дока. Пусть это будет его частью нашей общей операции. Резкую критику в адрес спецслужб из уст крупных руководителей я обеспечу. Гадкие намеки в желтой прессе возьмет на себя господин Турышев, — Антон Андреевич кивнул в сторону полного человека в мятом костюме. — Это его епархия. А отъезд военачальника из Чечни — это ваша задача, Григорий Валентинович. Сможете? Впрочем, и спрашивать незачем, всем известны ваши способности в таких тонких делах. Разумеется, сможете. Но надо действовать оперативно, господа. Времени осталось очень мало, поездка военачальника в Чечню начинается послезавтра и, по предварительным расчетам, продлится дня четыре.

Дверь в комнату приоткрылась, на пороге возник очередной верзила, но уже не в униформе, а в самых обычных брюках и обтягивающей тугие мускулы трикотажной водолазке. Следом за ним в открывшуюся дверь просочились волнующие запахи жареного мяса и острых маринадов.

— Стол готов, — сообщил он, вопросительно глядя на Хозяина в ожидании дальнейших указаний.

— Ну что ж, — Хозяин легко, несмотря на грузность фигуры, поднялся с кресла. — Прошу к ужину. Если предложение Антона Андреевича мы принимаем, как было модно когда-то говорить, за основу, то детали мы обсудим за столом. Прошу!

Он элегантным и одновременно властным жестом указал на дверь, ведущую в соседнюю комнату. За столом Чинцов оказался рядом с Антоном Андреевичем. Турышев и еще один гость уселись по другую сторону стола, Хозяин — во главе. Чинцов несколько успокоился. То задание, которое на него возложили, представлялось ему вполне посильным, и он уже начал прокручивать в голове разные варианты его выполнения. Но внезапно обстановка накалилась.

— Кстати, — произнес сидящий напротив Чинцова Турышев, — я полагаю, что мы с вами собираемся совершенно непродуктивно использовать такого человека, как наш Григорий Валентинович. Я думаю, он мог бы сделать гораздо больше.

— Да? — Хозяин опустил вилку, которую уже подносил ко рту вместе с сочным куском свинины.

— Я полагаю, — продолжал Турышев, — что грязные намеки в желтой прессе — это не совсем то, что нужно для такого мощного удара, который мы хотим нанести. Было бы куда эффектнее, если бы кто-нибудь из руководителей спецслужб дал интервью, в котором вполне недвусмысленно заявил бы, что точное время начала штурма Грозного было доложено нашему военачальнику буквально утром того дня, когда он так поспешно покинул Чечню. То есть он вроде бы ни на что не намекает и в трусости никого не обвиняет, он просто защищается от тех публичных нападок, которые нам пообещал организовать уважаемый Антон Андреевич. А уж выводы граждане сами сделают. А не сделают — так средства массовой информации им помогут. Одно дело — пустые домыслы газетчиков, и совсем, совсем другое — сопоставление и анализ высказываний нескольких руководителей, причем высказываний публичных, а не кулуарных сплетен. Это выглядит куда убедительнее, смею вас заверить. И потом, такого рода ситуация обязательно станет достоянием общественности не только в нашей стране, но и за рубежом. Резонанс будет очень большим. Вспомните, господа, сколько криков было вокруг интервью Ратникова.

«Ну началось! — в ужасе подумал Чинцов. — Только этого мне не хватало. Ратникова сделал Павел, чтоб его черти на куски разорвали. Мне такое дело не потянуть».

— А что? — заметно оживился Хозяин. — Это очень хорошая мысль. Давайте ее обсудим.

Чинцов уткнулся в тарелку, изо всех сил делая вид, что ход обсуждения его не особенно интересует. Вместе с тем каждое произнесенное слово отдавалось в нем похоронным звоном.

— По-моему, вам не очень нравится эта идея, — тихо произнес сидящий рядом Антон Андреевич.

— Вы правы, — с готовностью откликнулся Григорий Валентинович.

— Отчего же? Вы не верите в эффективность такого поворота событий? Или видите какие-то подводные камни, которые пока недоступны взору всех здесь присутствующих?

— Я не уверен, что смогу организовать то, что нужно, — уклончиво ответил Чинцов. — Я не привык работать наспех. Для подготовки такого интервью требуется очень много времени. Вы меня понимаете?

— Отчасти, — кивнул Антон Андреевич. — Вы хотите сказать, что для того, чтобы заставить человека из спецслужб сказать все нужные нам слова, его надо предварительно очень долго готовить. Я правильно вас понял?

— Совершенно верно, — обрадованно согласился Григорий Валентинович. — Нужно присмотреться к этому человеку, не говоря уже о том, чтобы его выбрать из множества других. Нужно изучить его жизнь и изготовить оружие, при помощи которого его можно заставить делать то, что мы хотим. Это вопрос месяцев, а не десяти дней.

— Позвольте спросить, а сколько времени у вас ушло на подготовку Ратникова?

— Четыре месяца, — солгал Чинцов, не моргнув глазом.

— Неужели?

Антон Андреевич повернул голову и с интересом глянул на соседа по столу. От этого взгляда Григорию Валентиновичу стало не по себе. Не верит, что ли? С чего бы ему сомневаться? Неужели знает правду? Откуда?

— Да, представьте себе, четыре месяца, — мужественно подтвердил Чинцов. — И это при том, что у меня были очень хорошие помощники.

— А теперь что же? Где ваши помощники?

— Их нет, — Григорий Валентинович многозначительно улыбнулся. — Вы же знаете, вероятно, о том, как распалась та команда, в интересах которой я работал до недавнего времени. Мои помощники были людьми членов этой команды. Мне они не подчиняются, к сожалению, и сейчас у меня доступа к ним нет.

— А наши помощники вас не устроят?

— Трудно сказать, — неопределенно ответил Чинцов. — Я пока не знаю их возможностей и способностей. Да и в любом случае, за десять дней такую сложную работу проделать никому не удастся. Нет, Антон Андреевич, это нереально. Видите, я не хочу вводить вас в заблуждение и делать вид, что я могу все, даже то, чего на самом деле не могу. Мы с вами делаем серьезное дело и должны работать с открытыми глазами. Убедите, пожалуйста, ваших друзей в том, что они строят напрасные иллюзии насчет этого интервью. Времени слишком мало.

— Хорошо, я готов с вами согласиться. Но, если я найду вам толкового помощника, вы возьметесь за организацию этого интервью?

— Я же сказал вам, Антон Андреевич: даже с самыми лучшими помощниками для этой работы требуется не один месяц.

— Ну что ж, вернемся к этому разговору попозже, — улыбнулся Антон Андреевич. — Воздадим должное искусству повара.

Общий разговор тем временем перешел на проблемы финансирования. Григорий Валентинович краем уха прислушивался к ходу беседы и понимал, что речь идет о нем и о том задании, которое на него собираются возложить.

— Григорий Валентинович, — обратился к нему Хозяин, — мы все здесь люди здравые и не требуем от вас, чтобы вы разделяли наши политические позиции. Мы пригласили вас как специалиста, эксперта, и ваши услуги будут соответствующим образом оплачены. Мы готовы обсудить сейчас ваши условия.

— Речь идет об организации отъезда военачальника из Чечни? — с невинным видом поинтересовался Чинцов.

— Нет, речь идет об организации интервью одного из руководителей спецслужб.

— Григорий Валентинович не считает это возможным, — вступил в разговор Антон Андреевич. — И я склонен с ним согласиться. Такая работа требует очень долгой и тщательной предварительной подготовки и за десять дней вряд ли может быть выполнена эффективно.

— Это не разговор, — поморщился Хозяин. — Чем сложнее работа — тем выше оплата, и это мы готовы обсудить. Григорий Валентинович, сколько будет стоить, по вашим оценкам, эта работа?

— Если бы у меня было достаточно времени и квалифицированные помощники, — осторожно ответил Чинцов, — я оценил бы ее... Ну, скажем, в пятьсот тысяч долларов.

— То есть за интервью Ратникова вы получили именно столько? — уточнил еще один гость, имени которого Чинцов не запомнил.

— Да, — уверенно сказал он и снова солгал. За Ратникова Мальков заплатил ему всего двести тысяч. Но Малькова нет больше, и уличить Чинцова во лжи теперь некому.

— Стало быть, с учетом сжатых сроков мы предлагаем вам в два раза больше. Вас это устраивает?

Миллион! Целый миллион замечательных шершавых зелененьких долларов! У Чинцова даже дух захватило. Он-то ожидал, что они начнут торговаться, будут снижать размер гонорара, и собирался упираться на цифре «пятьсот тысяч», нажимая на сложности, связанные с недостатком времени. Он очень надеялся на то, что сумма их испугает, и они сами откажутся от идеи с интервью. А они... Миллион! Боже мой! Да как же тут отступать?

— Да, меня это устраивает, — произнес его речевой аппарат раньше, чем Чинцов успел сообразить, в какую петлю лезет.

— И вы гарантируете выполнение задания?

— Да, гарантирую, — сказал Григорий Валентинович, чувствуя, как все вокруг поплыло и закружилось в сумасшедшем танце.

Что он делает! Зачем он соглашается? Идиот! Но разве можно устоять перед миллионом долларов...

— А если что-то не получится? — продолжал допытываться гость, сидящий по другую сторону стола рядом с Турышевым.

— Стало быть, я не получу гонорар, — вымученно

улыбнулся Чинцов, всем своим видом показывая, что это само собой разумеется.

— Нет, так не годится. Мы приложим большие усилия к проведению предыдущих этапов нашей комбинации, вгрохаем в это солидные деньги, а на последнем этапе окажется, что все было напрасно, потому что у Григория Валентиновича что-то не получилось. Мы не можем на это пойти, — возразил Антон Андреевич. — Мы только что обсуждали с Григорием Валентиновичем эту проблему, и он сказал мне, что на подготовку Ратникова у него ушло четыре месяца. Согласитесь, мы не можем ожидать, что он сумеет сделать такую же работу всего за десять дней. Это с нашей стороны было бы опрометчиво. Я предлагаю вернуться к нашему первому варианту и использовать прессу при помощи господина Турышева. И пусть Григорий Валентинович занимается организацией отъезда нашего военачальника из Грозного.

— Да, между прочим, — встрял Турышев, — а кто будет этим заниматься, если господин Чинцов возьмет на себя интервью? Об этом-то мы с вами не подумали.

— Господин Чинцов будет делать то, что ему поручат, — жестко произнес Хозяин. — И за каждую выполненную работу будет получать гонорар. Вы, кажется, забыли, господа, что господин Чинцов приглашен сюда именно как исполнитель. Наша задача — определить цели, разработать комбинацию и найти деньги на ее реализацию, его задача — выполнять. Не так ли, Григорий Валентинович? И если уважаемый Григорий Валентинович думает, что мы не знаем, из каких источников пришли те деньги, которыми оплачивал его услуги покойный губернатор Мальков, то он сильно ошибается. Мы это знаем и при необходимости сможем доказать. Итак, во сколько вы оцениваете работу по отзыву военачальника из Чечни?

Такой оборот напугал Чинцова. Они приперли его к стенке, и пути назад у него теперь нет.

— Двести тысяч, — пробормотал он вмиг одеревеневшими губами.

— Прекрасно. Будем считать, что мы договорились. И имейте в виду, Григорий Валентинович, если вы не отработаете эти деньги, то все, что за последние полгода вы положили себе в карман, будет у вас конфисковано правоохранительными органами. Мы об этом позаботимся. Трудно представить себе деньги более грязные, чем деньги Малькова и Юрцева, а то, что они платили эти деньги именно вам, доказать труда не составит. Я надеюсь, никаких неясностей между нами не осталось?

— Разумеется. Я полагаю, что проблем не будет, — ответил Чинцов, понимая, что делает очередной шаг на эшафот. И шаг огромный.

* * *

Машина Антона Андреевича шла впереди, и Чинцов велел сидящему за рулем Сереже не обгонять ее. Когда расходились, Антон Андреевич вполголоса сказал:

— Держитесь за мной. Нам надо поговорить.

Машины Турышева и другого гостя умчались далеко вперед, а Антон Андреевич и следовавший за ним Чинцов ехали со средней скоростью, хотя пустое вечернее шоссе позволяло двигаться намного быстрее.

Идущая впереди машина свернула вправо и съехала с шоссе на грунтовую дорогу.

— За ним, — скомандовал Чинцов.

Метров через двести после поворота они остановились. Антон Андреевич вышел из машины, приглашая Чинцова сделать то же самое. Мужчины отошли от автомобилей и стали неторопливо прохаживаться взад-вперед.

— Мне кажется, вы попали в не очень приятную ситуацию, — начал Антон Андреевич.

— Да, — уныло согласился Чинцов. — И это еще мягко сказано.

— Значит, шансов на выполнение задания никаких?

— Очень мало. Я же вам объяснял...

— Да, я помню, — перебил его Антон Андреевич. —

Время, помощники и так далее. Я могу попробовать вас выручить, если хотите.

— Каким образом? — вскинулся Чинцов.

— Я могу организовать это интервью.

— Так почему же вы не сказали об этом всем остальным? Задание поручили бы вам. И деньги вы заработали бы большие. Я вас не понимаю.

— А я объясню, — снисходительно улыбнулся Антон Андреевич. — Я считаюсь политическим соратником и, как предполагается, должен работать за идею, а не за деньги. А вы, напротив, специалист и работаете как раз за деньги, а не за идею. И если бы я сказал, что могу выполнить эту работу, то никакого гонорара мне не полагалось бы. Улавливаете?

— Да, конечно.

— Кроме того, мне не хотелось бы, чтобы мои друзья знали о моих возможностях. Это примерно так же, как сказать всем, что у тебя есть прекрасный дантист, твой близкий друг, который работает исключительно хорошо, а берет со своих знакомых исключительно недорого. И тут же все начинают тебя просить, чтобы ты составил протекцию, устроив им хорошего врача и за маленькую плату, представив их как твоих знакомых. Понимаете? Ты вынужден соглашаться, потому что тебе неудобно отказывать, и при этом ты лишаешь своего друга-врача нормальных заработков, вынуждая его тратить время на твоих знакомых, которые платят мало. Он бы вместо этого лечил других клиентов, которые платят куда больше. Люди, как вам известно, довольно бесцеремонны и имеют приятное обыкновение вцепляться в глотку, требуя услуг и одолжений. Одним словом, возможность сделать интервью у меня есть, но афишировать ее я не хочу. И работать бесплатно тоже не хочу. Так мы сможем с вами договориться?

— Каковы ваши условия? — спросил Чинцов, чувствуя, как забрезжившая надежда вливает в него живительные силы.

— Организацией выезда военачальника из Чечни вы занимаетесь сами, и гонорар в размере двухсот тысяч долларов тоже получаете сами. Интервью буду организовывать я, но это будет подано как ваша личная работа, вы получите свой гонорар и передадите его мне. Вот и все.

Миллион уплывал, плавно покачиваясь на волнах и махая ручкой в прощальном жесте. Григорий Валентинович представил себе эту картину очень живо и даже в красках.

— Что, весь миллион отдать вам? — на всякий случай переспросил он, втайне надеясь, что хотя бы небольшая кучка восхитительных зеленых бумажек одумается, повернется и поплывет обратно к берегу.

— А вас это не устраивает? — удивился Антон Андреевич. — Пожалуйста, я готов выслушать ваши соображения.

— Мне казалось, что сохранение вашего секрета имеет некоторую цену, — заметил Чинцов.

— А сохранение ваших секретов, выходит, цены не имеет? Вы согласны с тем, что происхождение ваших денег, полученных от Малькова, будет предано огласке и уголовному преследованию? Григорий Валентинович, мы оба будем молчать и таким образом расплатимся друг с другом. А миллион вы отдадите мне. Если вас это не устраивает, просто не принимайте мою помощь. Я же не навязываюсь вам. И обид никаких не будет, честное слово.

— Нет-нет, я согласен, — вздохнул Чинцов. — Меня все устраивает. Мы договорились.

— Ну вот и славно, — улыбнулся Антон Андреевич. — В таком случае — по машинам?

Чинцов вернулся в машину. Ему стало легче. Конечно, с миллионом придется проститься, но, глядя правде в глаза, он и не смог бы его отработать без Павла. А надеяться на то, что за десять дней удастся его разыскать и уговорить работать, никаких оснований не было. Зато двести тысяч за отъезд военачальника из Грозного он уж как-нибудь сделает!

* * *

Виктор Алексеевич Гордеев задумчиво глядел на Юру Короткова, обдумывая ту информацию, которую только что услышал. Короткову было поручено выяснить, кто такой Григорий Валентинович Чин-

352

цов, чем живет и дышит и почему двое мужчин, разъезжающих на его машине, упорно попадаются на пути Анастасии Каменской. Юра узнал, что Чинцов работает в аппарате Государственной думы, а двое мужчин, ездящих на его серебристом автомобиле марки «Ауди» 1991 года выпуска, это Сергей Яковлев и Николай Обидин. Коротков тоже их узнал, именно они были в Самаре и Уральске. Стало быть, изначально им нужен был Сауляк, а вовсе не Анастасия. По всей вероятности, как раз Чинцова и его парней имел в виду Антон Андреевич Минаев, когда говорил своему другу генералу Коновалову о том, что за Сауляком начнется охота. До этого момента все сходилось.

А потом Коротков сообщил, что Чинцов ездил за город и посетил дом весьма известной в политических кругах личности. И все бы ничего, но среди гостей этого политика в те же часы был и сам Антон Андреевич Минаев. Более того, на обратной дороге в Москву Минаев и Чинцов делали остановку и о чем-то говорили. И это полковнику Гордееву очень не понравилось. Если с самого начала генерал Минаев заявил себя противником Чинцова, то почему сейчас они оказались в одной упряжке? Виктор Алексеевич терпеть не мог политических интриг, но ему очень не хотелось, чтобы в результате этих игр пострадала Настя. Ведь камнем преткновения с самого начала был Сауляк. А Настя помогла его вывезти прямо из-под носа у людей Чинцова. И если Минаев и Чинцов сумели договориться, то как знать, не скажется ли это на Каменской?

— Но ведь Настасья выполняла просьбу Минаева, — говорил Коротков. — Неужели вы думаете, что он отплатит ей черной неблагодарностью?

— А кто его знает, — задумчиво качал головой Виктор Алексеевич. — Нынче вошло в моду сдавать своих друзей и помощников. Я вот думаю, говорить Настасье про Минаева или не надо пока. Как ты считаешь?

— Я бы сказал. Глядишь, она что-нибудь и придумает.

— Придумает, — передразнил его полковник. — Конечно, тебе только это в голову и приходит. Привык относиться к ней как к аппарату для производства идей. А о том, что она испугается, ты не подумал? У нее, между прочим, тоже нервы есть. Как бы ты себя почувствовал, если бы узнал, что тебя могут использовать как разменную карту в игре между Думой и ФСБ?

— Наверное, плохо, — согласился Коротков. — Но вы Аську со мной не равняйте, она другая. Ей чем труднее — тем интереснее. У нее голова по-другому устроена.

— Да речь идет не о том, что труднее, а о том, что опаснее, — с досадой ответил Гордеев. — Ладно, я принял решение. Настасье пока ни слова. Где Селуянов?

— Бегает, — пожал плечами Коротков. — Где же ему быть? На задании.

— Как появится — сразу ко мне. Оба. И молчи, ради Бога, Коротков. Я знаю, ты с Настасьей дружишь много лет, и у тебя появилась отвратительная привычка все ей рассказывать и всем сразу же делиться. Хоть слово ей вымолвишь про Минаева и Чинцова — башку оторву вместе с ногами и уволю к чертовой матери. Уяснил?

После ухода Короткова Виктор Алексеевич еще какое-то время посидел в задумчивости, потом решительно поднялся, надел пальто, запер кабинет и покинул здание на Петровке.

* * *

— Как тебе моя Анастасия? — спросил Виктор Алексеевич. — Жалоб нет на ее работу?

— А ты, можно подумать, приехал для того, чтобы об этом спросить, — отпарировал Коновалов. — Не темни, Виктор. Какая нужда у тебя?

— Нет, Александр Семенович, это у тебя нужда, не у меня. Но я, памятуя нашу с тобой старую дружбу, а также тот факт, что ты все-таки являешься моим начальником, хоть и не прямым, сам к тебе приехал.

— Ну-ка, ну-ка, — заинтересованно проговорил Коновалов. — Послушаем.

— Ты зачем же, Александр Семенович, девочку

мою подставляешь, а? Я разве для этого ей твое задание поручил? Неблагородно ты поступаешь.

— А попонятней можно? — насторожился начальник главка.

— Нельзя попонятней, — сердито откликнулся Гордеев. — Сам ничего не понимаю. Кто такой этот твой Минаев?

— Как это — кто такой? Я же вас знакомил.

— И давно ты его знаешь?

— Сто лет. Или девяносто. В общем, давно. В чем дело-то, Виктор?

— А в том дело, Александр Семенович, что твой Минаев просил защитить Павла Саулика и ссылался на происки неких врагов. Мы ему поверили, Анастасию отрядили Павла спасать, она успешно твое поручение выполнила и привезла его прямо в жаркие объятия генерала Минаева, при этом отметив, что Павла действительно выпасали какие-то люди, причем весьма настойчиво. Более того, эти люди до сих пор интереса с нему не утратили и продолжают настойчиво его искать и преследовать. И вдруг я узнаю, что эти люди работают на одного гражданина, с которым Минаев очень даже хорошо знаком. Более того, они вместе посещают некие политические посиделки и ведут, прячась от посторонних глаз, тайные приватные беседы наедине. И складывается у меня, Александр Семенович, нехорошее такое впечатление, что твой дружок из ФСБ водит тебя за нос. А вместе с тобой — и меня. А девочку мою просто подставил.

— Погоди, Виктор, погоди. Ты точно уверен в том, что сказал?

— На все сто.

— И кто этот гражданин, с которым Минаев ведет тайные беседы?

— Некто Чинцов из Госдумы. Не слыхал о таком?

— Нет, — покачал головой Коновалов.

— Смотри, что у нас получается. Если Минаев и Чинцов — одна компания, то зачем нужна была ложь о том, что Павла будут искать? Искали-то его люди Чинцова, которые для Минаева никакой опасности не представляют. И коль Минаев хотел увести Саулика именно от Чинцова, то, стало быть, между ними идет какая-то игра. И мою девчонку в эту игру впутывают. Возьмем другой вариант. Минаев и Чинцов снюхались только сейчас. В тот момент, когда Сауляк выходил из колонии, они действительно играли в разных командах. Тогда почему люди Чинцова продолжают ее преследовать? Почему сидят всю ночь в машине под ее окнами?

Тут Виктор Алексеевич, конечно, передернул. Он знал, что люди Чинцова, Яковлев и Обидин, в последнее время интерес к Анастасии потеряли. Но он умышленно сгущал краски, надеясь растормошить Коновалова. Ему очень не нравился сам факт тесного общения генерала Минаева с человеком, которого он совсем недавно выставлял своим врагом.

— Ты пойми, Александр Семенович, я послал Анастасию в Самару, потому что ты, лично ты представил дело таким образом, будто Сауляка непременно постараются убрать. Иными словами, мы с тобой, а вернее — я под твою дудку отреагировал, как нормальный милиционер: если готовится убийство и я об этом знаю, мой долг — его предотвратить. Или хотя бы постараться это сделать. Но если все это ложь, если никакое убийство и не планировалось, то зачем мы старались? Мы что же, втемную работали на чужого дядю? Позволили себя обмануть, как несмышленые малыши? Зачем, ответь мне, Анастасия ездила в Самару? Ради какой такой цели, если на самом деле Павлу Сауляку ничего не угрожало? Что за всем этим стоит?

— А если все-таки угроза была?

— А если была, то почему Минаев теперь играет за команду противника? Ты же знаешь, какие в этой игре правила. Когда бывшие враги начинают договариваться, они в знак примирения идут на взаимные уступки. Не слыхал, Александр Семенович, как это бывает? Так я тебе расскажу, как. Один другому говорит: твой человек был в свое время гадость сделал или иным каким образом помешал. Ущерб мне нанес. Ты мне его отдай, я его накажу себе на радость и другим на устрашение. И отдают, можешь мне поверить. И я очень не хочу, чтобы таким человеком оказалась моя Анастасия.

— Виктор, я знаю Минаева как человека порядочного и крепкого профессионала. Не верю я, чтобы он затеял какую-то нечистую комбинацию. Вот хоть режь меня — не верю. Может, ты ошибаешься? Ты уверен в своей информации?

Генерал Коновалов знал, как и о чем надо спрашивать. Уверенным можно быть только в той информации, которую сам добыл. Только в том, что видел своими глазами, слышал своими ушами, трогал собственными руками. Все остальное — вопрос доверия к тому, кто приносит информацию. Мог ли полковник Гордеев быть абсолютно уверенным в Короткове? Мог ли он голову дать на отсечение, что Юра нигде и ни в чем не ошибся? Можно ли было поклясться в том, что наводчик автомобильных воров, с которым разговаривал Миша Доценко, дал правильный номер машины? Да, с номером машины, пожалуй, можно быть уверенным, потому что Юра Коротков своими глазами видел людей, которые на ней ездят, и узнал их. Таких совпадений не бывает. А если он обознался? Ведь Анастасия-то их в Москве не видела и правоту Короткова подтвердить не может. И потом, действительно ли была эта встреча за городом у известного политика, с которой Минаев и владелец этой машины уезжали вместе? Действительно ли это Минаев и Чинцов останавливались поздним вечером на дороге и о чем-то разговаривали? А может быть, Юра ошибся, и это были совсем другие люди? Ах, если бы Гордеев видел все это сам, своими глазами! Тогда он говорил бы с Коноваловым куда увереннее.

— Считай, что это обыкновенная оперативная информация, — сухо сказал Гордеев. — И, оценивая ее достоверность, делай те же скидки и допущения, что и обычно. Она что, кажется тебе абсолютно невероятной?

— Я думаю, все это не более чем недоразумение, — уклонился от ответа Коновалов. — Люди могут случайно встретиться в одном кругу и даже подружиться, не подозревая, что являются давними противниками. Сам знаешь, такое случается. Я бы не хотел, чтобы ты подозревал Минаева в чем-то неблаговидном.

— Ты можешь за него поручиться?

— Да... Пожалуй, да, — твердо ответил Александр Семенович.

Виктор Алексеевич вернулся на Петровку вполне удовлетворенный итогами беседы с генералом. Он был уверен, что не позже сегодняшнего вечера Александр Семенович Коновалов свяжется с Антоном Андреевичем Минаевым и проинформирует его о разговоре с полковником из МУРа. Нет, Гордеев вовсе не подозревал начальника главка в двурушничестве. Но он предполагал, что разговор встревожит генерала, и тот непременно захочет переговорить с Минаевым хотя бы для того, чтобы убедиться в том, что Гордеев ошибается. А заодно и для того, чтобы предупредить Антона Андреевича насчет Чинцова. Дескать, это тот самый человек, люди которого собирались разделаться с Павлом в Самаре. Старая дружба...

Ближе к вечеру появился Коля Селуянов. Вместе с Коротковым они зашли к Гордееву.

— Значит так, дети мои, — начал полковник, опуская длинные предисловия. — С этого часа все внимание — генералу Минаеву. Посмотрите, как он будет себя вести, с кем встречаться. Этот человек мне не нравится, и я хочу знать о нем все. Анастасии — ни слова. Убью, если проболтаетесь. Наружное наблюдение не подключаем. О факте разработки генерала из ФСБ они обязаны доложить по инстанции и получить разрешение. Информация уйдет, а нам с вами этого не надо. Никакого реального уголовного дела под всем этим нет, действуем на свой страх и риск, нелегально и по-партизански. Речь идет о нашей Анастасии, поэтому, ребятки, надо постараться. Коротков, введи Колю в курс дела. Все, отправляйтесь.

Около восьми часов Гордеев разобрался с неотложными делами и хотел было вызвать к себе Каменскую с докладом по текущим делам, но передумал и зашел к ней сам. Она сидела за столом, заваленным горами бумаг, бледная, с синяками под глазами. Но сами глаза блестели, и Гордеев понял, что она не больна, а просто устала.

— Чем порадуешь? — спросил он бодро.

— Всяким разным, — улыбнулась Настя, распрямляясь и потирая затекшую от долгого сидения поясницу.

Она подробно рассказала Гордееву все, что сумела наработать за день, и он в который уже раз подивился тому, как много она успевает. Он, наверное, никогда не смог бы с таким упорством сидеть над бумагами, справками, цифрами, схемами. Энергия всегда била в нем ключом, и долгие кабинетные посиделки были совсем не для него. А Анастасия могла сутками не подниматься из-за стола, занимаясь работой, требующей кропотливости и внимания.

— Как движется дело в бригаде у Коновалова? Ты уже перестала огорчаться?

— А что, неужели было заметно, что я огорчаюсь?

— Еще как, — усмехнулся Гордеев. — Но не всем, конечно, только мне. Я ж тебя знаю как облупленную. Если ты говоришь ровным веселым голосом, а руки дрожат, значит, в ближайшие минуты ты начнешь бить посуду или рвать черновики. Признавайся, била чашки?

— Нет, — улыбнулась Настя. — У меня их мало, я их берегу.

— Значит, бумажки свои рвала на мелкие кусочки.

— На крупные, — уточнила она. — Это было.

— Но теперь-то успокоилась?

— Конечно. Теперь я вынашиваю новые идеи. Хочу пойти не от биографии, а от характера. Знаете, нынче это модно: реконструкция личности преступника по особенностям совершения им преступлений. Особенно эффективно бывает, если преступлений несколько.

— За модой погналась? Раньше за тобой этого не водилось, — заметил Виктор Алексеевич.

— Ну так от безвыходности, — развела она руками. — Меня прямо злость берет при мысли, что этот палач ходит где-то у нас под носом. Ведь я почти уверена, что с областями не ошиблась. Следующая его жертва, если она вообще будет, — обязательно в одной из трех оставшихся областей. Знаете, как обидно, когда понимаешь, где он объявится, и ничего сделать не можешь. С кругом потенциальных потерпевших я промахнулась, с кругом потенциальных преступников — судя по всему, тоже. Но хоть с местом-то!

— Тебе что же, жалко этих потерпевших? И того урода, который одиннадцать детишек загубил, и того, который молодых девушек убивал? Деточка, я тебя не узнаю. Да пусть этот палач их всех перебьет, воздух чище станет.

Глаза у Гордеева хитро поблескивали, он нарочно провоцировал Настю, говоря очевидные и непростительные для профессионала глупости. Нельзя перекладывать карательную функцию на самозваных палачей, как и нельзя допускать, чтобы они присваивали ее себе сами. Настя ни минуты не сомневалась, что Гордеев шутит, но игру приняла.

— Да пусть, конечно, кто бы спорил, — сказала она. — Но потом-то нам надо его поймать или нет? Надо. Хотя бы для того, чтобы спросить: а откуда ты, мил человек, узнал то, чего милиция семи областей плюс российское министерство три года узнать не могли? Слушайте, — она вдруг посерьезнела и глянула на начальника уже совсем другими глазами, — я ведь умную мысль сказала, сама того не заметив.

— И какую же? Я что-то не услышал пока ничего умного.

— А почему палач убивает их именно сейчас и именно подряд? Все преступления совершены от трех до двух с половиной лет назад. Ну примерно. Когда он узнал, кто является преступником? Я непонятно говорю, да?

— Не очень, — кивнул Гордеев. — Ты волнуешься, деточка. Ну-ка успокойся и излагай с самого начала.

Он видел, как задрожали ее пальцы, нервно сжимающие сигарету. Гордеев знал, что неожиданная мысль, внезапная догадка всегда заставляют Анастасию волноваться. Действительно, для нее не было на свете ничего важнее и интереснее ее работы.

— Ладно, пошли с самого начала. После совершения последнего из преступлений, если, конечно, я все вычислила правильно, прошло два с половиной года. Вопрос: когда палачу стало известно, кто является виновником всех этих преступлений? Почему он убивает-то их одновременно? Такое впечатление, что он узнал об этом только сейчас, причем про всех сразу. Если же он узнавал и находил преступников постепенно, то почему не расправлялся с ними тогда же, по мере выяснения их личностей? Почему тянул столько времени? А если не тянул, значит, кто-то другой, не палач, эти сведения собирал и в копилку складывал, а теперь выложил палачу все скопом. Может быть, даже нанял его для расправы с подонками. Но я не понимаю, почему эти сведения не были переданы в милицию. Неужели этот палач или его наниматель так люто нас ненавидит?

— Может быть, он пытался, но ему сказали, что его улик недостаточно.

— А он, стало быть, считал, что их достаточно. И не ошибся, судя по всему. Следы всех жертв палача совпадают со следами, обнаруженными на местах соответствующих преступлений. Есть и другой вариант: палач нанял человека, чтобы тот нашел ему всех убийц, всех семерых. И когда тот закончил работу и сдал отчет, палач отправился исполнять свой замысел. Нет, Виктор Алексеевич, тут надо покопаться. В том, что палач убивает свои жертвы практически одновременно, есть какое-то зерно. Если я пойму, почему он это делает, я его вычислю.

— Ну, давай Бог, — ободряюще сказал Гордеев. — Да, забыл сказать, Семеныч звонил, он просит тебя завтра к десяти часам появиться у него.

— Зачем, не сказал?

— Ты же у него какие сведения очередные просила.

— Ах, да, я и забыла, — спохватилась Настя, — совсем в бумагах закопалась. Конечно, я просила у него все материалы по тем сериям. Не обобщенные меморандумы, а первоначальные документы. И по жертвам палача — тоже. Лучше, знаете ли, своими глазами прочитать, чем полагаться на перепевы с чужих слов.

— Оно конечно, — согласился Виктор Алексеевич. — Собирайся, пошли по домам. Поздно уже.

— Пошли, — она послушно стала собирать бумаги и раскладывать их по папкам и ящикам. — Кстати, вы Короткова никуда не отсылали?

— А что? — насторожился Гордеев.

— Он, поганец, обещал меня сегодня домой отвезти, у меня сумка тяжелая. А сам сбежал куда-то. Может, мне имеет смысл подождать? А вдруг он вернется?

— Не вернется он, — буркнул полковник. — Точно тебе говорю, не вернется. Не жди его.

— Жалко, — вздохнула Настя. — Придется на своем горбу тащить.

— Почему ты на машине не ездишь? У вас же есть машина, и ты ее отлично водишь.

— Во-первых, она Лешке нужнее, он же то и дело в Жуковский мотается, то на работу, то к родителям.

— А во-вторых?

— А во-вторых, я ее не люблю и боюсь. Нервы у меня не те. И потом, я в ней ничего не понимаю. Я даже не знаю, как она устроена, и если сломается, я починить ее не смогу. Я уж лучше так, на муниципальном транспорте. Он везет себе потихоньку, а я думаю, всякие глупые мысли жую, а если повезет — то и читаю.

— Знаешь что я тебе скажу, дорогая моя? Ты валяешь дурака и прикрываешь красивыми словами собственную лень. Водить машину и возиться с ней — это труд, я согласен. А ты трудиться не хочешь, ты хочешь сесть в метро, и пусть оно тебя везет.

— Пусть везет, — покладисто согласилась Настя. — На то оно и метро. А вам лишь бы меня покритиковать.

Они вместе вышли на улицу и пошли в сторону метро. Мысли Гордеева то и дело возвращались к генералу Минаеву и его связи с Чинцовым. Только бы Коротков и Селуянов сработали аккуратно. У Минаева солидный опыт оперативной работы, следить за ним не так-то просто, он любой «хвост» в момент углядит. Тут и до скандала недалеко. Ребят Виктор Алексеевич, конечно, в обиду не даст, вину на себя возьмет, удар примет. Только бы Анастасия не пострадала в этой непонятной, но дурно пахнущей игре.

Глава 17

Это был один из тех редких дней, когда ранний подъем не вызывал у Насти ужаса, близкого к панике. Во-первых, светало уже достаточно рано и просыпаться было не так мучительно, а во-вторых, ей предстояла традиционная утренняя прогулка в Измайловском парке в обществе Ивана Алексеевича Заточного, руководителя главка по борьбе с организованной преступностью. Их знакомство длилось уже год, и столько же длились эти прогулки, во время которых велись неспешные и ни к чему не обязывающие беседы ни о чем. Впрочем, иногда обсуждались и дела. Настя знала, что об этих прогулках известно многим и объяснения им даются самые скабрезные, но Иван Алексеевич посоветовал ей не обращать внимания и стараться извлекать из слухов пользу.

Почти всегда компанию им составлял сын генерала Максим, который готовился поступать в один из вузов МВД и старательно совершенствовал спортивные кондиции, чтобы успешно сдать вступительный экзамен по физподготовке. Настя помнила, что еще летом это был коренастый слегка рыхловатый парнишка, чья физическая форма была весьма далека от совершенства. Однако теперь под неусыпным и безжалостным контролем отца Максим превратился в крепкого юношу с довольно приличными икроножными мышцами и внушительными бицепсами.

— Я слышал, Коновалов пытался переманить вас к себе на службу.

До этого они говорили о совершенно посторонних вещах, и переход оказался таким резким, что Настя даже не сразу сообразила, о чем идет речь.

— Было такое, — кивнула она.

— И вы отказались. Интересно, почему? Вам не хочется работать в главке? Или вам не нравится сам Коновалов?

— Я бы сказала по-другому. Мне хочется работать на Петровке и мне нравится Гордеев. А лучшее, как известно, враг хорошего.

— Я могу заключить с вами соглашение? — спросил Заточный.

— Попробуйте, — улыбнулась Настя.

— Если вы когда-нибудь захотите уйти от Гордеева, подумайте в первую очередь обо мне. Договорились? Это не означает, что вы обещаете непременно уйти в мой главк. Но я хочу, чтобы о работе у меня вы подумали в первую очередь, а потом уже рассматривали все другие предложения.

— Вы так говорите, словно уверены, что претенденты на мою особу в очередь выстроятся. Что-то мне, кроме Коновалова, никто и не предлагал сменить работу.

— Это потому, что все знают Гордеева и понимают: сманивать у него кадры — дело пустое и безнадежное. От Гордеева просто так никто не уходит.

Да, эти же самые слова она слышала и от Коновалова. Точь-в-точь те же самые слова.

— Зачем я вам, Иван Алексеевич? Ваша организованная преступность слишком тесно связана с экономикой, а я в ней ничего не понимаю. Я вам уже рассказывала как-то, что меня тошнит от всех этих экономических премудростей.

— Хотите, я вам докажу, что вы не правы? В течение десяти минут.

— Ну да, вы опять начнете меня уговаривать, что можно открыть пять умных книжек и освоить все азы, а потом в течение года вникнуть в тонкости. Вы это уже говорили. Мне не интересно.

— Даете десять минут? Готов спорить на пакет апельсинового сока.

— Идет. Я вас слушаю. Я люблю апельсиновый сок.

— Я тоже. И уверен, что вам придется мне его купить. Так вот, Анастасия. В нашем главке идет оперативная разработка крупной организованной группы, делающей деньги на контрабанде наркотиков, оружия и живого товара. Мы ими занимаемся почти год, но по нашим делам это еще немного. Вы же знаете, организованные группы разрабатываются годами.

— Конечно, — кивнула Настя.

— У этой группы есть перевалочные базы в ряде областей. И областей этих — семь. Назвать?

Настя резко остановилась и повернулась к Заточному.

— Вы серьезно?

— Абсолютно. Так что, называть регионы или не надо?

— Не надо, я вам верю на слово. Выходит, я влезла в вашу епархию?

— Ну, у вас там свой интерес, серии трупов. Так что не чувствуйте себя виноватой, вы же не знали.

— Но Коновалов-то! — с досадой воскликнула она. — Он что, тоже не знал? Мы влезли на территорию, в которой вы ведете оперативную работу, путаемся у вас под ногами, мешаем. Мы вам что-нибудь сорвали?

— Пока не успели, — улыбнулся Заточный. — А Семеныча не вините, у нас испокон веку правая рука не знает, что делает левая. Мы же не кричим на всех углах, что работаем по этим регионам. Но факт сам по себе прелюбопытнейший, вы не находите? И если бы вы работали у меня, а не в уголовном розыске, то ваши многочисленные трупы гораздо раньше срослись бы с моими контрабандистами. А для того, чтобы прорисовать регионы, где активничает ваш пресловутый палач, вовсе не нужно знать основы экономической теории. Достаточно быть просто Каменской. Ну как, я выиграл свой сок?

— Вам какой? «Яффа» или «Вимбильданн»?

— «Джей севен».

— Ну вы меня наповал сразили, Иван Алексеевич. Ведь смотрите, что получается: кто-то использует ситуацию с маньяками и серийными убийствами, чтобы поднять скандал и добиться полной смены руководства правоохранительных органов. Похоже?

— Похоже. По крайней мере, именно об этом говорят ваши справки о смене кадрового состава.

— А вы их видели?

— И даже читал. Выпросил у Коновалова. Кстати, эти справки произвели на него неизгладимое впечатление.

— Да ладно вам, — она махнула рукой. — Все зря оказалось. Я-то надеялась путем анализа кадровых перемещений вычислить палача, а он, судя по всему, вообще не из числа сотрудников. Столько работы псу под хвост. Иван Алексеевич...

— Да? Вы что-то хотели сказать?

— Нет, ерунда.

— И все-таки?

— Я же сказала — ерунда. Этого не может быть.

— Настенька, я вас не узнаю. Кто, как не вы, твердили мне, что так рассуждать нельзя. Кто, как не вы, сотни раз повторяли, что может быть все что угодно. Надо только придумать этому объяснение. Так что вы хотели сказать?

— Я хотела понять, что было сначала, а что — потом. Высматривались регионы, где есть громкие нераскрытые убийства, провоцировался скандал, под эту марку меняли руководителей и ставили других, карманных, и потом делали в этих регионах свои базы. Так?

— Вероятно. Очень похоже, во всяком случае.

— А не наоборот?

— Не понял.

Заточный остановился, прервав размеренную ходьбу, и повернулся к Насте всем корпусом.

— Я не понял, что вы имеете в виду.

— А что, если сначала были выбраны регионы?

— Вы шутите! Как это может быть?

— Вот видите, и вы не верите.

— Ну, Настенька, в это трудно поверить. Это уже на грани фантастики. Выбрать удобный для преступных целей регион и потом ждать, не случится ли там чего-нибудь из ряда вон выходящего, чтобы поднять скандал? Невероятно. А если не случится? Так ведь можно и до седых волос прождать.

— Иван Алексеевич, вы слишком хорошо думаете о людях. Вы романтик?

— А вы?

— Я скорее циник. И я готова поверить, что все эти громкие серийные преступления были совершены специально. Понимаете? Умышленно. Они были частью плана. И тогда мне понятно, что обязательно есть человек, который об этом знает и знает тех, кто эти преступления организовывал и исполнял. Я исходила из того, что для палача розыск убийц — это вопрос раскрытия преступлений. Поэтому и пыталась найти его среди сотрудников милиции, поэтому и думала ошибочно, что его жертвы — это кто-то из фигурантов, проходивших по оперативным материалам. А на самом деле это может оказаться всего лишь вопросом осведомленности. Это звучит чудовищно, да?

— Да уж, — хмыкнул Заточный. — В отсутствии

фантазии вас не упрекнешь. Что ж, развивайте свою мысль. Кто такой этот ваш палач и почему он в таком случае уничтожает этих наемных убийц?

— Боится разоблачения.

— И почему же он забоялся именно сейчас? Ведь убийства совершены давно. И потом, зачем он устраивает эти ритуальные игры? Ну убил — и убил, и дело с концом. Зачем всячески показывать, что это именно те люди, которые совершили те давние убийства? Для кого весь этот спектакль?

— Мне нужно подумать, — сказала Настя очень серьезно. — Я не готова отвечать вам сразу.

— Думайте, — согласился Заточный. — А чтобы вам легче думалось, скажу еще одну вещь. По этим контрабандным штучкам у нас в разработке находились некоторые персоны, представляющие для вас несомненный интерес.

— Например?

— Например, некто Юрцев Олег Иванович. Слышали про такого?

— Иван Алексеевич, не вынимайте из меня душу, — взмолилась Настя. — Добивайте сразу. Кто еще? Мхитаров? Изотов? Мальков? Лученков?

— И даже Семенов. Вся команда Малькова во главе с ним самим. По нашим разработкам они числятся ответственными за каждый из регионов. Вроде куратора.

— Но их шестеро, — быстро возразила Настя. — А регионов семь. Или я ошиблась?

— Семь. И должен быть еще один куратор. Но нам он пока неизвестен. Посему, милая барышня Анастасия Павловна, я прошу вас о дружеской услуге. Высчитайте мне этого седьмого куратора. И будем считать, что мы в расчете. Я вам подсказал кое-что о ваших трупах, помогите и вы мне.

— Вы меня переоцениваете, — покачала она головой. — Вряд ли я это сумею. Я же в ваших делах ничего не понимаю.

— А вы попробуйте. Я же не ваш начальник, за невыполненное задание взыскание налагать не буду.

— Иван Алексевич, но получается, что палач сначала разделался с кураторами и только потом приступил к убийцам. Все равно я не понимаю, зачем он это делает.

— И я не понимаю, — вздохнул Заточный. — Сперва я подумал было, что конкурирующая фирма устраняет кураторов, чтобы занять их места. Потом я подумал, что это делает не конкурирующая фирма, а руководитель всей этой банды, потому что недоволен их деятельностью. Я даже допускал, что кураторы затеяли дворцовый переворот с целью сместить главарей, а главари вовремя спохватились и задавили бунт в зародыше. А теперь я вообще не знаю, что и думать. Я написал докладную, в бригаду Коновалова включаются наши сотрудники. Будем надеяться, что совместными усилиями мы до чего-нибудь додумаемся.

Они развернулись и пошли по аллее в обратную сторону. Навстречу им бежал Максим, завершая пятикилометровый кросс.

— Молодец, — похвалил его отец. — Уложился в норматив. Можешь отдыхать десять минут.

— Тетя Настя, а вы в норматив укладываетесь? — спросил юноша, перейдя на бег трусцой и выписывая круги рядом с ними.

— Да что ты, я вообще никуда не укладываюсь, только в собственную постель, — отшутилась Настя. — Для таких, как я, еще нормативов не придумали. Недавно пришлось за отходящим поездом бежать, так я после этого часа два не могла унять сердцебиение.

— Как же вы работаете в уголовном розыске? — удивился Максим.

— С трудом. Мне с начальником повезло.

— Глупости, — прервал ее Заточный. — Не морочьте парню голову. Начальник ваш тут ни при чем. Запомни, Максим, для того, чтобы тебе прощали недостаточную физическую подготовку, надо иметь особые способности. Когда будешь таким же умным и талантливым, как Анастасия Павловна, тогда сможешь себе позволять не укладываться в нормативы. Но не раньше. И вообще не забывай, что ты мужчина. С тебя спрос другой.

Максим остановился, сделал несколько дыхательных упражнений и пошел рядом с отцом и Настей.

— Хорошо вам, женщинам, — вздохнул он.

Заточный недовольно поморщился, и Настя поняла, что дома Максиму предстоит выслушать воспитательную лекцию. Генерал растил сына один и не спускал ему с рук ни малейшего неверного слова, каждый раз не жалея времени на детальные и обстоятельные объяснения его неправоты. Насте доводилось как-то присутствовать при этом, и она знала, что Иван Алексеевич в таких случаях не скупится на образные и хлесткие фразы.

Через сорок минут они дошли до станции метро и расстались — Заточные жили неподалеку, а Насте нужно было ехать до «Щелковской». После прогулки она чувствовала себя бодрой, настроение поднялось, потому что предстояло решать очередную интеллектуальную задачку, а это, по утверждению Юры Короткова, было для Насти Каменской слаще самой сладкой конфеты. Но прежде чем обложиться бумагами, она позвонила Заточному.

— Иван Алексеевич, ваш седьмой номер — Евгений Шабанов, покойный имиджмейкер Президента. Он у меня получился какой-то неприкаянный. Первые шестеро легко собрались в группу, а Шабанов стоял особняком, он же вроде из команды Президента. То-то я все мучилась, не знала, что с ним делать.

* * *

Михаил Давидович Ларкин любил комфорт, уют, тепло и неспешность. Он терпеть не мог суетиться и очень не любил, когда складывающаяся ситуация заставляла его нервничать. Ларкин знал твердо: нервозность и спешка отрицательно сказываются на проявлении его необыкновенного природного дара. Он увлеченно занимался в свое время под руководством Павла Саоуляка, старательно изучал методики тренировок, не давая себе ни малейшей поблажки, когда эти тренировки требовали изматывающих длительных монотонных упражнений. Он довел свое мастерство до совершенства и очень дорожил этим. А всякие неприятности и болезни, как показала длительная практика, мгновенно отрицательно сказываются на силе его способностей.

Появление человека, претендующего на роль его нового руководителя, было для Ларкина именно такой вот неприятностью. Он хорошо помнил своего первого вербовщика, с которым разговаривал всего один раз в кабинете заведующего отделом в КБ, где Михаил в то время работал. И после того, как с ним начал работать Павел, Михаил тешил себя надеждой, что правду о нем знают только эти двое — первый вербовщик, направивший его к Сауляку, и сам Сауляк. Оказалось, что есть и третий, и это обстоятельство моментально вывело Ларкина из состояния душевного равновесия. Этот третий человек оказался для Михаила очень опасным, ибо показал ему полный комплект компрометирующих Ларкина материалов, от магнитофонной записи самого первого разговора с вербовщиком, где Миша простодушно признавался в маленьких секретах получения диплома о высшем образовании, до видеозаписей его работы при выполнении некоторых заданий Павла и результатов этой работы. Получилось более чем впечатляюще. Миша никогда раньше не видел этой компры, ему только говорили, что она есть, и он верил. Но, когда он увидел своими глазами, почувствовал себя совсем худо. Ну просто хуже некуда.

— Разумеется, я не стану давать ход этим записям, если вы отнесетесь к сложившейся ситуации с пониманием, — говорил тот третий человек.

Миша всегда соображал быстро. Тот факт, что он не обладал способностями к техническим наукам, вовсе не означал, что он был глуп. Совсем наоборот.

— Что от меня требуется? — спросил он.

— Выполнение моих поручений, ничего больше. Вы должны работать на меня так же, как работали на Павла.

— А если он вернется?

— Ну что значит «если»? — благодушно усмехнулся тот. — Павел обязательно вернется, даже и не сомневайтесь. И вы будете продолжать работать с ним, как и раньше. Но попутно будете работать и на меня. И ничего Павлу об этом не скажете. Вот, собственно, и все. Выбор за вами, Михаил Давидович. Да, и еще одно. Когда Павел Дмитриевич вернется, незамедлительно дайте мне знать. Я забочусь о вашей безопасности, и как только Саулак появится, сделаю все, чтобы мы с ним не столкнулись ненароком у порога вашего гостеприимного дома. Так каков же будет ваш ответ?

— Я согласен, — вздохнул Ларкин. — Вы не оставляете мне выбора.

— Зачем же так, Михаил Давидович, — укоризненно покачал головой его собеседник. — Выбор всегда есть. Вы можете отказаться и предстать перед органами правосудия.

Разумеется, такой выбор Мишу никак устроить не мог. Для того ли он годами выстраивал свой комфортабельный уютный мирок, чтобы в результате загреметь на нары? Нет, нет и нет.

— Что я должен делать?

— Пока ничего. Отдыхайте, набирайтесь сил, поддерживайте форму. В самое ближайшее время я свяжусь с вами и дам задание.

— Вы уверены, что оно будет мне по силам?

— Конечно. Вы это уже делали, и весьма успешно. Со мной вам будет намного легче работать, чем с Павлом, потому что я снабжу вас всей необходимой предварительной информацией о человеке, с которым вам придется контактировать. Так что готовьтесь и выбросьте из головы ненужные сомнения.

Этот разговор состоялся четыре дня назад. И вот уже четыре дня Миша Ларкин сидит дома, в основном, правда, не сидит, а лежит на удобном мягком диване, закинув руки за голову и уставившись в потолок. Не нравится ему это все, ох не нравится. И посоветоваться не с кем, Павел на связь не выходит, а где его искать, Миша не знает. Ни адреса, ни телефона. Так было всегда. Случись острая нужда, он никогда не смог бы найти своего руководителя. Однажды, много лет назад, Павел так и сказал ему:

— Ты, Михаил, конечно, специалист экстра-класса, но всегда помни, что может найтись кто-то еще более сильный. Природа одарила тебя, но она щедра и одаривает многих, причем некоторым дает гораздо больше, чем остальным. Я вполне допускаю, и ты должен допускать, что твой дар — не самый мощный.

И если более одаренный человек будет работать против нас, он сумеет заставить тебя рассказать то, что ты знаешь. Ты и глазом моргнуть не успеешь, как все ему выложишь. Поэтому лучше тебе знать поменьше.

Другой на его месте, может, и стал бы возражать, но только не Ларкин. Он слишком хорошо знал, как после его обработки люди выкладывали самые сокровенные тайны.

А надо ли ему искать Павла сейчас? Правильно ли будет спрашивать у него совета? А ну как этот человек узнает и рассердится? И даст ход всем этим жутким записям, и магнитофонным, и на видеопленке. Михаил пытался рассуждать здраво и понять, кто из них более опасен для него — Павел или этот новый знакомец. И по всему выходило, что не Павел. Хотя если показанные ему материалы существовали не в единственном экземпляре, то они вполне могут быть и у Павла. И что тогда? Отказывается работать на третьего — тот их обнародует. Павел узнает о том, что Миша работает на третьего — тоже может подлянку кинуть. Что в лоб, что по лбу.

Оставалось одно — надеяться, что все обойдется. Слуга двух господ! А что? В мировой литературе эту ситуацию миллион раз обыгрывали, и всегда выходило, что плутоватый слуга накалывал своих хозяев, а сам выходил победителем. Не зря же говорят: ласковый телок двух маток сосет. Нешто рискнуть?

Из тяжких раздумий его вывел телефонный звонок.

— Я хочу записаться на прием, — послышался истеричный женский голос. — Желательно на завтра, если можно. Мне нужно срочно, у меня особые обстоятельства.

Все понятно. Узнала об измене мужа, причем буквально только что, несколько часов назад. Тут же села на телефон обзванивать приятельниц и рассказывать об «этом мерзавце», и кто-то из них посоветовал сходить на прием к известному психотерапевту, который моментально снимет душевную боль. Особые обстоятельства у нее! Можно подумать, только ей одной мужик изменяет. С такими дамочками ему работалось легко, они обретали душевное равновесие за два сеанса у Ларкина. По тысяче долларов за сеанс.

— Вы ошиблись, — вежливо сказал Миша в трубку. — Вы, вероятно, звоните Михаилу Давидовичу? У него теперь другой номер.

— Какой? — требовательно спросила обманутая жена.

— Я не знаю. У нас поставили новую АТС и все номера поменяли. Теперь этот номер у меня.

— А откуда же вы в таком случае знаете, что я звоню Михаилу Давидовичу? — подозрительно сказала она.

— Не вы первая, — усмехнулся Миша. — Ему целыми днями звонят. Тоже хотят на прием записаться.

— Но в таком случае Михаил Давидович должен был оставить вам свой новый телефон, — не унималась дама. — Чтобы вы давали его всем, кто ему звонит.

— Должен вас разочаровать. Ваш Михаил Давидович у меня советов не спрашивал. И у вас тоже. Всего доброго.

Он положил трубку и горестно скривил губы. Деньги проплывают мимо рук. Но Павел категорически потребовал, чтобы Ларкин прекратил психотерапевтическую практику. Окончательно и бесповоротно. И Миша не смеет его ослушаться. Ведь Павел может в любой момент вернуться. Он так и сказал: снова уезжаю, но на этот раз ненадолго, недельки на две. Две недели прошли, Павла еще нет, но он может появиться каждую минуту.

Михаил с тоской подумал о Пампушечке — симпатичной ласковой девушке по имени Галя, пухленькой и аппетитной. Вызвонить бы ее сейчас сюда! Она такая бесхитростная, добрая, открытая, рядом с ней Ларкин душой отдыхает. И в постели она для него в самый раз — не слишком требовательна, много сил не забирает, да и времени тоже. Он ей нужен не в качестве кобеля, а для поддержания самооценки. Ну как же, такой интересный мужчина, в возрасте (это по ее девичьим представлениям, сам Ларкин считал себя еще молодым), образованный, с деньгами. «Посмотрите, с кем я еду!» — процитировал он про себя фразу из знаменитого фильма Феллини. А что, может, и правда, позвонить? Пусть бы приехала.

Ларкин перекатился на бок и потянулся к телефону, стоящему на полу возле дивана.

— Пампулик, — проворковал он в трубку, — у меня неожиданно освободился вечер. Ты как?

«Как»! Он еще спрашивает! Конечно, она немедленно примчится. Что с собой привезти? Покушать? Обязательно, она знает, что любит Мишенька, и по дороге все купит. Но Ларкин при всем прочем хотел быть джентльменом. Женщины не должны на него тратиться, он же не альфонс какой-нибудь.

— Деньги отдам, когда приедешь, так что не скупись, — скомандовал он. — Нам с тобой нужно все самое лучшее.

Вот так. Нужно скрасить тревожное ожидание вкусной едой и нежными ласками Пампушечки. Потому что совершенно неизвестно, как все обернется завтра.

* * *

Пока Михаил Давидович Ларкин нервничал и переживал, лежа на своем мягком диване, полковник Гордеев и двое его сотрудников голову ломали над тем, как Ларкина найти. Или хотя бы выяснить, кто он такой. Юра Коротков, зафиксировавший встречу генерала Минаева с неизвестным мужчиной в темных очках, был в тот момент один и не смог проследить за обоими. Оставалось ждать, пока Антон Андреевич встретится с этим мужчиной еще раз.

— А Минаеву не понравилось, что я ходил к его другу Александру Семеновичу, — сообщил Гордеев Короткову и Селуянову. — Он тут же нашел своих приятелей среди соответствующих руководителей и поинтересовался, не оформляли ли мы наружное наблюдение за ним. За детей нас держит, хочет голыми руками взять. Видно, рыльце в пушку. Ничего, пусть теперь помучается вопросом, откуда мы знаем о его дружбе с Чинцовым.

— Вы все-таки уверены, что они тесно связаны? — спросил Коротков. — А вдруг это была действительно случайная встреча?

— Если бы она была случайной, он бы не начал

дергаться и не кинулся проверять, не ведем ли мы за ним наружников. Мы с вами знаем, что не имеем права этого делать, и он знает, вот и хочет уличить нас в незаконных действиях. А зачем ему это, если он чист? Суета, дети мои, всегда красноречивее всяких слов. Я специально съездил к Коновалову и рассказал о своих подозрениях. Коновалов — нормальный честный мужик, он не мог не передать наш разговор своему товарищу, он же верит Минаеву как самому себе. А я хотел посмотреть, что из этого получится. Вот и посмотрел. Убедился, что у Минаева, прошу прощения за грубость, очко заиграло. Может быть, в его связях с Чинцовым никакого криминала и нет, просто Минаев ухватился за возможность меня прищучить на другой какой случай. Стало быть, этот другой случай все-таки есть. В чем-то Антон Андреевич сильно замарался. Или собирается это сделать. Вот и откладывает козыри из колоды в рукав.

— Странная какая-то логика, — пожал плечами Коля Селуянов. — Сначала просит нас о помощи, хочет, чтобы мы вывезли для него человека из Самары, а потом собирается нам же делать гадости. Не по-мужски.

— Зато очень современно, — заметил Коротков. — Вполне в духе времени: разжалобить, использовать и выбросить за ненадобностью. Ты в телевизор глянь — все так делают. Сдают своих направо и налево.

— Ты прав, сынок, — сказал Виктор Алексеевич, и в голосе его послышалась явная угроза. — Ты прав, как это ни прискорбно. Уважаемый генерал Минаев использовал нас как дармовую рабочую силу. Просьба Коновалова для меня закон, не выполнить ее я не мог, но я уже тогда чуял, что добром это дело не кончится. Вон оно и не кончилось. А теперь, поняв, что мы в чем-то становимся для него опасны, он хочет выкрутить нам руки. В первую очередь — мне как вашему начальнику, отдавшему вам обоим незаконный приказ. А заодно и вам как исполнителям незаконного приказа. Умный я все-таки, что Настасью в это не втянул, а то и она загремела бы под фанфары. Но, дети мои, думать надо не об этом. О другом.

Он замолчал и принялся медленно расхаживать по

узкому длинному кабинету. Юра и Николай сидели тихо, они знали, что, когда начальник думает, мешать ему нельзя.

— Правильно сказал Юра, случись нужда — своих сдают без жалости и сомнений. Не просто так, ради развлечения и смеха, а именно в случае нужды. И думать надо о том, какая такая нужда может случиться у генерала Минаева. Уж конечно, не ремонт автомобиля и не протечка потолка в квартире. Зачем ему нужен козырь в виде наших с вами незаконных действий? Чтобы нас с вами, дети мои, удавить, причем удавить без звука. Перекрыть нам кислород. Он обратится к своему руководству с рапортом о том, что обнаружил за собой наблюдение. За ним пустят наружников из ФСБ и выяснят, кто еще за ним ходит. То есть вас, сынки, накроют с поличным. После чего меня вызовут на мягкий ворсистый ковер и начнут иметь. И я в этой ситуации должен буду что-то им сказать, дать какие-то объяснения. Тут у меня будут два пути. Или сказать правду, понимая, что через полчаса все мои туманные подозрения и имеющаяся фактура станут известны Минаеву. Или сказать неправду, соврать, иными словами. Тогда эту неправду надо придумать, отшлифовать и нам всем троим выучить назубок. Чтобы не было ни малейших расхождений.

— А правда, Виктор Алексеевич, — внезапно оживился Коля Селуянов. — Пусть нас накроют. Мы им дезу запустим.

— А с работы вылететь не страшно? — прищурился Гордеев. — Я уж не говорю о том, что меня тоже могут выпереть под зад коленкой. Тебе меня, старика лысого и больного, не жалко?

— Так это ж с умом надо придумать, чтобы прицепиться никто не мог. Давайте гнуть линию, что мы разрабатываем человека в темных очках, который по приметам проходит у нас по ряду нераскрытых преступлений. Дескать, мы вообще не Минаева работаем, а этого очкарика. Очкарик вступил в контакт с неизвестным гражданином, мы за этим гражданином и потащились, как ослы за морковкой. И знать не знаем, кто он есть на самом деле. А что?

— Авантюрист ты, Николаша, — вздохнул Юра

376

Коротков. — Да кто же нам поверит, что мы тупо ходим за неизвестным гражданином уж который день и не удосужились установить его личность. А если установили, то обязаны были доложить, что это генерал из ФСБ, и тут же получили бы приказ «не сметь». Правилами не положено.

— Стоп! — поднял руку Гордеев. — Правильные вещи говорите, мальчики. Если точно узнают, сколько дней вы ходите за Минаевым, то головы нам не сносить. А если нет? Давайте-ка подумаем, нельзя ли здесь поиграть. Вы уверены, что он вас не засек?

Оба неопределенно пожали плечами.

— Мы старались вообще-то, — промямлил Селуянов.

— И заменить вас некем, — задумчиво протянул полковник. — Нельзя никого в эту аферу втягивать, по лезвию ходим. А этот тип в очках и с кудрями нам позарез нужен. На нем и Юрцев, и дурачок Базанов. Если это вообще он, а не кто-то с похожими приметами. Как же его достать...

Из кабинета Гордеева Юра и Николай вышли почти через час и сразу же, вернувшись в свою комнатушку, принялись готовить чай и раскладывать на столе принесенные загодя из буфета бутерброды с черствоватым хлебом и дорогущей, но вкусной колбасой.

— Жалко, что Аське сказать нельзя, — посетовал Селуянов. — Она бы обязательно что-нибудь умное придумала.

— А мне Колобок уже популярно разъяснил, что я веду себя не по-товарищески, — сказал Коротков, жадно откусывая хлеб с колбасой. — Мол, я отношусь к ней как к механизму для производства идей, а у нее еще и нервы есть, не только мозги. Он не хочет, чтобы Аська перепугалась насмерть.

— Это правильно, что и говорить. Но я вообще-то не замечал, чтобы она была очень уж пугливой. А ты?

— Замечал, — кивнул Юра. — Она трусиха жуткая, сама об этом говорит. Это потому, что она соображает лучше нас с тобой, просчитывает ситуацию на пять ходов вперед и сразу видит, какие последствия могут на нее обрушиться.

— Вот уж точно, горе от ума, — вздохнул Коля. —

Ты куда столько заварки сыплешь, изверг? Мы же не чифир делаем, а обыкновенный человеческий чай.

— Пусть будет покрепче. Чуть-чуть заварки, зато много кипятка — и будет нормальный чай. А остальная заварка на завтра останется, заваривать не придется.

— Ну ты жлоб! — восхитился Селуянов. — Это ты у нашей Аськи лениться научился? Ты бы лучше чего хорошего от нее набрался. Кстати, Юрок, а ведь мы с тобой про Стасова забыли.

— Почему забыли? — удивился Юра.

— Колобок сказал, что нас с тобой заменить некем, а лишних людей он в незаконную авантюру втягивать не хочет.

— Николаша, кончай свои выходки...

— Нет, правда, Юрок, — перебил его Селуянов. — Колобок и не узнает ничего. Можно сказать Стасову, что надо помочь Аське, он не откажется, я уверен.

— Ага, и тут же побежит ей об этом рассказывать.

— Но мы-то с тобой не побежали, — возразил Коля.

— Мы с тобой, — передразнил его Коротков. — Мы с тобой сидим и изо всех сил боремся с желанием с ней поделиться. Что, нет? Нас двое, и мы друг друга сдерживаем. А он? Подумает пять минут, да и расскажет.

— Можно попросить его как следует, — упирался Селуянов. — Он же профессионал, должен такие вещи понимать. А с другой стороны, он частный детектив, на него наши правила не распространяются, за кем заказчик поручил — за тем и следит. Ему закон не писан.

— Ну и что он будет говорить, если его прищучат? Его же за жабры возьмут и потребуют показать контракт с заказчиком, согласно которому ему поручается следить за Минаевым. Нет, Николаша, это афера чистой воды. Ни за что.

— Ну подожди, Юрасик, что ты сразу мои гениальные идеи на корню рубишь. А если у него будет контракт?

— Ты, что ли, его заключишь? — насмешливо поддел его Коротков.

— Тебе все смешочки, — обиженно пробормотал Николай, отхлебывая горячий чай. — Смешливый...

* * *

Настя обожала делать таблицы и схемы. Она плохо воспринимала информацию, изложенную в свободной и расплывчатой форме, когда приходилось то и дело возвращаться к началу текста, перелистывать страницы назад и искать глазами нужные абзацы и слова. Информация, распределенная по колонкам таблиц или по квадратикам схем, становилась наглядной, яркой и легко поддавалась анализу. Весь день после утренней прогулки с Заточным она изучала материалы по преступлениям палача, вписывая в таблицы массу разрозненных сведений от места и времени совершения убийства до следов, обнаруженных на месте преступления.

К вечеру все таблицы и схемы были составлены. Настя разложила их на полу посреди комнаты, уселась в центре, поджав под себя ноги, и стала обдумывать полученный результат.

По времени — никакой системы не наблюдается. Четыре убийства совершены в разное время суток. По месту — тоже ничего повторяющегося. По способу — пожалуй, есть над чем подумать. Все четыре жертвы были задушены, причем не руками, а удавкой. Что еще их объединяло?

Личность жертвы? Ничего общего, кроме того, что следы потерпевших были когда-то обнаружены на местах совершения тяжких преступлений, оставшихся нераскрытыми. Но этот факт анализу не подлежит, ибо с него-то все и началось. Что еще?

Еще один любопытный факт. Ни в одном из мест обнаружения жертв палача обстановка практически не нарушена. Переводя на общепонятный язык — ни в одном из четырех случаев не наблюдалось следов борьбы. Это могло быть связано с тем, что потерпевших убили вообще не там, где впоследствии были обнаружены их трупы. Второй вариант — потерпевшие хорошо знали убийцу-палача, не ожидали от него ничего плохого и доверчиво поворачивались к нему спиной.

Настя потянулась к таблице, на которой были выписаны данные о времени наступления смерти (по оценкам судмедэкспертов) и времени обнаружения трупов. Потом взяла другую таблицу, где были указаны места обнаружения жертв палача. Может ли так получиться, что в интервале от времени наступления смерти до обнаружения трупа покойника можно было переместить и оставить в том месте, где его обнаружили?

В первом случае труп был обнаружен через двадцать минут после убийства. Да еще и в месте, где в тот момент находилось человек сто, не меньше. За двадцать минут пронести труп мимо такого количества людей? Исключено.

Во втором случае смерть наступила в десять утра, обнаружили труп в подвальном помещении в половине четвертого дня. Перевозить и перегружать мертвое тело белым днем? Сомнительно.

В третьем случае труп убийцы депутата и всей его семьи был обнаружен на квартире самого потерпевшего. Убитый был человеком молодым, жизнь вел довольно-таки беспорядочную, и его не сразу хватились. К тому моменту, как вскрыли квартиру, он пролежал дня четыре, поэтому установить время наступления смерти с точностью до часа было затруднительно. Но, если бы этого человека убили где-то в другом месте, а труп потом привезли и занесли в квартиру, это никак нельзя было бы проделать совершенно бесшумно. Тем более, этого нельзя было бы сделать днем. Стало быть, ночью. Но ночью каждый шорох отчетливо слышен... Надо позвонить и попросить уточнить, опрашивали ли жильцов дома на этот предмет.

И четвертый случай, последний. На этот раз погибшим оказался человек, который, судя по всему, совершил серию жестоких убийств одиноких стариков. Труп обнаружен на детской площадке рано утром, смерть наступила около двух часов ночи. Все бы ничего, но рядом с трупом обнаружены несколько окурков, и экспертиза уверенно утверждает, что на них осталась слюна именно убитого. Другими словами, до того, как его убили, он сидел себе на этой детской площадке и спокойно покуривал. Вряд ли палач оказался настолько предусмотрительным, что прихватил окурки с собой с настоящего места убийства и подбросил их рядом с детской песочницей. Конечно, чего на свете не бывает...

Настя сделала еще одну пометку в блокноте: спросить, не смотрели ли наличие микрочастиц одежды потерпевшего на скамеечках. Если он действительно сидел какое-то время на детской площадке, то микрочастицы одежды обязательно должны быть. Хотя, может быть, он и не сидел, а стоял, расхаживал взад-вперед. Тогда должны остаться многочисленные накладывающиеся друг на друга следы ног.

Она достала из папки ксерокопию протокола осмотра места происшествия. Нет, о многочисленных следах обуви потерпевшего — ни слова. Следов нормальное количество, и они обнаружены на всем протяжении от края площадки до «грибочка», рядом с которым лежало тело. Там и других следов было множество, поди знай теперь, какие из них принадлежат убийце. Сколько окурков обнаружено? Шесть. На одну сигарету уходит пять-семь минут. Итого — тридцать-сорок минут. Плюс интервалы между сигаретами — в общей сложности накинем еще полчаса. Потерпевший провел на детской площадке как минимум час. И при этом сидел. Должны быть следы одежды.

Как бы там ни было, получается, что все жертвы палача были убиты там, где их и нашли. Почему же они позволили себя задушить, не оказав ни малейшего сопротивления?

Охая и хватаясь за поясницу, Настя выпрямила ноги и встала. Надо звонить и выяснять детали, благо Александр Семенович Коновалов дал ей все нужные телефоны, по которым ей должны были давать любые необходимые справки. Алексей на кухне с упоением читал новый детектив, периодически запуская руку в плетеную корзиночку с сырными крекерами.

— Проголодалась? — спросил он, не отрывая глаз от книги.

— Нет пока. Пришла разорять наш скудный семейный бюджет. Можно?

— Валяй. А каким образом?

— Мне надо сделать несколько междугородных звонков.

— Угм, — промычал Леша, переворачивая страницу. — Звони. Все равно счета придут только через месяц.

— А что, через месяц мы разбогатеем? — поинтересовалась Настя.

— Не знаю, может, зарплату дадут наконец. Обещают же. Забирай телефон и уматывай, у меня тут самое интересное началось. Захочешь ужинать — подай сигнал голосом.

Настя утащила телефон на длинном шнуре в комнату и поплотнее прикрыла дверь, чтобы не мешать мужу постигать разгадку кровавой тайны. Через полчаса кое-что прояснилось, и это только подтвердило ее первоначальный вывод: все четыре жертвы были убиты палачом там, где и обнаружены. Стало быть, у всех четверых есть какой-то общий знакомый. Человек, которого они не боятся, которого знают и спокойно подпускают к себе поближе. И даже спиной к нему поворачиваются. Проверка этого факта требует много времени — собрать сведения о круге знакомств всех четверых и найти точку их пересечения. Такую объемную и кропотливую работу сегодня мало кто делает, азы сыска ушли в прошлое и прочно забыты.

Она снова вышла на кухню и включила газ под чайником.

— Не пей кофе перед ужином, аппетит перебьешь, — пробормотал Алексей, все еще углубившийся в детектив.

— Да я с голоду помру, пока ты дочитаешь, — возмутилась Настя. — Тоже мне, муж называется. Ты для чего на мне женился?

— Как для чего? — Он поднял наконец голову и воззрился на жену с веселым изумлением. — Чтобы читать твои книжки. У тебя их вон сколько, и все в основном детективы, а я их обожаю. Мне до самой пенсии не перечитать. И чем быстрее я заморю тебя голодом, тем быстрее вся эта роскошная библиотека достанется мне в единоличное пользование. Ладно, не хнычь, сейчас есть будем.

Настя сжалилась над ним.

— Так и быть, можешь почитать еще пятнадцать минут, я сама приготовлю.

— Нет!

Алексей тут же отложил книгу и испуганно вскочил.

— Я еще жить хочу. Ты такое приготовишь, что и отравиться недолго. Без малого год живем вместе, а ты так и не научилась правильно жарить картошку.

— Ну и пожалуйста, — обрадованно сказала Настя, тут же усаживаясь на освободившееся место и хватая книгу, которую он только что читал. — Татьяна Томилина. Это кто такая?

— Ты что? — обернулся к ней Леша. — Это жена твоего Стасова.

— Так ее фамилия Образцова. Псевдоним, что ли?

— Ну да.

— И как она пишет? Ничего?

— А ты почитай. Тебе полезно будет.

— Нет, правда, Лешик, как она? Читабельна?

— Более чем. Классический детектив без всякой чернухи-порнухи. Есть тайна, есть интрига, есть напряг, а ближе к концу — развязка. Правда, финалы у нее чаще всего грустные. Безысходные какие-то.

— А ты как хотел бы? Чтобы яркое торжество справедливости и в конце разоблаченный преступник просит стакан воды и хрипло говорит: «Ваша взяла. Пишите»?

— Ну... Что-то в этом роде. Очень хочется, чтобы красные победили.

— Лешенька, Татьяна — следователь. Кому, как не ей, лучше всех известно, что полной победы красных в наше время почти никогда не бывает. Она пишет то, о чем знает не понаслышке, а по собственному печальному опыту.

— Нет, — заупрямился Алексей, ловко разделывая рыбу и обваливая ее в муке и яйце, — есть законы жанра. И вообще есть законы литературы. Литература не должна быть точным отражением реальной жизни, иначе зачем она вообще нужна. Если в книге все как в жизни, то зачем ее читать? Можно просто в окно посмотреть и увидеть все то же самое. В детективе не должно описываться, как пьяный дядя Вася из-за бутылки подрался с пьяным дядей Петей и убил его. Потому что в жизни эти пьяные дяди дерутся каждый день, ничего необычного в этом убийстве нет и читать про него никому не интересно. Хотя с точки зрения реального отражения действительности в литературе должно описываться именно такое убийство как наиболее часто встречающееся. Помнишь, как нас в школе учили? Отражение типического в типических обстоятельствах. Реализм. Кому этот реализм нужен? Его вон в телевизоре каждый день навалом. А полная и безоговорочная победа добра над злом — это не типическое для наших сегодняшних условий. Вот я про это и хочу читать. Для поддержания боевого духа.

— Ух, раскипятился! — улыбнулась Настя. — Впрочем, вероятно, ты прав. В классическом детективе действительно описывается необычное преступление, редко встречающееся. Ну, может, не редко, но не каждый день. Про банальные убийства, в которых нет тайны, нет загадки, никто и не пишет. А таких банальных преступлений больше половины.

— Вот именно, — подхватил Алексей. — Ты задумывалась когда-нибудь, почему такой бешеной популярностью пользуется вестерн? Потому что в нем есть плохие парни и хорошие парни. И хорошие в конце обязательно побеждают плохих. А зритель радуется, ему приятно, что люди, которым он отдал свои симпатии, оказались на высоте положения и победили. Добро восторжествовало.

— Господи, — вздохнула она, — в тебе проснулся морализатор. Что меня ждет впереди?

— Впереди тебя ждет изумительный жареный карп с гарниром из тушеных овощей. И оставь, пожалуйста, в покое мою книжку, все равно ты ее не получишь, пока я не дочитаю. И нечего на меня смотреть, как кролик на удава, не разжалобишь. Хочешь ощутить свою социальную полезность — почисти морковь и потри ее на крупной терке. Это единственное, что я могу тебе доверить, тут испортить ничего нельзя, кроме твоего маникюра.

Настя послушно поднялась и принялась за морковь. Лешка прав, она не умеет и не любит готовить. Она так и не усвоила, на каком масле и на каком огне нужно жарить картошку, чтобы она получилась вкусной и с хрустящей корочкой. А про мясо и говорить нечего. Хорошо, что Леша купил микроволновую печь, в ней по крайней мере ничего не пригорает, хотя вкус у продуктов, конечно, получается совсем не тот. Если Лешки нет дома, а нужно непременно готовить что-то горячее, она всегда пользуется этой печью. Сам же он предпочитает плиту, и получается у него просто изумительно. Дал же Бог способности!

Она старательно терла морковь на крупной терке, пытаясь сосредоточиться на палаче и его жертвах, но что-то все время отвлекало ее, мешало, как, случается, мешает жужжание назойливой мухи. То ли мысль какая-то забрезжила в подсознании, то ли слово, невзначай брошенное, о чем-то ей напомнило... Она последовательно восстанавливала в памяти весь разговор с мужем. Победа добра над злом. Отражение типического в типических обстоятельствах. Реализм. Пьяные дяди Вася и Петя. Банальное убийство. Тайна, интрига, развязка. Социальная значимость — потереть морковь. Где-то здесь... Что может быть интересного в морковке, которую надо почистить и потереть на крупной терке? Но это точно где-то рядом... Не смотри на меня, как кролик на удава, все равно книжку не получишь, пока я ее не дочитаю. Как кролик на удава. Кролик знает, что удав сейчас его заглотит целиком, но ничего не может сделать. Удав гипнотизирует его взглядом, вызывая оцепенение.

Вот оно. Точно. Господи, Павел! Там, в Самаре, он смотрел на нее, и она чувствовала себя в точности как кролик под взглядом удава. Руки и ноги делались тяжелыми, непослушными, и хотелось полностью подчиниться его воле, сделать так, как он говорит, и все будет просто замечательно.

Она бросила морковь и, судорожно отирая руки о фартук, ринулась в комнату. Как всегда в таких случаях, нужная бумага никак не хотела находиться, хотя Настя точно помнила, что положила ее в голубую папку. Или в зеленую? Черт с ней, можно посмотреть по таблице. Да, первое преступление таинственного палача было совершено 4 февраля, в Уральске. Около одиннадцати часов вечера. В баре «Каравелла». В подсобном помещении. Как назывался тот бар, куда они с Павлом пришли из душной, жаркой пивнухи? Почему она не посмотрела, как он называется! Знать бы, где упадешь... Спокойно, Настасья, не дергайся, ты не посмотрела, но там был еще и Коротков. Он наверняка не такой растяпа, как ты. Он ехал за тобой на частнике и, вполне возможно, разговаривал с водителем. В этом разговоре, если он был самым обычным, обязательно должно было проскочить или название бара, или улица, на которой Коротков выслеживал свою неверную возлюбленную.

— В чем дело? — раздался голос Алексея из кухни. — Ты сачкуешь или как?

— Лешенька, прости, милый, — крикнула она, — у меня очередной пожар. Пять минут, ладно?

Леша что-то сказал в ответ, но она уже не слушала, быстро набирая домашний телефон Короткова. Дома Юры не оказалось, его жена Ляля недовольным голосом сообщила, что он целый день на работе. Но и в кабинете на Петровке никто не отвечал. Она огорченно положила трубку и медленно поплелась на кухню. Овощи уже тушились в кастрюльке, распространяя по всей квартире упоительный аромат, а Леша снова уткнулся в книгу, написанную женой Владислава Стасова. Настя уселась напротив мужа, вытянула ноги, закурила.

...Павел плохо себя почувствовал и вышел в туалет. Его не было довольно долго. А перед этим он явно кого-то искал. Настя еще тогда обратила на это внимание. Сначала искал в пивнухе, потом в другом баре. И ей даже показалось тогда, что он нашел того, кого искал. Почему она не заострилась на этом? Почему тут же забыла? Потому что в тот момент самым важным было вывести его из-под носа у людей Чинцова. Они оказались в Уральске случайно, и она была уверена, что у Павла не может быть никаких нехороших замыслов. Откуда им появиться, если они должны были лететь в Екатеринбург? Получается, он нашел того, кого искал, и пошел его убивать, а она, майор милиции, старший оперуполномоченный уголовного розыска, сидела в двадцати метрах от места преступления и прикрывала убийцу? Ведь если бы она его не прикрывала, если бы не подсела за столик к людям Чинцова с целью заморочить им голову пьяной болтовней, Сережа и Николай обязательно пошли бы следом за Павлом. И никакого убийства не было бы. Черт! Надо же так!

Да нет, не может быть. Бред какой-то. Нет, она ошибается, это был вовсе не бар с романтическим названием «Каравелла». Они с Павлом были совсем в другом баре, на другой улице. И никого Саулляк не убивал. Ему действительно стало плохо, это было видно невооруженным глазом. Он и в гостинице, до того, как они выехали в город, был болезненно бледным и то и дело покрывался испариной. Павел не убивал. Просто по времени совпало.

Внезапно горло ее сжалось в спазме, она подавилась дымом и закашлялась. Потом, ночью, Павел просил ее посидеть рядом. Клялся, что никогда не обидит ее. Откуда вдруг такая сентиментальность? Понял, что сделал ее почти соучастницей убийства, и просил за это прощения? А в самолете, когда они уже подлетали к Москве, он держал ее за руку, массировал какую-то точку, связанную с вестибулярным аппаратом. Она сидела, держась за руку убийцы, и даже задремала, расслабившись. А недавно позволила ему ночевать в своей квартире. Ночь наедине с убийцей! Ну, Каменская, ты даешь.

«Остановись, Анастасия, — одернула себя Настя. — Это только твои подозрения. Еще неизвестно, тот ли это бар. А если и тот, то, может быть, вы уже ушли из него, когда было совершено убийство. Ты же не помнишь точно, в котором часу вы оттуда вышли. Ты и на часы-то не посмотрела тогда. А если бар все-таки тот самый и время совпадает, то все равно не факт, что Павел — убийца. Не нагнетай. Подумай еще раз, подумай как следует, проверь все до мелочей».

Настя изо всех сил уговаривала себя. И чем старательнее уговаривала, тем отчетливее понимала: Павел Саулляк — палач.

Глава 18

Антон Андреевич Минаев снял костюм, переоделся в спортивные брюки и свитер и собрался было приступить к ужину, когда раздался звонок в дверь.

— Сиди, я открою, — сказала жена, махнув рукой в сторону накрытого стола.

До Антона Андреевича из прихожей донеслись голоса, один из них принадлежал его супруге, другой был тоже женским, но незнакомым. «Соседка, наверное, — подумал он. — За солью или спичками». Он уже налил себе полную тарелку борща, когда в кухню вошла жена.

— Антон, выйди к нам, пожалуйста.

Он недовольно поморщился, поставил тарелку на стол и вышел в прихожую. Женщина, которую он увидел, сразу ему понравилась. Молодая, лет тридцати, в брюках и длинной матерчатой куртке. Лицо милое и какое-то застенчивое.

— Здравствуйте, — робко произнесла она. — Я живу рядом, в соседнем доме. У меня просьба такая... Вернее, предложение. Не знаю даже, с чего начать...

— Смелей, — подбодрил ее Минаев. — Мы не кусаемся. Что у вас случилось?

— Слава Богу, пока ничего, — женщина улыбнулась и стала еще милее. — Дело в том, что у меня дочка шести лет, в этом году в школу пошла. Понимаете, у нее теперь подружки, одноклассницы, и она все время гуляет с ними в нашем сквере, играет. А у меня окна на другую сторону, из них сквер не виден. И я все время нервничаю. Понимаете... Она же еще совсем маленькая. И потом, от нашего дома ей, чтобы дойти до школы, нужно дорогу переходить. А если от вашего дома идти, то дорогу переходить не надо.

— Я понял, — перебил ее Минаев. — Вы хотите поменяться.

— Очень хочу, — кивнула женщина. — Вот обхожу все квартиры, ищу, может, кто согласится. Конечно, выбор у меня невелик, вы же знаете...

Антон Андреевич понимал, что она имеет в виду. Оба дома были совершенно одинаковыми, и планировка их была такой, что на каждом этаже не было двух одинаковых квартир. Все они различались метражом, расположением комнат, размерами кухонь и прочими параметрами. Если меняться без доплаты и не в ущерб себе, то нужно искать обмен только с жильцами точно такой же квартиры. В доме, где жил Минаев, было девять этажей, и если исключить первый и последний этажи как более дешевые, то для обмена годилось только семь квартир. Да, шансов у этой очаровательной мамаши немного.

— И сколько квартир вы уже обошли? — спросил он.

— Все, — призналась она упавшим голосом. — Вы последние. Я еще днем приходила, но у вас никого не было.

— Мы должны подумать, — сказал Антон Андреевич. — Я понимаю вашу проблему, но все это так неожиданно...

— И надо посмотреть вашу квартиру, — встряла супруга.

— Она точно такая же. Я бы не стала предлагать, если бы моя квартира была меньше. Правда, я сделала европейский ремонт.

— То есть вы хотите сказать, что если мы согласимся меняться с вами, то должны будем доплатить вам?

— Ну... — Женщина снова улыбнулась, на этот раз смущенно и неуверенно. — Это было бы желательно. Я очень много потратила на него, и квартира теперь стоит гораздо больше, чем ваша. Но если вы не хотите доплачивать, то, может быть... Поймите, для меня мой ребенок дороже.

— Простите, — перебил Минаев. — Вы замужем?

— Нет. Мы с дочкой вдвоем. Это имеет значение?

— Ровно никакого. Я просто подумал, что если у вас есть муж, то все деловые переговоры мне было бы проще вести с ним, чтобы избавить вас от разговоров на меркантильные темы. Но если мужа нет, то...

— Мужа нет, — твердо повторила она. — Так я могу надеяться, что вы хотя бы подумаете?

— Безусловно, — быстро отозвался Минаев. — Мы сделаем вот как: вы оставьте нам свои координаты, а мы зайдем посмотреть вашу квартиру. И тогда уже будем разговаривать более предметно.

— Хорошо, — просияла женщина. — Дом шесть, квартира двадцать девять, четвертый этаж. Меня зовут Ира. А когда вы придете? Когда вас ждать?

— Да прямо сегодня и заглянем, — пообещал Минаев. — Вот только поужинаю, с вашего разрешения.

— Чудесно, — обрадовалась та. — Я буду вас ждать. Спасибо вам.

— Подождите благодарить нас, — сказала супруга Антона Андреевича, — мы ведь ни до чего не договорились и ничего вам не обещали. Мы только посмотрим, а потом уж будем решать.

— Все равно спасибо, — улыбнулась соседка — Другие даже и думать не хотели. Никто не хочет просто так с места сниматься, это понятно. Переезд, вещи укладывать, мебель таскать — кому это нужно?

— А ведь она права, — произнесла жена Минаева, когда за соседкой Ирой закрылась дверь и они вернулись на кухню. — Складывать вещи, таскать мебель, потом все распаковывать и расставлять — кому это нужно за просто так? Лишние хлопоты. Если бы у нее хоть квартира была больше.

— Зато у нее в квартире евроремонт, — ответил Антон Андреевич, с аппетитом поглощая слегка остывший, но все равно очень вкусный борщ. — Ты хотя бы отдаленно представляешь себе, сколько это стоит?

— Нет, а сколько?

— Много, Ната, много. И потом, уверяю тебя, один переезд — ничто по сравнению с ремонтом. Переезд — это два-три дня мучений, тем более не в другой город, а всего лишь в соседний дом. А ремонт — это как минимум на месяц, если не больше. А эта Ирочка не выглядит хитрой щучкой, с ней можно поторговаться и доплатить куда меньше, чем этот ремонт стоит на самом деле. Ната, это может оказаться выгодной сделкой. Давай-ка сходим и поглядим, что там у нее в квартире. Кроме того, не забывай — цены растут. Мы можем потребовать у нее счет за ремонт и отталкиваться от этой суммы. А если мы затеем его сами, то сегодня придется платить куда дороже. Что у нас на второе?

— Биточки с тушеной капустой.

— Накладывай. Впрочем, нет, биточки я съем потом. Одевайся, пойдем посмотрим квартиру.

— Не терпится? — понимающе улыбнулась жена.

— Конечно. Если это можно обернуть к выгоде, то

надо спешить, пока она еще с кем-нибудь не договорилась.

Супруги Минаевы быстро оделись и отправились в соседний дом смотреть квартиру.

Квартира и впрямь была отделана роскошно. Итальянская сантехника, красивая плитка, подвесные потолки, ковровое покрытие на полу, огромные зеркала в прихожей и ванной. Не квартира, а мечта. Минаев ревнивым взглядом окинул обе комнаты — нет, следов пребывания мужчины незаметно. Кажется, прелестная Ирочка не солгала, она действительно одна. Это хорошо. Потому что если она сказала неправду и муж или постоянный мужчина у нее все-таки есть, то факт ведения переговоров об обмене ею самой может свидетельствовать о ее желании вызвать жалость и сочувствие к своему одинокому положению. Иными словами, это означало бы, что она вовсе не простушка и следует держать с ней ухо востро. К счастью, кажется, это не так. Она самая настоящая мать-одиночка, хотя и не бедная, вон какой ремонт отгрохала.

Ира водила их по квартире, показывая каждый уголок, открывая дверцы стенных шкафов и демонстрируя, как после ремонта там все стало удобно и рационально. Действительно, Минаев отметил, что внутри шкафы сделаны не так, как у него в квартире, а намного лучше: секции с горизонтальными полками превратились здесь в выдвижные ящички. Таким образом, если открывать шкаф в присутствии посторонних, то взору предстает не смесь постельного и нижнего белья, причем зачастую в не радующем глаз беспорядке, а аккуратные ящички с затейливыми ручками. И хранить вещи в них удобнее, ничего не путается.

С каждой минутой эта квартира нравилась Антону Андреевичу все сильнее и сильнее. К концу осмотра он больше всего на свете хотел жить здесь.

— Ну что ж, поговорим о деньгах, — сказал он, закончив осмотр. — Сколько вы хотите за свой ремонт? С учетом того, разумеется, что вы его делали, во-первых, не сегодня, то есть какое-то время уже пожили в отремонтированной квартире, а во-вторых, здесь не все отвечает нашему вкусу, и кое-что нам придется переделывать, то есть вкладывать в это деньги.

— Я заплатила за него двадцать тысяч долларов.

— Ого! Золотой у вас ремонт вышел! — фыркнула супруга Антона Андреевича. — Вы что же, специально самую дорогую фирму выбирали? Мы такой ремонт сделали бы максимум за десять. Ты подумай, Антон, нам теперь придется раскошеливаться за то, что наша соседка оказалась такой нерачительной. Не знаю, не знаю... — Она с сомнением покачала головой.

— Я согласна на десять, — тихо сказала Ира. — Конечно, вы не должны переплачивать. Если вы считаете, что это стоит десять тысяч, пусть будет так.

— Но с учетом того, о чем я вам только что сказал, мы готовы доплатить вам не больше шести тысяч, — строго произнес Минаев, с удовлетворением отметив, что свою роль жена сыграла блестяще. — Нам придется поменять всю плитку в ванной и на кухне, мы с женой не переносим розовый цвет. Ну и еще кое-что.

— Конечно, — сказала Ира еще тише. — Если вы согласны поменяться со мной, пусть будет шесть тысяч. Когда Анютка уходит гулять, у меня сердце переворачивается. И не пустить ее я не могу, ведь она хочет общаться с подружками, и сама не всегда могу идти вместе с ней. Я с ума схожу, понимаете? Пусть будет шесть тысяч долларов, только бы переехать в вашу квартиру.

На какую-то долю секунды Минаеву стало даже жалко ее. Ремонт, по его приблизительным оценкам, стоил тех денег, которые Ира за него заплатила, безусловно стоил. Они собираются надуть эту милую женщину на четырнадцать тысяч долларов. Разумеется, никакую плитку они менять не станут, и эта очень симпатичная. И вообще ни копейки не вложат в переделку. Все, что нужно, Антон Андреевич сможет переделать своими руками, навык есть. Ничего, свою выгоду тоже блюсти надо. Этот обмен кому нужен? Ей. Вот пусть она и платит за это.

Они договорились в ближайшее время оформить все необходимые документы и распрощались.

* * *

Настя никогда не любила партизанщины в работе. У нее не было склонности к самостоятельно проводимым авантюрам, и она всегда помнила, что начальники на то и существуют, чтобы с ними советоваться и спрашивать у них разрешения. Особенно если начальником является такой человек, как Виктор Алексеевич Гордеев. Несколько раз она пробовала действовать на свой страх и риск, и ни разу из этого ничего хорошего не вышло. Поэтому проведя ночь с воскресенья на понедельник с мыслями о Павле Сауляке, она сразу же отправилась к Гордееву делиться своими сомнениями.

— Нам известна фамилия, которая записана в его новых документах, и мы можем, конечно, объявить его в розыск, но...

— Тебя что-то смущает? — спросил Гордеев.

— Я не уверена. Не уверена в том, что палач — это Сауляк. Я бы хотела его найти и поговорить с ним.

— Интересно, о чем? — вскинул брови полковник. — Будешь спрашивать его, не он ли убил четырех человек? Так он тебе скажет, что он никого не убивал. И что дальше?

— Ну, о чем поговорить с Павлом, я бы нашла. Например, о его возлюбленной Маргарите Дугенец. Я бы придумала, как убедиться в моих подозрениях. Поймите, Виктор Алексеевич, если Сауляк — палач и если мне удастся вызвать его в Москву раньше, чем он довершит задуманное, то мы по крайней мере его остановим. На его счету четыре жертвы, по моим прикидкам, впереди еще три.

— И ты даже представляешь себе, где именно?

— Представляю. Если, конечно, не ошибаюсь в главном. Но у нас не хватит сил перекрыть три огромные области России. Тем более, я уверена, убийца не находится больше суток там, где совершает преступление. Он сидит где-то в стороне, потом приезжает в нужный город, быстро отыскивает свою жертву, убивает ее и немедленно возвращается обратно, на базу. Если мы перекроем эти три области, то не окажемся ли в ситуации, когда будем искать черную кошку в темной комнате? Тем более что кошки в этой комнате нет.

— И что ты предлагаешь?

— Можно начать с фотографий. Фотографии Сауляка есть, поскольку он прошел через нашу систему. Надо попробовать установить, не видел ли кто-нибудь его вместе с убитыми. В центральной картотеке есть его пальцы, его дактилоскопировали при аресте два года назад. Надо примерить его отпечатки к следам, имеющимся на месте преступлений. И самое главное — надо понять, откуда он знает этих потерпевших. Откуда он мог знать, что это именно они совершили те дикие убийства. Если мы поймем это, мы узнаем, кто еще может быть осведомлен об этом. Мы узнаем, кто в принципе может обладать этой информацией, и вытрясем из него имена будущих трех жертв. Дальше все понятно. Но на это нужно время, Виктор Алексеевич. Нужна отсрочка. Поэтому я хочу придумать что-то такое, что временно остановит Павла и заставит его приехать в Москву. А когда мы будем готовы защитить тех, кого он вознамерился убить, мы его отпустим. Пусть едет их убивать. Мы возьмем его с поличным, и никуда он не денется.

— Неглупо, — кивнул Гордеев. — Очень даже неглупо. Мне нравится. Но тут есть масса всяких «но». А вдруг палач — не он?

— Вдруг, — согласилась Настя. — Очень может быть, что и не он. Но схема все равно должна оставаться той же. Любыми способами временно остановить палача, пока мы не нащупаем его потенциальные жертвы. Кто придет их убивать, того и возьмем. Просто если это Сауляк, то мне понятно, как его вытащить в Москву, а если это кто-то другой — то придется еще голову поломать.

— И все-таки, почему ты не хочешь объявить его в розыск?

— Потому что не уверена, что он получил информацию о своих жертвах не от работника милиции. Если за Павлом стоит какой-то милиционер, снабжающий его сведениями о неразоблаченных убийцах, то наше объявление в розыск яйца выеденного стоить не будет. Этот милиционер предупредит Павла и поможет ему скрыться. А ведь у нас с вами на самом деле нет ничего, что можно было бы предъявить Сауляку сейчас. Ни вещдоков, ни свидетельских показаний. Ну объявим мы его в розыск, ну найдут его и под конвоем привезут в Москву. И что дальше? Обвинить его не в чем, у меня в голове только пустые домыслы и ничем не подкрепленные подозрения. А если у него есть сообщник, то для того, чтобы отвести от Павла подозрения, он обязательно сам совершит очередное убийство как раз тогда, когда Сауляк будет в Москве давать показания. Вот вам и весь расклад.

— Не знаю, деточка, — с сомнением произнес Гордеев. — Мне в принципе нравится все, что ты говоришь. В этом есть рациональное зерно. Но меня смущает одно обстоятельство. Очень смущает.

— Какое?

— А ты сама не догадываешься?

— Догадываюсь. Виктор Алексеевич, нам приходится выбирать, чем жертвовать. Вы хотите сказать, что, пока я буду вытаскивать Сауляка в Москву, он еще кого-нибудь убьет? Иными словами, реализация моей затеи может привести к еще одной жертве? Но ведь то же самое может случиться, если мы объявим его в розыск. Как знать, может быть, он именно сейчас уже душит свою очередную жертву. Но если мы объявим его в розыск, привезем в Москву, не сможем ничего доказать и вынуждены будем отпустить с миром, то всех, кого он не убил сейчас, он все равно убьет, только чуть позже. Если мы сделаем так, как я предлагаю, то после отъезда из Москвы он уже никого больше не убьет. Следующая жертва, пятая, все равно неизбежна, выманиваем мы его или ищем. Он скорее всего нас опередит. Но зато шестую и седьмую мы спасем.

— Хорошо, уговорила. Через два часа жду план. Теперь другое. Что по убийствам Юрцева, Лученкова и прочих?

Настя молчала, уткнувшись взглядом в полированную поверхность длинного стола для совещаний. Она ничего не успевала, разрываясь между работой в бригаде у Коновалова и десятком других преступлений, от работы по которым ее никто не освобождал.

— Понятно, — подвел итог Гордеев. — Очень плохо. Иди. И через два часа приходи с планом.

Она понуро вышла из кабинета и пошла к себе. Однако дойдя до своей двери, передумала и прошла чуть дальше, к комнате, где сидел Юра Коротков.

— Я тебя искала вчера, — сказала она, открыв дверь. — Твоя благоверная ответила, что ты на работе.

— Извини, — он смущенно улыбнулся. — Лялька мне передала, что ты звонила, но я вернулся очень поздно, будить тебя не рискнул. А что ты хотела?

— Ты только не удивляйся. Помнишь, как в Уральске мы с Сауляком в бар ходили? Ты тогда нас вместе с каким-то частником караулил.

— Помню. И что?

— Ты не обратил внимания, как называлась улица?

— Водитель сказал — проспект Мира. А что?

Проспект Мира. Черт возьми. И бар «Каравелла», где был обнаружен первый убитый, тоже располагается на проспекте Мира.

— А название бара не запомнил?

— Что-то морское. Не то «Парус», не то «Прибой»... Зачем тебе? Решила удариться в ностальгические воспоминания о господине Сауляке?

— А может, «Каравелла»?

— Точно. Именно «Каравелла». Да что случилось-то, Ася? На тебе лица нет.

— Ничего, Юрочка. Выволочку от Колобка получила за Юрцева и компанию.

— Да брось ты, — махнул рукой Коротков. — В первый раз, что ли? Колобок на тебя никогда всерьез не сердится, если и ругает, то больше в воспитательных целях. Он тебя сроду за бездельницу не держал. И не увиливай, будь любезна, от моих вопросов. Я их задал и терпеливо жду ответа.

— В этом баре убийство произошло. Как раз когда мы с Павлом там сидели. Ну или примерно тогда. Кстати, ты же на улице торчал все это время. Ну-ка напряги память, кого ты там видел входящим и выходящим.

— Просишь невозможного, подруга, — развел руками Юра. — Месяц прошел, даже больше. И потом, я же тебя высматривал и ваших наблюдателей, больше никем и не интересовался.

— Наблюдателей, — задумчиво повторила она. — Наблюдателей. А это мысль, Коротков. Не дай ей пропасть втуне.

— Что ты имеешь в виду?

— А ты подумай.

* * *

Владислав Стасов в очередной раз убедился в том, что его дочь по-прежнему первая ученица в классе, выслушал массу комплиментов от классной руководительницы и с чувством глубокого удовлетворения покинул здание школы, где только что провел больше часа, присутствуя на родительском собрании. Его бывшая жена Маргарита на эти собрания вообще никогда не ходила. Почему-то каждый раз именно в дни родительского собрания она бывала ну просто жутко занята.

Он подошел к своей машине и уже достал было ключи, чтобы открыть дверцу, как сбоку к нему подошли трое молодых мужчин с очень неприветливыми лицами. Даже, можно сказать, недоброжелательными. Один из них крепко взял Стасова за плечо, второй вырвал у него из правой руки ключи от машины, из левой — «дипломат», а третий тихим, но довольно выразительным голосом сказал:

— Вам придется проехать с нами.

— Далеко ли? — поинтересовался Владислав.

Впрочем, спрашивал он просто для проформы. Он и так примерно представлял себе, куда ему придется проехать.

— Не очень далеко, — противно ухмыльнулся тот. — Но сопротивляться не советую. Нас все-таки трое, и документы у нас в полном порядке. А у вас?

— Да у меня, в общем-то, тоже. — Он сделал неловкую попытку пожать плечами, но железная рука, впившаяся в его бицепс, существенно ограничивала свободу телодвижений. — С какой стати я должен с вами ехать?

Перед его глазами появилось служебное удостоверение с волшебными словами «Федеральная служба контрразведки». Да, с этим хрен поспоришь. Ну ладно, чему быть — того не миновать.

Стасов покорно пошел вместе с ними к припаркованной в нескольких метрах впереди машине. Тот тип, который показывал удостоверение, сел за руль, а Владислав оказался на заднем сиденье, плотно сжатый с обеих сторон двумя крепкими мускулистыми телами. Ехать и в самом деле оказалось недолго. Буквально минут через пятнадцать машина остановилась перед подъездом многоэтажного кирпичного дома. В сопровождении трех молчаливых незнакомцев, таскающих в карманах удостоверения ФСБ, он поднялся на шестой этаж и вошел в квартиру. Снять куртку ему не предложили, сразу же втолкнули в просторную, обставленную хорошей мебелью, ярко освещенную комнату. Навстречу ему поднялся стройный красивый мужчина лет пятидесяти и с насмешкой глянул на Стасова.

— Я подумал, зачем вам мучиться, таскаться за мной хвостом, бензин жечь. Давайте уж познакомимся наконец и решим все вопросы. Садитесь и рассказывайте, с какой это стати вы за мной следите.

— А стоя нельзя? — спокойно спросил Стасов.

В ту же секунду две пары рук схватили его и насильно усадили в низкое мягкое кресло. Настолько низкое и настолько мягкое, что вскочить с него мгновенно не было никакой возможности. Рост у Стасова вплотную приближался к двум метрам, и колени длинных ног упирались ему чуть ли не в подбородок.

— Можно и стоя, — все с той же усмешкой произнес генерал Минаев, — но сидя будет лучше. Как же так, господин подполковник, вы столько лет служите в милиции и не знаете элементарных правил? Кто вам позволил следить за сотрудником ФСБ? Что это за самодеятельность?

— Вы ошибаетесь, — сказал Стасов, мысленно вспоминая, все ли необходимые документы у него с собой. Кажется, все. Он ждал, что ситуация в любую минуту обернется таким вот неприятным образом, и старался быть во всеоружии.

— В чем я ошибаюсь?

— Я не слежу за сотрудниками ФСБ. И никогда этого не делал.

— Будете детский сад разводить? Стыдно, подполковник.

— И снова вы ошибаетесь. Я не подполковник. И в милиции не работаю.

— Значит, вы ездите на чужой машине?

— Почему же, на своей. Документы показать?

Стасов потянулся было к карману, но его руку перехватил один из мускулистой троицы.

— Не нужно резких движений, Владислав Николаевич, — строго сказал Минаев. — Мы ваши документы сами достанем и посмотрим.

Он слегка кивнул, и тут же ловкая рука выдернула из его кармана бумажник и документы.

— Ну что там, Игорь? — нетерпеливо спросил Минаев.

— Документы на машину оформлены на его имя. Владелец — Стасов Владислав Николаевич.

— Ну вот видите, как нехорошо вышло, — укоризненно сказал Минаев. — Зачем же вы лжете?

— Я не лгу. Я уже полгода в милиции не работаю. Уволился на пенсию.

Стасов про себя улыбнулся. Он по опыту знал, с какими огромными задержками проходит справочная информация. Эти деятели устанавливали его личность через ГАИ по номеру машины. В кадрах МВД есть сведения о том, что он больше не является сотрудником милиции, но в ГАИ-то эти сведения никому и в голову не пришло направить. По сводкам ГАИ он так и числится подполковником милиции. И будет числиться еще долго, пока машину менять не придется. Регистрируя новую машину, он, конечно, укажет, где и кем работает. Но это когда еще будет...

— В таком случае на каком основании вы за мной следите?

— Хочу — слежу, — Стасов позволил себе улыбнуться открыто. — Никто мне не может запретить ходить по тем улицам, которые я выбираю. Даже в том случае, если по этим улицам ходите вы. Я не знаю, кто вы такой, но повторяю еще раз: слежкой за сотрудниками ФСБ я не занимаюсь.

— А как же в таком случае называется то, что вы делаете? Извольте объясниться. Я — генерал ФСБ, вы ходите за мной по пятам, причем даже не отрицаете этого. И как же это, по-вашему, называется?

Владислав расхохотался.

— Вы что, серьезно? Вы — генерал ФСБ?

— Прекратите паясничать, — Минаев повысил голос и стал говорить зло и напряженно: — Не делайте вид, что вы этого не знали.

— Но я действительно этого не знал. Честное слово.

— Почему я должен вам верить? И в конце концов, почему вы за мной следите?

— По поручению заказчика. Я, видите ли, частный детектив. Мне поручили — я слежу. А вы имеете что-нибудь против?

— У вас есть лицензия на частную сыскную деятельность?

— Обязательно. Она там же, в бумажнике. Велите своему Игорьку, пусть посмотрит.

Минаев зыркнул в сторону Игоря, стоящего за спиной у Стасова, и тот снова зашелестел бумажками.

— Да, Антон Андреевич, — послышался его голос. — Лицензия есть. Выдана в августе 1995 года.

— И кто ваш заказчик?

— Ну, Антон Андреевич, это несерьезно, — снова улыбнулся Стасов. — Разве я имею право разглашать тайну? Вы же первый не станете меня уважать.

— Послушайте, — голос Минаева снова стал спокойным и терпеливым, — мне кажется, вы не понимаете всей серьезности положения. Вы что же думаете, мы тут в игрушки с вами играем? Я повторю, если вы не поняли: я — генерал ФСБ. Я работаю в контрразведке. И если обнаруживаю за собой слежку, то с полным основанием считаю, что это связано с моей служебной деятельностью. И либо вы мне сейчас доказываете, что это не так, в чем я, честно сказать, сильно сомневаюсь, либо разговор будет продолжен не здесь, а в официальной обстановке. Поэтому вам придется назвать мне имя своего заказчика.

— Не могу, — вздохнул Стасов. — И рад бы, да закон не велит. Войдите в мое положение.

Минаев несколько секунд помолчал, нехорошо

усмехаясь и прохаживаясь взад-вперед по комнате. Во время разговора он стоял, возвышаясь над утонувшим в низком кресле Стасовым. Прием был старым, рассчитанным на психологическое давление, и на Владислава нужного воздействия не возымел.

— Может, в «дипломате» посмотреть, Антон Андреевич? — снова подал голос Игорь.

— Посмотри, — согласно кивнул генерал.

Стасов услышал, как за его спиной щелкнули замки и опять зашелестели бумаги. Он порадовался своей предусмотрительности — положил договор на самый верх, чтобы все не перерывали. Потому что на самом дне, под ворохом бумаг, лежал конверт, который пока еще рано было показывать генералу. Минаев взял протянутую Игорем бумагу, пробежал глазами и расхохотался.

— Боже мой! Ну кто бы мог подумать! Ай да Ирочка!

Стасов перевел дыхание. Пока все получалось. Именно на такую реакцию они и рассчитывали.

* * *

Очаровательная соседка, она же обменщица, желающая переехать в квартиру Минаевых, наняла частного детектива! Ну чудеса! А с виду такая тихая.

— И что ваша заказчица пыталась установить путем наружного наблюдения за мной? — весело спросил Минаев, небрежно бросив договор на стол.

— Насколько я понимаю, ее беспокоит вопрос доплаты, о которой вы договорились. Ирина Вениаминовна объяснила мне, что стоимость ваших квартир существенно различается, и вы должны доплатить ей некоторую сумму, но за рамками официальных документов. И поскольку она совсем ничего о вас не знает и не уверена, может ли доверять вам, она и попросила меня выяснить, не являетесь ли вы, грубо говоря, мошенником. Не занимаетесь ли по роду своей деятельности какими-нибудь незаконными операциями. И вообще, честный ли вы человек.

— Ну и как, установили?

— Антон Андреевич, поскольку я теперь знаю, кто вы и где служите, вопрос отпадает сам собой. Я думаю, если бы вы сами сказали об этом Ирине Вениаминовне, она не стала бы тратить деньги, оплачивая мои услуги.

— Что ж, — великодушно сказал Минаев, — я рад, что недоразумение разрешилось к обоюдному удовольствию. Я полагаю, теперь вы можете с чистой совестью доложить Ирочке, что обманывать ее я не собираюсь и все деньги она получит сполна. Я надеюсь, сами вы в этом не сомневаетесь?

— Ни в малейшей степени, — заверил его Стасов. — И спасибо вам, что сэкономили мне силы и время, пойдя на прямой разговор со мной. Это поступок, достойный мужчины.

Внезапно лицо Стасова чуть изменилось, словно какая-то догадка пришла ему в голову.

— Антон Андреевич, — неуверенно сказал он, — то, что я от вас услышал, заставило меня кое на что посмотреть другими глазами. Я могу поговорить с вами наедине?

Это Минаеву уже не понравилось. Что значит — наедине? Зачем? Какие секреты могут быть между ним и этим отставным подполковником?

— Игорь, оружие проверил?

— Так точно, Антон Андреевич. Оружия нет.

— Хорошо, оставьте нас.

Все трое недовольно переглянулись и вышли из комнаты. Минаев остался один на один со своим гостем.

— Ну, что там у вас?

Стасов напряженно молчал, будто собираясь с мыслями. Потом решился.

— Видите ли, я, как вы, наверное, заметили, наблюдаю за вами уже три дня. И за это время увидел кое-что любопытное. Для меня это особого значения не имело, поскольку я не знал, что вы служите в контрразведке. Но теперь, когда узнал, полагаю, что должен вам сказать об этом. За вами следят, Антон Андреевич. Я не имею в виду себя.

— Следят?

Минаев резко остановился, прервав размеренную ходьбу по комнате, и впился глазами в Стасова.

— Кто следит?

— Если позволите мне взять «дипломат», я покажу

вам фотографии. Я заметил этих людей в первый же день и на всякий случай сфотографировал. В свете того задания, которое я получил от Ирины Вениаминовны, мне показалось, что если за вами следят, то это может быть результатом ваших конфликтных отношений с криминальными субъектами. Стало быть, если вы в подобные отношения втянуты, то можете оказаться не совсем честным человеком. Потому я и уделил некоторое внимание тем, кто за вами наблюдал, чтобы прояснить для себя, чем они занимаются.

Стасов попытался подняться с кресла, но Минаев жестом велел ему не двигаться. Антону Андреевичу не хотелось даже в такой момент терять преимущества взгляда сверху вниз. И потом, как знать, что там, в этом «дипломате». Игорь сказал, что оружия нет, но все-таки... Генерал сам взял черный кожаный «дипломат», отошел с ним к столу и открыл.

— Внизу лежит большой конверт, в нем снимки.

Минаев быстро нашел конверт и вытащил фотографии. Людей Чинцова он узнал сразу. Один из них, который помоложе, был за рулем, когда Чинцов приезжал за город на переговоры. Второй, постарше, был с Чинцовым во время их второй встречи несколько дней назад. Тоже за рулем сидел. Видно, Григорий Валентинович сам машину водить не любит. Барин хренов! На фотографиях оба чинцовских прихвостня были запечатлены возле дома Минаева, а также на Кутузовском проспекте, рядом со зданием, где генерал был вчера по делам. В кадр даже попала его машина.

Так что же получается? Чинцов пустил за ним своих людей? Дурак недобитый. Кретин. На что он надеется? На то, что выяснит, с помощью какого исполнителя Минаев собирается устроить интервью стоимостью в миллион долларов, перекупит его и заграбастает весь миллион сам? Остряк-самоучка. Сволочь амбициозная. От гнева у Минаева даже ладони вспотели.

— Я не знаю этих людей, — медленно сказал он. — Но спасибо, что предупредили. Я этим займусь сам.

— Это еще не все, Антон Андреевич. Вы просмотрите снимки до конца. Эти люди вчера и позавчера посещали Главное управление внутренних дел Москвы. Поскольку я там работал много лет, то прошел следом за ними без проблем и убедился в том, что в милиции они не служат. Их туда вызывали повестками. Выходит, за вами следят какие-то уголовники. И я считаю, что вы должны об этом знать.

Минаев судорожно перебрал остальные снимки. Да, так и есть. Черт возьми, что все это означает? Видно, у Стасова есть скрытая камера, он фотографировал даже в коридорах на Петровке. Вот тот парнишка, молодой, входит в кабинет, и даже номер кабинета виден. Тот, что постарше, сидит на стульчике в коридоре рядом с этой же дверью, своей очереди дожидается.

— Владислав Николаевич, вы, вероятно, профессионал, и у вас должна быть какая-то версия, объясняющая происходящее, — осторожно произнес Минаев, стараясь не выдать волнения. — Я бы хотел, чтобы вы поделились со мной. Видит Бог, я совершенно не понимаю, какой интерес могу представлять для этой парочки уголовных типов.

— Ну, я-то тем более не могу этого знать, — развел руками Стасов. — Что ж, Антон Андреевич, если мы выяснили все вопросы, я, наверное, могу идти. Хотелось бы надеяться, что у вас нет ко мне претензий. И не обижайтесь на Ирину Вениаминовну, она женщина одинокая и беззащитная, ей не хочется оказаться обманутой. А вдруг вы оказались бы нечестным человеком? Обмен оформлен, переезд состоялся, а денег нет. Как бы она стала из вас их выбивать?

— Конечно, конечно, — пробормотал Минаев, плохо слушая Стасова и думая о своем.

Стасов сказал, что прошел на Петровку без проблем. Много лет там работал. У него там масса друзей и знакомых. Нельзя его отпускать просто так. Нельзя. Надо немедленно прояснить ситуацию.

— Владислав Николаевич, — решительно сказал генерал, — я могу попросить вас об одолжении? Как профессионал вы должны отестись к моей просьбе с пониманием.

— Слушаю вас.

Стасов уже поднялся с низкого кресла и теперь возвышался посреди комнаты двухметровой колонной.

— Вы не могли бы узнать, пользуясь своими связями, по какому делу этих двоих вызывали на Петровку? Может быть, что-нибудь прояснится. Вы же понимаете, характер моей службы таков, что...

— Не нужно ничего объяснять, — улыбнулся Стасов. — Как профессионалу мне понятна ваша обеспокоенность. Вы хотите, чтобы я попробовал сделать это прямо сейчас?

— Если вас не затруднит.

— В таком случае у меня будет встречная просьба. Пока я буду дозваниваться и искать нужных людей, пусть кто-нибудь из ваших мальчиков пригонит сюда мою машину. Она осталась возле школы, где учится моя дочь. Не хочется терять время.

— Разумеется, — с облегчением согласился Минаев, радуясь, что Стасова не пришлось долго уговаривать. — Давайте ключи от машины, я пошлю Игоря.

— Ключи у меня забрали, — усмехнулся Стасов. — Но я не в претензии. Когда речь идет о генерале из ФСБ, какие могут быть обиды.

Минаев отправил Игоря за машиной и вернулся в комнату, где Стасов уже названивал кому-то из своих знакомых. Ему все больше становилось не по себе. Почему Чинцов держит в своем окружении уголовников? У него что, совсем крыша съехала? Или он настолько беспечен, что не проверяет своих приближенных, а они за его спиной занимаются темными делишками?

— Саня? — говорил Стасов, набрав очередной номер. — Приветствую, Стасов беспокоит. Нормально, спасибо. Жив пока. Саня, время к ужину, не буду тебя терзать долго. Ты не знаешь, кто сейчас сидит в кабинете, где раньше дед Ваганов был? А то я туда сунулся, как к себе домой, а там мужик какой-то незнакомый. Неудобно. Я у деда папочку одну хранил, она у него в сейфе лежала, пока я на пенсию оформлялся. Сейчас она мне понадобилась, пришел, и вот... Как? Селуянов? Нет, не знаю. Зовут его как? Коля? Ладно, спасибо.

— Светик? Привет, Стасов. Не в службу, а в дружбу, дай мне домашний телефончик Селуянова. Да ладно тебе, Светушка, это наши мужские дела. Не сердись, рыбка, ты же видишь, твой-то телефон я наизусть помню. Спасибо тебе, красавица моя.

— Николай? Добрый вечер. Моя фамилия Стасов, я до недавнего времени работал в РУОПе. Я прошу прощения, что беспокою дома, но у меня небольшая проблема...

Минаев напряженно вслушивался в короткие реплики Стасова, стараясь угадать, какие слова доносятся из телефонной трубки. Наконец Владислав закончил разговор и повернулся к нему.

— Фамилии этих деятелей — Яковлев и Обидин. Их допрашивали в связи с каким-то эпизодом в гостинице «Россия». Самоубийство известного криминального воротилы. И еще что-то, связанное с Самарой. Вам это ни о чем не говорит?

— Нет, — пожал плечами Минаев как можно равнодушнее. — Совершенно ни о чем. Не представляю, какое отношение эти двое могут иметь ко мне. Что ж, Владислав Николаевич, спасибо вам за помощь.

Проводив Стасова, генерал снова вернулся в комнату. Квартира эта была конспиративной, надо было одеваться и ехать домой. Но сил не было. Людей Чинцова вызывали в связи с Самарой и гостиницей «Россия». И это могло означать только одно: искали Павла Сауляка, потому что каким-то образом связали его с убийством Юрцева. А может быть, и с другими трупами.

Но Павла не должны найти. Не должны ни в коем случае. И надо срочно об этом позаботиться.

* * *

После убийства Риты и поездки в Москву Павел в Белгород уже не вернулся, хотя этот город ему нравился. Теперь он жил совсем в другом месте, и не в гостинице, а в частном доме, хозяином которого был одинокий пенсионер. С пенсионером Павлу тоже было неплохо: дед невъедливый, по мелочам не цепляется, требование у него только одно — никаких девок и никакой водки. С этим у Павла проблем не было. Без женщин он мог обходиться сколь угодно долго, а со спиртным отношения резко осложнились после лечения в госпитале. Потребности в выпивке он не испытывал ни при каких условиях.

Дом, в котором поселился Павел, был добротным и обжитым, не в пример окружавшему его участку в тридцать соток. Насколько старательно и любовно были обихожены комнаты и подсобные помещения, настолько запущенным и диким выглядел сад-огород. Хозяин, судя по всему, интереса к работе на земле не имел, хотя и с удовольствием подолгу сидел между деревьями в старом кресле-качалке. Павлу он говорил, что любит природу в первозданном виде, а не обезображенную культивированием.

В этом городе Павел Сауляк вел жизнь тихую и размеренную, почти никуда не выходил, договорившись с хозяином о дополнительной оплате за стол. Вставал рано, завтракал и снова уходил в свою комнату, объяснив деду, что восстанавливает силы после долгой болезни. Достаточно было одного взгляда на его изможденное серое лицо с впалыми щеками, чтобы в это поверить. Хозяин, естественно, верил, старался кормить тихого жильца посытнее и с разговорами не приставал. По вечерам они вместе смотрели телевизор — новости, какой-нибудь фильм, а в половине двенадцатого — программу «Времечко». Хозяин, как выяснилось, «Времечко» никогда раньше не смотрел, но Павел посоветовал ему глянуть хоть один разок ради любопытства, сказал, что передача интересная. После первого же раза старик загорелся. Особенно понравилось ему то, что во время передачи в студию мог позвонить кто угодно, хоть из-за границы, и рассказать что-нибудь смешное или, наоборот, ужасное. Там даже конкурс был на самую выдающуюся новость недели. Старик, Александр Петрович, не переставал удивляться тому, с какими глупостями порой люди звонят на телевидение, и искренне веселился, комментируя звонки по-стариковски ворчливо, но едко и справедливо.

Сегодня они уже посмотрели новости по первому каналу и очередную серию про детективное агентство «Лунный свет», потом перескочили на канал НТВ, там тоже успели посмотреть почти всю серию про доктора Куин — женщину-врача. Перед началом «Времечка» Александр Петрович сходил за горячим чайником: полюбившуюся передачу он предпочитал совмещать с ароматным чаем, заваренным с травами.

— Напрасно ты, Паша, мой чай не пьешь, — в который уже раз посетовал он. — В нем столько всякого целебного, по себе знаю, как он действует. А ты вон какой бледный да заморенный, смотреть на тебя жутко. Уж не знаю, чем ты там болел, в этой своей Москве, только вижу, что болел долго и серьезно. И как ты силы собираешься восстанавливать, если ничего полезного не ешь и не пьешь? Одним лежаньем да спаньем, что ли?

— Ну, не преувеличивайте, Александр Петрович, — Павел заставил себя слегка улыбнуться. Этот разговор повторялся каждый вечер и раздражал его донельзя, но он крепился и виду не показывал. Старик был славным, и кто знает, сколько еще придется прожить у него. — Я добросовестно ем все, что вы для меня готовите. Грех вам жаловаться. А насчет чая — не обижайтесь, не привык ничего в заварку подмешивать, люблю чистый, натуральный.

На экране появилась знакомая заставка, и Александр Петрович поерзал на диване, устраиваясь поудобнее и готовясь получить удовольствие. Через несколько минут начались телефонные звонки в студию, и полный длинноволосый ведущий нажал кнопку.

— Да, говорите.

— Алло! — раздался в студии далекий женский голос.

— Да, вы в эфире, говорите.

— Алло!

— Слушаем вас, говорите, вы в эфире.

— Алло, вы меня слышите?

— Слышим, да, говорите.

— Я из Мурманска звоню, — неторопливо сообщила женщина, вероятно, ожидая, что в ответ немедленно грянет гром аплодисментов.

Павел с трудом держал себя в руках. Эти бесконечные телефонные переговоры доводили его буквально до бешенства. Он готов был убить ведущих, отвечающих на звонки, потому что эти ведущие слушали не звонивших, а в основном самих себя. Они не давали пробившемуся в студию человеку сказать что-либо членораздельное, прерывая его робкие попытки начать разговор своими бесконечными «говорите, да, говорите, вы в эфире, говорите, мы вас слышим». С другой стороны, и сами звонившие чаще всего оказывались не на высоте. По замыслу авторов программы прямое включение предназначалось для передачи в эфир информации о забавных, ужасных, сногсшибательных, невероятных событиях, а звонили обычно со всякой ерундой и даже не с сообщениями об интересных случаях, а с намерением высказать свое мнение по какому-либо факту или задать вопрос ведущему. Вот и эта женщина из Мурманска, видно, соскучилась за время долгой полярной ночи и решила «прогреметь» на всю Россию. Пусть и ее голос услышат, а уж по какому поводу — вопрос третий.

— Вы знаете, — так же неторопливо продолжала она, — у нас в Мурманске с сегодняшнего дня бананы подорожали почти в два раза, а апельсины — в полтора. Я не знаю, о чем думает наше правительство, разве можно допускать такое безобразие. Нам зарплату не платили уже три месяца, а цены поднимают...

Павел на мгновение отключился, стараясь подавить поднимающуюся волну ярости. Почему, ну почему кругом столько идиотизма, столько тупости, столько безвкусицы?

— Тоже мне, новость, — подал голос Александр Петрович, словно подслушав мысли Павла. — Она что, там, у себя в Мурманске, думает, что в Москве до сих пор развитой социализм без повышения цен и бананы по два рубля? Цены всюду растут. Чего звонить-то?

Павел молча кивнул. В первый раз, когда дед удивился явной бестолковости звонков, Саоляк попытался объяснить ему насчет самовыражения, стремления к тому, чтобы тебя заметили, скуки, а также насчет обычной глупости, то есть недостатка интеллекта. Дед тогда с его доводами согласился, но, видно, так до конца и не смог смириться с тем, что есть люди, которые думают не так, как он сам. И если ему, Александру Петровичу, семидесяти двух лет от роду, было понятно, чем отличается интересная новость от всего остального, то отчего же находится такое количество людей, которые этого не понимают? Ведь это же так просто! Павел с первого же дня заметил, что его хозяин — человек недюжинного ума, но сам этого не осознает, полагая себя таким же, как все, и требуя от людей, чтобы они с легкостью усваивали информацию, которую уже уяснил он сам.

— Алло! — снова громко и слегка раздраженно произнес ведущий, — говорите, вы в эфире.

— Сегодня в Москве произошел забавный случай, — послышался в студии хорошо поставленный мужской голос. — В трамвае, следовавшем по 27-му маршруту, на участке между Академией имени Тимирязева и Соболевским проездом в вагон вбежали два дрессированных пуделя без хозяина. На протяжении трех остановок они без всякой команды развлекали пассажиров, проделывали разные трюки, причем очень сложные, потом поднялись на задние лапы и обошли весь вагон от передних до задних дверей. На их ошейниках оказались прикреплены мешочки, и развеселившиеся пассажиры щедро складывали туда деньги. На остановке «Соболевский проезд» пудели выскочили из трамвая, и мне из окна было видно, как они перешли на противоположную сторону и уселись на трамвайной остановке. Видно, собирались ехать обратно в сторону Тимирязевской академии.

— Потрясающе! — заверещал длинноволосый ведущий. — Это действительно удивительный случай. Сначала к древнейшей профессии попрошайничества приохотили стариков, инвалидов и детей, теперь в ход пошли дрессированные животные. Уверен, что эта новость будет главным претендентом на приз «новость недели».

Павел закрыл глаза и скрестил руки на груди. Лучше всего он чувствовал себя именно в этой позе. Закрытый и отгороженный от всех. Никого не видящий и не пускающий посторонних внутрь себя, внутрь своего поля.

— Вот это да, — крякнул Александр Петрович. — Чудеса дрессуры. Цирковые пудели, наверное. Как ты думаешь, Паша?

— Да, наверное.

Трамвай, следовавший по 27-му маршруту. Два пуделя. Ехали три остановки. 27. 2. 3. Потом вышли и собрались ехать обратно. Два-семь-два-три. Кодовые цифры, означающие, что ему как можно скорее нужно вернуться в Москву. Что-то случилось, и генерал Минаев информирует Павла о том, что его присутствие в Москве не просто крайне желательно, но обязательно. Случилось что-то важное. Может быть, обнаружился убийца Риты?

После выполнения задания Минаева и отъезда из столицы Павел каждый вечер смотрел программу «Времечко», ибо договорился с Антоном Андреевичем о том, что связь будет осуществляться таким вот незамысловатым способом — посредством звонка в студию. Передача шла пять раз в неделю, с понедельника по пятницу, и возможность оперативно передать информацию была вполне надежной. Павел должен был смотреть передачу, обращая внимание только на звонки в студию и анализируя проскакивающие в этих звонках числа. Числовых кодов было несколько, каждый предназначался для передачи совершенно конкретного сообщения. «Ляг на дно, тебя ищут». «Выйди на связь, срочно». «Будь внимателен, опасность совсем рядом». «Немедленно возвращайся». «Немедленно возвращайся».

Глава 19

Это была классическая «многоходовка», какие разрабатывались и разыгрывались неоднократно. Несколько лет назад при помощи такой «многоходовки» команда Виктора Алексеевича Гордеева вытащила в Москву и задержала с поличным при покушении на убийство Насти Каменской профессионального киллера с большим стажем — Галла. Был известен человек, имеющий возможность через несколько звеньев выйти на Галла, этот человек был поставлен перед необходимостью использовать киллера, для чего Галла нужно было вызвать в Москву, ибо постоянное место жительства было у него в Петербурге. Потом путем

ряда сложных обходных маневров Галл был спрово-
цирован на то, чтобы попытаться убить Анастасию
Каменскую, причем сделать это лично самому, не
перепоручая помощникам и пособникам. После задержания убийцы Настя мысленно поблагодарила
природу за то, что волосы у нее не имеют склонности
к ранней седине. Она была уверена, что могла бы
стать совершенно седой, потому что провела несколько часов наедине с человеком, который пришел
специально, чтобы убить ее, и даже не скрывал этого.

Совсем недавно при помощи такой же комбинации им удалось задержать другого убийцу, но оба эти
случая были проще, чем та комбинация, которую они
разыгрывали сейчас. Потому что в тех двух случаях
убийцы были связаны отношениями подчиненности
с теми, кто их вызывал в Москву. Главной задачей
было заставить «хозяина» вызвать убийцу, а уж в том,
что тот приедет, сомневаться не приходилось. Теперь
же нужно было не только заставить генерала Минаева
вызвать Павла Сауляка. Надо было быть уверенным в
том, что Павел его послушается. А этой уверенности
как раз и не было. Оставалось только надеяться.

Жившую по соседству с Минаевым молодую ак-
трису Ирочку Асланову нашел неунывающий, изобре-
тательный и склонный к авантюрам Коля Селуянов.
Он же, запершись в своей квартире, изготовил фотографии, ловко смонтированные из разных кадров таким образом, что выходило, будто Яковлев и Обидин
действительно таскаются следом за генералом. По
части фотомонтажа Селуянов был большим любите-
лем и ловко им пользовался. Правда, фотографии,
сделанные на Петровке, были подлинными, людей
Чинцова и в самом деле вызывали, с ними беседовал
все тот же Селуянов. У генерала Минаева могли оказаться знакомые в ГУВД, поэтому эту часть комбинации следовало обставлять максимально правдопо-
добно, чтобы обман ни в коем случае не раскрылся.

Но Юра Коротков все-таки оказался провидцем.
Стасов, несмотря на уговоры и предупреждения, конечно же, рассказал все Анастасии. Причем не скрывал своего намерения с самого начала.

— Ребята, поймите, — говорил он Юре и Николаю, — когда работаешь сложную комбинацию, нельзя ставить ее успех в зависимость от случайностей. Нельзя ничего скрывать от Насти, иначе все может сорваться из-за нелепого недоразумения. Она скажет одно неверное слово, сделает один неверный шаг — и все полетит к черту.

— Гордеев не велит, — вяло сопротивлялись оперативники. — Он нам головы поотрывает, если мы ей проболтаемся.

— А вы молчите. Я сам проболтаюсь. С меня какой спрос?

Они препирались долго, но больше для очистки совести. В конце концов очевидно, что Владислав прав.

Ирочка Асланова начала с Минаевыми игру в обмен квартирами и быстренько подписала со Стасовым договор, который должен был выполнять функцию охранной грамоты. За это актриса одного из московских театров была вознаграждена внеочередной постановкой квартиры на охрану в ПЦО, отметкой о прохождении ежегодного техосмотра ее автомобиля и комплиментами по поводу ее артистического дарования.

После этого Стасов немедленно сел на «хвост» Антону Андреевичу, не особо стараясь прятаться, но и не нарываясь. Все должно выглядеть естественно. В конце второго дня Владислав понял, что Минаев его засек, в начале третьего дня появились наружники, а к концу третьего дня как раз и разыгралась сцена в конспиративной квартире генерала. Все прошло даже более благопристойно, чем ожидал Стасов, который совершенно серьезно готовился к тому, что его будут бить. И, как говаривал великий Остап Ибрагимович, «возможно, ногами». Обошлось без битья. Владислав изо всех сил разыгрывал удивление и смущение, узнав, что объект, за которым он следит по заказу Ирины Вениаминовны Аслановой, является не больше не меньше как генералом ФСБ. Потом пришла очередь картины под названием «Профессиональная солидарность», или «Не могу молчать». Загвоздка была в третьем действии. По замыслу авторов спектакля оно должно было играться под лозунгом

«Ты — мне, я — тебе», но тут уже многое зависело от самого Минаева. Затея могла и провалиться. Он мог не испугаться. Мог не обратиться к Стасову за содействием. Мог просто не поверить. Он мог сделать все что угодно.

К счастью, не сделал. Двадцать лет сыщицкого стажа даром не прошли, Владислав Стасов всегда славился своим умением выполнять поставленные перед ним задачи. Он был изобретателен, пластичен, виртуозен, чутко угадывал настроение собеседника и ход его мыслей, и если бы работникам уголовного розыска давали специальных «Оскаров» за артистичность, он несомненно ушел бы на пенсию лауреатом.

Но на пенсию он ушел никому не известным подполковником.

* * *

Павла Сауляка «встречали» на всех вокзалах и в аэропортах. Его не должны были задерживать. Только зафиксировать прибытие и вести дальнейшее наблюдение. Генерал Минаев остался под присмотром Коли Селуянова. Стасова он теперь знал в лицо, а Коротков не рисковал светиться, ибо Минаев в любую минуту мог встретиться с Чинцовым, а рядом с Чинцовым обязательно окажется либо Яковлев, либо Обидин, которые прекрасно помнят Юру по Самаре и Уральску.

На следующий день после встречи со Стасовым генерал посетил дом в Графском переулке. Селуянов смог определить только этаж, но на этаже находилось четыре квартиры, и в какую из них заходил Антон Андреевич, ему установить не удалось. Убедившись, что из Графского переулка Минаев отправился домой, Коля спокойно развернулся и поехал в отделение милиции муниципального округа «Алексеевский». Уже через полтора часа он знал, кто живет в этих четырех квартирах, а девочки из паспортной службы обещали помочь с фотографиями. В двух из четырех квартир жили коренные москвичи, в других двух — приезжие, но жили они в этом доме давно и уже успели хотя бы раз обновить либо паспорт, либо фотографию.

Сидя в теплом кабинете, Селуянов мужественно боролся со сном, голодом и желанием выпить. Именно в такой последовательности. Потому что больше всего ему хотелось спать. Если нельзя поспать, то хотя бы поесть. А если и этого нельзя, то налейте мне стакан, чтобы я сразу забыл и про сон, и про еду. И вообще про все. Про детей, которых бывшая жена увезла в другой город к новому мужу. Про пустую огромную квартиру, в которую не хочется возвращаться, потому что там пыль, скука и одиночество. И там никогда не пахнет вкусной едой. Кроме тех дней, конечно, когда туда приезжает с ночевкой закадычный и задушевный друг Юрка Коротков, у которого, наоборот, в квартире теснота, скандалы и болезни. Никакой скуки и уже тем более никакого одиночества. Юрка любит вкусно поесть и умеет эту вкусную еду приготовить, а он, Селуянов, только есть умеет. Насчет приготовить у него всегда было туго. Но в отличие от большинства сыщиков, вынужденных питаться от случая к случаю чем Бог пошлет и умеющих есть все, что дают, Коля Селуянов не мог есть то, что ему не нравилось. Он не мог есть невкусную еду. Даже если был очень голоден. Поэтому он пил. Сначала чтобы заглушить любовь к жене и тоску по детям. Потом — чтобы заглушить голод. Потом — чтобы не плакать от одиночества. А потом привык. Но норму свою знал и соблюдал ее неукоснительно. Во время работы — ни капли. Только вечером, дома. Стакан, распределенный на три порции. Двести пятьдесят граммов в три приема.

— Коля, вы спите? — раздался у него над ухом девичий голосок.

Николай встряхнулся, с удивлением поняв, что действительно уснул. Он смущенно взглянул на молодую женщину, стоящую перед ним с пачкой картонных карточек. Стройная, невысокая, упакованная в серые форменные брючки, голубая рубашечка заправлена внутрь, тугой пояс подчеркивает тонкую талию. На плечах лейтенантские погоны. Фигурка — загляденье. Мордашка, правда, подкачала. Даже очень.

Он взял у нее карточки с наклеенными в углу фотографиями и почти сразу наткнулся на знакомое лицо. Нет, не то чтобы знакомое, он никогда этого человека не видел. Но он его знал. Длинные кудрявые волосы, высокие залысины. Темные очки. Ларкин Михаил Давидович.

Николай почувствовал, как огромная тяжесть свалилась с плеч. Все, теперь можно идти домой и спать. Спать. Спать. Потом поесть. И опять спать. Ларкин по описанию проходил в эпизодах с Юрцевым и с Базановым. За ним можно пускать наружников, подключая их официальным способом, ничего не скрывая и никого не обманывая. Павла «обеспечивают» по линии Коновалова. Ларкина «прикроют» силами ГУВД. А Минаев останется в стороне. Он больше не нужен. Можно больше не следить за ним.

Николай поднял на стоящую перед ним молодую женщину усталые глаза.

— Как вас зовут? — внезапно спросил он.

— Валя, — улыбнулась в ответ она. Улыбка у нее была некрасивая, как, впрочем, и лицо в целом.

— Вы замужем?

— Нет.

Она не удивилась его вопросу. И это Селуянову понравилось.

— А сегодня вы заняты?

— Вечером? — уточнила Валя.

— И вечером, и ночью. До утра.

Николай был предельно точен в своих предложениях. Он считал, что намеки и недомолвки недостойны мужчины.

— До утра я свободна, — ответила она очень серьезно. — Но я не уверена, что вам имеет смысл связываться со мной.

— Почему? Вы больны СПИДом?

«Глаза, не закрывайтесь. Мне еще нужно добраться до дома. Мне еще нужно договориться с этой страшненькой, но ужасно аппетитненькой Валечкой, чтобы она довезла меня, накормила и осталась на ночь».

— Нет, я здорова. Но у меня трудный характер.

— В чем это проявляется?

— Я не переношу вещей, принадлежащих другим женщинам.

Все было сказано предельно ясно. Если у тебя

жена уехала в командировку и ты хочешь быстренько перепихнуться на стороне, то не приглашай меня в свою квартиру и вообще ничего мне не предлагай.

Селуянов улыбнулся.

— В моей квартире уже четыре года нет ни одной женской вещи. Там много места, много книг, много пыли и много одиночества. Вы водите машину, Валечка?

— Обязательно, — кивнула она. — По-моему, я научилась этому раньше, чем выучила алфавит. Мой отец — инструктор вождения.

— И вы отвезете меня домой? А то у меня глаза слипаются.

— Отвезу.

— И приготовите мне ужин?

— Если у вас есть продукты.

— А если нет? Я не помню, но, кажется, у меня ничего нет.

— Значит, их надо купить по дороге. Что еще входит в программу?

— Не хочу вас обманывать, поэтому больше ничего не обещаю. Я смертельно устал. Вы не обидитесь?

— Я похожа на сексуальную маньячку? — снова улыбнулась она.

На этот раз ее улыбка почему-то показалась Селуянову просто восхитительной. И почему она ему в первый раз не понравилась? Дурак он, ничего в женской красоте не понимает.

— Нет, — сказал он очень серьезно и мягко, — вы не похожи на сексуальную маньячку. Вы похожи на женщину, которая мне просто необходима. Пожалуйста, не отказывайте мне.

— Я не отказываю.

— Сколько вам лет, Валя?

— Двадцать четыре.

— Я старше вас на тринадцать лет. На целых тринадцать долгих лет, наполненных грязью, кровью, трупами, страданиями, водкой и матом. Вас это не отталкивает?

— Посмотрим, — усмехнулась она. — Если не понравится, тогда решим, как быть.

Николай позвонил полковнику Гордееву, получил

благодарность и разрешение отправляться домой, с трудом дотащил свое отяжелевшее после нескольких суток на ногах тело до машины, плюхнулся на заднее сиденье и отрубился, едва успев пробормотать севшей за руль Валентине свой адрес.

Проснулся он бодрым и веселым, но долго не мог сообразить, где находится и почему так затекли ноги. Потом пришел в себя и разобрался, что лежит в собственной машине, на заднем сиденье, заботливо укрытый пледом. Кинул взгляд на часы и ужаснулся — второй час ночи. Ничего себе поспал усталый сыщик! Постепенно мозги начали шевелиться, он вспомнил девушку из паспортной службы, которая должна была везти его домой. Так везла она его или только собиралась? Николай выглянул на улицу — машина стояла возле его дома. А плед? Он откуда взялся? Это же его плед, он всегда лежит в большой комнате на диване, им Коротков укрывается, когда остается ночевать.

А девушка-то где? Отчаялась его разбудить, обиделась и уехала домой. Точно, так оно и было. Ах, как неловко вышло! Стоп. А плед? Ничего не понятно. Ладно, нечего тут рассиживаться, надо домой ползти.

Однако поднявшись в лифте на свой этаж, Селуянов обнаружил, что ключей от квартиры в кармане нет. Это было неприятно. Но уже в следующую секунду плед, непонятно как перекочевавший с дивана в автомобиль, соединился с ключами, и Николай радостно принялся давить кнопку звонка. Дверь открылась почти сразу. Валя, одетая в его старые спортивные брюки и такую же старую майку, стояла перед ним с тряпкой в руках.

— Проснулся? — ласково улыбнулась она. — Ну и грязищу ты развел у себя в квартире. Ты когда в последний раз убирал?

— Никогда, — признался Селуянов, ликуя, оттого что все обошлось, она не обиделась и не уехала. — До развода жена убирала, а у меня самого руки не доходят. Ты не сердишься?

— С чего бы?

— Ну как... Пригласил девушку в гости, а сам уснул.

— Так ты же меня не в гости позвал, а в домработницы. Довезти до дома, приготовить поесть, купить продукты. Твои слова?

— Мои, — Селуянов смутился еще сильнее. — Но насчет уборки мы не договаривались.

— А это моя инициатива. С тебя причитается за это большой торт.

И вдруг Коле стало так легко и хорошо, как не было уже давно. Еще с тех пор, как он ухаживал за своей женой. Когда они поженились, его жизнь превратилась в ад, заполненный ревностью, ревностью и ревностью. Двадцать четыре часа в сутки. Семь дней в неделю. Двенадцать месяцев в году. Его жена была невероятно, вызывающе красива, и Коля все никак не мог поверить, что она вышла за него замуж по любви, все искал подвох, постоянно подозревал ее в неверности, во лжи, в корысти. И даже после того, как она забрала обоих детей и ушла от него, он продолжал любить ее и умирать от ревности. За четыре года это прошло, но радость и легкость так и не вернулись. А сейчас...

Зайдя на кухню, он понял, что по дороге домой они заезжали в магазины. На плите, на маленьком огне, стояли четыре большие кастрюли.

— Я как увидела твое кухонное хозяйство, сразу поняла, что ты ходишь вечно голодным. Решила приготовить тебе еду хотя бы на неделю, — пояснила Валя, заходя в кухню следом за ним. — Вот в этой кастрюле суп, вот здесь — жаркое из баранины с картошкой. Здесь тушеное мясо с овощами, гарнир сделаешь на свой вкус, макароны или рис. Здесь — рыба, я ее пожарила и положила немного потушиться в сметанном соусе. Ты сейчас что будешь?

— Жаркое. Нет, мясо. Нет, рыбу, — заметался Селуянов, чувствуя голодное головокружение. — Все. Мне кажется, я могу съесть все. Давай начнем с супа, а там поглядим.

Они съели по тарелке супа. Потом поглядели. Только не на выбор вторых блюд, а друг на друга. Одновременно молча встали и отправились в постель.

Утром Николай Селуянов впервые за много-много лет понял, что такое проснуться счастливым.

Трижды в день на стол полковнику Гордееву ложились сводки наружного наблюдения за Михаилом Ларкиным. Вел себя Ларкин как-то непонятно и бессистемно, ходил по улицам, магазинам, особенно крупным, но ничего не покупал. Заходил в дешевенькие забегаловки, пил отвратительный полуостывший кофе, вяло жевал предлагаемые посетителям образцы кулинарного искусства, снова ходил по улицам. Никакой географической направленности в этих хождениях не было. Сначала наружники заподозрили было, что Михаил Давидович крутится возле определенного места, может быть, ищет возможности с кем-то встретиться или подобраться к тайнику, все-таки ходьбу-то свою он начал после визита контрразведчика Минаева, так что и шпионские страсти полностью исключать нельзя. Однако подозрение это никакого подтверждения не нашло. Ларкин то ездил в Сокольники, то в Парк Горького, то на ВДНХ, то на ярмарку в Коньково или на Петровско-Разумовскую. А то вдруг начинал избегать людных мест, тихо бродил по аллеям Бульварного кольца, подолгу засиживаясь на лавочках. Короче говоря, ничего не понятно.

Прошло четыре дня, и Михаил Ларкин прекратил хаотические передвижения по городу. Наружники зафиксировали его встречу, очень короткую, с молодым человеком лет двадцати семи—тридцати, после которой Ларкин с видимым облегчением отправился домой, в Графский переулок. Молодой человек был в тот же день «отработан», но сведения о нем не вызвали у Гордеева и его сотрудников ничего, кроме тихого удивления. Виталий Князев торговал горячими сосисками и пивом в палатке, расположенной в переулке неподалеку от станции метро «Новокузнецкая». Наплыв народу небольшой, в основном покупатели одни и те же — высмотрели как-то раз палатку, рядом с которой стоят несколько столиков со стульями, и место не шумное, транспорт мимо не ездит, и сосиски горячие, и пиво холодное, и даже салатик овощной обязательно есть. К Князеву ходили перекусить работники расположенных поблизости учреждений, обменивались парой слов с продавцом, перекидывались шутками друг с другом. Что общего могло быть у такого парня с Ларкиным?

Решили подождать, авось прояснится. Но ничего не прояснялось. Ларкин снова засел дома. Значит, короткая двухминутная беседа с Князевым была венцом его длительных блужданий по городу. Что же в этом сосисочнике такого необыкновенного?

* * *

Сауляк вернулся в Москву и на всякий случай позвонил Минаеву прямо из аэропорта. Как знать, может быть, ему нельзя возвращаться ни в одну из двух квартир — ни в ту, где он прописан как Сауляк, ни в ту, которая оформлена на имя Кустова, вернувшегося из Бельгии после разрыва с очаровательной женой.

— Хорошо, что вы приехали, — обрадованно сказал Минаев. — Вы здесь очень нужны. Поезжайте домой, в ту квартиру, которая числится за вами по настоящим документам, и никуда не выходите некоторое время. Вы не должны выходить из квартиры, пока я не скажу.

— Почему?

— Потому. Это не телефонный разговор, Павел Дмитриевич. Поезжайте домой, запирайтесь в квартире и сидите тихонько. Трубку телефонную не снимайте, если будут звонить. И сами никому не звоните. Послезавтра ровно в двенадцать часов дня выходите из дома. В двенадцать ноль-пять возле аптеки мимо вас проедет машина, белые «Жигули», и чуть-чуть притормозит. Вы должны будете в нее сесть, вас привезут ко мне. Если вы сделаете все четко, никто не сможет сесть вам на «хвост», а попытки такие будут, это я вам гарантирую.

Павел не стал задавать больше никаких вопросов, послушно поехал домой, в проезд Черепановых, где в одной из старых панельных девятиэтажек была его квартира. Он чутко прислушивался к себе и понял, что обрадовался сигналу Минаева и вызову в Москву. Все опять становилось как прежде: у него появился руководитель, который будет отдавать приказания и ставить перед ним задачи, а его, Сауляка, дело — эти задачи выполнять как можно лучше. Минаев и раньше, сразу по возвращении Павла из колонии, пытался взять над ним руководство, но тогда ситуация была немного другая. Тогда у Павла была собственная задача, которую он считал необходимым выполнить во что бы то ни стало, поэтому он и корчил из себя строптивого и неуступчивого, не признающего ничьего верховенства. На самом деле то время, которое прошло после выполнения задания Минаева и ликвидации убийц Булатникова, далось Павлу ох как тяжело. Он привык подчиняться. Он привык, что за него все решают. Над ним и рядом с ним всегда был стратег, который определял задачи на перспективу, а Павел должен был эти задачи наилучшим образом выполнить, что он и делал всю свою сознательную жизнь, начиная от безусловного и беспрекословного подчинения отцу и до выполнения требований режима в колонии. И только эти последние недели... Сауляк не склонен был идеализировать сам себя и теперь отчетливо понимал, что строить свою жизнь самостоятельно он не может. Ему нужен начальник, руководитель. Ему нужен хозяин. И он будет служить ему как верный пес. Черт с ним, пусть это будет даже Минаев. Нужно только закончить то дело, которое он начал, уже немного осталось, а потом можно переходить в полное подчинение Антону Андреевичу. И все опять станет четко и понятно, как было раньше.

В пустой квартире в проезде Черепановых не было даже хлеба: уезжая отсюда, он еще сам не знал, когда вернется, поэтому старательно выбросил все, что может испортиться или заплесневеть, вымыл и отключил холодильник. По дороге из аэропорта Павел кое-что прикупил, чтобы перебиться пару дней, а там видно будет. Все равно послезавтра ему придется ехать к Минаеву, а оттуда — как знать! — куда еще? Может быть, на другую квартиру, записанную на имя Кустова, а может быть, и совсем в другое место. Все зависит от того, что такое тут стряслось, из-за чего Минаев так срочно вызвал его в Москву.

Придя домой, Павел первым делом принял ванну, потом постелил на диван чистое белье и лег в постель.

Почти все время он чувствовал огромную слабость и непроходящую потребность прилечь. Он знал, что это не связано с каким-либо заболеванием, здоровье у него было отменное, если не считать холецистита, который периодически давал очень неприятные обострения. Сауляк был невероятно вынослив, мог подолгу ходить и бегать, мог сутками обходиться без еды и сна. Но применение гипноза забирало у него все силы. Природа поскупилась, одаривая его способностями к воздействию на людей, и достижение даже слабенького результата требовало от него невероятного напряжения, после чего Павел чувствовал себя совсем больным.

Лежа в постели, он обводил глазами комнату и радовался, что сумел сохранить собранную родителями библиотеку. Это сейчас можно купить любую книжку, даже самую модную, без всяких проблем. А тогда, тридцать-сорок лет назад, хорошие книги и подписные издания доставались далеко не каждому. В те годы, которые семья провела за границей, им каждый месяц через посольство передавали тоненькую книжечку — несколько скрепленных вместе листочков белой глянцевой бумаги, на которых были отпечатаны названия и цены новых книг, вышедших в разных советских издательствах. Это называлось «Белый список». Отец ручкой отмечал интересующие его издания и возвращал книжечку в Россию. За годы службы в Венгрии и Чехословакии он собрал по «Белому списку» огромную библиотеку. Перед тем как спрятаться в колонию, Павел позаботился о том, чтобы библиотека осталась в надежных руках. Он оформил опеку над знакомым стариком библиофилом, забрал его из коммунальной квартиры, битком забитой беженцами и лимитчиками, и прописал к себе. Он знал, что оставляет квартиру и книги под хорошим присмотром. И молился только о том, чтобы старик за эти два года не умер. Старик, спасибо ему, дожил до освобождения Павла, и генерал Минаев, пока Сауляк приходил в себя на его даче, быстро все устроил. Павла прописали обратно в эту квартиру — поскольку опека была оформлена по всем правилам и на его иждивении находился старик, Сауляку, хоть и судимому, легко разрешили московскую прописку. Антон Андреевич позаботился о жилье для старика, и старая квартира в проезде Черепановых снова стала безраздельно принадлежать Павлу.

Он собрался было уже откинуть одеяло, чтобы встать и взять какую-нибудь книгу, но передумал. Слишком их много, хороших книг, чтение которых приносит успокоение и забвение. Не время сейчас. Сперва он разберется с той проблемой, которая внезапно возникла у Минаева. Потом доведет до конца начатое дело. Потом все войдет в привычную колею, Антон Андреевич, встав на место Булатникова, будет давать ему задания, а он будет их выполнять, поручая отдельные звенья комбинации Ларкину, Гарику или Карлу. Риты нет больше. Жаль. Кто же ее убил? И почему?

Павел машинально полез в карман куртки за блокнотом, где у него был записан телефон Анастасии. Может быть, убийца Риты уже найден? Ах да, Минаев не велел пользоваться телефоном. Ладно, можно подождать. Какая-то странная полоса началась в его жизни. Все приходится откладывать на потом. Позвонить насчет Риты — потом. Читать любимые книги — потом. И жить, наверное, тоже потом.

И когда же оно наступит, это расплывчатое «потом»?

* * *

Ко второй встрече Михаила Давидовича Ларкина с торговцем сосисками Виталием Князевым оперативники готовились так, как в свое время вся страна готовилась к юбилею Октября. Встреча состоялась, длилась она три с половиной часа и проходила в Графском переулке, в квартире Ларкина. Через два часа после встречи на стол полковника Гордеева легли две кассеты — видео- и магнитофонная. Технику для записи собирали с миру по нитке, а за «люльку» строителей, при помощи которой всю эту технику «присобачивали», пришлось просто платить наличными, выскребая из карманов десятитысячные купюры.

На экране видеоплейера Ларкин вполне мирно

беседовал с Князевым. Правда, беседа была какой-то однобокой — говорил в основном Ларкин, а Князев лишь изредка подавал короткие реплики. Зато наблюдать за самим Князевым было очень интересно. У него была довольно живая мимика, в начале беседы с лица не сходила дурашливая ухмылка, он то и дело хихикал, строил Ларкину рожи и подмигивал. И вообще производил впечатление полного придурка. Постепенно дурашливость исчезла, лицо разгладилось, Князев больше не хихикал и не кривлялся. Он сидел в кресле напротив Ларкина, расслабленно положив руки на подлокотники, полуприкрыв глаза и мерно кивая в такт словам Михаила Давидовича. Потом Князев медленно встал и лег на диван, вытянувшись на спине. Со стороны казалось, что он спит, но он периодически поднимал то одну, то другую руку и делал какие-то непонятные жесты, после чего Ларкин одобрительно кивал, и Князев опускал руку. И так на трех кассетах.

Потом поставили видеозапись сначала и включили магнитофон, стараясь хотя бы приблизительно совместить звук и изображение. Полчаса шел разговор ни о чем. На экране Князев ухмылялся и подмигивал, а из магнитофона доносились фразы типа:

— У такого классного парня, как ты, наверное, нет проблем с девушками. Да?

— Уж конечно. Все мои.

— Вот об этом я и хочу с тобой поговорить, Виталий. Ты мне кажешься парнем надежным и ловким, с тобой можно иметь дело. Тебе я доверяю, а другим — нет.

— Уж это точно, — снова ухмылка и подмигивание.

— И если мы с тобой договоримся, то можем сделать хорошие деньги. Ты мне поверь, у тебя большой выбор знакомых девушек, а у меня есть идеи, как сделать так, чтобы они принесли нам с тобой большой и красивый доход. Ну как, согласен?

— А то!

Примерно минут через тридцать текст Ларкина слегка видоизменился, хотя тематика осталась той же.

— Если ты будешь меня слушаться, у нас все будет хорошо. Просто отлично. Ты должен довериться мне, ты должен поверить, что я хочу тебе добра, и ты должен меня слушаться во всем. Потому что только я знаю, что для тебя правильно, а что нет. И если ты станешь послушным орудием в моих руках, мы вместе сделаем невозможное. Мы станем самыми сильными и богатыми, и все будут нам подчиняться. Но для этого ты должен меня слушаться. Ты должен забыть все, что внутри тебя есть твоего собственного, личного, ты должен забыть все свои мысли и ощущения и довериться мне...

Князев уже не паясничал, сидел спокойно и изредка кивал в такт. Потом он лег на диван, а Ларкин продолжал:

— С этой минуты ты будешь слушаться только меня. В твоей голове больше не будет ни одной мысли, которую ты придумал сам. В ней будет звучать мой голос, и он будет давать тебе приказания, а ты будешь их выполнять....

И еще через час:

— Завтра ты должен будешь убить человека, который в определенное время выйдет из определенной квартиры. Это необходимо для того, чтобы мы с тобой могли начать наше дело и стать самыми сильными и богатыми. Этот человек может нам с тобой помешать, и его непременно надо убить, прежде чем мы начнем наше дело. Завтра ты поедешь к дому девятнадцать в проезде Черепановых, найдешь корпус три, поднимешься на пятый этаж и будешь ждать. Ровно в двенадцать из квартиры на пятом этаже выйдет мужчина...

— Проезд Черепановых, девятнадцать, корпус три — адрес Сауляка, — почти закричала Настя. — Он что, приехал? И Ларкин собирается его убить руками этого ухмыляющегося идиота?

Гордеев резко выключил магнитофон и сорвал телефонную трубку. Несколько минут в его кабинете стоял такой крик, что впору было уши зажимать.

— Твои люди спят на ходу! — орал он генералу Коновалову. — Ты для чего выставил посты на всех вокзалах и аэропортах? Чтобы они там девок клеили? Сауляк приехал, его дружки об этом знают, я об этом знаю, а ты — нет. Хотя ты должен был знать в первую очередь. Твое счастье, Александр Семенович, что у меня в кабинете женщина сидит, а то ты бы не такое от меня сейчас услышал. Вся операция чуть было не провалилась из-за твоих бездельников! Как вы могли его пропустить, я тебя спрашиваю? Фотография у каждого на руках, обе фамилии известны, а он прошел мимо вас как мимо столбов. Я откуда знаю? А это не твое дело, Александр Семенович. Ты и той информацией, которую я тебе дал, распорядиться как следует не смог. Я тебе своего лучшего сотрудника дал в бригаду, она такую огромную работу для тебя проделала, а все для чего? Чтобы ты все провалил на последнем этапе, потому что не обеспечил выделение нормальных толковых ребят на транспортные точки? Да плевать я хотел на то, что это не твои люди, а Щуплова. Ты лично должен был проконтролировать, каких ребят Щуплов дает. Ты что же, все заповеди сыщицкие позабывал в своем теплом кресле?

Настя понимала, что имеет в виду ее начальник. Дело, которое принимаешь и ведешь с самого начала, над которым думаешь день и ночь, теряя аппетит и сон, в конце концов становится твоим собственным настолько, что ты никого к нему не подпускаешь, не проверив предварительно надежность и добросовестность человека. Такое расследование — это творение, плод мук и радостей, как книга для писателя или картина для художника. Разве может так быть, чтобы писатель с легким сердцем бросил книгу, не дописав три последних главы и перепоручив это первому встречному? Мол, как напишет, так и ладно. И если уж так случится, что писатель по объективным причинам не может сам дописать эти три последних главы, тогда он непременно выберет самого способного литератора, долго и тщательно будет разъяснять ему замысел книги и подробно перечислять, что должно быть написано в тех последних главах. Все, что сможет, надиктует, а остальное тысячу раз перечитает и перепроверит. И в оперативной работе, если по вымученному и выстраданному тобой делу приходится какой-то кусок работы поручать другому, ты не жалеешь ни сил, ни времени, чтобы все ему растолковать, предупредить о возможных ошибках и осложнениях. И ревниво вглядываешься в этого человека, пытаясь понять, не разрушит ли он то, что ты с таким трудом и так долго выстраивал. Конечно, у генерала Коновалова нет возможности давать указания генералу Щуплову, дескать, этого сотрудника ставить на задание, а этого — нет. Щуплов сам в своем ведомстве хозяин. Но ведь можно было послать своих ребят на вокзалы и посмотреть, как работают щупловские орлы, не дремлют ли, не валяют ли дурака. И, заметив непорядок, написать докладную, потребовать усилить дисциплину, выделить других сотрудников, более опытных. Да мало ли способов контролировать, чтобы партнер не завалил твою операцию! А генерал Коновалов контролировать не стал, и именно об этом сейчас, багровея от гнева, кричал в телефонную трубку Виктор Алексеевич Гордеев.

А Настя, почти полностью отключившись от резкой телефонной перебранки, думала о дурашливом Виталии Князеве и интеллектуально недостаточном Кирилле Базанове. И чем больше думала, тем яснее становилось все, что произошло за последний месяц. Но это было так чудовищно! И совершенно невероятно...

* * *

Павел Сауляк знал цену не только минутам, но и секундам. И если Минаев рассчитал время, когда белые «Жигули» должны будут подхватить Павла возле аптеки, то нарушать график не следовало. Без пяти двенадцать он, полностью одетый, стоял в прихожей. Из кухни еле слышно доносилась музыка — он оставил включенным радио, чтобы услышать сигналы точного времени. С шестым сигналом он повернул замок и открыл входную дверь.

И сразу что-то произошло. Он даже не понял, что именно. На лестнице почему-то оказалось слишком много незнакомых людей, что-то хлопнуло, щелкнуло и зажужжало. Павел инстинктивно зажмурился и снова открыл глаза. На один пролет ниже трое дюжих парней держали четвертого, руки которого были скованы наручниками. Чуть выше, на ступеньках, стояли еще двое, в руках у одного из них Павел заметил пистолет с глушителем. На один пролет выше стояли еще двое с видеокамерой на плече. Таким образом, происхождение звуков Павел понял: хлопок — выстрел из пистолета с глушителем, щелчок — наручники, жужжание — камера. А в целом? Что здесь происходит?

— Сауляк Павел Дмитриевич? — обратился к нему тот оперативник, что стоял чуть выше задержанного. — Мы только что задержали человека, который пытался вас застрелить. Вы хотите дать показания сейчас и здесь или проедете с нами на Петровку?

Проехать на Петровку? Давать показания? А как же белые «Жигули», которые должны отвезти его к Минаеву? Он бросил взгляд на часы. Если бежать бегом, то можно еще успеть к тому моменту, когда машина будет проезжать мимо аптеки. Но кто ж ему позволит сбежать отсюда...

Тут же возник второй вопрос: его пытались убить? Кто? Впрочем, вопрос был в известной мере риторическим. Полтора месяца назад он сам говорил, что не удивится, если пол-России выстроится в очередь его убивать. Просто любопытно, как милиция пронюхала о готовящемся покушении. А они там молодцы, не дремлют. Разумеется, все это более чем некстати. И ехать на Петровку ему не с руки, но там хоть есть надежда встретить Анастасию. Она всегда относилась к нему с пониманием. И она прекрасно знает, что желающих убить Павла более чем достаточно. Своими глазами в Самаре видела. С ее помощью можно будет попытаться выпутаться из этой истории. Ведь сегодня им Павла обвинить не в чем. Только бы те, кто послал к нему этого наемника, не раскололись, только бы то, давнее, не выплыло.

— Мне все равно, — произнес он, даже не стараясь выглядеть спокойным. В конце концов, ему только что сказали, что его хотели убить. Какое уж тут спокойствие! — Как лучше для дела, так и поступайте. А кто этот человек?

— Некто Князев Виталий Сергеевич. Вы с ним незнакомы?

Оперативники, державшие Князева, резко встряхнули его, заставляя поднять голову и дать возможность Павлу увидеть его лицо.

— Нет, — покачал головой Сауляк. — Впервые вижу.

Внезапно снова навалилась слабость, ноги подогнулись, многодневная усталость соединилась с осознанием только что дыхнувшей в лицо смерти. Павел привалился спиной к стене и медленно осел на холодный каменный пол.

* * *

Настя не могла припомнить, когда она в последний раз нервничала так сильно, как сейчас. Она готовилась к разговору с Павлом и все никак не могла решить, как его построить. С чего начать? С каких карт ходить? Какие карты показывать, а какие до поры до времени припрятать? Мысли перескакивали с одного на другое, она не могла сосредоточиться и от этого начинала сердиться и нервничала еще больше.

Узнав, что Князев задержан с поличным при попытке выстрелить в Саудяка и все они дружною толпою двигаются с проезда Черепановых на Петровку, Настя заметалась по кабинету, потом отчаянно заколотила кулаком в стену, отделяющую ее кабинет от кабинета, где сидел Миша Доценко. Миша примчался тут же с перепуганным лицом.

— Что случилось, Анастасия Павловна?

— Мишенька, посмотрите внимательно кругом и заберите отсюда все предметы, пригодные для недобросовестного использования.

— Зачем? — изумился Доценко.

— Затем, что Саудяк владеет гипнозом. А вдруг я не сумею устоять? Он мне прикажет отдать ему табельное оружие — и я отдам. Представляете, что будет?

— А где ваше оружие?

— В сейфе лежит.

— Давайте сюда. Я к себе заберу. Нож есть?

— Есть, в столе лежит.

— Тоже давайте.

Миша ушел, унося с собой все, что по его и Настиному разумению мог бы использовать Саудяк, вогнав Каменскую в состояние оцепенения. Минуты шли, и Настя начала постепенно успокаиваться. В конце концов, не зря же говорят: кто осведомлен —

тот вооружен. Она уже испытала на себе силу его воздействия и сумела с этим справиться. Значит, не так уж и страшно.

Глава 20

Задержать Ларкина первоначально планировалось в тот момент, когда он придет на встречу с Князевым после убийства Павла. В формуле, произносимой Михаилом Давидовичем, было указание сразу после убийства Саулика ехать на «Новокузнецкую», открывать палатку и начинать торговать сосисками как ни в чем не бывало.

— Ты откроешь палатку и будешь спокойно работать. Никуда не отлучайся, пока я к тебе не подойду. Я приду примерно в три часа дня. Как только ты меня увидишь, не заговаривай со мной, извинись перед покупателями, если они в этот момент будут, сделай перерыв на полчаса и иди вдоль трамвайных путей следом за мной.

Замысел был понятен. Сразу после убийства Ларкин должен был вывести Князева из транса и заблокировать его память. Он никогда не вспомнит кудрявого полноватого мужчину в темных очках, который заговорил с ним на улице и пригласил к себе домой, рассказывая о планах быстрого обогащения при помощи девушек. Он никогда не вспомнит, что ездил на проезд Черепановых и стрелял в мужчину, который в точно определенное время должен был выйти из точно определенной квартиры. Конечно, лучше всего было бы, если бы после убийства Князев приехал домой к Ларкину, и Михаил Давидович спокойно поработал бы с ним, в тишине и без спешки. Но если что-то не гладко, то за Князевым может потянуться «хвост», который и притащится прямо в Графский переулок. Так рисковать нельзя. Потому Ларкин и велел Виталию возвращаться в свою палатку на «Новокузнецкую». Михаил Давидович сам подъедет, чтобы поработать с сознанием Князева и его памятью.

В идеале нужно было попробовать записать хотя бы на магнитофон, как Ларкин будет внушать несчастному сосисочнику, что они никогда не встречались и никакого убийства не было. Но, если дать возможность Ларкину завершить работу, Князев и не сможет давать показания. Он же ничего не вспомнит. Кроме того, Князев уже задержан при покушении на убийство, и никто никогда не позволит сейчас снять с него наручники и отпустить в палатку на «Новокузнецкую» торговать сосисками. Хотя, по здравом размышлении, показаниям Князева грош цена, что так, что эдак. Если он еще в трансе, его нельзя допрашивать. Если позволить Ларкину вывести его из транса, то он все забудет. Настя проконсультировалась со специалистами, и они в один голос заверили ее, что настоящий мастер гипноза, а Ларкин, судя по всему, именно настоящий мастер, кодирует сознание специальными словами, чтобы никто, кроме него самого, не мог вывести человека из транса. С Кириллом Базановым, судя по всему, произошло то же самое. После убийства шантажиста Ларкин встретился с ним, вывел из транса и заблокировал память, потому парень абсолютно ничего про тот день и не помнил. А после расстрела Лученкова Михаил не успел добраться до Кирилла, которого задержали на месте преступления, и тот добросовестно, хотя и искренне недоумевая, рассказывал про «голоса, которые ему велели...».

Стало быть, свидетель из Князева никакой. Ничего от него не узнаешь, а если узнаешь, то не докажешь. Единственное доказательство — записи, из которых видно и слышно, как Ларкин погружает Виталия в транс и внушает ему намерение убить человека, выходящего из квартиры на пятом этаже третьего корпуса дома номер девятнадцать по проезду Черепановых. Потом видеозапись, на которой Князев добросовестно выполняет все внушенные ему действия. И, наконец, хорошо бы сделать запись, на которой Ларкин выводит его из транса. Но с точки зрения права ситуация почти дохлая. Прецедентов нет. Как квалифицировать действия Князева и Базанова? Ни одна экспертиза не признает их невменяемыми. А в законе указания на гипноз нет. Поэтому даже если и доказать, что в отношении Базанова и Князева был применен гипноз, это не избавит их от ответственности.

Ибо сказано в законе: «Не подлежит уголовной ответственности лицо, которое во время совершения общественно опасного деяния находилось в состоянии невменяемости, т.е. не могло отдавать себе отчета в своих действиях или руководить ими вследствие хронической душевной болезни, временного расстройства душевной деятельности, слабоумия или иного болезненного состояния». Иными словами, все расстройства должны быть болезненного характера. А гипноз — не болезненное расстройство. И то, что ты делаешь в состоянии гипнотического транса, очень даже запросто вменяется тебе в вину. Ученые-юристы сто диссертаций защитят, пока правовое решение придумают для таких казусов. А задержанные столько ждать не могут. Их судьбу надо как-то решать...

А что Ларкину вменить? Его-то за что можно привлечь к ответственности? Сам никого не убивал, даже близко к жертвам не подходил. Гипноз недоказуем. Слова говорил? Ну так и вы говорите, кто ж вам мешает, только совершенно не факт, что вас послушаются и сделают, как вы велите. И Ларкина никто не слушался. И вообще он ничего такого им не говорил. Обыкновенная психотерапевтическая беседа. Стресс снимал. А что, нельзя? Ах, запись. Ну это он так, экспериментировал. Дурака валял. Морочил голову доверчивому Князеву. Пошел и убил? Да что вы говорите? Не может быть! И кого? Человека на проезде Черепановых? Ну надо же. Вот дурачок. Да Ларкин назвал первый пришедший в голову адрес. И человека, который там живет, он и знать не знает.

Гордеев и следователь Ольшанский спорили до хрипоты, пытаясь решить, что же делать с Ларкиным. За Михаилом Давидовичем постоянно велось наблюдение и задержать его можно было в любой момент, но было совершенно непонятно, надо ли это делать, а если делать, то по какому плану. Обвинить его не в чем. Стало быть, и расколоть не удастся. А если учесть его необыкновенные способности, то вряд ли даже самая умелая и изощренная тактика допроса даст хоть какой-то результат.

В конце концов решили Ларкина пока не трогать.

— Проходите, Павел Дмитриевич, — сказала Настя как можно приветливее.

Ей удалось полностью взять себя в руки, успокоиться и приготовиться к разговору с Павлом.

— Похоже, вас ангел хранит, — улыбнулась она. — Значит, не зря я тащила вас на себе из Самары. Если бы вас сегодня убили, мне было бы обидно. Вы знаете человека, который на вас покушался?

— Нет. Лицо незнакомое. И имя его впервые слышу.

Настя видела, что он не лжет. И еще она видела, что Сауляк вымотан до предела и еле держится на ногах.

— Но у вас есть хоть какие-нибудь подозрения: кто это такой, кто его послал, чье задание он выполнял?

— Я уже говорил вам, Анастасия, я не страдаю от недостатка недоброжелателей.

— И вас не удивляет, что в их числе оказался ваш покровитель?

Сауляк нахмурился. Глаза его опять убегали от Насти, останавливаясь то на стене выше ее головы, то на полу, то на окне.

— Кого вы имеете в виду?

— Антона Андреевича Минаева. Это он послал к вам наемника. Чем вы перед ним провинились, хотела бы я знать?

— Вы ошибаетесь.

В его голосе вновь зазвучало высокомерие, как когда-то в Самаре, когда они только-только познакомились.

— Нет, Павел Дмитриевич, я не ошибаюсь. Генерал Минаев встречался с неким посредником. Этот посредник нашел наемника Князева и отправил его к вам с пистолетом в кармане. У меня есть фотографии, видео- и магнитофонные записи, подтверждающие это. Поймите же, Павел, мы здесь, на Петровке, не боги, мы не всемогущи, и наши сотрудники не могли случайно оказаться в вашем подъезде, когда туда явился Князев с заданием вас убить. Мы разрабатывали этого посредника, именно поэтому и засекли его контакт с Минаевым. Неужели вас это не убеждает?

— Нет. Наш разговор утратил предметность, вы не находите?

Он ей не верит. Или, наоборот, сразу признал ее правоту, но есть какая-то причина, по которой он не может показать, что согласен с ней. Конечно, он должен стоять на том, что Антон Андреевич Минаев — святее всех святых. «Отстрел» команды Малькова начался через несколько дней после того, как Павел вернулся в Москву. И закончился за два дня до того, как он уехал в Белгород и поселился там в гостинице. Минаев просто не может не иметь к этому отношения. А где Минаев — там и Павел. Так что оба будут стоять на своей безгрешности, упираться до последнего. Ничего, Павел Дмитриевич, ты у меня сейчас под дых получишь.

— Павел Дмитриевич, предметом нашего разговора является последовательность жертв. Вы отдаете себе отчет, что вы в этом ряду последний?

Вот так, Павел Дмитриевич. А теперь думай. Пытайся угадать, что я имела в виду. Ни за что не угадаешь. И начнешь проецироваться. Начнешь говорить о том, что беспокоит тебя больше всего. Ну, давай же, начинай.

— И кто же, по-вашему, первый в этом ряду?

Хитришь, Паша. «Угадай слово, которое кончается на букву... — А ты скажи, на какую букву оно начинается». Ну, скажу я тебе, кто был первым в этом ряду. Все равно ты ничего не поймешь. Потому что этот человек в обоих рядах первый — и в твоем, и в моем.

— А первым был генерал Булатников. Мне казалось, что это очевидно.

— И много ли человек в этом кровавом ряду?

— Павел Дмитриевич, давайте прекратим игру в угадайку. Вы прекрасно понимаете, о чем идет речь. И продолжаете покрывать Минаева, как будто он вам сделал много хорошего в жизни. Он убийцу вам послал, вы хоть понимаете это? Он перевербовал вашего помощника, уж не знаю, как ему это удалось, шантажом или деньгами, но он сделал так, что ваш помощник послал к вам наемника.

— Это бездоказательно, — равнодушно сказал Сауляк. — Я не знаю, о каком помощнике вы говорите. И вообще я вам не верю.

— И напрасно, — ответила Настя почти весело, — хотите, кино покажу? Сами увидите, как Михаил Давидович Ларкин вводит вашего несостоявшегося убийцу в гипнотический транс и внушает ему вас убить. Даже адрес ваш ему называет, чтобы, значит, тот ненароком не ошибся.

— Это чушь, — медленно произнес Павел.

* * *

Скрывать факт знакомства с Мишей было бы глупо, все женщины, приходившие к Ларкину на прием, видели Павла. Если их разыскали, то отпираться бессмысленно.

— Это чушь, — сказал он, тщательно взвешивая каждое слово. — Я действительно знаком с психотерапевтом Ларкиным, но не настолько близко, чтобы давать ему повод убивать себя. И потом, я не давал ему своего адреса. И вряд ли он мог узнать его каким бы то ни было способом. Он ведь даже фамилии моей не знает.

— Вот видите, значит, ваш адрес ему кто-то дал. Кто-то, кто знает вашу фамилию, адрес, а также то, что вы вернулись в Москву и должны ровно в двенадцать дня выйти из квартиры. Наемник не ждал вас, Павел Дмитриевич. Он вошел в подъезд без пяти двенадцать. Вы все еще сомневаетесь?

Он не сомневался. Но разве мог он признаться, что между ним и генералом Минаевым существует тайна, из-за которой Павел стал для него опасен.

— Вы меня не убедили. Я не вижу, зачем Минаеву убирать меня. Он приложил столько усилий к тому, чтобы вытащить меня из Самары целым и невредимым. Вам ли этого не знать, — тут он позволил себе чуть-чуть усмехнуться. — Он столько сделал для того, чтобы я уцелел.

— Хорошо, допустим. А Рита?

— Что — Рита? — вздрогнул он от неожиданности.

— Маргарита Дугенец тоже входила в вашу группу?

— Я не понимаю, о чем вы. Рита просто была моей невестой.

Сердце забухало в груди, как кузнечный молот. Почему она спросила об этом? Что ей известно?

— Одно не исключает другого. Она могла быть вашей невестой и одновременно вашей помощницей.

— Да не было у меня никаких помощников, — раздраженно сказал Павел. — Что вы себе напридумывали, ей-Богу!

— Да?

Ее голос донесся как будто откуда-то издалека. Сауляк сообразил, что у него резко подскочило давление и заложило уши.

— Тогда послушайте историю, которую я вам расскажу. Вы ее не знаете. Совсем не знаете. Поэтому вам будет интересно.

Сейчас она начнет говорить о Булатникове и группе Малькова. Наверняка нахваталась обрывочной информации и теперь будет пытаться склеить из нее более или менее гладкую историю, в которой концы с концами не сойдутся. Ну ладно, пусть рассказывает, Павел за это время немного придет в себя.

— Генерал Минаев всегда ненавидел своего начальника и старшего товарища Булатникова. Терпеть его не мог. Готов был на стенку лезть от ненависти и злобы. Минаев завидовал ему, потому что не понимал, откуда у Булатникова такая власть и такие деньги. И поставил перед собой задачу выяснить это. Ну как, Павел Дмитриевич, интересно?

Павел поднял на нее растерянный взгляд. Она говорила совсем не о том. И она говорила вещи, которых он действительно не знал.

— Продолжайте, — сдержанно ответил он, стараясь не выказать любопытства.

— Антон Андреевич, пользуясь разными запрещенными приемами, узнал, что у Булатникова есть вы, Павел Сауляк, а у вас — группа. Но кто эти люди и сколько их, он так и не смог узнать. Хотя очень старался. Зато он понял, как действует ваша группа, какие приемы работы применяет. И сообразил, что это — золотое дно. Группу он решил прибрать к рукам. И что же он сделал в первую очередь, как вы думаете?

— Нет, — быстро ответил Павел. — Этого не может быть. Я вам не верю.

— Ну почему же? Судя по вашему быстрому ответу, вы сами догадались, что сделал ваш нынешний покровитель генерал Минаев. Он организовал убийство Булатникова. Это он, а вовсе не Мальков, был инициатором убийства. Это он подсунул людям Малькова информацию, которая заставила их забеспокоиться и быстренько покончить с генералом, который так много им помогал и, стало быть, так много о них знает. Но в этот период была допущена небольшая ошибка, и кто-то из великолепной семерки Малькова узнал о причастности генерала Минаева к убийству своего начальника, друга и учителя. А через некоторое время после гибели Булатникова вы, Павел Дмитриевич, почуяв явственный запах жареного, предпочли укрыться в зоне. И гениальный план Антона Андреевича застопорился. Минаев, видите ли, очень рассчитывал на то, что вы возгоритесь огнем благородного мщения. Ну или по крайней мере захотите выяснить правду о смерти своего руководителя Булатникова. И будете задействовать для этого вашу группу. Приглядывая за вами, Антон Андреевич рассчитывал всех их выявить. А вы, Павел Дмитриевич, надежд не оправдали, мстить и выяснять правду не кинулись, а проявили разумную осторожность и спрятались. Пока вы отбывали срок за хулиганство, Минаев зря времени не терял. Он заранее сделал копии со всех ключей Булатникова, ведь тот никогда не осторожничал в присутствии своего любимого ученика и заместителя, ключи оставлял валяющимися на столе, и так далее. После гибели Булатникова Антон Андреевич раздобыл всю компру, при помощи которой держалась в узде ваша группа. В том числе и на вас, верно? И когда прошли долгие два года и вы вернулись в Москву, он вас этой компрой немножко попугал. Вы были нужны ему, Павел, вы были ему жизненно необходимы, потому что только вы знали имена и адреса членов своей группы. Потому что в добытых им материалах из потайного сейфа Булатникова были только сведения о том, что и как делали ваши люди. Но там не было ни их имен, ни адресов.

А они были Минаеву нужны, чтобы взять этих людей под свой контроль. И без вас он ничего сделать не мог. Поэтому и приложил столько усилий к тому, чтобы доставить вас в Москву живым и невредимым. Ну как, похоже?

— Похоже на бредовую сказку, — сказал Павел.

Но он уже знал, что его реплики ровно никакого значения не имеют. Она знает все. И знает даже больше, чем он. Но как? Откуда? Неужели Минаев все рассказал? Да нет, быть этого не может.

— Пойдем дальше, — невозмутимо произнесла Анастасия. — Минаев стал уговаривать вас отомстить убийцам своего друга и наставника. Могу представить себе, какие слова он вам при этом говорил. Моим начальникам он говорил то же самое. Что он офицер и мужчина, что он не может оставить безнаказанной смерть своего руководителя, под началом которого прошла вся его служебная карьера. Только моим начальникам он говорил, что хочет попытаться узнать с вашей помощью, кто убил Булатникова. А вам он что говорил? Что знает, кто его убил, и хочет отомстить? Да? На самом же деле он хотел убить двух зайцев сразу: убрать тех, кто знает о его причастности к гибели Булатникова, и заставить вас показать ему всю вашу группу. И все у него получилось.

— Бред, — твердо повторил Павел.

В ушах все еще звенело, давало о себе знать подскочившее давление. Он сидел в своей привычной позе, откинувшись на спинку стула и скрестив руки на груди. Только глаза не закрывал.

— Бред? — насмешливо переспросила она, кладя перед ним листок бумаги. — А вы взгляните.

Павел протянул руку и взял листок. На нем было шесть фамилий. Мальков. Семенов. Изотов. Лученков. Мхитаров. Юрцев. Шесть фамилий. Не было только имени Евгения Шабанова, имиджмейкера Президента.

— Здесь только шестеро. Но был и седьмой. Я почти на сто процентов уверена, что седьмым был Евгений Шабанов, но очень рассчитываю на то, что вы мне это подтвердите. А теперь взгляните сюда.

Она почти швырнула перед ним какие-то фотографии. Павел посмотрел и похолодел от ужаса. Рита. Гарик Асатурян. Карл. Мертвые. Все мертвые. Этот подонок выследил их и убил. Только Мишу Ларкина оставил в живых. Миша — самый сильный и самый беспринципный. Минаеву и его одного достаточно. Боже мой, неужели то, что она рассказывает, — правда?

Внезапно он ощутил огромную усталость и безразличие. Она все знает. Она играет с ним, как кошка с полудохлой мышью.

— Что вы от меня хотите? — спросил он измученно. — Зачем вы мне все это рассказываете?

— Я хочу получить ответы на некоторые вопросы. Как вам удалось перехитрить людей Малькова? Ведь они пытались добраться до вас с того самого момента, как вы вышли из зоны. Вы почти три недели жили в Москве и потихоньку убирали их, одного за другим. А они? Почему же они вас не тронули? Вы чем-то откупились от них? Я хочу знать, чем. Я хочу знать, почему они тогда приостановили охоту на вас. Далее. Я хочу знать, кто такой Ревенко. Почему Минаев сделал все возможное, чтобы затруднить установление его личности? Подозреваю, что у Ревенко в прошлом было другое имя, и Минаеву очень не хотелось, чтобы сей факт выплыл наружу. Антон Андреевич предпочел бы, чтобы труп Ревенко так и остался неопознанным на веки вечные.

— Это все?

— Нет, Павел Дмитриевич. Это не все. Я хочу знать, почему и как Минаев вызвал вас в Москву? Как он вас нашел? Где вы были в этот момент? Чем он объяснил столь срочный вызов?

— Я не успел с ним переговорить. Если бы ваши люди не привезли меня сюда, сейчас я был бы уже у Минаева. Я как раз собирался ехать к нему.

— Павел Дмитриевич, я уже сказала вам: вы в этой очереди последний. Минаев собирался убить вас. И до сих пор собирается. Он и в голове не держал что-то вам объяснять. Он вызвал вас в Москву и велел Ларкину найти человека, который вас убьет, когда вы будете выходить из квартиры. Ровно в полдень. Неужели вы до сих пор этого не поняли? Вы больше не нужны ему. Он обезопасил себя, он нашел всю вашу группу, присмотрелся к людям, избавился от самых слабых, оставив в живых самого сильного. Я могу доказать, что Асатурян и Ревенко ездили в Петербург и работали с Мхитаровым, после чего тот застрелился. Ваш Ларкин работал с Юрцевым, подсунул ему быстродействующий яд под видом безобидного транквилизатора. У Ревенко тоже были такие таблетки, мы их нашли в его квартире. Кстати, историю происхождения препарата я бы тоже хотела услышать от вас. Тот же Ларкин устроил смерть Малькова и Лученкова. Я очень надеюсь, что вы расскажете мне, что произошло с Семеновым и Изотовым. Кто с ними работал? Ваша невеста Маргарита? Или кто-то другой?

Он принял решение. Ему больше ничего не нужно в этой жизни. Свое дело он до конца не довел, но это было единственным, о чем он пожалел в этот момент. Все остальное уже не имело ни значения, ни смысла. Эта женщина со светлыми глазами и бледным лицом, сидящая перед ним в тесном неуютном кабинете, эта женщина, встретившая его у ворот колонии и доставившая в Москву, слишком много знает. Павел хотел сейчас только одного: чтобы ему дали вернуться домой. Или хотя бы выпустили отсюда.

— Вы хотите сказать, что Риту убил Антон Андреевич Минаев? — глухо спросил он. — Я не могу в это поверить.

— Перестаньте, Павел. Вы уже давно поверили тому, что я говорю. Не пытайтесь засунуть голову в песок, как страус. Но мы можем договориться.

— Договориться? С вами? О чем?

— Обо всем. Вы дадите показания, которые позволят нам разговаривать с Минаевым. Вы расскажете мне все подробно и правдиво.

— А что взамен?

— Я дам вам возможность не отвечать за убийства, которые совершили лично вы.

— Я вас не понимаю, — холодно сказал он. — Вы же только что мне с таким упоением рассказывали, что ни я, ни мои люди никаких убийств своими руками не совершали. Вы противоречите сами себе.

— Паша...

Она выпрямилась на стуле и посмотрела на него с

жалостью и сочувствием. От этого взгляда ему стало не по себе.

— Паша, зачем ты это делаешь? — спросила она тихо и печально. — Ведь ты же знаешь, что эти несчастные ни в чем не виноваты. С ними работал Ларкин, да? Самый сильный из вашей группы и самый безжалостный. На нем больше всего крови, поэтому его одного и выбрал Минаев. Ларкина проще других держать в узде. Я бы поняла, если бы ты убил именно его. Но зачем ты убиваешь тех, кто, в сущности, ни в чем не виноват?

И в этот момент Саулик понял, что она будто прочитала его мысли. Она услышала. И готова его отпустить, если он все расскажет. Может быть, так и вправду будет лучше...

— Так я могу считать, что мы договорились? — произнес он сквозь зубы.

— Да.

— Вы мне обещаете?

— Да.

— Если я все расскажу, вы дадите мне уйти отсюда?

— Да. Я надеюсь, мы правильно поняли друг друга.

— И я надеюсь. Что вы хотите услышать в первую очередь?

— Ответ на вопрос: почему вы это делаете?

Почему он это делает? Разве объяснишь в двух словах... Он работал на Булатникова много лет, но никогда ему не доводилось видеть горе тех, чьих близких убивали по его заданиям. Он был роботом, автоматом, бездушной машиной. Он привычно подчинялся приказу и радовался, что не надо принимать самостоятельных решений. И вдруг в Уральске, где он оказался по воле случая, он включил телевизор и увидел глаза матерей и отцов, у которых по воле Булатникова отняли детей. В этих глазах горело такое неутолимое горе, такое жгучее страдание, что решение пришло в одно мгновение. Он должен убить всех тех, чья смерть утолит эту ненасытную жажду. И совершенно неважно, что убийцы на самом деле не виноваты. Не имеет никакого значения, что виноваты в этом те, кто заказывал эти серии бесчеловечных преступлений, и те, кто их орга-

442

низовывал — Булатников, Ларкин и он сам, Павел Сауляк. Значение имеет только одно: родители, в чьих глазах он видел невыразимую, нечеловеческую боль, должны узнать, что убийца их детей наказан. Может быть, тогда им станет хоть немного легче. Он ведь знал от Ларкина, с кем конкретно тот работал в каждом случае. Павел всегда контролировал работу своей группы. Он ездил вместе с Ларкиным и смотрел на тех, кого тот выбирал в качестве своего орудия.

Именно поэтому он делал все для того, чтобы причастность его собственных жертв к тем давним убийствам не осталась за кадром. И его расчет оправдался. Все получалось, как он и планировал. Только на душе легче почему-то не становилось. Уже после первого убийства он понял, что делает не то. Но своих решений он никогда не менял. А это решение, пусть и неправильное, пусть жестокое и никчемное, выполняло роль приказа, подчиняясь которому, можно выстраивать свое существование. Раз нет человека, который руководит жизнью Павла, пусть его заменит цель, которой Сауляк будет служить. И оставалось совсем немного...

* * *

Домой Настя пришла измученная. Сегодняшняя встреча с Павлом далась ей так тяжело, что теперь, когда все осталось позади, ей хотелось плакать. Она отказалась от ужина, заботливо приготовленного мужем, и сразу нырнула в постель, укрывшись одеялом до самого подбородка и отвернувшись к стене. Алексей не стал приставать к ней с разговорами, тихо сидел на кухне, раскладывая пасьянс, и только один раз зашел в комнату и предложил ей выпить горячего чаю. Она буркнула в ответ что-то невразумительное, даже не повернувшись к нему.

Ближе к полуночи раздался телефонный звонок. Леша снял трубку, потом заглянул в комнату.

— Ася, Гордеев. Подойдешь, или сказать, что ты уже спишь?

Она молча вылезла из-под одеяла и босиком прошлепала на кухню.

— Деточка, похоже, мы с тобой просчитались, — послышался голос Виктора Алексеевича.

Просчитались. Значит, Павел выполнил задуманное. Они правильно поняли друг друга.

— Сауляк покончил с собой. Отравился точно такими же таблетками, какие нашли у Юрцева и Ревенко. Не надо было нам отпускать его домой.

— Но мы же так и планировали, — вяло ответила Настя. — Вызвать его в Москву и задерживать здесь под благовидным предлогом, пока не станет ясно, кто его следующие жертвы. Предлог благодаря Минаеву нашелся, и все могло бы получиться.

— Могло бы, — вздохнул Гордеев. — Но не получилось. Зато Минаеву теперь от нас не уйти. Материала на него столько — мало не покажется. Завтра утром я иду к руководству, и если все будет благополучно, завтра к вечеру прокуратура возбудит дело против Минаева. Нет, все-таки жаль, что мы Сауляка упустили.

— Жаль, — согласилась Настя.

Ничего не жаль. Зачем ему жить? Только мучиться и других мучить. Когда жизнь так исковеркана, никаким судом и никаким наказанием ее не поправить. Палач привел в исполнение приговор своей последней жертве. Последней в длинном ряду. И не следовало ему в этом мешать.

***

— По-прежнему новостью номер один во всех информационных сообщениях является продолжающийся штурм Грозного, — говорила красивая черноволосая диктор программы новостей. — В средствах массовой информации интенсивно обсуждается вопрос о возможной отставке министра обороны. По оценкам экспертов из силовых ведомств, неожиданное начало штурма чеченской столицы свидетельствует о слабой работе спецслужб. Из Кремля сегодня наши корреспонденты сообщают об очередной серии кадровых перестановок в окружении Президента.

В частности, новым советником Президента стала малоизвестная в политических кругах фигура — Вячеслав Соломатин. Неофициальные источники, приближенные к Кремлю, утверждают, что именно Соломатину Президент обязан тем, что при выработке вариантов выхода из чеченского кризиса ему удалось не солидаризироваться ни с силовиками, ни с демократами. Еще одно сообщение пришло сегодня из прокуратуры России. После ареста исполняющего обязанности генерального прокурора возбуждение уголовных дел против крупных руководителей правоохранительных структур становится, по-видимому, доброй традицией. Сегодня возбуждено уголовное дело против генерала Антона Минаева, заместителя одного из управлений ФСБ. На сегодня я с вами прощаюсь, а вас после рекламной паузы ждут еще новости спорта. Всего доброго.

Литературно-художественное издание

Маринина Александра Борисовна

НЕ МЕШАЙТЕ ПАЛАЧУ

Редактор *В. Татаринов*
Художественный редактор *Д. Сазонов*
Технические редакторы
В. Куркова, В. Азизбаев
Корректор *Г. Гагарина*

В оформлении серии «РБ» использован коллаж
художника *А. Рыбакова*

ООО «Издательство «Эксмо»
127299, Москва, ул. Клары Цеткин, д. 18/5. Тел.: 411-68-86, 956-39-21.
Home page: **www.eksmo.ru**   E-mail: **info@ eksmo.ru**

Оптовая торговля книгами «Эксмо» и товарами «Эксмо-канц»:
ООО «ТД «Эксмо». 142700, Московская обл., Ленинский р-н, г. Видное,
Белокаменное ш., д. 1, многоканальный тел. 411-50-74.
E-mail: **reception@eksmo-sale.ru**

Полный ассортимент книг издательства «Эксмо» для оптовых покупателей:
В Санкт-Петербурге: ООО СЗКО, пр-т Обуховской Обороны, д. 84Е.
Тел. отдела реализации (812) 365-44-80/81/82.
В Нижнем Новгороде: ООО ТД «Эксмо НН», ул. Маршала Воронова, д. 3.
Тел. (8312) 72-36-70.
В Казани: ООО «НКП Казань», ул. Фрезерная, д. 5. Тел. (8435) 70-40-45/46.
В Самаре: ООО «РДЦ-Самара», пр-т Кирова, д. 75/1, литера «Е». Тел. (846) 269-66-70.
В Екатеринбурге: ООО «РДЦ-Екатеринбург», ул. Прибалтийская, д. 24а.
Тел. (343) 378-49-45.
В Киеве: ООО ДЦ «Эксмо-Украина», ул. Луговая, д. 9. Тел./факс: (044) 537-35-52.
Во Львове: Торговое Представительство ООО ДЦ «Эксмо-Украина»,
ул. Бузкова, д. 2. Тел./факс: (032) 245-00-19.

Мелкооптовая торговля книгами «Эксмо» и товарами «Эксмо-канц»:
117192, Москва, Мичуринский пр-т, д. 12/1. Тел./факс: (495) 411-50-76.
127254, Москва, ул. Добролюбова, д. 2. Тел.: (495) 745-89-15, 780-58-34.

Полный ассортимент продукции издательства «Эксмо»:
В Москве в сети магазинов «Новый книжный»:
Центральный магазин — Москва, Сухаревская пл., 12 . Тел.: 937-85-81, 780-58-81.
В Санкт-Петербурге в сети магазинов «Буквоед»:
«Магазин на Невском», д. 13. Тел. (812) 310-22-44.

Подписано в печать 24.05.2006.
Формат 70x90$^1/_{32}$. Гарнитура «Таймс».
Печать офсетная. Усл. печ. л. 16,4. Уч.-изд. л. 22,2.
Доп. тираж 7000 экз. Заказ № 8779.

ОАО "Тверской полиграфический комбинат", 170024, г. Тверь, пр-т Ленина, 5.
Телефон: (4822) 44-52-03, 44-50-34, Телефон/факс: (4822) 44-42-15
Интернет/Home page - www.tverpk.ru Электронная почта (E-mail) -sales@tverpk.ru

МАЛЕКСАНДРА МАРИНИНА

Новое дело Каменской

Маринина против МВД?

Без комментариев

А. Маринина